KB154599

공녀고 나발이고
집에 간다고

FEEL PREMIUM
EDITION

~ III ~

공녀고 나발이고 집에 간다고

❖ 단디 장편 소설 ❖

Contents

아까 빌과 사라가 찾아왔을 때는 두 명이었음에도 발소리가 들리지 않았는데 이번엔 꽤나 당당한 발걸음인 걸 보아 하니 십중팔구 라트엘인 것 같았다.

나는 얼른 모두에게 손짓으로 눕자는 신호를 보냈다.

사라는 냉큼 이불 안으로 쏘옥 들어갔고, 빌은 누울 자리를 찾지 못해 두리번거리다가 그레이에게 오금을 차여 그대로 바닥에 무릎을 꿇듯 쓰러졌다.

티온은 제 옆자리를 한껏 넓혀 놓고 있었다.

저기가 제일 넓어 보이니까 저기로…….

가려던 순간 아무스가 커다란 날개를 꺼내 나를 감싸더니 그대로 이불 안으로 들어가 버렸다.

이 대책 없는 미친놈아.

마침 빌과 사라가 이불로 얼굴을 가리고 있었기에 망정이지, 봤으면 어쩌려고.

애써 놀란 마음을 가라앉힌 나는 고개를 들어 아무스를 바라보며 아주 작은 목소리로 속삭였다.

"야! 미쳤어? 오빠들 다 있는데 왜 이래!"

"나랑은 포옹하는 것도 싫어하면서. 저 젊은 친구한테는 왜 두 손을 내밀어? 나는 기다릴 거지만, 네가 기다리라고 하는 만큼 기다릴 거지만……. 너도 내 생각 가끔 해 줘."

"포옹 때문에 그래?"

사라의 말대로 아무스의 두 눈은 두꺼운 이불에 파묻혀 어둠만이 가득한 곳에서도 노랗게 빛이 났다.

예전이었으면 무서워했을지도 모르지만 아무스는 내게 무서운 사람이 아니었다.

그는 단 한 번도 내게 공포를 준 적도, 불안을 준 적도 없었다.

"너 기다린다며."

"……기다리겠다고 했지, 질투하지 않는다고는 안 했어."

뚱한 얼굴이 된 아무스가 눈을 아래로 내리깔았다.

며칠 전에도 별것도 아닌 문제로 싸우기도 했고, 이번에도 그 비슷한 맥락인 것 같아 어쩐지 아무스가 귀엽게 느껴졌다.

나는 두 팔을 살짝 벌려 아무스를 살며시 안았다.

"자. 됐지?"

그는 대답이 없었다.

날개 안에서 느껴지는 아무스의 체온이 순식간에 훅 올라갔다.

"야. 너 열나?"

나도 모르게 손을 올려 그의 얼굴을 만지자 뜨거운 기운이 물씬 느껴졌다.

그때 티온과 그레이가 피부 가죽까지 뜯어낼 기세로 이불을 잡아당겼다.

다행히 그와 동시에 아무스가 나를 감싸고 있던 검은 날개를 순식간에 접었다.

하지만 나를 안은 단단한 두 팔은 그대로였다.

물론 나는 이불이 젖혀짐과 동시에 놀라서 팔을 떼고 몸을 움츠렸지만.

"라트엘 갔는데 언제까지 그러고 있을 거야! 너네. 어? 지금. 어? 가족들이 버젓이 두 눈 뜨고 보고 있는데. 돌았냐?"

"……죽인다. 용."

"용이요?"

"무슨 용 말씀이십니까, 티온 공자님?"

빌과 사라의 질문에 티온의 움켜쥔 주먹이 살짝 떨렸다.

"……서 못 해. 이 파렴치한 놈."

"아."

"하긴 그러실 만도 해요. 어느 댁 공자님이신지는 모르겠지만 우리 공녀님은 아무도 못 줘요! 우리 공녀님은 아직 결혼 안 하실 거란 말이에요! 저랑 둘이서도 소풍 가기로 했었는데!"

아무스의 눈빛이 스산하게 변했다.

"이제야 내 적수가 나타난 건가."

나는 손으로 아무스의 정수리를 내려쳤다.

"눈. 눈. 눈! 눈 좀 그렇게 뜨지 마. 안 그래도 밤에 보면 무서운 눈을 왜 그렇게 뜨고 이 어린 사람을 쳐다봐."

용인 상태로 큰 귀가 달려 있었다면 분명히 아래로 축 처지고, 펼쳤던 날개도 꾸깃꾸깃 접었겠지.

하지만 인간이라 아무스는 그냥 조용히 구석으로 가 이불로 몸을 똘똘 말고 내게 등을 보인 채 누워 버렸다.

"짝은 맨날 나를 들었다 놨다 들었다 놨다 들었다 놨다 해."

아, 이상하다.

아무스 저거 맨날 저러는데 왜 점점 귀엽게 느껴지지. 웃기네.

나도 모르게 미소를 지으면서 아무스를 보고 있었는지 헤이먼이 굳은 얼굴로 내 앞을 가로막았다.

"너 아직 한 살 안 됐어. 너 어디 못 보내. 너 아직 우리랑 쌓아야 될 추억이 얼마나 많은데. 그리고 넌 한 살도 안 된 애가 왜 남자 친구를 사귀려고 하는 거야?"

"공녀님이 한 살이 안 되셨다니요?"

사라의 질문에 내 얼굴이 새빨개졌다.

하긴, 정상인이 들으면 이해 못 할 논리지.

얼굴에 손부채질을 하며 어떻게든 농담이라고 해명하려는데 헤이먼이 진지하게 답했다.

"솔레아가 건강해진 이후부터 새로운 인생을 산다고 생각하기로 했거든요. 기억도 거기서부터 시작됐으니, 저희를 가족으로 받아들인 지 아직 1년이 안 된 거죠."

무슨 궤변이야.

"아! 그럼 공녀님이 이번에 크게 아프셨으니까 또 리셋 해야겠네요! 공녀님 아까 태어나신 걸로 해요!"

……사라도 정상인이 아니었던 걸까?

"좋은 생각입니다. 나사니엘 영애."

"사라라고 불러 주세요. 공자님."

"헤이먼이라 부르시죠."

티온은 마음에 든다는 듯 나를 눕혀 놓고 아까 그 동화책을 가져와 있지도 않은 이야기를 읽기 시작했다.

"옛날옛날, 아주 먼 옛날. 아까 태어난 공녀님이 가족들과 살고 있었어요."

"아. 좀. 오빠!"

나를 제외한 다른 이들이 모두 키득거리고 있는데, 노크도 없이 방문이 끼익 열렸다.

도로 냉큼 자리에 누웠지만 라트엘의 목소리는 들리지 않았다.

누구지, 싶어 실눈을 뜨려는데 그레이 목소리가 들려왔다.

"아, 맞다. 한 분 더 불렀다. 이리 들어오세요."

"뭐? 누구?"

"카라샤펠 황녀 전하."

"카라샤펠 황녀 전하?"

일기장을 통해 모든 기억을 찾긴 했어도 수백 년의 시간을 홀로 보낸 탓인지 바로 떠오르지 않았다.

"카라샤펠 황녀 전하가 누구야?"

그때 방 안 공기가 싸늘하게 얼어붙었다.

"그대, 나를 잊었어?"

황녀가 직접 들고 온 마력 램프가 그녀의 길게 늘어뜨린 금발과 새파란 눈동자를 비췄다.

아…….

하필 지금 선명하게 기억이 떠오르네요.

나는 최대한 태연한 얼굴을 하고 자연스럽게 말을 이었다.

"……카라샤펠 황녀 전하가 누구야? 대단한 사람이시지~"

잠깐 정적이 흐르던 방 안이 웃음소리로 가득 찼다.

황녀는 램프를 테이블에 내려놓은 뒤 깔깔 웃으며 내 앞에 앉았고 사라 역시 숨이 넘어가도록 웃었다.

정작 말을 꺼낸 나는 민망해 죽을 지경이었다.

하지만 다들 웃고 있는 모습을 보니 나도 자꾸만 웃음이 새어 나왔다.

"다들 그만 웃어요."

"많이 아팠던 거야? 어떻게 나를 잊어?"

"네. 심하게 아팠어요. 그러니까 그만 웃으시라고요."

"내가 호위 두 명만 데리고 황궁에서 몰래 빠져나오기가 쉬운 줄 알아? 일부러 드레스 코드까지 맞춰 입고 왔더니."

"아니, 어떻게 저랑 똑같은 잠옷을 입으셨어요?"

"영애가 너무 걱정돼서 마음으로 응원이라도 하고 싶었어. 그래서 같은 옷을 입었지."

랏샤가 흐르지도 않는 눈물을 손수건으로 콕콕 닦아 내고 있는데 누가 뒤에서 나를 휙 잡아당겼다.

또 아무스였다.

"이번엔 확실하다. 당신이 내 적이로군."

"······처음 보는 놈이긴 한데 네놈 생긴 걸 보아 하니 나도 느껴진다. 간만에
호적수를 만났군."

둘은 서로의 눈을 피하지도 않고 신경전을 벌였······건 말건,

제발 그만. 내일 소풍 간다면서요. 이제 그냥 자면 안 될까요?

．

．

．

"누가 공격할지도 모르니까 막내는 내 옆에서 자."

"말 안 듣는 사람 목도 제대로 못 쓰는 티온 공자가 동생을 지키겠어? 영애.
내 옆에서 자."

"저, 저, 전하. 제국의 미천한 빛이 인사를 드리고, 그, 그리고 공녀님이 원
래 저랑 놀기로 약속도 해 두셨고······."

"어린 그대는 인사부터 제대로 배우지 그래. 미천한 빛이라니. 이제 황자도
죽고 없는데 어느 황족이랑 결혼을 꿈꾸고 있는 거야?"

"사라는 황족과 결혼하지 않을 겁니다! 물론 저도!"

"그러는 너는 인마, 나한테서 좀 떨어져라. 새끼야. 넌 왜 자꾸 들러붙어 있
어!"

"그레이! 결투는 포기했지만 이제 우린 친구니까!"

"짝. 나랑 자."

"정령들, 내 목소리 들리면 니네 주인 그냥 닥치고 자게 해 줘. 나 외로워서
울어."

'분홍이 울면 안 돼!'

'윙! 분홍이 안 울게 해 줄게!'

"으르릉."

"짐승 같은 남자를 데려왔군. 진짜 짐승인가? 눈이 신기하게 빛나는군."

"적에게 알려 주고 싶지 않다."

"어이, 금수. 눈 한쪽만 황가에 기부하도록 해. 연구하고 싶으니."

"전하! 말 좀 곱게 하세요!"

"영애, 많이 아팠나 봐. 나를 어떻게 부르는지 잊었어?"

"랏샤. 그냥 좀 잡시다. 제발."

"그래, 얼른 누워."

"레아, 내 옆에 누워."

"공녀님! 제일 푹신한 베개 여기 있어요!"

"솔레아. 너 그냥 침대 위에서 혼자 자."

"솔레아를 혼자 침대 위에서 재우겠다고? 그레이 자네는 나를 불러 놓고 손님 대접을 이리 막 할 수가 있어?"

"아, 그럼 황녀 전하는 옆방 가서 침대에서 주무시든지요."

"……치워."

"뭘 치우란 말씀이세요?"

"랏샤! 방금 밖에 있는 호위 기사들이 우리 오빠한테 검 들이댔죠?!"

"거리가 있으니 검은 아니고 아마 독침일 거야."

"랏샤! 제발, 좀!"

'임시 주인! 이왕 길들였으니 황녀 옆에서 자!'

'야, 이 바보야! 만점짜리 신랑 옆에서 자라고 해야지! 우리 주인이 누군지 잊었어?'

'하지만…… 하지만 우리 주인은 자꾸 바지를 까먹는걸!'

'지금도 벗고 있어?'

'아까 벗고 있었는데!'

'아까 입었잖아!'

'그럼 지금은 입었나?'

귓구멍이 터질 것 같았다.

'내일이 소풍이라니! 너무 떨려서 잠이 안 와!'

라고 말하는 아이들의 순수한 동심은 아마 이런 느낌이 아니었을 텐데.

소풍을 하루 앞둔 아이들도 이렇게 정신없이 시달렸을까.

재밌었던 것도 잠깐이지, 고막이 터질 것 같았다.

라트엘은 왜 안 오는 거야. 차라리 라트엘이 문이나 벌컥 열어 줬으면 좋겠어.

"큰오빠. 라트엘 왜 안 와?"

"……아. 2시까지만 해 주기로 약속했어. 그 이상 넘기면 자기 수면의 질이 깨진다고……."

"젠장. 빌어먹을 워라밸."

내 등 뒤에 바짝 붙어 있던 아무스는 사라가 꾸벅꾸벅 졸기 시작하자 조심스럽게 주제를 바꿨다.

"친구들끼리 밤을 새울 때는 무서운 이야기를 해야 한다고 들었어."

"금수 자네 분위기 전환하는 데 일가견이 있군."

"망나니 자네 무서운 이야기 잘할 거 같은데 해 보지 그래."

서로를 금수와 망나니로 부르는 황녀와 아무스는 여전히 기 싸움 중이었다.

황녀가 해 준 무서운 얘기는 흥미진진하긴 했지만 내가 아는 종류의 이야기는 아니었다.

그녀가 어릴 때 황제를 따라 사냥터에 놀러 나갔다가 독살을 당할 뻔한 적이 있었는데, 암살자를 피해 도망을 다니다가 납치를 당했고, 서대륙으로 가는 배에 시체가 되어 실릴 뻔했으며, 이 모든 일은 3 황비의 계략이었다는…… 어마어마한 궁중 암투였다.

졸고 있던 사라는 잠이 확 달아난 듯 연두색의 두 눈을 동그랗게 뜨고 두 손을 모은 채 오들오들 떨었다.

"그래서 어떻, 어떻게 됐어요?"

"난 무사히 돌아왔고, 3 황비의 하나뿐인 아들이 이듬해에 세상을 떠났지.

아, 떠나게 했지. 살아 있었으면 황태자가 됐을지도 몰라. 머리가 좋았거든, 제 어미와는 달리."

"세에상에! 황자 전하는 전염병 때문에 가신 줄 알았는데!"

"세간에는 그렇게 알려져 있지. 3 황비도 머지않아 아들을 따라갔어."

"어머, 상심이 크셨나 봐요……."

"죽을 뻔했던 내 상심이 컸지. 그래서 아들 따라가라고 길 닦아 줬다."

그레이가 질색하는 눈으로 황녀를 바라봤다.

"으. 전하. 사람 죽인 얘기를 뭐 그렇게 아무렇지 않게 하세요."

"이것만큼 무서운 얘기가 또 어디 있다고. 그렇게 따지면 티온 공자도 우리한테 말해 줄 무서운 얘기가 많을 텐데."

동그랗게 모여 앉은 사람들의 이목이 순식간에 티온에게 쏠렸다.

잠깐 주춤하던 티온은 주머니에서 안경집을 꺼내 안경을 쓰더니 숨을 깊게 한 번 들이마시고는 이야기를 시작했다.

"제가 처음으로 참전한 마물 전쟁, 그러니까 다섯 번째 전투가 끝난 직후의 밤이었습니다……."

아, 제발. 우리 언제 자.

울상을 지으며 마른세수를 했더니 내 뒤에 있던 아무스가 다른 사람들에겐 들리지 않도록 목소리에 마력을 담아 작게 말했다.

'졸리면 자, 너 눈 뜨고 있는 것처럼 보이게 할게.'

'됐어. 그게 무슨 징그러운 마법이야.'

나는 피식 웃으며 손을 뒤로 뻗어 아무스의 머리를 쓰다듬었고, 아무스는 그런 작은 손길조차 기쁜 듯 내 어깨에 조심스럽게 머리를 기대 왔다.

티온의 이야기가 끝나자, 빌은 제 어깨에 기대어 잠든 동생을 안아 들었다.

"빌! 사라 내 침대에서 재워요."

"공녀님의 침대에서 동생을 재울 순 없습니다!"

"괜찮아요. 아무리 이불이 깔려 있어도 바닥에서 어떻게 재워요."

결국 빌은 내 고집을 꺾지 못하고 사라를 침대 위에 누였다.

황녀는 내 옆에서 자겠다고 똥고집을 피우다가 벌떡 일어나서는 '이불을 아무리 깔아도 바닥이라 딱딱하군.' 하더니 침대로 가 사라의 옆에 누워 잠을 청했다.

파랗게 동이 터 올 즈음의 시간이었다.

❄ ❄ ❄

"레아, 네 오빠들이 사라졌다! 레아, 지윤아."

디에르고 공작은 솔레아의 방에서도 아무런 대답이 들리지 않자 다급하게 문을 열었다.

아이들이 모두 사라지다니, 혹시 그 마법사가 죽지 않고 살아 있는 건가? 차라리 나를 데려가지, 왜 내 아이들을…….

들을…….

응……?

걱정했던 아이들은 모두 솔레아의 방에 옹기종기 모여 잠들어 있었다.

게다가 나사니엘 백작가의 남매도 있었고, 침대 위에서 가지런히 금발을 늘어뜨린 채 자고 있는 이는 아무리 봐도 황녀 전하였다.

"이게 대체 무슨……."

그때 텅 비어 있던 공중에서 갑자기 하얀 쪽지가 생겨나더니 하늘하늘 아래로 펼쳐졌다.

「장인 왔나.」

"이게 돌았나."

그 아래에 글씨가 또 생겨났다.

「어제는 모두 즐겁게 놀았다. 다만 너무 즐겁게 놀아서 새벽 5시가 넘어서야 잠이 들었어.」

"5시라고?"

지금은 겨우 7시였다. 잠든 지 두 시간도 채 지나지 않았다면 노크 소리를 못 들을 만도 하지.

그러는 와중에도 쪽지에는 새로운 글씨가 나타났다.

「젊은이들끼리 노는 데 나이 많은 장인이 끼면 분위기가 깨질 수 있어 부르지 않았다.」

"지는."

「9시에 일어나겠다. 짝이 자고 있으니 조용히 나가 줘.」

평소라면 일어나고도 남았을 시간에 다들 도롱도롱 자고 있는 모습이 이상하게도 웃기고 평화로워 보였다.

디에르고는 조심스럽게 문손잡이에서 손을 떼 내고 틈새로 방 안을 살폈다.

황녀 전하는 마치 관에 들어간 시체마냥 온몸을 쭉 편 채 침대 위에서 고이 잠들어 계셨고, 그 옆의 사라는 혼자 이불을 덮은 채 모로 누워 있었다.

게다가 두 다리 모두 황녀 전하에게 올린 채 고롱고롱 소리를 내며 편안하게 잠들어 있었다.

어쩐지 황녀 전하가 불쌍해 보이는군.

시선을 돌리자 창가와 가장 가까운 쪽에서 큰아들 티온이 홀로 찬 바람을 막으며 자고 있었다.

티온 옆에는 제 큰형과 똑같이 한쪽 팔을 베고 모로 누운 그레이가 창문을 통해 들어오는 햇빛을 등진 채 잠들어 있었다.

그런데 이불을 덮고 있는 그레이의 다리가 너무 길었다.

마치 사람 두 명을 합친 것처럼 보일 정도로.

우리 셋째 키가…… 맏이보다 컸던가?

호기심을 참지 못한 디에르고는 까치발을 한 채로 조심조심 방 안으로 걸어가 그레이가 덮고 있는 이불을 살짝 걷어 냈다.

"우으으응……."

남의 집 아들이 내 아들 다리를 끌어안은 채 자고 있었다.

그레이에게 머리채를 잡힌 걸 보아 하니 잠들기 직전까지 싸운 게 분명했다.

디에르고는 웃음이 터지려는 걸 꾹 참았다.

빌은 숨이 막히지도 않는지 상반신 전체에 이불을 덮고도 쿨쿨 잘만 잤다.

아이들에게 이불을 덮어 준 뒤 고개를 들어 방 안을 살펴보니 이상하게 헤이먼의 머리 위에만 햇빛 한 줄기 비치지 않고 그늘이 져 있었다.

눈에 보이진 않지만 헤이먼의 곁에 정령들이 있는 게 분명했다.

꿈속에서 함께 노래라도 부르는지 헤이먼은 살짝 미소 지었다가 발갛게 볼을 붉혔다.

참 예쁘게도 자네.

객식구 아무스는 용일 때 생긴 습관인지 베개를 끌어안은 채 엎드려서 자고 있었다.

내 딸 옆에서.

……이 용 자식이.

디에르고가 주먹을 불끈 움켜쥐는 순간, 적의를 느꼈는지 아무스가 눈썹을 움찔거리며 눈을 살짝 떴다.

그러고는 조금 흐트러진 솔레아의 이불을 다시 덮어 주고 머리카락을 넘겨 준 뒤 도로 잠들었다.

방 한가운데에 서 있는 디에르고를 눈치 못 챈 걸로 봐선 그냥 본능적으로 한 행동인 듯 보였다.

……왜 내 딸 옆에서 자냐고 화를 낼 수가 없어 디에르고는 조용히 방을 나섰다.

※ ※ ※

11시가 되자, 라트엘은 더 이상 시간을 지체하면 일정에 차질이 생긴다며 솔레아의 방문을 부술 듯 두드려 모두를 깨웠다.

정신없이 일어난 사람들은 팅팅 부은 서로의 얼굴을 보고 낄낄거렸다.

"사라."

"예, 황녀 전하……."

"나를 깔고 자더니 잘 잤나 보군."

잠이 덜 깬 사라는 공포에 둔감했다.

작게 하품을 하고는 온몸을 동그랗게 만 채 이불을 덮더니 황녀의 다리를 베고 누웠다.

"참신한 불충이네."

"한 시간만 더 잘게요……."

결국 라트엘에게 달달 볶인 앤이 문을 활짝 열고 무릎을 꿇었다.

"저어어언하! 일어나시옵소서!"

"난 일어났으니 이 어린 영애 좀 누가 데려가."

이불 속에서 몸을 일으키긴 했지만 바닥에 앉아 꾸벅꾸벅 졸던 빌은 제 동생 얘기에 눈을 번쩍 뜨곤 자리에서 벌떡 일어서더니 사라를 안아 옮겼다.

"솔레아 아가씨! 우리 아가씨! 눈이 숫자 3 모양이 됐어요! 아이고, 우리 아가씨!"

"앤. 거울 좀…… 아니, 어제 누가 자꾸……. 밤에 몰래 먹어야 된다고 부엌에서, 으하아아암. 하몽을 들고 와서 입에 자꾸 넣어서……. 헤이먼 너지?"

헤이먼은 아무것도 모른다는 표정으로 눈만 끔뻑거렸다.

그런데 몇 초 지나지 않아 헤이먼 혼자 마사지라도 받은 것마냥 온몸의 붓기가 싹 빠지고, 얼굴에선 광채가 흘렀으며, 엉망이던 머리까지 깔끔하게 정리됐다.

"공자. 자네 마력이 늘었나?"

아직 잠이 덜 깬 헤이먼은 황녀의 질문에 여유롭게 웃으며 답했다.

"저 사랑 많이 받아서요. 헤헤."

……쟤 진짜 조금만 더 사랑받았다간 나라를 기울어지게 할 미인이 되겠는데.

같은 생각을 했는지 솔레아와 황녀는 서로 마주 보며 깔깔 웃었다.

"전하, 아가씨! 그만 웃으세요! 모두 씻으신 다음 아침 드시고 소풍 갈 준비 하세요!"

앤의 닦달 아닌 닦달에 모두 뭉그적거리며 자리에서 일어났다.

"내가 먼저 씻는다."

공장 기숙 생활을 오래 한 탓에 습관처럼 말한 솔레아가 아, 참, 하며 제 입술을 때리자 아무스가 끼어들었다.

"같이 씻자. 시간 단축되게."

아무스는 티온에게 멱살이 잡혀 들려 나갔다.

"짝! 같이 씻, 악! 난 진짜 괜찮은데! 짝! 악! 너 이놈! 큰 처형! 사람이 아니구나! 진작 알아차렸어야 했는데!"

결국 예정된 시간보다 더 늦게 모든 준비를 끝마쳤다.

아주 단단히 소풍 준비를 했는지 디에르고는 마차에 타기 전, 모두에게 안대를 나눠 줬다.

시야가 검게 변하자 조금 긴장한 솔레아는 하인의 도움을 받아 마차에 올라타기 전, 무심코 아무스를 찾았지만 그는 대답이 없었다.

"……아무스. 나 손 좀 잡아 줘. 아무스?"

당황한 하인이 솔레아를 진정시키려 했지만 흥분한 그녀의 목소리는 점점 커져만 갔다.

"아, 아무스! 어디 있어? 아무스! 왜, 왜 어디 갔어! 아무스!"

"아가씨, 진정하십시오. 아가씨!"

솔레아는 하인을 뿌리치고 순식간에 안대를 벗었다.

바뀐 건 아무것도 없었다.

그녀는 여전히 공작저 내의 넓은 부지에 서 있었다. 주변을 살펴보자 놀란 눈으로 자신을 바라보는 기사들과 사용인들이 보였다.

솔레아의 고함 소리를 들었는지 디에르고 공작과 그녀의 오빠들이 타고 있던 마차에서 내려 우르르 달려왔다.

하지만 솔레아의 시선은 그들에게 닿지 않았다.

안대를 벗었음에도 솔레아는 앞이 보이지 않는 사람처럼 허공에 손을 휘저으며 아무스를 찾았다.

"아무스! 아무스!"

"레아, 아가!"

가장 빠르게 뛰어온 디에르고가 솔레아를 향해 손을 뻗었지만 솔레아는 야멸찬 눈으로 그를 바라보며 손을 뿌리쳤다.

"이거 놔!"

"……아가?"

오빠들 또한 솔레아를 불렀지만 이번 역시 아무런 효과도 없었다.

마치 추위에 떨듯 솔레아의 윗니와 아랫니가 딱딱 부딪치기 시작했다.

"야, 너 왜 그래!"

"솔레아!"

"막내야, 막내야!"

주위엔 사람들이 많이 몰려 있었다.

아무리 공작가 사람들이 비밀을 지켜 준다 한들 지금은 상황이 달랐다.

외부인인 나사니엘 백작가의 남매도 와 있었고, 유력한 황위 계승 후보인 카라샤펠까지 함께였다.

그런데도 솔레아는 옆구리에 액세서리처럼 달려 있던 손가락만 한 작은 검을 꺼내 순식간에 크기를 키웠다.

솔레아는 커다란 검으로 제 주변의 땅을 둥글게 긁어 내곤 독한 눈으로 사방을 훑었다.

"내 몸에 손대지 마!"

독기가 가득 서린 서슬 퍼런 두 눈에는 경계심이 가득했다.

지금이 어떤 상황인지 구별하지 못하는 것 같았다.

솔레아의 자색 눈동자에 입을 틀어막은 채 눈물을 글썽이며 그녀를 바라보고 있는 사라와 그녀의 오라비인 빌의 모습이 스쳐 지나갔고, 심각한 표정으로 상황을 지켜보고 있는 황녀도 보였다.

하지만 그 어디에도 아무스는 보이지 않았다.

"아무스, 아무스 어디 갔어."

그녀는 무언가에 홀린 듯 말을 빠르게 뱉어 냈다.

"공작님. 아무스 어디 있어요? 또 아빠가 보냈어요? 왜요? 이번엔 나를 지키려고 아무스를 보낸 거예요? ……또?"

공작의 눈에 짙은 죄책감이 서리는 순간, 솔레아의 시야가 온통 새카매졌다.

커다란 검은 날개가 솔레아를 뒤에서 감쌌다. 숲을 닮은 시원한 체향이 폐부에 가득 들어찼다.

솔레아의 손에서 검을 빼낸 아무스가 그녀를 품 안에 안고 다독였다.

"나 여기 있어."

날개 너머에서 사람들의 말소리가 들려왔다.

'뭐야, 사람이 아니었어?'

'시커먼 날개가 공녀님을 감쌌어.'

'공녀님이 검을 꺼내셨잖아. 대체 검이 어디서 난 거야?'

'……왜 공작님이나 도련님들은 놀라지 않으시지?'

공작저 깊숙이 들어온 적이 없는 몇몇 사용인들은 아무스의 존재를 알지 못했다.

웅성대는 소리가 커지자 아무스는 솔레아에게 들리지 않도록 주변의 소리를 차단시켰다.

둘만의 세계에 적막이 찾아왔다.

"괜찮아. 나 떠난 거 아니야. 젊은이가 도와 달라고 해서 소풍 준비 한 거야."

작은 알에 들어온 듯한 안락함에 솔레아는 조금씩 안정을 찾았다.

등을 다독이는 커다란 손의 박자를 따라 숨소리가 고르게 변했다.

그래도 솔레아는 붙잡고 있는 아무스의 옷깃을 놓지 못했다.

"아무스. 갑자기 사라지지 마. 너도 없어지지 말라고."

아무스는 잔잔하게 미소 지으며 솔레아를 내려다봤다.

어두운 곳에서도 환히 빛나는 그의 노란 눈은, 기억을 잃고 어둠 속을 거닐던 짧고도 긴 시간 동안 솔레아의 유일한 빛이었다.

"나 몰래 어디 가고 그러지 마."

아무스는 커다란 손으로 솔레아의 머리카락을 어루만지며 저를 등지고 있던 그녀의 몸을 제게로 돌렸다.

"나 봐, 내 얼굴 봐. 난 지금 네 앞에 있어. 나는 지금처럼 네가 부르면 올 거야. 어디 있어도, 네가 손을 내밀면 내가 잡을게. 그러니까 무서워하지 마. 혼자라고 생각하지도 말고."

"……응."

"저기 봐 봐."

솔레아는 아무스가 턱짓으로 가리킨 쪽을 향해 고개를 돌렸다.

아무스가 날개를 살짝 펼쳐 주변의 모습을 보여 주었다.

아랫입술을 덜덜 떨며 제자리에 우뚝 서 있는 디에르고 공작은 솔레아가 있는 방향을 멍하니 바라보다가 고개를 푹 숙였다.

그가 고개를 숙일 때 아래로 맑은 물방울이 뚝 떨어졌다.

오빠들 역시 심각한 표정이었다.

티온은 사냥하기 직전 온몸의 근육을 긴장시킨 맹수처럼 아무스를 노려보고 있었고, 헤이먼과 그레이 역시 울상이었다.

"너를 걱정하는 사람들이 저렇게나 많아. 나만 있는 게 아니야. 그치? 저기도 봐 봐."

사라는 눈물을 그렁그렁 매단 채로 울먹거리며 빌에게 뭐라 말하고 있었다.

다음 순간 마치 사라에게만 확성기를 가져다 댄 듯 그녀의 목소리가 또렷하게 들렸다.

"오빠, 오빠가 가 봐. 공녀님 저기 안에 계시잖아. 공녀님 아프신가 봐. 오빠가 가서 뭐 좀 해 봐. 응? 공녀님 어떡해. 오빠야, 빨리. 아니면 검 줘. 내가 가서 공녀님 구할게. 빨리!"

"……사라는 내가 검을 휘둘렀는데도 날 걱정하네."

"그럼. 넌 항상 강하고 따뜻한 사람이었으니까."

아무스는 솔레아를 꼭 안으며 귓가에 속삭였다.

"네 곁에 나만 있는 게 아니야. 네 손을 잡아 줄 수 있는 사람들이 저렇게나 많아."

"……응."

솔레아는 천천히 아무스의 날개를 열고 그의 품을 벗어났다.

커다란 알을 깨고 나오는 것처럼 조심스럽고도, 세찬 발걸음이었다.

"저기, 다들 미안해요. ……조금 당황해서 그랬어요."

공작은 제게 다가온 솔레아의 손을 꾹 잡은 채 고개를 들지 못했고, 세 오라비들은 말없이 그녀의 머리를 쓰다듬었다.

모두에게 미소를 보이던 솔레아가 몸을 돌려 아무스를 바라봤다.

"아무스."

아무스는 솔레아를 향해 따스한 눈빛을 보내다가 평소처럼 장난스러운 웃음기를 얼굴에 띠고 공작에게 말했다.

"젊은이. 깜짝 파티는 망한 것 같으니 그냥 지금 밝혀야겠어."

그는 사용인들이 보는 앞에서 순식간에 용으로 변했다.

굳은 표정으로 상황을 지켜보던 황녀마저 눈을 커다랗게 뜨고 집채만큼 커다래진 용을 바라봤다.

"……이봐, 자네 진짜 금수였군."

"……저기요, 전하. 용한테 금수라니. 쟤가 저래 봬도 꽤 능력이 있어요. 예를 들면 뱀으로 변한다거나 옷을 찢는다거나, 아! 너 방금 또 옷 찢었네!"

어색한 분위기를 깨려 일부러 장난스럽게 얘기하던 그레이가 말하던 도중 갑자기 용에게 돌멩이를 집어 던지며 분개했다.

이로써 찢어 먹은 셔츠와 바지가 작은 배 한 척을 채울 정도가 됐다.

용은 으르렁거리는 소리를 내며 그레이에게 답했다.

"어쩔 수 없었다. 원래는 젊은이가 부탁한 대로 구석에서 옷을 벗고 용으로 변하려고 했는데."

"공공장소에서 옷 벗겠다는 소리를 당당하게 하네."

용무스는 긴 꼬리를 휘둘러 정원의 흙을 그레이에게 흩뿌렸다.

"아퓌! 퉤, 퉤! 이 용 새끼! 내가 너 뱀일 때 어깨에 짊어지고 다닌 게 몇 번이고, 어? 너 인간일 때 업고 다닌 게 몇 번인데!"

"그레이! 나랑은 결투 한 번을 제대로 안 해 줬으면서, 용은 업었나!"

"이 새낀 눈치가 없나."

그레이와 빌이 또 아웅다웅 다투기 시작할 때, 디에르고는 솔레아의 손을 꼭 잡고 그녀에게 다짐했다.

"다시는 널 혼자 두지 않을 거다, 아가. 절대로. 무슨 일이 있어도."

"……네."

쑥스러운 듯 웃는 솔레아와 함께 마차에 타려던 공작의 어깨를 황녀가 붙잡았다.

"베르고 공. 오랜만에 둘이서 얘기나 할까요? 나 그대에게 듣고 싶은 얘기가 많은데."

"으. 전하. 왜 자꾸 우리 아빠랑 둘이 얘기하려고 하세요?"

"그대가 날 받아 주지 않으니 그대의 아버지라도 내 곁에 두려고 하는 거지. 그럼 우리가 한집에 살게 되지 않을까?"

"악! 진짜 싫어요! 무슨 그런 농담을 하세요! 최악이야!"

솔레아가 평소처럼 질색하며 길길이 날뛰자 황녀가 깔깔 웃었다.

"오빠들에게 가, 영애. 네 애완 금수도 널 보고 있잖아."

"금수 아니고 용이에요. 그리고 요즘엔 애완이란 말 안 쓰고 반려동물이라고 하는."

"짝. 나 네 반려야?"

"왁! 깜짝이야!"

갑자기 커다란 얼굴을 들이민 용무스 때문에 황녀와의 대화가 중단되었다.

무섭지도 않은지 용의 커다란 송곳니를 쥔 솔레아가 손바닥으로 그의 콧잔등을 살짝 때렸다.

"대화 도중에 끼어들지 마!"

용무스는 커다란 앞발로 전혀 아프지 않은 콧잔등을 어루만지다가 공간을 찢었다.

"늦었어. 이제 소풍 가자, 레아."

"아빠 처음부터 아무스한테 공간을 찢어서 가자고 할 예정이셨어요?"

공작은 어색하게 웃으며 답했다.

"……음, 공원 부지를 통째로 샀는데 좀 멀어서……."

"전 진짜 근처 호수만 가도 괜찮은데!"

"그래도 우리 가족끼리 있는 게 편하지 않겠니."

말로는 핀잔을 주면서도 솔레아는 신난 표정으로 검은 공간에 발을 들였다.

검은 공간 안으로 완전히 들어서려던 찰나, 용무스가 솔레아를 입으로 물어 티온에게 던졌다.

"불곰 처형. 다른 처형들이랑 같이 마차에 타. 용의 바람이 밀어 주는 마차를 타 보는 건 처형 인생에 처음 있는 일일 거야."

"역시 전설 속의 금수는 뭐가 달라도 다르네."

"전하!"

랏샤는 어깨를 으쓱하고는 아무도 보이지 않는 나무와 담을 향해 소리쳤다.

"제이드, 퀴온! 놀랐겠지만 안 따라와도 될 것 같아! 설마 용이 있는데 내가 다치겠어? 메리도 보고 있나? 보고 있으면 용에 대한 전설 다 찾아 놔! 내일까지!"

"으. 놀러 가시는데도 부하 직원한테 업무를 주세요?"

"그레이, 자네 청혼받고 싶어서 몸이 근질근질한가 보군."

그레이는 냉큼 솔레아와 함께 마차에 올라탔다가 '누가 저한테 설명 좀 해주세요!' 라고 울부짖는 사라의 목소리에 빌과 사라가 탄 마차로 옮겨 갔다.

티온과 솔레아, 헤이먼이 한 마차를 탔고 공작은 다른 마차에서 황녀와 마주보고 앉아 어색하고 불편한 공기를 나눴다.

사용인들의 벙찐 표정을 뒤로하고 아무스는 역류성 식도염 환자처럼 울대를 움직였다.

찢어진 검은 공간을 앞에 두고 늘어서 있는 마차들과 커다란 짐마차 두 대를 향해 아무스는 폭풍 같은 바람을 발포하듯 쐈다.

거대한 마차들이 미끄러지듯 검은 공간으로 순식간에 빨려 들어갔고, 아무스 역시 뒤를 따라갔다.

검은 공간이 닫히기 일보 직전, 아무스가 틈 사이로 머리를 내밀었다.

"꺄아아악!"

사용인들이 아까 미처 지르지 못한 비명을 지르자 아무스는 파충류 특유의 노란 눈을 깜빡이며 마치 동굴에서 말하는 것처럼 울리는 목소리로 낮게 말했다.

"다들 가만 서 있지 말고 가서 소문내. ⋯⋯베르고는 검은 용이 지키고 있다고."

아무스는 들릴 듯 말 듯 한 작은 목소리로, 바람에 이야기를 실어 보내듯 나긋하게 덧붙였다.

"그리고 그 자에게도 전해."

그르렁대는 아무스의 위협이 베르고 공작저 전체를 울렸다.

"널 놓친 게 아니다, 이달론. 내 짝의 안전이 먼저였을 뿐. 반드시 네 영혼의 마지막 조각까지 갈기갈기 찢어 삼켜 주마."

무슨 뜻인지 정확히 알지도 못하면서 사용인들은 멍하니 고개를 끄덕였다.

저 멀리서 정원사 포드릭이 쇠스랑을 휘두르며 뛰어오고 있었다.

"아이고, 내 꽃! 내 잔디! 다 날아가네!"

아무스는 냉큼 틈 안으로 머리를 집어넣었고, 곧이어 틈새가 메워지며 검은 공간이 사라졌다.

카라샤펠은 소풍 장소로 이동하는 동안 공작에게 이게 다 어찌 된 일인지, 아파서 요양 갔다가 돌아왔다던 공녀가 왜 가족들에게 저런 반응을 보이는지 물어보려 했다.

실패했다.

"아아악!"

"전하, 목청이 아주 크십니다!"

"그러는 공도 지금 마차 문짝 날아갈까 봐 붙잡고 있잖아!"

"바람 때문에 그런 거지, 겁나서 그런 게 아닙니다!"

"이렇게 가는 거면 기사들을 데려올 걸 그랬어!"

"기사라고 폭풍 속에서 무사할 것 같습니까!"

"내 기사들은 괜찮아!"

황녀는 미친 듯이 흔들리는 마차 안에서 이리저리 머리를 부딪쳤다.

"이 금수가 혹시 일부러 마차를 흔드는 건가?"

그때 거센 바람에 마차의 작은 창이 깨지고 말았다.

얼른 의자에서 일어난 공작은 날아오는 파편을 몸으로 막으며 황녀를 보호했다.

마차는 한바탕 더 흔들린 이후에야 멈춰 섰다.

황녀는 흐트러진 머리카락을 정돈한 후 긴 숨을 내뱉었다.

"……베르고 공. 고맙긴 하지만 그래도 그대는 내 삼촌뻘이라 국혼은 힘들어. 심지어 공은 재혼이잖아."

디에르고는 재활용 안 되는 쓰레기 보듯 황녀를 바라보며 말했다.

"전하가 다치시면 그게 보통 큰일입니까? 그리고 전하 말씀대로 제 조카뻘이시니 감싸는 거지요."

황녀는 그의 눈을 쳐다보지도 않은 채 지친 표정으로 손을 휘휘 저었다.

"농담이야……. 웃지도 않네. 재미없긴."

"매번 쓰레기 같은 농담을 잘도 하십니다."

"가정 교육을 덜 받아서 그래."

황족이 가정 교육을 덜 받았다고 하는데 거기다 대고 뭐라 할 말이 없어 디에르고는 속으로 이를 갈았다.

"……내리시죠, 전하."

마차 문의 경첩이 거센 바람에 고장 났는지 문이 잘 열리지 않았다.

몇 번을 시도해도 삐걱거리기만 하자 디에르고는 문을 걷어찼다.

문이 힘없이 나가떨어졌다. 밖으로 발을 내딛은 공작은 따라 나오는 카라샤펠의 손을 잡아 주었다.

끝도 없이 펼쳐진 푸른 들판과 곳곳에 높이 자라난 나무가 만들어 낸 그늘들은 보는 것만으로도 감탄을 자아냈다.

태양을 잔뜩 머금은 잔디가 윤기를 내뿜으며 산들바람에 살랑살랑 흔들렸다.

"이런 땅이 있었나?"

"마물이 나온다고 해서 아무도 밟지 않은 북부의 경계선입니다. 처음 와 보셨겠지만."

"지금 황위 계승자인 나를 마물들의 땅에 데려온 거야?"

"용도 있고, 용을 부리는 제 딸도 있는데 뭐가 문제입니까."

짜증 섞인 디에르고의 말대로 마차에서 내린 솔레아는 들판을 보곤 우와! 하고 소리를 지르더니 힘차게 앞으로 뛰어나갔다.

"막내야! 뛰지 마! 다쳐!"

티온이 말리려고 뒤따라갔지만 들판을 달리던 솔레아는 곁에서 같이 뛰고 있는 아무스에게 손을 뻗었다.

아무스는 솔레아를 입으로 물어 올려 제 등에 던져 태우곤 창공을 향해 날았다.

둘은 자연스럽게 호흡을 맞추며 하늘을 날아다녔다.

카라샤펠 황녀는 검은 점이 되어 버린 솔레아를 보며 디에르고에게 물었다.

"……공, 영애가 말을 탈 줄 아나?"

"그럭저럭……."

"용은 탈 줄 아는군."

"……보시다시피."

근처 호수만 가도 괜찮다던 말이 무색하게 솔레아는 잔뜩 신난 듯 보였다.

그렇게 한참 하늘을 날던 솔레아가 갑자기 공중에서 뛰어내렸다.

"아가!"

놀란 디에르고가 솔레아를 받기 위해 두 팔을 뻗었다. 그는 제 품으로 눈송이처럼 사뿐히 떨어진 딸을 꼭 안았다.

마력으로 하강 속도를 늦춘 모양이었다.

"놀랐잖니, 아가."

걱정하는 아빠의 표정이 보이지도 않는지 솔레아는 어린아이처럼 들뜬 얼굴로 말을 쏟아 냈다.

"공작님! 여기가 어디예요? 이런 데 처음 와 봐요! 엄청 넓고! 공기도 너무 좋고, 아빠 여기 진짜 너무, 너무 좋아요! 너무, 너무 좋아요!"

너무 좋아요, 라는 말밖에 못 하는 것처럼 솔레아는 상기된 얼굴로 공작에게 같은 말을 반복했다.

공작의 입꼬리가 저절로 올라갔다.

"아빠가 여기 찾느라 애 좀 썼다."

어느새 사람으로 돌아온 아무스가 솔레아와 공작의 뒤에서 말했다.

"아니지, 젊은이. 여긴 내가 알려 줬잖아. 비록 돈은 자네가 냈지만."

뒤에서 들려온 목소리에 솔레아가 고개를 돌리려던 찰나, 티온이 아무스를 덮쳐서 쓰러뜨렸다.

"악!"

아무스가 바닥으로 엎어졌다.

티온은 재빨리 겉옷을 벗어 아무스에게 덮어 주었고, 다른 마차를 타고 온 베르고의 기사들이 예상한 상황이라는 듯 여벌의 옷을 들고 헐레벌떡 뛰어왔다.

"오, 과연 전설의 금수다운 씩씩한 기상을 지녔구나."

명백히 놀리는 듯한 황녀의 어투 덕분에 솔레아는 무슨 일인지 짐작할 수 있었다.

아무스가 또…… 태초의 모습으로 돌아가 자연과 하나가 되었구나.

기사들은 인간 벽을 만들어 솔레아에게 아무스가 보이지 않도록 하고는 아무스에게 옷을 입혔다.

디에르고는 혹여 솔레아가 고개를 돌릴까 봐 딸의 얼굴을 붙잡고 제게 고정시켰다.

까딱했다간 귀한 공녀님께서 험한 꼴을 보셨을 수도 있었다는 생각에 맬다는 깊이 분노했다.

"옷 좀 입고 다녀! 우리 공녀님이 보시면 어떡할 건데! 숨어서 변한 다음에 옷을 입고 나타나든가! ……요!"

"어차피 사방이 트여 있으니 굳이 숨을 필요가 없을 거라 생각했다."

아무스는 평소처럼 당당한 태도로 흰 튜닉과 검은 바지를 입었다.

"부끄러운 감정은 세월이 지나면 무뎌지니 그대들도 작은 일에 사사로이 분노하지 마라."

기사들은 심각한 얼굴로 저들끼리 떠들었다.

"정말 저 사람, 아니 용이 우리 공녀님 짝이라고?"

"그럴 리가."

"아까 공녀님이 저놈, 아니 용한테 매달리셨잖아."

"쌰, 우리 공녀님이 매달리셨다니 그게 말이 돼?"

"너 왜 공녀님 거론하면서 욕하냐? 돌았냐?"

"아니, 화나서 그러지."

"그건 그래. 우리 공녀님이 너무 아까우시잖아."

"야, 이 새끼들아. 공녀님은 누굴 갖다 대도 아까우신 분이야."

"그럼."

"그럼."

"당연하지."

'윙! 임시 주인은 멋쪄!'

"으악! 깜짝이야!"

한군데 옹기종기 모여 떠들던 기사들이 폭죽 터지듯 사방팔방으로 흩어졌다.

손바닥만 한 정령들이 작은 빛을 내며 나타난 까닭이었다.

'이제 우리 안 숨어도 된댔는데!'

'윙!'

'누가 그랬지?'

'주인이 그랬나?'

'우리한테 한 말이 아니고, 주인이 안 숨어도 된다는 뜻 아니었어?'

'아, 그랬나?'

'그럼 우린 계속 숨어?'

'그럴까?'

'그라지!'

한꺼번에 나타났던 정령 무리가 순식간에 사라졌다.

솔레아는 또 티벳 여우 같은 얼굴로 서 있다가 한숨을 내쉬며 입을 열었다.

"야 이 씨……. 다 들킨 마당에 뭘 숨어."

솔레아의 말에 정령들이 다시 우르르 모습을 드러냈다.

'그럼 안 숨어야지!'

'와아! 신난다!'

'너무 좋아!'

'자연 최고!'

카라샤펠이 웃음을 터뜨렸다.

"아, 정말. 황궁보다 여기가 몇 배는 더 재밌네. 공, 아들 셋 중에 하나만 줘."

"랏샤! 무슨 제 오빠들을 쿠키 달라고 하듯……."

"난 그대도 좋아."

"악! 그레이! 랏샤 왜 불렀어! 넌 오늘부터 오빠도 아니야!"

"아, 왜! 넌 나한테만 그러더라!"

멀미하고 있는 빌과 사라의 등을 두드려 주던 그레이가 굽히고 있던 허리를 펴고는 소리 질렀다.

끝이 보이지 않을 정도로 탁 트인 공간인데도 온 사방이 시끄럽고 정신없었다.

그래도 이 상황이 웃겨서 솔레아는 배를 잡고 깔깔 웃었다.

❊ ❊ ❊

"자, 오늘 소풍의 첫 번째 순서는 보물찾기입니다."

"베르고 공이 전쟁을 지휘했다는 건 익히 들어 알지만 소풍을 지휘하는 건 처음 보는군."

"전하, 한 번만 더 태클 거시면 퇴장입니다."

"……여기에서 어디로 퇴장시킨단 거야?!"

아무스가 상큼한 얼굴로 대신 답했다.

"이승에서 퇴장이다."

"아무스. 방금 그 발언으로 자네 팀은 추가 점수 10점을 획득했네."

편하게 놀기 위해 바지로 갈아입은 황녀가 분을 참지 못하고 자리에서 벌떡 일어났다.

"누가 봐도 벌점을 줘야 하는 거 아냐?! 나를 죽인다는데?!"

"우리 딸 소풍이니까요."

카라샤펠은 다시 조용히 잔디밭에 앉았고 솔레아는 꽃송이를 엮어 만든 팔찌를 사라의 손목에 채워 주며 기분 좋게 웃었다.

"딸, 아빠 말하는 거 들었니?"

"네! 보물찾기요."

"그래."

인자하게 미소 지은 디에르고가 말을 이었다.

"아무스가 근처에 마력으로 벽을 쳐 뒀으니 마물들은 이곳에 들어오지 못할 겁니다. 그러니 안심하고 숨겨 놓은 보물을 찾으세요. 찾은 보물은 모두 자기 것입니다. 기사들도 함께 참여하니 우리 아이들도 열심히 해야겠지?"

"어떤 보물입니까?"

헤이먼의 질문에 공작은 의미심장한 표정으로 웃었다.

"……찾아봐라. 우리 가문의 전부를 그곳에 두고 왔다."

티온과 헤이먼의 얼굴이 사색으로 뒤덮였고, 그레이와 솔레아의 얼굴에는 생기가 돌았다.

재밌겠다……!

"그럼. 재밌게 놀아라, 얘들아. 제한 시간은 한 시간이다. 준비, 시작!"

게임이 시작되자마자 기사들은 소리를 지르며 일확천금을 향해 뛰어나갔지만 나사니엘가와 베르고가의 아이들은 멍한 얼굴이었다.

　다들 심각한 표정인데 솔레아만 비스듬히 입꼬리를 올린 채 좌우로 목을 꺾었다.

　진지하다 못해 엄숙한 표정이었다.

　"이제부터 이 들판의 보물은 다 내 거다. 난 예전부터 일확천금을 꿈꿨지."

　"……솔레아 너 언제부터 이렇게 탐욕이 많았지?"

　"누가 솔레아지? 나는 도굴꾼 코리아 13이다."

　"뭐라고? 13은 대체 뭔데?"

　"배구 국가대표 박정아 선수 등번호."

　"그게 뭐야?"

　"수세에 몰렸을 때 점수를 내며 팀을 승리로 이끄는 클러치 박을 모르는 인생이 불쌍하군. 헤이분홍이."

　헤이먼은 골이 아프다는 듯 양손으로 머리를 싸맸다가 그레이의 어깨를 툭 쳤다.

　"야. 그레이! 솔레아 좀 말려!"

　하지만 그레이는 늘 그랬듯 솔레아와 죽이 잘 맞았다.

　"누가 그레이지? 나는 킬러 호랑이 13. 가자! 도굴꾼 코리아 13!"

　"좋아!"

　솔레아와 그레이는 대답할 시간도 아깝다는 듯 빠르게 달려 나갔다.

　사라는 두 손을 모은 채 종종거리다가 고민에 빠졌다.

　"저, 저도 별명이 있어야 할 거 같아요."

　"사라 영애, 그런 것은 필요 없습니다. 쟤네는 정신 연령이 아직……."

　빌이 결심한 듯 앞으로 뛰어갔다.

　"킬러 도굴꾼 무화과파이 코리아 13! 지금 출발하지!"

　"……사라, 왜 영애의 오라버니는 자신을 무화과파이라고 하는 겁니까? 아니 왜 온갖 걸 다 갖다 붙이는지……."

"그, 어, 아마, 자기가 못 먹는 거라 무화과파이를 넣은 듯하고, 다 갖다 넣은 건 그냥 그게 강해 보여서 그런 거 아닐까 하는……."

묵묵히 서 있던 티온마저 걸음을 옮겼다.

"형, 우리랑 같이 움직여!"

아무래도 사라와 단둘만 남는 건 어색해서 그를 붙잡으려 했지만 티온은 싸늘히 굳은 얼굴로 헤이먼을 바라보기만 할 뿐이었다.

"내 이름은…… 도굴꾼 불곰 27. ……스, 스물일곱 살이다."

막상 말로 내뱉자 부끄러웠는지 티온은 빠르게 걸음을 옮겨 자리를 피했다.

결국 헤이먼과 사라만 남았다.

귀족 가문의 일원으로서 양심상 남의 집 영애를 꿔다 놓은 보릿자루마냥 내버려 두고 갈 수는 없어 헤이먼은 어색한 공기를 꾹 참고 사라에게 말을 걸었다.

"놀라셨죠? 제 형제들이…… 다소 자유로워서……."

"아, 괜찮아요! 그건 저희 오빠도 마찬가지라서……."

"천천히 걸으며 찾아볼까요?"

"네."

두더지마냥 미친 듯이 땅을 파헤치고 바위 사이를 뛰어다니며 보물을 찾는 솔레아와 그레이를, 아니 도굴꾼 코리아 13과 킬러 호랑이 13을 보고 있자니 한숨밖에 나오지 않았다.

그 와중에도 그레이는 틈을 놓치지 않고 사라와 나란히 걷는 헤이먼을 놀려 댔다.

"둘이 뭐야! 나 눈치 되게 좋아. 뭐야, 뭐야!"

"내 동생을 놀리지 마라! 그레이!"

격분한 빌이 커다란 통나무를 그레이에게 집어 던졌다. 또다시 둘의 몸싸움이 시작되었다.

솔레아는 냉큼 그레이를 내버려 두고 통나무가 원래 놓여 있던 자리로 가 보물이 적힌 쪽지를 찾아냈다.

"와! 내가 제일 먼저 찾았어! 700년 전에 장인이 직접 구운! 베르고의 가보로 내려오는! 최고급! ……식기 세……트."

당황한 솔레아가 작은 목소리로 쪽지 안에 적힌 내용을 다시 읽어 보았다.

"……공작님……. 농담이 아니고 진짜 가보를……. 아니, 진짜 가보를……."

멀리 나무 그늘 아래 앉아 있는 공작은 환히 웃으며 보물을 제일 먼저 찾은 솔레아에게 박수를 보내고 있었다.

✻ ✻ ✻

금화 몇 푼 있을 줄 알았는데 설마 진짜 가보였다니.

이 와중에 저 멀리에서 어느 기사의 환호가 들려왔다.

"와! 찾았다! 제르노아 9대 황후셨던 라리아나 폰 베르고 황후 폐하의 다이아몬드 목걸이!"

"미친!"

손이 떨려 온다.

17억 로또 종이를 잃고 이 세계로 떨어졌다. 아니, 물론 이젠 로또에 미련은 없지만…….

지금 이 넓은 땅 구석구석에 로또들이 묻혀 있다는 거잖아.

"아무스! 나 좀 도와줘! 아무스!"

애타게 불렀지만 공작님 옆에 있는 아무스는 올 기미가 전혀 없어 보였다.

"아가. 아무스는 나와 함께 보물을 숨겼기 때문에 너를 도와주는 건 규정 위반이란다!"

"아무스 이놈 자식아! 언제든지 내가 부르면 오겠다며!"

아무스는 일평생 고민이라곤 해 본 적 없는 사람처럼 말끔한 표정으로 소리쳤다.

"미안! 젊은이가 나보고 짝 도우면 규정 위반이래!"

"야! 내가 네 짝이지, 우리 아빠가 네 짝이야?!"

"미안해! 근데 모른 척해야 다음에 가족끼리 초상화 그릴 때 나도 끼워 주겠대!"

"아이고, 그래라! 나 없는 내 가족 초상화에 들어가라!"

"레아, 네가 없다니 무슨 소리니!"

"압, 공작님도 됐어요! 말 걸지 마세요!"

"아가아아아!"

손으로 확성기 모양을 만들어 외치는 공작님이 미웠다.

내 일확천금.

내 돈.

원래 돈이라는 게 없으면 없는 대로 살아지지만, 있으면 있는 대로 확 땡기고 싶은 건데.

나는 공작님을 있는 힘껏 노려보며 외쳤다.

"공, 아빠 미워요! 아빠 진짜 미워요!"

아빠라고 부르는 게 타격이 더 클 것 같아 일부러 그렇게 불렀다.

이젠 그렇게 불러도 아프지 않았다.

"아니, 그게, 아가!"

당황한 공작님이 자리에서 벌떡 일어섰다.

나를 설득하려는 것 같았지만 지금은 공작님과 떠드는 시간조차 아까웠다.

베르고의 보물들이 다 이 땅에 묻혀 있다니.

이렇게 짜릿한 보물찾기는 태어나서 처음인데.

나는 손안에 마력을 모아 땅을 뒤흔들었다.

"짝 이제 마력 너무 잘 써!"

아무스가 기립 박수를 보냈다.

땅이 흔들리며 마력의 기운으로 쪽지가 숨겨진 곳을 찾을 수 있었다.

"저기다!"

내가 나무 아래로 뛰어가려는 순간, 그레이가 내 앞을 가로막았다.

"뭐야, 비켜!"

"아빠악! 얘 치사하게 지 혼자 마법 써요!"

"솔레아! 마법은 반칙이다!"

"그런 게 어디 있어요! 내 능력인데!"

"정확히는 아무스 마력이니 안 되지! 공평하게 겨뤄야지!"

"아빠 두 번 미워요!"

"아아, 솔레아……."

이 와중에 정령들은 할 일을 찾았는지 평원 구석구석에서 해설을 하고 있었다.

'아, 방금 조쉬 선수가 1년 치 연봉이 담긴 금화 주머니를 찾았네요!'

'울고 있어요, 조쉬 선수!'

'들고 올 수 없는 건 쪽지에 써 놓고, 숨길 수 있는 사이즈는 물건을 숨겨 뒀나 본데요!'

'쪽지만 찾을 게 아니라 눈에 보이는 보물은 모두 찾아야 하나 봅니다!'

'말씀드린 순간! 아가 불곰이 뭔가를 찾아냈습니다!'

'……아, 안타깝게도 꽝이라고 적힌 종이였네요.'

'종이를 확인한 불곰 선수 눈꼬리가 아래로 축 처집니다…….'

'괜찮아요, 또 찾으면 됩니다. 불곰 선수. 포기하지만 않으면 돼요!'

'아가 불곰 울지 마!'

'괜찮아! 짝!'

'괜찮아, 짝!'

"너네 시끄러워!"

정령들에게 윽박지른 후 두 발로 뛰기 시작했다.

마법을 쓸 수 없다면 남보다 더 빠르게 뛰는 수밖에 없었다.

한참을 땀 흘리며 뛰다 보니 나무 그늘 아래에서 공작님과 대화를 나누고 있는 황녀 전하가 보였다.

"전하는 왜 보물찾기 안 하세요!"

"내 궁의 지하에 더 비싼 보물이 많으니까! 난 쓸데없는 땀은 흘리지 않는다! 그런데 전하가 누구지?! 나는 랏샤 코리아 13!"

"한국인도 아니면서 뭐가 코리아야, 진짜 웃기는 사람이야!"

"한국이 뭐고, 코리아는 뭐지, 영애!"

서로 멀리 떨어져 있어서 바락바락 소리를 지르면서 대화할 수밖에 없었다.

한국에 대해 설명하자니 골치 아파 나는 모른 척 다시 다른 곳으로 달리기 시작했다.

마침 티온이 눈에 보여 그를 불렀다.

"오빠! 큰오빠!"

"응, 막내야!"

"나 목말! 목말!"

"응!"

티온은 기다렸다는 듯 달려와 내 허리를 잡고는 몸을 들어 올려 자신의 어깨에 앉혔다.

"오빠, 어깨 좀 밟을게!"

"응. 안 넘어지게 조심해."

나무 위를 살피기 위해 발로 티온의 어깨를 디디고, 두 손으론 나무를 짚으며 조심스럽게 일어섰다.

아니나 다를까, 나뭇가지 끄트머리에서 반짝이는 작은 상자가 보였다.

'도굴꾼 코리아 13! 멋진 상자를 찾았습니다!'

'과연, 뭘까요!'

정령들의 목소리를 무시하고 재빠르게 상자를 열었다.

책이었다.

'책이네요!'

'책입니다!'

' '남편이 너무 잘해요.' 라는 책을 찾았네요, 솔레아 선수!'

'지금은 솔레아가 아니라 도굴꾼 코리아 13이죠!'

'남편이 뭘 잘한다는 걸까요?'

'여러 방면으로 굉장하지 않을까…… 추측해 봅니다.'

"이게 뭐야!"

나는 벌레라도 만진 것처럼 비명을 지르며 책을 집어 던졌다.

어딘가에서 앤의 목소리가 들려오는 것 같았다.

'우리 아가씨가 좋아하는 책들♥'

"아악!"

중심을 잃고 휘청거리다 아래로 떨어지자 티온이 나를 안아 들었다.

"막내야. 무슨 책인데 그래?"

나는 티온이 제목을 읽기 전에 얼른 검은 공간을 열어 그곳으로 책을 집어 던졌다.

"아빠! 왜 이, 이딴 책이 있어요!!"

마치 내가 책을 찾길 기다리고 있었던 것처럼 공작님의 얼굴에 화색이 돌았다.

"네가 좋아하는 종류의 책들이라고 추천을 받았다!"

"아빠 세 번 미워!"

자리에서 일어나 두 손을 모아 입에 갖다 댄 채 내게 소리치던 공작님이 침울한 표정으로 의자에 털썩 주저앉았다.

안쓰럽긴 하지만 왜 이런 걸 준비하신 거야.

그래도 내가 제일 먼저 찾아서 다행이다.

안도의 한숨을 내쉬려던 찰나, 저 멀리서 헤이먼과 함께 걷고 있던 사라가 큰 소리로 외쳤다.

"저도 상자를 찾았어요!"

"사라 영애! 눈썰미가 좋으시네요! 열어 보십시오!"

"안 돼! 헤이먼! 사라! 열지 마!"

내 외침이 닿기 직전, 사라가 상자를 열었다.

다행히 사라는 상자를 열기만 하고 내용물은 살펴보지 않은 채로 나를 바라보고 있었다.

"공녀님, 왜요?"

상자 안을 확인한 헤이먼의 얼굴에서 핏기가 싹 가셨다.

헤이먼은 사라의 손에서 상자를 뺏더니 뚜껑을 닫고, 수류탄을 던지듯 저 멀리 던져 버렸다.

"꺅! 공자님! 제가 찾은 건데!"

놀란 사라가 헤이먼에게 언성을 높였다.

"위험한 물건이었습니다. 사라 영애가 다칠까 봐 일단 멀리 던졌습니다."

"정말요? 역시 무서운 땅이네요."

"예, 아무래도 원래는 마물들의 땅이었으니까요."

다행이다.

대체 책을 몇 권이나 숨겨 둔 거야.

공작님이 계신 방향을 힘껏 흘겨봤지만 공작님은 정령들의 해설에 푹 빠져 계셨다. 어쩐지 본인이 더 신나신 것 같았다.

'아! 방금 우리 분홍이가 '파멸의 밤'을 던졌습니다!'

'요즘엔 꽤나 보기 드문 하드코어 명작인데요!'

'얘가 가장 좋아하는 책인데!'

'남자 주인공이 밤만 되면 이성을 잃고 가차 없이 밀어붙이는 게 포인트죠!'

나는 지금 저런 책들이 '공녀님이 좋아하는 책들'이라고 소문이 날까 봐 간이 후달리는데 저것들이 진짜.

정령들과 공작님이 신난 건 둘째 치고, 난 보물이고 뭐고 책들을 찾는 게 우선이었다.

"막내야, 내가 도와줄까?"

"아니! 아니, 응!"

아직도 나를 내려놓지 않고 서 있는 티온이 환하게 웃었다.

그리하여 다시 티온의 어깨 위에서 목말을 타고 움직였다.

난 용을 잃었지만 불곰을 가졌지.

"가자! 불, 오빠!"

"응!"

티온의 어깨 위에 올라탄 채 나폴레옹처럼 팔을 앞으로 휘둘렀다.

흔들리지 않는 편안함, 티온 목말.

❄ ❄ ❄

공작에게서 믿기 힘든 이야기들을 듣고도 카라샤펠의 표정에는 큰 변화가
없었다.

그저 무덤덤하게 앞을 바라보며 짧게 신음만 뱉어 냈다.

"흐음."

"……놀라지 않으시는군요."

"공의 말이 사실이라면 딸을 잃은 아비 앞에서 깜짝 놀라는 건 예의가 아닌
듯하여. 안 그래도 소문과는 영 달라 신기하다 여기긴 했었거든. ……설마 이
럴 줄은 몰랐지만."

잠시 침묵이 흐른 후 황녀는 아까보다 낮은 목소리로 물었다.

"……공께서는 저 아이를 딸로 받아들였습니까?"

디에르고는 잔잔한 미소를 띤 채 한참 동안 먼 곳을 바라보았다.

솔레아가 티온의 머리를 붙잡고 방향을 지시하면 티온은 그곳으로 마구 달
려갔다. 솔레아는 상자를 찾는 즉시 열어 본 후에 즉각 검은 공간을 열어 그 안

으로 책을 던져 버렸다.

"······공?"

황녀의 목소리에 디에르고는 조금 늦게 답했다.

"늦었습니다."

"뭘? 대답이? 난 그 정도도 못 기다리는 주군은 아니니 편히 대답하세요."

황녀의 여유로운 농담에 픽 웃은 디에르고가 마저 말했다.

"저 아이를 딸로 받아들이는 것이······ 늦었습니다. 그래도 지금은, 저기 보십시오, 전하. 누가 봐도 가족 아닙니까."

그 와중에 티온의 도움을 받아 올라간 나무 꼭대기에서 금화 주머니를 찾았는지 솔레아는 주변을 살피면서 금화를 품에 넣었다.

그러고는 아무렇지 않은 표정으로 다시 아래로 내려가 티온의 앞에 섰다.

뭐라 묻는 티온에게 고개를 절레절레 흔들며 텅 빈 두 손을 펼쳐 보이는 모양새를 보아 하니 아무것도 못 찾았다는 말을 하는 것 같았다.

큰오빠에게 뻔히 보이는 거짓말을 하는 것마저 막내다웠다.

"조심성도, 경계심도 많은 공이 내게 이 모든 걸 얘기해 주는 이유가 뭡니까?"

"······저는 물론 반대하지만 전하께선 우리 딸 친구가 아니십니까. 우리 지윤이가 정이 많아서."

"지윤, 지윤······."

낯선 형식의 이름이 신기하다는 듯 카라샤펠은 몇 번이나 솔레아의 이름을 소리 내어 불렀다.

"조심하세요, 전하. 아이는 비밀이 밝혀지는 걸 원치 않으니."

"친구 아빠가 신신당부하니 유념하도록 하죠."

친구 아빠라는 호칭이 재밌는 듯 공작은 부드러운 바람 소리를 내며 웃었다.

한 시간이 지나고, 솔레아가 보너스 시간을 주지 않으면 지금 당장 여기서 아무스와 결혼하든가, 랏샤를 따라 황궁에 가서 살겠다고 버럭버럭 소리를 지르며 으름장을 놓는 바람에 보너스 시간 30분이 추가됐다.

아무스는 보너스를 주는 게 어디 있냐고 발을 구르며 공작에게 매달렸고, 늘 시큰둥하고 여유 넘치는 표정이던 황녀까지 공작의 팔을 붙잡고 부탁했다.

"베르고 공. 나 정말 그대의 딸이랑 같이 일해 보고 싶어. 저이는 능력이 너무 많아. 넘쳐. 뭘 가르쳐도 잘할 거야. 어디에 데려다 놔도 살아남을 인재란 말이야. 나 줘. 베르고 공. 공. 공작. 내 말 들려? 공."

"우리 딸이 인재인 건 내가 제일 잘 압니다. 됐어요."

공작은 아무스와 랏샤를 매몰차게 떨쳐 냈고, 솔레아는 얻어 낸 30분 동안 기어코 숨겨진 보물들을 모두 찾고 돌아왔다.

빛이 비치는 방향에 따라 다르게 빛나는 깃털 펜과 222가지 색의 파스텔, 배구하기에 딱 좋은 동그랗고 하얀 공, 남부 시카르피아 섬의 땅문서까지.

그중 앤이 추천한 수많은 책들은 단 한 권도 없었다.

과연 앤이 조언해 준 대로 지윤이는 부끄러움이 많아 남들이 보는 앞에선 책을 숨기는군.

다행이었다.

공작저의 공용 서재에 그쪽에 관련된 책들로만 가득 채운 서가를 준비해 뒀으니 돌아가서 깜짝 놀라게 해 줘야지.

공작이 무슨 생각을 하고 있는 줄도 모르고 솔레아는 환하게 웃으며 그에게 물었다.

"아빠! 우리 이제 뭐 해요?"

디에르고는 야심차게 대답했다.

"장기 자랑을 할 거란다."

디에르고의 말이 끝나자마자 일순간 싸늘한 공기가 평원을 감쌌다.

티온을 비롯한 기사들이 결의에 가득 찬 얼굴로 검을 빼 들었다.

스르릉, 검이 뽑히는 소리에 솔레아의 고개가 뒤로 돌아갔다.

아니나 다를까 티온과 그의 기사들이 검을 거꾸로 쥔 채 결연한 표정으로 제 배를 겨누고 있었다.

"잠깐!"

솔레아가 놀라서 자리에서 벌떡 일어났지만 다들 그런 솔레아를 멀뚱멀뚱 바라만 볼 뿐이었다.

"왜, 왜 다들 가만히 있어요? 장기 자랑이 자기 장기를 자랑하는 거겠냐고요. 아니 물론 장기는 장기인데 발음이 다르다고! 장 '끼' 자랑이란 말이에요! 장기 말고! 위, 간, 창자, 그런 거 말고요!"

장기 자랑을 하자고 얘기를 꺼낸 디에르고마저도 의아하단 표정이었다.

"하지만 분명 듣기로는 장기 자랑이라고……. 저 용이."

"나는 틀린 말을 전하지 않았다. 분명 짝의 어릴 적 꿈에서 소풍을 가면 장 기 자랑을 했다고 했어."

솔레아는 당장이라도 아무스의 머리를 쥐어박고 싶었지만 꾹 참고 공작에게 로 시선을 돌렸다.

"공, 아빠는 이상한 거 눈치 못 채셨어요? 기사들이 장기를 자랑하면 다 들…… 목숨이 위험해지잖아요."

애써 준비한 장기 자랑 타임이 허사로 돌아간 게 머쓱한지 디에르고는 먼 산 을 보며 말끝을 흐렸다.

"아니, 뭐……. 둘, 셋 정도야 괜찮지 않을까 해서……. 저 용이 내 팔도 다 시 붙여 줬으니까 숨만 붙어 있으면 어떻게든 되지 않겠나…… 하는 생각으 로."

결국 솔레아의 만류로 장기 자랑은 무산되었다.

맬다와 조쉬가 '저희는 죽어도 괜찮습니다! 공녀님을 향한 충성심을 보일 수만 있다면 장기 정도는!' 이라고 말하며 각오를 표했지만 그런 충성심은 필요 없었다.

남의 생생한 장기를 보며 박수를 치고 싶진 않았다.

장기 자랑 시간이 텅 비어 버린 탓인지 디에르고의 얼굴에 수심이 깊어졌다.

결국 솔레아가 21세기의 온갖 놀이들을 언급했다.

"'무, 무궁화꽃이, 아니 데이지꽃이 피었습니다.' 를 하고요. 피구도 하고, 배구도 합시다. 발야구도 해요. 날씨도 좋잖아요."

데이지와 피구라면 이제 프로가 된 기사들이 자신만만한 미소를 지었다.

데이지꽃이 피었습니다를 하는 동안 황녀가 몇 번 움직였지만 그냥 내버려 뒀다. 황족인 그녀의 손을 잡을 수도 없고, 그렇다고 해서 원래 하던 대로 멱살을 잡는 건 더더욱 안 될 일이었다.

그때 정령들이 나타나 황녀의 양 손목에 각각 밧줄을 묶은 뒤 줄을 짧게 늘어뜨렸다.

'이 밧줄 끝을 잡으면 되지! 그럼 몸에 손을 안 댈 수 있잖아!'

"좋은 생각이구나!"

놀이를 지속할 수 있어서 신난 건지, 평소에 대화를 할 때마다 싸웠던 황녀의 손목이 묶인 게 신난 건지는 구별할 수 없었지만 어쨌든 디에르고의 표정이 확 밝아졌다.

카라샤펠은 제 양 손목에 묶여 있는 밧줄을 보며 씨익 웃곤 솔레아에게 물었다.

"이게 영애 취향인가?"

"아. 그냥 집에 가고 싶다."

황녀와 꽤 친해져 말을 무시할 정도가 된 솔레아는 모른 척 게임을 진행했다.

역시 엉망진창이었고, 즐거웠다.

"움직이셨잖습니까! 전하!"

"밧줄이 움직였지, 내가 움직였나!"

"용. 너 움직였지?"

"나는 지금 나를 둘러싼 바람조차 멈추게 하고 마력으로 스스로를 고정하고 있다. 그런 내가 움직였을 리 없지."

"마법 썼으니까 반칙이네. 너 나와."

"······힝."

데이지를 몇 판 돌린 뒤엔 피구를 했다. 하지만 너무 여러 번 해서인지 반응이 영 시들해 다시 배구로 바꿨다.

"배구 진짜 재밌어요. 인원은 팀당 여섯 명이고, 이렇게 두 손 모아서 공 튕기고! 이게 리시브. 이렇게 공을 위로 올리면 토스, 팡! 하고 때리면 스파이크고. 서브는 이 선 바깥에서! 이렇게, 서브! 언더 서브는 밑에서 쳐 올리듯이 이렇게. 세 번 안에 상대편으로 넘겨야 돼요."

신나서 배구 룰을 설명하는 솔레아를 바라보는 이들의 얼굴에 환한 미소가 떠올랐다.

"다 이해했어요?"

"그럼."

어쩐지 '모두에게 사랑받는 쁘띠 공녀님' 같은 세계관에 갇힌 듯했다.

솔레아는 조심스럽게 아무스 곁으로 가 작은 목소리로 물었다.

"아무스. 사람들이 자꾸 나를⋯⋯ 뭐랄까, 너무 사랑스럽다는 듯이 쳐다보는 거 같지 않아?"

아무스는 어깨를 으쓱하며 태연히 답했다.

"그거야 당연하지. 곧 너도 너를 좋아하게 될 거야. 너는 사랑받아 마땅한 멋진 사람이거든."

"웬 딴소리야."

왠지 부끄러운 기분에 솔레아는 마력을 실어 아무스의 어깨를 퍽 쳤고, 어깨가 빠진 아무스는 남몰래 어깨를 다시 제자리에 끼워 맞췄다.

몸을 쓰는 기사들이 대부분이라 그런지 다들 금방 동작들을 따라 했다.

비교적 키가 작은 솔레아와 황녀는 수비 전문인 리베로를 맡았다.

한 판 정도 멀쩡하게 굴러가나 싶었는데 티온이 스파이크를 날리려다 공을 터뜨렸고, 이어서 디에르고 공작도 공을 터뜨렸다.

멀찍이서 지켜보던 라트엘은 디에르고 공작이 터뜨린 공들만 개수를 체크하여 공의 값만큼 공작의 개인 예산을 삭감했다.

결국 공에 얼굴을 정통으로 맞은 황녀가 코피를 터뜨리며 배구도 끝나고 말았다.

코를 움켜쥔 채 주저앉은 황녀는 손에 묻은 피를 확인하자마자 말했다.

"저 기사를 살려 줄 테니 솔레아는 황궁으로 와서 나랑 일주일 동안만 같이 있어."

"……무슨 일을 시키시려고요."

솔레아는 잠깐 고민했다.

'숨이 끊어지기 직전이면 살릴 수 있는데 그냥 페이온을 넘길까. 죽기 전에 치료하면 되잖아.'

"……공녀님. 아가씨. 저 살려 주세요."

"살려 드려야지, 살려는 드릴게. 그런데…… 아, 황궁은 싫은데."

웃음기가 짙게 밴 황녀의 얼굴엔 장난기가 가득했다.

솔레아가 안 따라올 걸 알고 일부러 장난을 치는 것 같았다. 코피가 터지자마자 솔레아가 마력으로 치료했으니 이젠 아프지도 않을 터였다.

디에르고는 시끌벅적한 사람들에게 떨어져 나와 그늘에 앉았다.

'비켜! 은발 놈! 내가 아끼는 꽃이야!'

정령들의 목소리가 들려 살짝 몸을 틀어 아래를 내려다보니 보라색 제비꽃이 군락을 이루고 있었다.

디에르고는 조용히 정령에게 물었다.

"죽은 아이는…… 어디로 가니?"

정령은 활짝 피어난 제비꽃들 사이에 앉아 은발 놈에게 말했다.

'죽은 아이는 사라지지!'

"그래…….사라지는구나."

씁쓸한 듯 말끝을 흐리는 은발을 불만스레 올려다보던 정령이 할 수 없다는 듯 한숨을 푹 내쉬었다.

그리고 조금 이르게 낙화한 보라색 꽃 한 송이를 들고 디에르고의 눈앞으로 날아갔다.

'그래도 기억하는 사람이 있으면 아이는 그 사람의 마음속에 살아 있지.'

작은 정령은 디에르고의 가슴속에 보라색 꽃을 넣어 주었다.

'은발! 표정이 죽는 중이야! 씨바 웃어!'

박력 넘치는 작은 정령의 말에 디에르고는 큰 소리로 웃고는 제 옆의 제비꽃 군락을 손바닥으로 천천히 쓰다듬었다.

"솔레아는 다른 아이들에게서 천천히 잊히겠지."

정령은 제비꽃 사이를 데굴데굴 굴러다니며 디에르고를 비웃었다.

'무슨 소리야. 임시 주인은 어제저녁에도 너희가 후원 구석에 만들어 놓은 솔레아의 무덤에 갔다 왔어.'

"뭐?"

'소풍을 간다. 너도 함께라면 좋았을 거다. 내일 네가 나랑 같이 있다고 생각하면서 네 몫까지 재밌게 놀다 오겠다. 이렇게 말했는데!'

"그래?"

디에르고는 어쩐지 울컥해 입가를 매만지며 울음을 삼켰다.

정령은 신이 났는지 곧장 말을 이었다.

'그리고, 오늘 아침에는! 소풍 오기 전에 말이야. 아가 불곰이 그 자리에 가 바닥에 앉아서 책을 읽어 줬어. 곰돌이와 친구가 된 꼬마 공주님이라고, 되게 지루한 내용이었어.'

정령은 제비꽃의 보라색 꽃가루를 온몸에 묻힌 채 계속해서 이야기를 이어 나갔다.

헤이먼이 그 자리에 보라색 꽃이 피는 등나무를 심기 위해 상단에 주문을 해 두었고, 그레이가 반쯤 바닥에 드러누워 어렸을 때 동생에게 불러 주던 노래를 살짝 바꿔서 불러 주었다는 내용이었다.

정령은 그레이가 불렀던 노래를 기억해 내 공작의 옆에서 맑은 목소리로 불러 주었다.

'디에르고 공작님, 에일린! 공작 부인, 티온은 큰형, 헤이먼은 작은형, 잘생긴 그레이! 솔레아는 예쁜! 지운이는 막내! 우리는 베르고 가족~'

아이들은 나름대로 솔레아를 기억하고, 자신들만의 방법으로 기리고 있었다.

결국 디에르고가 훌쩍거리기 시작하자 정령이 크게 한숨을 내쉬며 디에르고의 등을 퍽 쳤다.

'은발! 힘내! 가만 보면 네가 제일 마음이 약해!'

디에르고는 울다가 웃고 말았다.

정령의 위로를 받은 후, 디에르고는 다시 아이들의 곁으로 돌아갔다. 그들은 해가 지기 전에 공작저로 되돌아갈 채비를 했다.

외출을 나왔으니 마차를 타고 천천히 가고 싶다는 솔레아의 말에 검은 공간을 열어 베르고 근처까지 간 후, 거기서부터 두 시간 정도는 마차를 몰아 가기로 했다.

그러나 바깥 구경이 하고 싶다던 솔레아는 피곤했는지 마차에 타자마자 아무스의 어깨에 머리를 기대고 잠이 들어 버렸다.

솔레아가 잠들자마자 공작과 황녀, 아무스는 아무런 대화도 하지 않은 채 잠든 솔레아를 가만히 바라보고만 있었다.

그때였다.

창밖에서 어떤 여자의 비명이 들려왔다.

"도와줘요! 도와주세요! 미친 사람이에요!"

이맛살을 찌푸린 카라샤펠이 커튼을 살짝 젖혀 밖을 바라봤다.

어떤 남자가 여자의 팔을 붙잡은 채 잡아당기고 있었다.

"뭐야, 저놈은."

뒤이어 상황을 확인한 디에르고가 마차를 세웠다.

도와줄 기사를 보내려던 찰나 그들의 대화가 들려왔다.

"여보, 나야. 세실, 나라고! 나 레이놀드야. 갑자기 왜 이러는 거야! 제발!"

"누구야! 놔!"

여자가 발악을 하며 남자를 떼어 내려고 했지만 남자는 비굴해 보일 정도로 처절하게 여자에게 매달렸다.

"여보, 제발. 레이놀, 아니. 나 란이야. 내 이름 기억해? 우리 예전에, 같이 도망 다니던 그때. 응? 제발, 세실, 나 좀 봐. 네가 내 새로운 이름을 지어 줬잖아!"

여자는 이해하지 못하겠다는 듯 질색하며 남자를 밀쳐 냈다.

힘없이 뒤로 밀려난 남자가 다시 그녀를 잡으려 손을 뻗는 순간, 그의 손이 여자의 몸을 통과하고 말았다.

여자는 잠깐 멍하게 서 있다가 방금 전의 난리를 잊은 것처럼 바닥에 떨어진 빨랫감들을 하나둘 줍기 시작했다.

"어휴, 빨래 다시 해야겠네."

소리를 지르던 남자의 목소리가 서서히 작아지고, 그의 몸 또한 투명해졌다.

목에 벌건 핏대가 올라올 정도로 목이 터져라 소리 지르던 남자는 이내 몸을 돌려 먼 곳에 세워진 마차 행렬을 향해 맹렬히 뛰어왔다.

"도와주세요! 도와줘요! 제가 보이세요? 여러분, 제발! 제 이름은 레이놀……!"

점점 작아지던 남자의 목소리는 이내 들리지 않았고, 그의 몸 역시 연기처럼 흩어졌다.

한 인간이 세상에서 지워졌다.

그의 아내에게서 완전히 잊힌 채로.

마차에 탄 모든 이들이 그 어떤 말도 하지 못하고 굳은 듯 앉아 있었다.

주먹을 움켜쥐는 아무스의 손가락뼈가 맞물리는 소리가 들리던 그때, 황녀가 조용히 오른손을 들어 바깥을 가리켰다.

레이놀드가 사라진 그 자리에 익숙한 인영이 나타났다.

큰 키에 짙은 남색 머리칼, 늘 조용히 아래를 향하던 검은 눈동자.

그는 마차를 지긋이 응시하다가 두 손을 앞으로 뻗어 사방으로 흩어진 영혼의 조각들을 모았다.

그리고 입술을 열어 무어라 중얼거리기 시작했다.

뭉쳐진 영의 조각들은 순식간에 작은 구슬로 변했고, 그는 그것을 입 안으로 넣어 꿀꺽 삼켜 버렸다.

"……저놈은 분명 진짜 마법사가 아니었는데……."

황녀가 작게 중얼거리자 돈은 입꼬리가 귀에 걸릴 정도로 입술을 가로로 쭉 찢으며 활짝 웃어 보였다.

멀리 있어도 확연히 보이는, 징그러울 정도의 환한 미소였다.

눈을 깜빡이지도 않고 마차를 똑바로 응시하던 돈은 천천히 손가락을 들어 마차를 가리켰다.

마치 다음은 이 안에 든 사람 차례라는 것 같았다.

황녀는 태어날 때부터 고귀한 이름을 가지고 자라났다.

그것은 디에르고 공작 역시 마찬가지였다.

저놈이 노리는 건 솔레아, 지윤이었다.

이를 악문 공작이 몸을 일으키려는 순간, 아무스가 손을 들어 그를 막았다.

솔레아가 잠에서 깨어났다.

"……어, 마차가 왜 멈춰 있어요?"

아직도 잠기운이 덕지덕지 묻어 있는 딸의 얼굴을 보던 디에르고는 무심코 시선을 돌려 밖을 바라봤다.

텅 빈 벌판 위엔 작은 집 한 채만 서 있을 뿐, 방금 전까지 누군가 서 있었던 흔적은 조금도 찾아볼 수 없었다.

세실이라는 여자는 빨래를 모두 걷어 집 안으로 들어간 후였다.

"아빠. 왜 멈춰 있어요? 누가 멀미라도 했어요?"

디에르고가 대답하기 전, 누군가 마차 문을 벌컥 열었다.

그레이가 새하얗게 질린 얼굴로 문을 열자마자 소리쳤다.

"아빠! 방금 보셨어요? 솔레아! 너도 봤어? 저기……."

"그래. 커다란 독수리가 작은 송아지를 채 가더구나. 신기한 광경이었다."

"네?"

그레이는 뜻 모를 소리를 하는 디에르고를 이해할 수가 없어 고개를 갸웃거렸다.

하지만 황녀와 아무스도 비슷한 반응이었다.

"그러게, 정말 신기하네. 황궁에선 쉽게 볼 수 없는 장면이었어."

"망나니. 걱정 마라. 1,000년을 넘게 살면 그런 것쯤은 몇 번 더 볼 수 있으니."

"오, 1,000년을 넘게 살았으면 금수는 이제 죽어도 될 것 같은데."

세 사람이 모두 태연하게 말하는 탓에 그레이는 자신이 잘못 본 게 아닌가 하는 착각마저 들 지경이었다.

하지만 그자는 분명히 돈이었다.

같은 마차에 타고 있던 헤이먼도 돈을 알아봤는데.

티온 역시 그 광경을 봤다. 다만 남색 머리칼의 남자가 누군지는 몰라 헤이먼이 설명을 해야 했다.

그는 한때 노예였으며, 얼마 전까지 솔레아가 서대륙의 마법사로 신분을 위장시킨 채 데리고 있었던 사람이라고.

티온에게 설명을 마쳤는지 앞에 멈춰 서 있던 마차에서 헤이먼이 뛰쳐나와 이곳을 향해 달려왔다.

식은땀을 흘리고 있는 그의 긴박한 표정에는 분노와 공포마저 서려 있었다.

그때, 솔레아가 입을 열었다.

"진짜? 나만 자느라 아무것도 못 봤네."

……자고 있었어?

빠르게 달려온 헤이먼이 솔레아의 이름을 부르기 직전 그레이가 손을 뻗었다.

"솔레, 억!"

자기도 모르게 형의 목을 손으로 움켜쥐며 초크슬램을 걸어 버린 그레이는 잠깐 당황했지만 얼른 말을 맞췄다.

"어, 형. 솔레아도 봤대. 독수리가 송아지 잡아 가는 거."

"콜록, 뭐?"

헤이먼이 목을 쓸어내리며 되묻자 그레이는 평소처럼 웃으며 너스레를 떨었다.

"진짜 엄청 컸잖아! 발톱도 크고! 솔레아는 자느라 못 봤대!"

"아……. 못, 못 봤구나."

겨우 상황을 알아차린 헤이먼이 다시 마차로 돌아가려는데 티온이 수많은 기사들과 함께 긴 보폭으로 땅을 울리며 뛰어왔다.

"아버지! 막내, 억!"

그레이와 헤이먼은 마차 뒤에 실려 있던 나무 상자를 티온에게 집어 던졌다.

날아오는 상자를 주먹으로 깨부순 티온은 가족들 앞에선 한 번도 보인 적 없던 전장의 야차 같은 얼굴로 마저 걸어왔다.

"헤이먼, 그레이. 무슨 짓이야."

"……혀, 형. 얼굴 표정 좀 풀고 얘기해. 솔레아가 아무것도 못 봤대. 도, 독수리가 날아와서 송아지 잡아채 가는, 그, 그거. 아무튼 못 봤대. 솔레아 자고 있었대."

"막내야. ……자고 있었구나."

티온은 얼른 뒤돌아서 소 떼처럼 몰려오는 기사들에게 달려갔다.

무리의 제일 앞에서 소리 지르며 달려오던 맬다가 티온의 주먹에 나가떨어져 기절했다.

"막내는 못 봤다!"

"예? 아, 아! 예!"

기사들은 냉큼 상황을 알아차리고 기절한 맬다를 들쳐 업었다.

바깥의 소란에 솔레아는 어리둥절한 표정으로 눈썹을 치켜 올리곤 상체를 창문 밖으로 내밀었다.

"진짜 독수리가 그렇게 컸어?"

헤이먼이 냉큼 대답했다.

"어, 형만큼."

"……티온만큼 컸다고? 세상에 그런 독수리가 있어? 나 깨우지!"

"영애가 코를 드르렁, 드르렁 골면서 자는데 깨울 수가 있어야지."

"제가 코를 골았다고요? 전하! 거짓말하지 마세요. 아빠. 저 코 골았어요?"

디에르고는 먼 산을 보며 얼버무렸다.

"어, 음, 약간?"

눈이 동그래진 솔레아를 보며 싱긋 웃어 보인 디에르고는 황녀에게 힐긋 시선을 주고는 말을 꺼냈다.

"레아, 잠깐 황궁에 가 있는 게 어떻겠니?"

"……왜요?"

"네가 자는 동안 황녀 전하와 네가 하는 사업에 대해 얘기를 나눴단다. 전하께서 네게 도움을 줄 수 있으시다는구나."

"집, 집에서…… 하면 안 돼요? 편지를 주고받아도 되고, 저 그리고 이제 마력 덕분에 공간을 이동하는 데 제약이 없어서 궁이랑 집이랑 오갈 때 시간도 별로 안 걸려요……."

공작저를 떠나기 싫은 모양인지 두 손을 맞잡은 솔레아는 엄지를 만지작대며 손톱 거스러미를 뜯기 시작했다.

황녀가 큰 선심이라도 베푸는 것처럼 가벼운 말투로 말했다.

"영애. 그대의 셋째 오빠도 같이 초대했으니 너무 걱정하지 마."

"그레이도요?"

"응. 내가 베르고 공작저에 하루 있어 보니 황궁에 박아 놓을 데릴사위가 하나 필요할 거 같아."

"무슨 소리예요! 말도 안 되는 소릴 하고 있어!"

"그레이만 보내든가."

"싫어요! 황녀님 어차피 결혼 안 하셔도 황제 되실 것 같은데 왜 자꾸 오빠들을, 아니 오빠들한테만 그러면 몰라, 아빠한테까지 왜 그러세요?"

"그리 걱정되면 너도 와. 어차피 사업 얘기도 해야 하니까. 우란 상단의 불법 자금을 베르고에서 처리하면 문제가 되겠지만, 나라에서 처리해 상단을 아예 없애 버리는 건 괜찮잖아. 지금 우란 상단이 힘을 잃긴 했어도 아직 완전히 무너지진 않아서 결정타가 필요해 보이던데."

"그건 그런데……."

"싫으면 오빠만 보내든가."

"아, 그건 완전 싫어요!"

솔레아를 안심시키기 위한 거짓말이긴 했지만 그레이는 파랗게 질리는 안색을 숨기지 못했다.

꿈에서라도 싫었다.

"우리 오빠 얼굴 좀 보세요. 새파랗게 질렸잖아요."

"저런. 황족한테 저리 대놓고 싫은 티를 내다니. 참, 그대의 금수도 필요해."

"아무스는 왜요?"

"전설 속 동물이잖아? 이것저것 알아봐야지. 비늘도 몇 개 떼 주고, 이빨도 하나 뽑아 줘."

솔레아는 세상에 두 번 없을 쓰레기를 보듯 카라샤펠을 흘겨봤다가 열린 문 밖으로 아무스를 밀어 냈다.

"아무스. 집에서 혼자 기다리고 있어. 나 전하랑 얘기 끝나면 다시 돌아갈게. 절대 집 밖으로 나오지 마. 이분 농담 안 하셔. 진짜 네 생니를 뽑으실 거야. 오빠는 타고."

아무스는 울상을 지으며 공작과 함께 마차에서 내렸다.

그리고 아무스는 그레이의 검 끄트머리를 살짝 쥔 채 제 마력을 힘껏 쏟아 넣었다.

기운을 느꼈는지 그레이는 마차에 바로 올라타지 않고 잠깐 동안 가만히 서 있었다.

잠시 후 그레이가 자연스럽다 못해 진심이 우러나올 정도의 죽상을 하고 마차에 올라탔다.

"전하, 전 그냥 제 동생 돌보러 가는 거니까 저한테 말 걸지 말아 주세요."

"다행히 나도 아직까진 그대의 동생에 대한 마음이 더 커. 아무래도 국법을 바꿔야겠어."

"……전통을 지키셔야죠. 전하."

그레이는 솔레아의 손을 꽉 잡고 제 쪽으로 당겼다.

"이왕 이렇게 나눠 탄 김에 황궁으로 바로 출발하지."

카라샤펠이 명령을 하자 마부가 묵묵히 대열에서 벗어났다.

본격적으로 길이 갈라지기 전, 아무스가 솔레아가 탄 마차로 날아와 울상이 된 얼굴로 어리광을 부렸다.

덩치에 어울리진 않았지만, 평소 성격과는 잘 맞는 귀여움이었다.

"짝……. 나 보고 싶어도 울지 마. 나도 안 울고 꾹 참을게."

"안 울어. 너 얼른 가. 조심해. 이상한 사람이 비늘 달라고 해도 주지 말고. 조심해야 돼!"

아무스가 어디로 가서 누구를 죽이려는지 솔레아가 알 리가 없는데, 조심하라는 그녀의 말은 다정하기 그지없었다.

아무스는 활짝 웃었다.

"응."

아무스의 미소가 어쩐지 평소와 달리 불안하게 느껴지는 탓에 솔레아는 떠나려는 그의 옷소매를 살짝 잡았다.

"……너 나 기다리고 있을 거지? 나 다시 집으로 금방 갈 거니까 어디 가지 말고 기다려야 돼."

아무스는 열린 창문 안으로 몸을 들이밀어 솔레아의 귓가에 속삭였다.

"그럼. 언제든지 네가 부르면 갈게. 설령 날 부르지 않아도 계속 기다릴게. 나 기다리는 거 잘하잖아. 그러니까 안심해. 날 믿고, 널 믿어."

말을 마친 아무스는 커다란 날개를 펼쳐 날아갔고, 솔레아와 그레이, 황녀를 태운 마차는 황궁을 향해 방향을 틀었다.

✦ ✦ ✦

아무스는 이달론을 잡기 위해 혼자 떠나려 했지만 디에르고가 그를 붙잡았다.

"자네 혼자 가는 것보단 나라도 있는 게 낫지 않겠나."

아무스가 열어 놓은 검은 공간 안에서는 그 어떤 것도 느껴지지 않았다.

무의 공간에 들였던 한쪽 발을 다시 밖으로 빼낸 아무스의 표정은 싸늘하게 식어 있었다.

"디에르고. 자네는 오지 않아도 된다."

평소의 순진한 말투와는 확연히 달랐다.

느리게 깜빡이는 두 눈과 굳게 닫힌 입매, 흐트러짐 없이 곧게 선 몸은 마치 다른 인물을 보는 듯했다.

"갑자기 사람이 바뀐 것처럼……."

말을 끝까지 잇지 못하는 디에르고를 보고도 아무스는 태연하기 그지없다.

"내 짝은 옛날부터 경계심이 강해 무정한 이에게 마음 주는 것을 꺼린다. 그래서 다음에 만날 땐 더 많이 웃으며 다가가야겠다고 생각했어."

"뭐라고? 다음이라니, 그럼 이전에 만났다는 건가?"

놀란 눈으로 질문하는 디에르고와 검은 공간을 번갈아 살피던 아무스는 흘러가는 시간이 아까운지 아까보다 빨라진 말투로, 그러나 여전히 무심하게 말했다.

"그자는 인간의 몸에 기생한다. 자네를 데려가면 또 달라붙을지도 모른다. 새로운 몸에 익숙하지 않은 지금 잡아야 돼."

아무스가 눈을 한 번 깜빡거릴 때마다 세로로 찢어진 동공이 잠깐 넓어졌다가 좁아지길 반복했다.

그동안 너무 친숙하게 굴어 실감하지 못했지만 인간이 아닌 자였다.

하지만 디에르고는 그가 인간이 아니라 해도 상관없었다. 딸을 지킬 수 있다면 그가 용이 아닌 그 무엇이더라도 손을 잡을 수 있었다.

디에르고는 굳은 음성으로 그에게 물었다.

"내가 할 수 있는 일이 없나……?"

아무스는 무심한 얼굴로 답했다.

"없어. 평범한 인간이 이길 수 있는 상대가 아니다."

말을 마친 아무스는 곧장 검은 공간으로 들어가려 했다.

그때 마법 방어구를 착용한 티온과 헤이먼이 정원으로 뛰쳐나왔다.

"아무스! 돈을 죽이러 가는 거야? 그자를 죽이면 솔레아는 괜찮은 거야?!"

"……그자가 돈이었나?"

아무스의 머릿속에 상심한 얼굴로 축 처져 있던 솔레아가 떠올랐다.

'아무스. 얼마 전부터 계속 돈한테 편지를 보냈는데 답장을 안 줘. 나한테 많이 화났을까? 내가 모질게 말해서 이제 다신 나랑 연락하기 싫은 거겠지…….'

친구를 잃었다는 걸 알게 되면 또 자책하겠지.

……그런 걸 다시 볼 순 없어.

아무스는 디에르고를 똑바로 바라보며 말했다.

"따라와. 미끼가 필요하니."

아무스의 말을 들을 티온과 헤이먼이 서로 가겠다며 다투기 시작했다.

"왜 아버지를 데려가려는 거야! 날 데려가!"

"나를 데려가라. 용. 내가 가장 튼튼하니."

아무스는 미간을 찌푸렸다.

"아가 불곰은 맑은 영혼으로 꽉 차 있어서 이달론이 들어갈 수 없고, 분홍이는 이제 갓 영혼이 자라난 상태라 차지해 봤자 그다지 이득이 없다. 미끼가 될 거라면 디에르고뿐이야."

딱딱한 말투로 애칭을 부르는 모양새가 심히 웃겼지만 그 누구도 웃지 않았다.

디에르고는 덤덤히 말했다.

"내가 가겠다. 그자에게 갚아야 할 빚도 있으니."

"만약 실패하면 나는 자넬 통째로 삼킬 거야. 난 자네가 또 짝에게 상처 주는 걸 두고 볼 생각은 없거든."

디에르고는 당연하다는 듯 고개를 끄덕였다.

그 역시도 두 번 다시 이달론에게 조종당하고 싶지 않았다.

"아버지……. 가지 마세요. 위험해요."

디에르고는 부드럽게 웃으며 헤이먼과 티온의 손을 잡았다.

"괜찮아. 금방 올게. 다녀오마. 애들아."

한치 앞도 보이지 않는 검은 공간 안에서 아무스는 성큼성큼 앞으로 걸어갔다.

평소처럼 장난기 섞인 말투로 말을 건넨다거나 '젊은이. 나를 업어라.'라는 식의 농담도 하지 않았다.

디에르고는 제 손과 발 그 어느 것도 보이지 않는 이 공간 안에서 앞서 걷는 아무스의 어렴풋한 인영만을 보고 따라 걸었다.

"……나의 공간이다. 그래서 나와 내 마력을 받은 이들만 이곳에서 길을 잃지 않지. 어렴풋이 빛이 나는 것도 그래서야."

"그렇군. 만약 다른 이들이 들어오게 되면 어떻게 되나?"

"길을 잃고 헤매다 죽겠지."

아무스는 디에르고의 호기심을 풀어 준 뒤 걸음을 재촉했다.

디에르고는 이상하게 긴장돼 주먹을 힘주어 움켜쥐었다.

사람을 죽여 본 경험은 질리도록 넘쳤다.

전쟁터에서 이 손으로 직접 벤 인간이 몇 명이던가.

인간의 배를 가르고 태어나, 인간의 음식을 먹고 자란 같은 인간들을 얼마나 수없이 죽여 왔던가.

죄책감으로 얼룩져 한 걸음 떼기조차 힘들었던 날들도 분명히 있었지만, 죄책감으로 얼룩질 여력조차 없어 적군을 인간이 아닌 무언가로 여긴 적도 많았다.

그런 면에서 마물은 상대하기가 편했다.

인간이 아니었으니까.

그런데…… 지금 죽이러 가는 것은 인간인지 인간이 아닌지 확신할 수 없었다.

디에르고는 숨을 가다듬으며 아무스에게 물었다.

"어떤 마법사들은 본인이 가진 마력을 천천히 운용시켜 오래 살기도 한다고 들었다. 이달론도 그런 방법으로 오래 사는 건가?"

그저 시커멓기만 한 공간 속에서도 아무스는 이달론이 남긴 행적을 쫓는 건지 주변을 둘러보며 답했다.

"그자는 인간이 아니다. 정확히는 인간으로 태어났으나 인간이길 포기한 자다. 그래도 내가 잠들기 전까진 시시한 편법을 쓰는 흔한 늙은이였는데, 내가 잠을 자는 동안 제대로 된 인간을 제물로 삼았나 보군. 자연의 힘을 훔쳐 쓴 걸로도 모자라 신체가 박살 났는데도 도망칠 수 있는 힘이 있는 걸 보면."

아무스는 힐긋 뒤를 돌아봤다가 다시 걸어가기 시작했다. 그는 디에르고를 안심시키려는지 덤덤하게 말했다.

"금방 끝날 일이다. 네가 이성만 잘 붙잡고 있는다면."

"이봐, 아무스. 이성을 붙잡는 게 내 의지만으로 되는 건지 모르겠군. 전에도 전혀 눈치채지 못한 사이에 그자에게 조종당했지 않나."

"이번엔 공격받을 거라는 예상을 하고 가는 거니 지난번과 달리 경계할 수 있겠지. 그러니 어떤 수작을 부려도 절대 현혹되지 마."

한참 걸어가던 아무스의 걸음이 드디어 멈췄다.

뒤돌아선 아무스는 디에르고와 눈을 맞췄다.

노란 안광이 짙은 어둠 속에서 번뜩였다.

"인간은 불완전하다."

"……뭐?"

"너의 불완전함을 마주했을 때 두려워하지 마라. 그거면 된다. 나머진 내가 해결할 테니."

디에르고는 다시 몸을 돌려 앞으로 향하려는 아무스에게 물었다.

"……솔레아한테, 지윤이한테 이렇게 매달리는 이유가 뭔가."

아무스는 잔잔하게 미소 지으며 답했다.

"그 사람과 함께 있으면 나는, 온전하길 꿈꾸는 불완전한 인간이 된 것 같아. 늘 그랬지."

"불완전한 인간이 된 것 같다니……. 이해가 가지 않는데."

"디에르고."

용의 시선이 디에르고 너머, 두 사람이 걸어온 끝없이 펼쳐진 검은 공간으로 향했다.

"스스로가 더 이상 더할 것 없이 완전하다 느껴질 때가 찾아오면……."

그는 멈춘 공기 속에서 추억을 더듬는 듯 살며시 눈을 감고는 말을 이었다.

"자네도 죽고 싶어질 거야. 매일, 매일. 아주 지겹도록."

용은 이내 눈을 반짝 뜨고는 생기 있는 표정으로 디에르고를 내려다봤다.

"나는 살고 싶어. 나를 살게 해 주는 사람과. ……사랑을 하고 싶어."

발갛게 달아오른 볼과 살짝 떨리는 눈동자, 목이 타는지 움찔거리는 울대, 살짝 올라간 입꼬리에 스민 다정한 미소.

세상에 홀로 남은 용은, 인간의 사랑을 꿈꾸고 있었다.

무언가에 홀린 듯 아무스를 바라보던 디에르고가 별안간 눈을 질끈 감았다.

"……청혼이 그렇게 하고 싶으면 이달론이나 죽인 뒤에 지윤이한테 가서 해라. 내 앞에서 아양 떨지 말고."

디에르고가 정색하며 말하자 아무스가 픽 웃었다.

"그레이가 자네 아들이 맞긴 한가 보군. 그레이도 자네도 내 얼굴을 많이 좋아하는 것 같아. 내게 꼬리 치지 말라고 했거든."

'……이 용이 내 딸도 모자라 아들까지?'

디에르고의 살의가 충전되었다.

이달론이 눈앞에 보이면, 차갑게 느껴질 정도로 불타오르는 이 살의로 그를 죽일 수도 있을 것 같았다.

그런 디에르고의 변화를 눈치챘는지 아무스는 곧장 검은 공간을 열었다.

울창한 숲이었다.

커다란 나무들이 끝이 보이지 않을 정도로 높이 솟아 있었고, 바위 곳곳엔 이름 모를 풀과 이끼들이 한가득 자라 있었다.

사방이 꿉꿉한 습기로 가득 차 있어 숨을 쉬는 것조차 버거웠다.

"……이런 숲은 베르고뿐 아니라 제국 그 어디에도 없는데."

목이 꽉 막힐 정도의 뜨거운 온도에 디에르고는 외투의 단추들을 잡아 뜯다시피 재빠르게 풀어 버렸다.

디에르고와 아무스가 천천히 앞으로 걸어 나갔다.

그때 커다란 아름드리나무 뒤로 새빨간 머리카락을 흔들며 지나가는 여자가 보였다.

"솔레아?"

섣불리 부를 순 없었다.

이달론의 함정일 수 있다는 생각에 디에르고는 허리춤에 차고 있던 검을 꺼내 움켜쥐고는 아무스에게 조심스럽게 물었다.

"아까 네 마력을 가진 이들만 이곳에서 길을 잃지 않는다고 했지. 그럼 솔레아도 그 공간을 지나 여기까지 올 수 있나?"

"……원한다면. 이 세계 그 어디에도 그 사람이 못 갈 곳은 없으니까."

"그럼 방금 지나간 사람이 진짜 솔레아일 수도 있다는 거군. 그런 건 서로 마력으로 알아챌 수 없나?"

"뭔가가 있긴 했어. 그 이상은 알아채기가 힘들군……. 이 숲 자체가 그놈의 마력으로 만든 곳이다. 그러니 갑자기 추워졌지."

그제야 깨달았다.

아까 단추 몇 개를 푼 지 몇 분 지나지도 않았는데 온몸이 차갑게 식어 있었다.

"시간, 시간이…… 얼마나 지났지?"

"정신 차려라, 디에르고. 이제 겨우 10분 정도가 지났을 뿐이다. 어쨌든 그자가 이곳에 있는 건 확실하니까 이성을 잡고, 차분하게……."

아무스가 말을 끝마치기도 전, 수풀 사이에서 붉은 머리칼의 여자가 불쑥 튀어나왔다.

"공작님!"

두 사람의 고개가 동시에 그쪽으로 돌아갔다.

"솔레아!"

디에르고가 본능적으로 검 끝을 아래로 향하게 하고 그녀를 바라봤다.

수풀 사이에서 튀어나온 여자는 팔짱을 끼며 고개를 갸웃거렸다.

"공작님! 왜 저를 그런 이상한 눈으로 보세요?"

솔레아와 닮았지만 피부색이 좀 더 짙은 살굿빛이었고, 머리카락 역시 곱슬기가 강했다.

그녀의 눈은 초록색으로 빛나고 있었다.

그가 매일 밤 입 맞췄던 동그랗고 커다란 눈.

마지막 순간에도 다시 한번만 눈을 뜨라고, 딱 한 번이라도 좋으니 나를 바라봐 달라며, 벌써 기억이 나지 않는다고 무릎을 꿇은 채 애걸했지만 무정하게도 보여 주지 않았던 그, 초록색 눈이었다.

"……에일린."

디에르고의 머릿속에서 수천 개의 문장들이 빠르게 스쳐 지나갔다.

왜 여기 있어? 당신은 죽었잖아. 내 곁을 떠났잖아. 나와 함께 건강하게 살 거라고 해 놓고 혼자 갔잖아. 온 저택에 네 손길을 가득 묻혀 둔 채 마음대로 가 버렸잖아. 나랑 아이들만 두고 갔잖아. 왜 그런 눈으로 날 보는 거야? 왜 내가 이상하다는 듯 날 봐? 에일린. 너는……. 왜 넌…….

보고 싶었는데.

내가 얼마나 당신을 그리워했는데.

아무스가 붙잡으려고 했지만 디에르고는 빠르게 검을 던지고 그녀를 향해 달려갔다.

"에일린! 에일린!"

"디에르고! 가지 마!"

"에일린! 왜, 왜 여기 있어?! 너는, 당신은, 쉬고 있어야 되잖아! 편하게 쉬겠다면서 눈을 감았잖아! 에일린!"

디에르고는 미친 사람처럼 수풀을 헤치고 숲을 뛰어다녔다.

목이 터져라 소리를 질렀다.

"왜 꿈에 한 번을 안 나왔어? 당신이 떠난 뒤로 단 하루도 제대로 잠든 날이 없는데, 왜 한 번도 얼굴을 보여 주질 않았어?! 에일린! 제발, 다시! 한 번만. 에일린."

나무뿌리에 걸려 넘어지고, 튀어나온 나뭇가지에 얼굴을 긁히면서도 디에르고는 광기에 서린 뜀박질을 멈추지 못했다.

그가 청혼했던 날과 같은 감색 드레스를 입은 에일린이 저 멀리서, 환하게 웃으며 뒤돌아봤다.

빨간 머리카락이 태양 빛을 받아 번쩍거리며 빛났고, 에메랄드빛의 청명한 눈동자는 풍성한 속눈썹에 반쯤 가려져 있었다.

에일린은 큰 소리를 내어 웃으며 디에르고에게 손짓했다.

"디엘, 빨리 와!"

둘만 있을 때 부르던 애칭까지 알고 있구나. 그렇다면 이달론이 만들어 낸 환상은 아닐 거야.

……에일린이 내 꿈에 찾아온 거야. 드디어 나를 보러 와 준 거야.

눈 아래로 흐르는 게 척척하게 젖은 땀인지 눈물인지 알 수 없었지만 디에르고는 그녀를 잡기 위해 미친 듯 달려갔다.

"에일린, 나 다 왔어! 에일린! 조금만, 천천히 가! 에일린!"

턱 끝까지 차오른 숨을 거칠게 뱉으며 손을 앞으로 뻗는 순간, 무언가가 앞을 가로막았다.

아무스였다.

"이성을 잃지 말라고 했잖아! 네 아내는 죽었어! 그것도 십수 년 전에! 정말로 그자가 여기에 살아 있을 거라고 믿어? 이달론이 만들어 놓은 공간 속에서? 이 멍청한 인간!"

아무스는 디에르고를 뒤로 거칠게 밀쳤다.

그는 힘없이 뒤로 밀려났다. 정신을 차려 보니 낭떠러지였다.

심지어 구름 한 줄기 보이지 않을 정도로 높이 자라 하늘을 빽빽이 가리고 있던 나무들도 없었다.

주위는 그저 넓은 평원이었고 지금 그가 디디고 선 곳은 그 평원의 끝자락, 바다를 마주한 절벽이었다.

디에르고는 아무스의 말이 모두 옳다는 걸 알고 있었다.

에일린은 죽었고, 이곳에 있을 리 없다.

그래도 보고 싶었다.

꿈에조차 한 번을 나와 주지 않는 모진 사람이라.

디에르고의 입술이 파르르 떨렸다.

"내가, 내가 이렇게 미련이 많은 걸 알고 일부러 얼굴도 보여 주지 않는 사람이라서……. 지금이 아니면 언제 다시 볼 수 있을지도 모르는데……."

아무스는 으르렁거리는 짐승의 울음소리를 내며 디에르고의 멱살을 잡았다.

"미끼가 되기 위해 빈틈을 보이는 건 좋지만 잊지 마라, 디에르고. 너와 나는 지금 산 자들을 위해 이 땅에 온 거야."

디에르고는 말없이 제 멱살을 잡고 있는 아무스의 손을 떨쳐 냈다.

"……그래."

땅에 내던진 검이 아니어도 괜찮았다. 어차피 아무스의 말대로 미끼로 왔으니 적당히 제 몸 하나 지킬 수 있는 무기만 있으면 될 일이었다.

디에르고는 허리춤에서 중간 길이의 검을 꺼내 손안에서 몇 번이나 손잡이를 고쳐 쥐었다.

아직도 에일린의 얼굴이 어른거리지만, 아무스의 말이 옳았다.

아내는 죽었고, 그는 자식들을 지켜야 했다.

디에르고가 이를 악물고 다시 앞으로 나서려는 순간 이번엔 맞은편에서 티온과 헤이먼의 목소리가 들렸다.

"아빠!"

"아버지!"

기어코 검은 공간까지 졸졸 따라왔는지 티온과 헤이먼은 걱정이 잔뜩 묻어나는 얼굴로 디에르고에게 다가왔다.

"혼자 가시면 어떡해요. 걱정했어요……."

"참, 위험하니까 오지 말래도."

디에르고는 한숨을 쉬며 아이들에게 손짓했다.

예리한 검 끝이 바닥을 향하려던 찰나, 디에르고가 아이들에게 물었다.

"무섭진 않았니?"

"네?"

"……아무스도 없이 너희 둘이서만 왔는데도 길을 잃지도 않고 잘도 왔구나."

디에르고는 말을 끝마치자마자 앞에 서 있는 티온을 향해 검을 던졌다.

역시 환영이었는지 티온의 모습이 순식간에 사라졌다.

그때 헤이먼의 분홍색 눈이 서서히 검은빛으로 물들었다.

아무스는 재빠르게 뒤로 물러나 마력으로 주변을 둘러싸며 이달론이 빠져나가지 못하도록 만들었다.

돈은 제 모습을 드러내자마자 디에르고를 향해 달려들었다.

검을 한 번도 쥐어 본 적이 없는 노예일 텐데, 그는 디에르고와 대등하게 싸우면서 마법을 미친 듯이 쏟아부었다.

명백한 살의를 띤 공격이었다.

아무스는 디에르고에게로 향하는 강력한 마법들만 막아 주면서 바로 돈을 해치우지 않고 시간을 끌었다.

디에르고가 적당히 지쳤을 때 그 몸을 넘기는 척하며 돈에게서 이달론을 빼내야 했다.

조금만 더 있으면, 디에르고가 지쳤으니까.

아무스가 돈의 마력 공격을 골라내며 주변을 둘러싼 마법 자기장에도 신경을 쏟고 있을 때였다.

갑자기 날카로운 무언가가 아무스의 왼쪽 날개 아래, 역린을 꿰뚫었다.

"……내가 인간의 몸만 탐할 거라고 생각했어?"

아무스의 마력이 빠른 속도로 빠져나가기 시작했다.

*날 믿고, 널 믿어.'

아무스의 마지막 말과 묘하게 굳어 있던 표정이 잊히질 않았다.

왜 갑자기 그런 얘길 했지?

불안한 마음에 손톱의 거스러미를 쥐어뜯기 시작하자 그레이가 황녀에게 말을 걸며 내 손을 덥석 쥐었다.

"전하, 궁에 가면 제 방은 어느 걸 주실 겁니까?"

"그레이 자네는 동생 옆 방."

"그럼 제 동생 방은 어느 걸 주실 건데요?"

"영애는 내 궁에서 제일 좋은 방을 써야지."

"제일 좋은 방은 전하 방이잖……. 아, 뭐야! 차 돌려!"

"하하하! 집엔 자네만 가지 그래! 난 영애랑 같이 방을 쓰겠다!"

"솔레아는 절대 안 됩니다, 전하. 지금도 얘한테 온갖 머리 쓰는 일들을 시키고 싶어서 드릉드릉하시는 게 눈에 훤히 보이는데 무슨. 차라리 저랑, 아무슨 얘길 하는 거야. 미친 새끼!"

황녀의 말에 반박하던 그레이는 자신의 말실수를 깨닫고는 갑자기 오른손을 들어 제 뺨을 후려갈겼다.

다행히 황녀는 그레이의 그러한 기행을 기이하다 여기지 않는 듯했다.

카라샤펠은 비릿한 미소를 지은 채 손을 들어 그레이의 뺨을 한 대 더 쳤으니까.

"……전하는 저 왜 때리세요?"

"자네가 나와 한방을 쓰고 싶다는 과분한 꿈을 꾸기에. 건방지잖아."

"……아니, 그래서 제가 지금 반성하는 의미로 제 뺨을 쳤잖아요. 아무런 뜻도 없었고, 생각 없이 말한 저를 제가 혼냈다고요."

"나도 혼낸 거야."

"……전하. 저도 우리 아빠 귀한 자식이에요."

"귀하기로 따지면 황제 폐하 다음이 나다. 이 제국에서 내가 두 번째로 귀한 사람이야."

"……폐하한테나 귀하겠지."

"뭐라고?"

황녀님과 그레이는 평소와 다를 바 없이 서로를 타박하며 말을 나누고 있는데 이상하게 기분이…….

그래, 쎄했다.

내 손을 잡고 있는 그레이의 손바닥이 약하게 떨렸다.

얘가 어지간해선 떠는 애가 아닌데 갑자기 왜 떠는 거지?

문득 시선을 아래로 내리자 그런 나를 발견한 황녀가 얼른 그레이에게 말을 걸었다.

"이봐, 공자. 겁이 왜 그리 많아. 바들바들 떨고 있네. 안 잡아먹어."

아, 쎄한데.

랏샤가 눈치가 빠른 사람이란 건 원래 알고 있었다.

그러니 그레이가 떠는 걸 알아챘겠지. 그러니까 놀린 거고.

……근데 그레이가 떨 이유가 있나? 아무리 황녀 전하가 꺼림칙해도 지금껏 몇 번이나 얼굴을 봤고, 소풍에 같이 가자고 부른 것도 본인이면서.

이렇게 극혐할 정도로 싫어하진 않을 텐데.

뭐라 명확히 설명할 수 없는 모호한 '쎄'의 기운이 나를 감쌌다.

알 수 없는 불안감에 나도 모르게 자꾸만 숨을 깊이 들이마셨다가 천천히 내쉬었다.

내 상태를 눈치챈 그레이가 황녀에게 말을 걸었다.

"전하, 바로 궁으로 가지 마시고 시장에라도 들렀다 가시는 게 어떠십니까? 제 동생이 밖에 나온 게 오랜만이라서요."

"오! 좋은 생각이군! 정적이 차고 넘쳐서 매일 피살의 위험을 안고 사는 내게 사람이 많아 나를 지키기 어려운 시장에 놀러 가자니. 날 죽이려는 생각이라면 아주 좋아."

"그런 의미 아닙니다. 아니, 그리고 호위 기사들도 방금 다 따라붙었잖아요!"

"이제 기사들의 기운도 느끼나? 어차피 솔레아가 호위 기사로 임명도 안 해주는데 그냥 황궁 기사단에 들어오지 그래?"

"싫습니다. 레아, 시장 갈까?"

카라샤펠 황녀의 스카우트 제의를 단번에 거절한 그레이는 내 손을 꾹꾹이하듯 힘주어 쥐었다가 놓길 반복하며 말을 걸었다.

그냥 빨리 궁으로 가 쉬고 싶은 마음에 거절하려 고개를 젓는데 그레이의 검이 눈에 들어왔다.

시장의 그 할머니.

용의 존재를 알고 있는 듯했지.

"그레이! 시장으로 가자!"

나는 황녀와 그레이의 대답도 듣지 않고 마부와 통하는 마차 내부의 작은 창을 열었다.

"아저씨! 시장이요! 베르고 중앙 시장이요! 입구에 세워 주세요! 빨리. 더 빨리 마차를 몰아 주세요!"

"예!"

마부는 말의 고삐를 당기며 마차의 속도를 올렸지만 온 땅을 울리며 달리는 말들의 말발굽 소리가 무색하게도 나는 시간이 갈수록 더욱 초조해졌다.

이젠 그레이가 잡고 있는 손뿐만 아니라 온몸에서 식은땀이 흘렀다.

"……솔레아, 너 왜 그래? 괜찮아?"

"어, 괜찮아. 걱정 마. 괜찮아. 뭐 하나만 확인해 보고."

이윽고 마차가 시장 입구에서 멈추자마자 나는 문을 박차고 밖으로 뛰어내렸다.

"솔레아!"

"영애!"

뒤에서 나를 부르는 두 사람의 목소리가 들려왔지만, 돌아보지 않고 앞으로 달려갔다.

마력을 이용해 사람들을 옆으로 조금씩 이동시키자 내 앞에 서 있던 사람들이 '악!', '으악!', '방금 누가 나 밀었어?' 하고 소리쳤지만 그런 것에 신경 쓸 겨를이 없었다.

그레이와 함께 갔던 무기 상점의 간판이 보이자마자 그곳의 문을 열고 안으로 들어갔다.

가게 어디에도 노파는 보이지 않았다.

"사장님! 헉, 사장님!"

"네~ 나가요."

여유로운 대답과 함께 사장이 등장했다.

"사장님! 저, 몇 달 전에 오빠랑 여기 왔었는데요. 헉, 저, 베르고요. 베르고의 공녀 솔레아. 헉. 그때, 왜, 할머니가! 오빠한테 검을 줬는데, 헉."

숨을 헐떡이며 말하는 나를 바라보는 사장의 입이 점점 벌어졌다.

내가 엉망으로 말을 뱉어 내는 동안에 나를 알아본 모양이었다.

"공녀님! 이 누추한 곳에 어쩐 일로 오셨어요!"

"그 할머니 어디 계세요? 사장님 어머니요. 여쭤볼 게 있어요!"

가게 안의 커다란 의자 위엔 뜨개질 상자가 놓여 있었지만 먼지가 쌓인 걸 보니 최근엔 사용하지 않은 듯했다.

사장은 내 질문에 바로 대답하지 못하고 잠시 망설이다가 조심스럽게 입을 열었다.

"……공녀님. 저희 어머니는 한 달 전에 돌아가셨어요. 워낙, 연세가 많기도 하셨고……."

"아……. 죄송합니다. 상심이 크셨겠어요."

"……잘 추슬러야죠. 괜찮습니다. 오히려 저희 어머니를 기억해 주셔서 감사하네요. 하하……."

사장은 제 팔을 만지작대며 힘없이 웃었다.

그때 상점의 문이 벌컥 열리고 황녀를 짐짝처럼 어깨에 짊어진 그레이가 안

73

으로 들어왔다.

"야! 너 미쳤냐! 왜 혼자 뛰어가!"

"……너를 죽이겠다, 그레이."

"아이고, 죄송합니다, 전하. 전하께서 달리는 속도가 워낙 느리셔서 어쩔 수 없이."

그레이가 얼른 카라샤펠을 바닥에 내려 주었다.

사장은 갑자기 들이닥친 황녀와 그레이에게 공손하게 인사를 건넨 후 다시 내게 물었다.

"그런데 공녀님, 저희 어머니는 왜 찾으세요? 그때 드렸던 검에 무슨 문제라도 있나요?"

"아뇨. 그게 아니라……. 그때 어머님께서 용을 직접 봤다고 하셨는데, 그 이야기가 듣고 싶어서 찾아왔어요."

"아, 그거요?"

사장은 추억에 젖듯 부드럽게 미소 지으며 기름이 묻은 제 손을 앞치마에 슥 슥 닦고는 이어 말했다.

"사실 그거, 어머니도 다른 사람한테 들으신 얘기예요."

"……직접 겪으신 게 아니라요?"

"네."

추억에 젖듯 웃음기를 살짝 머금은 사장이 부드러운 목소리로 이야기를 꺼냈다.

"엄마가 어릴 때, 어떤 여행가가 검은 용의 전설이라면서 얘기해 줬대요. 이 세상엔 잠들어 있는 검은 용이 있다고. 용을 잡기 위해 많은 사람들이 달려들었고, 그중 누군가가 비늘을 뽑아 검을 만들었다……. 하지만 용은 아직 죽지 않았고, 어딘가에서 조용히 잠을 자고 있다. 누군가가 깨워 주길 기다리고 있다, 그런 내용이요. 애들이 좋아할 만한 이야기죠. 저 어릴 때도 엄마가 저 재운다고 몇 번이나 얘기해 주셨어요. 그러다 나이가 드신 이후론 마치 그 일을 본인이 겪으신 것처럼 말씀하셨고요. ……허무맹랑한 옛날얘기죠. 하하하."

"아……. 그렇군요."

직접 겪으신 게 아니구나. 살아 계셨다 한들 아무런 답도 얻을 수 없었겠네.

실망한 내가 가게를 나서려는 찰나 사장이 작은 목소리로 의아하다는 듯 말했다.

"……용 얘기를 좋아하는 사람들이 많네요."

나는 재빠르게 몸을 돌려 사장의 코앞까지 성큼성큼 걸어갔다.

"그게 무슨 말이에요? 나 말고도 누가 또 용 얘기를 물어봤어요?"

당황한 사장은 눈동자를 빠르게 굴렸다.

"얼른 대답해요!"

"고, 공녀님. 정말 별 얘기 아니었어요. 그냥 가게에 오신 어떤 젊은 남자분이 저희 엄마가 중얼거리는 얘기를 들으시더니…… 더 자세히 얘기해 달라고 하셔서 말 상대 몇 번 해 드린 것밖엔."

"……젊은 남자? 혹시 어떻게 생겼어요? 초록색 머리였어요?"

"솔레아, 왜 그래. 이만 가자."

"이거 놔! 그레이!"

그레이는 내 어깨를 잡아 돌리며 사장을 닦달하듯 묻는 나를 만류하려 했지만 나는 가슴속에서 들끓는 불안 때문에 돌아 버릴 지경이었다.

아까부터 심장이 지끈거리며 쿵쿵 뛰고 온몸의 혈관들이 제각기 소리를 지르는 것 같았다.

그레이를 밀쳐 내고 다시 사장을 붙잡았다.

하지만 그녀는 내가 흥분한 이유를 몰라 당황한 듯 고개를 천천히 절레절레 흔들었다.

"아니요, 초록색 머리는 아니었어요. 검은색 머리였던가? 약간 푸른 기가 돌았던 거 같기도 하고……."

이달론이 아닌가? 내가 너무 예민했나?

그래, 내가 직접 죽였는데 살아 있을 리 없지. 아닐 거야.

"아! 남색 머리칼에 검은 눈동자를 가지신 분이었는데, 엄청 잘생기셔서 기억이 나요. 근데 열심히 훈련을 받은 기사님이신지 손이랑 팔에 흉터가 유난히 많더라고요. 아닌가? 검을 쥐는 법도 모르셨으니 기사님은 아닌 것 같기도 하고."

고개를 갸웃거리며 기억을 더듬던 사장이 박수를 짝 하고 치더니 말을 덧붙였다.

"참. 꼭 무슨, 수갑이라도 오래 차고 있던 사람처럼 양 손목에 큰 흉터가 있었어요. 노예처럼 보이진 않았는데. 혹시 범죄자인가요?"

사장을 붙잡고 있는 내 두 손이 덜덜 떨려 왔다.

검은 머리, 남색 눈, 자잘한 흉터들과 두 손목에 남은 수갑 자국. 돈이었다.

……돈이 왜?

나는 곧장 허리춤의 검을 꺼내 크기를 키웠다. 순식간에 가게 안의 공간을 찢고 그 안으로 뛰어들었다.

그레이와 황녀가 나를 뒤따르려 했지만, 나는 그들이 오지 못하도록 재빨리 공간을 닫았다.

무의 공간 안에서 또다시 마력을 이용해 공간을 접고, 또 접으며 접점을 만들어 순식간에 퀘들턴에 도착했다.

"헉, ……헉, 흑, 헉."

목이 타들어 가는 듯한 갈증과 손끝과 발끝이 해진 것처럼 쓰라린 고통은 수백 년 동안 홀로 조금씩 사라져 가던 그때와 닮았다.

하지만 이렇게 정신을 빼 놓고 있을 순 없었다.

"돈! 문 열어! 돈!"

내가 마련해 준 돈의 집.

붉은 벽돌로 지어진 아름다운 그곳엔 아무도 살지 않았다.

처음부터 그는 이달론의 사람이었던 건가?

"돈! 문 열라고! 안에 있으면 문 열어, 이 미친 새끼야! 문 열어!"

'본명을 쓰긴 좀 그래서 집주인의 이름이 던이라고 말해 뒀어. 비슷하지?'

머릿속에서 내가 그에게 했던 말이 스쳐 지나갔다.

아니야. 내 잘못이야.

내가 돈에게 새로운 이름을 지어 줘서 그래.

나는 다시 검으로 공간을 가르고 몇 번이나 어둠을 접어 무기 상점으로 되돌아갔다.

"……하……. 우, 욱!"

"솔레아!"

디디고 선 바닥이 흔들리는 것 같은 느낌에 휘청거리자 그레이가 손을 뻗어 나를 붙잡았다.

"어디 갔다 온 거야? 솔레아?"

"다들 알고 있었지? 아까 그 들판에서 뭔가 본 거야. 그래서 나만 모르게 하고 몰래 안전한 곳으로 빼돌리려고 한 거지?"

그레이와 카라샤펠을 노려보며 이를 악물고 물었다.

그들은 답이 없었다.

"당신 어머니가 그자에게 뭐라고 말했어요? 우리한테 해 준 얘기를 똑같이 얘기했어요?"

"그, 그, 그냥 평소처럼 용의 전설에 대한 얘기를…… 하다가, 아! 그 용의 역린에 대해 얘기해 줬어요. 남자가 용에 대한 다른 얘긴 없냐고 엄청 캐물어서……. 그제야 그 남자가 박수를 치면서 엄마한테 고맙다고, 덕분에 즐거웠다고 인사를 했고……."

역린.

이달론이 아무스의 역린을 알고 있다.

온몸의 피가 빠져나가는 듯한 기분에 빠르게 돌아서려는데 정령 하나가 갑자기 눈앞에 나타났다.

"임시 주인! 제발! 도와⋯⋯줘⋯⋯."

정령의 죽음을 보는 건 처음이었다.

작은 정령은 말을 채 끝마치지 못하고 내 눈앞에서 먼지가 되어 사라졌다.

"⋯⋯정령아?"

사라진 정령을 불러도 다시 나타나지 않았다.

이제껏 불러도 오지 않은 적은 많았지만 지금처럼 말을 하다가 중간에 사라진 적은 없었다.

"얘들아! 얘들아!"

누구도 대답하지 않았다.

갑자기 심장이 찢어질 듯 아려 왔다.

내 몸을 가득 채우고 있던 아무스의 마력이 조금씩 빠져나가는 게 느껴졌다.

"안, 안 돼⋯⋯."

곧장 검은 공간을 열고 그곳으로 발을 들이려는데 그레이가 나를 붙잡고 돌려세웠다.

"솔레아! 기다려!"

"뭘 기다리라는 거야! 너도 들었잖아! 이달론이 살아 있어! 심지어 돈의 몸을 이용해서 사람들을 해치고 있잖아!"

"그러니까 기다리라고!"

내 손목을 붙잡은 채 망설이던 그레이가 겨우 입을 열었다.

"⋯⋯지금 아마 다른 사람들이 이달론을 잡기 위해 출발했을 거야. 위험하니까 기다려. 조금만 기다리면 아무스가⋯⋯."

"왜 자꾸 기다리라고만 하는 거야!"

"네가 지금 가면! ⋯⋯아버지랑 우리는 또 가족을 잃는 거야. 제발, 지윤아. 레아, 제발⋯⋯. 우리한테 널 지킬 기회를 줘."

그레이의 회색 눈에 맑은 물방울이 차올랐다.

하지만 그레이가 말하고 있는 와중에도 내 몸을 가득 채웠던 아무스의 마력은 조금씩 빠져나가고 있었다.

이 가족을 지킬 기회가 매 순간 줄어들고 있다는 생각에 더 이상 망설일 수 없었다.

나는 나를 붙잡고 있던 그레이의 손을 떼 내고 나지막이 말했다.

"나도 똑같아. ……가족을 잃고 싶지 않아. 버티기만 하는 건 이제 지긋지긋해."

그대로 몸을 돌려 안으로 뛰어들었다.

"솔레아!"

나를 따라오는지 그레이의 목소리가 뒤에서 들려왔지만 지금은 그를 챙길 정신이 없었다.

이 검은 공간을 지나갔을 아무스의 남은 흔적을 쫓아야 했다.

"아무스! 아무스!"

그를 부르며 무작정 앞으로 뛰어갔지만 걸음을 뗄 때마다 아무스의 기운은 조금씩 사라졌다.

"……내가 부르면 온다고 했잖아! 아무스!"

그의 마력이 사라질수록 공간 안에서 방향을 가늠하기 힘들어졌다.

"솔레아! 어디 있어! 혼자 가지 마! 솔레아!"

내 이름을 부르던 그레이의 목소리가 어느 순간 멀어졌다.

정신없이 뛰어다니다 그레이의 목소리가 완전히 들리지 않게 되고서야 내가 이곳에 온전히 혼자 남았다는 걸 깨달았다.

"……그레이?"

걸음을 멈추자마자 몸이 아래로 천천히 떨어졌다.

아닌가? 어딘가로 올라가고 있는 건가?

……그것도 아니면 그저 떠다니고 있는 건가?

그때 무언가가 내 옆에서 반짝였다.

정령들이 아무스의 마력으로 만들어 준 검이었다.

오른손에 검을 쥐고 있다는 것조차 까먹을 정도로 온몸이 긴장한 상태였다.

이 검에 담겨 있는 마력은 아직 다 빠져나가지 않은 듯했다.

검을 더 꽉 말아 쥐자 아무스의 목소리가 귓가에 울렸다.

'할 수 있어. 넌 해낼 거야.'

'너를 일으키는 건 언제나 너 자신이야.'

'너는 네 힘으로 뭐든지 할 수 있는 사람이다. 널 믿어.'

'날 믿고, 널 믿어.'

마치 아무스가 내 등 뒤에 서 있는 것 같았다.

한 치 앞도 보이지 않는 검은 공간 안에서 일순간 그의 온기가 느껴졌다.

그는 내 뒤에 선 채로, 검의 손잡이를 잡고 있는 내 손을 겹쳐 잡으며 내게 확신을 불어넣어 주었다.

'넌 뭐든지 할 수 있어.'

그제야 알았다.

왜 아무스가 내게 습관처럼 그런 말들을 해 왔는지.

아침에 후원을 걸을 때, 앞서 걷는 내 걸음걸이를 따라 하며 걸을 때, 내가 뒤돌아보고 우리의 두 눈이 마주칠 때, 네가 입꼬리를 올려 반달 모양으로 활짝 웃으며 보폭을 넓혀 내 옆으로 올 때, 나란히 걸으며 소소한 이야기를 나눌 때, 저택에서도, 밖에서도, 내가 기억을 잃었을 때도, 내가 나를 다시 찾았을 때도.

너는 항상.

곪아 터진 내 속이 이 새카만 어둠을 닮은 걸 알고서도 도망가지 않고, 내게 스스로 빛날 수 있다고 말해 줬구나.

나는 숨을 가다듬고 천천히 읊조렸다.

"……그래, 난 뭐든지 할 수 있어."

그 순간 내게서 뿜어져 나온 빛이 시커먼 공간을 환하게 밝혔다.

모든 시간과 공간이 교차하고 있는 듯 내가 지나온 시간들이 마구잡이로 얽

혀 사방팔방에서 나를 스쳐 지나갔다.

한 줄기씩 들여다보면 내 추억들이 보였다.

"……나 이제 보여, 아무스. 이젠 내가 널 찾을 수 있어."

검의 끝에서 흘러나오는 마력의 흐름도 보였다.

"솔레아! 어디 있어!"

아까는 전혀 들리지 않았던 그레이의 목소리도 들렸다.

전에는 검은 공간에서 내 감으로 길을 찾아서 걸어 다녔던 거라면 이젠 훤히 눈에 들어와 알 수 있었다.

그레이가 디디고 선 추억은 공작 부인이 죽은 그날이었다.

'그레이. 울지 마. 괜찮아. 엄마 이제 하나도 안 아파.'

'엄마. ……안 아프면 그냥 눈 안 감으면 안 돼? 눈 뜨고 계속 안 자고 있으면 되잖아. 그럼 안 죽잖아. 어? 엄마. 엄마…….'

'……우리 아들. 착한 우리 아들.'

에일린 공작 부인이 그의 머리를 쓰다듬는 장면이 되풀이될수록 그레이의 목소리에는 더 짙은 공포가 서렸다.

"솔레아! 어디 있냐고! 솔레아! 혼자 가지 마! 솔레아!"

내가 바로 앞에서 서 있는데도 그레이는 나를 보지 못하는 것처럼 목이 찢어져라 소리쳤다.

또다시 가족을 잃을지도 모른다는 두려움이 그를 어둠에 가두고 길을 잃게 만든 모양이었다.

"그레이. 나 여기 있어."

그레이의 손을 잡고 잡아당겼다.

놀란 눈으로 나를 가만히 바라보던 그레이는 잠깐의 침묵 후 말했다.

"그래. ……가자."

그와 함께 검의 마력이 흐르는 방향을 따라 걸었다.

여러 추억들을 지나 밖으로 향하는 틈을 찾아 열어젖히자마자 누군가의 끔찍한 비명이 울려 퍼졌다.

"으아아악!"

여러 갈래로 갈라지는 괴기스러운 비명 소리였다.

늘 한 단어씩 떼어 말하던 차분한 돈의 목소리 같으면서도, 어딘지 모르게 아무스와도 닮아 있었다.

하지만 끊이지 않고 질러 대는 비명 소리 어딘가에 서려 있는 묘한 웃음기는 둘 중 누구의 것도 아니었다.

이달론의 것이었다.

"하하아아아하학!"

"아무스! 돈!"

쏟아지는 마력이 아지랑이처럼 퍼져서 아무스와 이달론이 제대로 보이지 않았다.

"솔레아. 오지 마. 가."

"아무스!"

휘어지는 공간 속에서 그들은 세 사람처럼 보이기도 하고, 한 사람처럼 보이기도 했다.

아무스는 휘청거리며 제 뒤에 붙어 있는 돈을 떼어 내려 몸부림쳤다.

돈은 입을 찢어져라 벌린 채 소리를 지르다가 뚝 멈췄다가 다시 소리를 지르다 환희에 가득 찬 얼굴로 웃기를 반복했다.

"으아아악! ……아가씨! 아가씨! 도와주, 아악! ……하하하하하학! 으히히힉!"

돈의 두 눈은 고통에 젖어 울고 있는데 입은 활짝 웃고 있었다.

그는 아무스에게 들러붙어 한 손으론 목을 조르고, 다른 한 손은 아무스의 벌어진 상처 틈에 집어넣어 헤집으며 기이한 목소리로 계속해서 말했다.

"키히히힉. 나도 이제 영원히 살, 살려 줘. 아가씨. 살려 주세요. 히히. 이름이 두 개면, 영혼을 나눌 자리가 하나 있다는 거야."

이달론은 돈의 가죽을 쓴 채로 아무스의 마력을 모두 뺏을 작정이었다.

전에 나를 이용하려고 했다가 실패했으니, 이번엔 본인이 직접 하려는 거구나.

단번에 날려 버리고 싶었지만 아무스의 마력이 흔들리는 탓에 섣불리 공격했다간 아무스가 크게 다칠 수 있었다.

더군다나 이미 역린을 찔린 상황인데.

그때 어딘가에서 날아온 공격에 아무스를 둘러싸고 있던 아지랑이가 잠시 걷혔다.

공작님이 검으로 돈의 머리를 통째로 베기 위해 가까이 다가간 것이었다.

아주 잠깐 동안 시야가 선명해진 틈을 놓치지 않고 공작님은 빠르게 공격을 이어 갔다.

"이달론!!"

살기를 띤 공격을 알아챈 이달론이 몸을 틀며 공격을 피하려 했지만, 원래 몸의 주인인 돈이 버텼는지 검을 완전히 피하진 못했다.

돈의 왼쪽 윗부분 머리 살점이 날아갔다. 홍수로 범람하는 강처럼 피가 온몸을 적시는데도 돈의 입은 웃고 있었다.

"으하하학! 아악! 살려 주, 하학! 살 수 있지! 조금만 더! 영원히! 히히힉!"

공작님은 거친 숨을 몰아쉬며 그들과 몇 발자국 떨어진 상태에서 틈이 보이는 대로 공격하고 있었다.

하지만 이달론을 공격하기 위해 그들에게 가까이 다가갈수록, 이달론의 마법은 강해졌다.

평범한 인간인 디에르고 공작님이 용의 마력을 흡수한 이달론의 마력을 받아칠 수 있을 리 만무했다.

눈을 한 번 깜빡일 때마다 공작님의 새빨간 피가 사방으로 솟구쳤다.

검을 세워 공격을 막아도 충격 때문에 벌어진 몸의 상처에서 피가 역류하듯 튀었고, 공격을 막지 못하면 새로운 상처가 생겨났다.

"아빠!"

"오지 마라! 그레이, 솔레아!"

공작님은 피범벅이 된 오른쪽 눈을 감은 채 검을 고쳐 잡고는 우리에게 소리 쳤다.

오른쪽 얼굴을 가로지른 커다란 상처에서 시뻘겋고 끈적한 피가 계속해서 흘러내렸다.

하지만 그는 아랑곳 않은 채 검을 고쳐 쥐고 아무스의 등 뒤에 붙어 있는 돈에게 검을 휘둘렀다.

머리 한쪽이 날아간 돈은 눈동자를 빙그르르 돌리며 히죽 웃었다가 시선을 공작님에게로 고정했다.

"아빠! 피하세요!"

나는 곧장 팔을 뻗어 공작님 앞에 마력으로 방어벽을 세워 막았지만 역부족이었다.

아무스의 마력을 흡수하고 있는 이달론의 마법은 내 방어벽을 손쉽게 깨부쉈다.

창처럼 날이 선 마법은 곧장 공작님의 심장을 향했다.

몇 번이나 다시 마법을 써도 아무런 소용이 없었다.

방어벽을 모두 깨부순 이달론의 마법이 공작님의 심장을 꿰뚫기 직전, 앞으로 뛰어나간 그레이가 검을 이용해 이달론의 공격을 가까스로 막아 냈다.

아무스의 마력이 거의 빠져나간 내 몸과는 달리, 그레이의 검은 아직 효과가 있는 모양이었다.

하지만 두 개의 마력이 부딪치는 순간 그레이의 검이 산산조각 났다.

쾅 소리와 함께 일어난 폭발에 내 몸은 뒤로 날아갔다.

시야를 가리던 흙먼지가 겨우 가라앉자 바닥에 쓰러진 공작님과 그레이가 눈에 들어왔다.

온몸이 피에 젖은 공작님은 시체처럼 꼼짝도 하지 못하셨고, 그레이 역시 기절한 듯 미동조차 없었다.

"히히. 크히히."

장난스러울 정도로 가벼운 웃음에 소름이 끼쳤다.

하지만 얼굴은 내가 아는 돈이었다.

피에 절어 있긴 하지만 분명히 내 앞에서 날 향해 수줍은 듯 미소 짓던 돈의 얼굴이었다.

그 얼굴이 나를 향했다.

"네가 죽인 그 몸 말이야. 그 몸도 사실 내 몸이 아니었단다. 어느 왕자의 몸이었는데. 그 사람도 너처럼 '건너온 자'였어. 다시 못 돌아갔지. 크하하학. 네 껍데기도 곧 내가……."

그놈의 말이 끝나기도 전에 나는 내가 할 수 있는 온갖 마법을 다 쏟아부었다.

하지만 그 어떤 마법도 통하지 않았다.

정령들의 검까지 휘둘렀지만 아무스의 마법을 대부분 흡수한 이달론에겐 닿지 않았다.

내 마력이 아무스의 마력이니 이달론에게 통하지 않는 것은 어쩌면 당연한 일이었다.

그때 돈의 머리에서 빠져나온 축축한 녹색 영혼이 흘러내린 촛농처럼 목을 쭉 늘리더니 춤을 추듯 공중에서 너울거렸다.

이달론의 영혼이 나를 향해 돌진하는 순간 검을 힘주어 말아 쥐었다.

이달론의 영혼과 내 검이 맞부딪치기 일보 직전, 아무스가 순식간에 용으로 변했다.

새카만 비늘이 온몸을 뒤덮고 작은 저택은 한 번에 으스러뜨릴 것만 같은 커다란 네 발이 땅을 긁었다.

벌어진 입 사이로 날카로운 이빨이 번뜩였다.

그가 큰 소리로 울부짖으며 숨을 거칠게 몰아쉴 때마다 주변의 풍경이 뒤바

꿰었다.

울창한 숲속이었다가 모래로 가득 찬 사막이었다가 드넓은 들판 한 가운데에 서 있기도 했다.

그러다 마침내 사방이 시커먼 검은 공간으로 바뀌었을 때, 아주 잠깐의 적막이 찾아왔다.

그 짧은 순간 아무스의 노랗고 아름다운 두 눈과 마주쳤다.

"괜찮아."

무슨 뜻이냐고 되물을 틈도 주지 않고 검은 공간은 공작님과 그레이, 나를 밖으로 밀어 낸 뒤 순식간에 닫히고 말았다.

"······아무스?"

나는 베르고 공작저 한가운데에 서 있었다.

나를 둘러싼 공기와 서늘한 가을바람, 주변 사람들의 비명과 피 냄새까지 모든 것이 생생한데, 다 이 손에 잡힐 듯 선명한데.

아무스는 보이지 않았다.

Chapter.9

'아주 먼 옛날엔 용들이 많이 살았대. 이름난 커다란 산마다 용들이 한 마리 씩 살고 있었고, 그들 중 마음 약한 용들은 인간을 돕기도 했단다. 또 그들 중 극소수의 용들은 인간에게 반하기도 했지. 그러나 평생 단 하나의 반려만 맞이 하는 용에게 인간을 사랑하는 일은 저주에 가까웠어. 인간은 너무 약해서 금방 죽어 버리잖니. 그럼에도 어떤 우둔한 용은 후회할 짓을 하고 말았단다. 소원을 빌 땐 용도 일이 이렇게 될 줄은 몰랐을 거야. 그땐 그 용도 어렸거든.'

용과 소녀의 첫 만남은 우연이었다.

꽃과 약초들을 구하기 위해 산을 오른 소녀는 우연히 커다란 동굴을 발견했 다.

정확하게는 발견했다기보다는 걷다가 발을 헛디뎌서 그곳으로 굴러떨어졌다.

동굴 벽에 머리를 부딪친 소녀는 그대로 기절해 몇 시간 후에야 깨어났다.

"아이고 아파라……."

머리를 부여잡은 채 끙끙대다가 겨우 정신을 차렸다.

허연 달빛에 의지해 손을 더듬어 가며 주변을 살펴보니 하루 종일 산을 돌아다니며 구한 약초들이 엉망으로 뭉개져 있었다.

소녀는 분노를 참지 못했다.

"악! 내 약초! 내 꽃! 여긴 또 어디야!"

"시끄러워."

"악!"

소녀 말고도 다른 누군가가 동굴 깊은 곳에 있는 듯했다.

끙끙대는 신음 소리가 계속해서 동굴 안에 울려 퍼졌다.

"……거기 누구 있어요?"

"……꺼져. 인간."

"아니, 무슨 지는 인간 아닌 것처럼 말하네."

한껏 빈정거린 소녀의 옆으로 새하얀 불꽃이 화살처럼 날아들었다.

"악! 깜! 짝……이야."

불꽃이 지나간 자리에 있던 바위들이 조명처럼 발광하기 시작했고, 소녀는 그제야 동굴 안을 제대로 볼 수 있었다.

온몸이 시커먼 비늘로 덮인 커다란 용이 이를 악문 채 소녀를 노려보고 있었다. 보석처럼 빛나는 노란 눈이 번뜩였다.

"……나가."

용이 인간의 말을 하며 소녀를 매섭게 쩨려봤다.

까드드득.

그의 길고 날카로운 발톱이 땅을 긁는 소리가 괴이하게 동굴을 울렸다.

"저기요. 다, 다치, 다친 것 같은데……."

조심스럽게 말을 꺼낸 소녀의 앞으로 휙 날아든 두껍고 단단한 꼬리가 땅을 내려쳤다.

쾅 소리와 함께 눈앞에 뽀얀 흙먼지가 일었다.

"너 같은…… 어린 인간이 들어올 산이 아니니까 꺼지라고."

소녀도 나가고 싶은 마음은 굴뚝같았지만 발목을 삔 터라 움직일 수가 없었다.

"저 발목을 다쳤는데요."

"알 바 아니야. 꺼져."

이 용 싹수가 멸종했나?

보통 인간이었다면 벽을 기어올라서라도 동굴을 빠져나가려 발버둥 쳤겠지만 소녀는 그러지 않았다.

여태 살아왔던 경험을 토대로 판단해 보건대, 도망치는 것은 아무런 도움도 되지 않았다.

심지어 손해를 보는 상황이라면 더더욱.

소녀는 굳이 상대방을 배려할 필요가 없다면, 최대한 배려하지 않는 삶을 살아왔다.

그녀는 땅에 떨어진 약초들 중 진통 효과가 있는 것을 손에 쥐어 들고는 입에 넣어 꼭꼭 씹으며, 용의 말도 꼭꼭 씹었다.

"나가란 말 안 들려?"

"말할 힘 있으시면 이거 씹으세요. 고통에 둔감해지게 해 주거든요. 어디 아프신 거 같은데."

소녀는 팔꿈치로 바닥을 기어 다니며 약초를 주워 멀리 떨어져 있는 용에게 던졌다.

"들짐승 취급 하는 것도 아니고…… 감히 풀때기를 던져?"

이를 갈며 말하는 용을 보고도 소녀는 겁먹지 않았다.

"죄송합니다. 멀어서요."

"나가란 소리 안 들려? 내가 몇 번을 더 말해야 알아들을 거지?"

"불쾌하신 건 알겠는데 제가 지금 발목을 다쳐서 동굴 벽을 타고 오르는 건

불가능해요. 아마 반도 못 올라가서 떨어질걸요. 이렇게 볼품없이 마른 인간을 드시는 취미가 있으신 게 아니면 며칠만 참아 주세요. 발목만 멀쩡해지면 이 정도 높이는 거뜬하니까."

소녀의 말본새를 보아 하니 설득하는 것도 무리일 것 같아 용은 포기하고 눈을 질끈 감아 버렸다.

길게 말을 섞고 싶지도 않았을뿐더러 용이 인간을 먹지 않는다는 사실을 모르는 걸로 봐선 사회화도 덜 된 모자란 인간 같았다.

몇 시간쯤 지났을까, 조용히 고통을 참고 있는데 소녀가 다시 말을 걸어왔다.

"너무 캄캄하고 추운데 아까 그 불 한 번만 더 쏴 주시면 안 될까요?"

"넌 나가라는 내 말도 안 듣는데 나는 왜 네 부탁을 들어줘야 하지?"

"……맞는 말이네. 알았다."

갑작스레 들려온 반말에 용이 고개를 들었다.

"왜 반말을 하는 거지."

"불도 안 쏴 주는데 내가 왜 존댓말을 해 줘야 하지?"

"……알았다."

싸가지 없는 것.

용의 입장에서 보면 아까 태어난 것과 다름없는 아이가 반말을 하는 게 탐탁지 않았지만 타이를 기력도 없었다.

하지만 용과 달리 소녀는 다리를 다쳤으면서도 기운이 넘쳤다.

"화장실 어디야?"

"목마른데 저기 안에 흐르는 저 물 마셔도 되는 물이야?"

"먹을 건 없지? 용은 밥 안 먹나? ……아니야. 나 맛없어. 째려보지 마."

소녀가 하도 떠들어 대는 통에 아픈 것도 까먹을 정도로 짜증이 치솟았다.

"입 좀 다물고 있을 순 없나?"

"그럼 화장실 어딘지 말해 줘. 여기서 볼일 보면 너한테도, 나한테도 안 좋을 거 같단 말이야. 그리고 저 물 마셔도 돼?"

용은 한숨을 푹 내쉬고는 고개를 끄덕거렸다.

"물은 마셔도 되는 물이고…… 볼일은 안으로 깊이 들어가서 해결해. 사방이 막힌 벽 같은 건 없으니까 투덜대지 말고."

"알았어."

한 발로 콩콩 뛰어 동굴 깊은 곳으로 들어가는 소녀의 발소리가 점점 멀어졌다.

저건 대체 어디까지 가려는 거야?

이 망할 인간은 눈앞에 보이면 보여서 짜증 나고, 안 보이면 안 보이는 대로 짜증이 났다.

"억! 나 이끼에 미끄러질 뻔했다!"

말하는 꼬라지를 보니 미끄러질 뻔했긴 했지만 다치진 않은 것 같았다.

"소리 들리면 어떡해! 동굴이라서 울리잖아!"

"좀 닥쳐!"

"……노래 불러!"

설마 나한테 말한 건가?

물론 이 동굴 안에는 저 시끄러운 인간과 저 둘밖에 없지만, 아무리 그래도.

제정신이 박힌 인간이면 용에게 노래를 부르라고 할 리 없지.

용은 모른 척 조용히 눈을 감았다.

"빨리! 소리 울리잖아! 나 급하단 말이야!"

"……네가 불러! 이런 미친!"

"알았어! 듣고 웃지 마!"

소녀는 정말로 노래를 시작했다. 하도 큰 소리로 쩌렁쩌렁 불러 대는 통에 귀가 다 아플 지경이었다.

노랫소리는 소녀가 한 발로 다시 콩콩 뛰어오는 동안에도 멈추지 않았다.

소녀는 아까 앉아 있던 자리에 다시 앉고 나서야 노래를 멈췄다.

"나 노래 잘하지?"

대답할 가치도 없다 생각해 무시했다. 소녀 역시 대답을 원한 것 같진 않았다.

소녀의 콧노래 소리가 동굴을 울렸다.

그 뒤로도 소녀는 몇 번 더 볼일을 보러 갔고, 발이 부어서 아프다며 혼자 콩콩 뛰어가 물속에 발을 담갔다 오기도 했다. 가만 앉아 있는 꼴을 볼 수가 없었다.

"배가 고플 텐데 좀 노력해서 동굴 밖으로 나가 보지 그래."

"괜찮아, 밖에서도 자주 굶어서."

꺼지란 소린데 못 알아듣는구나. 눈치 없는 인간 같으니라고.

이틀째 되는 날 밤, 용의 끙끙대는 신음이 동굴 안을 가득 채웠다.

"풀 좀 씹어 삼켜. 아까 줬잖아."

"신경 꺼."

"네 끙끙대는 소리 때문에 잠을 잘 수가 없잖아."

죽일까.

잠깐 갈등했지만 보금자리에서 먹지도 않을 것을 죽이는 게 더 손해 같아 그는 참기로 했다.

얼마 지나지 않아 또다시 고통이 온몸을 좀먹듯 잠식해 와 용은 자기도 모르는 새 정신을 잃었다.

눈을 떠 보니 밖은 환한 대낮이었고 몸을 불태우는 것 같던 격통은 잠잠해져 있었다.

그런데 입이 썼다. 그것도 이루 말할 수 없이.

"퉤. 퉤!"

"아우, 시끄러워. 왜 그래."

"……뭘 먹인 거야."

"하도 끙끙대길래 내가 풀 꼭꼭 씹어서 네 입에 넣었어. 아까보다 덜 아프지?"

"뭐? ……왜 시키지도 않은 짓을 해!"

"왜 소리를 질러! 아프면 아프다고 지랄, 약 먹였더니 쓰다고 지랄! 어쩌란 말이야!"

"이 멍청한 인간!"

용은 분노를 참지 못하고 동굴 안에서 몸을 일으켰다.

거대한 동굴이 흔들릴 정도의 괴성을 지르며 용은 앞발로 소녀의 온몸을 짓눌렀다.

"감히 내 성장통에 너 따위 하찮은 인간의 체액을!"

거대한 자신의 앞발에 가려 소녀의 모습은 보이지 않았지만 그는 느낄 수 있었다.

조금만 더 힘을 주면 소리도 지르지 못하고 컥컥대는 이 어린 여자애를 죽일 수 있을 것이다.

인간 여자의 배에서 태어났다는 이유로 얼마나 많은 모욕을 들었는데 성장통을 겪는 와중에도 인간의 도움을 받다니.

"하! 너도 내가 반쪽이라고 무시하는 건가? 인간의 도움을 받아서 성장한 용이라는 꼬리표라도 달아 주려고?"

소녀의 숨이 넘어가기 직전, 구름이 움직였는지 동굴 안으로 환한 햇빛이 들이쳤다.

소녀의 얼굴 반쪽은 바위처럼 진한 회색빛을 띤 채 온통 울퉁불퉁하게 불거져 있었고, 왼쪽 눈은 하얗게 물들어 있었다.

용은 자기도 모르게 앞발에 힘을 빼고 살짝 물러났다.

겨우 공기를 들이마신 소녀가 콜록대며 용의 발톱 사이로 기어 나왔다.

"……누가 반쪽이라는 거야? 지금 뭐, 나보고 자기소개라도 하라고?"

동굴로 굴러떨어지며 옷이 찢겨졌던 건지 너덜너덜해진 천 사이로 드러난 소녀의 피부가 눈에 들어왔다.

커다란 회색 따개비들이 붙은 것처럼 몸 여기저기가 우둘투둘했다.

잠깐 말을 잇지 못하던 용은 이내 몸을 돌려 제자리로 돌아갔다. 그러곤 다시 온몸을 동그랗게 말았다.

"……끼어들지 마. 네 일도 아니면서."

"아, 그래. 미안하게 됐다. 어둠 속에서 열심히 약초 찾은 것도 미안하고, 쓴 맛 참고 꼭꼭 씹어서 입 안에 넣어 드린 것도 아주 미안하다. 아이고, 죄송합니다."

용은 말없이 머리를 숙여 긴 꼬리 안에 집어넣었다.

몇 분 지나지 않아 소녀가 다시 입을 열었다.

"일어설 힘 있으면 나 밖으로 보내 줘."

"뭐야?"

"방금 화내면서 일어났잖아. 안 아플 때 나 좀 들어서 밖으로 보내 줘."

소녀의 요구를 들어주긴 싫었지만 그렇게 해야지만 다신 안 볼 수 있을 것 같았다.

용은 몸을 일으켜 소녀를 조심스레 물고 동굴 입구로 향했다.

밖으로 냅다 던지고 싶었지만 그랬다간 또 왜 나를 던졌냐며 온갖 난리를 부릴 것 같아 용은 그녀를 얌전히 땅에 내려 줬다.

소녀는 햇빛을 받아 빛나는 용의 샛노란 눈을 보며 물었다.

"……넌 언제까지 아픈데?"

"몰라. 꺼져."

"하여간 오래 산 놈치고 친절한 놈을 못 봤어. 다 나 등쳐 먹을 생각뿐이지. 됐어. 간다. 올려 줘서 고마워."

발목이 멀쩡했으면 동굴 벽을 거뜬하게 타고 올랐을 거란 말은 거짓이 아닌 듯, 소녀는 한 발로도 중심을 잡으며 거대한 바위 사이를 내려갔다.

소녀의 뒷모습을 바라보던 용은 중얼거렸다.

"······미안."

그는 다시 동굴 안으로 들어왔다. 고작 이틀 남짓인데도 사람이 있다가 없으니 그새 적막이 낯설게 느껴졌다.

한참 전에 죽어서 벌써 흙이 되고도 남은 어머니의 목소리가 갑자기 떠올랐다.

'너도 더 크면 외로움을 느낄 텐데, 그때 엄마가 없어서 어떡하지.'

하지만 그는 여태 봤던 용들에게서 그 어떤 외로움도 보지 못했다.

고결하며 우아한 자태 그 어디에도 외로움이라고 이름 붙일 만한 모습은 없었다.

그에게 외로움은 가장 '인간다운' 감정이었다.

반쪽 용은 늘 그래 왔듯 다시 꼬리 속에 머리를 파묻었다.

해가 넘어가는 오후가 될 즈음 다시 고통이 찾아오자, 용은 문득 소녀를 떠올렸다.

다시 볼 일은 없을 텐데, 이름이라도 물어볼 걸 그랬나.

.

.

.

잠결에 무슨 소리가 들렸던 것도 같다.

'어우씨, 이게 뭐야.'

'······왜 불쑥불쑥 커져? 이것도 성장기인가?'

'덮어 둘 거 없나?'

이상하게 편안한 기분에 눈을 떠 보니 동굴이 유난히 넓게 느껴졌다.

화들짝 놀란 용이 몸을 일으켰다.

온몸에 비늘이라곤 하나도 보이지 않는 걸 보니 저도 모르는 새 인간화했나 보다. 날개뼈 아래까지 내려오는 긴 머리카락은 비늘과 똑같은 검은색이었다.

드디어 인간화까지 할 수 있게 됐구나.

기쁜 와중에 이질감이 들어 살펴보니 다리 사이에 바구니가 엎어져 있었다.

······설마 이 인간이 또?

"깼어?! 아까 눈앞에서 사람으로 변하길래 깜짝 놀랐네!"

동굴 입구에서부터 이어져 있는 긴 나무줄기를 두 손으로 잡은 소녀가 한 발로 벽을 콩콩 디디며 활기차게 내려왔다.

그러고 보니 입이 썼다. 또 약초를 먹인 모양이었다.

"미친 거야?! 여기가 어디라고 또 와?"

"어?"

볼품없는 낡은 가방을 멘 소녀는 놀란 듯 용을 바라봤다.

"······네가 사과했잖아. 미안하다며. 나 들었는데. ······그러면 우리 화해한 거 아니야?"

"자존심도 없는 멍청한 인간 같으니라고. 밖에 친구도 없나 보지? 인간도 아닌 나 같은 존재를 들여다볼 정도면?"

이전의 비아냥은 통하지 않았지만 이번엔 제대로 정곡을 찌른 모양이었다.

소녀는 입술을 꾹 깨물었다가 메고 있던 가방을 통째로 용에게 집어 던지고는 다시 나무줄기를 타고 올라갔다.

떨어진 가방 안에서는 고통을 덜게 해 주는 약초만 한가득 쏟아져 나왔다.

가슴 한구석이 콕콕 찔려 왔지만 용은 이내 몸을 돌려 늘 웅크려 있던 자리로 돌아갔다.

어차피 인간이었다.

몇 년쯤 지나면 용을 만났다는 사실조차 까먹고 살겠지.

동굴 안이 쓸데없는 풀 냄새로 가득 찼다. 평소처럼 꼬리 안에 머리를 파묻은 채 잠을 자려고 했지만 인간으로 변한 탓에 꼬리가 없었다.

용은 흙바닥 위에 누워 몸을 웅크렸다.

소녀의 말대로 흙은 차가웠고, 동굴 안은 어두웠다.

게다가 은은하게 풍기는 풀 냄새 때문에 도무지 잠이 오지가 않았다.

얼마 뒤 익숙한 고통이 또다시 온몸을 뒤덮자 용은 식은땀을 흘리며 끙끙거렸다.

하지만 그는 주변에 널브러진 약초만큼은 먹지 않았다.

성장통을 감내해야 진정한 용이 될 수 있다고 믿는 건 둘째 치고, 소녀의 도움을 받고 싶지 않았다.

용은 몇 개의 낮과 또 몇 개의 밤이 지나는 동안 용으로 변했다가 다시 인간이 되길 반복했다.

고통은 낮도 밤도 없이 어린 용을 괴롭혔다.

그런 와중에도 흙바닥에 널브러진 약초 냄새는 약해지지도 않고 그대로였다.

이상했다.

약초의 향이 아무리 강하다고 한들 동굴의 이끼 냄새만 할까.

양도 그리 많지 않은 것 같은데 자꾸만 그 냄새가 코를 콕콕 찔러 왔다. 게다가 가방을 내던지고 간 건방진 소녀의 뒷모습이 눈꺼풀을 닫아도 열어도 자꾸만 생각났다.

……가방?

그래. 가방과 바구니를 두고 갔으니 다시 찾아올지도 몰라.

용은 천천히 몸을 일으켰다.

"……바구니만 동굴 밖에 던져두는 거야. 걔가 다시 올지도 모르니까."

인간의 몸으로 변한 상태로 손을 이용해 바구니와 가방을 주워 든 그는 동굴 입구를 향해 다가갔다.

그런데 용일 때와 달리 입구가 너무 멀게 느껴졌다.

두 발로 일어나 걷는 것도 처음이라 다리가 휘청거리는데 이 높은 바위들을 타고 오를 수 있을 리 만무했다.

결국 용은 소녀가 타고 내려왔던 나무줄기를 잡고 그녀가 했던 대로 두 발로 벽을 디디며 천천히 올라갔다.

그리고 쿵 떨어졌다.

"······뭐, 뭐야?"

걷는 것과 나무줄기를 잡고 벽을 타는 것은 완전히 다른 느낌이었다.

용은 네 발을 이용할 때처럼 몸을 조금 앞으로 기울여 다시 도전해 봤지만, 용일 때와 인간일 때의 근육 움직임은 확연히 달랐다.

두어 번의 실패를 더 겪고 난 후 용은 바구니를 바닥에 집어 던졌다.

"됐어. 다음에 용일 때 올라가면 돼."

혹여 잠들어서 때를 놓칠까 봐 용은 벽에 몸을 기대앉아 용이 되길 가만히 기다렸다.

몇 번 겪다 보니 변신할 때의 감각을 몸에 익힐 수 있었다.

성장통을 며칠만 더 겪으면 스스로도 변할 수 있을 것 같은데.

어머니 용이 있었다면 다른 생명체로 변하는 걸 더 빨리 배웠을지도 모르지만, 그의 어머니는 인간이었다.

수컷 용들은 자기 짝이 아닌 용들을 모두 독립적 개체로 보는 성향이 강했다.

어머니가 살아 있을 적에나 몇 번 봤던 아버지 얼굴은 이젠 기억나지도 않았다.

"됐어. 혼자서도 할 수 있어."

용은 고통에 정신을 잃지 않으려 이를 악물었지만 자꾸만 눈앞이 흐려졌다.

결국 참지 못하고 소녀가 따다 준 약초를 집어 들어 우걱우걱 씹어 먹었다.

······괜찮아. 걔가 씹어서 먹여 준 게 아니고 내가 내 손으로 직접 집어 먹은 거니까 이 정도는 괜찮아.

스스로와 타협한 용은 잠시 후 전신에 미묘한 열기가 감도는 것을 느꼈다.

고통이 덜하니 몸의 감각들이 조금 더 생생했다. 어린 용은 이 느낌을 잊지 않으려 열심히 머릿속에 손끝, 발끝에서 느껴지는 세밀한 감각과 이 순간의 공기를 새겨 넣었다.

잠시 후 온몸이 검은색 비늘로 덮인 용이 바구니와 낡은 가방을 입에 문 채 동굴 밖으로 모습을 드러냈다.

　동굴 입구에 바구니와 가방을 던진 용은 누가 볼세라 냉큼 다시 안으로 들어갔다.

　"지가 두고 간 건 밖에 다 던져 놨으니 다신 안 들어오겠지."

　용은 코웃음을 치며 다시 잠들었다.

　눈을 떠 보니 또 환한 낮이었다.

　"……그 인간 또 온 거 아냐?"

　뻑뻑한 눈을 깜빡이며 느릿하게 몸을 일으켰다. 하지만 예상과 달리 동굴 안은 조용했다.

　마침 용인 상태라 그는 천천히 조심스럽게 걸어가 동굴 밖을 살폈다.

　어제 던져둔 바구니와 가방이 그대로 있었다.

　"하! 꼴에 화났다고 이 근처로는 발길도 안 하나 보군."

　다시 동굴 안으로 들어간 용은 신경질적으로 흙을 발로 차며 제가 누울 자리를 정돈하다가 바닥에 이리저리 흩어져 있는 약초들에 시선을 던졌다.

　"……화가 많이 나서 안 오나?"

　용은 다시 동굴 밖으로 머리를 빼꼼 내밀었다.

　여전히 인기척은 없었다.

　'가방이 낡아서 내 집에 버리고 갔나?'

　'그런 거면 진짜 가만 안 둬야지.'

　'……발목 상태가 더 안 좋아져서 깊은 산까지는 못 올라오는 건가?'

　용은 혹시나 하는 마음에 바구니와 가방을 다시 입에 물고 동굴 주변을 벗어났다.

　조심스럽게 움직여 산 중턱 부근에 바구니와 가방을 던져 놓고, 사냥꾼에게 쫓기는 작은 사슴처럼 오도도 뛰어서 다시 동굴 안으로 쏙 숨어 버렸다.

　"아. 날아올걸."

아직 성체만큼 몸집이 크지 않으니까 나무 사이로 날아도 안 들켰을 텐데.

"……뭐, 됐어. 다들 산짐승인 줄 알 텐데."

용은 몸을 세우고 동굴 입구 밖으로 머리를 반쯤 내놓은 채 계속해서 산의 인기척을 살폈다.

"……발목이 많이 안 좋은가? 아니야. 방금 산 중턱에 던져졌으니 곧 찾아 가겠지."

온 촉각을 곤두세우고 산의 흐름을 읽어 보려 했다.

산을 다스리는 용이라면 다들 할 줄 아는 것인데 검은 용은 아직 너무 어리고 가르쳐 준 이가 없어 잘하지 못했다.

용은 지금만큼 그 능력이 아쉬웠던 적이 없었다.

그런 능력쯤이야 숱한 세월 속에서 저절로 터득하는 거라 생각하고 여태까지는 신경 끄고 살았는데.

지금은 소녀가 바구니와 가방을 들고 가는 모습을 직접 눈으로 보는 게 아니면 확신할 수 없을 것 같았다.

인간들의 냄새는 온갖 것들과 섞여 있어 구분하기가 어려웠다.

"……내가 지금 뭘 하는 거지? 걔가 그걸 들고 가든 말든 나랑 무슨 상관이야."

용은 초조하게 숲을 살피던 노란 눈을 질끈 감고, 고개를 도리도리 저었다.

그러곤 전보다 더 깊은 동굴 속으로 들어갔다.

하지만 고통이 찾아들 때마다 그 여자애가 생각났다.

어머니와 살 때는 인간이 짐승을 낳았다는 이유로 누구도 말을 걸지 않았고, 산으로 들어온 이후에는 반쪽 용이라고 무시당했다.

그래도 용은 원래 고고하고 우아한 존재니까, 라고 생각하면서 그 시간들을 견뎌 왔는데.

용은 흙을 파고 그 안에 머리를 파묻었다.

"……외롭지 않아. 하나도 외롭지 않아."

이틀 뒤, 용은 인간의 몸으로 가까스로 동굴을 오르는 것에 성공했다.

수십 번의 실패가 있었지만 어쨌든 해내고야 말았다.

소녀가 가방을 들고 갔는지 빨리 확인하고 싶었다.

제힘으로 용으로 변하는 것보다 나무줄기를 잡고 벽을 오르는 게 더 빠르게 성공할 것 같았다.

예상은 맞았다.

"와! 올라왔다!"

어머니가 있었다면 박수 쳐 줬을 텐데.

용은 소녀의 힘찬 걸음걸이를 떠올리며 바위 사이를 날래게 뛰어 산 중턱까지 내려갔다.

'가져갔을까? 내가 거기까지 내려가서 두고 온 걸 알아차렸을까?'

마침내 산 중턱에 다다랐다.

……바구니와 가방이 그대로 있었다.

"젠장."

용은 바구니와 가방을 들고 다시 산을 올랐다. 산을 내려올 때보다 몇 배나 느린 속도였다.

용은 조금은 울적한 얼굴로 안이 텅 빈 가방을 힐긋 내려다봤다.

"……비어 있어서 안 가져갔나?"

혹시나 하는 마음에 용은 낭떠러지 사이에 핀 귀한 꽃과 약초, 뿌리가 깊이 뻗어 있어 아무나 캐지 못하는 나무뿌리, 바위를 들어내야만 찾을 수 있는 버섯 등을 찾아 바구니와 가방 안을 가득 채웠다.

그걸 동굴 입구에 내려놓고 안으로 들어가려던 용은, 키가 작은 소녀가 보지 못하고 지나칠지도 모른다고 생각했다.

머리가 그다지 좋아 보이진 않았으니 동굴의 위치를 까먹었을 수도 있었다.

가방과 바구니를 어디에 두면 좋을까 생각하며 용은 동굴 근처를 하루 종일 돌아다녔다.

이젠 인간일 때의 걸음걸이도 자연스러웠다.

하지만 소녀는 여전히 보이지 않았다.

문득 고개를 처든 용의 두 눈에 나무 꼭대기가 보였다.

"저기에 가방을 걸어 두면 멀리서도 잘 보일 테니까 동굴을 금방 찾겠지."

좋은 생각인 것 같았다.

근데 저기에 걸어 두기 위해 용으로 변하려면 또 잠이 들든가, 성장통을 겪어야 하는데.

잠든 사이에 걔가 오면 어쩌지.

결국 용은 세월에 맡겨 두기로 했던 변신까지 연습했다.

동굴을 타고 오르는 것보다 힘들었지만 어쨌든 하루를 꼬박 지새우고 나서야 성공했다.

용은 두 발로 서서 커다란 나무 꼭대기에 바구니와 가방을 걸어 뒀다.

"꽃향기와 약초 냄새를 펄펄 풍기는 데다가 눈에 띄는 높은 곳에 있으니까 분명 찾아오겠지."

용은 자신만만한 얼굴로 동굴 안으로 들어갔다.

……가 다시 나왔다.

"너무 높나?"

조금 더 아래쪽의 나뭇가지에 걸어 두고 그는 다시 동굴로 들어갔다.

……또 나왔다.

"여기까지 오는 길을 까먹은 것 같아. 그렇지 않고서야 이렇게 안 올 리가 없지. 사과라도 받으러 올 성격인 것 같았는데."

용은 동굴 안에 잔뜩 있는 진통 효과를 가진 약초들을 동굴 입구에서부터 산 중턱까지 조금씩 흩뿌려 두었다.

짐승에게 미끼를 던지듯 해 뒀으니 아무리 사회화가 덜 된 인간 여자애라도 잘 찾아올 수 있을 거라 생각했다.

혹시나 저가 남겨 놓은 흔적을 밟아 뭉갤까 걱정된 용은 일부러 산을 빙 둘러서 동굴로 돌아갔다.

또다시 낮과 밤이 지나는 동안 성장통이 조금씩 미미해지는 게 느껴졌다.

괘씸한 인간 여자애는 초승달이 동그랗게 차오를 때까지 찾아오지 않았다.

"……건방진 인간."

용은 적어도 100년이 지날 때까진 절대로 동굴 밖으로 나가지 않겠노라고 결심했다.

100년이 지난 다음에는 네가 죽어서 못 오는 거라고 생각할 수 있을 테니까. 그건 어쩔 수 없는 이별이니까.

용은 소녀가 미워졌다.

Chapter.10

며칠 뒤, 누군가가 빠르게 나무줄기를 타고 내려오는 소리가 들렸다.

용은 얼른 두 눈을 떴다.

그 여자애였다.

다시 만났을 때 어떤 말을 해야 할지 여러 번 상상했었다.

여기가 어디라고 또 오냐, 넌 자존심도 없냐, 인간이면 인간들의 세상에서 살아라, 내 보금자리에 들어오지 마라, 네가 두고 간 쓰레기 같은 가방이나 챙겨 가라, 약초 냄새 때문에 코가 막힐 지경이다 등등.

하지만 용은 그 어떤 말도 하지 못했다. 그저 멍하니 소녀를 바라보고 있었다. 입이 떨어지지 않았다.

소녀가 놀란 눈으로 달려오며 빠르게 말을 던졌다.

"너 괜찮아?! 다친 데 없어?"

"……어? 으, 응."

목소리가 너무 낮진 않나? 너무 들뜬 것처럼 높게 들리진 않나? 방금 말을 더듬었는데 바보같이 보였을까?

용은 제 목소리가 어떻게 들리는지 확신할 수가 없었다.

소녀는 가슴을 쓸어내리며 안도했다.

"다행이다."

그 순한 얼굴을 보고서야 용은 머리를 휙 반대쪽으로 돌리며 조금은 퉁명스럽게 말했다.

"하! 숨을 쌕쌕거리는 걸 보니 바닥에 흩뿌려진 약초를 보고 누가 뺏을까 싶어 뛰어왔나 보군. 약초꾼이든 사냥꾼이든 누가 몇 명이 오든 날 해할 수는 없다."

"약초? 무슨 소리야."

"……그럼 왜 왔는데."

용은 꼬리로 바닥을 쿵쿵 치며 되물었다.

소녀는 시큰둥한 목소리로 대답했다.

"그동안 발 아파서 산에 못 오르고 있었는데 사람들이 여기에 엄청 큰 산짐승이 나타났다고 하더라고. 커다란 나무가 몇 개씩이나 줄줄이 넘어가고 그랬대. 게다가 발톱 자국이 어찌나 큰지 웬만한 용 뺨친다던데. 용은 산 밑으로는 잘 안 내려오니까 넌 아닐 테고. 너 몸도 안 좋아서 골골대는데 혹시 공격당했을까 싶어서 와 봤지."

……그거 나 같은데.

바닥을 쿵쿵 내려치던 용의 꼬리가 움직임을 멈췄다.

용은 조심스럽게 머리를 돌렸다.

용에게 견줄 정도의 산짐승이라 판단했다면 제깟 인간이 할 수 있는 일은 아무것도 없을 텐데도, 이 멍청하고 건방지고 괘씸하고 나약한 인간은 동굴까지 찾아왔다.

"내가 걱정돼서 왔어? 바구니랑 가방 찾으러 온 거 아니고?"

"아, 맞다. 바구니랑 가방 줘. 나 약초 담아야 돼. 새로 살 돈 없어."

"오면서 못 봤어? 바닥에 약초들도 못 봤어?"

"뛰어왔으니까 못 봤지."

"……왜 뛰었어? 인간, 왜 뛰어왔어?"

"엄청 아파 보였으니까 걱정이 되긴 해서……. 너 괜찮은 거면 이만 갈게."

용은 온몸의 기운을 재빠르게 뒤바꿔서 인간으로 변했다.

소녀가 오지 않는 시간 동안 몇 번이나 제 의지로 변신했기 때문에 이제는 순식간에 변할 수 있었다.

어렸던 용의 긴 성장통이 끝났다.

검은 머리를 허리까지 늘어뜨린 앳된 청년이 고개를 푹 숙였다. 그의 귀 끝이 발갛게 달아올라 있었다.

"……앉았다 가."

뜬금없는 용의 말에 소녀가 되물었다.

"왜?"

"……다리 안 좋은데 여기까지 뛰어왔으니까 힘들 거 아냐. 난 뭐 그런 말도 못 해?"

"왜 만사에 삐딱해."

소녀는 인상을 찌푸리긴 했지만 용의 말대로 동굴 바닥에 털썩 주저앉으며 물었다.

"이제 안 아파?"

"응."

용은 늘 앉던 자리에 앉으려다가 아주 약간, 티 나지 않을 정도로만 소녀와 가까운 쪽으로 옮겨 앉았다.

그런데 소녀의 행동이 이상했다.

눈을 한 바퀴 굴렸다가, 동굴 천장을 바라봤다가 괜히 눈을 비비기도 했다.

'……왜 그러지? 불편한가? 눈이 아픈가? 어두운가?'

곰곰이 생각하던 용은 동굴 안이 어두침침해서 그런 거라고 확신했다.

목을 울렁거리며 커다란 불을 쏴 동굴 안을 환하게 밝혔다.

하지만 그렇게 해도 소녀의 시선은 제자리로 돌아오지 않고 사방팔방으로 날뛰었다.

"……불편하면 나가든가."

결국 뿔이 난 용이 투덜거렸다.

진심으로 한 말은 아니었는데 소녀는 진짜로 일어났다.

아무래도 정말로 여간 불편한 게 아닌 모양이었다.

용은 그제야 홧김에 뱉었던 말을 사과하지 않았단 걸 깨달았다.

하지만…….

성장통에 원하지도 않은 도움을 받은 건 사실이고…….

먼저 도와 달라고 한 적도 없는데 도운 건 재고…….

지금 그냥 조금, 아주 조금 심심해서 대화 상대가 있는 게 반가운 것뿐 꼭 사과를 해서까지 붙잡아야 할 만한 존재는 아니지.

용은 제 자존심을 지키기 위해 고개를 반대쪽으로 돌렸다.

갈 거면 가고, 남을 거면 남으라는 뜻이었다.

아무리 그래도 나는 인간의 입장에선 영생에 가까운 삶을 사는 용인데, 내가 신기해서라도 더 보고 있고 싶겠지.

속으로 코웃음을 쳤지만 용의 짐작과는 달리 소녀는 정말로 갈 생각인 듯싶었다.

절뚝거리며 동굴 입구를 향해 가는 소녀의 뒷모습을 보며 용은 이상하게도 가슴 언저리에 불덩이가 앉은 듯 울렁이는 걸 느꼈다.

무슨 감정인지 정확히 알 수는 없었지만 심장이 몸 전체를 가득 채운 채 뛰고 있는 것 같았다.

벽을 오르기 전, 소녀가 마지막 인사를 하려는지 뒤도는 그때, 용은 참지 못하고 분노를 터뜨렸다.

"나 이만 갈."

"왜! 왜 가는데, 왜! 내가 사과 안 해서 그래? 내가 언제 도와 달라고 한 적 있어? 네가 네 마음대로 내 입에 풀 쑤셔 넣었잖아! 약초들도 내가 가져오라고 그랬어? 네가 여기다가 두고 갔잖아! 네가 두고 간 약초 냄새가 몇 날 며칠이 돼도 안 사라져서 계속 네 뒷모습만 생각났다고! 그거 때문에 자꾸 네 생각 나고 신경 쓰이고 짜증 나는 거잖아! 아~ 그래! 이제 알겠다. 너 때문이네. 네 체 액이 내 성장통에 영향을 줬기 때문이구나. 그래서 내가 자꾸 네 생각이 나고! 혹시 다쳐서 다시 못 오는 건가, 동굴이 너무 추워서 감기라도 걸렸나, 아니면 전에 '다 나 등쳐 먹을 생각뿐이지.' 라고 하던데 누가 심하게 괴롭히나, 그것도 아니면 내가 완전 싫어졌나. 그런 생각들만 줄줄이 하는 거네!"

"아, 아니……. 난 그냥……."

"갈 거면 가! 아니, 가지 마! 네가 책임져야 되는 거 아냐? 적어도 네가 잘못 한 일에는 반성하는 태도를 보여야지! 네가 이렇게 만들었잖아! 너 지금 가면 난 또 산 왔다 갔다 하면서 네가 올지 안 올지 기다릴 텐데, 넌 기다리는 내 생 각은 안 해? 하긴. 했겠어? 네가 내 생각을 하긴 해? 뭐, 얼마나 봤다고 생각을 하겠냐마는. 하! 다른 사람들은 평생 용 못 봐서 환장을 하던데 너한텐 그냥 지 나가는 짐승 한 마리로밖에 안 보이지? 어, 그래! 나 여기서 혼자 죽으면 술이 나 담가 먹어라! 비늘도 떼서 팔고! 다 팔아!"

소녀의 낯빛이 변했다.

햇볕에 바싹 말라 죽어 가는 나무줄기 같은 볼품없는 얼굴임에도 새빨개진 걸 확연히 알 수 있을 정도였다.

용은 자기가 무슨 말을 했는지조차 모른 채 씩씩거리며 소녀의 얼굴을 노려 봤다.

"또 뭐가 불만이길래 표정이 그따위야!"

"말 좀 예쁘게 해! 잘생겼으면서 왜 말을 그따위로밖에 못 해!"

"넌 왜 나 잘생겼다면서 그냥 가는데!"

"이게 지금 무슨 소리야! 잘생겼어도 재수 없으면 갈 수 있지!"

잘만 떠들던 용이 입을 꾹 다물었다.

앙다문 입술이 파르르 떨리고, 용의 커다란 노란 눈동자가 갈피를 잡지 못한 채 이리저리 흔들렸다.

"……나 재수 없는 거 아는데 그래도 좀 쉬었다 갈 수도 있잖아."

"그럼 말을 곱게 해. 좀 사근사근하게. 경계심 안 가지도록. 그렇게 화만 내고 말 싸가지 없게 하면 누구라도 도망가겠다."

"……이렇게 해야 다들 시비 안 건다고."

두 다리를 모아 안으며 용은 작게 투덜거리듯 대답했다.

예쁘게 말하라고 가르쳐 준 이도 없었거니와 사근사근하게 말해 봤자 만만하게 생각하는 놈들만 더 늘어날 뿐이었다.

소녀는 그런 용을 물끄러미 내려다보다가 그 자리에 쪼그려 앉으며 답했다.

"나도 그래. 딱 봐도 보이잖아. 네가 왜 너를 반쪽이라고 하는지는 모르겠지만……. 날 봐. 누가 봐도 반쪽이잖아. 그래서 사람들이 나만 보면 피해. 옮는다고."

씁쓸한 표정으로 살짝 미소 지은 소녀는 허름한 바지를 만지작거리며 덧붙였다.

"그래도 언젠가……. 좋아하는 사람 생기면 그때는 진짜 아껴 줄 거야. 완전 소중하게 여기고, 내가 가진 것 중에 제일 귀한 것처럼 아낄 거야."

막연한 미래를 꿈꾸며 소녀는 볼을 붉혔다.

"그리고 혹시나 해서 말하는데 나 이거 전염병 아니야. 어릴 때, 아마 엄마겠지? 누가 날 폐수에 버려서 그래. 어떤 수녀님이 간신히 건지긴 했는데, 그때 크게 앓아서 몸 반쪽이 이렇게 된 거야. 안 옮으니까…… 너는 괜찮을 거야."

용은 소녀를 힐끗 보다가 고개를 휙 돌렸다.

"그게 뭐 어때서. 인간이 용의 비늘을 가진 것처럼 멋지기만 한데. 회색 용은 강해. 서해 쪽에 가면 있어. ……다음에 같이 가면 내가 보여 줄게. 친하진 않지만, 어디 사는지는 알아."

땅바닥만 뚫어져라 보느라 용은 미처 알지 못했지만 소녀는 두 귀를 빨갛게 물들인 채 애꿎은 제 옷만 만지작거리고 있었다.

한참 후에야 소녀가 말했다.

"그리고, 아까 가려고 했던 건 네가…… 옷을 안 입고 있어서 그랬어."

음?

내내 소녀에게 빠져 있던 용의 두 눈이 커졌다.

그는 저절로 시선을 움직여 제 아래를 내려다봤다.

으음……?

소녀는 고개를 돌려 동굴 입구를 바라보며 횡설수설하기 시작했다.

"그, 용이니까, 물론, 위대한 용이라는 건 나도 알지만, 알아. 사람들이 다 칭송하고, 응. 알지…… 근데 지금은 사람 모습이라서 조금 그래. 어, 많이 그래."

용은 몸을 돌려 소녀 쪽으로 완전히 돌아앉았다.

모으고 있던 다리까지 활짝 편 채 목소리를 높여 물었다.

"나 인간 모습 별로야?!"

용이 돌아앉는 소리에 무심코 시선을 내렸던 소녀가 얼른 고개를 쳐들었다.

"아니야! 아까 말했잖아! 잘생겼다고!"

"근데 왜 그래? 뭐가 조금 그렇다는 거야? 말을 똑바로 해. 우물거리지 말고."

"네, 네 다리가 조금 그래."

"다리가 왜?"

"그 다리 사이가 조금……."

소녀의 눈동자가 마구 흔들렸다.

빌어먹게도 동굴은 아직 용이 쏜 불꽃으로 인해 과하도록 환했다.

"내 다리가 흉해? 인간치고는 너무 매끈거려서 그런가. 나도 비늘이 있는 쪽이 좋긴 한데."

용은 두 다리를 앞으로 쭉 뻗었다.

소녀가 냉큼 뒤돌았다.

"또 어디 가려고!"

"옷 좀 입어, 제발!"

"옷? 너처럼 그런 천으로 만들어진 걸 입으라고? ……불편해 보일뿐더러 그다지 좋아 보이지도 않는데."

"내 옷이 좋은 옷이 아니라서 그래. 아니면 차라리 용으로 있든가."

"그건 싫어."

"왜?"

왜인지는 말할 수 없었다.

정확히는 스스로도 알 수 없었다.

하지만 소녀와 비슷한 나이 또래로 보이며, 비슷한 생김새를 가진 지금이 더 좋았다.

인간의 피가 흐르는 반쪽 용이라 그런 걸까?

하지만 대부분의 용은 인간화를 할 수 있는걸.

더 연습하면 다른 파충류로도 변신할 수 있고.

마음 안에서 어떤 대답도 찾지 못해 용은 조용히 고민만 곱씹었다.

그동안 소녀는 제 셔츠를 벗어 용에게 던졌다.

"이거로 좀 덮어."

"왜? 민소매 차림으로 있기엔 추워 보이는데 네가 입지."

"너 때문에 하나도 안 추우니까 괜찮아."

"아. 내가 불을 쏴서 그런가? 필요하면 말해. 나 너 없는 동안 연습 많이 했거든. 다시 왔을 때 네가 또 춥다고 할까 봐."

"민망해서 몸에 열이 훅 올라서 안 춥다고 말한 거였는데."

"인간은 민망하면 몸에 열이 오르나?"

아랫도리를 덮지 않으면 소녀가 그대로 떠날 것 같아 용은 그가 준 셔츠로 일단 아래를 덮었다.

그제야 소녀가 시선을 마주쳐 왔다.

소녀의 오른쪽 눈은 끝도 보이지 않을 만큼 깊은 호수처럼 시커먼 검은색이었다.

제 머리색과 똑 닮은 색이라 용은 살짝 입꼬리를 올려 웃었다.

"내가 가방이랑 바구니 돌려줄게."

"당연히 돌려줘야지. 원래 내 거잖아."

용은 소녀의 말을 무시하고 제안했다.

"대신 내 성장통에 영향을 준 거 책임져."

"뭘 얼마나 큰 영향을 줬다고 자꾸 그래."

"네가 끼어들어서 뭔가 잘못된 거야. 그게 아니고서야 내가 이렇게 될 리가 없어."

인간이 제 곁을 비우고 가 버리는 게 이렇게 서운할 리 없었다.

이 마른 여자애는 가족도 아니고, 시끄럽기만 한데.

저 검은 눈에 비친 제 모습이 어떨지 궁금했고, 작은 머리 안에서 저를 어찌 생각하고 있는지 물어보고 싶었다.

호기심과 기대감에 흠뻑 젖은 용과는 달리 소녀는 실의에 빠진 표정이었다.

"나 때문에 네가 아파도 나는 도와줄 수 있는 게 없는데……."

용은 잠깐 생각했다.

내가 아픈가?

그래, 이건 병이었다.

왜 지난 며칠 동안 산을 몇 번이나 내려갔다 왔는지. 고통에 몸부림치면서도 이 작은 체구의 여자애 생각에 몇 번이나 심장이 콩콩 뛰었는지.

이 동굴이 왜 평소보다 넓게 느껴졌는지.

병이 아니면 설명할 수 없었다.

소녀는 옷깃을 만지작거리며 작게 중얼거렸다.

"……나 돈 없어. 하루 벌어서 하루 먹고살아. 게다가 며칠 산 못 타서 지금 거지야. 원래 알거지긴 하지만 아무튼 요 며칠은 진짜 그래."

"말이 많아. 내가 비싼 약초 다 찾아 놨어. 쓸데없는 걱정 하지 마."

소녀가 거절할 의사를 넌지시 내비치자마자 공격적으로 말을 내뱉은 용은 노란 눈을 빛내며 말했다.

"내 병이 다 나을 때까지, 이 독이 몸에서 빠져나갈 때까지는 넌 계속 이 산에 와서 날 만나야 돼. 알았어?"

그렇게 하지 않으면, 소녀가 매일 자신과 눈을 마주쳐 주지 않으면 성장통과는 다른 고통이 찾아올 것 같았다.

소녀는 다행히 고개를 끄덕였다.

그날 이후, 용은 소녀가 산에 오를 때마다 그녀를 찾아다녔다.

용 기준에선 소녀가 동굴로 걸어오는 속도가 너무 느려 기다릴 수가 없었다.

용은 다행히 땅을 울리는 진동의 차이로 소녀가 산에 나타난 걸 알 수 있었다.

가끔 다른 인간 놈들이 이 험한 산에 나타나긴 했지만 구별할 수 있도록 매일 연습한 덕에 헷갈린 적은 단 한 번도 없었다.

소녀가 앞서 걸을 때면 그녀의 걸음걸이와 진동의 크기를 기억해 뒀다가 혼자 있을 때 내내 곱씹었다.

걸을 때 통통 흔들리는 갈색 머리카락과 나무를 쓸고 지나가는 작은 손, 이젠 발목이 다 나아서 빠르게 땅을 박차듯 앞으로 나가는 힘찬 걸음걸이.

젖은 흙냄새를 담은 손끝의 향기와 머리카락 끄트머리에서 풍기는 짙은 나무 냄새.

소녀가 산의 어디로 들어오든 알 수 있도록 산 전체로 범위를 넓혀 후각과 청각을 집중하는 법도 익혔다.

하지만 몇 달이 지나도 가슴의 독은 빠지질 않았다.

여전히 소녀를 볼 때면 가슴이 뛰었고, 새카만 오른쪽 눈과 하얀 왼쪽 눈을 볼 때면 손끝 발끝이 간질거렸다.

용의 비늘을 닮은 멋진 피부를 만져 보고 싶었고, 작고 도톰한 입술에서도 산의 향기가 날까 궁금했다.

"……넌 이름이 뭐야."

용의 질문에 약초를 찾느라 숙이고 있던 허리를 편 소녀가 활짝 웃으며 대답했다.

"몇 달 만에 물어보네. 난 이름은 딱히 없고 사람들은 날 그냥 작은 산이라고 불러. 맨날 산을 타니까 그런가 봐."

산.

나의 작은 산.

용은 소녀의 이름을 조용히 읊조렸다.

용은 소녀의 이름을 부르는 것이 좋았다.

ㅅ을 발음할 때 혀가 공중에 떠 있는 것도, ㅏ 소리를 내기 위해 입술이 살짝 벌어지는 것도, 받침인 ㄴ 때문에 혀 끄트머리가 앞니 뒷부분에 살짝 닿는 것도, 모두 다 좋았다.

산.

산.

산.

용은 누가 듣고 훔쳐 갈세라 소녀의 이름을 소리 없이 몇 번 부르다가 이내 참지 못하고 소녀의 이름을 듣고 싶어 동굴에서 홀로 되뇌었다.

"산."

커다란 동굴 안에서 용의 음성은 벽에 부딪쳐 메아리치며 돌아왔다.

이 넓은 동굴 안에서는 소녀의 이름을 한 번만 불러도 아주 많은 사람들이 소녀를 부르는 것처럼 느껴졌다.

용은 눈을 감고 상상했다.

많은 사람들이 산을 부르고, 산의 곁에 있고, 산이 웃고, 환하게 웃는 얼굴로 저를 마주하고.

"산."

메아리가 멎으면 용은 다시 소녀의 이름을 불러 빈 자리를 메꿨다.

고작 소녀의 이름 하나 덕에 용은 홀로 남아 있을 때도 더 이상 외롭지 않았다.

이름이 네모난 물건이라면 용의 입 안에서 몇 번이고 굴려져 동그랗게 변하다 못해 닳아 없어질 정도의 시간이 흘렀다.

작은 산이, 산이 되었다.

날개뼈 아래에서 달랑이던 머리카락은 이제 허리까지 자라났고, 얼굴과 몸의 흉터들도 그에 맞춰 커졌다.

"젠장, 어른 되면 껍질 벗겨지듯이 휙 변할 줄 알았더니 똑같네."

어느 날 동굴에 놀러 온 산이 투덜거렸다. 하지만 용은 이해가 가지 않았다.

"멋진데 왜 그래."

산은 용의 말에 픽 웃고 말았다.

"네가 인간들이 사는 마을을 몰라서 그래. 거기 사람들은 자기랑 다르게 생긴 사람을 쉬쉬하면서 피해. 욕하는 사람들도 있고."

"그럼 동굴에서 살면 되잖아."

"하하. 그럴까. 너랑 여기서 살면서 가끔씩만 약초 팔러 내려갈까. 하긴, 매일 오르락내리락하는데 그것도 나쁘진 않겠다."

용은 소녀의 말에 한참이나 두근거렸다.

얼떨결에 뱉은 말이지만 나쁘지 않은 제안 같았고, 소녀 역시 긍정적으로 생각하는 듯했다.

용은 소녀가 언제 찾아올지 몰라 마른풀을 동굴에 넓게 깔아 뒀다.

여기서 같이 지낸다면 추위를 많이 타는 소녀가 불편할 것 같았다.

그다음 날, 소녀가 산으로 올라왔을 때 용은 자꾸만 삐죽삐죽 올라가는 입꼬리를 애써 내리며 동굴로 향하는 길을 힐끔거렸다.

이제 곧 해가 지는데. 그럼 어두워지니까 그 전에 올라가야 할 텐데.

나는 괜찮지만 인간은 밤눈이 어두워서 길을 찾기 힘들 텐데. ……나랑 같이 있으니까 괜찮다고 생각하는 건가?

하지만 소녀는 동굴로 올라갈 생각이 없어 보였다.

한참 약초를 캐다가 허리를 편 소녀는 땀을 닦으며 말했다.

"이제 슬슬 내려가야겠다."

"……왜, 왜?"

"집에 가야지. 너도 이제 집에 가고."

아.

내 동굴은 너의 집이 아니구나.

소녀가 내려간 뒤 밝은 보름달이 산 여기저기를 비출 때, 용은 커다란 호수에 제 모습을 비춰 보았다.

아직 두 번째 성장통을 맞지 않아 앳된 청년의 모습을 하고 있었다.

용은 소녀와 나란히 선 제 모습을 가만히 떠올렸다.

항상 소녀의 뒷모습만 보고 있느라 한 번도 못 느꼈는데, 아마 다른 이들이 본다면 누나와 동생쯤으로 알 것 같았다.

전에는 소녀와 나이가 비슷해 보였는데, 이제는 인간 같아 보인다는 것 말고는 비슷한 구석을 찾아볼 수가 없었다.

용의 긴 눈꼬리가 아래로 내려갔다.

"그래서 나랑 같이 안 사나? ……내가 인간이 아니라서?"

그는 처음으로 인간 쪽이 아닌 용 쪽의 피가 조금 야속하게 느껴졌다.

물론 그런 스스로를 알아채자마자 고개를 절레절레 흔들었지만.

"……첫 번째 성장통 때 받은 영향이 너무 오래가네."

성장통 때 인간의 체액을 섭취한 용들은 다들 이럴까.

답답한 마음에 용은 벌러덩 바닥에 드러누웠다.

시간이 더 많이 흘러서 제 몸을 괴롭히는 인간의 독이 모두 사라지면, 가슴을 가득 채운 답답한 열기도 사라지겠지.

더 이상 소녀를 볼 때마다 배 안에서 나비가 날갯짓을 하듯 간지러운 기분도 느낄 수 없을 것이다.

……그러면 소녀를 더 이상 그리워하지 않을 수 있겠지.

용은 몸을 옆으로 둥글게 만 채 호숫가에서 잠을 청했다.

산이 동굴에서 쉬었다 가는 시간은 점점 줄어들었고, 어느 순간부터는 더 이상 동굴에 오지 않게 되었다.

그래도 산은 매일 약초를 캐기 위해 산으로 올라왔고, 용은 그것으로도 족했다.

"산."

"왜?"

커다란 낡은 가방을 메고 약초를 캐던 소녀가 허리를 펴며 대답했다.

"산."

"왜 자꾸 불러. 바쁜데."

"왜 바쁜데?"

"곧 축제거든. 다른 지역에서 사람들이 많이 오니까 약초도 잘 팔려."

"그래서 온 산의 약초 씨를 말릴 작정이야?"

용의 말대로 소녀의 가방은 이미 가득 담긴 약초들로 미어터질 듯했다.

소녀는 조금 민망한 듯 가방을 고쳐 메며 어색하게 웃었다.

"하하. 한 며칠 동안은 산에 안 올라오고 계속 팔아야지."

"왜? 왜 안 올라오는데?"

"축제라니까. 산에 올라와서 하루 종일 약초 찾아다닐 겨를이 없어. 축제 시작 전에 잔뜩 준비해 놨다가 다 팔아야지. 사람들 엄청 많이 온다니까?"

용의 눈썹이 비스듬히 올라갔다.

"네가 내 성장에 영향을 준 거에 대한 책임은? 그건 이제 아무 상관도 없단 건가?”

눈이 부신 건지, 아니면 화가 난 건지 소녀의 눈살이 찌푸려졌다.

“하, 참 내. 그게 벌써 10년 전인데 왜 이제 와서 그래.”

10년?

시간이 그렇게 많이 흘렀나?

……인간이 보통 몇 년을 살지?

팔짱을 낀 채 소녀를 노려보던 용의 동공이 빠르게 흔들렸다.

하지만 소녀는 아랑곳 않고 다시 허리를 숙여 약초를 캐기 시작했다.

“그동안은 사람들이 다 나를 피하고, 말도 안 걸고 하니까 늦은 밤에 약초상한테만 약초를 싸게 팔았는데 올해부턴 내가 직접 팔아 보려고. 그게 더 돈이 되거든. 천으로 얼굴을 감싸면 괜찮을 거 같기도 해.”

“……산에 들어올 때처럼?”

“아, 봤구나. 응. 그때처럼.”

어떤 모습인지 알고 있었다.

요즘엔 매일 소녀가 산으로 올 시간만 되면 산을 내려가니까.

그녀는 산 중턱에 오르기 전까지 절대 얼굴을 내보이지 않았다.

커다란 천을 머리에 뒤집어쓴 채 턱 밑에 매듭을 두 번이나 단단하게 맸고, 머리엔 모자까지 꾹 눌러썼다.

혹여 고개를 들었다가 하얗게 멀어 버린 왼쪽 눈을 사람들에게 보일까 걱정됐는지 오직 땅만 보며 산을 올랐다.

그러다 산 중턱에 오르고, 주변에 사람이 아무도 없는 걸 확인하면 그녀는 모자도 벗고, 뒤집어쓰고 있던 천의 매듭도 풀어 버렸다.

그럴 때면 소녀의 풍성한 갈색 머리카락이 산바람을 만나 물결치며 흩날렸다.

초록이 가득한 산길 한가운데에서 바람을 맞으며 땀을 식히는 산의 얼굴을, 그녀에게 깃든 잔잔한 미소를 용은 지난 몇 년간 매일 지켜보았다.

'그걸 앞으로 며칠 동안 못 본단 말이야? 고작 60년 겨우 넘는 인간의 생 중에서 며칠이나 뺏겠다고? 앞으로 남은 날도 30년을 겨우 넘는 주제에 며칠이나 산을 오지 않겠다니.'

생각만 해도 아찔해 손에 저절로 땀이 배어났다.

태연하게 약초를 캐는 소녀의 태도가 서운하다 못해 분하기까지 했다.

"나한테 미리 말 안 했잖아!"

버럭 소리를 지르는 용의 태도에 소녀는 어이없다는 듯 머리를 쓸어 넘기며 용을 마주 봤다.

"뭘 미리 말을 안 해. 지금 하잖아."

"……더, 더 미리 말해야지! 왜 이제 와서 말해!"

억지인 건 알고 있었지만 한번 터진 말은 멈추지 않았다.

"여태 안 가다가 왜 가는데! 여태까진 인간들이랑 섞여 지내지도 않고, 매일 산에 오르고, 괜찮았잖아! 그대로도 좋았잖아! 왜 굳이 가는데!"

"아까 말했잖아! 돈 더 벌려고 직접 가는 거라고!"

"거짓말하지 마! 내가 약초 더 많이 찾을 수 있도록 도와준다고 했을 때 거절했었잖아! 싫다며! 네 힘으로 할 수 있으니까 신경 쓰지 말라며! 네가 진짜 돈이 필요했으면 나한테 비늘을 떼 달라고 했겠지! 돈 때문에 가는 거 아니잖아!"

소녀가 들고 있던 작은 칼을 바닥에 내던지며 소리를 질렀다.

"그래! 돈 때문에 가는 거 아니야! 나도 좀 사람들이랑 섞여 살아 보려고 그런다! 손가락질받으면서 걷는 거 지긋지긋해서! 야, 나도! ……다른 사람처럼 살고 싶어. 평범하게 대화도 해 보고 싶고, 친구랑 같이 걸으면서 수다도 떨어 보고 싶어."

울음기 섞인 소녀의 목소리에 용의 목소리 역시 아까와 달리 한층 낮아졌다.

용은 조심스럽게 소녀에게 말했다.

"너한텐 내가, ……내가 있잖아."

가슴이 콩콩 뛰었다.

나한테 네가 유일한 것처럼, 너한텐 내가 유일하고, 우리는 서로에게 완벽하잖아.

용은 천천히 소녀 쪽으로 걸어가며 손을 내밀었다.

"그러니까 가지 마."

소녀의 검고, 하얀 두 눈에서 투명한 물줄기가 주륵 흘러내렸다.

"너밖에 없잖아. 너 하나뿐이야. 내가 평생 동안 얼마나 노력했는데. ……남은 거라곤 이 작은 칼이랑, 가방, 그리고 너뿐이야."

소녀는 못 견디겠다는 듯 바닥에 주저앉아 얼굴을 감싸 쥐었다.

일으켜 주고 싶은데. 너를 내가 일으켜 줘서, 너의 유일한 무언가가 되고 싶은데.

용은 애처롭게 떨리는 목소리로 물었다.

"나로는 안 돼?"

"그게 아니야. 그런 게 아니야……. 난 그냥, 남들처럼…… 가족도 있었으면 좋겠고, 친구들이랑 소풍도 가고 싶어. 나도 그렇게 살아 보고 싶단 말이야."

외로움이 두 어깨를 짓누르는지 소녀는 한참을 자리에서 일어나지 못하고 울었다.

그러다가 또 언제 울었냐는 듯 거친 손으로 얼굴을 닦아 낸 소녀는 벌떡 일어서서는 긴 숨을 들이마셨다가 아주 천천히 내쉬었다.

흘러내린 머리카락을 고쳐 묶은 소녀는 용에게 무신경하게 말을 던졌다.

"넌 이 산을 가졌잖아. 위대한 용이고, 오래 살고, 나 아니어도 얼마든지 친구를 사귈 수도 있어. 근데 난 아니야. 우리 마을 사람들은 나랑 말도 안 섞어. 심지어 약초 상점 주인도 물건만 확인하고 매대 위로 돈을 던져. 내가 전염병을 옮기는 병자인 것처럼. ……그러니까 난 외지인들이 오는 축제 아니면 아무랑도 말 못 해. 이번이 기회야."

해 질 녘이 되어 소녀가 산을 내려갈 채비를 시작하자 용은 괜히 억울한 기분이 들었다.

산을 가졌다니. 나도 여기에 혼자 남겨진 건데.

그리고 '산'은 한 번도 내 것이 된 적이 없는데.

결국 어린 용은 마음에 있지도 않은 말을 쏟아 냈다.

"네가 약초를 팔면 팔릴 거 같아? 다른 마을 사람들이라고 해서 네 약초를 사 갈 거 같냐고!"

용의 분노에도 소녀는 그를 무시했다.

큰 천으로 머리를 감싸 턱 아래에 단단히 매듭을 묶었고 모자를 썼다.

얼굴이 드러나지 않도록 왼쪽의 천을 당겨 볼을 조금 더 가렸다.

"진짜 갈 거야? 축제를 며칠 동안 하는데? ……약초 하나도 안 팔리면 다 팔릴 때까지 계속 팔 거야? 그럼, 그러면 언제 다시 산에 올 건데!"

"안 와."

"뭐?"

"안 팔리면 다른 곳으로 떠나야지. 네 말처럼 다른 마을 사람들도 나를 봐 주지 않으면 다른 지역으로, 거기도 안 되면 더 큰 산을 넘어서 또 다른 곳으로 갈 거야."

소녀는 미련 없이 발걸음을 옮겼다.

처음 동굴에서 빠져나왔을 때처럼 당당한 걸음걸이였다.

"미안해. 산, 미안해……. 내가 잘못했어. 산, 다시 올 거지? 늘 만나던 그 언덕에서 해가 가장 높이 있을 때 만날 거지?"

사과를 들은 산은 뒤돌아보며 힘없이 웃었다.

"너한테 화나긴 했는데, 그것 때문에 떠나는 거 아니야."

"그럼 왜 떠나는데?"

"여기엔 내 삶이 없잖아."

"내가, 내가 네 삶이 될게. 내가…… 곁에 있을게."

산은 그런 용을 가만히 보다가 천천히 답했다.

"그 누구도 다른 이의 삶이 될 수 없어."

용에게 두어 번 손을 흔든 산은 후련한 걸음으로 터벅터벅 산길을 내려갔다.

홀로 남은 용은 산의 마지막 말을 이해하기엔 너무 어렸다.

그리고 그게 산이 마지막 말이 되었다는 걸 받아들이기에도 너무 어렸다.

산은 죽어서 산으로 돌아왔다.

❋ ❋ ❋

산이 그렇게 떠나고 일주일쯤 지났을 무렵 큰비가 내렸다.

'흥. 축제고 뭐고 다 쓸려 내려가 버리라지.'

혼자 남은 용은 동굴 밖으로 나가지도 않고 그저 가만히 앉아 빗소리만 들으며 시간을 보냈다.

그런 와중에도 빗물 소리 가운데에서 산의 당찬 발걸음이 들리지 않을까 하며 청각을 곤두세웠다.

그러다 문득 다신 오지 않겠다고 말하고서 떠난 산이 야속해 머리를 흙 속에 파묻고 깊은 잠을 자기도 했다.

다 자란 용은 마음먹으면 1,000년까지도 잔다는데, 왜 나는 깊이 잠들지 못할까.

잠에서 깨어나면 하루가 지났는지 이틀이 지났는지 알 수 없었다.

그래도 산이 오지 않았다는 건 알 수 있었다.

동굴에 발자국이라고는 없고, 산에서 산이 흥얼거리던 콧노래가 바람을 타고 흐르지도 않으니까.

한번 가지를 흔든 바람은 나무 사이를 지나 동굴 바로 앞까지도 흘러오는데, 그곳에서 산의 체향이 묻어난 적은 한 번도 없었다.

'따라갈 걸 그랬나.'

용은 고개를 도리도리 저었다.

시끌벅적한 인간들 틈에서 살 자신은 없었다.

비가 그치고도 산은 다시 오지 않았다.

정말로 영영 가 버렸나, 싶어서 확인하러 내려가 보고 싶었다.

산이 갖다준 옷이 있으니 그걸 입고 인간 행세를 하며 내려가면 될 텐데.

……하지만 눈은 어쩌지?

'네 눈은 꼭 보석 같네. 샛노랗고, 여기 가운데 까만 부분은 길쭉하게 찢어져 있잖아.'

'인간들은 안 그래? 네 눈은 하나는 하얗고 하나는 까매서 안 보여.'

'나도 다른 사람들 눈을 자세히 본 적은 없는데 아마 너처럼 생기지도, 나처럼 생기지도 않았을걸.'

'그럼 난 인간인 척하긴 글렀네.'

'됐어, 그런 거 뭐 하러 해.'

깊은 동굴 속에서 용은 몸을 웅크리고 생각했다.

나랑 똑같이 인간을 싫어했으면서.

왜 나랑은 다르게 인간들 틈에서 살고 싶어 했을까.

너는 뭘 향해 간 거야?

산을 보지 못한 채 꽤 많은 날이 흘렀지만 가슴의 독은 빠지지 않았다.

여전히 산을 생각하면 가슴이 아팠고, 후회됐고, 야속했고, 미웠고, 그래도 보고 싶었다.

짙은 갈색 머리카락 사이사이를 헤집는 바람이 되고 싶었고, 폭포 아래에서 제 목소리가 들리냐며 꽥꽥 소리를 지르다가 웃을 때 튀어 오르던 물방울이 되고 싶었다.

너의 산이 되어 너의 곁에 머물고 싶었다.

이게 외로움이구나.

용은 재빠르게 인간으로 변해 옷가지들을 챙겨 들었다.

마구잡이로 옷을 입은 뒤 산길을 미친 사람처럼 헤집으며 내려갔다.

신발이 없었지만 산의 말로는 빈민가의 사람들 중에선 신발이 없는 이들도 많다고 했으니까.

산이 그랬던 것처럼 눈을 아래로 내리깔고, 산의 냄새를 쫓아가자.

그러면 다시 만날 수 있을 거야.

산을 만나면 못된 말을 해서 미안하다고 사과를 하고, 너를 믿는다고 말해 줘야지.

벌써 산을 만난 것만 같아 웃음이 비실비실 새어 나왔다.

그런데 오늘따라 산이 용의 앞길을 가로막는 것 같았다.

몇 달 전까지만 해도 멀쩡하던 나무가 안이 허옇게 텅 빈 채로 쓰러져 있질 않나, 죽은 사슴 사체에 발이 걸려 땅을 구르기도 했다.

"……이상하다."

용은 고개를 들어 하늘을 바라봤다.

비가 멎은 지 오래인데도 산새 우는 소리가 없다.

웅덩이마다 짐승들이 모여 노래하고, 목을 축이는 생명의 소리가 하나도 들리지 않았다.

그때, 산 아래쪽에서부터 북소리와 나팔 소리가 시끄럽게 울려 퍼졌다.

울음소리를 닮은 알 수 없는 괴성을 지르며 수많은 사람들이 산을 올라오고 있었다.

휘이이아—

아아아아—

하이아악—

흐어어어—

하나도 알아들을 수 없었다.

마치 짐승을 몰아내기 위한 몰이꾼들의 소리 같기도 했다.

온 산이 인간들이 만들어 낸 소리로 가득 찼다.

용은 아래를 향해 내달리던 걸음을 멈추고 커다란 나무 뒤로 숨었다.

소리가 점점 가까워져 왔다.

한두 명이 아닌 듯 인간들의 휘파람 소리와 곡소리는 화음이 맞지 않는 오케스트라처럼 웅장하게 들려왔다.

곧이어 인간들이 모습을 드러냈다.

제일 앞에 선 인간 여자는 화려한 색채의 옷을 입고 두 팔을 앞으로 내민 채 휘젓듯 걷고 있었다.

높은 곡조의 휘파람 소리는 그녀가 만들어 낸 것이었다.

알 수 없는 불안감에 용은 그들의 뒤를 쫓았다.

한참 산 정상을 향해 올라가던 그들은 거대한 아름드리나무 아래에 멈춰 섰다.

여자 남자 할 것 없이 모두 섞여 있었고, 그들은 하나같이 눈 아래에 흰 천을 덮어 코와 입을 가리고 있었다.

여러 색의 천을 덧대 만든 옷감을 옷에 걸친 여자가 나무를 향해 두 팔을 벌리고 알아들을 수 없는 주문을 외다가 뒤를 바라봤다.

그러자 우르르 뭉쳐 있던 인간 무리가 좌우로 갈라졌다.

제일 뒤에 서 있던 남자 무리가 들고 올라온 큰 덩어리를 나무 아래에 쿵 소리가 나도록 내려놓았다.

"이놈들! 조심히 다뤄야지! 귀한 제물이다!"

여자의 노기 띤 음성에도 남자들은 대답을 하지 않았다.

흰 천으로 얼굴을 가린 그들은 재수 옴 붙었다는 듯 덩어리를 들고 온 팔을 탈탈 털고는 행렬의 구석으로 돌아갔다.

화려한 옷의 여자는 그들을 한 번씩 흘기고는 이내 신경을 끄고 나무를 향해 큰 소리로 외쳤다.

"산의 주인이시여!"

때마침 바람이 불었다.

사람들이 '오오.' 하는 신음을 흘리자 여자의 의기양양한 목소리가 더 커졌다.

백발이 성성한 노파임에도 그녀의 목소리에는 힘이 넘쳤다.

"당신께서 지켜봐 주신 우리 마을에 전염병이 창궐하여 사람들이 매일매일 죽어 나갑니다! 산의 주인님께 젊고 고결한 여자의 피를 바치노니 부디 재앙을 멈춰 주시옵소서!"

여자의 말이 끝나자마자 커다란 북소리가 쿵쿵 울렸다.

나팔도 정신없이 온 사방을 향해 울려 댔다.

어느새 무릎을 꿇은 사람들이 커다란 나무를 향해 빌기 시작했다.

쿵쿵쿵쿵.

북소리를 따라 용의 심장 또한 뛰기 시작했다.

'전염병이라니. 산은 어디 있지?'

여기 모인 이들 중에는 산이 보이지 않았다.

산의 아름다운 갈색 머리와 머리를 칭칭 둘러맨 연한 베이지색 천도 보이지 않았다.

용은 나무 뒤에 숨어서 열심히 살펴봤지만 산의 모습을 조금도 찾지 못했다.

결국 그는 나무 앞에서 콩콩 뛰며 춤을 추는 여자와, 무릎을 꿇고 빌고 있는 사람들을 지나쳐 마을까지 내려갔다.

전염병이 돌고 있다면 산에게 마을은 위험했다.

전염병이 지나갈 때까지만이라도 좋으니 동굴에서 살자고 할 작정이었다.

마을에 도착한 용은 가장 가까이 있는 집부터 살펴보기 시작했다.

대부분의 집들은 창문이 굳게 닫혀 있어 안을 볼 수 없었다.

게다가 지나다니는 사람조차 보이지 않았다. 아마도 대부분의 어른들이 산으로 올라갔기 때문인 것 같았다.

용은 골목들을 전부 누비며 산의 흔적을 찾기 위해 애썼지만 마을에서 풍기는 지독한 인간들의 생활 냄새 속에서 산의 체취를 느끼는 것은 힘든 일이었다.

그러던 중 어떤 집의 문이 삐걱 소리와 함께 열렸다.

보자기로 온몸을 둘러싼 사람이 밖으로 나왔다.

"산!"

용이 그의 몸을 돌려세웠다.

놀라 돌아본 이의 두 눈은 황갈색이었다.

"아……."

산이 아니라는 걸 깨닫자 용은 조심스럽게 뒷걸음질 쳤다.

황갈색 눈을 가진 이는 용을 물끄러미 보다가 두 눈을 부릅뜨고 물었다.

"산의 주인이세요? 신이에요?"

"아니……. 아니, 난……."

용이 우물거리는 사이, 앳된 청년은 보자기 매듭을 풀고 땅에 내던지더니 제 얼굴을 가리고 있던 천을 뜯어내듯이 빠르게 벗겨 냈다.

청년의 얼굴 전체엔 붉은 반점이 자리하고 있었다.

밖으로 오돌토돌하게 올라온 붉은 반점은 마치 피딱지처럼 보이기도 했다.

청년은 손에 들고 있던 약 바구니를 바닥에 내팽개치고 무릎을 꿇었다.

"살려 주세요. 살려 주세요!"

그의 외침을 들었는지 다른 사람들도 하나둘씩 창문을 열고 밖을 살펴보기 시작했다.

그들 중 대부분이 얼굴과 몸을 붕대로 감고 있었다.

비교적 건강한 인간들은 코와 입만을 가린 채 모두 산으로 올라간 것이 분명했다.

인간들의 술렁거리는 소리가 용의 귓가로 들려왔다.

"산의 주인이야? 왜?"

"저 눈을 봐. 반짝반짝 빛이 나잖아."

"지금 제사장이 산으로 올라갔는데 왜 내려오신 거지?"

"제사장은 무슨. 미친 할멈이지."

"그래도 그 사람이 한 말이 틀렸던 적은 없잖아."

"아니, 그래서 신이 왜 내려온 거야?"

"우릴 도우러 오신 거 아니야?"

"진짜로 젊은 여자의 피를 바쳐서 그런가 봐."

"우리도 가자."

"가자!"

인간들이 약속이나 한 듯이 우르르 집 밖으로 뛰어나와 용의 근처로 몰려들었다.

"오, 오지 마!"

붕대를 한 인간들이 한꺼번에 뛰쳐나와 용을 둘러쌌다.

무릎을 꿇은 그들은 용에게 머리를 조아리며 병을 낫게 해 달라 빌었다.

"제발! 우리를 낫게 해 주세요!"

"더 이상 사람이 죽어 나가지 않도록 해 주세요!"

"우리 딸이 죽어 가고 있어요!"

"저는 죽어도 괜찮으니 제 아내만이라도!"

용은 그들을 하나하나 살펴봤다. 산이 없었다.

"산은?"

"예?"

"산은 어디 있지? 허리까지 오는 긴 갈색 머리카락을 가진 마른 여자다. 콧노래를 흥얼거리는 걸 좋아하고, 모르는 약초가 없어. 손은 거칠지만 꽃반지나 화관 만드는 걸 잘해. 늘 빠르게 걸어서 신발 밑창이 자주 떨어지고, 생각할 때면 눈을 아래로 내리까는 습관이 있어."

상세하게 산의 특징들을 설명했지만 이 인간들은 소녀를 모르는 것 같았다.

다들 고개만 갸웃거릴 뿐 쉽게 대답하지 못했다.

"산. 너희가 작은 산이라고 불렀었다고 들었어."

"아? 걔가? 산 타는 애."

덩치 좋은 인간 하나가 앞으로 나서며 호기롭게 산을 설명했다.

"신이시여. 혹시 찾으시는 산이라는 여자가 흉측한 돌멩이 같은 얼굴을 가지고 있고, 늘 낡은 천으로 몸을 감싸고 있으며, 한쪽 눈은 멀어서 희멀겋고, 항상 풀뿌리 같은 퀴퀴한 냄새를 풍기는, 그 비렁뱅이를 말씀하시는 겁니까?"

용이 무어라 말을 꺼내지 못하고 분노에 바들바들 떨고 있을 때였다.

산에서 내려온 인간들이 헐레벌떡 달려왔다.

"왜 다들 무릎을 꿇고 있어!"

"제사장님! 산의 주인님이십니다! 눈이 빛나고 있어요!"

사내의 말에 제사장이라는 백발의 노파가 환한 미소로 다가와 무릎을 꿇었다.

"오오, 위대하신 산의 주인이시여. 이곳까지 살펴보려 오셨군요."

사내는 거드럭대는 미소마저 보이며 말을 붙였다.

"제물을 찾고 계셨습니다. 전염병의 원인이 된 그 여자를 처단하는 게 역시 맞았던 건가 봐요."

용은 아무런 말도 하지 못하고 주변에 무릎 꿇은 인간들을 하나씩 살펴봤다.

그들은 모두 제각기 붉은 피딱지를 몸에 달고서 신성한 존재를 바라보듯 용을 올려다봤다.

"……산을 죽였나?"

"주인께서 찾으시는 그 계집아이는 제 운명에 순응하고."

"산을 죽였어?"

"비루하게 태어났으나 갈 때는 모든 이들의 염원을 가슴에 품고 마을의 무사 평안을 빌면서……."

용은 참지 못하고 노파의 멱살을 잡아 올려 다시 물었다.

"마지막이다. 산을 죽였나?"

"커, 크헉! 산, 산이라면…… 당신께서 돌보시는 산은 저기 그대로 있는데……. 우리가 제물로 바친 것은, 전염병을 옮기고 다닌, 크헉! 계집으로, 커헉! 그 병균이 별안간 축제에 나타나 쏘다니니 갑자기 마을에 전염병이 돌아서, 큽!"

용은 노파를 바닥에 내던지고 다시 인간들을 살펴봤다.

어떤 죄책감도 보이지 않는 이기적인 눈이었다.

심장이 불타오르는 기분에 용은 그대로 날개를 꺼내 날아올랐다.

인간인 상태에서 날개를 꺼내고, 공중에서 용으로 변한 것은 처음이었다.

"오오! 역시 산의 주……!"

노파는 말을 끝내지 못하고 용이 뿜는 불꽃에 그대로 불타 죽고 말았다.

"까아아악!"

사람들이 사방팔방으로 도망치며 비명 소리가 온 마을을 가득 채웠다.

작은 마을은 금세 용이 뿜어낸 불꽃으로 뒤덮였다.

태어나서 이렇게 큰 불을 뿜어낸 것은 처음이었다.

가슴이 타오르다 못해 그대로 녹아내릴 것처럼 울렁거렸다.

분노가 장기를 태워 버릴 것 같아 입을 벌리고 밖으로 쏟아 냈다. 평소처럼 붉은색이 아닌 새파란 불꽃이 터져 나왔다.

우매한 인간들은 그 자리에서 뼛가루조차 남기지 못하고 죽어 버렸다.

용은 구역이 치밀 때마다 불꽃을 뿜어내며 마을을 쑥대밭으로 만들었다.

머릿속에서 자꾸만 산의 목소리가 들려왔다.

'사람들이랑 섞여 살아 보려고 그런다.'

'더 큰 산을 넘어서 또 다른 곳으로 갈 거야.'

'안녕.'

본래 작은 마을이 있던 자리가 폐허로 변한 뒤에야 용은 큰 날개를 움직여 산으로 돌아갔다.

아까 인간들이 모여 있던 아름드리나무 아래로 가니 커다란 덩어리 하나가 덩그러니 놓여 있었다.

가지런히 놓인 듯했지만 덩어리 주변엔 수많은 발자국만 즐비할 뿐, 꽃 한 송이조차 놓여 있지 않아 누가 봐도 버려진 것처럼 보였다.

용은 땅으로 내려가 인간으로 변했다. 저 물체가 정말로 산이 맞는지 확신이

서지 않았다.

사실은 확신을 가지게 될까 봐 두려웠다.

용은 조심스럽게 걸어가 시커멓게 타 버린 덩어리를 천천히 쓸어내렸다.

커다란 멍석을 말아 놓은 건지 덩어리 중간중간 묶여 있는 밧줄이 느껴졌다.

다 타 버려 손만 대도 툭 바스러지는 밧줄들을 모두 툭툭 끊어 낸 후 멍석을 펼쳤다.

고온에 불타며 녹아내린 탓에 멍석을 펼친다기보다는, 껍데기를 벗겨 내는 것에 더 가까웠다.

겨우 드러난 얼굴은 전혀 산 같지 않았다. 온통 시커메서 도통 사람으로는 보이지 않았다.

그래, 그럼 그렇지.

산이 죽었을 리 없고, 내가 산을 못 알아볼 리는 더더욱 없다.

매일 낮 얼굴을 보고, 매일 밤 꿈에서 그렸는데 못 알아볼 리 없었다.

산이 아니야.

용은 힘없이 웃으며 땅바닥에 털썩 주저앉았다.

"산, 깜짝 놀랐어. 너인 줄 알았단 말이야. 너는 간다며. 더 큰 산을 넘어서 갈 거라며."

하지만 말과는 달리 용의 손끝은 파르르 떨리고 있었다.

멍석을 조금씩 쥐고 천천히 떼어 내는 동안 믿기 싫어도 믿을 수밖에 없었다.

턱 밑에 혹처럼 달려 있는 저것은 매듭을 두 번 묶은 천이 녹으며 달라붙어 생긴 흔적이었다.

덜렁거리는 신발 밑창, 깡마른 몸, 미처 벗지 못했는지 등에 메고 있는 가방의 모양도 모두 익숙했다.

"천의 매듭을 두 번씩 매면서 얼굴을 가리고 다니는 사람이 마을에 또 있는지 물어볼 걸 그랬다. 내가 ……내가 지금 착각하는 걸 수도 있잖아."

용은 희고 고운 손으로 불에 탄 시체를 들어 올리곤 제 품으로 끌어안았다.

"너 아니면 어떡하지. 너 아니면 내가 지금…… 모르는 사람을 처음으로 안는 거잖아. 그러면 어떡하지."

고통에 젖어 비명을 질렀는지 벌어진 입은 아무리 쓰다듬어도 다물어지지 않았다.

용의 목소리에 울음기가 섞였다.

시커먼 시체의 볼 위로 용의 눈물이 한 방울씩 떨어지기 시작했다.

"그런데 있잖아, 산……. 네가 맞으면 어떡해? 그러면 난 어떻게 해야 하지……."

눈을 질끈 감자 눈물이 후두둑 떨어져 시체를 축축하게 적셨다.

불탄 시체를 끌어안은 채 용은 울음소리도 내지 못하고 눈물방울만 아래로 떨어뜨리며 울었다.

"산. 산……. 나 아직 못 한 말이 많은데, 그리고 너…… 너도 나 책임져야지. 네가 내 성장통을 망쳤잖아. 네가 나를 이렇게 만들었잖아. 그럼 책임져야지. 산. 적어도 인간들이 누리는 인생의 끝까지는 살았어야지."

가슴이 시큰거리고, 커다란 돌이 목구멍을 타고 내려가 몸속의 모든 장기를 짓누르는 것 같았다.

비명이라도 지르고 싶었지만 입 밖으로 그 어떤 소리조차 나오지 않았다.

용은 시체가 부스러지기라도 할까 조심스럽게 더 깊숙이 당겨 안으며 중얼거렸다.

"이렇게 작고 말았구나. 처음 만났을 때에 비하면 많이 자란 줄 알았어. 그런데 여전히 이렇게 작았구나."

말을 하면서도 심장이 쓰라리고 눈에 멀건 물방울이 고여 눈앞이 흐려졌다.

"……우리가 함께한 시간이 10년이라니, 말도 안 돼. 네가 날짜를 잘못 센 거 아니야? 네가 나한테 넣은 독이 아직도 이렇게 가슴 안을 돌아다니는데 벌써 10년이나 지났다니."

여태 하지 못한 말들이 이렇게나 쌓여 있는 줄 몰랐는데 그녀를 안으니 고백들이 범람하듯 넘쳐흘렀다.

"동굴에 안 온 지 꽤 됐지? 아마 들어왔으면 진작 올 걸 그랬다고 후회했을걸. 내가 온갖 약초들을 심어 놨거든. 네가 진정한 약초꾼이면 냄새를 맡고 들어왔어야지."

"전에 만났을 때 화내서 미안해. 내가 아무리 붙잡아도 너는 뒤도 안 돌아보고 갈 거 같아서 나도 모르게 화를 내 버렸어. 네가 뭔가를 두려워하는 걸 본적이 없으니까. 새로운 세상으로 나아가는 것도 잘할 것 같았거든. 넌 강한 사람이니까."

"한때 너랑 비슷하게 생겼다는 이유 하나만으로 호수에 비친 내 인간 모습을 좋아했었어."

말을 하면서도 목구멍이 시큰거리며 아파 왔다.

"아직 안 늦었어. 얼른 가방 메고 올라와. 콧노래 흥얼거리면서, 휘파람 불면서. 이 나무 아래에서 얼굴을 가렸던 천을 벗어 던지고 웃어야지, 산."

아무리 안고 있어도 믿을 수 없었다.

산의 손끝에선 흙냄새가 났고, 걸을 때 흔들리는 머리카락에선 풀 향기가 났는데.

커다란 이 산 곳곳의 향기를 작은 몸 여기저기에 숨겨 둔 듯한 진짜 산의 주인 같은 모습이었는데.

그런데 이 사람의 몸에선 불타 버린 숯 냄새밖에 나질 않았다.

용은 산을 안고 날아올랐다.

인간들의 냄새가 섞인 곳에서 산과 함께 있을 수 없었다.

동굴로는 가지 않았다.

너는 습한 걸 싫어했으니까.

태양 빛이 가득히 내리쬐는 산 정상으로 향했다.

구름보다 더 위로 올라가 커다란 나무 아래 그늘에 몸을 누였다.

산을 품에 안고 웅크린 채 시간을 보내는데도 이상하게 혼자인 것처럼 외로 웠다.

분했다가, 억울했다가, 이루 말할 수 없이 서글펐다가, 갑갑해서 미칠 것 같 았다가, 다 쓸모없는 짓처럼 느껴졌다.

산이 미웠고 인간이 미웠고 막지 못한 자기 자신이 증오스러웠다.

폭풍 같은 감정들이 하루에도 수백 번씩 몰아쳤다.

뭔가를 먹지도 않고, 물도 마시지 않은 채 많은 시간을 보냈다.

문득 눈을 떠 보니 검은 숯 같던 시체는 이미 바스러져 흙으로 돌아간 이후 였다.

시커먼 자리를 손으로 천천히 쓰다듬으며 용은 아직도 제게 죽음이 오지 않 았다는 걸 실감했다.

죽고 싶었다.

실은 살리고 싶었다.

산을 마지막으로 본 그 순간으로 되돌아갈 수만 있다면 어떻게든 산을 붙잡 아서 마을로 가지 못하게 할 텐데.

시간이 지나 모든 것이 흐릿해져도 햇빛을 맞으며 환하게 웃던 산의 얼굴은 잊히지 않았다.

그리고 어머니가 짝이 될 사람을 제외하고는 절대 가르쳐 주지 말라고 했던 제 이름을 몰래 가르쳐 주었던 그날의 기억도.

'산. 내 이름은 안 궁금해?'

'말을 안 하길래 그냥 그러려니 했지. 너 이름 있어?'

'……있는데 절대 남한테 말하면 안 돼. 너도 부르면 안 돼.'

'뭐야. 그딴 이름이 어디 있어.'

'있어. 나는 그래.'

'그럼 나한텐 왜 가르쳐 주는데.'

하여간 성질 더럽고 사회화도 덜 된 인간.

용은 과거를 회상하며 배시시 웃었다.

그때 말했어야 했다.

너를 좋아한다고.

네가 내 짝이 되어 줬으면 해서 말하는 거라고.

네가 내 이름을 부르는 순간, 내가 너의 용이 되고 네가 나의 산이 된다고 말할 걸 그랬다.

아무리 시간이 흘러도 용은 죽지 못했다. 몸 안에 생명력이 차고 넘치는 것 같았다.

언제 죽을지 도무지 알 수 없어서 용은 제 생명을 깎아 내다 버렸다.

그러자 갓 자라난 새싹에서, 파란 바다에서, 깊은 호수에서, 흔들리는 잔디에서 온갖 정령들이 태어났다.

그들은 제각기 떠들며 용의 곁을 맴돌았지만 용은 아무런 말도 하지 않았다.

죽지 못했다는 생각만이 머릿속에 가득했다.

태어난 정령들은 춤을 추고 노래하며 생명을 찬양했지만 용은 죽음을 꿈꿨다.

정령들이 부르는 알 수 없는 노래가 꼭 산이 하는 말처럼 느껴졌다.

늦어서 미안하다고, 처음 만났던 날로 되돌아가고 싶다는 문장들에 음을 붙여 흥얼거렸다.

정령들의 노래가 길어질수록 용은 그저 이 세상에서 사라지고 싶었다. 슬픔도 그리움도 모두 없애 버리고 싶었다.

그런데 산과 함께한 추억을 보낼 순 없었다. 보고 싶었다.

용은 제 수명 100년을 깎아 소원을 빌었다.

"……산이 보고 싶어."

그날 밤엔 오랜만에 잠이 들었다. 꿈속에서 한 번도 본 적 없는 모습의 산을 바라봤다.

산은 마을에서 지내고 있었다.

사람들의 냉대 속에서도 꿋꿋이 홀로 살아 냈지만 밤이 되면 외로워했다.

겨우 몸 하나 누일 수 있는 작은 방 안에서 산은 얇은 담요로 온몸을 칭칭 둘러 감싼 채 잠들었다.

산의 꿈을 볼 수 있었다.

얼굴과 몸에 흉터가 없고, 가족이 있고, 집이 있고, 친구가 있는 삶이었다.

제대로 된 이름이 있었고, 친구들과 산으로 소풍을 가기도 했다.

소풍을 가는 길에 좋은 옷을 입은 제가 나타나 그녀와 그녀의 친구들에게 인사했다.

그녀와 포옹을 나누고, 부드러운 담요를 그녀의 어깨에 덮어 주기도 했다.

모두 가짜였다. 한 번도 이뤄진 적 없는 꿈.

잠에서 깨어난 용은 200년을 쏟아부어 다시 소원을 빌었다.

"산을 다시 만나고 싶어."

더 많은 정령들이 태어났다.

용은 다시 꿈속으로 빠져들었다.

어느 마을에서 흉측한 흉터를 지닌 아이가 버려졌다는 소식이 들려왔다.

용은 아이에게 다정하게 말을 건넸고, 장난을 쳤고, 친구처럼 다가갔다.

'그럼 말을 곱게 해. 좀 사근사근하게. 경계심 안 가지도록.'

산이 조언했던 대로 가볍고 장난스러우면서도 곱게 말을 던지니 친해지기 쉬웠다.

산이 용과 보내는 시간이 갈수록 늘어났다.

그녀는 매일 용과 함께 있기를 원했다.

어느 날, 그녀가 말했다.

"나한테는 너밖에 없잖아."

그토록 듣고 싶은 말이었는데.

꿈속의 산은 더 이상 내리쬐는 햇빛을 보며 웃지 않았고, 호수에서 헤엄을 치다가 물에 빠진 척 장난을 치지도 않았다.

그저 용을 볼 때마다 힘없이 웃어 보일 뿐이었다.

"난 이제 너밖에 없어."

잠에서 깨어난 용은 식은땀을 흘리며 일어나 누워 있던 자리를 살펴봤다.

산의 불탄 시체가 녹아든 시커먼 흙바닥은 그대로였다.

300년의 수명을 썼다.

산에게 친구를 만들어 줬다.

친구는 산을 대신해 누명을 쓰고 인간들에 의해 죽었다. 산은 살았다.

용은 다행이라 여겼지만 산은 아닌 듯했다.

산은 친구를 잃은 고통에 몸부림쳤다.

"난 너만 살면 돼! 난 그거면 된단 말이야! 이제 그냥 좀 살아! 나랑 살면 되 잖아! 내가 네 삶이 되겠다고 했잖아!"

이젠 뭐가 꿈이고 뭐가 현실인지 구별할 수가 없어 용은 산에게 소리를 질렀 다.

꿈속의 산은 빛을 잃은 눈동자로 용을 보며 말했다.

"이제 날 놔줘. 여기엔 내 삶이 없어."

꿈에서 깨어난 용은 주변을 둘러봤다.

산은 죽었고, 사라졌고, 없다.

그제야 용은 알 수 있었다.

산의 영혼을 아무리 붙잡고 있어도, '만약의' 상황으로 산을 다시 살려 낸다 고 해도 산은 제 삶을 갖기 전에는 결코 용의 이름을 불러 주지 않을 터였다.

어느 날, 산의 귓가에 제 이름을 속삭여 줬던 때였다.

'부르지도 못할 이름을 왜 가르쳐 줘? 그럼 네 이름을 언제 불러야 되는데?'

'……내가 네 옆에 있었으면 좋겠다고 생각할 때 불러 줘. 바로 네 옆으로 갈게.'

'뭐야. 그게 다야?'

'……응.'

산은 결국 끝까지 단 한 번도 용의 이름을 부르지 않았다.

용의 이름을 불렀다가 그까지 비루한 나락으로 끌어내려질까 두려워했다.

불길 속에서 타오르면서도, 온몸이 바스러지는 고통을 느끼면서도 용의 이름을 부르지 않았다.

혹여 그가 제 옆으로 왔다가 함께 불탈까 겁을 냈던 걸까.

아무스는 이를 악문 채 눈물을 뚝뚝 흘렸다.

"바보야……. 불길 속에 있어도 나를 불렀어야지. 네가 바닥에 있어도, 내가 날개가 있는 놈인 걸 까먹지 말았어야지."

매일 기다려도 죽음은 오지 않았다.

살아남는 것은 지쳤다.

아무스는 제 발톱을 뽑았다. 그러곤 왼쪽 날개뼈 아래 역린을 직접 찌르려고 할 때였다.

붉은 머리 여자가 허공에서 나타나 그를 가로막고 외쳤다.

"아무스! 하지 마!"

붉은 머리 여자는 빠르게 다가와 아무스의 손에 들린 커다란 발톱을 뺏어 던져 버렸다.

"왜 이런 짓을 해!"

아무스는 아무런 반항도 하지 못하고 여자를 가만히 보고만 있었다.

여자의 얼굴이 익숙했다.

산의 꿈속에서 봤던 흉터 없는 얼굴과 너무나도 닮아 있었다.

화난 표정도, 눈물이 그렁그렁한 두 눈도.

아무스는 인간으로 변해 여자의 앞에 섰다.

산이 줬던 낡은 옷은 이미 다 해지고 삭아 거지꼴이나 다름없었다.

여자는 울면서도 어이없다는 듯 헛웃음을 터뜨렸다.

"옷 한 벌 사 입지 그랬어……. 그 긴 시간을 왜 혼자 있었어. 왜 그랬어. 아무스."

산이 돌아왔다는 사실을 믿기 힘들어 아무스는 눈을 느리게 깜빡이며 그녀에게 물었다.

"……내 이름을 어떻게 알아? 나를 알아?"

어머니의 말대로라면 제 이름이 불리자마자 인연으로 묶이는 감각이 느껴져야 할 텐데 지금은 아무런 감각도 느껴지지 않았다.

눈앞의 이 붉은 머리 여자는 꼭 지금 이 시간에 존재하지 않는 사람 같았다.

여자는 눈물에 젖은 눈을 질끈 감았다 뜨며 제 머리를 쓸어 넘겼다.

불어오는 바람을 타고 짙은 흙냄새와 숲의 향기가 섞여 날아들었다.

조금 전까지 시끄럽게 떠들던 정령들도 어느새 조용해졌다.

"기다려 줘. 아무스. 내가 다시 부를 때까지."

닮았지만 분명히 산과는 다른 얼굴인데, 꼭 산처럼 입꼬리를 올리고, 산처럼 왼쪽 눈동자가 보이지 않도록 씨익 웃는다.

웃을 때 짝눈이 되는 것마저 비슷했다.

여자의 뒤쪽 허공이 벌어지며 시커먼 공간이 생겨났다. 그곳에서 바람이 불어왔다.

암흑은 붉은 머리 여자를 집어삼키듯 천천히 다가왔다.

"……산 맞지? 산! 나만 두고 가지 마. 산, 제발!"

검은 용은 손을 앞으로 뻗었지만 여자에게 닿지 않았다.

그녀는 마치 이 세상에 존재하지 않는 것 같았다.

"이름은 중요하지 않잖아. 내가 어떤 사람이든 나는 그저 나라고 했잖아."

"무슨 말인지 모르겠어. 가르쳐 줘. 가지 마……."

아무스는 무력하게 고개를 가로저었다. 용의 눈에 투명한 물방울이 차올랐다.

"……내가 또 꿈을 꾸고 있어? 아직도 꿈속이야?"

고개를 돌려 가까이 다가온 암흑과의 거리를 가늠한 여자는 두 팔을 뻗어 용을 껴안듯 그의 어깨 위에 두 팔을 둘렀다.

마치 공기처럼 무게가 전혀 느껴지지 않았지만 산을 처음이자 마지막으로 안으며 숯 냄새를 맡았을 때보다는 훨씬 안락한 기분이었다.

용의 턱 아래로 물줄기가 흘러내렸다.

"내가 수명을 더 쓸게. 그러니까 잠깐만 같이 있어 줘. 응? ……산. 앉았다가."

하지만 붉은 머리 여자는 무언가를 결심한 듯 입술을 앙다물며 용에게서 떨어졌다.

"내가 어떤 이름으로 살더라도, 나를 잊지 마. ……우린 숨바꼭질을 하는 거야."

"숨바꼭질?"

영문 모를 소리를 하는 여자가 이해되지 않았지만 용은 잠자코 그녀가 하는 말을 들었다.

소리를 지르고, 화를 내다가 제 마음 하나 고백하지 못한 멍청한 과거를 수백, 수천 밤이 지나도록 내내 후회했으니까.

여자는 빙긋이 미소 지으며 칭찬이라도 하는 것처럼 용의 긴 머리칼을 매만지듯 손을 움직였다.

"네 이름을 세 번 부를 거야. 한 번 부르면 잠에서 깨어나고, 두 번 부르면 나를 만나러 와. 그리고 마지막, 세 번째로 부를 땐…… 나를 안아 줘. 타이밍 잘 맞춰서. 알았지?"

"뭐?"

"아무리 오래 걸려도 포기하지 마. 나도 아무리 오래 걸려도 널 찾아낼게. 그러니까 절대 포기하지 마."

암흑이 불쑥 가까워졌다.

여자의 손끝, 발끝부터 점점 암흑에게 잠식되어 갔다.

"산! 산, 잠깐만! 나 못 한 말이 있어. 제발. 나 있잖아. 독이 있던 게 아니라, 내가 너를……."

"다시 만나면 얘기해 줘. 내가 가진 것 중에 너를 가장 귀하게 여길 때."

붉은 머리 여자는 암흑을 향해 걸어가다가 뒤돌아 아무스에게 말했다.

"같이 불길을 견뎌야 하는 삶 말고, 우리도 남들처럼 평범하게…… 같이 행복해지자. 아무스."

여자는 그대로 암흑 속으로 자취를 감췄다.

그와 동시에 검은 공간 역시 원래부터 없었던 것처럼 사라졌다.

눈을 뜬 아무스는 주변을 둘러봤다. 커다란 나무 아래 시원한 그늘은 한 치의 변화도 없었다.

꿈이었을까? 정말 다 꿈이었을까?

누군가 다녀간 기척도 없었고, 날개 아래의 역린도 멀쩡했다.

하지만 발톱이 뽑힌 상처는 남아 있었다.

정령들은 평소처럼 노래하고 있었다.

당신의 모든 걸 기억하고 있다고, 당신과 함께한 모든 순간을 그리워한다고.

"조용히 해!"

유난히 시끄러운 정령들의 노래를 무시하고 용은 눈을 질끈 감았다.

하지만 정령들은 전혀 말을 듣지 않았다. 질릴 때까지 계속해서 노래했다. 정령들의 노래가 길어지자 용은 귀를 닫고 상념에 잠겼다.

'아무리 오래 걸려도 포기하지 마. 나도 아무리 오래 걸려도 널 찾아낼게. 그러니까 절대 포기하지 마.'

그녀가 했던 말이 머릿속을 빙빙 돌았다. 붉은 머리 여자가 찾아왔던 게 현실이라고 확신할 수는 없었다.

하지만 없던 일이라며 지워 버릴 수도 없었다. 미련은 지독하게 달라붙어 용을 괴롭혔다.

생각이 꼬리에 꼬리를 물고 이어졌다.

붉은 머리 여자.

나의 작은 산.

흉터가 있는 너.

흉터가 없는 너.

내가 하지 못한 말.

우리의 숨바꼭질.

꿈이어도 좋았다. 만약 산이 다시 태어난다면 그렇게 태어나겠지 싶었다.

그날부터 용은 매일 연습했다.

'말을 곱게 해. 좀 사근사근하게. 경계심 안 가지도록.'

응. 예쁘게 말해야지. 다시 만났을 때 네가 나를 못 알아봐도 무서워하지 않도록.

'좋아하는 사람 생기면 그때는 진짜 아껴 줄 거야. 완전 소중하게 여기고, 내가 가진 것 중에 제일 귀한 것처럼 아낄 거야.'

응. 나도 너를 내가 가진 것 중에 제일 귀한 것처럼 아낄 거야. 나는 네 보물 중에서 제일 소중한 게 될 거야.

'같이 불길을 견뎌야 하는 삶 말고, 우리도 남들처럼 평범하게…… 같이 행복해지자.'

응. 기다릴게.

죽어 버린 나비가 다시 태어나 용의 심장 안에서 날아다니기 시작했다.

용은 그들이 매일 만났던 산으로 돌아가 그녀를 기다렸다.

꿈에서처럼 붉은 머리칼을 가지고 태어나서 다시 올까?

갈색 머리로 태어나도, 검은 머리로 태어나도 알아봐야지.

어쩌다 흉터가 생겨도 또 침울해지지 않게 매일 말해 줘야지. 너는 강하다고. 너는 어떤 시련도 이겨 낼 수 있는 강하고 단단한 사람이라고.

하지만 아무도 오지 않았다.

아무스는 인간들과 더 가까이 있을 수 있는 언덕으로 내려가 인간처럼 옷을 입고 가만히 앉아 기다렸다.

가끔 인간들이 말을 걸어올 때도 있었다.

"여기서 매일 뭘 해요?"

"……친구를 기다리고 있어. 오랫동안 못 만났어."

시간이 많이 흘러 다른 인간의 모습으로도 변신할 수 있게 되었다.

혹여 인간들이 의심할까 봐 몇 년에 한 번씩 다른 모습으로 변했다.

더 큰 도시로 나가기도 하고, 대륙을 건너가기도 했다.

그러나 어느 곳을 가든 호기심 많은 인간들은 같은 것을 물어 왔다.

"여기서 뭐 하는 거예요?"

"……좋아하는 사람을 다시 만나기로 했어."

"젊은이. 매일 뭘 그리 기다리는 거요?"

"사랑하는 사람을 기다린다. 꼭 돌아오기로 약속했어."

"그렇구먼."

시간이 더 많이 흐른 뒤, 그가 머물렀던 어느 언덕에는 전설이 하나 생겨났다.

사랑하는 사람들은 그 언덕에서 다시 만나게 된다는 웃기지도 않은 이야기였다.

아무스는 인간들의 소문을 듣고 조금 비웃었다.

재회의 언덕이라니. 정작 저가 기다리는 이는 몇백 년이 지나도 오질 않는데.

"……거짓말쟁이. 산, 너는 아주 나쁜 거짓말쟁이야."

얼마나 더 기다려야 하는 거지. 너 없이 겪은 두 번째 성장통은 기약 없는 기다림의 고통에 묻혀 아픈지도 모르게 지나가 버렸는데.

두 번째 성장통이 끝나자 붉은 머리 여자가 했던 것처럼 허공에서 공간을 열 수 있게 되었다.

그 사이를 지나다니며 여자의 흔적을 찾았지만 그 어디에서도 붉은 머리칼의 그녀를 찾지 못했다.

포기하고 싶어질 때마다 붉은 머리 여자가 했던 말이 생각났다.

'포기하지 마.'

그런데 있잖아. 낮은 하얗고, 밤은 검어서 자꾸만 네 생각이 나.

네 왼쪽 눈은 새하얗고, 오른쪽 눈은 온통 새카매서 내 마음은 온종일 너로 꽉 차 있었는데.

이제는 온종일 외롭다.

흰 낮과 검은 밤은 질리지도 않고 계속됐다. 죽지 않는 한, 이 희고 검은 외로움도 영원히 반복되겠지.

완전한 성체의 모습을 한 검은 용은 결국 제 수명 1,000년을 갈아 넣어 생명력을 마력으로 바꿨다.

성체 용의 1,000년은 어린 용의 1,000년보다 훨씬 무거운 힘을 가지고 있었다.

그는 이번엔 소원을 비는 게 아니라 이 세계 전체에 주문을 걸었다.

'두 번째 생을 살며 두 개의 이름을 갖고 태어난 자들은 내 마력을 가지고 태어난다. 그들 중 용의 이름을 부르는 자는 용의 힘을 가지며 그와 연결된다. 생과 사를 함께한다.'

함께 살고, 함께 죽자. 산.

이젠 너만 죽게 하지 않을 거야.

마력을 갖고 태어나면 내가 널 쉽게 찾을 수 있겠지.

그리고 네가 내 이름을 부르면 내가 널 찾아가는 거야. 네가 말했던 것처럼.

그런 다음에 우리 행복해지자.

내가 너의 용이 될게. 너는 내가 살아갈 나의 산이 되어 줘.

용은 서서히 눈을 감았다.

수명을 빼내어 주문을 걸어 버린 탓인지 몸에 기력이 조금도 남아 있지 않았다.

어쩌면 쏟아부은 수명이 1,000년을 훨씬 뛰어넘을지도 몰랐다.

하지만 남은 수명이 얼마든 상관없었다. 자신이 어찌 되든 다시 혼자 남는 것보단 나았으니까.

용은 그렇게 긴 잠에 빠져들었다.

❋ ❋ ❋

온 세상에 수명을 내버리듯 쏟아 넣어 주문을 걸고, 잠에 빠져 버린 반쪽 용의 소문이 퍼졌다.

다른 용들은 대부분 검은 용을 비웃었다.

하찮은 인간을 사랑하다가 용의 힘마저 인간에게 나눠 줘 버린 어리석고 아둔하기 짝이 없는 반푼이라 욕했다.

그러나 주문의 힘 덕인지 검은 용이 머물던 대륙에서 용의 마력을 지닌 마법사들이 많이 태어나자 용들은 생각을 바꿨다.

자연의 힘이 아니라 용의 마력을 지니고 태어난 마법사들은 본인의 강한 힘을 용 덕분이라 생각하며 자연스레 용들을 숭상했다.

용을 신으로 받들고, 용을 위한 제단을 만들어 모셨다.

황제도 왕도 아닌 오로지 용만이 가장 존귀한 존재라고 믿었다.

몇몇 용들은 인간들의 추앙심을 즐겼지만 서대륙 마법사들의 신앙은 오래가지 못했다.

마법사들은 오래 살지 못하고 죽어 버리거나 어느 날 소리 소문도 없이 사라졌다.

그뿐 아니라 용들 역시 돌연히 죽어 버리는 일이 잦아졌다.

영생에 가까운 삶을 사는 용들에게 죽음은 낯설기 그지없었는데 겨우 몇백 년 만에 수십 마리의 용들이 죽어 나갔다.

그로 인해 손에 꼽을 만큼의 용들만이 남았다.

산 깊은 곳에 살며 인간사에 관여하지 않았던 그들은 다른 용들과 마법사들의 이야기를 전혀 알지 못했다.

그러나 그들의 보금자리에도 누군가가 찾아왔고, 그들을 모두 죽여 버렸다.

그 남자는 용들을 죽이기 전 마지막 질문을 던졌다.

"검은 용이 잠든 곳을 아나?"

깊은 산에서 오랜 시간을 자고 있던 용이 알 리 없었다.

아름다운 붉은 용은 시큰둥하게 대답했다.

"검은 용이 한두 마리도 아닐뿐더러, 살아 있다 한들 교류도 하지 않는데 어떻게 아나. 그나저나 인간 같은데 여긴 어떻게 왔지?"

붉은 용의 질문을 무시한 남자는 작게 주문을 외웠다.

"로 마하탐."

"들어 본 적 없는 주문인데. 무슨 말이지?"

질문을 하는 붉은 용은 제 몸이 초록색 화염에 감싸여 죽어 가고 있다는 걸 전혀 알지 못했다.

붉은 용은 남자의 대답을 기다리다 서서히 눈을 감았다.

잠시 후, 싸늘하게 식은 용의 사체에서 마력을 뽑아 제 몸에 흡수한 남자는 가루가 되어 사라지는 용의 사체를 보다가 조용히 입을 열었다.

"사라진 마을의 이름이다."

서대륙의 마법사들은 막강한 마력을 가지고 태어났지만, 모두 오래 살지 못하고 죽었다.

'로 마하탐.' 이 복수를 위한 주문이라는 이야기가 퍼지자 남자는 큰 소리로 웃었다.

"틀린 말은 아니지."

이윽고 검은 용을 제외한 모든 용을 죽인 남자는 마법을 이용해 용이라는 존재 자체를 인간들의 기억에서 지워 버렸다.

실존했다는 사실을 아무도 믿지 못하도록.

'네놈 때문에 폐허가 되어 버린 내 고향처럼. 시체조차 남기지 못하고 가 버린 내 부모 형제들처럼.'

❄ ❄ ❄

여러 개의 산봉우리 사이에 존재하는 작은 산골 마을 '로 마하탐'은 평화롭기 그지없었다.

변변한 특산물도 없고, 자원도 풍족하지 않아 다들 근근이 생계를 이어 갔지만, 순수한 그들은 오순도순 행복하게 살았다.

그저 여느 마을에나 그렇듯 빈궁하게 태어난 불운한 이가 한 명 있었을 뿐이었다.

병균이 인간으로 태어난 것처럼 흉측한 몰골을 가진 그 소녀는 사람들의 냉대에도 전혀 주눅 든 낌새가 없었다.

천으로 얼굴을 가리긴 했지만, 못 가는 곳이 없었다.

그 당당한 꼴이 거슬린 마을 사람들은 소녀를 더욱 배척했다.

어렸던 소녀는 결국 다 죽어 가는 노인에게 약초에 대해 배웠다.

노인이 죽은 후 소녀는 본격적으로 사람들의 발이 닿지 않는 산 깊은 곳에서 약초를 찾는 일을 시작했다.

노인이 어째 거지를 데리고 다닌다 했더니 알고 보니 그는 일부러 소녀에게 접근한 것이었다. 제 빚을 모두 떠넘기기 위해.

소녀는 본인이 쓰지도 않은 돈을 갚기 위해 밤낮으로 약초를 찾아다녔다.

마을 사람들은 소녀를 안쓰러워하긴 했으나 그럴 법하다고 여겼다.

보기 역겨운 생김새였으니까.

생김새에 맞는 팔자라 여겼다.

소녀는 산에서 도통 내려올 줄을 몰랐고 사람들은 그녀를 비웃으며 '작은 산'이라 불렀다.

소녀가 노인의 빚을 다 갚고 나서 얼마 지나지 않아 마을에서 축제가 열렸다.

산골 마을임에도 왕래가 있던 이웃 마을에서 꽤나 많은 사람들이 축제를 즐기기 위해 찾아왔다.

그리고 그 가운데에 작은 산이 있었다.

"산에나 올라가지. 왜 오늘 같은 날 저기 있는 거야."

제게 들리도록 말하는 마을 사람들의 수군거림에도 소녀는 목소리를 낮추지 않았다.

"약초 사세요! 아무 데서나 쉽게 구할 수 없는 약초입니다!"

당연히 아무도 약초를 사지 않았다.

누군가가 구경이라도 할라치면 마을 사람들이 가서 말렸다.

"얘, 이달론. 가서 저 아줌마께 말씀드리렴."

"네. 엄마."

소년은 재빠르게 달려가 말했다.

"아줌마. 조심하세요. 이 애 몸에는 병균이 살아요. 자세히 보세요. 닿지 않게 조심하시고요."

"……어머. 그렇구나."

소녀의 얼굴을 자세히 본 사람들은 모두 어색하게 웃으며 뒷걸음질 쳐 멀어졌다.

로 마하탑에서는 당연한 일이었다.

축제가 끝나고 며칠 뒤 한 남자가 쓰러졌다.

온몸에 두드러기가 올라오더니 고름 섞인 피딱지가 앉기 시작했고, 고열에 시달리다 얼마 가지 않아 죽었다.

그 후 그 남자의 아내와 어린 딸도 같은 증세를 보였고, 결국 죽었다.

아내의 절친한 친구 둘도 죽었고, 그 두 사람의 남편과 자식들도 죽었다.

마을 사람들이 하나둘 쓰러지기 시작했다.

어떤 약초를 발라도 고름은 완전히 사그라들지 않았고, 열도 그대로였다.

가족과 친구를 잃은 사람들은 분노의 대상을 찾기 시작했다.

"이 흉터 생긴 게 꼭 그년 거랑 똑같지 않아?"

"젠장. 그 망할 년이 진짜 전염병을 퍼뜨린 건가!"

"축제 날이야! 그날 일부러 그 자리에 나와 있었던 거야! 자길 무시하는 우리 마을 사람들에게 복수하려고!"

마을 외곽에 버려진 창고로 쳐들어가니 소녀가 마치 금방이라도 도망갈 것처럼 짐을 싸고 있었다.

사람들은 무슨 일이냐 묻는 소녀를 무작정 잡고 마을 중앙으로 끌고 나와 몰매를 놓았다.

그때 노파가 마을 사람들을 말렸다.

"의미 없이 생명을 해하지 마시오들."

"이년 때문에 온 마을에 전염병이 도는 거라고! 미친 할망구는 빠져!"

"하늘의 뜻이 있어 그러니 자네야말로 빠지시게."

늘 거리에 나와 앉아 있는 노파는 가끔 하늘을 보며 헛소리를 하긴 했지만 비가 오는 때를 기가 막히게 맞혔다.

그뿐 아니라 어느 아이가 곧 다칠 거라고 말하면 그 아이가 진짜로 다쳤고, 어느 젊은 상인에게 돈을 잃을 거라 예언하자 그 상인이 옆 마을에서 사기를 당하고 돌아오기도 했었다.

마을 사람들은 서로를 흘깃대다 일단은 노파의 말을 들어 보기로 했다.

노파는 이미 기절한 소녀를 멍석으로 말고 마을 입구에 높은 기둥을 세워 묶어 두라 시켰다.

"하늘이 노했으니 제물을 바쳐 달래야 할 것이외다. ……마침 딱 알맞은 것이 있으니 다행이오."

작은 불꽃은 금세 화염이 되었고, 소녀의 비명은 사람들의 흥겨운 노랫소리에 묻혔다.

몇 시간 후 검은 재가 휘날리자 노파는 숯덩이가 된 소녀를 들고 따라오라 명령하고는 노래를 부르고, 휘파람을 불어 대며 산으로 향했다.

무지한 마을에서 흔히 일어날 법한 일이었다.

그 소녀가 용의 사랑을 받는 존재라는 걸 아무도 몰랐던 게 문제였을 뿐.

평화로웠던 산골 마을은 순식간에 불바다로 변했고 대부분의 인간들은 도망치지도 못하고 그 자리에서 용의 분노에 휩쓸려 죽어 버렸다.

단 한 명.

전염병 환자들의 붕대를 빨기 위해 냇가에 물을 가지러 갔다 돌아온 소년만이 살아남았다.

검은 용이 불을 내뿜는 모습을 보고 바위 아래에 숨은 소년은 한참 뒤에야 양동이를 내버리고 마을로 달려갔다.

용은 산 저편으로 날아간 뒤였다.

소년은 폐허가 되어 버린 땅 위에 한참을 서 있었다.

"엄마, 아빠? 형! 이단!"

아직 남아 있는 용의 기운 때문인지 꺼진 줄 알았던 불꽃이 도로 치솟아 아이의 다리를 태웠다.

아이는 두 팔로 땅을 기어 다니며 가족들의 유해를 찾으려 했으나 아무것도 찾지 못했다.

뜨거운 열기로 가득한 땅 위에 누워 새파란 하늘 위를 흘러가는 뭉게구름을 보던 이달론은 이를 갈며 웃었다.

"절대 안 잊어. 죽어서도 용서 안 해. 죽은 후에도 찾아가서 반드시 복수할 거야."

로 마하탐은 지도에 기록될 겨를도 없이 사라졌다.

분명히 누구도 기억하지 못할 터였다.

다시 태어난 이달론이 용의 주문으로 인해 용의 마력을 갖게 되지만 않았어도.

수백 년이 지난 어느 날 태어난 남자아이는 걷고, 뛰고, 말을 시작하게 되면서부터 복수를 잊지 않기 위해 속으로 끊임없이 되뇌었다.

'내 마을은 로 마하탐. 내 이름은 이달론. 죽여야 할 것은 검은 용.'

죽기 전 몇 시간 동안 용의 힘을 받아서인지 이달론은 다른 마법사들보다 마력의 양이 월등히 많았고 첫 번째 생의 기억을 잊지 않았다.

용을 숭상하는 다른 마법사를 홧김에 죽이자 그의 마력이 제게 흘러들어 오는 걸 느낄 수 있었다.

다른 대륙에서 온 마법사들도 죽여 봤지만 모든 마법사의 마력을 뺏을 수 있는 건 아니었다.

서대륙의 마법사들은 용을 숭상해서 죽였고, 다른 마법사들은 마법사들을 죽였을 때의 공통점을 찾기 위해 죽였다.

이유 없이 죽은 그들은 모두 억울해했지만 이달론은 무감했다.

세상에 억울하지 않은 죽음은 없으니까.

마력을 뺏으면 뺏을수록 젊음을 유지할 수 있는 시간이 길어졌지만 이것도 영원하진 않았다.

게다가 아직도 검은 용을 찾지 못했는데.

살아 있는 시간이 길어질수록 복수의 의미는 옅어지고 영생에 대한 욕망만이 강해졌다.

미개하고 멍청하게 살면 죽는다.

남의 말에 속으면 죽는다.

약하면 죽는다.

그러니 죽지 않는 자만이 현명하고 강하고 완전무결하다.

그릇된 사고가 이달론의 안에 완전히 자리 잡을 무렵, 펠르아이네르 왕가에서 유명한 마법사인 그를 찾았다.

크게 앓고 난 이후에 깨어난 제 아들이 기억을 잃었으니 도와 달라는 의뢰였다.

호기심에 만나러 가 보니 몸 안에 흐르는 생기의 흐름이 이상했다.

마치 이 세상의 것이 아닌 것처럼 기묘하게 흘렀다. 세상을 움직일 수 있는 마력이라고는 조금도 없는데 분명히 살아 있었다.

왕자와 단둘이 방에 남아 이야기를 들어 보니, 그는 자신이 다른 세상 사람이라고 했다.

빛나는 초록색 눈을 보니 과거의 제 모습이 생각나 이달론은 잔잔한 미소를 띤 채 주문을 외웠다.

"로 마하탐."

그런데 이상했다.

단번에 죽었어야 할 놈이 죽지 않았다. 용의 힘이 전혀 통하지 않는 몸이었다.

다른 세상에서 왔기 때문인가?

저 몸을 가지면 용보다 오래 살 수 있을까? 용에게 당하지 않고 죽지도 않을 수 있는 건가?

이달론의 얼굴에 미소가 피어올랐다.

그는 침대로 올라가 왕자의 목을 두 손으로 졸랐다.

마력을 이용해 이불을 움직여 몸부림치는 왕자의 두 손과 발을 묶고, 목구멍을 틀어쥐었다.

컥컥거리던 놈이 기절하자마자 이달론은 제 영혼과 넘치는 마력을 왕자의 몸으로 옮겼다.

그리고 소리를 질렀다.

"어머니! 어머니!"

놀라 뛰어 들어온 왕비는 제 아들의 몸 위에 올라탄 채 목을 조르고 있는 미친 마법사를 발견하고 비명을 질렀다.

뒤이어 방 안으로 들이닥친 호위 기사들이 마법사를 왕자에게서 떼어 냈다. 눈을 감고 있던 마법사는 갑자기 기침을 뱉어 내며 제 목을 쓰다듬었다.

왕자는 겁에 질린 목소리로 왕비에게 말했다.

"저 미친 마법사가 방금 제 목을 졸라 죽이려고 했어요. 어머니."

바닥을 기며 기침하던 마법사는 고개를 번쩍 쳐들어 초록색 머리카락을 늘어뜨린 채 침대에 누워 있는 고운 모습의 왕자를 멍하니 바라봤다.

"무, 무슨. 이게 무슨 일이, 방금 전까지만 해도 내가 저기에……."

"당장 이자를 죽여라!"

그렇게 왕자의 몸으로 들어왔던 이름 모를 놈은 죽었다.

하지만 왕자의 신분으로 오래 살 수는 없었다.

시종 하나를 죽여 왕자의 모습으로 변하게 만든 뒤 침대 위에 고이 눕혀 두고 그는 왕궁을 빠져나왔다.

마법사인 편이 더 나았다.

용의 소문을 듣기에도, 수명을 이어 나가기에도.

곧 이름을 두 개 가진 이들의 마력만을 빼앗을 수 있단 걸 알게 되자 이달론은 닥치는 대로 조건에 부합한 인간들을 찾아내, 수명과 마력을 빼앗았다.

오래 살면 살수록 강해졌다.

'로 마하탐'이 본래 무엇을 뜻하는 말이었는지 잊을 만큼의 시간이 지났을 무렵, 이달론의 앞에 낡은 종이 한 장이 떨어졌다.

새카만 잉크로 알 수 없는 글자가 적힌 종이를 무심코 지나치려던 이달론은 자기도 모르게 그것을 주워 들었다.

읽을 수 없는 말이었다.

수백 년 동안 전 세계를 떠돌아다니며 살았는데 모르는 언어가 있을 리 없었다. 심지어 전생의 기억까지 갖고 있는데.

불현듯 수십여 년 전 제 손으로 직접 죽였던 왕자가 생각났다.

난 다른 세상 사람이에요. 믿기 힘들겠지만요. ……알아요. 미친 소리처럼

들린다는 거. 근데 정말로 이쪽 세계 사람들이랑 말은 통하지만 쓰는 글자가 달라요. 나도 내가 어떻게 읽고 쓸 수 있는지는 모르겠지만 우리나라에선 이런 글자 안 쓴다고요.'

"다른 세상의 글자인가?"

글자를 해석하려 종이의 위에 손바닥을 올리고 마력을 불어넣었다.

그러자 갑자기 발끝이 작열하는 고통이 찾아왔다.

"아악!"

이달론은 수백 년 전의 그날처럼 바닥을 두 팔로 기어 다녔다.

"악! 뜨, 뜨거워! 그만!"

잊고 있던 과거가 선명하게 되살아났다.

검은 재만 남은 마을, 시체조차 찾지 못한 가족들, 용이 사랑한 소녀.

이달론은 분노에 치를 떨며 자리에서 일어났다.

이 종이에 적힌 것은 용과 관련된 내용이 분명했다.

마법사 수백 명을 죽인 저를 이렇게 고통 속으로 밀어 넣을 수 있는 강한 존재는 용뿐이니까.

그러고 보니 용이 있다는 걸 마을 사람들이 알던 그 시절에 마을에 내려오는 전설이 있었다.

'용의 이름을 부르면 용을 부릴 수 있다.'

"이 글자를 읽어야 돼. 내가 못 읽으면 읽을 수 있는 놈을 만들면 돼."

이달론은 인간의 몸에서 마력을 빼내기 위해 갖은 실험을 하며 살아왔다.

긴 시간이 지났다.

다른 세계에서 왔다는 공녀를 잡아 오는 생각지도 못한 수확을 얻게 되었고, 그녀를 통해 검은 용을 불러냈다.

비록 왕자의 몸은 잃었지만 영혼은 남아 있다.

멍청한 노예 놈의 몸을 빼앗아 공녀의 가족들을 농락했고 이제 진짜 검은 용을 죽일 수 있다.

아무스와 함께 시커먼 공간 아래로 떨어지면서도 이달론은 히죽거리며 웃었다.

오랜 염원이 드디어 이루어지는 순간이었다.

❋ ❋ ❋

이달론은 용의 역린 깊은 곳으로 파고들었다.

고통에 몸부림치면서도 용은 이달론의 영혼을 붙잡고 있었다.

검은 공간 밖에서와는 사뭇 다른 모습이었다.

아까는 떼어 내기 위해 발버둥 쳤다면 이제는 그를 절대 놓지 않으려고 이를 악무는 듯한 태도였다.

곧 죽을 제 앞날을 모르는 것은 인간이나 이 짐승 새끼나 다를 바가 없으니 가소롭기 짝이 없었다.

"크큭, 걱정하지 마라. 검은 짐승아. 죽어도 너와 함께 죽을 테니."

아무스는 묘한 비웃음이 서린 목소리로 답했다.

"이 공간 안에서는 내 시간이 더디게 흐른다. 내가 너를 먼저 죽이나, 아니면 네가 나를 먼저 죽이나 어디 한번 보자."

그제야 검은 공간 안으로 들어온 이유를 알 수 있었다.

죽어 가는 시간을 영원에 가까울 만큼 늘려서 그가 지쳐 포기할 때 숨통을 끊는 걸 노린 것이었다.

이 얼마나 순진하고 무지한 용인지.

영혼 상태인 이달론은 물 흐르듯 용의 몸 위를 기어 다니다 용의 목을 틀어쥐며 그의 귓가에 대고 속삭였다.

"아주 멀고 먼 옛날, 네가 쓸어 버린 마을을 기억하나? 그 마을엔 네가 사랑한 그 병균 같은 계집이 살았지. 아마 저 바깥의 공녀와 같은 영혼일 거야."

용이 크게 동요하는 것이 느껴졌다.

어찌 알았냐는 듯 용의 노란 눈이 커다랗게 뜨였다.

낄낄거리는 기분 나쁜 웃음을 흘리며 이달론은 이어 말했다.

"나도 거기 살았거든. 네가 흘리고 간 마력 덕에 전생의 기억을 잊지 않아서 다시 태어나자마자 다른 사람들의 생명력을 흡수하며 네게 복수할 날만을 기다렸다. 시간이 느리게 흐른다고? 아무렴 내가 이를 갈며 보낸 시간만큼 느렸을까."

이제까지와는 확연히 다른 힘이 이달론의 영혼을 틀어쥐었다.

"커헉!"

이상했다.

분명히 이달론이 아무스의 역린 깊은 곳에 자리 잡고 있으니 제대로 된 힘을 쓰지 못해야 하는데.

마치 여태 감춰 둔 힘을 꺼내기라도 한 듯 용은 이달론의 영혼의 뿌리를 뽑아낼 것처럼 틀어쥐고 제게서 떼어 냈다.

"으, 으, 억!"

아무스에게서 떨어져 나온 이달론은 어떻게든 다시 그의 역린으로 파고들기 위해 몸부림쳤지만 역부족이었다.

용의 검고 긴 동공이 더욱 가늘게 변했다.

"……아직 살아 있는 그 마을 것이 있었다니. 인간 주제에 놀랍긴 하구나."

용의 손안에서 찌그러진 이달론의 영혼이 마구잡이로 엉켰다.

이젠 얼굴조차 알아볼 수 없을 정도였다.

용의 큰 앞발과 발톱 사이에서 이달론의 찌그러진 눈알이 툭 튀어나왔다.

이달론은 그런 지경이 되어서도 낄낄거리며 찢어지듯 웃었다.

"인간 주제에? 인간을 사랑해서 분노하고, 인간 때문에 죽은 듯이 잠들어 있었으면서. 고작 그 하찮은 인간 때문에 제 수명을 깎아 인간들에게 나눠 줬으면서. 인간 주제에? 크크큭. 웃기는군. 정말 재밌는 짐승이야, 넌."

아무스는 이달론을 확실히 죽이기 위해 남아 있는 생명력을 전부 다 마력으로 치환했다.

"내가 이 자리에서 죽는 한이 있어도 너는 다시 태어나지도 못하게 영혼을 소멸시켜 주마."

"왜? 내가 그 마을 주민이라서? 너는 사람을 죽여도 되고, 나는 안 되는 거야? 크큭. 왜? 네가 사랑하는 사람만 소중하고 다른 사람들은 소중하지 않아서?"

아무스는 더욱 강하게 이달론의 영혼을 틀어쥐며 아래로 곤두박질치듯 내려갔다.

이달론은 제 영혼이 조금씩 산산조각 나는 것을 느꼈다.

"왜! 대답해! 왜 죽였어!"

"너는 분노하고 있지 않아."

"……뭐?"

"너는 가족들의 죽음을 잊었다. 네가 지금 분노하는 이유는 그저 네가 죽기 때문이다."

"……웃기지 마. 내가 여기까지 온 건 다 가족들이 죽고, 친구도, 마을 사람들도 다 죽어서……."

"지금 너는 네가 죽는 것이 아쉬울 뿐이다."

아주 작은 조각만 남은 이달론의 영혼이 파들거리며 떨렸다.

"네가 죽인 인간들은 어떡할 건데! 그 불쌍한 영혼들은!"

"그럼 너희 마을 것들이 죽인 억울하고 불쌍한 산의 영혼은 어떡할 거지?"

"다시 태어나서 저기 밖에 잘 살아 있잖아! 우리 엄마랑 아빠는!"

"그러면 네 엄마와 아빠도, 친구도, 마을 사람들도 언젠가는 다시 태어나 새로운 몸으로 생을 살아가겠지. 완전히 소멸하는 건 타인의 마력을 빼앗아 생을 이어 온 너뿐이다."

"무식한 마을 사람들이 미친년 말에 넘어가서 고작 사람 한 명 죽인 죄밖에 없어. 겨우…… 겨우 한 명이잖아. 한 명이었는데……."

이달론의 말이 채 끝나기 전, 아무스는 제 손끝에 불꽃을 피웠다.

첫 번째 생에서 몸을 불태웠던 그 불꽃의 온도였다.

"아, 아아…… 억울해, 나는…… 억울해."

아무스는 이달론의 영혼이 조금의 흔적도 남기지 않고 완전히 소멸될 때까지 계속해서 불태웠다.

긴 세월을 살아온 영혼이라 그런지 생명에 대한 미련이 질겼다.

그러나 이달론은 생에 대한 미련으로 버틸 뿐이었고, 검은 용은 제 생의 마지막 힘까지 쏟아붓는 중이었다.

이윽고 영혼의 티끌만 한 조각까지 모두 사라졌다.

"하아……."

아무스는 긴 한숨을 내쉬며 검은 공간 안에서 몸을 웅크렸다.

다시 공간을 열어 밖으로 나갈 최소한의 힘조차 남아 있지 않았다.

눈꺼풀이 무겁고, 손가락 하나 까딱하는 것조차 버거웠다.

그런데도 마음은 한없이 가벼웠다.

마지막 순간이 닥치자 아무스는 고요히 미소 지었다.

진짜였어. 붉은 머리 여자를 만났던 게 꿈이라 생각했었는데 진짜였어.

긴 잠에서 깨어난 이후부터 솔레아와 있었던 일들을 떠올리자 자꾸만 웃음이 새어 나왔다.

……산. 나 네 말 잘 들었지?

말도 예쁘게 했고, 계속 기다렸고, 다시 만날 때까지 포기하지도 않았어.

그리고 그 이상한 규칙들도 다 지켰어. 조금 헷갈리고 엉성해서 내 마음대로 한 부분들도 있지만.

한 번 불렀을 때 잠에서 깨어났어. 몰래 네 꿈으로 너 만나러 갔었는데. 원래는 네가 내 꿈에 나왔던 붉은 머리 여자가 맞나 얼굴만 보고 오려고 했어.

근데 이상한 마력이 네 머릿속에 달라붙어 있길래 그거 떼 줬지. 나 잘했지? 알아. 나 잘한 거.

두 번 불렀을 때도 널 만나러 갔어. 근데 내가 아는 네 모습이랑 조금 달라서 놀랐어. 너는 강한 사람인데. 너는 어떤 시련에도 굴하지 않고 이겨 낸 멋지고 단단한 사람인데.

'아버지'를 잊길 바랐어.

그리고 세 번째 불렀을 때는 네가 정말 아버지를 잊었었지. 모든 가족들을 다 잊었지. 나 사실 내 수명 몇백 년 주고 꾼 꿈에서 네가 '나한텐 너밖에 없어.'라고 말하는 걸 본 적이 있는데 그때 기분이 되게 별로였어.

네가 계속 행복해서 선택지가 아주 많을 때, 나를 사랑해 주는 게 더 기쁠 것 같아. 그럼 난 네 보물이 될 테니까.

참, 세 번째 불렀을 때 타이밍 잘 맞춰서 안으라고 한 건 너무 별로였어. 계속 눈치 보고 있다가 이달론이 너한테 이상한 이름 붙이기 일보 직전에 끌어안았잖아.

왜 그런 이상한 조건을 걸어서 헷갈리게 한 거야.

웃을 힘조차 남아 있지 않았지만 눈을 찌그러뜨리며 웃는 그녀의 얼굴을 떠올리면 자꾸만 웃음이 새어 나왔다.

'멋대로 짝이라고 불러서 화난 건 아니지? 그냥 네가 내 짝이었으면 해서. ……아니 근데 이름 불렀으면 짝 아니야? 네가 불렀잖아.'

예전에 처음 만났을 때처럼 속으로 이죽거리던 검은 용은 계속 헤실헤실 웃었다.

이상하게 그녀만 생각하면 어렸던 그날로 돌아간 거 같았다.

이런 마지막이라면 행복했다.

새로 태어난 그녀는 전생에서처럼 힘들게 살아왔지만 역시 강했고, 단단했고, 이쪽 세계로 건너와서도 결코 무너지지 않았다.

가족을 만드는 것도 봤고, 사랑받는 것도 확인했으니 족했다.

'……이번엔 잘 안됐지만, 내게도 영혼이 있다면 다시 태어날 수 있겠지. 그럼 그때 다시 만나자. 산. 나의 작은 산.'

산과 늘 만나던 약초가 가득한 깊은 산속의 꽃밭 한가운데도 아니고, 용이 오래전 보금자리로 삼았던 동굴도 아니다.

그래도 너를 기다리기에 아주 나쁜 곳은 아니다.

우리의 숨바꼭질은 아직 끝나지 않았으니까.

이번엔 네가 날 찾아 줘.

용은 천천히 마지막 숨을 내쉬었다.

완전한 암흑이었다.

❋　❋　❋

'밤밤밤.'

'빠라밤밤밤!'

'……사랑해!'

'……사랑해!'

'내가 처음에 부르기로 했잖아!'

'같이 하면 되지!'

'알았어. 하나, 둘, 셋! 하면.'

'사랑해!'

'셋 하면 들어가자고!'

'바로 시작하는 줄 알았지!'

'알았어. 이제 진짜 부르는 거야. 하나, 둘, 셋!'

'사랑해!'

'사! 야! 왜 이렇게 빨리 말하는 거야!'

'네가 존나 느린 거겠지!'

'어느 세월에 노래할래! 우리가 이러니까 임시 주인이 못 미덥다고 하지!'

'그냥 오랫동안 찾았다! 기다렸다! 만나서 너무 좋다! 사랑한다! 이거 말하면 안 돼?
왜 꼭 노래해야 돼?'

'맞아! 시키는 대로 하는 거 너무 힘들어!'

'맞아! 이제 그만할래! 나머지는 암시 주인이 알아서 하라고 하자!'

'그래. 주인 곧 눈 뜨겠지!'

'그래. 이제 암시 주인이 알아서 하겠지!'

'너희 왜 아직도 암시 주인이라고 하니! 왕주인님이라고 해!'

'우리 원래 주인이 아니잖아!'

'다시 살려 준 주인이니까 왕주인이지.'

'그건 맞는 말이지.'

'주인은 왜 아직도 처자는 거야? 이제 좀 일어났으면 좋겠다! 왕주인이 기다리고 있는데!'

'엉덩이라도 걷어찰까?'

'그래! 하나, 둘, 셋!'

'주인 엉덩이를 왜 차려고 하는 건데?! 이 날파리 같은 정령들아!'

'날파리? 날파리이이?'

도통 시끄러워서 잘 수가 없었다.

정령들의 노랫소리와, 종알대며 싸우는 소리가 너무 거슬렸다.

한 소리 하고 싶었지만 온몸에 힘이 없어서 눈을 뜨는 것조차 쉽지 않았다.

무시하고 계속 자려는데 어느 순간 주변이 조용해지더니 익숙한 목소리가 들려왔다.

"아무스."

응? 나 불렀어?

꿈결에 대답한 그는 속눈썹을 파르르 떨었지만 몸을 일으키진 못했다.

그때, 단단한 목소리가 다시 적막을 뚫고 들려왔다.

"우리 약속했잖아. 내가 한 번 부르면 넌 어떻게 하기로 했지?"

잠에서 깨어나기로 했지.

용은 힘겹게 눈꺼풀을 들어 올렸다.

아주 오랜 시간을 곱씹은 약속이니, 아무리 피곤해도 어길 수 없었다.

천천히 눈을 깜빡였지만 이상하게 눈을 감아도 떠도 똑같이 시커멓기만 해 용은 잠깐 동안 여기가 어딘지 알아볼 수 없었다.

……내가 뭘 하다가 잠이 든 거지?

멍하니 서 있던 그는 천천히 기억이 돌아오자 두 눈을 커다랗게 떴다.

몸이 멀쩡했다. 분명히 죽었었는데.

인간으로 변하는 것도 간단했다.

그때였다.

"아무스."

왜. 왜 불러. 어디에서 부르는 거야?

두 번 부르면 너를 만나러 가기로 했는데.

아무스는 떨어지지 않는 발걸음을 겨우 옮겨 검은 공간에서 발을 떼어 냈다.

마치 늪처럼 진득하게 달라붙어 있던 바닥에서 발바닥이 쩌적 소리와 함께 떨어져 나갔다.

아무스는 앞으로 힘차게 달려 나가며 옷을 만들어 입었다.

벗고 가면 혼나겠지. 오랜만에 만나는 거니까.

가슴이 쿵쿵 뛰었다. 첫 번째 성장통을 겪었을 때의 느낌과 닮아 있었다.

이게 가슴에 독이 스민 게 아니라 사랑이란 걸 알았더라면.

한참을 헤매던 아무스는 검은 공간 저편의 희미한 빛을 쫓아갔다.

공간을 있는 힘껏 열어젖히자 초록 들판 위에 서 있는 붉은 머리 여자가 눈에 들어왔다.

흉터도 없고, 불에 탄 자국도 없지만 웃을 때 왼쪽 눈이 더 작아지는 그 사람이.

마지막 남은 용의 산이 그곳에 서 있었다.

여자는 천천히 뒤돌며 환하게 미소 지었다.

"세 번째 부르면 어떻게 하기로 했는지 기억하지? 아무스."

아무스는 곧장 달려가 그녀를 있는 힘껏 품에 안았다.

"나 못 한 말 있어. 산, 지윤, 솔레아. 나 있잖아. 아팠던 게 아니었어. 네가 먹인 약초에 독이 있던 게 아니라……."

"그래. 알아. 이 둔치야. 알고 있어."

"……사랑해."

아무스는 그녀를 부서져라 끌어안았다가 불현듯 화들짝 놀라며 그녀를 품에서 떼어 냈다.

"혹시 이거 꿈이야? 죽어서 천국에 온 거야? 넌 살린 줄 알았는데!"

솔레아는 큰 소리로 웃으며 긴 한숨을 내쉬었다.

"아니야. 숨바꼭질이 끝난 거야. 내가 널 찾은 거고. 들으면 깜짝 놀랄 거야."

무슨 말인지 알 순 없었지만 아무스는 일단 솔레아를 다시 안았다.

아무리 안아도 부족했다.

❄ ❄ ❄

아무스가 사라지고 난 뒤 다시 공간을 찢으려고 했지만 아무리 힘을 줘도 다시 열리지 않았다.

몸에서 아무스의 힘이 모두 빠져나간 것 같았다.

"아, 안 돼…… 아무스!"

넓은 공작저의 정원 한가운데에서 아무스의 이름을 크게 외쳐도 아무런 변화도 없었다.

"공작님!"

"세상에, 도련님!"

사용인들의 비명 소리에 뒤를 돌아보자 피범벅이 되어 쓰러진 공작님과 그레이가 눈에 들어왔다.

"아빠! 오빠!"

몸 이곳저곳에서 피를 흘린 탓에 시뻘건 덩어리처럼 보이는 공작님과 그레이가 머리에서 피를 흘리며 쓰러져 있었다.

두 사람 다 숨을 쉬고 있는지 확인하는 것조차 두려울 정도의 몰골이었다.

다급하게 뛰어온 하인들이 조심스럽게 공작님과 그레이를 집 안으로 옮겼다.

그레이는 곧 피가 멎었지만 공작님의 상처는 공작저 주치의조차 손을 쓸 수 없는 중상이었다.

티온은 직접 말을 몰아 수도의 의술사들을 데리러 급히 떠났다.

공작님은 계속 가래 끓는 기침 소리를 내며 피를 토했고, 그레이 역시 얼굴이 시퍼렇게 질린 채 가만히 누워 있기만 했다.

헤이먼은 덜덜 떨리는 내 손을 힘 있게 잡으며 눈을 맞춰 왔다.

"너는 괜찮은 거야?"

"난, 난 괜찮아……. 근데 어떡하지. 나 때문에 공작님이랑 그레이가, 나 때문에……."

"가족 중 누구였어도 그랬을 거야. 내가 위험했을 때 네가 달려든 것처럼. 그러니까 죄책감 갖지 마. 지금은 아버지랑 그레이 살리는 것만 생각해."

"……근데 오빠. 아무스가 사라졌어. 아무스가, 그놈을 데리고 가 버렸는데…… 아무리 해도 공간이 다시 안 열리고……."

횡설수설하는 나를 당겨 안으며 헤이먼은 애써 차분한 목소리로 말했다.

"……괜찮아. 괜찮을 거야. 아버지도, 그레이도, 아무스도. 모두 멀쩡하게 우리 곁으로 올 거야. 떨지 마. 솔레아."

"그래도 내가 괜히 여기 와서, 나 때문에 공작님이……."

"지윤아."

갑작스레 불린 내 이름에 놀라 헤이먼의 품에서 빠져나가려 했지만 헤이먼은 나를 안고 있는 팔의 힘을 풀지 않았다.

"지윤아. 괜찮을 거야. 우린 가족이잖아. 형이 의술사들 데리러 갔으니까 금방 올 거야. 네가 있던 세상엔 마법이 없다며. 여긴 마법이 있으니까 어떻게든 될 거야. 지윤아. 우린 다 괜찮을 거야."

계속 덜덜 떠는 내가 안쓰러웠는지 헤이먼은 품에서 나를 떼어 놓고도 손을 놓지 않았다.

그도 그 나름대로 마력을 이용해 둘을 안정시키려 했지만 의술 마법을 전문적으로 배우지 않은 헤이먼이 할 수 있는 건 많지 않았다.

그저 두 사람의 상태가 더 나빠지지 않도록 현상을 유지하는 것뿐이었다.

한 시간도 채 지나지 않아 말발굽 소리가 공작저를 가득 채웠다.

저택 정문으로 향하자 제 기사들과 함께 의술사들을 데려온 티온이 뽀얀 흙먼지를 일으키며 달려오고 있는 게 보였다.

"빨리! 빨리 내려! 요!"

"예. 예! 갑니다!"

기사들 역시 마음이 급했는지 의술사들의 뒷덜미를 잡은 채 거의 끌고 오다시피 하며 존댓말과 반말을 섞어서 말했다.

의술사들 중에는 집에서 쉬다가 끌려온 이들도 있어 보였다.

하지만 불쾌한 표정을 짓는 의술사는 단 한 명도 없었다.

그들은 다급한 표정으로 헐레벌떡 뛰어왔다.

"공작님과 도련님은 어디 계십니까?!"

"여기요! 따라오세요!"

"걱정 마십시오, 공녀님! 그간 영지를 돌봐 주신 은혜를 반드시 갚겠습니다! 제 의술사 인생을 걸고 반드시······!"

"빨리 오라고!"

"예!"

의술사들은 헤이먼과 함께 2층으로 뛰어 올라갔다.

의술사들은 두 팀으로 나뉘어 각각 공작님과 그레이를 치료했다.

몇 시간이 넘는 긴 치료 끝에 두 사람 모두 호흡이 안정되긴 했지만 여전히 의식은 찾지 못하고 있었다.

"일단 최선을 다했습니다만, 두 분이 깨어나시는 건 조금 더 상태를 지켜봐야 할 것 같습니다."

몸 전체를 뒤덮었던 피를 닦아 냈지만 공작님의 혈색은 여전히 파리하게 질려 있었다.

"더 할 수 있는 건 없는 건가요?"

"저희로서는 더 이상 할 수 있는 게 없습니다."

"그럼 못 깨어날 수도 있다는 거예요?"

"······정말 죄송합니다. 공녀님."

치료하며 마력을 대부분 소진했는지 의술사들은 지친 얼굴로 땀을 닦아 냈다.

다리에 힘이 풀려 주저앉으려는 나를 붙잡은 티온이 굵은 목소리로 말했다.

"막내야. 이럴 때일수록 정신 똑바로 차려. 무너지지 마."

내가 쓰러지지 않도록 어깨를 안은 티온은 내 곁에 고목처럼 버티고 서 있었다.

그때, 창문 너머로 저택 앞에 화려한 마차가 도착한 게 보였다.

황녀의 마차였다.

무기 상점에서 공간을 찢어 아무스가 있는 곳으로 향한 탓에 황녀님을 미처 챙기지 못했었다.

감히 황족만 시장 한가운데에 남겨 두고 오다니.

급해서 어쩔 수 없었지만 황족 모욕으로 당장 작위를 박탈당해도 이상하지 않을 터였다.

여간 화난 게 아닌 듯 황녀는 수많은 사람들을 뒤에 줄줄이 달고 심각한 얼굴로 저택 안으로 들어왔다.

"······전하, 입이 두 개라도 할 말이 없습니다. 죄는 달게 받겠으나 지금은 집에 환자가 있으니 부디…….”

“그대가 아니군.”

“네?”

“그럼 누가 다쳤길래 티온 공자가 수도의 의술사들을 전부 납치하듯 데리고 간 거야? 자네와 함께 떠난 그레이인가.”

황녀가 데리고 온 사람들은 모두 황궁 소속의 의술사들이었다.

제국 최고의 의술 아카데미를 졸업한 인재들 중에서도 손에 꼽는 사람들만 의술사 가운에 황궁 소속의 마크를 달 수 있었는데 카라샤펠 황녀 뒤에 선 이들은 모두 노란 마크가 달린 하얀 가운을 입고 있었다.

“고맙단 인사는 천천히 하고, 환자들이 있는 곳으로 안내부터 해 주지? 베르고는 은혜만 잊지 않으면 돼.”

“네, 네! 네! 물론이죠. 네!”

얼빠져 있는 나를 대신해 얼른 대답한 헤이먼이 황궁 의술사들을 데리고 공작님과 그레이가 누워 있는 2층으로 올라갔다.

“감사합니다, 전하. 정말…… 감사해요. 그런데 어떻게 알고 오신 거예요?”

“황궁 마차가 따로 갈라졌을 때부터 내 호위가 뒤에 따라붙었으니 내 신변은 걱정 말고. 수도 시내에서 베르고의 장자가 말을 타고 온갖 의술사들을 다 잡아서 마차에 태우곤 납치하듯 끌고 간다는데 소문이 안 날 리가 없지.”

“겨우 몇 시간 전인데요.”

“내가 생존의 불안정성 때문에 소식이 좀 빨라.”

잠깐 장난스레 미소 지은 황녀는 내 입꼬리를 엄지로 누르더니 위로 쭉 올렸다.

“살릴 수 있으니 표정 풀어.”

그레이뿐 아니라 공작님까지 크게 다쳤다는 걸 알게 된 황녀는 적잖이 놀란 눈치였지만 이내 무덤덤하게 고개를 끄덕였다.

“괜찮아. 할 수 있어.”

수도의 의술사들이 마력을 재충전하는 동안 황궁 의술사들이 협력해서 공작님과 그레이를 치료했다.

잠시 후 방문이 벌컥 열렸다.

"공작님께서 피를 너무 많이 흘리셨습니다. 몸속에 피가 부족해요. 잠깐 동안은 마력으로 생명을 붙잡아 둘 수 있지만 빠른 회복을 위해선 피가 필요합니다."

의술사의 말이 끝나자마자 손을 번쩍 들었다.

"내가 딸이에요!"

카라샤펠 황녀는 '자네가 공의 딸인 건 모두 알고 있어.' 라며 깐족거렸지만 내겐 직접 꺼내기 힘든 말이었다.

의술사는 마법을 이용해 공작님의 몸에 내 피를 수혈할 수 있는지 간단히 확인하고는 주사를 꽂아 내 피를 뽑아 갔다.

카라샤펠 황녀와 티온, 헤이먼이 내 어깨를 다독이며 말했다.

"내가 아는 자네는 이리 겁이 많지 않은데. 정신 차려. 베르고는 강해."

"막내야. 아버지는 돌아오실 거야."

"그레이도 멀쩡할 거야. 걔 말도 안 되게 튼튼한 거 알잖아, 레아."

얼마 지나지 않아 그레이가 누워 있는 방의 문이 열렸다.

"솔레아!"

"그레이!"

얼굴이 조금 희게 질리긴 했지만 그레이는 크게 아파 보이는 구석 없이 제 발로 걸어 나왔다.

복도에 놓인 의자에 앉아 있다가 벌떡 일어난 내 앞으로 걸어온 그레이는 내 몸을 잡고 이리저리 돌려 봤다.

"너 다친 데 없어? 왜 우리가 집에 있는 거야? 아버지는 괜찮으신 거야? 그 새끼는? 아무스는?"

쏟아지는 그레이의 질문 세례에 아랫입술이 덜덜 떨렸다.

"나는 괜찮은데 아무, 아무스는 이달론과 같이 없어졌고, 아버지는 언제 깨어나실지 모른대……."

놀라서 커진 눈으로 나를 물끄러미 보던 그레이는 내 몸을 당겨 품에 안고는 그저 등만 다독일 뿐이었다.

몇 분 후, 공작님이 계신 방에서 의술사들이 빠져나왔다.

"공작님께서 깨어나셨습니다."

방으로 뛰어 들어가자 침대 헤드에 기대앉은 공작님이 눈을 천천히 깜빡이고 있었다.

"아빠!"

"다친 곳은 없니. 얘들아."

"아빠, 눈이……."

움직이는 눈꺼풀은 왼쪽뿐이었다.

오른쪽 얼굴을 가로지른 큰 흉터 때문인지 오른쪽 눈은 전혀 뜨지 못하는 상태였다.

의술사들 말로는 상처를 아물게 하는 것은 가능했지만 떨어져 나간 살점을 완전히 복원하는 것은 어렵다고 했다.

수많은 전쟁을 겪으면서도 크게 다친 적 없던 공작님이 이젠 나 때문에 오른쪽 눈을 뜨지 못하게 된 것이었다.

두 손으로 입을 틀어막고 천천히 뒷걸음질 치려는데 공작님이 손을 뻗어 나를 붙잡았다.

"지윤아. 괜찮다."

"공……."

"아빠."

"공작님……."

"아빠."

"아빠……."

한쪽 눈을 일그러뜨리며 애써 웃는 공작님 때문에 나도 억지로 웃을 수밖에 없었다.

공작님은 오빠들과도 차례로 인사를 한 뒤 황궁 의술사들을 데려온 황녀에게도 감사를 전했다.

"그런데 아무스는 어디로 간 거니?"

"이달론을 완전히 죽이질 못해서 아무스가 그놈을 끌고 찢어진 공간 속으로 들어가 버렸어요. ……다시 열어 보려고 했는데 열리지 않아요. 제 몸에서 아무스의 마력이 다 빠져나갔어요."

침울한 내 목소리를 들은 공작님은 내 손등을 천천히 매만졌다.

"레아. 지윤아. 너는 강한 사람이다. 아무스의 마력이 없어도 넌 그를 다시 찾을 거야."

공작님의 말이 맞았다.

계속 죄책감에 시달리며 누군가 나를 다독이고, 등을 떠밀어 주길 기다리고 있을 순 없었다.

내가 움직여야 했다.

"아빠. 저 아무스를 찾아서 데려올게요. 절 위해…… 혼자서 이달론을 끌고 간 개를 모른 척할 수가 없어요."

"그럼, 그래야지. 그래야 우리 착한 딸이지. 아빠는 우리 딸 믿는다. 우리 걱정은 말고 꼭 찾아서 데려오렴. ……이 자식은 우리 딸이 찾으러 갈 때까지 안 오고 뭐 하는 거야."

굳은 분위기를 풀기 위해 일부러 가벼운 농담을 던진 공작님은 어색하게 웃어 보였다.

"공, 흉터 때문에 이제 웃어도 젠틀한 미중년으론 보이지 않아. 오히려 티온 공자가 더 잘생겨 보일 정도인걸."

황녀의 농담에도 아무도 웃지 않자 황녀는 구석에 놓인 소파로 가 앉았다.

"이 집 사람들은 여전히 내 개그를 이해하지 못하는군."

"아빠, 저 금방 갔다 올게요."

공작님을 안아 드린 뒤 내 방으로 달려갔다.

지금 상황에서 아무스를 찾기 위한 유일한 단서는 일기장이었다.

방으로 들어가자마자 서랍을 열고 일기장을 펼쳤다.

공작님과 그레이가 크게 다쳤다. 다 내 잘못인 것 같아 마음이 아팠지만 가족 중 누가 위험에 처했대도 그들은 똑같이 했을 것이다. 물론 나도 그랬겠지. 그런데 아무스는 대체 어디로 갔을까? 찾을 수는 있는 걸까?

잠시 기다리자 다른 글자가 생겨났다.

돈에게 물어봐야겠다.

그 순간 갑자기 바깥이 소란스러워졌다.

"아악! 이게 뭐야!"

"누구냐!"

다급하게 방 밖으로 나가자 질척한 초록 점액질에 파묻힌 한 남자가 현관에 쓰러져 있었다.

돈이었다.

"돈!"

돈의 이름을 부르며 빠르게 계단을 내려갔다.

연신 기침을 뱉어 내는 돈은 제 몸을 제대로 가누지도 못하는 듯했다.

돈에게 다가가려는 찰나, 앤이 눈을 커다랗게 뜨고 내 앞을 가로막았다.

"아가씨, 위험할지도 몰라요! 가까이 가지 마세요! 저자가 갑자기 허공에서 툭 떨어졌어요!"

아직 이달론이 돈의 몸에 기생하고 있을 가능성을 완전히 배제할 수 없었다.

나는 섣불리 가까이 가지 못하고 근처에서 주춤거렸다.

하지만 어둠 속에서 아무스를 마지막으로 본 것 역시 돈이니 이대로 죽도록 내버려 둘 수도 없는 노릇이었다.

소란스러움을 느낀 건 나뿐이 아니었는지 오빠들과 황녀님까지 모두 현관으로 내려왔다.

그레이가 돈의 멱살을 잡아 일으켜 세웠다.

"이 개새끼야!"

"크헉, 콜록! 컥……!"

돈이 기침을 할 때마다 초록색 점액질이 코와 입 밖으로 줄줄 흘러나왔다.

"도, 도련님……."

돈의 눈동자가 평소의 검은색으로 완전히 돌아온 걸 확인한 그레이는 분을 참지 못하고 돈에게 소리를 질렀다.

"너 대체 무슨 정신으로 그 새끼한테 몸을 넘긴 거야!"

"도련님……. 저도 몰랐어요. 정말 몰랐어요……. 떠나려고 한 게 아니었는데, 그냥 저택 밖으로 나가서 걷고 있었는데 갑자기 뭔가가 제 목을 졸랐어요."

공포가 서린 돈의 두 눈에서 눈물이 줄줄 흘렀다.

"반항하려고 했어요. 정말이에요. 벗어나려고 했는데…… 그럴수록 몸을 옭아매는 힘이 강해지고, 나중엔 제 몸으로 들어와서……."

말을 이어 가는 돈의 몸이 감전이라도 당한 것처럼 덜덜 떨렸다.

아직도 돈의 목에는 시퍼런 멍 자국이 선명했다. 고문이라도 당했는지 몸 여기저기가 상처로 가득했다.

과거의 기억 때문에 보기 힘든지 헤이먼은 고개를 돌려 버리고 말았다.

티온은 헤이먼을 제 뒤로 숨기고 앞으로 나와 말했다.

"기억나는 게 그게 다인가?"

"……예."

나는 돈과 티온 사이로 끼어들었다.

"네가 여기 있으면 이달론은 어떻게 된 거야? 아무스는?"

돈은 내 눈을 똑바로 마주하지 못하고 고개를 푹 숙였다.

"이달론은…… 죽었어요. 용이 이달론의 영혼을 소멸시켰고, 그 순간 제가 밖으로 튀어나왔어요."

"밖으로 튀어나왔다니. 그럼 아무스는 계속 어둠 속에 있는 거야?"

"……이달론이 제 몸에 있는 동안 느낀 바로는, 용도 힘이 다한 것 같았어요. 마지막 힘을 다해서 이달론을 죽인……."

나는 돈의 말을 끝까지 듣지 않고 미친 듯이 계단을 올라갔다.

이렇게 끝일 리가 없다.

전설 속에나 등장하는 강한 용이 고작 마법사 하나 때문에 죽었을 리가 없다.

가슴속이 답답해 불길이 치솟는 것 같았다.

죄책감이나 제대로 사랑해 주지 못했다는 미련 같은 감정들이 아니었다. 훨씬 오래된, 해소되지 못한 갈망이었다.

나는 아무스가 내 옆에 있길 바라고 있었다.

내 방으로 다시 들어가 일기장을 펼치고 펜을 손에 쥐었다.

내 몸에서 아무스의 마력은 사라졌지만, 모로 가도 서울만 가면 된다고, 내겐 얼렁뚱땅 마법의 일기장이 남아 있었다.

일기장에 글씨를 쓴다고 해서 그대로 이뤄질 거란 보장은 없지만 그래도 이번엔 모험을 해야만 했다.

펜을 종이 위로 내렸다. 이번엔 밀어 내는 압력이 느껴지지 않았다.

나는 아무스와 다시 만난다.

열린 방문으로 오빠들이 들이닥쳤다.

"솔레아! 갑자기 왜 그래!"

"지윤아!"

"막내야……?"

일기장이 놓여 있는 바닥이 서서히 열리며 검은 공간이 모습을 드러냈다.

마치 나를 집어삼키기 위해 한껏 아가리를 벌린 짐승의 입 속으로 들어가는 기분이었다.

나는 천천히 가족들을 향해 고개를 돌린 후 마른침을 꿀꺽 삼켰다.

"나 다녀올게. 꼭 돌아올게."

마치 모래 늪으로 빨려 들어가듯 일기장이 검은 공간 안으로 들어갔고, 나도 곧 구덩이 밑으로 떨어졌다.

검은 공간은 내 몸을 완전히 받아들이자마자 입구를 닫아 버렸다.

"아무스!"

아무스의 이름을 불렀지만 메아리조차 돌아오지 않았다.

넓은 공간에서 말할 때처럼 목소리가 울리는 느낌도 들지 않았고, 비좁은 공간에 갇힌 듯 내 목소리가 귓가에 머무는 것 같지도 않았다.

그저 내 입 밖으로 나간 음성들이 그대로 산화되는 것 같았다.

여기가 얼마나 좁은지, 넓은지 아무것도 느껴지지 않았다.

이달론의 마법 때문에 내 몸이 사라졌던 수백 년의 시간들이 생각나 나도 모르게 움츠러들었지만 그때와는 달랐다.

이번에는 내가 선택해서 왔으니까.

아무스를 찾을 거야.

"아무스. 난 너를 찾을 거고, 너와 함께 내 행복한 삶으로 돌아갈 거야."

다짐을 뱉어 낸 순간, 책장이 넘어가는 소리가 들리며 시커먼 공간들이 온갖 색으로 찬란하게 빛났다.

아무것도 보이지 않았던 암흑은 은은한 진줏빛으로 빛나며 내가 지나온 모든 순간으로 가득 채워져 있었다.

마치 앨범 속 사진들을 세워 놓은 것 같았다.

내가 직접 보지 않은 과거들도 있었다. 아까 돈이 말했던, 이달론이 그의 몸을 장악하는 순간도 보였다.

이달론을 죽이면 아무스가 위기에 처하는 상황도 오지 않겠지.

나는 망설임 없이 돈이 이달론에게 먹히던 순간 앞으로 가서 손가락을 천천히 뻗었다.

영화처럼 그 장면이 눈앞에 펼쳐졌다.

하지만 이달론에겐 내가 보이지 않는 것 같았다.

여기서 이달론을 죽이면 미래를 바꿀 수 있겠지.

나는 펜을 힘 있게 쥐고 이달론의 뒤로 다가가 펜촉으로 그의 목을 깊이 찔렀다. 이달론은 검붉은 피를 뿜으며 쓰러졌다.

죽였나?

이제 어떻게 되는 거지, 라는 생각이 머릿속을 스치자마자 갑자기 내 손끝과 발끝이 투명하게 변하기 시작했다.

……어?

사라지지 못하도록 내 몸을 끌어안았지만 순식간에 몸 전체가 투명해졌다.

"안 돼! 하지 마! 안……!"

온몸에 불이 붙으면 꼭 이런 느낌일까 싶은 강렬한 고통이 전신을 뒤덮었다. 폭풍우에 휩쓸린 것처럼 내장이 뒤틀리고 흔들리는 듯했다. 모래가 바람에 흩어지듯 내 얼굴이 사라져 더 이상 아무런 말도 할 수가 없었다.

눈을 감았다 뜨니 다시 휘황찬란하게 빛나는 공간 안이었다.

"실패했구나. ……더 가까운 과거를 바꿔야 하나?"

몸을 돌려 반대쪽으로 걸었다.

나와 그레이가 나타나기 전, 아무스가 돈의 몸을 가진 이달론과 싸우는 것이 보였다. 역린을 찔리기 직전인 듯했다.

가진 무기는 펜촉뿐이다.

나는 그 순간에 손을 대고 아까처럼 그곳으로 빨려 들어갔다.

여전히 그들에겐 내가 보이지 않는 것 같았다. 나는 다시 한번 펜촉으로 이달론을 찔렀다.

또 몸이 사라졌다.

이번엔 다시 눈을 뜨면 아무스와 함께 있을까 싶었지만 여전히 공간 안이었다.

"뭐지? 어떻게 해야 하는 거지?"

일기장을 펼쳐 봤지만 그곳엔 더 이상 어떠한 글씨도 나타나지 않았다. 내가 방금 전 썼던 '나는 아무스와 다시 만난다.' 라는 글씨뿐이었다.

과거를 향해 걸어갔다.

아무스와 함께 감옥 속에서 이달론의 몸을 갈가리 찢어발겼던 순간을 건드렸다.

과거의 내가 검으로 이달론의 몸을 산산조각 내자 진한 초록색의 영혼이 질질 흘러나와 구석으로 숨어드는 것이 보였다.

저기다.

두 손으로 펜을 쥐고 온 힘을 다해 이달론의 영혼을 찔렀다.

또 몸 전체가 불에 타는 것처럼 산화되어 사라졌다.

다시 공간이었다.

아팠다. 이루 말할 수 없을 정도로 아프고 고통스러웠다.

내 몸이 사라지는 끔찍한 고통을 연달아 몇 번이나 겪었지만 그 어떤 과거도 바꿀 수 없었다.

더 예전으로. 더 옛날로.

수없이 많은 순간으로 들어가 이달론을 죽였다.

하지만 그때마다 이달론은 멀쩡하게 살아나 아무스의 역린을 찌르고 그와 함께 검은 공간 안으로 사라졌다.

진줏빛으로 번쩍이는 공간에서 무력하게 눈을 뜨기를 수십 번 반복했다.

……혹시 난 여기 갇힌 걸까?

내 안에서 좌절감이 대가리를 쳐들자 공간을 채우던 빛이 사라지기 시작했다.

"아니야. 할 수 있어. 난 강한 사람이야. 해낼 수 있어. 날 일으키는 건 언제나 나 자신이야. 찾을 수 있고, 돌아갈 수 있어."

펜을 꼭 쥐었다. 공간은 언제 그랬냐는 듯 다시 빛났다.

다른 방법을 찾아야 했다.

나는 자리에 주저앉아 가만히 생각했다.

과거를 바꾸려 하면 내 몸이 사라지고, 나는 이곳에 갇힌다. 심지어 아무것도 바꾸지 못한 채로.

과거를 크게 바꾸지 않는 선에서 아무스를 구할 수 있는 방법을 찾아내야만 한다.

"여긴 어디까지 펼쳐져 있는 거지?"

공간의 끝을 가늠하려 두 눈을 가늘게 떴지만 사방으로 펼쳐진 공간은 도무지 끝이 보이지 않았다.

무작정 끝을 향해 뛰었다. 한참을 달렸다.

아무스가 처음 내 앞에 나타나던 순간, 공작님이 언덕 위에서 나를 매몰차게 바라봤던 순간, 티온이 나를 위로 집어 던졌다가 다시 받아 안으며 환하게 웃던 순간, 헤이먼과 그레이와 함께 재회의 언덕으로 놀러 가던 순간.

그때 재회의 언덕 뒤로 비슷한 다른 언덕이 나타났다. 공간 두 개가 겹쳐지는 것처럼 보였다.

아무스가 언덕 위에 홀로 앉아 있었다.

잠을 잤다던 1,000년의 시간은 아닌 것 같았다.

낡은 옷을 입은 아무스는 누군가를 기다리는 듯 언덕 위에 앉아 주변을 둘러보고, 살짝 미소를 지었다가 혼자 중얼거리기도 했다.

"오랜만이야. 인사를 먼저 해야 하겠지? 안녕, 오랜만이야. 보고 싶었어. …… '보고 싶었어.'는 뺄까? 부담스러워하면 어떡해. 그럼 안녕, 오랜만이야, 라고만 하자. 크흠. 흠! 안녕, 오랜만이야."

어색하게 손을 흔들던 아무스는 이내 제 손을 매만지더니 얼른 등 뒤로 숨겼다. 마치 부끄러운 것처럼.

저게 언제지?

언덕 위에 앉아 있던 아무스는 곧 신기루처럼 흩어져 사라졌다.

나는 더 먼 과거를 향해 달렸다.

골목길에 주저앉아 새빨간 노을을 보며 혼자 눈물을 훔치던 내 어린 날이 꿈처럼 내 손끝을 스치고 지나갔다.

서글픈 감정이 뇌리를 스쳤지만 잠깐이었다.

과거의 외로움에 젖어 내 미래를 흘려보낼 순 없었다.

두 다리가 뻣뻣해져 올 때까지 무작정 뛰었다.

그리고 쾅! 하는 소리와 함께 '끝'에 다다랐다.

"악!"

뒤로 나자빠졌다가 몸을 일으키니 무언가가 후두둑 쏟아졌다.

쌍코피가 터졌다.

더럽게 아팠다.

공간의 끝, 한 여자가 남루한 옷차림으로 상태가 썩 좋아 뵈지 않는 과일들을 싸게 팔고 있었다.

화폐의 단위가 전혀 모르는 글자인 걸 보니 한국이 아닌 것 같았다.

게다가 사람들의 이목구비도 내가 원래 있던 세계가 아니라 이곳에 더 가까웠다.

두꺼운 옷을 입고 있던 여자는 갑자기 인상을 찌푸리며 배를 감싸 쥐더니 이내 태연하게 장사를 이어 나갔다.

몇 시간 후 사람들의 눈을 피해 좌판 아래로 몸을 구기고 들어간 여자는 제 옷자락을 입에 쑤셔 넣은 채 고통을 삼켰다.

아기가 태어나자 여자는 냉큼 일어나 좌판 옆에 있는 통에 아기를 집어넣고 뚜껑을 닫았다.

아기는 보통의 갓난아이처럼 힘차게 울지 못했다.

흐엥, 흐아앙, 앙.

나약한 울음소리는 소란스러운 시장 사람들의 소리에 금방 묻혀 버렸다.

손가락을 살짝 갖다 대자 여름날 시장의 뜨거운 열기와 과일 썩는 냄새, 사람들의 역한 땀 냄새까지 온갖 악취가 그대로 전해졌다.

해가 저물자 아이 엄마는 쓰레기통을 끌고 가 더러운 하수구에 쓰레기들을 쏟아부었다.

나는 아무런 말 없이 아기를 가만히 보고 있었다.

시커먼 물속으로 가라앉았던 아기는 다시 수면 위로 떠올랐다.

어른의 손바닥 하나 반 정도밖에 되지 않을 정도의 작은 아기는 마치 죽은 것처럼 보였다.

'……저렇게 죽어 버리는 건…… 말도 안 되잖아.'

나도 모르게 폐수 속으로 발을 들였다.

첨벙거리는 소리도, 물의 움직임도 전혀 없었다.

흘러가는 폐수 속에서 쓸 만한 것을 건지는 부랑자들 역시 나를 보지 못하는 것 같았다.

부패한 고깃덩이처럼 보이는 아기의 엉덩이를 살짝 때렸다.

그때 아기가 우렁찬 울음을 터뜨렸다.

"흐아아앙!"

"뭐야, 저기 웬 애가 있잖아!"

사람들은 그제야 아기를 발견했다.

젊은 수녀가 망설임 없이 강으로 뛰어들어 내 앞에서 아기를 건져 갔다.

이제 곧 내 몸이 사라지겠지.

아이를 안고 멀어지는 수녀를 하릴없이 바라보았다.

그런데 아무런 변화도 없었다.

이 사건은 이렇게 바뀌어야만 하는 과거란 뜻이었다.

저 아이는 반드시 살아야 하는 아이다.

이끌리듯 아이의 인생을 따라갔다.

수녀는 돌봐야 할 아이들이 많아 폐수에서 건진 아이만을 살필 수 없었다.

아이는 말도 느렸다,

수녀는 폐수를 마신 탓이겠거니 하며 아이에게 따로 말을 가르치지 않았다.

그러다 부득이하게 아이들을 데리고 다른 지역으로 떠나게 된 수녀는 마차 안에 아이들을 모두 태웠다.

한참을 달리던 마차는 꽤 큰 돌멩이 위를 지나며 덜컹거렸다. 마차 끄트머리에 몸을 쪼그리고 앉아 졸고 있던 아이는 휘청거리다 아래로 떨어졌다.

흙바닥을 구르는 아이에게 손을 뻗었지만 잡히지 않았다.

잠깐 멍하니 있던 아이는 입꼬리를 아래로 축 늘어뜨린 채 두 손으로 땅을 짚고 엉덩이를 번쩍 들어 일어섰지만 마차는 이미 멀리 가 버린 후였다.

"따라가!"

내 목소리가 들리지 않는 듯 아이는 지평선 너머로 조금씩 모습을 감추는 마차를 망연히 보고만 있었다.

나이에 맞지 않는 의연한 꼬라지에 부아가 치밀었다. 나와 닮아서, 그 쓸데없는 조숙함이 꼴 보기 싫었다.

"안 따라가고 뭐 해! 소리라도 질러! 울어서 네가 여기 있다는 걸 알리라니까! 혼자 살 순 없잖아! 얼른!"

아이는 마차가 지평선 너머로 완전히 사라지고도 한참이 지난 후에야 으앙, 으앙 울음을 터뜨렸다.

하늘이 주황색으로 물들자 그제야 이 어두운 곳에 혼자 남겨졌다는 사실을 깨달은 것 같았다.

아이는 뒤늦게 찾아온 외로움에 당황한 듯 울었다. 나는 달리 할 수 있는 게 없어 아이의 옆에 앉아 있었다.

굶주린 아이는 길을 따라 걷다가 땅에 떨어진 과일을 발견하면 주워서 입에 넣곤 했다.

그러다 배앓이를 하기도 하고, 흐르는 시냇물을 마시기도 하며 하염없이 울고 또 울면서 정처 없이 걸었다.

그렇게 며칠 후 한 산골 마을에 도착했다.

아이는 그곳에서 더디게 자랐다.

작은 산이라 불리는 아이의 인생이, 주변에 제 편 하나 없이 외로이 커 가는 삶이 나와 비슷하게 느껴졌다.

아이의 인생에 관여할 수 없었다. 그저 아이가 잠들었을 때 옆에 앉아서 아무스가 내게 해 줬던 것처럼 아이의 머리카락을 어루만지며 중얼거리는 게 할 수 있는 전부였다.

"너는 강해. 너는 소중해. 넌 이겨 낼 수 있어. 넌 잘할 수 있어."

십수 년 동안을 아이 곁에서 살다가 아무스를 만났다. 지금보다 훨씬 앳되고, 짜증 섞인 표정을 짓고 있었다.

"아무스! 나야, 나. 여기 있어!"

아무리 불러도 아무스는 답이 없었다.

여기는 우리가 만날 수 있는 과거가 아니구나. 그럼 내가 조금 더 기다릴게.

상상도 할 수 없을 만큼 먼 과거 속에서 아무스의 곁에 누워 시간을 보냈다.

동굴 속, 그의 옆자리에 누워 돌에 홈이 파인 모양대로 흐르는 작은 물줄기를 손가락으로 훑기도 하고, 아무스가 산의 콧노래를 기억해 내 흥얼거리는 동안 나는 그의 꼬리를 베고 누워 발을 까딱거리기도 했다.

마을에 전염병이 창궐하자 마을 사람들이 산이 머물던 창고로 찾아갔다.

"저년 잡아!"

"프란! 그쪽 막으라니까!"

"소리 못 지르게 입부터 막아!"

"손으로 자꾸 긁잖아! 손을 천으로 감싸고 묶어!"

도망치는 산을 짐승 다루듯 구석으로 몬 뒤 천으로 묶기 시작하자 참을 수 없었다.

펜촉을 이용해 창고 안에 있는 이들을 모두 찔렀다.

그 순간 불에 타는 듯한 고통이 느껴지며 과거에서 튕겨 나왔다.

잠깐 멍하니 서 있던 나는 다시 그 장면으로 돌아갔다. 산을 살리기 위해, 산이 개처럼 끌려가는 걸 막기 위해 몇 번이나 반복했다.

그리고 산은 내 눈앞에서 몇 번이나 끌려갔고, 죽었다.

산에게 찾아왔던 폐수 속에서의 죽음은 막을 수 있었는데. 이번엔 아무리 노력해도 아무것도 바꿀 수 없었다.

산은 자꾸만 불구덩이 속으로 돌아갔다.

화염 속에서 비명을 지르던 산은 마지막 순간에 띄엄띄엄 끊어지는 목소리로 아주 작게 속삭였다.

"다음에, 다시, 만나. ……내 검은 용. 내가 조금이라도 행복해지면, 그때, 찾아갈게."

산은 제 불행이 두렵고 무거워 아무스의 이름을 부르지 못하고 홀로 죽었다.

나는 산을 잃고 울었고, 산을 잃고 우는 아무스를 보며 또 울었다.

아무스는 제 수명을 흐르는 강물에 내버리듯 쓰며 산의 꿈을 반복해서 꿨다.

슬퍼하는 아무스를 보고도 어찌할 방법이 없어 가만히 보고만 있었는데 또 다른 장면이 눈앞에 펼쳐졌다.

'내'가 태어났다.

작은 산부인과에서 태어난 윤지윤. 아기인 내 얼굴과 몸을 채운 몽고반점은 산이 갖고 있던 흉터와 위치가 똑같았다.

산은 나였다. 내가 산이었다.

깨달은 순간 산의 기억과 감정들이 내게 흘러왔다. 그저 지켜보기만 했던 때와는 다른, 진한 밀도의 감정들이 내 안을 가득 채웠다.

해 주고 싶은 말이 많았다.

사실 나도 너랑 같이 살고 싶었는데, 너까지 불행해질까 봐.

난 네가 생각하는 것만큼 아름다운 사람이 아니잖아. 내 손으로 이뤄 낸 게 아무것도 없으니까. 적어도 네 앞에 당당하게 설 수 있을 때 네 곁으로 돌아가고 싶었어.

널 혼자 두고 영영 떠나게 될 줄은 몰랐어.

두 세계를 동시에 바라보는 동안 눈물이 하염없이 흘렀다.

내가 울고 있는 사이에도 수없이 많은 정령들이 아무스의 마력을 받고 자연 속에서 태어났다. 그들 역시 내 존재를 알아채지 못했지만 가끔 내가 중얼거린 말에 음을 붙여 노래하곤 했다.

'울지 마. 울지 마―'

'두고 가서 미안해!'

아무스가 있는 세계 안으로 들어가 내 목소리가 들리는 거냐고 몇 번이나 소리쳤지만 정령들은 저들끼리 신나게 궁둥이나 흔들 뿐 다시 내 말을 따라 해 주지 않았다.

노래로 그들의 흥미를 끌어야 내 말이 겨우 전달되는 것 같았다.

몇 번이나 튕기듯 세계 밖으로 내보내진 후에야 성공했지만 어쨌든 내가 하고 싶은 말을 노래로 전하는 데엔 성공했다.

정령들은 아무스 옆에서 뛰어놀며 무슨 뜻인지도 모르고 신나게 음을 붙여 노래했다.

'기다리게 해서 미안해.'

'잘 견뎌 줘서 고마워.'

'근데 왜 너는 안 늙었니. 나만 세월을 얼굴로 맞았구나.'

마지막 정령은 꿀밤을 맞고 뒤로 물러났다.

그때, 잠들어 있던 아무스가 눈물을 흘리며 깨어났다.

긴 고통을 끝내려 아무스가 스스로 죽으려 할 때 그의 앞을 가로막았다.

다행히 이것 역시 바꿔야만 하는 과거였던지, 그의 죽음을 막을 수 있었다. 게다가 내 모습까지 아무스에게 보이는 것 같았다.

바꿀 수 있는 과거에 한해서는 과거를 바꿔 주고자 하는 대상에게 닿을 수 있거나, 목소리가 들리거나, 모습이 보이는 등 각각 상황에 맞는 형태로 내가 나타나는 것 같았다.

하지만 산이었을 때 하고 싶던 말을 조금이라도 꺼내면 곧바로 다시 찢어진 공간 사이로 돌아갔다.

몇 번을 반복하고서야 알았다.

결국 두루뭉술하게 말할 수밖에 없었다.

아무스가 포기하지 않고 나를 찾을 수 있도록.

"내가 어떤 이름으로 살더라도, 나를 잊지 마. ……우린 숨바꼭질을 하는 거야."

아무스는 이해가 가지 않는다는 듯 날 붙잡으려 했지만 이젠 떠나야 했다.

"네 이름을 세 번 부를 거야. 한 번 부르면 잠에서 깨어나고, 두 번 부르면 나를 만나러 와. 그리고 마지막, 세 번째로 부를 땐…… 나를 안아 줘. 타이밍 잘 맞춰서. 알았지?"

"뭐?"

"아무리 오래 걸려도 포기하지 마. 나도 아무리 오래 걸려도 널 찾아낼게. 그러니까 절대 포기하지 마."

나는 아무스를 두고 다시 찢어진 공간 속으로 들어갔다.

기다려, 아무스. 우리의 필연들을 내가 만들어 낼게.

하지만 찢어진 공간은 갈수록 넓어졌다. 사방으로 펼쳐진 순간들은 시간이 지날수록 방대해졌다.

이제 두 세계에서 일어나는 주요 사건들이 온갖 곳에서 보였다.

마치 거대한 도서관의 책장 사이를 걷는 것 같았다. 수백, 수천 권의 장면들이 촘촘히 상하좌우로 늘어져 있었다. 거기엔 윤지윤의 인생도 있었고, 원래 솔레아가 살던 제르노아 세계, 아무스가 홀로 겪어 왔던 세계들이 모두 뒤섞여 있었다.

그중 어디에 끼어들어 어떤 사건을 필연으로 만들어야 하는지 몰라 매번 부 딪쳐 보는 수밖에 없었다.

심지어 과거와 현재, 내가 아는 미래가 마구잡이로 섞여 있기도 했다.

수백 번의 시행착오 끝에 내가 바꿔야만 하는 순간들을 몇 가지 찾아냈다.

의외로 가장 먼저 한 건 카라샤펠 황녀를 살리는 일이었다.

황제를 따라 사냥터로 놀러 간 카라샤펠이 암살자에게 납치되어 서대륙으로 가는 배에 시체가 되어 실릴 뻔했다.

펜촉으로 암살자의 목을 찌르자 그는 잠시 휘청거리다 피를 토하며 쓰러졌 다.

암살자에게 잡혀 발버둥 치고 있던 여덟 살 정도 되어 보이는 어린 랏샤가 풀려났다.

"랏샤! 도망쳐! 가! 황궁으로 돌아가!"

뜬금없이 피를 토하며 쓰러진 암살자를 몇 번 뒤돌아본 랏샤는 도망치다 말 고 암살자에게 돌아왔다.

"왜 다시 오는 거야! 그냥 가라니까! 빨리 배에서 내려, 멍청아!"

어차피 내 목소리도 안 들리겠다 싶어서 욕까지 했다.

랏샤는 죽은 암살자를 살피다가 그의 품 안에서 금배지를 찾아내 주머니에 넣고 돌아갔다.

"……증거를 찾으려고 한 거였구나. 무슨 어린애가 그렇게 철두철미하니! 앞으론 전하께 더 잘할게요!"

너무 오랜 시간을 검은 공간 안에 갇혀 있었던 탓에 혼잣말이 늘었다.

호위 기사들에게 돌아간 랏샤는 암살자를 보낸 게 3 황비라는 걸 알고 복수 했다.

이젠 거의 스포츠 중계를 보는 기분이었다.

"그래! 3 황비가 널 죽이려고 한 거야! 잘했어! 잘하셨어요, 전하!"

박수갈채를 보내며 다음 필연으로 넘어갔다.

어린 티온이 가죽 공장으로 팔려 가기 전, 그의 친부는 티온을 원래 노예 시장에 내놓으려고 했다.

친부가 잠든 옆자리에서 쉴 새 없이 중얼거렸다.

"가죽 공장, 가죽 공장, 가죽 공장, 가죽 공장, 가죽 공장, 가죽 공장⋯⋯."

숙취에 시달리며 잠에서 깨어난 티온의 친부는 무언가에 홀린 듯 말했다.

"⋯⋯가죽 공장에 팔아야겠어."

티온의 과거는 그렇게 바뀌었지만 헤이먼이 실험체로 고통받는 과거는 바꿀 수 없었다.

대신 헤이먼의 마력이 실험에 의해 완전히 빠져나가지 않도록 주사기 속 약의 용량을 조절하거나, 헤이먼이 자아를 완전히 잃지 않도록 내내 그의 곁을 지키며 보이지 않는 내 영혼으로나마 그를 안아 줬다.

실험에 성공했다 생각한 이달론이 헤이먼을 폐공장에 두고 가 버리자 혼자 남은 헤이먼이 바닥에 쪼그려 앉는 걸 확인하고서, 나는 공간의 틈 사이로 돌아갔다.

"이제 또 어딜 바꿔야 되지?"

그때 갑자기 다른 생명의 파동이 느껴졌다.

세계의 바깥에 있는 나만이 느낄 수 있는 이질감이었다.

나는 마력의 파동이 강해진 곳을 향해 달려갔다.

수없이 갈라진 세계들 사이에서 자연이 가진 마력 파동이 일그러진 탓인지 정령이 아닌 존재들이 태어났다.

마물들이었다.

갓 태어난 마물들은 아기 강아지처럼 팔짝팔짝 뛰며 각인이라도 된 것처럼 나를 졸졸 따라다녔다.

마물들은 안아 달라는 듯 앞발을 들고 낑낑거렸다.

"대체 왜 이러는 거야. 난 마력이 없어. 아무스한테 받은 마력도 이젠 없는데……."

마물들은 정령들과 달리 말을 할 줄 모르는 것 같았다.

크르릉거리며 울거나, 어흥인지 아흥인지 모를 목 긁어 대는 소리를 내기도 했다.

예전에 정령들이 마력이 있으면 마물을 길들일 수 있다고 말해 준 적이 있는데, 그 얘기가 틀렸던 걸까?

털이 있는 마물도 있었고, 미끈한 비늘이 있는 마물도 있었지만 어쨌든 대부분이 네 발 달린 짐승 같은 생김새였다.

아주 어린 마물들은 어린 고양이처럼 앵! 아옭! 우옭! 하며 내 뒤를 쫓아다녔다.

"나 바빠! 그만 쫓아다녀!"

"아옭?"

"아니, 지금 놀아 줄 때가 아니란 말이야."

"빢!"

"넌 고양이같이 생겼으면서 왜 삐약거리는 거야……."

내가 과거의 장면들이 책장처럼 빼곡히 채워진 곳을 뛰어다니자 마물들 역시 과거 사이를 마구잡이로 넘나들며 날뛰기 시작했다.

고양이들이 단체로 우다다 하는 것처럼 보여 도무지 정신이 없었다.

말을 할 줄 아는 정령들이 유치원생 같았다면 마물들은 강아지 내지는 고양이 같았다.

손바닥만 한 마물 한 마리가 안아 달라는 듯 내 다리에 손톱을 박고 기어 올라왔다.

"아야. 잠깐만."

결국 마물을 안아 들고 턱을 긁었다.

"그르릉— 그릉—"

"……골골송도 부르네."

골골이가 부러웠는지 뛰어다니던 다른 마물들도 꼬리를 흔들며 내게 다가왔다.

꼬리를 바짝 세우고 우아하게 다가오는 마물도 있었고, 당장이라도 날아갈 듯 꼬리를 프로펠러처럼 파다다다닥 흔들며 뛰어오는 마물도 있었다.

하도 놀아 달라, 만져 달라고 졸라 대는 통에 어쩔 수 없이 마물들을 한참 쓰다듬어 주었다.

하지만 그걸로는 마물들의 넘치는 에너지를 해소시켜 줄 수가 없었다. 난 결국 입고 있는 옷의 허리끈을 풀었다.

"너네가 진짜 고양잇과라면 이걸 싫어할 리 없지."

끈을 이리저리 흔들자 몇몇 마물들의 시선이 끈을 따라 움직였다.

끈을 천천히 움직이다가 낚싯대를 들어 올리듯 허공으로 팍! 쳐올렸다.

"와옭!"

마물들이 펄쩍 뛰어올랐다.

손톱으로 허리끈을 움켜쥐었다가 왕발로 퍽퍽 치기도 했다.

하지만 관심이 없는 마물들도 있었다.

그들은 뛰어다니는 다른 마물들을 보며 혀를 앞으로 쭉 내밀고 헥헥거리며 꼬리만 살랑살랑 흔들었다.

"……너희는 갯과인가 보네."

신발을 벗었다.

갯과 마물들의 귀가 쫑긋 위로 올라갔다. 나는 마물들의 눈을 마주하며 싱긋 웃었다.

그러곤 앞코를 구겨 뒤축에 끼워 넣은 뒤 신발을 멀리 던지며 소리쳤다.

"가져와!"

허리끈에 관심 없던 마물들이 일시에 앞으로 튀어 나갔다.

미친 듯이 달려 나간 마물들이 신발을 차지하기 위해 서로 신경전을 벌이며 바닥을 앞발로 긁어 댔다.

"아르르르!"

그중 가장 덩치가 큰 마물이 신발을 물고 의기양양하게 돌아왔다.

그 이후로도 한참 동안 허리끈을 흔들고, 신발을 던지며 마물들과 미친 듯이 뛰어놀았다.

그런 와중에도 마물들은 계속해서 생겨났다. 도무지 놀이가 끝나질 않았다.

"아이고, 이제 그만 태어나라! 얘들아!"

어리둥절한 표정으로 주변을 둘러보던 갓 태어난 마물들은 이내 나를 따라다니며 놀이에 동참했다.

그러다 허리끈이 끊어지며 끈을 입에 물고 놀던 마물들이 갈라져 있는 과거의 틈으로 떨어졌다.

"얘들아!"

아이들을 따라 들어가려던 찰나 반대쪽에서 크허엉! 하고 울부짖는 소리가 들렸다.

다른 시간대에서 돌아온 것 같았다. 아니나 다를까, 분명 떨어진 마물들과 똑같이 생겼는데 훌쩍 자란 모습이었다.

사람보다 훨씬 커진 몸으로 주변을 두리번거리던 마물들은 나를 발견하곤 후다닥 뛰어왔다.

몇 초 전까지만 해도 내 정강이만큼 오던 아이들이 이젠 네 발로 서도 내 가슴팍까지 왔다.

마물들은 내 등과 가슴에 머리를 비비며 꼬리를 부르르 떨었다.

"너네 맞아? 괜찮아?"

혹시나 싶어서 아이들이 들어갔던 과거를 들여다봤다.

병사들이 보였다. 티온이 입고 있던 갑옷과 디자인이 다르고, 내가 모르는 말을 쓰는 걸 보니 제르노아가 아닌 다른 나라인 것 같았다.

병사들은 어린 마물들을 발견하고 놀라다가 저들끼리 떠들더니 마물들의 목에 줄을 채우고 주문을 걸었다.

그러자 마물들이 캑캑거리며 바닥을 굴렀다. 마물들을 길들여 전쟁에서 쓸 모양인 것 같았다.

마물들은 금세 자라나 전쟁터에서 무기로 사용됐다. 적군인 인간들을 공격하고, 상처를 입기도 했다.

그런데 마물들을 공격하는 인간들 가운데 익숙한 얼굴이 있었다. 지금보다 약간 앳된 얼굴의 티온이었다.

"티온!"

당연히 내 목소리는 닿지 않았고, 티온은 큰 검을 휘둘러 저를 죽이려 달려드는 마물의 목을 벴다.

그 순간, 마물의 목에 채워진 목걸이가 잘려 나갔다.

마물은 제 목을 구속하던 목걸이가 사라짐과 동시에 같이 사라졌다.

그리고 내 곁으로 돌아온 것이었다.

티온을 비롯한 그 전쟁터의 모든 군인들은 마물을 죽였다고 생각하고 있는 것 같았다.

"너희 저런 일을 겪었던 거야? 인간한테 잡혀서?"

이 아이들이 과거 중 하나로 떨어지는 바람에 저런 일을 겪었다는 게 가슴이 아팠다.

공간의 틈 사이에서 태어난 어린 마물들은 순간과 순간 사이를 뛰어놀다가 과거의 곳곳으로 떨어졌다.

낯선 곳으로 떨어진 마물들은 두렵고 당황스러운 탓에 날카롭게 발톱을 세우고 인간들을 공격적으로 대했다.

그러자 인간들은 마력을 이용해 마물을 붙잡고, 짧은 줄로 묶어 두었다.

"마력이 있으면 마물을 길들일 수 있다는 정령들의 말은 틀린 거였어."

마력이 강한 사람만이 마물을 붙잡아 둘 수 있으니, 길들인다고도 볼 순 있겠지만 실상은 달랐으니까.

마물들은 그저 자신을 공격하지 않는 인간과 놀고 싶어 하는 순수한 아이들이었다.

인간에게 공격당하는 과거들이 몇 번 반복되자 마물들은 다시 공간의 틈 사이로 돌아와서도 경계심을 감추지 못했다.

내 근처에 다가와서도 코를 킁킁거리며 어렸을 때 함께 놀았던 무해한 인간이 맞는지 확인하는 듯한 행동을 취했다.

그러다 내게 이세계 특유의 마력이 조금도 느껴지지 않는다는 걸 확인하면 안심하고 배를 보여 주며 드러누웠다.

"……아이고, 얘들아. 이렇게 착하고 예쁜데……."

더 이상 이 공간의 틈 사이에 머무를 수 없었다.

내가 세계의 바깥에 존재하기 때문인지 일그러진 틈 사이로 마물이 자꾸만 생겨났다. 그러면 이 비극이 끝나지 않을 것 같았다.

마물들이 나를 따른다면, 이 아이들과 함께 아무스를 찾고 내 가족들의 곁으로 돌아가야지.

"우리 집엔 돈도 많고 놀아 줄 사람도 많으니까 너희 다 행복할 거야. 그레이가 백수거든. 이젠 헤이먼도 백수고. 티온도 전쟁 없으면 백수니까 너희랑 놀아 줄 수 있어."

마물들에게 우리 가족들을 하나씩 소개했다.

"너희 저기 보여? 흉터 있는 저 사람이 티온, 저기 분홍이가 헤이먼, 저 적갈색 머리가 그레이. 저 미중년은 우리 아빠. 알겠어? 저 사람들은 공격하면 안 되는 거야."

혹시라도 전쟁터에서 만났던 티온에게 이빨을 드러내면 어쩌나 걱정했는데, 예상외로 마물들은 티온을 보고 꼬리를 흔들었다.

자유를 되찾아 준 사람을 기억하는 것 같았다.

"너희 진짜 똑똑하다!"

내 밝은 목소리를 들은 마물들은 내 품으로 파고들며 머리를 마구 비벼 댔다.

그럼 혹시, 그것도 되려나.

나는 이달론이 살아 있는 과거를 보여 주며 마물들을 훈련시켰다.

"……나쁜 놈이야."

"으르릉."

"물어야 돼."

"크릉."

"내가 '물어!' 하면 무는 거야. 얘들아. 알았지?"

"빡!"

"넌 아직 어리니까 빠져 있고."

실험 삼아 이달론이 살아 있는 과거로 마물들과 함께 들어갔다.

내 곁에 있어서 그런지 마물들의 모습이 다른 사람들에게 보이지 않는 것 같았다.

마물들은 아무도 자기들을 공격하지 않는 상황에 얼떨떨해하며 주변을 둘러보다가 이내 초록 머리를 발견하고 이빨을 드러냈다.

"물어!"

내 목소리를 알아들은 수십 마리의 마물들이 이달론에게 뛰어가 그를 사냥하듯 영혼을 갈기갈기 물어뜯고 찢어발겼다.

그와 동시에 다시 공간의 틈으로 돌아왔다.

과거를 바꿀 수 없다는 건 알고 있었으니까 예상한 결과였다. 이건 훈련이었다.

"잘했어!"

보상으로 아이들의 머리를 마구 쓰다듬어 주고 신발을 벗어 신나게 놀아 줬다.

돈은 분명, 아무스가 이달론을 죽이기 위해 생명력을 다 썼다고 했다. 그러니 그 전에 마물들을 이용해 이달론을 죽여야 했다.

그 이후로도 이달론이 살아 있는 과거로 마물들과 함께 들어가 '물어!' 훈련을 반복했다.

신발 두 짝이 걸레짝이 됐고, 마물들은 이제 초록색만 보면 털을 곤두세울 정도가 됐다.

이달론. 네 마을 사람들이 나를 짐승을 사냥하듯 죽였었지. 나도 너를 그렇게 죽여 주마.

산이었던 내가 한국에서 태어난 이유는 아마도 늘 가슴속으로 빌었던 소원 때문인 것 같았다.

'이런 곳은 이제 싫어. 완전히 새로운 곳에서 새로운 인생을 살고 싶어.'

흉터 하나 없이 태어났지만 산의 인생과 닮아 있었지. 근데 어떻게 다시 이 세계로 돌아온 거지?

나는 잘 훈련된 마물들을 품에 안고 어르며 윤지윤의 인생과 솔레아의 인생을 번갈아 지켜봤다.

하지만 솔레아가 열일곱이 될 때까지 공통점이라고는 도무지 하나도 보이지 않았다.

솔레아가 크게 앓으며 생명력인 마력이 줄줄 빠져나가기 시작했다.

보다 못해서 그녀의 곁으로 가 손을 잡아 주었다.

솔레아가 죽어야 내가 그 몸으로 들어간다는 걸 알지만 죄책감에 보내 주기가 힘들었다.

"……조금만 더 버텨 주면 안 될까, 솔레아. 아빠도 널 정말 사랑하고, 오빠들도 네가 떠나길 원하지 않았어. 다들 널 엄청 사랑하거든."

내 목소리가 들리지 않을 텐데도 솔레아는 미미하게 웃어 보였다.

그게 마지막이었다.

솔레아는 마지막 숨을 들이마시고 내뱉지 못했다.

그때 마물들이 내 옷깃을 잡고 잡아당겼다.

다시 세상의 틈으로 가 윤지윤을 확인했다. 마침 로또에 당첨된 순간이었다.

회사 건물 앞에 망부석처럼 서서 눈알이 튀어나올 듯 두 눈을 크게 뜬 채 로또 종이와 휴대폰 화면을 번갈아 보고 있었다.

지나가는 사람 누가 봐도 로또에 당첨된 사람 얼굴이었다.

저렇게 티 나게 좋아했다니. 새삼 부끄럽네.

그때 윤지윤의 몸이 투명해지며 영혼이 순식간에 세상의 틈 사이로 새어 들어왔다.

공교롭게도 방금 세상을 떠나 몸이 비어 있던 솔레아에게 윤지윤의 영혼이 들어가게 된 것이었다.

그 순간 산의 목소리가 아주 작게 울렸다.

'내가 조금이라도 행복해지면 그때 찾아갈게.'

"아. 설마."

로또에 당첨된 게 행복해서 이 세계로 다시 돌아온 거였어? 아무스를 만나겠다는 소원이 그렇게 이뤄진 거야?

헛웃음이 나왔다.

그러는 동안 솔레아의 몸에 들어간 내가 정신을 차리고 침대에서 벌떡 일어났다.

다른 세상으로 왔다는 걸 깨닫고는 놀라 소리를 지르고, 기절을 했다.

이제 조금 뒤면 일기장을 발견하겠지.

나는 생판 남을 지켜보듯 다소 안일한 마음으로 도서관에 미리 가 봤다.

"분명 여기 어디였는데."

붉은 커버의 일기장을 발견했던 자리로 가서 샅샅이 뒤졌다.

하지만 일기장은 보이지 않았다. 혹시나 하는 마음에 '렘샤 부인의 은밀한 사정'이라는 책이 있는지도 살펴봤지만 그것도 없었다.

이달론을 죽이고, 아무스를 살려 내기 위해선 내가 겪었던 것과 완벽하게 똑같은 과거가 필요한데, 일기장이 없다니.

"렘샤 부인은 어디에서 찾아와야 되는 거야?"

렘샤 부인을 쓴 저자가 궁금해서 서점 주인에게 물어본 적도 있었는데 분명 서점 주인은 모른다고 했었다.

과거에 없는 책을 대체 어디서 찾아오란 말이야. 미래로 갈 수도 없고!

……없나?

머리를 감싸 쥔 채 주저앉아 있던 나는 번쩍 고개를 쳐들었다.

가면 되지. 못 가는 게 어디 있어. 막혀 있으면 뚫으면 되고. 미래 이놈 딱 기다려.

뒤져서 나오면 미래 한 장면당 한 대야. 나 우리 오빠가 매일 운동시켰다. 나 용 타고 다녀. 가만 안 둬.

아직 만들어지지 않은 미래로 가는 것이 가능한지조차 몰랐지만 이대로 가만히 앉아 있을 순 없었다.

혹시 몰라 과거의 순간들을 뒤지며 '렘샤 부인의 은밀한 사정'이라는 책이 있는지 찾았지만 그 어떤 곳에서도 찾을 수 없었다.

"역시 렘샤 부인은 이쪽 세계엔 없는 거야."

혹시나, 정말 혹시나 하는 마음으로 내가 원래 있던 한국으로 들어가서 또 찾았다.

초콜릿페이지에도 없었고(그래도 15세 소설 중엔 비슷한 게 있을 줄 알았는데!), 파란 책장에도 없었다(너도 없는 거니).

마술램프에도, 그래24에도, 하나스토어 북스에도, 스프링툰 소설란에도 없었다.

정식 출간된 게 아닌 건가 해서 '행복해라'라는 웹소설 무료 연재 플랫폼에서도 찾아봤지만 렘샤 부인의 렘 자도 찾지 못했다.

"이렇게 된 이상 이젠 정말 미래뿐이야."

나는 두 주먹을 불끈 쥐고 다시 공간의 틈 사이로 돌아왔다.

내가 돌아가자 마물들이 집으로 돌아온 주인을 반기는 강아지처럼 내게 달려왔다.

"옳지. 아유, 착해. 아이고, 예뻐. 어, 그래. 침 그만 발라라. 아이고, 애들아. 혓바닥이 왕 크니까 왕 까끌거리는구나."

마물들을 한 마리씩 모두 쓰다듬어 준 뒤 진지한 목소리로 물었다.

"나는 너희가 단순히 힘이 센 짐승이라고는 생각하지 않아. 너흰 분명히 멋진 사명을 지니고 세상에 태어난 애들일 거야. 그렇지?"

"컹!"

"현재로 가자. 그 너머에 미래가 있을지도 모르잖아."

마물들과 함께 시간 사이를 뛰어 가장 가까운 현재로 향했다.

"가자, 애들아!"

조금씩 끝을 향해 간다는 생각에 그 어느 때보다 생동감 있고 활기차게 마물들을 끌고 힘차게 달려 나갔다.

아무스가 이달론을 끌고 들어갔던 검은 공간이 보일 무렵, 또 부딪쳤다. 투명한 벽 같은 게 세워져 있는 것 같았다.

"악!"

염병할 데자뷰.

코피가 다시 터졌다.

"끼!"

"아옹?"

"왜야아아오옥!"

"컹!"

"크르르릉."

마물들이 내 피 냄새를 맡았는지 걱정하며 온갖 울음소리를 내기 시작했다.

나오던 피도 도망갈 지경이었다.

"괜찮아. 나 진짜 괜찮아. 근데 왜 여기가 막혀 있는 거지? 아직 아무스의 최근 기억까지 가지도 않았는데."

아무리 생각해도 아직 막힐 타이밍이 아닌데.

내가 고치지 않은 과거가 있는 게 분명했다.

"……내가 안 고친 과거가 뭘까."

웬만한 건 다 고쳤다.

산을 살렸고, 죽으려는 아무스를 막았다. 납치당한 황녀를 구했고, 티온이 노예가 되는 것도 막았다. 헤이먼의 마력이 바닥나지 않도록 조절도 했는데.

내가 바닥에 주저앉아 고민하기 시작하자 마물들이 놀아 달라며 걸레짝이 된 내 신발을 물고 왔다.

"아니야. 얘들아. 지금 놀 때가 아니야."

고개를 도리도리 젓자 마물이 커다란 머리를 갸웃하더니 내 앞에 신발을 내려놓고 어디론가 뛰어갔다.

아주 먼 곳까지 갔는지 신난 발걸음 소리가 점점 멀어졌다.

"너무 멀리 가지 마! 그러다 또 빠지면 어떡하려고! 난 정해진 과거는 못 바꾼단 말이야! 빠지지 말고 돌아와!"

걱정되는 마음에 가만히 앉아 있을 수가 없었다. 벌떡 일어서서 마물이 뛰어간 방향을 향해 달렸다.

한참을 달려가자 뭔가 기다란 뼈처럼 보이는 걸 입에 물고 있는 마물이 보였다.

"지지! 아무거나 입에 물면 안 돼! 뱉어! 뼈 삼키면 아야 해요!"

강아지를 산책시키다가 누군가 공원에 버리고 간 치킨 뼈를 입에 문 강아지 때문에 놀란 견주처럼 마물에게 뱉으라 소리쳤다.

혹시라도 삼켰다가 다칠까 싶어서 뱉게 하려고 했는데 가까이 가 보니 그냥 뼈치고는 굉장히 컸다.

자세히 살펴보자 마물이 입에 물고 있는 건 아무스의 발톱이었다.

스스로 역린을 찌르려는 아무스에게서 내가 직접 뺏어서 던진 발톱이었다.

"……이걸 어디서 찾았어? 아니 이걸 네가 들고 오면 어떡해? 이거, 이거……. 아니 근데 아무리 그래도 남의 발톱은 좀 그렇지 않니? 지지야, 지지.

뱉어. 에베베. 뱉자. 아이고, 착하다. 퉤."

마물은 나를 보며 꼬리를 세차게 흔들더니 술래잡기라도 하는 것처럼 도망쳤다.

붙잡으려는 내 손을 피해 날래게 뛰어다니던 마물은 어떤 과거 속으로 떨어지고 말았다.

"그게 어떤 건 줄 알고 입에 물고 있는 거야!"

마물을 따라 뛰어 들어간 곳은 매캐한 연기와 뜨거운 열기로 가득 찬 대장간이었다.

마물은 나를 피해 도망 다니다가 두건을 쓴 대장장이 앞에 발톱을 내려놓았다.

"으아아악!"

팔뚝이 내 허벅지만 한 대장장이가 굽히고 있던 허리를 펴다가 마물과 나를 보고 소리를 질렀다.

"대, 대체…… 어디, 어디서 나타나셨어요?"

"나랑 얘가 보여요?"

내 말을 들은 대장장이가 두 눈을 동그랗게 뜨더니 털썩 소리가 나도록 바닥에 무릎을 꿇으며 소리쳤다.

"위대하고 고결하신 시, 시, 시, 신이시여!"

"아닌데. 아닙니다. 아니에요."

"어찌 미, 미, 미천한 인간의 앞에 모습을 드러내시었사옵니까!"

"아닙니다!"

"신의 사자께서 들고 온 이것이 무엇이옵니까!"

대장장이가 목이 터져라 외친 탓에 대답할 수밖에 없었다.

어쨌든 이 사람에게 내가 보인다는 것 자체가 이 과거 또한 바꿔야 하는 과거라는 뜻이니까.

이 여자의 로망을 깨트릴 수가 없어서 쪽팔림을 무릅쓰고 최대한 중후한 톤으로 말했다.

"……요, 용의 신체의 일부니라."

그레이가 들고 다니던 아무스의 검도 이 사람이 만든 거였구나.

아니, 근데 분명히 아무스가 '비늘로 만든 검'이라고 했는데 왜 발톱을 주는 거지?

궁금해서 대장장이를 계속 지켜봤더니 알 수 있었다.

대장장이는 아무스의 발톱을 가보로 대대손손 물려주고 있었다.

아니…… 검을 만들어 달라고요.

결국 아무스가 긁어낸 비늘을 주워서 다시 대장장이에게 가져다주었다.

대장장이는 다시 나타난 나를 보고 반색하며 무릎을 꿇었다.

"오, 신이시여! 어찌 또 귀한 발걸음을 하셨나이까!"

"용의 비늘이다. 잘 연마하여 반드시, 꼭! 검으로 만드시, 만들거라. 그, 그럼 이만."

마물이 꼬리를 흔들며 대장간에서 더 놀자고 하는 걸 겨우 어르고 달래서 다시 공간의 틈 사이로 돌아왔다.

이게 정답인 듯했다.

그래도 마물 덕분에 미처 바꾸지 못한 과거도 바꿨으니 다행이었다.

다시 아무스와 이달론이 싸우는 가장 최근의 과거로 향해 가려다가 문득 걸음을 멈췄다.

저 검을 만들라고 명령한 게 나라면, 어쩌면…….

나는 공간 사이에서 그 할머니를 찾기 위해 한참을 돌아다녔다.

하지만 베르고의 수많은 시민들 중에서 누가 무기 상점 할머니의 젊은 시절인지 알 방법이 없었다.

결국 마물을 데리고 할머니가 살아 있던 시절로 들어가 그녀의 모습을 보여주고 냄새를 맡게 했다.

"냄새 잘 맡아 봐. 알겠지? 우리 돌아가면 이 사람 찾는 거야. 넌 보통 강아지가 아니잖아. 강아지면 이렇게 몸에 단단하고 멋진 갑옷 같은 비늘이 있을 리가 없지. 우리 마물이 할 수 있어, 파이팅."

내 격려를 들은 마물은 공간의 틈 사이로 돌아와서 코를 바닥에 처박고 한참을 킁킁거리며 그녀의 어린 시절부터 이어지는 과거를 찾아 줬다.

나는 무기 상점 할머니의 어린 시절을 가만히 살펴보다가 확신했다.

'엄마가 어릴 때, 어떤 여행가가 검은 용의 전설이라면서 얘기해 줬대요.'

그 여행가도 나였다.

나는 작은 어린아이가 시냇가에 앉아 노는 순간으로 들어갔다. 아니나 다를까 아이의 눈엔 내가 보이는 것 같았다.

나는 그 작은 여자아이에게 검은 용의 전설을 아느냐 물은 뒤 얘기를 시작했다.

설마 내 입으로 아무스의 역린의 위치에 대해 말하게 될 줄은 몰랐는데.

하긴, 그의 자살을 막은 나 말고 아무스의 역린을 아는 인간이 있을 리가 없었다.

너무 당연한 거였어.

"……그래서 검은 용은 아직 죽지 않았단다. 잠을 자고 있는 거지."

아이는 호기심에 가득 찬 눈으로 나를 보다가 '가서 엄마랑 아빠한테도 말해 줄래요!' 하며 자리에서 일어났다.

아이가 사라진 후에 나는 다시 마물들이 기다리는 공간의 틈으로 돌아갔다.

아이에게 말했던 검은 용의 전설은 점점 부풀려졌다.

세상에 못된 검은 용이 있었다. 용을 죽이려던 용사가 직접 발톱을 뽑다가 죽었다. 용사의 시체에서 검은 용의 비늘을 찾았다더라. 비늘로 방패를 만들고 발톱으로 검을 만들었다더라.

아니야, 비늘로 검을 만들었다고 했던가. 아무튼 검은 용의 힘이 깃든 시커먼 마검이 세상에 존재한다.

어쩌구, 저쩌구.

검은 용의 전설이 알음알음 퍼지는 걸 보고 있는데 저 먼 미래에서 무언가가 반짝이는 것이 보였다.

드디어 그쪽으로 가는 길이 열린 것이다.

마물들을 데리고 이달론의 마지막 순간을 향해 달려갔다.

아무스가 이달론과 함께 검은 공간 안으로 떨어지는 장면이 내 눈앞에 펼쳐졌다.

어찌나 생생한지 그때 코를 찌르던 공작님과 그레이의 피 냄새까지 생생하게 떠올랐다.

애써 동요하지 않으려 숨을 차분하게 쉬며 시커먼 공간을 뚫어져라 쳐다봤다.

하지만 검은 공간 안으로 들어간 이달론과 아무스의 모습은 보이지 않았다.

시선을 돌려 그 너머 미래의 장면이 있을 곳에 손을 갖다 댔지만 거기는 아무것도 없이 막혀 있었다.

"이 순간을 바꾸지 못하면 이 너머의 미래는 알 수 없다는 건가."

나는 시커먼 공간 속에 발을 디디며 주먹을 꽉 말아 쥐었다.

지금이었다.

이 칠흑 같은 암흑 속 어딘가에서 지독하게 긴 시간 동안 나만을 기다려 온 내 용이 죽어 가고 있었다.

나는 숨을 크게 들이마셨다가 천천히 내쉬며 내 뒤를 따라오는 마물들에게 명령했다.

"……물어."

마물들이 일시에 앞으로 튀어 나갔다.

만약 이 방법이 틀려서 또 무수히 많은 과거 속에서 이달론의 약점을 찾아야 한대도 상관없었다.

시간이 얼마나 걸리든 나는 반드시 아무스를 찾을 것이다.

이번엔 같이 행복해지자고 약속했으니까.

얼마 지나지 않아 마물들이 컹컹 짖는 소리가 들려왔다.

그쪽으로 달려가니 서서히 아무스와 이달론의 윤곽이 드러났다.

아무스는 이미 이달론의 영혼을 제 손 위에 올려놓고 틀어쥐고 있었다.

"……아직 살아 있는 그 마을 것이 있었다니. 인간 주제에 놀랍긴 하구나."

다행히 내 모습도, 마물들이 짖는 소리도 둘에겐 들리지 않는 것 같았다.

하지만 만질 수는 있었다.

바꿀 수 있다. 바꿀 수 있는 과거야.

나는 이달론의 영혼의 뒤로 가서 그의 머리채를 잡아 쥐었다.

"커흑!"

이달론은 제 머리를 당기는 힘이 아무스의 것이라 생각했는지 오직 아무스
만을 보고 있었다.

아무스가 이달론을 죽이기 위해 제 생명력을 모두 쓰기 전에 내가 먼저 이놈
을 죽여야 했다.

오른손을 높이 들어 올렸다가 아래로 내리며 뒤로 물러나자 마물들이 동시
에 이달론에게 달려들었다.

거대한 용의 앞발에 잡혀 있는 이달론의 영혼을 긁어내어 물어뜯고, 잘근잘
근 씹고, 사냥감의 숨통을 완전히 끊어 놓듯 짓밟았다.

아무스의 힘이 다하기 전에 이달론을 죽였을까?

아무스는 이달론의 영혼이 흩어져 사라진 걸 두 눈으로 확인하고는 서서히
눈을 감았다.

역린을 공격당했으니 죽지 않아도 상처를 회복하기 위해선 쉴 수밖에 없었
다.

당장이라도 그의 이름을 불러 주고 싶었지만 지금은 때가 아니었다.

다행히 내 모습은 사라지지 않았다. 그럼 미래는 바뀐 거야.

확신하는 순간, 앞이 밝아졌다.

나아갈 수 있었다.

다만 내가 살아 보지 못한 시간이라 그런지 모든 것이 흐릿했다.

남은 건 단 하나뿐이다.

'렘샤 부인의 은밀한 사정'을 집필할 사람을 찾는 것.

내가 알기로, 이 분야에 정통한 고인물은 딱 한 명뿐이었다.

앤.

❈ ❈ ❈

얼마 남지 않았다는 생각에 마음이 급해졌다.

대부분의 장면들이 뿌예서 제대로 보이지도 않는 것에 반해 '솔레아'의 인생에 직접적인 영향을 주지 않는 사람들의 미래는 비교적 선명하게 보였다.

그래 봤자 시력 마이너스인 사람이 안경을 쓰지 않았을 때처럼 보이는 정도였지만.

그래도 앤의 미래를 찾는 것은 그다지 힘들지 않았다.

새카만 머리를 단정하게 묶은 여자가 그랜트 서점에 들어가더니 사장과 두 손으로 하이 파이브를 한 후, 사장의 아내와도 포옹을 하고는 엉덩이 하이 파이브를 하는 걸 봤기 때문이다.

「낙인」을 찾기 위해 그랜트 서점에 방문했을 때, 사장과 저렇게 반갑게 인사하는 사람은 앤밖에 없었지.

적어도 10년은 훌쩍 지난 것처럼 보였지만 앤의 목소리는 여전히 밝았다.

"사장님! 오늘도 재밌는 거 들어왔어요?"

"그럼. 당연하지. 네가 좋아할 만한 게 가득 들어왔어. 이리 따라 들어와라."

앤으로 추정되는 성숙한 여자가 스파이처럼 사장의 귓가에 은밀히 속삭였다.

"……전에 그건 아직 못 찾으셨나요?"

"뭐? 아, 그 레미 부인 말이냐?"

"레미 아니고 렘샤 부인이요! 우리 아가씨가 읽으시는 걸 분명 봤는데 왜 실물을 구할 수가 없는 거예요?"

"아니, 앤. 그런 책은 정말로 없다니까? 내가 모르는 책이 제르노아에서 출간, 번역 됐을 리가 없잖니. 우리 서점은 제르노아에서 제일 오래된 서점이고, 이젠 제일 큰 서점도 됐는데!"

그랜트 사장님. 멀지 않은 미래에서 대성공을 하셨군요. 제르노아에서 제일 큰 서점의 주인이 되셨다니, 축하드려요.

앤은 렘샤 부인 시리즈가 없다는 그랜트 사장의 말에 실망한 듯 어깨를 축 늘어뜨렸다.

"……없다니 어쩔 수 없죠. 여자 남자 에셈플 소설은 흔치 않아서 궁금했는데. 아니, 근데 진짜 분명히 아가씨가 읽으시는 걸 봤는데."

"아니, 근데 진짜 분명히 없다니까. 그러니까 다른 추천 소설들을 구경하고 가렴."

"넹……."

조금 처져 있던 앤은 그랜트 사장이 다양한 책을 추천해 주자 금방 활기를 되찾았다. 잠시 후 앤은 책을 한 아름 사 들고 서점을 나섰다.

"렘샤 부인은 왜 없지? 절판된 책인가? 그렇다고 해도 사장님이 모를 리가 없는데. 하…… 레전드란 레전드는 다 찾아 읽고, 새로 나온 신작도 다 읽은 내가 여태 못 읽은 야설이 있다니. 자존심 상하네."

그게 자존심이 상할 일인가?

어쨌든 나로서는 잘된 일이었다. 앤의 저 들끓는 호기심을 자극시키기만 하면 될 테니까.

그날 밤, 잠든 앤의 머리맡으로 다가갔다. 티온의 친부에게 썼던 것과 같은 작전을 쓸 예정이었다.

그런데 막상 귓속말을 하기 위해 입술을 앤의 귓가에 갖다 댄 순간 말문이 막혀 버렸다.

……뭐라고 해야 돼?

'렘샤 부인이 읽고 싶어.'

이 정도로는 부족했다. 그런 마음이라면 이미 앤에게 차고 넘치니까.

어떡하지.

일단 내가 할 수 있는 선에서 최대한 그럴싸하게 말을 지어서 속삭였다.

그레이와 정령들이 내 옆에서 읽은 내용대로라면, 등장인물은 렘샤 부인과 기사 에라스토, 그리고 그의 형이었다.

"……렘, 렘샤 부인이 에라스토의 바지를 벗겼다."

감겨 있는 앤의 눈꺼풀이 움찔 떨렸다.

"음, 쩝, 쩝. 뭐 그래서 어쩌라는 거야……."

부, 부족했나.

심기일전해서 다시 속삭였다.

"에라스토와 뜨겁고, 정열적으로 사랑을 나눴다."

"하으암, 15세 안 먹어요."

먹어라, 이 자식아.

"렘샤 부인의 입술이 에라스토의 몸 곳곳으로 향했다."

"으음……. 곳곳 어디……."

이거 안 자는 거 아니야?

꿀밤이라도 한 대 먹이고 싶었지만 주먹을 불끈 움켜쥐며 겨우 참았다.

너는 왜 예전이나 지금이나 말을 한 번에 들어주질 않니.

묘사를 하고 싶어도 도무지 생각나질 않았다. 렘샤 부인 시리즈나 다른 19금 로맨스 소설을 읽어 본 적이라도 있으면 기억해 내서 말할 텐데 먹고살기 바빠 그런 걸 읽어 볼 시간조차 없었다.

윤지윤일 때도, 솔레아일 때도.

심지어 산일 때도.

젠장. 이 한결같은 인생들아.

머리를 감싸 쥐고 앤의 침대 옆에 주저앉았다.

정령들아, 내게 힘을 줘.

렘샤 부인. 당신이 정말 어딘가에 존재한다면 이제 그냥 나타나 주세요.

"렘샤 부인, 제발. 제발."

신도 아닌 렘샤 부인에게 두 손을 모아 간절히 빌기를 몇 분, 갑자기 앤이 잠 꼬대를 하기 시작했다.

"렘샤 부인, 제발 나가게 해 주세요? ……밀실, 회초리, 체벌……."

"어? 어어. 응. 그거야. 어, 밀실이야. 밀실에 갇혀 있어."

"지하인가……."

"응, 지하실이야."

"히히."

렘샤, 렘샤 떠들어 댔더니 아무래도 렘샤 부인이 나오는 꿈을 제멋대로 꾸고 있는 중인 듯했다.

앤의 입꼬리가 스멀스멀 올라갔다.

"빌어."

너는 진짜 내가 집으로 돌아가면 가만 안 둔다. 이를 악문 채 앤의 귀에 대고 대사인 척 중얼거렸다.

"살려 주세요, 나가게 해 주세요."

앤이 눈살을 찌푸렸다.

"……잉? 재미없어. 너무 비굴한 놈은 꺾는 맛이 없는데."

이 새끼 진짜 안 자는 거 같은데. 지가 빌라고 해 놓고 비니까 왜 재미가 없 대. 대체 얼마나 하드한 걸 본 거야?

깊은 한숨을 내쉬고는 다시 말했다.

"……당신이 빌라고 해서 내가 빌 것 같아?"

앤이 천천히 입맛을 다셨다.

너, 너 왜 입맛을 다시고 그래? 괜히 해고하고 싶게.

달콤한 꿈을 꾸는지 앤은 부드럽게 미소를 짓고 있었다.

이제 가도 되나? 창작욕을 불러일으켰나?

그때, 어느새 마물 한 마리가 따라 들어왔는지 내 옆에서 낑! 하고 울었다.

조용히 하라고 검지를 입술에 갖다 댄 순간 앤이 쓸데없이 영감을 받았는지 주둥이를 열었다.

"……그래. 울부짖는 건 이제 지겹네. ……짖어 봐. 내 밑에서."

세상에. 너 대체 무슨 꿈을 꾸는 거니.

"어우씨. 야 나 더는 못 하겠다. 알아서 해라."

두 손 두 발 다 들었다.

커다란 마물을 두 팔로 안아 들고 냉큼 도망 나왔다. 내가 먼저 그 시간대로 들어가 있었기 때문인지 다행히 마물을 데리고 함께 빠져나오는 게 가능했다.

공간의 틈 사이로 돌아가서 마물의 앞발을 잡고 곱게 타일렀다.

"다른 곳은 다 가도 절대 저기로는 떨어지면 안 돼. 알았어? 저 사람 위험해. 다른 의미로 위험하니까. 네가 낑낑대는 소리를 듣고도 다른 걸 상상하는 사람이란 말이야. 저긴 절대로 안 돼. 알아들었어?"

마물은 내 속도 모르고 꼬리를 흔들며 내 품으로 파고들었다.

그 이후로는 앤이 어떻게 행동하는지 조용히 지켜봤다.

아무래도 미래의 앤은 지금보다 훨씬 그쪽 방면으로 대단해진 것 같아서 선뜻 다가가기가 두려웠다.

잠에서 깬 앤은 간밤의 꿈이 어지간히 마음에 들었는지 꽤나 행복해 보였다.

혹시나 꿈으로만 만족할까 봐 걱정됐는데 앤은 재빠르게 씻고 밖으로 나갔다.

그리고 무기 상점으로 향했다.

"잠깐만 왜 무기 상점으로 가? 자료 조사를 하든가! 종이랑 펜을 사러 가야지!"

설마 외간 남자를 잡아다가 꿈을 현실로 만들려는 건 아니겠지. 그건 범죄야, 앤! 그건 범죄라고!

앤의 꿈속에 이상한 욕망을 집어넣고 나온 것 같아서 죄책감이 일었다.

앤은 무기 상점에서 각종 구속 도구와 체벌 도구를 구매하고 나왔다.

그러고는 아주 빠른 발걸음으로 마을 외곽으로 향했다.

길거리가 흐릿하게 보여 정확히 어디로 향하는지는 알 수 없었다.

더 기다렸다가는 죄 없는 희생자가 나올 것 같았다. 아니, 저 정도로 망설임 없는 발걸음이라면 이미 한 명 잡아서 어딘가에 가둬 놓고 있는 건지도 몰랐다.

다시 세계 안으로 뛰어들려는 찰나, 앤이 어딘가의 문을 열고 들어가며 외쳤다.

"작가님! 차기작은 역에셈플 어떠세요!"

작가님?

세계 안으로 거의 뛰어들기 일보 직전이었던 나는 중심을 잃고 미끄러지며 털썩 주저앉았다.

등줄기로 식은땀 한 줄기가 주륵 흘러내렸다.

앤은 넉살 좋게 웃으며 누군가가 앉아 있는 책상 앞에 마주 앉았다.

"낙인 이후로 다른 로맨스도 많이 쓰셨잖아요. 근데 저번에 저랑 술 마실 때 성인 로맨스도 써 보고 싶다고 하셨잖아요."

"......."

상대방의 목소리는 하나도 들리지 않았지만 앤의 말을 들어 보니 '낙인'을 쓴 작가인 듯했다.

앤이 미래에 그 작가랑 친해지는구나. 하긴, 내 상단에서 직접 후원하는 작가니까 앤과 안면을 틀 법도 하지.

"제가 작품을 구상하시는 데 도움이 될까 해서 여러 가지 사 왔어요. 제가 어제 엄청난 꿈을 꿨는데 작가님이 그런 느낌으로 글을 써 주셨으면 좋겠어요. 혐관, 집착, 증오 그런 거에 성인 로맨스 백 개 추가요."

작가는 입을 크게 벌려 웃고는 앤의 두 손을 맞잡고 고개를 끄덕였다. 아무 래도 저 사람도 제정신은 아닌 것 같았다.

"인물 이름도 있는데 들어 보실래요? 일단 여주는 렘샤 부인이고요. 남자는 에라스토라고…….."

앤은 작가와 마주 보고 앉아서 한참 동안 간밤의 꿈에 대해 얘기했다.

작가는 앤이 가고 난 이후 영감이 떠오른 듯 창작열을 불태우며 줄거리를 정 리하곤 곧바로 집필을 시작했다.

더 먼 미래로 가 보니 정말로 진한 암적색 표지의 '렘샤 부인의 은밀한 사 정'이 출판되어 있었다.

나는 서점에 꽂혀 있는 수많은 책 중에서 한 권을 슬쩍해 왔다.

앤이 쓸 줄 알았는데 아니었구나. 하긴 그럴 수도 있지. 어쨌든 구했으니 다 행이었다.

이쪽 세계에서 깨어난 내가 서재로 들어가던 과거로 향해 몰래 책장에 책을 끼워 뒀다.

……가 얼른 빼내고 다시 공간의 틈으로 돌아왔다.

이걸 그냥 끼워 두면 안 되잖아!

그럼 그냥 야설 발견한 솔레아밖에 안 되는 건데.

"내용을 완전히 지울 순 없는데. 다른 사람들의 눈엔 이 내용이 그대로 보여 야 하니까. 하, 어떡하지. ……아! 마력만 있었어도!"

아쉬움에 소리를 빽 지른 순간 손에서 마력이 약간 새어 나왔다.

아무스의 힘이었다.

"어?"

아무스가 조금씩 회복하고 있는 게 내게 영향을 주고 있는 게 분명했다.

하지만 내 주변을 둘러싸고 있던 마물들은 갑자기 꼬리를 바짝 세우고 으르 렁거리며 뒤로 물러나기 시작했다.

내게서 마력이 감지되자 두려움을 느낀 것 같았다.

"얘들아, 괜찮아. 공격하지 않아. 난 너희 아프게 안 해."

책을 바닥에 내려놓고 두 손을 펼쳐 마물들에게 보여 줬다.

그러자 마물들이 고개를 갸웃갸웃하다가 천천히 다가왔다.

그래도 마음을 완전히 내려놓기는 힘들었는지 한참 동안 내 주변을 맴돌았다.

그러다 그중 가장 먼저 생겨난 마물이 책 위에 발을 올리고 크게 울부짖었다.

그 순간 책 속에 있던 글자들이 표지 바깥으로 빠져나오더니 깃털처럼 천천히 날아가기 시작했다.

"……어?"

깜짝 놀란 내가 글자를 붙잡으려 움직이자 근처에 있던 마물들이 이빨을 세워 나를 깨물었다.

제 딴엔 놀랐다는 의미로 살짝 깨문 경고성 행동이었겠지만 역시 마물은 마물이었는지 송곳니에 찔린 살갗에서 피가 살짝 흘러나왔다.

그런데 마물에게 물린 상처 사이로 아무스의 마력도 새어 나오기 시작했다.

"아야……."

내가 팔을 붙잡고 인상을 찡그리자 나를 깨문 마물들 중 한 마리가 당황하며 상처를 핥아 주었다.

그러자 아무스의 마력에 마물의 힘이 섞였고, 그 기묘한 기운이 다시 내게로 스며들었다.

피를 흘리며 앉아 있는 내가 걱정됐는지 마물들이 과거의 곳곳으로 쏙쏙 들어가 버렸다.

"너희 어디 가는 거야! 내가 위험하니까 과거로 들어가지 말랬잖아."

만류하는 내 목소리에도 아랑곳 않고 과거로 향한 마물들은 제각각 무언가를 입에 물고 돌아왔다.

신발, 진짜 낚싯대, 강아지풀, 공, 밧줄, 나뭇가지, 낙엽 등등.

내가 아파하니까 지들이 좋아하는 걸 들고 와서 나를 위로하는 것 같았다.

그중엔 만년필도 있었다.

아주 낡고, 익숙한 생김새의 만년필이.

"아! 새카맣게 잊고 있었네. 만년필이 있었지!"

어느새 마물에게 물린 곳의 상처가 다 아물어 있었다.

그리고 아무스의 힘에 마물의 힘까지 합쳐져서 아무스의 마력만 가지고 있을 때와는 다른 기운이 몸 안에서 느껴졌다.

어쩐지. 전에 아무스한테 이 일기장을 보여 줘도 제대로 못 읽더라니.

이 일기장에 마물의 힘이 섞여 있었기 때문에 제대로 읽을 수 없었던 거구나.

마물이 글자들을 날려 보낸 덕분인지 내 눈엔 일기장 안이 백지 상태로 보였다.

나는 마물이 들고 온 만년필과 일기장을 손에 쥔 채 마력을 불어넣어 보이지 않는 힘으로 묶어 두었다.

그리고 이 세계에 온 내가 일기장을 펼치고 가장 먼저 읽었던 내용들을 적어 내려갔다.

오직 '나'만 읽을 수 있게.

회사로 들어가는 문을 연 줄 알았더니, 차원의 문이었나 보다. 왜 이런 판타지 세상으로 온 거지. 내 17억은 어떡하냐고.

집에 보내 주세요. 토끼 같은 17억이 저를 목 빠지게 기다리고 있어요.

아니, 근데 저 회색 동태눈깔은 풀 네임이 그래 이 새끼야인가? 싹수가 웜톤이네. 나한테 원수졌나. 귀여운 척은 또 왜 해. 얼굴 좀만 덜 생겼어도 싸웠다.

분홍 머리는 왜 또 쎄하게 굴지.

쎄 이즈 사이언스라는 한국 고유의 정서가 아직 내게 남아 있는데. 얼굴값 하는 건가.

됐다. 이제 서재로 가서 책장에 꽂아 두기만 하면 된다.

아무스의 마력과 마물의 마력이 짬뽕됐으니까 정령들이 일기의 내용을 완벽하게 읽지 못한 것도 이해가 갔다.

만년필을 일기장 사이에 넣어 두고 마물들과 함께 다시 서재로 가 책장에 일기장을 꽂아 뒀다.

그러곤 다시 공간의 틈으로 돌아와 조용히 지켜봤다. 잠시 후 솔레아가 서재로 들어와 일기장을 발견했다.

놀란 눈으로 책장을 넘겨 보던 솔레아는 만년필을 발견하곤 잠시 고민하더니 펜을 종이에 가져다 대기 시작했다.

"이제 알 수 없는 힘이 만년필이 종이에 닿지 못하도록 가로막겠지."

하지만 내 기대와는 달리 과거의 솔레아가 쥐고 있는 만년필은 점점 더 종이와 가까워져 갔다.

"얘들아! 어떻게 된 거야! 내 마력이 저 정도 힘은 없는 거야? 저거 닿으면 안 되는데!"

내게 힘을 불어넣어 준 마물과 다른 마물들에게까지 닦달해 봤지만 그들은 귀여운 얼굴로 끙? 하는 소리만 낼 뿐이었다.

결국 나는 서재 안으로 뛰어들어 갔다.

혹시나 솔레아에게 보일까 봐 마력으로 기척과 목소리를 지우고 그녀와 함께 만년필을 잡았다.

다행히 내 손의 감각을 느끼지 못하는 것 같았다.

과거의 나는 갑자기 생긴 저항을 느끼고는 눈썹을 잠깐 찡그리더니 손에 힘을 주기 시작했다.

"……으으, 아……. 좀, 제발……!"

"힘주지 마! 과거의 나 년아! 제발!"

다행히 운동하기 전의 나는 지금보다 약했다. 곧 과거의 내가 분을 참지 못하고 욕을 하며 펜을 집어 던졌다.

"쌍!"

"아이고, 다행이다. 그레이 고맙습니다. 운동할 때마다 개수 세 준 돈도 고맙습니다. 피구와 유산소 운동 등 같이 해 준 기사 여러분들께도 이 영광을 돌립니다. 여러분들이 키워 준 근력이 세상을 바꿨습니다."

그 이후로도 과거의 내가 일기장에 글씨를 쓰려고 할 때마다 방해했다.

과거의 나는 어지간히 집에 가고 싶었는지 걸핏하면 팔 굽혀 펴기를 하며 근력을 키워 댔고, 나도 그 옆에서 같이 팔 굽혀 펴기를 했다.

"으랴아아앗! 내 17억! 집에 좀 가자!"

"으랴아아앗! 내 가족! 네 집은 여기다, 이년아!"

어제의 나는 절대 오늘의 나를 이길 수 없지. 덤벼라 이거야.

과거의 나와 힘겨루기를 하며 매일매일 일기장에 그날 있었던 일을 써 나갔다.

다음 날 아침 내가 일기장 속 내용을 보며 욕을 할 때마다 웃음이 터졌다.

"젠장! 렘샤 부인! 대체 저한테 왜 이러시는 건데요!"

헤이먼이 발가락에 펜을 꽂고 일기장에 들이댈 때는 그냥 그 사이에 엎드려 누워 버렸다.

도저히 헤이먼이 발로 내리 누르는 힘을 두 손으로 밀어 낼 수가 없었다.

"이, 이게 왜 이러지."

"아악! 헤이먼! 그만 밟아! 내 등 터져! 장기 터진다고! 오빠 새끼야!"

가끔 일기를 쓰기 싫은 날은 대충 쓰기도 했다.

오늘 날씨가 좋았다. 내일도 좋았으면.

그레이랑 싸웠다. 대신 공작님께 꼰질러서 걔만 혼났다.

과거의 나를 보는 건 이상한 기분이었다.

날이 서 있고, 날카롭고, 장난기는 있지만 신경질적이었던 내가 그레이의 장난에 조금씩 풀어졌다.

헤이먼이 툭툭 던지는 걱정에 웃으며 대꾸하는 날이 늘어 갔다.

티온과 연무장에서 함께 엉엉 울면서 서로를 가족이라 말하며 껴안았다.

공작님을 걱정하고, 아빠라고 부르고, 그레이와 함께 시장에 가서 구경도 하고…… 쌩!

또 까먹을 뻔했네.

감상에 젖어 텔레비전을 보듯 과거들을 하나하나 보고 있다가 벌떡 일어났다.

더 먼 과거를 향해 헐레벌떡 뛰어갔다.

마물들은 이유도 모른 채 일단 내가 뛰니까 같이 뛰기 시작했다.

"컹! 컹!"

"아윍!"

"왜야으와아옹!"

"얘들아. 종이 어디 있어, 종이! 종이 물어 와! 아무스 이름 적어야 돼!"

말을 알아들은 건지는 모르겠지만 마물들은 사방팔방으로 뛰쳐나갔다.

"위험한 곳은 가지 말고! 그래도 종이 같은 거 보이면 일단 가져와 봐! 세 장, 아니다! 두 장만!"

한 번은 일기장에 적혀 있었으니까 종이는 두 장만 있으면 된다.

첫 번째는 낡은 지도 귀퉁이였는데. 그건 어디에서 구해야 되지?

그때 고양잇과 마물이 크게 우는 소리가 들려왔다.

"미야아아아앍!"

마물의 소리가 들려오는 곳으로 가 보니 어두컴컴한 공간이 있었다.

혼자 아래로 떨어진 마물은 주변을 두리번거리다 꼬리를 부르르 떨었다. 그러자 털에서 황금색의 빛이 뿜어져 나오며 주변을 밝혔다.

화려한 금색 찻잔들과 오래된 왕관, 총천연색으로 빛나는 보석들과 여러 개의 초상화…….

"설마."

고양잇과 마물은 왕관을 쓰고 의자에 위풍당당하게 앉아 있는 여자의 초상화에 마킹을 하려는지 엉덩이를 갖다 댔다.

"안 돼! 거기 황궁 보물 창고 같단 말이야! 안 돼! 거긴 안 돼! 돌아와!"

언젠가 랏샤가 황궁 지하실 창고에 온갖 보물들이 쌓여 있으며 벽에는 역대 황제들의 초상화가 걸려 있다고 말한 적이 있었는데 이렇게 보게 될 줄은 몰랐다.

고양잇과 마물은 내 목소리에 놀란 건지 마킹을 하지 않고 공간의 틈에서 지켜보고 있는 나를 물끄러미 올려다봤다.

"이리 와, 응? 착하지."

점프하려는 건지 마물은 엉덩이를 뒤를 쭉 뺀 채 꿈실꿈실 움직이다가 이내 펄쩍 뛰어올랐다.

"옳지!"

다시 공간의 틈으로 들어온 마물을 안아 들었는데 무언가 이상했다.

마물의 손톱에 뭔가가 걸려 있었다. 돌돌 말린 채 창고 벽에 세워져 있던 지도의 귀퉁이 조각이었다.

세상에. 이런 식으로 얻게 된 거라니.

"우리 야옹이가 결국 국보를 찢어 먹었구나."

일단 급하니 아무스의 이름을 적고 무기 상점 할머니가 있는 과거로 달려갔다.

꾸벅꾸벅 졸고 있는 할머니의 손에 지도를 쥐여 주고 귓가에 속삭였다.

"할머니. 나 보여요? 나중에 우리 오빠랑 나랑 여기 오면 이거 줘요. 알았죠? 그리고 저 벽에 걸린 검도! 대장장이가 '용의 비늘로 만든 검'이라고 말했을 텐데. 기억나죠?"

"으응……."

"저 검은 우리 오빠한테! 시뻘건 빛의 갈색 머리카락 남자! 잘생긴 남자한테 주면 된다고요! 할머니 내 말 들려요? 그리고 이 종이는 나한테! 듣고 계시죠? 주무시는 거 아니죠?"

"잉……."

슬쩍 눈을 뜬 할머니는 고개를 끄덕이곤 다시 잠이 들었다.

무기 상점 할머니는 그레이와 내가 찾아오자 그레이에게 검을 주며 동생을 잃어버리면 안 된다고 말했고, 상점을 나서는 내 손에는 아무스의 이름이 적힌 지도를 쥐여 주었다.

고마워요, 할머니! 듣고 계셨군요!

두 손을 모아 할머니에게 감사 인사를 전했다.

그리고 공작님이 이달론에게 조종당할 때 일기장에 아무스의 이름을 적었다.

'곧 갈게, 아무스.'

그러자 아무스가 나타나 공작님에게 끌려 나가기 일보 직전의 나를 구했다.

그땐 저 말이 아무스가 내게 하는 말인 줄 알았는데 아니었다. 내가 아무스에게 하는 말이었다.

이제 정말 얼마 안 남았어. 나 곧 갈게, 아무스.

마지막으로 이달론에게 종이를 줘야 하는데 그 새끼한텐 곱게 주기가 싫었다.

그래서 일부러 한국어로 쌍욕을 적었다.

'시발 놈아.'

과거의 이달론은 종이를 발견하고 한참 고민했다.

"설마 이게 용의 이름인가!"

아니다, 시발 놈아.

과거의 나를 잡아 와 가둬 둔 채 환상을 보여 주던 이달론은 내게 계속 그 종이의 글자를 읽어 보라 했다.

그걸 지켜보는 시간이 너무 괴로웠지만 언젠가 끝이 날 거라 생각하니 참을 수 있었다.

이달론이 그 종이를 마지막으로 들이밀 때 나는 비소를 머금은 채 과거의 내게 끊임없이, 뇌에 주입하듯 말했다.

"아무스. 아무스야. 아무스. 아무스라고 읽으면 돼. 아무스. 아무스. 아무스. 아무스. 리슨 앤 리핏. 아무스."

솔레아는 멍한 눈으로 내 말을 그대로 따라 했다.

"아무스."

이게 바로 K-주입식 교육이다.

아무스와 약속한 세 번의 이름을 모두 불렀다. 이후로는 천천히 과거를 되밟아 갔다.

아무스가 죽기 직전의 과거에선 내가 이미 바꿔 놓은 대로 마물들이 이달론을 물어뜯는 게 보였지만 혹시 몰라(사실 이달론 죽는 거 한 번 더 보고 싶어서) 마물들을 이용해 이달론을 한 번 더 죽였다.

"물어!"

"크롸아아앙!"

"잘한다! 내 새끼들! 잘한다!"

박수를 짝짝 치며 이달론의 영혼이 다신 태어나지 못하도록 소멸되는 걸 지켜봤다.

이제 끝났는데?

……어떻게 나가야 하지?

허연 안개로 가득 찬 것처럼 뿌옇기만 한 미래를 앞에 두고 망설이고 있던 찰나, 뒤에서 마물들이 등을 떠밀었다.

"악!"

순식간에 끌려가듯 몸이 빠져나갔다.

"뭐야!"

익숙한 괴성에 감고 있던 눈을 떠 보니 공작저였다. 그것도 내 방 안이었다.

소리를 지른 사람은 그레이인 듯, 눈앞의 오빠 셋이 놀란 눈으로 나를 내려다보고 있었다.

"너 뭐야?!"

"티온! 헤이먼! 그레이!"

주저앉아 있던 나는 용수철 튕기듯 벌떡 일어서서 셋을 끌어안았다.

"왜, 왜 이래?"

"나 돌아왔어? 돌아온 거야? 진짜 왔어? 나 보이는 거야? 티온! 고생했어. 너무 힘들었지. 아무튼 보고 싶었어, 티온!"

"응! 막내야!"

티온은 아직 상황 파악이 잘 되지 않는 듯했지만 어쨌든 나를 두 손으로 번쩍 안아 들었다.

티온에게 들려서 빙글빙글 돌며 헤이먼에게 손을 뻗었다.

"헤이먼! 헤이먼! 헤이먼, 우리 분홍이! 너무 고생 많았어! 그래도 나 진짜 노력했어! 살아 있어 줘서 고맙고, 헤이먼 앞으로도 쭉 같이 사는 거야!"

"……어? 어, 고마워. 응. 당연하지."

나는 티온에게 내려 달라는 신호를 보낸 후 헤이먼을 한 번 끌어안아 주고는 그레이에게도 안겼다.

"그래. 이제 내 차례지."

"그레이. ……너 어릴 때 빵 안 훔친 거 알아."

"뭐? 그게 무슨 소리야? 아니, 그걸 어떻게 알아?"

"얘기가 길어. 근데 있잖아. 오빠들 다 너무 보고 싶었어."

코끝이 찡해지고 눈물이 핑 돌기 시작하는데 티온이 나와 그레이, 헤이먼을 두 팔로 잡고 제 뒤로 숨겨 버렸다.

배구를 해도 될 정도로 넓었던 내 방 안이 어느새 발 디딜 곳 하나 없이 마물들로 가득 차 있었다.

얘네 나 따라왔구나.

"낑!"

"아오옭."

"애옹!"

"멍!"

마물들을 본 티온의 표정이 심각하게 변했다. 전쟁터에서 오랜 시간 마물들과 싸웠으니 충분히 그럴 법했다.

"위험해. 내 뒤로 숨어!"

"티온! 하지 마!"

티온이 검집에서 검을 꺼내 들려는 순간, 마물들이 꼬리를 흔들며 티온에게 달려들었다.

전쟁터에서 보낸 시간이 길었던 만큼, 본인을 향한 적대심을 알아채는 본능도 강한 건지 티온은 검을 꺼내지 않고 제게 달려드는 마물들을 얼떨결에 두 팔로 안아 버렸다.

"……어, 어?"

"컹! 컹! 끼잉, 낑!!"

마치 왜 이렇게 오랜만에 만나는 거냐고 칭얼대는 대형견 같은 모습이었다.

티온의 품에 쏘옥 안겨 있던 마물들은 흥을 주체 못 하고 방 안을 뛰어다니다가 침대에 걸려 있던 긴 밧줄을 물고 다시 티온의 앞으로 뛰어갔다.

"왜, 왜 이러는……. 막내야. 얘네 왜 이래?"

"오빠 네가 마물들한테 자유를 찾아 줬거든. 그래서 고마운가 봐."

"그게 무슨 말이야? 자유라니……. 난 분명 전쟁터에서 얘들을……."

"얘기하자면 길어. 엄청 길어."

티온과의 대화 도중에 헤이먼이 끼어들었다.

"너 괜찮아? 어떻게 된 거야? 다친 곳은 없어? 방금 사라진 애가 왜 다시 나타난 거야?"

"……방금 사라졌다고?"

시간의 흐름을 정확하게 느낄 순 없었지만 분명히 내 인생을 몇 번이나 반복했다.

"……그럼, 아무것도 바뀐 게 없단 거야?"

가슴이 철렁하며 바닥으로 떨어지는 기분이었다.

그때, 허공에서 수없이 많은 양의 맑은 빛이 반짝이기 시작했다.

"우리 왔어!"

"우리 다시 왔어!"

"임시 주인!"

"우리 왔어!"

"돌아왔어!"

"우리 분홍이!"

"아가 불곰!"

"꼬마 호랑이! 처형!"

"아무튼 우리 살아났어!"

정령들이었다.

내가 과거를 바꾼 거야.

나는 방을 박차고 나갔다.

뒤에서 그레이의 목소리가 들려왔다.

"너 어디 가!"

"아무스 데리러!"

"어디 있는 줄은 알아?!"

"알아! 걱정하지 마!"

언덕.

네가 나를 기다리던, 우리의 재회의 언덕으로.

Chapter. 11

언덕으로 올라가는 길에 아무스와 있었던 일을 하나하나 곱씹었다. 당장이라도 그의 이름을 부르고 싶었지만 오랜만에 만나는 건데 그렇게 흘려보내긴 싫었다.

오르막길을 다 오른 뒤 거친 숨을 몰아쉬며 천천히 뒤를 돌아봤다.

'이곳에선 잃었던 인연을 다시 만난다는 전설이 있거든. 뭐, 꾸며 낸 이야기지만 워낙 경치가 아름다우니까 한 번쯤은 와 볼 만하지.'

집에 돌아가면 헤이먼한테 말해 줘야겠다.

그 전설 거짓말 아니라고.

여기는 아무스가 나를 기다렸던 수많은 장소들 중 하나였다고.

나는 미소를 머금고 나의 아름다운 검은 용의 이름을 불렀다.

훨씬 오랜 시간 전부터 가슴속에 담았던 이름이었는데.

"아무스."

정령들이 다시 깨어났고, 내 몸 안의 활력도 돌아왔다. 아무스는 살아났어, 아직 자고 있을 뿐.

"우리 약속했잖아. 내가 한 번 부르면 넌 어떻게 하기로 했지?"

내 몸의 반을 채운 그의 마력이 반응하며 얕게 떨려 오고 있었다.

나를 사랑하고, 나를 위해 분노하고, 슬퍼하고, 오래도록 나만을 기다린 나의 용이 깨어났다.

그의 이름을 또 불렀다.

"아무스."

내 머리카락 사이사이로 흘러 들어온 바람엔 온갖 향기가 뒤섞여 있었다.

온 세계를 스치며 떠돌아다니는 바람처럼, 나도 너를 찾아서 얼마나 헤맸는지 몰라.

기대감에 얼굴에서 웃음기가 사라지질 않았다.

뒤에서 들려오는 인기척에 고개를 돌렸다.

검은 공간에서 방금 빠져나왔는지 아무스는 멍한 눈으로 나를 보고 있었다.

웃기게도, 그는 내가 산이었던 시절 선물한 남루한 옷을 입고 있었다.

그걸 여태 버리지도 않고 가지고 있었나 보다.

"세 번째로 부르면 어떻게 하기로 했는지 기억하지?"

그와 눈을 맞춘 채 환하게 웃으며 손을 내밀었다.

"아무스."

믿을 수 없다는 듯 발을 질질 끌며 내게 다가오던 아무스는 이내 속도를 붙여 달려와 나를 힘주어 끌어안았다.

내가 먼저 아무스를 살짝 안은 적은 있지만 그가 나를 이렇게 부서져라 껴안은 건 처음이었다.

아무스의 낮은 목소리가 덜덜 떨려 왔다.

"나 못 한 말 있어. 산, 지윤, 솔레아……. 나 있잖아. 아팠던 게 아니었어. 네가 먹인 약초에 독이 있던 게 아니라……."

"그래. 알아. 이 둔치야. 알고 있어."

아무스는 나를 으스러져라 끌어안고서 내 머리를 쓰다듬으며 끊임없이 뽀뽀를 해 댔다.

"……사랑해."

바람 한 줄기조차 파고들지 못할 정도로 나를 꽉 안고 있던 아무스는 갑자기 화들짝 놀라며 날 떼어 냈다.

"혹시 이거 꿈이야? 죽어서 천국에 온 거야? 넌 살린 줄 알았는데!"

"아니야. 숨바꼭질이 끝난 거야. 내가 널 찾은 거고. 들으면 깜짝 놀랄 거야."

잠깐 고개를 갸웃하던 아무스는 내가 사라지기라도 할까 봐 걱정됐는지 나를 다시 끌어안았다가, 다리가 풀린 듯 날 안은 채로 주저앉았다.

"……끝났구나. 이제 정말 다 끝났구나."

주저앉고서도 나를 놓지 않는 아무스 때문에 나는 그의 다리 위에 앉아 있었다.

덩치가 이렇게 큰 줄 몰랐는데.

그의 품에 쏙 들어가 있으니 환한 햇빛도 보이지 않았고 공기의 흐름도 느껴지지 않았다.

그저 숲의 향기를 닮은 아무스의 시원한 체취만 가득했다.

내가 품속에서 꼬물거리자 아무스가 고개를 숙여 나를 바라봤다.

"……산."

"산은 산인데……."

"물은 물이로다?"

"무슨 소릴 하는 거야."

"아니, 너희 나라에 그런 말이 있길래."

"아니지. 그건 산은 산이요, 물은 물이로다, 겠지. 아무튼 내 말은 내가 산은 산이긴 한데 그사이에 지윤이기도 했고, 지금은 또 솔레아라서 혹시 네가 생각한 산이 아니라서 실망한 거면……."

"그럴 리가."

아무스의 긴 손가락이 내 속눈썹을 부드럽게 매만지고 지나갔다.

그가 왼쪽 눈꼬리에 입 맞추며 말했다.

"하나는 검고 하나는 흰 눈이었다가, 둘 다 검은 눈이었다가, 이젠 보라색 눈이 됐네."

"아무스, 그러니까 나 다 다른 몸인데 괜찮냐고."

"다 너야."

아무스는 부드럽게 웃으며 찡그린 내 미간에 입을 맞췄다.

그러고는 괜히 내 눈치를 살피며 물었다.

"……입 맞춰도 돼?"

"두 번이나 해 놓고 왜 물어봐?"

"아니, 입술에. 해 보고 싶었는데. 1,000년 넘게 참았거든. 잠에 빠져 있던 시간만 1,000년이고, 사실 그 전에 지나간 시간까지 합치면 더 길거든. 아까 난 너한테 고백을 했고, 너도 비슷한 마음이면……. 부담스러울 수도 있지만, 내가 오래 살아서 마음이 무거운 걸 수도 있고, 네 60년 삶을 기준으로 생각했을 때 나보다 더 가벼운 마음이어도 난 괜찮고."

횡설수설하며 핑계를 찾는 아무스를 보다가 손을 올려 그의 두 볼을 잡고 입술에 쪽 입을 맞췄다.

"자, 됐지. 내 마음이 가볍긴 뭐가 가벼워. 나도 너랑, 악!"

내 허리와 목덜미를 받친 채 아무스가 나를 뒤로 넘어뜨렸다.

커다란 날개를 펼쳐 사방을 가린 아무스가 천천히 고개를 숙였다.

두 입술이 닿을 듯 가까운 거리에서 아무스가 천천히 입술을 움직였다. 그가 말할 때마다 말캉한 입술이 내 입술을 조금씩 스쳤다.

"나 되게 무거운 마음이야. 너 후회할지도 몰라. 근데…… 도망가면 잡으러 갈 거야."

말은 그렇게 하면서도 거절당할까 봐 무서운 것 같았다.

아무스의 두 뺨은 열이 올라 발갛게 물들어 있었고, 닿아 있는 온몸에서도 열기가 느껴졌다.

"그리고 나만 두고 가도…… 잡으러 갈 거야."

밝은 노란색 눈동자가 촉촉하게 젖어 있어 나는 손끝으로 그의 눈물을 닦아 주었다.

"안 가. 이젠 아무 데도 안 가, 아무스."

키스할 줄 알았더니, 그 말을 들은 아무스는 나를 안은 그대로 내 목덜미에 머리를 파묻고 울기 시작했다.

"……이제, 진짜, 진짜로 안 갈 거야? 아무 데도 안 갈 거지? 나만 두고 혼자 가 버리지 않는 거지."

"네 곁에 있을 거야. 안 가. 나 강하잖아. 이젠 정말 안 떠날 거야. 나 믿어."

"……응, 응."

내 목덜미에 머리를 파묻은 채 고개를 끄덕이는 아무스의 울음 섞인 대답을 들은 나는 한참 동안 그의 긴 머리카락을 쓰다듬었다.

홀로 기약 없는 약속을 지키며 오랜 시간 나를 기다려 온 아무스의 등을 다독였다.

"다 울었어? 혹시 키스할 거면 제대로 가리고 해. 정령들이 보면 헤이먼한테 가서 주접떨면서 이를지도 몰라."

긴 속눈썹을 축축하게 적신 채 아무스는 예쁘게도 눈을 접어 웃었다.

그러고는 날개를 다시 활짝 펼쳐 나를 꽁꽁 감쌌다. 입술이 조심스럽게 닿아 왔다.

눈을 감은 채 긴 입맞춤을 나눈 후 살짝 눈을 뜨고 조금은 찌질하게 물었다.

"혀, 혀도 쓸 거야?"

"아! 분위기 깨게 왜 그런 말을 해!"

"키스 처음 해 본단 말이야!"

"누군 해 봤어?!"

"해 봤으면 죽는다!"

"죽는다는 말을 왜 해!"

"내가 죽는 거 말고! 네가 죽는다고!"

"안 해 봤어! 아니, 그리고 내가 죽으면 넌 좋을 거 같아?"

"좋겠냐? 안 좋으니까 너 살리려고 그 난리를 부렸지! 내가 무슨 고생 했는지 네가 알았으면 너 벌써 혀 두 개는 넣었어!"

"나 혀 하나야! 무슨 소리야! 혀를 넣으란 거야, 말라는 거야!"

"지, 지금은 말고! 기분 이상해! 이상하단 말이야! 그리고 더워! 날개 좀 걷어 봐!"

"아까는 날개로 가리라며!"

"키스 더 안 할 거면 그냥 걷어 줘! 덥다고! 너 몸이 왜 이렇게 뜨거워? 뱀이잖아!"

"뱀 아니라 용이라니까? 그리고 네 몸이 뜨거운 거야!"

"내, 내가?"

아무스가 얼른 날개를 걷어 버렸다.

갑자기 시야가 환하게 밝아지자 부끄러워 죽을 것만 같았다. 두 손으로 얼굴을 가리고 휙 돌아눕자 뒤에서 아무스의 작은 웃음소리가 들려왔다.

내 뒤통수와 목뒤에 쪽쪽 입을 맞춘 아무스가 작은 목소리로 속삭였다.

"다음에, 천천히, 하나씩 하자. 내 곁에 쭉 있을 거잖아."

"알, 알았으니까 저리 가. 쪽팔려."

"……아깐 키스하자며."

왠지 불퉁한 목소리인 걸 보니 삐진 것 같았지만 당장 기분을 풀어 주기엔 너무 부끄러웠다.

……입술 부비는 게 이렇게 민망한 줄 몰랐지. 드라마나 영화에선 다들 잘만 하던데!

"산."

"……."

"지윤아."

"……."

"솔레아."

"……."

"짝, 내 짝. 내 산. 내 지윤아. 내 솔레아."

엎드려 누워 있는 내 위로 아무스가 몸을 겹쳐 왔다. 내 허리를 안은 단단한 두 팔 때문에 빠져나갈 수가 없었다.

"무거워, 비켜."

"옷에 흙 묻잖아. 일어나. 뽀뽀 더 안 할게. 혀도 다음에 넣을게."

"좀!"

"다음엔 꼭 넣어 보자."

"아, 그냥 호기심에 한 말을 가지고 되게 뭐라 그러네!"

아이처럼 키히히, 소리를 내며 웃은 아무스는 나를 안아 들고 날개를 펼쳐 날아올랐다.

"너 사람인 채로도 날개 펴서 날 수 있어?"

"용일 때보다 힘이 더 들어가긴 하지만 날 수 있어."

"무거워?"

"……용일 때보다야 무겁지."

"뭐야. 그럼 내려 줘. 그냥 걸어가도 돼."

아무스는 씩 웃으며 내 볼에 쪽 입 맞췄다.

"지금은 괜찮아. 붙어 있고 싶어. 지금은 그냥 다 좋아. 너무 좋아. 네가 너무 좋아."

그렇게 아무스의 품에 안겨서 집으로 돌아갔다.

가족들이 기다리고 있는 내 집으로.

내가 아무스를 찾으러 간 사이에 공작님께 마력을 때려 박아 치료했는지 공작님은 정원에 나와 계셨다.

"공, 아빠!"

"그래. 우리 공딸."

아무스와 땅으로 내려오자마자 공작님의 품으로 달려가 안겼다.

"하하. 우리 딸. ……옷에 흙이랑 풀이 많이 묻었구나. 바닥에서 굴렀니? ……왜일까? 하하."

겨우 가라앉은 얼굴이 다시 불타 버릴 것 같아서 얼른 화제를 바꿨다.

"혈색이 좋아지셨어요."

"그래, 흉터는 어쩔 수 없지만 다른 곳은 다 정상으로 돌아왔다더구나. 아가, 다친 곳은 없고?"

"네. 전 괜찮아요."

"아무스와 함께 돌아오느라 고생 많았겠구나. 우리 딸. 정말 고생 많았어, 장하다."

내가 과거를 바꾸기 위해 공간의 틈에서 얼마나 오랜 시간 고생했는지 아빠가 알 리 없는데도 마치 꼭 알고 말하는 것만 같았다.

가슴이 일렁거려 공작님을 더 꼬옥 껴안았다.

한참 동안 나를 다독여 준 공작님은 아무스에게도 다가가 어깨를 두어 번 두드려 주었다.

"고생 많았소."

"디에르고. 이제 솔레아는 내 거다."

"……그건, 좀, 차근차근, 얘기해 보지. 고맙지만, 물론…… 자네에게 고마운 게 많지만…… 알다시피 지윤이는 이제 갓 한 살을 지났으니까."

"아직도 그 말씀을 하세요."

공작님의 오른쪽 얼굴을 가로지른 커다란 상처를 보면 마음이 아팠지만 애써 웃으며 말했다.

공작님 역시 밝은 얼굴로 내 머리카락을 마구 헝클어뜨렸다.

"너도 자식 낳아 봐라. 다 똑같지. ……아니. 낳지 마."

웃으며 얘기하다가 갑자기 심각해지는 공작님의 표정에 나도 모르게 웃음이 터져 깔깔 웃어 버렸다.

의술사들 덕분인지 공작님은 흉터 빼곤 정말 아픈 곳 하나 없이 건강해 보이셨다.

"저 기다리느라 정원에 나와 계셨어요?"

"그래, 이제 들어가자. 황녀 전하를 혼자 계시게 할 수도 없고, 정원에 서 계시게 할 수도 없어서 네 오빠들한테 맡겨 뒀단다."

"……그래도 돼요? 전엔 전하랑 오빠들을 붙여 두지 않겠다고 하셨잖아요."

"전하가 설마 진짜로 우리 애들한테 청혼을 하시겠니."

공작님은 눈을 접어 웃으며 내 어깨에 팔을 둘렀다. 고개를 돌려 아무스에게도 함께 들어가자고 눈짓으로 신호를 보냈다.

공작님, 아무스와 함께 셋이서 나란히 저택 안으로 들어가려는 찰나, 뒤에서 말발굽 소리가 들려왔다.

그것도 한두 마리가 아니었다.

황궁의 깃발을 단 커다란 마차와 근위대가 줄지어 저택 안으로 들어왔다.

"무, 무슨 일이에요? 아빠."

"글쎄다."

마차에서 화려한 금발의 중년 남자가 내리자 내 옆의 공작님이 급히 고개를 숙였다.

"……폐하."

폐하면 황제 폐하요? 그분이 우리 집엔 왜 오셨대요?

일단 나도 공작님을 따라 고개를 숙였다.

"제국의 위대한 빛을 뵙습니다."

황제는 공작님과 내게 고개를 들라는 말을 하지도 않고 가만히 서 있었다.

왜 그러시지?

곧이어 랏사와 오빠들이 저택을 나오는 소리가 들렸다.

오빠들 역시 갑작스러운 황제 폐하의 방문에 놀란 듯 당황한 말투로 인사를 올렸다.

"……제국의 위대한 빛을 뵙습니다."

황녀 전하는 여유로운 발걸음으로 걸어와 공작님과 내 앞에 섰다.

"폐하의 하나뿐인 사랑스러운 딸이 제국의 위대한 빛을 뵙습니다."

황제는 장난스레 인사하는 랏샤를 향해 탐탁지 않은 기색을 드러내며 중후한 목소리로 말했다.

"이 중 누구니?"

"지금 고개를 숙이고 있어서 대답을 못 하겠습니다. 폐하. 고개를 들라고 해 주세요. 제국의 미천한 빛이 꺼져 버리겠어요."

"……고개를 들라."

"저만 고개를 들까요?"

"……모두 고개를 들라."

랏샤는 정말 사람을 가리지 않고 갖다 박아 버리는구나. 절대 적이 되지 말아야지.

속으로 결심을 다지며 고개를 들어 올렸다.

황제의 표정은 복잡미묘해 무슨 일로 찾아왔는지 알아차릴 수가 없었다. 랏샤의 뒷모습 역시 평소와 다름없이 당당했다.

황제는 다시 아까와 똑같은 말을 내뱉었다.

"이 중 누구냐. 카라샤펠."

"무슨 뜻으로 여쭤보시는 건지 모르겠습니다, 폐하."

"네가 그리 모르쇠로 일관한다면 나는 네게 반역의 죄를 물을 수밖에 없다."

제 딸에게 반역의 죄를 물겠다고 말하는 황제의 표정은 미간만 살짝 찡그려졌을 뿐, 너무 무미건조했다. 공작님이 끼어들지 않았다면 잘못 들은 거라 생각했을지도 모른다.

"……폐하. 들어가서 얘기하시지요. 보는 눈이 많습니다."

주변 사람들의 시선을 의식한 건지 황제는 헛기침을 한 번 한 후 저택으로 발걸음을 옮겼다.

저택 안으로 들어온 황제는 현관에 그림처럼 서 있었다.

"응접실은 이쪽입니다. 폐하."

공작님이 말을 꺼내기도 전에 랏샤가 먼저 응접실을 안내하자 황제는 뒷짐을 지며 짜증스럽게 답했다.

"네가 이 집의 주인이라도 되는 양 안내를 하는구나."

"그럴 리가 있습니까. 폐하 심기가 불편해 보이시니 눈치가 빠른 제가 끼어든 겁니다."

황제는 살짝 고개를 돌리곤 우리 베르고의 사람들을 하나하나 눈에 담았다.

"모두 따라 들어오지."

내 옆에 붙어 같이 들어가려던 아무스를 본 황제는 불쾌하다는 듯 미간을 찌푸렸다.

남루한 옷을 입고 있어 아마 심부름꾼이나 노예쯤으로 생각한 것 같았다.

나는 황제의 귀에 들어가지 않도록 작게 속삭였다.

"아무스. 밖에서 조금만 기다려."

"왜에. 곁에 있겠다고 했잖아."

"있을게. 있을 건데 지금은 잠깐만 떨어져 있자. 폐하가 무슨 일 때문에 오셨는지 모르고, 네가 어떤 존재인지도 모르시잖아."

침울한 얼굴로 내게서 떨어진 아무스는 입술을 삐죽 내민 채 응접실 문 앞에 멈춰 섰다.

저거 누구 용인데 저렇게 귀여워?

……하, 귀여워 보이면 망한 거랬는데. 난 망했어. 내 용이 세상에서 제일 귀여워.

방금 뽀뽀를 하고 와서인지 아직도 가슴이 콩닥거렸다. 물론 갑자기 찾아온 황제 폐하 때문에 약간 짜게 식긴 했지만.

넓은 응접실로 들어간 황제는 자연스럽게 상석에 앉았고 공작님과 랏샤가 양쪽 대각선 자리에 앉았다.

나와 오빠들이 눈치를 살피다 공작님의 옆에 줄줄이 앉으려던 찰나 황제가 큰 소리로 헛기침을 했다.

"큼!"

지 딸 옆에는 왜 아무도 안 앉냐는 것 같은데.

근데 폐하. 따님 성질이 보통이 아닌데 누가 섣불리 그 옆에 앉겠어요.

그레이는 내 등을 살짝 밀었고, 나는 헤이먼의 옆구리를 찔렀다. 헤이먼은 미동도 없이 가만히 서 있다가 팔꿈치로 티온의 등을 쿡 찔렀다.

결국 아무도 찌르지 못한 티온이 티 나지 않게 입꼬리를 내린 후 카라샤펠 황녀의 옆자리로 가 앉았다.

다행히 인상이 험악해서 그런지 침울해하는 게 그다지 크게 표가 나진 않았다.

우리 형제들끼리만 입술을 안으로 말며 웃음 참기 챌린지를 했을 뿐.

모두 자리에 앉고도 몇 분 동안 지독한 정적이 흘렀다.

우리 집 하인이 차를 가져와 따르자 황제 폐하는 하인을 쳐다보지도 않고 손을 휘휘 저었다.

카라샤펠은 싱긋 웃으며 하인에게 말했다.

"저 손짓은 눈에 안 띄게 꺼지라는 뜻입니다."

"카라샤펠."

"우리끼리 긴히 할 말이 있으니 자리를 비키라는 뜻입니다. 모두 나가 주겠어?"

시중을 들 하인들과 하녀들이 모두 나가자 황제는 랏샤를 노려보며 다소 노기 띤 음성으로 말했다.

"카라샤펠! 이 중 누구냐고 내가 세 번째 묻는구나!"

"주어도 없이 말씀하시는데 제가 뭐라 대답을 해 드려야 합니까?"

"네 옆에 앉은 그자냐!"

긴장했는지 허리를 꼿꼿이 편 채 가만히 앉아 있던 티온이 화들짝 놀랐다.(역시 전혀 티 나지 않았다.)

공작님이 부녀간의 싸움을 말리기 위해 대화에 끼어들었다.

"폐하. 귀한 발걸음 해 주셔서 영광일 따름입니다만 황궁에 계셔야 할 귀하신 분이 어찌 이 누추한 곳까지 찾아오셨는지 여쭤봐도 되겠습니까."

스스로를 낮추는 겸손한 말임에도 공작님의 말투가 워낙 당당해서 내 귀에는 달리 들렸다.

'귀한 곳에 어떻게 누추하신 분이 찾아오셨나?'

나만 그렇게 생각한 게 아닌지 카라샤펠이 눈을 아래로 내리깔곤 슬며시 입꼬리를 올려 웃었다.

조각상처럼 굳은 채 랏샤만을 노려보던 황제의 시선이 드디어 공작님 쪽으로 향했다.

"……공작, 얼굴이 말이 아니군. 못 본 새 큰일이라도 겪었나?"

왜인지는 알 수 없지만 적개심이 가득 묻어 나오는 말투였다. 뭔가 마음에 들지 않는 부분이 있는 것 같았다.

"예. 크게 다쳤습니다만 전하께서 황궁의 의술사를 데려와 치료해 주신 덕에 무사히 폐하를 뵙습니다."

"……자네가 다쳤다고? 내 의술사들이 자네를 치료했다는 말인가?"

말투가 왜 저래. 우리가 황궁 의술사 데려와 달랬나.

나도 모르게 눈썹을 찡그리며 주먹에 힘을 줬는지 내 옆에 앉아 있는 아빠가 손을 뻗어 다리 위에 놓인 내 손을 꾸욱 잡았다.

아무래도 참으라는 뜻 같았다.

왼손은 헤이먼이 잡았다.

역시 참으라는 뜻 같았다.

양손을 아빠와 오빠에게 잡힌 채 가만히 앉아 있었다.

공작님은 부드럽게 미소 지으며 황제에게 답했다.

"예. 크게 다쳐 피를 많이 흘렸고, 몸 곳곳에 찢어진 상처도 많았습니다. 마법으로 다친 상처라 의사가 아닌 의술사들이 필요해 부득이하게 폐하의 귀한 의술사들이 저를 치료해 주었습니다. 폐하께서 윤허해 주시지 않았다면 저는 이 세상 사람이 아니었을 테니 하해와 같은 은혜에 감사."

"윤허한 적 없네."

음?

깜짝 놀라 카라샤펠을 바라봤다.

온 가족의 눈이 카라샤펠을 향했고, 랏샤의 옆에 앉은 티온 역시 적잖이 놀란 듯 옆자리에 앉은 황녀를 향해 고개가 휙 돌아갔다.

그 와중에 랏샤는 태연하게 찻잔을 들어 차를 마시고 있었다.

"'중요한 사람이 다쳤다. 내 미래에 큰 영향을 끼칠 소중한 사람이니 치료해 주러 가야겠다.' 라고 말했다지. 그게…… 자네일 줄이야."

공작님의 눈동자가 사방팔방으로 날뛰었다. 황제는 당황한 공작님의 반응을 보곤 곧장 다시 카라샤펠에게 소리쳤다.

"아무리 공작이 지금 혼자라 해도! 카라샤펠! 너는 이제 내 유일한 후계자다! 대공이 될 자를 고르고 골라도 모자랄 판에 베르고 공작이라니! 나이 차이가 얼마나 나는 줄을 모르는 거냐!"

"……폐하. 아무래도 오해가 있었던 듯합니다. 그럴 리가 있습니까. 보시다시피 저는 애가 넷이나 딸린 홀아비입니다."

"자네는 오래전에 상처(喪妻)하지 않았나. 황녀가 아무리 들이댔어도 자네가 거절했어야지!"

"그런 일 없습니다!"

아빠가 어금니를 깨무는 아드득 소리가 들렸다.

저 미친 중세 늙다리가 지금 남의 아빠한테 뭐라는 거야. 그것도 돌아가신 공작 부인까지 들먹거리면서. 우리 아빠가 그런 쓰레기로 보이나.

……저 시발, 기껏해야 50몇 년 산 게. 나는 방금 전까지 수백 년을 살다 왔는데 이 새파랗게 어린 놈의 자식이.

나는 얼른 대화에 끼어들었다.

"폐하. 황녀 전하께서는 누가 다쳤는지도 파악하지 못하신 상태로 의술사들을 데리고 저희 저택으로 찾아오셨습니다. 평소 저희 집안과의 친분 때문에 급히 둘러대신 말 같으니 억측은 그만하셨으면 합니다."

날이 선 내 말투에 황제의 입꼬리가 비스듬히 올라갔다.

"황녀가 거짓말을 했다?"

나는 황제의 푸른 눈을 피하지 않고 똑바로 바라보며 답했다.

"거짓말은 아니죠. 다음 세대에서 황녀 전하를 모시게 될 충신들이 아닙니까, 저희가."

"짐이 버젓이 네 눈앞에 살아 있는데 내 사후를 논하는구나. 공녀의 태도가 심히 건방진 게 나를 모욕하는 것처럼 느껴지는군."

금방이라도 내 목을 벨 것처럼 말하는 황제의 공격적인 말투에도 그다지 쫄리지 않았다.

내가 산전수전공중전, 거기다 시공간까지 헤맨 사람인데 당신한테 쫄리겠어?

그때 누군가 문을 손톱으로 긁는 소리가 들려왔다. 한둘이 아닌 것 같았다. 문뿐만 아니라 벽까지 손톱으로 긁어내리는 듯 응접실 전체가 괴기스러운 소리로 가득 찼다.

"누가 감히 장난을 치는 거냐!"

황제의 분에 찬 목소리에 헤이먼이 조신하게 답했다.

"폐하. 황송하오나 베르고에 새로운 반려동물들이 생겼습니다. 아직 어린아이들이라 그러니 넓은 아량으로 이해해 주십시오."

"반려동물? 하! 베르고에선 감히 황제가 있는 응접실 문을 긁어도 가만히 두나 보군."

황제는 이를 악물더니 제 뒤에 서 있던 호위 기사 둘에게 명령했다.

"당장 문을 열어서 문밖에 있는 게 무엇이든 죽여라. 개든 고양이든, 어떤 짐승이든."

"예, 폐하."

기사는 넓은 보폭으로 척척 걸어갔다. 티온이 안절부절못하며 눈을 굴리자 랏샤가 그런 티온의 팔을 한 번 툭 치는 게 보였다.

조용히 있으라는 것 같았다.

마물들은 문이 열리자마자 응접실로 미친 듯이 쏟아져 들어왔다.

공작님과 황녀 전하가 놀라지 않은 걸 보아 하니 마물들의 존재에 대해 이미 알고 있었던 것 같았다.

하긴, 내가 아무스 찾으러 간 사이에 저택에 있던 황녀 전하도 당연히 마물들을 봤겠지.

"으아아악!"

"폐하! 조심하십시오!"

열린 문 사이로 마물들이 끝도 없이 쏟아져 들어오자 황제는 의자를 박차고 자리에서 일어섰다.

"무, 무슨 일이냐! 왜 이곳에 마물들이 있는 거야!"

황제의 근위대는 마물들에게 깔렸다. 검을 휘두르려 했지만 그럴 새도 없었다. 덩치 큰 마물들이 검을 물어서 집어 던져 버렸다.

"앉아."

내 목소리에 마물들이 일제히 자리에 앉았다. 근위대를 깔고 앉은 마물들이 나를 보고 꼬리를 살랑살랑 흔들었다.

공작님이 인자한 목소리로 말했다.

"폐하. 기뻐하십시오. 제 딸이 마물들을 길들였습니다. 이제 국경에서 마물과 쓸모없는 소모전을 하지 않아도 됩니다. 폐하의 백성들이 전쟁터로 나가 싸우지 않아도 된다는 뜻입니다."

한참 상황 파악을 하던 황제가 분을 참는 목소리로 공작님에게 말했다.

"······베르고. 방금 날 시해하려 한 건가."

"저는 그저 제 딸이 세운 공을 폐하께 보여 드리게 되어 기쁠 뿐입니다."

공작님이 하도 태연한 표정이라 나도 공작님을 따라 생긋 웃었다.

"마물과의 긴 전쟁을 마무리하게 되어 영광입니다. 이 또한 폐하의 업적입니다."

랏샤가 마무리를 날렸다.

"폐하. 정말 너무 소중하고 도움이 되는 공신가 아닙니까? 황궁의 의술사들을 모두 데려와 치료해도 전혀 아깝지가 않네요. 일단 전 그렇게 느낍니다."

황제는 두 손으로 마른세수를 하며 긴 한숨을 내쉬곤 랏샤에게 물었다.

"······카라샤펠. 일단 베르고 공은 아닌 게지?"

"예, 폐하. 전 연상은 별룹니다."

랏샤는 태연한 얼굴로 손을 내저으며 대답했다. 마치 줘도 안 먹는다는 것 같아 이상하게 기분이 별로였다. 우리 아빠가 뭐가 어떤데. 아니 물론 절대 안되지만.

"······그럼 공자들 중 누가 너보다 나이가 많지?"

"다 저보다 어립니다. 그중 공녀가 제일 어리죠."

당연한 소리를 하고 있어.

눈을 깜빡이며 아무렇지 않게 고개를 틀어 황제를 바라봤는데 황제의 손가락 사이로 드러난 새파란 눈동자와 눈이 마주쳤다.

마치 '······너야?' 하고 묻는 것 같았다.

나도 모르게 고개를 저었다.

아니요, 저는 아닌데요. 국법도 아니라는데요.

황제의 날카로운 시선이 내게 향해 있는 걸 눈치챘는지 공작님이 얼른 황제와 내 사이로 끼어들었다.

"폐하! 제 딸은 한 살입니다."

"뭐라?"

"아빠악!"

한 나라의 황제 앞에서 대체 무슨 얘기를 하시는 건지.

얼굴이 빨개진 내가 아빠의 어깨를 잡아 돌렸다.

내가 소리를 질러 놀랐는지 마물들이 펄쩍 뛰어올라 공작님과 내 의자 등받이에 앞발을 올렸다.

꼬리를 가장 빠르게 흔드는 마물은 우리 둘 사이로 파고들어 일부러 떨어뜨려 놓기도 했다.

그 모습을 유심히 지켜본 황제가 낮은 목소리로 말했다.

"……마물들의 공감 능력이 꽤 높아 보이는군."

털이 긴 마물은 폴짝 뛰어 응접실의 탁자 위로 올라왔다. 그걸로도 모자라 꼬리를 바짝 세우고 황제에게 엉덩이를 보여 주기까지 했다.

"감히 내게 엉덩이를 보이다니! 이 무슨 무엄한 태도인가!"

황녀는 픽 웃더니 손을 뻗어 마물의 턱을 살살 긁어 줬다.

그러자 마물이 테이블에 몸을 누이고는 골골 소리를 내기 시작했다.

"폐하. 이 마물은 고양잇과인 것 같습니다. 고양잇과 동물이 엉덩이를 보여 주는 건 호감의 표시라고 하죠."

"크흠."

황제는 여전히 탐탁지 않아 보였지만, 제 앞에서 배를 보이며 뒹굴뒹굴 뒹구는 마물이 영 싫지 않은 눈치였다.

겨우 분위기가 풀어지려던 찰나였다.

"……야옹."

마물이 낸 소리는 아니었고, 랏샤가 낸 소리도 아니었다. 황제는 더더욱 아니었다.

티온이었다.

저 큰 몸 어디에 숨겨 뒀었는지 품 안에서 강아지풀을 꺼낸 티온이 좌우로 흔들며 작게 중얼거렸다.

"……야옹. 여기 보세요. ……야옹, 야옹이."

황제와 랏샤가 두 눈을 크게 뜨고 티온을 바라봤다.

하지만 티온은 두 사람의 시선을 전혀 눈치채지 못했다. 마물야옹이의 귀여움에 영혼까지 모두 빼앗긴 것 같았다.

티온의 날카로운 눈매가 곱게 접혔다.

"……예쁘다. 야옹이."

"흐음……."

황제는 의미심장하게 숨을 고르며 고개를 살짝 끄덕이더니 혼잣말처럼 중얼거렸다.

"공녀보다는 나을 수도……."

"예?"

너무 작게 말하는 통에 제대로 들리지 않았다.

내가 고개를 들며 되물었지만 황제는 마음이 급했는지 카라샤펠을 달달 볶기 시작했다.

"황궁의 의술사들을 모두 데리고 빠져나간 네게 죄를 안 물을 순 없다. 카라샤펠. 정당한 이유라도 있어야 돼."

"남편이라도 구하란 말씀이십니까?"

"아내보다는 나을 거라 본다."

"폐하! 아까도 말씀드렸다시피 제 딸은 한 살입니다!"

공작님이 다급하게 두 사람의 대화에 끼어들었다.

"공작은 미쳤는가! 공녀가 어찌 한 살이야!"

"말씀드리자면 길지만 한 치의 거짓도 없습니다. 제 딸은 안 됩니다!"

"그럼 아들은 괜찮다는 뜻이겠지. 베르고 공!"

눈치 빠른 그레이가 얼른 테이블에 엎드렸다.

"아빠는 또 딸만 예뻐하네!"

놀란 헤이먼이 그레이의 어깨를 잡으며 타일렀다.

"그레이! 폐하 앞에서 이 무슨 추태야. 당장 일어나지 못해!"

"힝입니다. 주워 온 아들은 아들도 아니다?"

헤이먼의 만류에도 그레이는 주둥이를 나불거리는 걸 멈추지 않았다. 당황한 헤이먼이 자리에서 일어나 황제에게 고개를 숙여 사과했다.

"폐하. 무례를 용서하십시오. 공작님이 차별 없이 저희 형제들을 키워 주신 터라 가족끼리 있을 때 격의 없이 응석을 부리는 일이 잦습니다. 평범하고 다복한 가정의 모습이라 생각하시고 넓은 아량으로 양해해 주셨으면 합니다."

황제의 두 눈이 게슴츠레하게 변했다.

그는 팔짱을 끼며 천천히 자리에 앉더니 한쪽 손을 스윽 뻗어 카라샤펠을 쿡 찔렀다.

"싫습니다."

카라샤펠이 즉답했다.

"왜! 저 정도면 됐지!"

"저는 제 앞에서 기죽지 않는 사람이 좋습니다. 하물며 폐하 앞에서도 말입니다. 아무 때나 픽픽 쓰러져도 안 되고요."

그 말을 들은 황제가 곧장 헤이먼을 쏘아봤다.

당황한 헤이먼은 부드럽게 웃으며 고개를 숙였다.

황족에게 취해야 할 예의였으니 헤이먼에겐 당연한 행동이었지만 황제는 그게 영 마뜩잖은 듯했다.

"크흠! 큼!"

고개를 휙 돌려 티온을 보자 그는 마치 테이블 밑에 들어가기라도 할 기세로 허리를 굽혀 마물들과 놀아 주고 있었다.

제 딸을 바로 옆에 두고도 마물에만 관심이 있는 순박한 모습이 마음에 들지 않는지 황제의 이맛살이 더 험악하게 구겨졌다.

황제가 그레이를 노려봤다.

테이블에 머리를 박고 엎드려 있던 그레이는 황제와 눈이 마주치자마자 '아이고, 평소에도 연약하던 내가 또 몸살이라니.' 라는 말과 함께 픽 쓰러졌다.

너무 연기 톤이었다.

'저건 그냥 모욕 아닌가.'

그레이의 기행은 보는 내가 다 식은땀이 흐를 정도였다.

짜증이 난 황제의 한숨 섞인 숨소리가 마물들의 헥헥대는 소리와 함께 응접실을 채웠다.

카라샤펠은 웃음기를 잔뜩 머금은 목소리로 황제에게 말했다.

"전 어차피 폐하께 황위를 물려받기 전까지는 뜻이 없습니다."

"황궁 의술사들을 모두 데리고 나간 건 중죄다! 그걸 어떻게 설명하려고! 안 그래도 퀴렐 황비가 애런을 잃은 이후로 너와 베르고에게 복수하려고 호시탐탐 기회를 노리고 있는데 빌미를 줄 셈이냐!"

카라샤펠은 어깨를 으쓱하며 말했다.

"전 공녀가 다친 줄 알았습니다."

황제의 두 눈이 튀어나올 듯 크게 뜨였다.

그의 푸른 눈이 다시 나를 향했다. 이번에야말로 '너였냐!' 하는 눈빛이었다.

나는 다시 고개를 저었다.

이번에는 말도 했다.

"아닙니다! 저는 손끝 하나 다치지 않았습니다!"

랏샤는 태연하게 말했다.

"저택에 오고서야 공녀가 다치지 않았다는 걸 알았습니다. 그래도 베르고 공을 치료해서 다행이라고 생각합니다."

황녀를 붙잡고 짤짤 흔들며 묻고 싶었다.

미쳤어요? 전하. 정말 미치셨어요? 저한테, 아니, 우리 집 사람들한테 왜 이러세요? 미우면 말로 하세요!

황제의 서슬 퍼런 눈빛이 다시 공작을 향하는 순간 내가 끼어들었다. 카라샤펠은 아무래도 이 엉망진창의 상황을 즐기고 있는 것 같았다.

절대 자의로는 끝맺지 않겠지.

"폐하. 황녀 전하께 죄를 묻지 않으셔도 됩니다."

"그게 무슨 뜻인가."

"제 아버지는 마법사 이달론에게서 제르노아를 지키려다 다치셨기 때문입니다. 나라를 위해 몸 바친 이를 보살피는 것은 당연한 일 아닙니까."

황제의 얼굴이 사뭇 진지하게 변했다.

"⋯⋯제르노아를 지키려다 다쳤다니. 그게 무슨 뜻이지?"

진실에 구라를 섞어야 할 때였다.

내가 입을 떼려 하는 순간 공작님이 내 팔을 붙잡았다.

"아가. 그렇게까진 말하지 않아도 된다. 내가 책임지마."

아니, 아빠. 가만히 좀 계세요. 50몇 살밖에 안 된 어중간한 아기 늙다리 속이는 건 이제 저한텐 일도 아니라고요.

다행히 황녀가 심각한 표정으로 거들었다.

"공녀. 나라를 집어삼키려 했던 이달론의 더러운 속셈을 알게 되자 가만히 있을 수 없었던 당신의 충심은 높이 사겠어. 하지만 폐하께 그 모든 걸 말할 수 있겠어?"

"대체 무슨 일이냐."

의자에 몸을 기댄 채 눈을 감고 있던 그레이까지 자리에서 일어났다.

"솔레아! 위험을 무릅쓰고 폐하와 이 나라를 지키려 했던 네 용기는 보답받고자 한 게 아니었잖아!"

저놈은 황녀 전하 엿 먹일 때는 대놓고 연기하는 티를 내더니 황제 폐하 속일 때는 국민 대배우가 따로 없네.

아무것도 눈치채지 못한 공작님만 눈을 껌뻑거리고 있었다.

공작님은 슬쩍 머리를 숙여 내 귓가에 속삭였다.

"⋯⋯혹시 내가 모르는 이달론의 속셈이 있었니?"

나는 아빠의 시선을 애써 무시했다. 지금 이 상황에서 아빠한테 '아빠, 눈치 좀. 지금 이건 혼이 담긴 구라예요.' 라고 설명할 순 없었다.

일단 침착하게 황제와 눈을 맞추고 입을 털기 시작했다.

"위대한 마법사라고 불렸던 이달론은 사실 다른 사람들의 수명을 빼앗아 살아온 악한 마법사였습니다. 수많은 사람들이 그의 손에 죽어 나갔고, 실험에 이용당했습니다."

이건 진짜다.

"용들을 죽여 마력을 축적한 이달론은 제르노아를 집어삼킬 계획까지 세우고 있었습니다. 그걸 알아챈 오빠들과 저, 공작님이 합심해서 이달론을 처치했습니다."

이건 살짝 구라다.

'데헷. 사실 아무스와 저의 수천 년의 러브 스토리입니다. 이달론은 존나 오래 살며 복수하려고 했지만 결국 지 팔자대로 죽고 말았습니다! 지가 먼저 저한테 족같이 굴었으니까용!' 라고 이실직고할 순 없었으니까.

하지만 황제는 내 말을 믿는 눈치가 아니었다.

"……용? 하! 공녀가 헛소리를 하는군. 공녀가 머리를 다친 게 아닌가 걱정되는데."

"이달론은 사람들을 죽여 마력을 얻은 후, 용들이 살았다는 역사를 지웠습니다. 그래서 폐하도 모르시는 거죠."

하지만 황제의 구겨진 얼굴은 펴질 줄을 몰랐다.

"용이 있다는 걸 어떻게 믿지?"

"……제가 이달론을 막지 않았더라면 제르노아의 역사도 사람들의 기억 속에서 지워졌을지도 모릅니다. 폐하의 존재를 기억하는 이들 역시 아무도 없었을지도 모르죠."

"뭐라?!"

그때 갑자기 정원사 포드릭의 고함 소리가 울려 퍼졌다.

"아이고! 여기서 변신하지 말라니까요! 용이 내 꽃, 내 잔디 다 죽이네! 아이고, 공작님! 아가씨!"

누가 말릴 새도 없이 곧바로 창가로 뛰어간 그레이가 커튼을 열어젖히고 소리쳤다.

"야! 아무스! 솔레아 말하고 있잖아! 조용히 해!"

겉으로는 아무스에게 핀잔을 주는 것 같았지만 실은 그게 아니었다.

황제에게 실재하는 용의 모습을 보여 주기 위함이었다.

그레이가 양쪽 커튼을 모두 젖히고 창문까지 두 개 다 열어 버려서 넓은 정원과 시커먼 '그것'이 한눈에 들어왔다.

창문 앞을 가리고 있는 커다란 뒷다리 때문에 응접실 안으로 햇빛조차 들어오지 않을 정도였다.

그레이가 검고 두꺼운 비늘을 주먹으로 퍽퍽 치며 외쳤다.

"아무스. 폐하 오셨는데 인사드려야지."

다리가 천천히 움직이자 각도에 따라 비늘에 햇빛이 닿아 반짝거렸다.

곧 창 안으로 아무스가 머리를 들이밀었다. 물론 용무스의 머리에 비하면 작은 창은 금세 깨지고 말았다.

빠드득 소리와 함께 창틀과 벽, 커튼이 모두 떨어졌다. 용의 거대한 머리와 뿔이 응접실 벽을 허물고 들어왔다.

황제는 아무 말도 못 하고 굳은 듯 서서 샛노란 눈이 번뜩이는 걸 가만히 보고 있었다.

티온은 마물들이 놀랄까 봐 쓰다듬어 주고 있었고, 그레이는 무너진 건물 파편이 튀자 짜증스럽게 옷을 탈탈 털어 냈다.

헤이먼은 한숨을 쉬고는 왜 이렇게 일을 키우는지 모르겠다며 한심스럽다는 표정으로 그레이를 바라보고 있었다.

공작님도 그 비슷한 감정인 듯 고개를 절레절레 젓는 중이었다.

오직 황녀와 나만 제자리에 가만히 앉은 채 태연하게 찻잔을 들어 차를 마시고 있었다.

아무스의 얼굴이 황제와 닿을 듯 가까워졌다.

용이 내뱉는 숨결에 황제의 머리카락과 옷자락이 휘날렸다.

아무스의 세로로 쭉 찢어진 동공이 느릿하게 깜빡였다.

"반갑다. 인간."

"……나는 제르노아의 황제다."

"음. 그렇군. 나는 솔레아의 용이다. 이제 솔레아는 내 거다."

빠그작 소리와 함께 공작님이 잡고 있던 의자의 팔걸이가 부서졌다.

놀란 듯 아무스를 뚫어지게 보던 황제는 묵직한 목소리로 물었다.

"이달론이…… 용의 역사를 지웠나?"

"그렇다."

"그럼 그자가 나를 죽이고 제르노아의 역사도 지우려고 했나?"

나는 황제가 서 있는 곳에선 보이지 않는 각도에서 아무스에게 맹렬하게 윙크했다.

아무스의 동공이 잠깐 커졌다.

"……솔레아 말이 다 맞다."

잘한다, 내 용.

내가 한 말이 모두 진실이라는 걸 확인한 황제는 잠깐 동안 말을 잇지 못했다.

세상 진귀한 것들을 모두 봐 온 황제일지라도 용은 처음 봤을 테니 꽤나 놀란 것 같았다.

"내가 지금 마법에 의해 환상을 보는 것이 아니라고 어떻게 단언할 수 있지?"

급기야는 눈앞의 진실을 부정하기까지 했다. 하긴, 황제의 자리를 차지하기까지 끊임없이 주변 사람들을 의심해 왔을 테니까.

카라샤펠이 저렇게 독단적이고 냉철하게 자란 데에는 환경 탓이 크네.

"폐하의 의술사들을 불러 확인해 보시죠. 그들도 뛰어난 마법사가 아닙니까? 아니면 제가 당장 저택 밖으로 나가 아무스와 함께 날아다니는 모습을 보여 드릴 수도 있습니다. 내일 아침 신문에 대서특필되면 폐하 눈에만 보이는 용이 아니란 걸 알게 되시겠죠."

다소 건방진 내 말투에도 황제는 트집을 잡지 않았다.

아직도 놀라고 있는 중인 거 같았다.

······근데 언제까지 계속 놀라고만 있을 거냐고. 황제면 황제답게 이 상황에 대한 코멘트를 남기시라고요.

우리 아빠한테 삐딱하게 말한 것 때문인지 황제에 대한 인상이 좋지 않았다.

"······잠깐 손을 대 봐도 되겠나?"

황제의 물음에 아무스는 짧게 고개를 끄덕였다.

황제는 천천히 걸음을 옮기며 아무스의 단단한 비늘과 앞다리, 접혀 있는 날개를 만졌다.

"······이거 정말 대단하군······."

"거짓말!"

"거짓말쟁이!"

"황제 거짓말했어!"

헤이먼의 근처에서 목소리가 들려왔다.

정령들이 모습을 드러냈다. 헤이먼의 어깨 위에 앉은 정령들은 잔뜩 뿔이 난 표정으로 황제를 노려보며 말했다.

"'대단하군.' 이 아니라 '탐나는군.' 이라고 말했어."

"용을 타고 날아다니면서, 용을 마음대로 부리는 자기 모습을 상상했어!"

"우웩!"

"우리 주인 자가용 아닌데!"

"아니지, 왕주인한테는 자가용이 맞지."

"응. 그건 맞지!"

"맞아, 맞아!"

저들끼리 한참 떠들던 정령들의 목소리가 차츰 잦아들었다.

이 50년산 중늙은이를 가만히 두고 볼 수가 없었다.

나는 황제의 앞으로 가 섰다.

"저는 목숨을 걸고 제르노아를 지켰습니다. 그 과정에서 아무도 자길 알지도 못하는 사람들이 살고 있는 이 나라를 도왔고요. 그런데 그 모든 얘기를 들으시고도 지성이 있는 이 존재를 짐승처럼 부리고 싶다는 생각이 드셨습니까?"

아주 잠깐 당황한 기색을 숨기지 못한 황제의 눈동자가 흔들렸다. 하지만 그는 이내 냉정을 되찾았다.

"내게 보고하지 않은 군사를 양성하는 것은 불법이다. 반역의 씨앗이 될 수도 있기 때문이지. 헌데 강력한 전력이 될 용과 마물, 게다가 사람의 마음을 꿰뚫는 이것들까지. 이게 반역이 아니라고 볼 수 있나?"

공작님이 자리에서 일어섰다.

"저희에게 반역의 죄를 물으셔도 됩니다."

나긋한 목소리에서 살기가 느껴졌다.

"폐하께서 반군이 되라 하시면, 되겠습니다."

반역죄를 물면 진짜로 반역을 일으키겠다는 뜻이었다.

베르고의 군사들뿐 아니라 용과 마물들까지 있는 지금은 우리에게 승산이 높았다.

헤이먼은 제 귓가에서 떠드는 정령들의 얘기를 들으며 살짝 미소를 지었다.

"'사람의 마음을 꿰뚫는 이것들' 이라 하셨지요? 그럼 용을 마음대로 부리고 싶다는 폐하의 마음은 진짜인가 봅니다."

"이······!"

얼굴이 시뻘겋게 달아오른 황제가 손을 들어 올리는 순간 아무스가 인간으로 변해 황제의 손목을 틀어쥐었다.

다행히 옷을 입고 있었다.

게다가 굉장히 깔끔한 정복이었다.

아무스는 차가운 시선으로 황제를 똑바로 바라보며 말했다.

"내 주인이 되고 싶다면 내 시험을 통과해야 하지 않겠나? 그것만 통과한다면 너를 내 주인으로 여기겠다."

"아무스!"

내가 소리를 지르며 팔을 뻗는 순간, 아무스가 제 뒤에 시커먼 공간을 열었다.

"들어가라, 황제. 솔레아도 지나왔던 길이니."

"나를 시해하려는 속셈인 것을 모를 줄 아느냐!"

아무스는 발악하는 황제의 귓가에 대고 속삭였다.

"멀쩡히 통과하면 나뿐 아니라 마물들과 정령들까지 모두 너의 것이다. 한 나라의 황제로 남을 건지, 세상을 주무르는 신이 될 건지 선택해라."

그 말을 들은 황제는 뒤돌아서서 응접실에 있는 모두를 둘러봤다.

호위 기사들은 황제를 말렸지만 그는 단호했다.

"다녀오겠다."

공작님까지 편안한 표정이었다.

"폐하께서 무사 평탄히 돌아오시길 바라겠습니다."

"자네의 그 말이 진실인지 껍데기뿐인 허언인지는 내 다녀와서 판단하도록 하지."

"잠깐 기다리십시오. 폐하."

티온이 등을 곧게 펴고 황제의 앞으로 뚜벅뚜벅 걸어갔다.

키가 워낙 큰 탓에 등을 펴고 걷기만 해도 위압감이 느껴졌다. 티온은 싸늘한 눈빛으로 황제를 내려다보며 말했다.

"폐하께서 여기서 실종되시면 베르고는 시험의 당락 여부와는 상관없이 진짜 반역자가 됩니다."

"내가 실종될 거라 장담하고 있군."

"제국을 다스리시는 황제 폐하의 거취를 알 수 없으면 그게 실종 아닙니까."

"아이고, 마침 제가 들고 다니는 영상석이 여기에!"

카라샤펠은 보물찾기를 하는 사람처럼 능청스럽게 주머니 속에서 영상석을 꺼내며 소리쳤다.

모두의 시선이 쏠리자 사뭇 부끄러운 시늉도 했는데, 그 모습이 가증스러울 정도로 태연했다.

"황녀라는 자리가 아무래도 위험이 많다 보니 증거 수집을 위해 항상 영상석을 들고 다닌답니다. 다행히 제가 돈이 많아서. 공녀도 앞으로는 늘 영상석을 들고 다니도록 해."

영상석을 테이블 위에 내려놓은 황녀는 황제 쪽으로 굴리며 말했다.

"말씀은 남기고 가세요, 폐하. 돌아오셨을 때 황좌에 누가 앉아 있을지 어찌 압니까."

황제는 카라샤펠을 노려보다가 헛웃음을 터뜨렸다.

"그래, 내가 너를 이리 키웠지. 대신 내가 멀쩡히 돌아오면 너는 내 충실한 종이 될 것이다. 카라샤펠."

"저는 태어나는 순간부터 폐하를 보필할 운명이었습니다."

어쩐지 자조적으로 들리는 말투였다. '보필할 운명'이라는 게 그 외에 다른 삶을 생각할 여유조차도 없었다는 것처럼 들렸다.

황제는 영상석에 대고 굳은 얼굴로 말했다.

"나는 나의 의지로 용의 시험을 받기로 하였다. 돌아오면 용과 마물, 정령들까지 모두 내 손에 들어오게 되는 시험이니 도전해 볼 만한 가치가 있는 일이지. 나와 함께 온 기사 퀘반과 디페트가 증인이 되어 줄 것이다."

그러곤 한참 말을 잇지 못하던 황제는 살짝 미소를 머금었다.

"그리고 내가 떠난 후 제르노아는 1 황녀 카라샤펠이 통치하도록 해라. 유일한 적자이니. ……나의 피를 가장 진하게 이어받은 딸이다."

이윽고 황제는 검은 공간 안으로 사라졌다.

아무스는 곧장 그를 뒤따라 들어가려 했다.

"아무스. 또 어디 가는 거야. 가지 말라고 했잖아. 내가 널 어떻게 찾았는데 저기로 또 들어가려고 하는 거야……!"

아무스를 붙잡는 순간 내가 지나온 시간들이 머릿속을 스쳐 지나갔다.

얼마나 오랫동안 그가 돌아오기를 갈망하고, 그러면서도 아무스와 다시 만나게 될 날을 기다리며 견뎠는지 모른다.

근데 거길 또 들어가겠다니.

아무스는 자신의 옷소매를 붙잡고 있는 내 손을 떼어 내고는 씨익 웃었다.

그러고는 내 양 뺨을 붙잡고 콧잔등에 짧게 쪽, 뽀뽀했다.

"걱정 마. 네가 아니면 못 해낼 일들이야."

장난스러운 웃음기를 머금은 아무스는 방금 내가 그랬던 것처럼 오른쪽 눈을 찡그리며 윙크를 한 후 검은 공간 속으로 사라졌다.

응접실이 적막으로 가득 찼다.

사람들은 아무런 말도 하지 못했고 나 역시 텅 빈 허공을 멍하니 보고 있을 뿐이었다.

대체 어쩌다 일이 이렇게 된 건지 이해할 수가 없었다.

공작님과 그레이를 살려 준 카라샤펠이 반역자가 되는 걸 막기 위해 그녀가 우리를 도운 게 정당하다고 말한 것뿐인데.

……모른 척했어야 했나. 카라샤펠이 반역자가 되건 말건, 우리 가족이 다친 이유를 끝까지 모르쇠로 일관하고…….

나는 고개를 저었다.

그런 삶은 베르고에서 배운 적이 없었다.

내가 근 1년간 이곳에서 배웠던 삶의 방식은 그런 게 아니었다.

멍하니 서 있는 내가 걱정됐는지 그레이가 내 옆으로 와 물었다.

"너 괜찮아?"

"……응. 괜찮아. 아무스는 돌아올 테니까."

카라샤펠이 테이블 위의 영상석을 집어 올리며 입을 열었다.

"이 영상석에 기록된 폐하의 말씀이 용이 실재한다는 증언이 될 수 있겠군. 그리고 이 저택에서 일하는 사용인들도 용의 존재를 알다 못해 익숙하게 여기는 정도니 전설 속의 존재를 인정하는 건 그리 어렵지 않을 듯해. 일단 고집 센 귀족들의 상식부터 깨부수도록 하지. 누가 나와 함께 황궁으로 갈 거지?"

나는 카라샤펠을 똑바로 보며 손을 들었다.

"공녀가 갈 거야?"

"네. 제가 용의 주인이니 제가 가야죠."

"좋아. 증인이 한 명 더 필요하니 베르고 공도 함께 가지."

랏샤와 공작님과 함께 황궁으로 향했다.

전에 랏샤가 주최한 파티에 참석했을 때 이후로는 처음으로 방문하는 것이었다.

랏샤는 황족과 각 부서 장관들을 모두 모아 놓고 전설 속의 용은 실존한다는 얘기를 시작했다.

본인이 직접 봤으며, 베르고의 공녀인 솔레아 폰 베르고가 용의 주인이라고도 얘기했다.

유명한 마법사였던 이달론은 인간의 수명을 빼앗아 제르노아를 통째로 집어삼키려는 계획을 세우고 있었고, 베르고에서 그걸 막았다고까지 말하자 역시 황비를 비롯한 다른 귀족들이 반발하기 시작했다.

"그런 허무맹랑한 소리를 하시다니요!"

"폐하께 직접 여쭤보겠습니다!"

"용이라니, 억지를 부리는 것도 정도가 있지요! 지금 동화를 쓰시는 것도 아니고 그게 대체 무슨 말씀이십니까!"

공작님이 '큼.' 하고 헛기침을 하며 제 오른쪽 눈을 가로지르는 흉터를 긁적였다.

"그럼 제가 이 흉터를 제 손으로 만들었을까요? ……할 수야 있겠지만 적을 잘 죽이려면 이왕이면 눈이 두 개인 게 더 좋겠지요."

소란스럽던 분위기가 순식간에 가라앉았다. 흉터가 아무래도 더 험상궂은 인상을 만드는 데 일조한 듯했다.

카라샤펠은 들고 온 영상석을 모두에게 보여 줬다.

퀴렐 황비는 분에 찬 목소리로 자리를 박차고 일어섰다.

"저들과 작당하고 나라를 집어삼키려는 속셈이 아닙니까! 베르고는 황족을 죽인 가문입니다! 내 아들을 도륙 내어 죽인 그 가문이라고요!"

퀴렐 황비가 너무 흥분한 탓인지 다른 귀족들은 오히려 차분해졌다.

황제가 직접 영상석에 남긴 말이 꽤 영향이 있는 것 같았다.

"용이 실재한다는 거 아닌가."

"소문이 돌긴 했어. 검은 용이 있다고. 어떤, 마법사를 찾고 있다고 했는데 그게 이달론이었나 보군."

"……사실 카라샤펠 황녀 전하가 황위를 물려받으시는 게 당연하지."

"그럼. 적자가 아니신가."

"베르고 공작이 애런을 죽이긴 했지만 그것도 황명이었으니까."

"재판도 받았다 들었네."

"밤새도록 폐하와 귀족들을 모욕했다지. 마법에 걸린 것도 아닌데 말이야."

"그야말로 미친 게지."

퀴렐은 길길이 날뛰며 소리를 질렀다.

"내 아들이 미쳤다니! 내 아들이 미쳤다니! 거짓말이야! 모두 조작된 거라고! 용이라니, 웃기지도 않는 소리. 황제 폐하를 모셔 와라!"

카라샤펠은 어쩔 수 없다는 듯 고개를 절레절레 흔드는 문 앞에 서 있는 시녀에게 문을 열라고 손짓했다.

시녀가 문을 열자마자 티온과 함께 커다란 마물 세 마리가 느릿느릿한 발걸음으로 들어왔다.

목줄을 채운 걸 보니 그새 목줄 적응 훈련을 한 모양이었다. 아니면 티온을 믿고 마물들이 참아 주고 있는 건지도 몰랐다.

나는 티온에게서 마물 목줄을 건네받고 사람들에게 말했다.

"제가 끊임없이 살아난다는 그 마물도 길들이는데, 전설 속의 용이라고 길들이지 못할 건 뭡니까."

비스듬히 올라간 내 입꼬리를 본 카라샤펠이 슬쩍 내 귓가에 속삭였다.

'방금 굉장히 악당 같았어, 공녀.'

하지만 퀴렐은 끝까지 믿지 않았다.

"폐하께서 직접 말씀하시는 게 아니면 믿지 않겠다!"

그때 허공이 열리고 누군가 시커먼 공간의 균열 속에서 터벅터벅 걸어 나왔다.

황제였다.

……이렇게 빨리 돌아온다고?

그런데 뭔가 달랐다.

분명 황제답게 멀쩡하다 못해 귀티가 좔좔 흐르는 복장으로 공간의 틈 속에 들어갔는데 회의실로 들어선 황제는 남루하기 그지없는 행색이었다.

조금 전 응접실에서 봤던 것과 같은 옷인데도 낡고 해져서 같은 옷이라는 걸 알아보기 힘들었다.

마치 수십 년을 길거리에서 거지처럼 살아온 사람 같았다.

윤기가 흐르던 금발 머리는 희게 셰 버려 금방이라도 바스라질 것처럼 보였다. 황제는 주름이 져 축 처진 눈꺼풀에 반쯤 가려진 푸른 눈으로 느리게 회의실 안을 쭉 둘러봤다.

다들 경악한 채 아무런 말도 하지 못하고 황제를 바라봤다.

카라샤펠이 떨리는 목소리로 그를 불렀다.

"……폐하?"

'폐하'라는 말에 반응하듯 황제는 굽히고 있던 등을 살짝 펴고는 그녀를 바라봤다. 그리고 곱아든 손가락을 어렵사리 움직여 그녀에게 뻗었다.

카라샤펠은 곧장 황제에게 뛰어갔다.

"폐하! 이게 대체 어찌 된……. 아버지. 이게 무슨 일입니까."

"괜찮아, 괜찮아……."

주름진 입가가 천천히 열리며 날카로운 송곳으로 쇠를 긁어 대는 것 같은 걸걸한 음성이 새어 나왔다.

황제는 모든 것을 깨달은 듯 자애로운 미소를 띤 채 회의실 안을 살펴봤다.

"그대로구나……. 모든 것이 그대로야."

그의 눈에서 눈물이 한 줄기 흘러내렸다.

저를 부축하는 카라샤펠의 손을 잡고 다독이는 황제의 얼굴에는 더 이상 어떤 탐욕도 보이지 않았다.

"고생했다. 고생 많았다. 우리 딸. 외롭게도 컸더구나. 이런 애비를 만나 고생했어……."

카라샤펠의 두 눈이 아까보다 더 휘둥그레 커졌다. 생전 그 비슷한 말도 들어 본 적 없다는 표정이었다.

하긴, 천상천하 유아독존 황제가 '나 때문에 고생했다.' 라는 말을 하다니. 나 역시 너무 놀라서 아무 말도 나오지 않았다. 그런 건 나뿐만이 아닌지 회의실 안의 모든 사람들이 말을 잃은 채 황제를 뚫어지게 바라보고 있었다.

황제는 회의실 안 사람들을 하나하나 눈에 담으며 서서히 입꼬리를 올려 웃었다.

"차이칸, 아내에게 잘해 줘야지. 자네 아내가 자네를 위해 얼마나 많은 희생을 치렀나."

"폐, 폐하?"

"가문을 이어받았어야 하는 사람인데 자네에게 오지 않았나. 자네를 그 자리에 앉히기 위해…… 정말 많은……."

말을 하는 황제의 두 눈이 서서히 감겼다. 마치 잠에 빠진 것 같았다.

몸짓이나 특유의 표정이 세상을 다 산 노인 같았다.

"폐하."

"……응."

"아버지!"

크게 부르는 카라샤펠의 목소리에 황제는 두 눈을 번쩍 뜨고 다시 주변을 둘러봤다.

"끝난 거니?"

"네?"

"오, 랏샤. 너로구나. 귀한 내 딸. 널 낳고 얼마나 기뻤는지……."

황제의 정신이 이상했다.

"돌아왔구나. 마가렛, 에시안, 퀴렐……."

황비들에게 차례로 인사를 건네다가 영문 모를 말을 중얼거리기도 했다.

"황후는 어디 있지. 분명히 같이 있었는데 말이야."

"황후 폐하는 11년 전에 병으로 돌아가셨습니다. 그 이후로 황후의 자리는 쭉 공석이었고요."

한 귀족의 말에 황제는 피식 웃더니 고개를 끄덕였다.

"그래. 그랬지. 퀴렐이 황후와 닮아 비로 들였었지."

퀴렐 황비의 얼굴이 붉어졌다. 모두 알면서도 쉬쉬했던 말이었다. 힘없는 백작가인 퀴렐 가문에서 황비가 나온 것은 이례적인 일이긴 했다.

"그런 이유로 데려왔으니 마음을 주지 못했지. 당연한 일이야. 그래, 내 잘못이지……."

퀴렐이 참지 못하고 소리를 질렀다.

"이게 무슨 짓입니까! 용의 시험이라는 웃기지도 않은 농담을 하더니. 황제 폐하가 완전히, 완전히……."

퀴렐은 말을 잇지 못하고 덜덜 떨리는 입술을 꾹 다물었다. 잠시 후, 그녀는 겨우 입을 열어 작은 목소리로 말했다.

"……미치시지 않았습니까."

"퀴렐. 나는 미치지 않았어. 그저 조금 오래 살았을 뿐. 한 발자국 떨어져서 보게 된 거야. 미치지 않았어. 당신의 아들을 지켜 주지 못해 미안해. ……나를 죽이려고 한 당신을 용서할게."

황제를 죽이려 했다는 말에 회의실 안 모두의 시선이 퀴렐 황비에게로 향했다. 그녀는 입을 꾹 닫은 채 고개를 돌렸다.

"……쉬고 싶구나. 카라샤펠."

랏샤는 황제를 부축해 의자에 앉게 했다. 황제는 손을 뻗어 랏샤의 얼굴을 가만히 쓰다듬으며 말했다.

"암, 내 뒤를 이을 사람은 너밖에 없지. 너뿐이란다, 랏샤. 나보다 훨씬 잘할 거다."

그 순간, 허공이 다시 한번 열렸다. 한 치 앞도 보이지 않는 시커먼 어둠을 본 사람들이 흠칫 놀랐다.

그때 검은 공간에서 용의 커다란 머리가 서서히 빠져나오기 시작했다.

"아무스."

이름을 부르자 아무스는 날 다시 봐서 기쁘다는 듯 커다란 얼굴을 내게 비벼 왔다.

"다녀왔어, 솔레아."

용이 실재한다는 사실에 놀랐는지 귀족들이 술렁거렸다. 그들 중 하나가 자리를 박차고 일어나며 소리쳤다.

"저 용의 시험에 들었다가 폐하께서 이상해지신 것 아닙니까!"

아무스는 검은 공간 밖으로 빠져나오며 인간으로 변했다. 다행히 옷을 입고 있는 채였다.

"나는 아무것도 하지 않았어. 그저 그에게 여러 생을 보여 줬을 뿐이다. 그 안에서 무엇을 느끼고 어떻게 변하는지는 모두 그가 선택한 것이다."

그사이에 또 잠들었는지 황제가 코를 골기 시작했다. 그러다 퍼뜩 놀라 눈을 뜨곤 카라샤펠에게 말했다.

"랏샤. 페르곤 후작은 제 아들을 대공으로 받아들여 주지 않으면 서대륙과의 무역권을 제멋대로 끊을지도 모른다는구나. 성정이 뱀 같은 자니 조심하렴."

"예?"

회의실에 앉아 있던 페르곤 후작이 두 눈을 커다랗게 뜨고 눈살을 찌푸렸다.

황제는 또 말을 이었다.

"닷샤, 우리 딸. 일리단에서 온 고기 때문에 제르노아에 전염병이 돈단다. 올해는 고기를 모두 폐기하렴. 아, 타이온 공작은 아내를 패 죽였으니 그의 아들과는 결혼하지 말거라. 아, 참. 그 공자에게는 이미 사생아도 있어. 대장장이의 딸을 억지로 취해 자식을 만들어 놓고는 책임도 지지 않는 파렴치한 자가 너를 넘보다니. 말도 안 되지."

그리고 또 잠이 들었다.

타이온 공작이 소리를 지르며 일어났다.

"모함입니다! 폐하께서 미치신 게 틀림없다고요!"

황제가 가끔 눈을 뜰 때마다 하는 말은 주변인을 향한 사과와 드물지만 누군가를 용서하는 말, 그리고 그 외에는 미래에 일어나는 일에 대한 것이었다.

"모함이 아닙니다. 저 또한 그곳에 다녀왔으니까요. 폐하께서 하신 말씀은 모두 진실일 겁니다. 제가 증인이 되겠습니다."

내 말에 놀란 이들이 나를 바라보긴 했지만 어찌 반응해야 할지 모르는 것 같았다.

그 와중에도 황제는 말을 멈추지 않았다.

누가 누구를 죽이려고 했다, 또는 누가 누구를 죽였다, 협박을 했다, 뇌물을 줬다, 등등.

카라샤펠은 황제의 모든 발언에 대한 조사를 하겠다고 선언했다. 귀족들의 반발이 있었지만 그녀는 뜻을 꺾지 않았다.

"이 모든 게 명백한 사실로 밝혀져야 폐하께서 미치시지 않았다는 걸 증명할 수 있습니다. 말씀을 가리지 못하시니 지금 두서없이 하신 말씀들이 적어도 거짓말은 아니라는 뜻이죠. 아비가 미쳐서 빈자리가 된 황좌에 제가 앉게 된

게 아니라, 정당하게 제 자리를 물려받은 것이어야 합니다."

"어차피 황녀 전하가 적자 아니십니까! 그렇게까지 해서 귀족들을 뒤엎으시려는 이유가 뭡니까! 그 혼란을 어찌 책임지시려고요!"

"어느 누가! 제 아비가 미쳤단 소리를 듣고도 가만히 있겠습니까! 내겐 딸로서, 아버지의 결백을 밝혀야 할 의무가 있습니다! 당신들 모두 아까부터 폐하가 미쳤다고 떠들고 있잖아!"

카라샤펠이 진심으로 흥분해서 악을 지르는 건 처음 봤다.

씩씩거리던 카라샤펠은 크게 숨을 들이마셨다가 느리게 내뱉은 후 말했다.

"……허나, 폐하께서 정상적으로 업무를 처리하실 수 없는 것은 사실이므로 지금 이 순간부터 내가 폐하의 대리인으로서 국정을 책임지겠다. 방금 말했듯 귀족들의 비리에 대한 조사도 들어갈 예정이니, 지금부터 다들 최선을 다해 숨겨 보든지, 알아서 자수하든지 해라."

말을 마친 후 카라샤펠은 황제를 부축해 회의실을 빠져나갔다.

회의실에 남은 귀족들 중 몇몇이 말도 안 된다며 화를 냈다. 그러자 황제에게 언급되지 않은 귀족들이 새로운 황제 폐하가 즉위하시면 귀족들의 지위가 바뀌는 것은 흔한 일인데 뭘 그리 성을 내냐며 대수롭지 않다는 듯 말했다.

결백함에서 나오는 태연함이었다.

그리고 공작님 역시 태연하다 못해 차분한 얼굴로 내게 말했다.

"전하를 따라가 보렴."

"혼자 여기 계시게요?"

"그래. 전하 혼자 폐하를 부축하기엔 힘에 부치실 게다. 아무스는 남고. 용의 존재를 믿지 못하는 자들이 아직도 있는 듯하니 조금 더 대화를 해 봐야겠구나."

"그래도 아빠. 지금 귀족들 다 너무 흥분해 있어서 걱정돼요……."

"랏샤는 네 친구잖니."

공작님의 입에서 나온 '랏샤'라는 이름에 나는 결국 몸을 움직였다. 회의실 밖으로 나가 복도를 빠르게 걷다 보니 앞서 걷고 있는 카라샤펠과 황제 폐하가 보였다.

"랏샤. 여기가 어디지?"

"황궁이에요. 지금 폐하의 침실로 가는 중입니다."

"……엇, 당신 눈엔 제가 보이십니까? 여기가 어디요? 내가 또 어디로 와 버린 거지."

울음을 참는 듯 카라샤펠의 두 어깨가 파르르 떨렸다. 차마 두 사람 사이에 끼어들 수 없어 얌전히 뒤를 따라 걷기만 했다.

"아까 용의 시험을 받겠다고 하셨을 때 제가 말리지 않아서…… 저를 원망하진 않으세요? 제가 황좌에 눈이 멀어서 아버지를 사지로 내몬 미친년 같지 않냐고요."

랏샤의 목소리에 울음기가 약하게 섞여 있었다.

"누구십니까?"

황제는 카라샤펠에게 잡힌 팔을 빼내고는 낯선 자를 보듯 그녀를 바라봤다.

그러다가 갑자기 빙그레 웃으며 그녀의 얼굴을 쓰다듬었다.

"우리 딸과 똑 닮았네. 우리 랏샤. 똑똑하고 야무진 내 딸. 날 많이 닮은 내 사랑하는 딸, 랏샤."

"……랏샤를 사랑하세요?"

"그럼. 사랑하고말고. 너무 사랑하지. 황제로 태어나지 않았으면 더 많이 표현했을 거요. 내가 보고 왔으니까 단언할 수 있습니다. 어릴 땐 랏샤도 지금보다 훨씬 순수했는데. 아. 이건 비밀인데, 내 딸은 조금 약았습니다. 욕심도 있고, 무서울 정도지요. 그래도 자기 자리를 지키려다 보니 그렇게 된 거라…… 평범하게 컸으면 달랐겠지요."

떠돌이가 여행지에서 만난 이에게 말을 건네는 것처럼 추억에 젖은 말투였다.

랏샤는 눈물 젖은 얼굴로 픽 웃었다.

"……욕심도 있고, 무섭고, 약은 그 랏샤도 사실은 아버지를 사랑한대요."

황제의 두 눈이 동그랗게 뜨였다. 진심으로 기쁜 듯 검은 공간에서 돌아온 이후 처음으로 눈에 이채가 어렸다.

"랏샤를 아십니까? 우리 딸이 지금은 좀 무서워도 어릴 땐 정말 순수했답니다."

황제는 긴 복도를 걸으며 랏샤에게 끊임없이 제 딸이 처음으로 뒤집기를 했을 때와 자신을 '아빠'라고 불렀을 때 얼마나 감격스러웠는지를 반복해서 얘기했다.

황제라는 자리가 생각이 나지 않을 정도로 딸이라는 존재가 사랑스러웠다고. 자리를 지켜야 한다는 부담과 흐르는 세월에 감정이 마모되어 표현하지 못한 게 미안하다고 말했다.

그래도 용이 보여 주는 세월 속에서 타인이 된 것처럼 인생을 몇 번이나 보고 나니 알 수 있었다고.

외로움이나 원망. 사랑 같은 수많은 감정들을.

"제 딸을 만나게 되면 꼭 전해 주세요. 사랑한다고."

랏샤는 부드럽게 고개를 끄덕였다.

"따님이 벌써 알고 있대요."

"그렇습니까? 다행이군요……."

황제는 안심이라는 듯 제 가슴을 쓸어내린 후 제 방으로 들어갔다.

잠자리를 봐 주려는지 랏샤도 그를 따라 들어갔다. 잠시 후 방 밖으로 나온 랏샤의 눈가가 살짝 붉어져 있었다.

"공녀의 용 덕분에 평생 못 들을 줄 알았던 말을 들었군. 황위도 생각보다 빨리 물려받게 될 것 같고 말이야."

나는 말없이 랏샤를 끌어안았다.

"뭐야. 왜 이래."

"친구끼리는 가끔 이래요. 그냥, 좀, 위로가 필요하지 않을까 해서."

"하! 아빠한테 사랑한다는 말을 처음 들어 본 사람을 처음 봤나."

"무슨 이럴 때도 그런 농담을 하세요."

"그래? 난 처음 봤는데."

나를 꼬옥 끌어안은 랏샤는 내 어깨에 얼굴을 묻은 채 조금 울었다.

아주 조금 울고, 언제 그랬냐는 듯 귀족들에 대한 대대적인 조사를 시작했다. 역시 적이 되면 안 될 사람이었다.

※ ※ ※

몇 주가 정신없이 지나갔다.

황제 대리인이 된 카라샤펠 황녀는 어떠한 뇌물도 받지 않고 청렴하게 황제가 증언한 내용에 따라 모든 귀족들을 빠짐없이 조사했고, 그 과정에서 수많은 귀족들이 작위를 박탈당하거나 영지를 몰수당했다.

황녀는 일이 이렇게 늘어난 건 내 용 때문이니 베르고에서 책임지라 말했다.

그 때문에 공작님은 원래도 바빴는데 이젠 매일 황궁에 출퇴근하며 얼굴 보기도 힘들어졌다.

게다가 나도 매일 랏샤가 황궁으로 불러 일을 시키는 통에 잠이 부족할 지경이었다.

"랏샤! 나는 그렇다 쳐도 우리 아빠 좀 쉬게 해 줘요! 이제 눈도 한쪽밖에 못 뜨는데!"

"야. 니네 아빠 한쪽 눈이라도 멀쩡한 게 어디냐. 우리 아빠는 옳은 말만 한다 뿐이지, 사람도 못 알아봐. 가서 일해."

……맞는 말이네.

황녀의 집무실에서 빠져나가려다 다시 붙잡혔다.

"솔레아. 이거."

"……또 뭔데요."

"뭐긴 뭐야. 일이지. 가져가. 바빠."

예전부터 내 일솜씨가 탐난다고 하던 랏샤는 이제 마음껏 부려 먹을 수 있겠다 싶으니 나를 전보다 더 편하게 대했다.

"마법사 협회? 이게 뭐예요."

"이달론 네가 죽였잖아. 마물 부리고, 용 부리고 하는 사람이 마법사 협회장 돼야지. 그럼 누가 돼? 빨리 가서 정리하고 와."

"랏샤! 난 지금 상단 일이랑 전하가 명령한 문화 재건 사업만으로도 바빠서 죽을 거 같은데!"

"그걸 시킨 랏샤도 바빠. 우리 일에 치여 죽지 말고 다시 만나자. 안녕, 솔레아."

랏샤의 시녀인 로빈이 다소 애잔한 눈빛으로 나를 바라보며 집무실 바깥으로 이끌었다.

자주 보다 보니 그녀와도 친해졌다. 로빈은 집무실 문을 소리 나지 않게 닫고는 목소리를 낮춰 속삭였다.

"마법사 협회 측에서 이달론이 못된 놈인 건 알겠는데 빈자리는 어떻게 하실 거냐고 하도 괴롭혀서요. 사실 공녀님 말고 누가 그 자리에 앉겠습니까."

맞는 말이긴 했다.

다만 모든 일들이 해일처럼 밀려와 적응이 힘들 뿐.

로빈은 안쓰러운 표정으로 나를 내려다보며 두 손을 모아 빌기 시작했다.

"우리 전하 좀 도와주세요, 공녀님. 지금도 너무 바쁘셔서……. 용이 실존한다는 것 때문에 외국에서도 자꾸 사절단을 보내겠다고 난리고, 그동안 해석하지 못했던 오래된 문화재들도 다시 살펴보시느라 정신이 없으세요. 전하가 뻐딱하게 말씀하시긴 해도 공녀님을 많이 의지하고 계세요. 네? 부탁드려요."

"아유……. 로빈이 잘못한 것도 없는데 왜 빌어요. 알았어요. 일하면 되죠. 제가 협회장…… 일단 가서 말해 볼게요. 대신 우리 아빠 잠만 제때 잘 수 있게 해 주세요."

"그럼요. 그건 제기 잘 말씀드릴게요."

로빈은 그제야 안심한 듯 나를 보며 싱긋 웃었다.

처음 봤을 땐 그저 딱딱하고 무섭기만 한 줄 알았는데 생각보다 정이 많은 사람이란 말이야.

나는 황제 대리인인 랏샤의 직인이 찍힌 마법사 협회장 임명장을 들고 빠르게 황궁을 빠져나왔다.

'왕주인!'

"왜?"

'방금 로빈이 집무실 안으로 들어가서 랏샤한테 '말씀드린 대로 마음이 약해지시도록 싹싹 빌었습니다. 흔쾌히 협회장 자리를 맡겠다고 하셨습니다.' 라고 말했어!'

"……하, 시발. 속았네."

하여간 이 요망한 랏샤.

이래서 아빠가 친구를 잘 사귀라고 한 거구나. 내 팔자려니, 해야지. 어쩌겠어.

궁 밖으로 나오자 넓은 정원 잔디에 몸을 웅크리고 엎드려 있는 나의 검은 용이 보였다.

"아무스! 공작저면 몰라도 여기선 변신하면 안 된다고 했잖아. 황궁 정원은 잔디 망가지면 우리가 물어 줘야 된단 말이야."

"다 들었어. 마법사 협회 본부로 가야 하지? 날아서 가자."

이제 검은 공간의 틈으로 들어가지 않는다.

내가 그곳을 꺼려 하는 걸 알기 때문인지 아무스는 더 이상 검은 공간을 열지 않았다.

아무스의 꼬리부터 차근차근 밟아 등 위로 올라가는데 누군가 말을 걸어왔다.

"공녀님! 안녕하세요!"

"악! 깜짝. 아, 오빠!"

그레이였다.

"왜 여기 있어? 전하가 오빠 너도 일하래?"

"야, 너어는 반말을 할 거면 반말을 하고, 오빠라고 할 거면 오빠라고 하지. 듣는 그레이 헷갈리게 말투가 그게 뭐냐."

"뭐야, 나 바빠. 빨리 말해! 궁엔 왜 왔어! 너까지 일 시킨다고 하면 전하한테 가서 따질 거야!"

뒤에 사람들을 줄줄이 달고 온 그레이는 씩 웃으며 말했다.

"전하가 용에 관한 사라진 문화를 다시 찾고, 되살리는 일을 베르고한테 맡기셨잖니. 근데 캬, 이런 머리 쓰는 일을 누가 하겠니. 큰형은 검만 쥐어 본 데다가."

"헤이먼이 하면 되잖아. 헤이먼이 더 머리 좋은데 왜 네가 해?"

"너어는 또 오빠를 무시하는구나. 그게 아니라, 헤이먼은 지금……."

랏샤가 창문을 열고 소리쳤다.

"솔레이! 너 빨리 안 가! 나 바쁘다고 했지! 마법사 협회 본부에서 오늘까지 임명 안 하면 축제 날짜 미룬다고 했다고!"

"아, 알았어요! 간다고요! 성질이 왜 저래! 나라 꼴 잘 굴러간다!"

"너 내 호위 기사들한테 죽고 싶어?!"

"안 죽일 거면서!"

"하여간 자기 주제를 아주 잘 알고 똑똑하고 건방져! 빨리 가!"

"네!"

얼른 아무스의 등을 타고 올라 목 위에 앉았다.

"그레이! 아무튼 열심히 해!"

랏샤가 준 종이들 가운데 마법사 협회 본부 위치가 적힌 종이를 골라 아무스에게 내밀었다.

"기사님. 여기로 가 주세요. 빨리요."

"손님. 여기는 용이 못 들어가는 골목이에요. 몸을 돌릴 수가 없잖아요."

내가 지윤이었을 때의 기억을 모두 알고 있는 아무스는 내가 자기 위에 탈

때마다 하는 상황극을 매번 받아 주었다.

"크흐흐."

"손님. 내려서 다른 용 타고 가세요. 내가 돈 안 받을게."

"아, 진짜 택시 기사님 같잖아!"

한참 낄낄 웃은 아무스는 다정한 목소리로 내게 말했다.

"쫙. 이제 출발할까?"

"응. 가자."

아무스가 날개를 펼치기 일보 직전 그레이가 외쳤다.

"야, 잠깐. 잠깐."

그레이 뒤에 있던 누군가가 커다란 짐 가방에서 긴 천을 꺼내 그레이에게 전달했다. 그레이는 돌돌 말린 붉은 천을 들고 우리에게 다가왔다.

"이거 좀 묶자."

"처형. 불편하게 왜 이러는지 모르겠군. 싫다."

"처형이 아니라고 몇 번을 말하는지 나 원 참."

투덜대면서 그레이는 긴 천의 양 끝단을 아무스의 발톱에 묶었다. 아무스가 날아오르면 천이 아래로 펼쳐지며 글자가 나타날 모양이었다.

"오빠. 거기 뭐라고 썼어?!"

"그런 게 있어! 다 내가 너 생각해서 준비한 거다."

뭔가 불안했지만 더 이상 지체할 수 없었다. 해가 지기 전에 마법사 협회 본부에 도착해서 황제 대리인인 랏샤가 찍은 직인을 보여 주고 협회장 자리를 받아야 했다.

물론 거기서도 또 할 일이 있겠지만.

일단 아무스의 긴 뿔 끝을 양손으로 잡았다. '날자.'는 우리만의 신호였다. 아무스는 순식간에 두 날개를 펴고 크게 움직였다. 단 한 번의 날갯짓만으로도 빠르게 지면에서 멀어졌다.

새빨간 천이 펄럭이며 아래로 펼쳐졌지만 내가 앉은 자리에서 잘 보이지 않았다.

"아무스. 천에 뭐라고 적혔는지 보여?"

"잘 안 보이는데?"

정령들에게 소리쳤다.

"집중의 박수를!"

'왜!'

'왜?'

'분홍이랑 놀고 있었는데!'

'분홍이 지금 일하느라 바빠서 도와주고 있었는데!'

'은발 놈도 일하러 가고, 아가 불곰도 일하러 가고, 꼬마 처형도 일하러 가서! 우리 분홍이 혼자 저택에서 일하고 있는데!'

'우리 왜 불렀어!'

바쁜 건 나뿐만이 아닌 듯했다.

하긴, 마물들이 잘 따르는 티온은 마물의 인식 개선을 위해 영상석에 마물들과 함께 노는 모습을 찍어 여기저기 유포하곤 했다.

마물을 갑자기 마주쳤을 때 어떻게 행동해야 공격받지 않고 그들과 유대감을 쌓을 수 있는지에 대해 여러 상황별로 영상석에 찍느라 아빠와 다른 의미로 얼굴 보기가 힘들었다.

친오빠가 갑자기 백만 구독자를 가진 유튜버가 된 기분…… 낯설다.

그러니 우리가 원래 공작저에서 하던 일은 당연히 헤이먼이 혼자 처리하게 됐다.

나라가 급변하고 있는 이 시기에 굳이 우리 가문만 뼈가 갈리도록 바쁠 게 뭐람.

눈물이 난다.

"다른 게 아니고, 아무스 발톱에 묶인 천에 뭐라고 적혔는지 말해 줄래? 그레이가 달아 줬거든."

정령들은 빠르게 밑으로 날아갔다가 다시 내 앞으로 날아왔다.

'‘충격! 용 진짜 있음!’ 이라고 엄청 크게 적혀 있어.'

“……잠깐만. 뭐라고?”

골이 띵하다.

문화 재건 사업을 한다는 놈이 그런 걸 우리 아무스 발톱에 달고 다니라고 했단 말이야?

“떼 줘!”

'안 돼! 왕주인! 밑에 다른 글자도 있단 말이야.'

“뭔데?”

'주의. 험악한 베르고의 공녀가 타고 있어요.'

아무스 머리 돌려서 다시 돌아갈까. 가서 그레이 한 대만 때리고 올까.

“풉.”

“……아무스. 웃겨? 재밌냐고.”

“아니야. 혹시라도 무슨 일 생기면 사람들이 너 먼저 구할 수 있을 거 같아. 네가 타고 있다고 했으니까.”

“충격! 용 진짜 있음! 이딴 말을 발에 달고도 웃음이 나오는 거야?”

“그럼. 너랑 같이 있는데 안 웃을 이유는 뭐야. 난 지금 너무 좋아.”

부드러운 목소리로 말하는 아무스 때문에 내 쪽팔림이 아무것도 아닌 것처럼 느껴졌다.

아무스는 요즘 내 곁에서 떨어지려고 하지 않았다.

숨바꼭질이 끝났잖아, 라며 나를 꼭 안고 있거나 아무도 보지 않을 때면 입을 맞추기도 했다.

그리고 가끔 물었다.

“얼마만큼 행복해?”

“아주 많이.”

이렇게 답하면 정말 안심이 된다는 듯 아무스는 환하게 웃어 보였다.

"다행이야."

한참 날던 아무스는 한 건물 옥상 위로 내려갔다.

"도착했습니다. 손님."

"여기가 본부야?"

"응. 네가 보여 준 지도상으로는 여기가 맞아."

뭔가 이상했다.

명색이 마법사 협회 본부인데, 너무 오래되고 낡은 건물이었다.

제르노아에 있는 마법사들의 수가 적지는 않을 텐데. 본부가 이렇게나 초라하다니.

뭔가 수상하다는 생각에 잔뜩 긴장한 채로 옥상 문을 열었다. 계단에 발을 디디기도 전, 우리가 도착한 걸 멀리서부터 봤는지 계단을 우당탕탕 뛰어 올라오는 소리가 들렸다.

"진짜 오신 거야?"

"왔다니까! 내가 봤다고!"

"오늘까지 안 보내 주시면 황궁에 찾아갈 작정이었지!"

"진짜 용을 타고 오셨어?"

"아, 속고만 살았나! 광고 문구까지 적혀 있던데 뭘! '충격! 용 진짜 있음!' 이라고 대문짝만하게 적은 천까지 달고 오셨어!"

……아, 쪽팔린다.

용으로 있는 모습을 보여 주는 게 더 부끄러울 것 같아 아무스에게 사람으로 변하라고 말을 하려고 고개를 돌렸다.

이미 변해 있었다.

내 용은 점점 눈치가 빨라졌다. 발에 묶인 천도 풀려는 순간 계단을 올라온 사람들과 눈이 마주쳤다.

"고, 흥, 공녀님?"

"베르고의 공녀님 맞으십니까?"

"용, 헉, 용 님을 타고 오셨죠? 먼 길 오시느라 고생하셨습니다!"

헉헉거리며 남은 계단을 올라온 이들은 흐르는 땀을 닦으며 내게 악수를 건네다가 얼른 다시 손을 거둬들였다.

"제가…… 땀이 좀 나서, 죄송합니다."

"하하. 아니에요. 축제 준비 때문에 협회장을 급하게 뽑아야 한다고 전하께 말씀드렸다면서요."

"예. 아시다시피 마법사들이 주관하는 제르노아의 오래된 전통 축제가 있지 않습니까? 그런데 올해는 용의 전설이 사실로 밝혀져 많은 사람들이 호기심을 가지고 있으니, 용 님을 주인공으로 할까 해서……."

마법사들은 내 옆에 서 있는 검은 머리 남자를 힐긋거리며 눈치를 살폈다.

"난 솔레아의 것이다."

아무스의 말에 마법사들은 내게 머리를 숙였다.

"마력을 넘치도록 갖고 계신다는 말씀은 익히 들었습니다! 공녀님! 협회장이 되어 주시고! 축제도 함께 기획해 주시고! 마법사 협회도 이끌어 주십시오!"

……아, 그러니까 또 일을 하란 소리군요.

아무스가 살짝 고개를 숙여 물었다.

"짝. 지금 행복해?"

"아니. 별로."

아무스는 입꼬리를 내리고는 내 목덜미에 얼굴을 묻었다.

일이라니. 또 일이라니.

모든 일이 해결된 후에도 일이라니. 살려 줘요!

본부의 마법사들의 얘기를 들어 보니 이번 축제는 수도에서만 열리는 축제가 아니라 제르노아 제국의 도시 전체에서 같은 날, 같은 시간에 열리는 축제라고 했다.

심지어 3일 내내 진행되는 축제기 때문에 어마어마한 양의 마력이 필요하다고 했다. 내가 여기 온 지 아직 1년이 되지 않았으니 내가 이 축제에 대해 모르는 건 당연했다.

"3일이나 축제를 한다고요? 그것도 전국에서……? 그걸 사람들이 좋아하나요?"

"그럼요! 평소엔 마력을 함부로 쓰지 않는 마법사들도 그 기간 동안은 아끼지 않고 펑펑 쓰지요! 공녀님도 보셨을 텐데요. 하늘에 온갖 색의 마력이 커튼처럼 펼쳐진 걸요."

"아, 제가 기억을 잃어서요. 최근 몇 달의 기억 말고는 생각나는 게 없네요."

"아이고, 참. 그러시지요. 죄송합니다."

비꼬기 위해 한 말이 아니라 진심으로 깜빡했다는 표정이었다.

다른 마법사들이 말을 꺼낸 그 마법사의 옆구리를 쿡쿡 찌르며 내 눈치를 살폈다.

"전 괜찮아요. 추억은 앞으로 쌓아 나가면 되니까요."

내 말에 빙긋이 웃은 아무스는 내 어깨에 머리를 기대 왔다.

물론 키가 커서 허리를 옆으로 꺾다시피 해 몸이 기울어진 것 같은 모양새였지만.

자칼이라는 마법사는 기묘한 자세로 내게 기대고 있는 아무스를 슬쩍 올려다봤다가 얼른 눈을 내리깔며 말했다.

"그래서 아까 말씀드렸다시피 이번 축제의 테마는 '용'이 어떨까 합니다."

"뭐, 좋죠. 이달론에 의해서 사라진 문화를 다시 찾은 기념도 될 테고요."

그런데 마법사들의 분위기가 심상치 않았다. 저들끼리 눈빛을 주고받으며 나와 아무스를 끊임없이 힐끔거렸다.

"무슨 문제라도 있어요?"

자칼 뒤에 서 있던 한 남자가 앞으로 나섰다.

"반갑습니다. 공녀님. 제 이름은 프라파노라고 합니다."

"네, 안녕하세요."

"공녀님께서 가져오신 임명장을 보여 주실 수 있을까요?"

황제 대리인의 직인이 찍힌 임명장을 저들끼리 돌려 보던 마법사들은 또 한 참 수군거리다가 내게 고개를 숙이며 말했다.

"용의 주인이시고, 정령들과 마물들을 길들이셨다는 얘기는 익히 들었습니 다. 용의 존재도 방금 눈으로 봤으니 당연히 믿습니다. 허나, 마법사 협회장이라 는 자리는…… 아무래도 마력의 양이 중요하기 때문에, 용이나 정령, 마물들과 는 관계없이 공녀님의 능력 여하에 따라 정해야 하는 것이 아닌가 하는……"

주절주절 떠들고 있지만 요점은 그거였다. 내가 자격이 되는지 궁금하다는 것.

"마법을 보여 드리면 될까요?"

"예. 보여 주시기만 하면."

프라파노의 말이 끝나기도 전에 마법사들이 서 있던 바닥이 무너졌다. 건물 하나가 완전히 허물어지며 마법사들이 모두 아래로 떨어졌다.

물론 아무스와 나는 빼고. 난 이제 아래로 떨어지는 감각은 징글징글하니까.

"으아아악!"

깜짝 놀란 그들 중 몇 명은 공중 부양 마법 주문을 외쳤지만 아무런 소용이 없었다. 몇십 초가 넘는 시간 동안 아래로 떨어지던 그들이 눈에 보이지 않을 즈음이 되었을 때 나는 손가락을 튕겼다.

딱, 소리가 울리는 동시에 그들과 우리는 구름 한가운데에 서 있었다.

"허, 흐억, 허억……"

"공녀님! 이게 무슨 짓입니까!"

나는 태연하게 웃으며 그들에게 답했다.

"여기서 보는 풍경이 아름다워서 다 같이 보고 싶었네요. 뭐, 마법도 보여 드릴 겸."

프라파노를 비롯한 마법사들의 표정은 가관이었다. 쓰고 있던 안경을 벗는 이도 있었고, 높은 곳을 싫어하는지 옆에 있는 다른 마법사의 팔에 달라붙는 자도 있었다.

때마침 해가 지고 있었다. 눈이 멀 정도로 환한 노을빛이 구름 사이로 새어 나왔다.

마법사들은 눈살을 찌푸리며 손바닥으로 얼굴을 가렸고, 아무스는 날개를 꺼내 내게 그늘을 만들어 줬다.

"고마워, 아무스."

아무스는 싱긋 웃더니 허리를 굽혀 내 귓가에 속삭였다.

"그럼 나중에 뽀뽀해 줘. 네가 해 줘."

"……알았어."

조용히 고개를 끄덕이자 아무스는 만족스럽다는 듯 활짝 웃었다.

우리가 꽁냥대며 닭살을 떨어 대는 동안 마법사들은 마치 퇴마라도 당하는 것처럼 강한 빛에 맥을 못 추고 있었다.

눈을 질끈 감은 그들이 결국 내게 소리치기 시작했다.

"공녀님! 이러다 눈이 멀겠습니다!"

"태양과 이리 가까이 있다니, 믿을 수가 없습니다. 공녀님의 마력의 양은 이제 알겠으니 그만둬 주십시오!"

"산소가 부족합니다! 숨이 찬다고요. 공녀님! 제발!"

몸을 움츠린 채 와들와들 떨고 있는 그들이 이젠 불쌍해 보여 상냥한 목소리로 말했다.

"괜찮아요, 눈을 뜨세요."

"그럴 순 없습니다!"

"정말 괜찮습니다. 눈을 떠 보세요."

마법사들이 하나둘 눈을 뜨기 시작했다. 본부 안이었다. 건물은 무너지지 않았고, 바다 역시 멀쩡했다.

"무, 무슨……."

"우리가 방금까지 본 게 모두 환상이었습니까?"

믿기 힘든지 마법사들은 주변을 연신 두리번거렸다.

"네. 마법이었죠. 보여 달라면서요?"

"그래……앴죠."

마법사들은 말끝을 흐리며 탁자를 두드려 보고, 벽을 만져 보기도 하고, 제 눈을 비비기도 했다.

이번엔 프라파노가 아닌 마치안토가 언성을 높였다.

"혹시 용이 옆에서 도와준 것 아닙니까? 인간이 주문도 외우지 않고 마법을 부리는 건 듣도 보도 못했습니다!"

"왜? 이달론이 한 걸 나는 못 할 거라고 생각하는 건가?"

마치안토에게 한 걸음 다가서며 물었다. 그러곤 그의 어깨에 손을 살짝 가져다 댔다. 공간의 틈에 다녀온 뒤로 내겐 특별한 능력이 생겼다. 바로 사람들의 과거를 빠르게 훑어볼 수 있는 능력이었다.

"마치안토. 베겔랑에게 뇌물을 주고 그 자리에 앉은 것치고는 꽤나 자신감이 넘치네. 임신한 아내한테나 잘하지 그래? 멜론이 먹고 싶다는데 왜 화를 냈어. 사다 주면 될걸."

"……자고 있는데 깨우니까 저도 모르게 그만……. 아니! 왜 남의 사생활을 마음대로 발설하십, ……그런 것도 보이십니까?"

벌컥 화를 내던 마치안토는 이내 깨달았다는 듯 놀란 눈으로 작게 중얼거렸다.

"……용의 시험을 통과하셔서 그러신 겁니까?"

용의 시험을 통과하면 본인도 나처럼 될 수 있는지 궁금한 듯했다.

"용의 시험이라는 거…… 저도 받을 수 있습니까?"

탐욕으로 물든 눈동자가 아무스를 향했다. 아무스는 고개를 까딱 기울인 후 인상을 찌푸렸다. 그의 노란 눈동자에 살기가 어렸다.

"너는 죽을 것이다. 황제는 많은 인간을 돌보는 게 업이었기 때문에 죽지 않고 돌아온 것이지. 너는…… 죽겠구나. 그래도 괜찮다면 보내 주지."

마치안토는 곧장 입을 다물었다.

마치안토를 제외한 다른 마법사들은 서로 눈치를 살피다 동시에 허리를 굽혀 내게 깍듯이 인사했다.

"저희는 새로운 협회장님을 환영합니다."

"공녀님을 협회장님으로 모시게 되어 더할 나위 없는 영광입니다."

"우리 마법사 협회를 이끌어 주십시오."

이제야 말을 듣네. 흡족하게 웃으며 손가락으로 이곳저곳을 가리켰다. 그러자 금이 가 있던 벽이 저절로 보수되고, 오래된 의자들이 마치 새것처럼 고쳐졌다.

건물을 빠져나와 외벽에 걸려 있는 간판을 바라봤다. 바탕색이 화려한 초록색으로 빛나고 있었다. 저게 시발 제일 마음에 안 드네.

"간판 색도 바꿔도 되죠?"

"아유, 예! 그럼요! 당연합니다!"

"간판 바꾸는 김에 이달론을 칭송하는 의미로 세워진 석상도 없애도 되나요? 그 왜, 수도 중앙광장에 있는 거요. 제가 바빠서 아직 못 부쉈어요."

마치안토가 두 눈을 동그랗게 뜨고 나를 바라봤다.

"여기서 꽤 떨어진 곳인데 거리도 계산하지 않으시고 그게 가능합니까?"

"그게 가능하니까 황녀 전하께서 저를 협회장으로 임명하신 게 아니겠어요?"

간판의 배경색을 진한 붉은색으로 바꾼 뒤 한쪽 눈을 감았다. 감은 오른쪽 눈 안에서 수도를 비롯한 전국 곳곳에 세워진 이달론의 석상이 보였다.

"다이탄, 게르온, 크론토파즈, 일리다겔. 많이도 세워 뒀네. 게다가 비석도 있네. 다 부술게요."

"네!"

처음으로 놀이공원에 간 어린이처럼 마법사들의 눈이 반짝반짝 빛났다.

기대를 좀 채워 줄까 싶어서 허공에 석상과 비석이 세워진 곳을 실시간으로 보여 줬다. 마치 스크린처럼 영상이 재생되는 허공을 보며 마법 주문 대신 지명을 순서대로 말했다.

"다이탄."

다이탄에 세워진 석상이 순식간에 박살 났다. 머리부터 터지며 부서졌지만 돌의 파편은 시민들에게 조금도 튀지 않았다.

"게르온."

게르온에 세워진 석상도 먼지가 되어 사라졌다.

"크론토파즈. 일리다겔."

석상이 모두 부서지고 비석들도 흔적도 없이 사라졌다.

"비, 빈 자리엔 뭘 채우실 계획입니까? 공녀님의 석상을 세울까요? 역대 가장 강력한 마법사의 등장이니까요."

불과 30분 전까지만 해도 예의는 차리되 다소 의심스러운 눈길로 날 살피더니, 이젠 두 손을 모으고 내가 뭘 할지 기대된다는 눈빛으로 바라보는 마법사들이었다.

"제 석상은 됐고, 사라진 용들을 위해 그 지역에 살던 용들의 모습을 석상으로 재현해서 남길까 해요. 축제 날에 한꺼번에 팡! 하면 신나겠죠?"

"오오! 네! 네!"

제르노아에 찾아올 변화에 들뜬 마법사들은 벅찬 얼굴로 발을 동동 굴렀다.

"그럼 축제 기획서를 다음 주까지 준비해 주세요. 전에 했던 축제들에 대한 보고서도 같이 준비해 주시면 파악하기 좋겠네요. 다음 주에 뵙겠습니다."

"예!"

마법사들을 두고 그 자리에서 아무스와 함께 날아올라 집으로 돌아왔다.

양모 공장에도 가 봐야 하지만 일단 집에 들러서 그간의 실적에 대한 보고서를 직접 챙겨 갈 생각이었다. 간 김에 헤이먼이랑 티온도 보고.

오빠들 얼굴을 제대로 못 본 지 며칠이나 됐다고 벌써 보고 싶은지. 가족이 이런 거구나, 싶어서 웃음이 났다.

아무스와 함께 공작저 정원으로 내려가는데 익숙한 인영이 보였다. 돈이었다.

이젠 돈이 혼자 있는 모습만 보아도 불쑥 걱정부터 들었다.

"돈! 왜 혼자 나와 있어!"

나를 기다리고 있던 건지 정원 벤치에 앉아 있던 돈이 나를 발견하고서 자리에서 일어났다.

그런데 옷차림이 평소와 달랐다. 그레이와 내가 이혼한 부부의 양육권 다툼 상황극을 한 뒤로 그레이는 늘 비싸고 좋은 고급 원단으로 된 옷만 돈에게 입혔었다.

마법사 행세를 시킬 때도 내가 일부러 휘황찬란한 색감으로 옷을 입혔기 때문에 저런 무채색의 옷을 입은 모습을 보는 건 오랜만이었다. 게다가 어디서 주워 온 건지 옷이 커서 맞지도 않아 보였다.

"……공녀님, 오셨어요."

나는 아무스에게서 내려와 빠르게 돈에게 다가갔다. 아무스도 곧바로 인간으로 변해 내 뒤에 섰다.

무슨 일이라도 생기면 나서서 나를 지킬 태세인지 잔뜩 긴장한 게 느껴졌다.

돈은 그런 아무스를 힐긋 올려다본 뒤 눈을 아래로 내리깔았다.

"어깨 펴. 용써서 거북목 집어넣고 어깨 펴 놨더니 왜 다시 쭈그렁탱이가 됐어?"

내 말에도 돈은 쉽게 고개를 들지 못했다.

"저, 여기서 나가려고요. 공녀님. 그래서 마지막 인사를 드리려고 기다렸습니다."

"뭐? 나가긴 어딜 나가. 아니, 근데 무슨 나간다는 사람이 짐 하나가 없어?"

돈은 맨몸이었다. 그간 제 방에서 쓰던 물건들이 있을 텐데 주변을 아무리 둘러봐도 가방 비슷한 것조차 보이지 않았다.

"원래 제 것이었던 건 아무것도 없으니까요. ……뻔뻔하게 이 집에서 계속 살 수가 없어요."

대충 짐작은 했지만 역시나였다. 이달론에게 몸을 뺏겨 우리 가족들과 나,
아무스에게 상처를 준 게 죄송해서 나가겠다는 거잖아.

몇 주 내내 조용히 방 안에 틀어박힌 채 물 조금, 빵 조금만 먹으면서 지냈다
더니 결국 그런 결정을 내렸구나.

나는 돈의 어깨를 짚고 똑바로 보며 말했다.

"돈. 그건 사고였고, 나도 네게 새로운 이름을 줬기 때문에 내 잘못도 있는
거야."

"아니에요! 공녀님은 잘못 없으십니다! 제가 정신을 빼놓지만 않았어도, 그
사람을 보자마자 빨리 눈치채고 도망만 갔어도……!"

"과거를 아무리 돌이켜도 바꿀 수 있는 건 지금 네가 닿아 있는 이 순간뿐이
야. 이달론은 그렇게 뒈질 새끼였어. 그 과정에서 네가 희생된 거야."

"하지만 저는……"

나는 자꾸만 내 눈을 피하는 돈의 얼굴을 두 손으로 잡았다.

"지금 이 순간만 생각해. '돈'이 진짜 원하는 게 뭐야?"

돈의 맑은 눈에 눈물이 어렸다.

"저는 행복할 자격이 없는 새끼잖아요."

"누구나 행복할 권리가 있어. 너도. ……그리고 나도. 대답해, 돈. 네가 원하
는 걸 말해."

돈이 두 눈을 질끈 감자 눈물 줄기가 볼을 타고 주르륵 흘러내렸다. 바싹 말
라 갈라진 입술에서 내가 원하던 말이 나왔다.

"……저를 행복하게 해 주는 사람들 곁에서 같이 행복하고 싶어요."

나는 그를 안아 주며 작게 중얼거렸다.

나도 그래. 나도 늘 그랬어.

돈을 달랜 뒤, 저택 안으로 들어갔다.

아빠는 아직 퇴근하지 않은 것 같은데 저택 안이 어수선했다 사용인들이 뭐

가를 품에 한가득 안아 든 채 이리저리 뛰고 있었다.

얼떨결에 나도 같이 뛰면서 그들을 따라갔다.

"아르몬! 어디 가요!"

"아이고, 아가씨! 헤이먼 도련님이 지금 완전히……. 아이고, 몰라요!"

헤이먼에게 무슨 일이 생긴 건가.

다급해진 마음에 헤이먼이 일을 하고 있는 집무실로 사용인들과 함께 들이닥쳤다. 이미 활짝 열린 문 안으로 사람들이 왔다 갔다 하고 있긴 했지만 어쨌든 평소보다 박진감 있게 들어갔다.

"오빠!"

"깜짝이야. 왜 불러."

"뭐야, 멀쩡하잖아."

"뭐야. 내가 멀쩡해서 실망했어?"

헤이먼은 태연하게 일을 하고 있었다. 실은 책상 위에 산더미처럼 쌓인 책과 집무실 소파에 빈틈없이 앉아 있는 사람들 때문에 전혀 태연해 보이지 않았지만, 최소한 아파 보이진 않았다.

"아르몬!"

"아이고! 아가씨! 지금 너무 바쁜데! 왜요, 왜 그러세요, 아가씨! 빨리 말해주세요! 왜요!"

헤이먼의 하인인 아르몬의 얼굴에선 땀이 줄줄 흐르고 있었다.

"아까 왜 그렇게 말한 거예요? 오빠가 일을 하는 게 무슨 큰일이라고."

"아가씨. 도련님이 베르고의 일만 하시는 게 아니에요. 자세히 보세요. 여기 앉아 계신 분들도 다 각 분야 전문가들이신데요."

"뭐, 뭐가?"

손에 쥐고 있는 종이들을 뚫어져라 보던 사람들이 하나둘 자리에서 일어났다.

이미 며칠 밤을 새운 듯 다들 얼굴이 말이 아니었다.

"……공녀님, 처음 뵙겠습니다. 그림을 복구하는 일을 하는 세스틴이라고 합니다."

"안녕하십니까……. 저는 마크고요, 작곡가입니다."

"데인입니다. 작사합니다……."

"라 아트랑이라고 합니다. ……언어학자입니다."

공통점을 찾아볼 수가 없었다. 게다가 내가 아는 얼굴도 있었다.

"이안!"

"고흐어엉녀어어언님. 일을 하는 건 좋지만, 물론 좋지만, 집도 좋은데흐어어엉."

내가 만든 솔리안 상단의 단주인 이안까지 왜 여기 있는 거야?

"헤이먼. 이 사람들은 대체 뭐야. 왜 모은 거야? 그리고 다들…… 안 씻으셨어요?"

"안이 아니고 못입니다."

아르몬이 말하자 헤이먼이 덧붙였다.

"아무스뿐 아니라 다른 용들도 실존했다는 사료들을 찾고 있어. 실제로 얼마 전에 현세대에서 해석하지 못하는 상형문자들이 용의 언어였다고 주장하며 논문을 발표한 고고학자도 있었거든. 그 논문을 발표하자마자 학계에서 퇴출당했대. 근데 지금은 불가능한 주장이라고 볼 순 없잖아. 그래서 그 고고학자를 찾아서 모셔 왔어."

아닌데. 고고학자라는 분 지금 잠옷 입고 있는 거 보니까 그냥 납치당한 거 같은데.

"그럼 복구는 왜?"

"아. 카라샤펠 전하가 말씀 주셨는데 황궁의 보물 창고에 있는 보물들 중에 덧칠한 흔적이 있는 그림들이 있대. 그걸 토대로 그 시대에 덧칠이 된 다른 그림들도 우리 가문에서 몇 개 찾았거든. 그걸 세스틴이 맡아서 분석해 보기로 했어. 저 사람의 제자들도 다 같이."

"아……. 그럼 작사 작곡은? 너…… 진짜 아이돌 할 거야? 가수 할 거야?"

집안 좀 풀린다 싶으니까 이제 드디어 얼굴값 하는 거야? 제르노아의 별이 되어서 해외 진출도 할 거야?

헤이먼은 제 책상 위에 널린 종이들을 빠르게 살펴보며 내게 대답했다.

"노래. 새로운 문화를 퍼뜨리는 데에는 대중문화만 한 게 없으니까 노래를 이용하려고. 제르노아에 용이 있다는 사실을 전국, 아니 세계에 퍼뜨려야지."

"아, 메가 히트곡을 만들어 보시겠다? 근데 그럴 거면 작사가, 작곡가가 한 명씩으로 되겠어?"

라고 말하는 순간, 넓은 집무실 구석구석에 있던 사람들이 손을 들었다.

"저희도…… 곡 만드는 사람입니다."

"그러셨군요……."

헤이먼은 흐트러진 머리를 쓸어 넘기며 빠르게 말을 이었다.

"가사가 있는 것 중 가장 간단한 건 아이들이 부르는 동요처럼 만들 거고, 화려한 건 오페라 쪽으로 다 돌릴까 해. 오페라가 있으면 귀족들한테 먹히니까. 그리고 연주곡도 있으면 좋겠더라고. 용의 비행이나, 용의 탄생 같은 주제로 만들어 보라고 했어."

"와우……."

이 정도면 없는 문화도 만들겠다. 진작 건강했으면 나라도 세웠겠다.

"그럼 이안은 여기 왜 있는 거야?"

"무슨 소릴 하는 거야?"

"이안 여기 있잖아."

"아니, 그게 아니라 당연한 소리를 왜 하나 해서. 솔리안 상단을 주축으로 상품 판매도 해야지. 그건 일단 그레이가 담당하고 있어."

"주인이 난데 그레이가 맡고 있다?"

"법적인 거나 자질구레한 것만 그레이가 해결했어. 상품 제작 승인부터 유통 같은 전반적인 건 네가 담당하면 돼."

"상품 제작이랑 유통을 내가 하면…… 그레이가 맡았다는 법적인 거랑 자질

구레한 건 뭐야?"

이안이 내 귀에 대고 속살거렸다.

"이번에 황녀 전하가 온 나라를 뒤엎으면서 뇌물 혐의가 있는 사람들을 조사하셨잖아요. 그때 우란 상단뿐 아니라 뤼블러스랑 하이온까지 싹 걸렸거든요."

"너희 집은? 너희 집도 엄청 큰 백화점 하잖아! 클레버는 괜찮아?"

"제 아버지가 다행히 뇌물은 안 쓰는 사람이랍니다."

"다행이네. 아니, 그래서 그레이가 했다는 게 뭔데?"

소파에 앉아 있는 사람들에게 쉴 새 없이 지시하던 헤이먼이 자리에서 일어나 내 앞으로 걸어오며 대답했다.

"이거."

그가 내민 종이를 읽어 내려갔다.

수기로 작성된 다소 성의 없는 보고서였다.

《도망간 놈들과 도망간 돈》

소설 제목 같은데. 하지만 그 밑엔 익숙한 이름들이 쓰여 있었고 그 이름들 옆에 동그라미가 그려져 있는 게 보였다.

「산체스 우란 ○ – 횡령 비자금 28억 제르/32억 5,000만 제르 탈세/뇌물수수/노예 불법 납치 및 매매/웬프론 협곡에서 노예들과 함께 게르투만으로 넘어가려는 걸 잡음.

마사 뤼블러스 ○ – 뇌물수수, 비자금 21억 5,000만 제르/밀항하려는 거 잡음.

테르시 키온 ○ – 횡령 및 탈세. 비자금 아무튼 존나 많음/잡음/이 새끼 나한테 활 쏨.

틸다 하이온 모르하임 × – 노예 불법 납치/과세 품목 밀수/도망치는 거 잡으려다가 실수로 죽임.

캄 루이자 × – 횡령 비자금 17억 제르/19억 2,000만 제르 탈세/뇌물도 존나 돌리고 비자금도 존나 쌓았으면서 일은 존나게 못해서 상단 크기 개작음/짐마차에 숨어 있던 놈인데 잡힐 거 같으니까 자살함. 퀴렐 황비의 편지 발견했음. 좀 더 조사해 보겠음.

일타하르 딘독 ○ ─ 뇌물 수수, 비자금 12억 2,000만 제르/7억 8,000만 제르 탈세/이 새끼 못 잡았으면 억울해 죽을 뻔. 남쪽 섬에 숨어 있던 거 잡음/☆도와준 사람 : 일타하르 엄마, 사르단 딘독. 나중에 보상해 주기로 함. 엄마를 자주 팼다고 함. 시발 놈임. 내가 몇 대 때림.」

……이게 다 무슨 소리람.

"헤이먼. 이게 다 뭐야? 설마 여기 있는 동그라미랑 가위표가……."

내가 종이를 읽고 있는 동안 뒤돌아서 또 다른 일을 살피고 있던 헤이먼은 내 질문을 듣고도 대수롭지 않다는 듯 대답했다.

"응, 그레이가 쫓다가 실수로 죽인 사람. 급하니까 그렇게 보고서 써서 보냈더라고. 내가 정리해서 다시 궁으로 보내려고 했는데 이 자식이 애초에 두 장 써서 하나는 궁으로 보내고, 하나는 집으로 보냈다네."

"그러면 이 엉망인 보고서를 황녀 전하도 보셨단 말이야?"

"어. 근데 뭐…… 괜찮지 않을까? 여태 아무 말 없으시니까?"

"나 오늘 궁에서 그레이 봤는데! 걔가 자기는 머리 쓰는 일 한다고 했단 말이야."

헤이먼은 수없이 많은 종이들을 살펴보며 픽 웃었다.

"당연하지. 도망간 범죄자 새끼들 잡는 게 얼마나 머리를 많이 써야 하는 일인데."

"나나 아무스를 시키지! 그레이가 지금 전국을 돌아다니면서 고생하고 있다는 거네!"

"아니야. 정령들 몇 명이랑 마물들 몇 마리랑 같이 움직이고 있어. 괜찮을 거야. 그리고 너랑 아무스도 바쁘고 정신없잖아. 레아 너는 축제 준비도 해야 되고."

헤이먼은 종이를 읽으며 아르몬에게 명령했다.

"아르몬. 불공정 계약으로 인해 피해를 받은 점주들 증언 더 받아 오고, 중간 매매업자들 증언도 받아 와. 숨겨진 비자금이 있을지도 모르니까. 법정에 세울 만한 사람 위주로 추려. 다른 사람들이랑 좀 나눠서 찾아봐."

"예에……."

아르몬은 죽을 거 같은 표정으로 다시 집무실을 나갔다.

정신은 없었지만 일단 대충 알아들을 순 있었다. 덩치 큰 상단들이 다 쓸려나갔다는 거잖아?

나는 옆에 서 있는 이안을 붙잡고 말했다.

"이안."

"네."

"상단주들이 모조리 잡혀가서 지금 시장 상황이 혼란스러울 거야. 이럴 때 얼른 접촉해서 다 우리랑 계약하도록 작업해."

"그건 이미 했습니다."

"아, 그래?"

"네. 여기서 실시간으로 보고받고 있습니다. 아무래도 어떤 상단이 붕괴됐는지 빠르게 알면 알수록 빈자리를 차지하기가 좋으니까요. 힘들지만…… 저 지금 너무 재밌고 즐거워요. 아가씨."

그래. 이래서 이안을 뽑았지.

진심으로 행복한 듯 당당하게 미소 짓는 이안의 머리를 쓰다듬어 주었다.

그러자 아무스가 슬쩍 이안의 옆으로 가 무릎을 굽혀 머리를 나란히 했다.

귀여워 죽겠네. 나는 활짝 웃으며 아무스의 머리도 부스스해질 정도로 쓰다듬어 주었다.

아무스가 내 손바닥에 볼을 비비며 애교를 떨어 대자 참을 수가 없어져서 두 손으로 머리를 마구 쓰다듬었다. 무릎을 굽혀 나와 눈높이가 비슷해진 아무스는 눈꼬리가 살짝 올라가 노란 눈을 예쁘게도 깜빡이며 나와 눈을 마주쳐 왔다.

"우리 하늘 산책할까?"

이건 뽀뽀하자는 신호였다.

뭐야. 파충류가 왜 이렇게 앙큼한 폭스처럼 구는 거야.

광대가 스멀스멀 올라가려는 찰나, 헤이먼이 나를 불렀다.

"산책은 다음에 하고 공장부터 가 봐. 마담 마리에가 널 찾아."

"……아, 그래. 어, 공장 가야지. 가 봐야지. 응."

집무실에서 나가려는 순간 허공에서 정령들이 나타났다.

용과 마물들이 세상에 드러난 이상, 정령들도 더 이상 숨을 필요가 없어져 이제 사람들 앞에 당당히 모습을 드러냈다.

"세상에! 또 피로가 쌓였네!"

"얼굴에 기미 생기면 어떡하려고 자꾸 밤을 새우는 거야!"

"아프지 마!"

"피곤하지 마!"

"건강해야 돼!"

집무실 안의 사람들은 정령들의 요란법석에 익숙해진 듯 제 일에만 집중하고 있었다.

정령들은 저들끼리 왁자지껄 떠들다가 동시에 헤이먼에게 분홍색 가루 같은 것을 뿌려 줬다.

그러자 아주 약간, 다른 사람들에 비하면 티도 안 날 정도로 피로해 보이던 헤이먼의 안색이 한결 더 밝아졌다. 그뿐 아니라 머리도 찰랑찰랑 윤기가 흘렀고 피부에서도 광이 나기 시작했다.

……역시 정령들의 사랑을 받는 인간은 다르구나. 쟤는 재수 좋으면 아무스보다 오래 살겠는데?

집무실에서 나가자 현관으로 들어서는 티온과 마물들이 보였다.

목줄을 착용한 마물 여덟 마리가 티온과 보폭을 맞춰서 안으로 들어오고 있었다.

"오빠!"

"막내야!"

티온은 활짝 웃으며 목줄을 쥐고 있는 오른손을 살짝 흔들어 보였다.

얼른 계단을 내려가자 마물들이 내게 꼬리를 흔들며 다가왔다.

"멈춰."

티온이 명령하자 제자리에 멈춰 선 마물들은 꼬리를 흔들며 내게 애타는 눈빛을 보냈다.

인사하고 싶어서 안달이 났지만 주인의 명령에 참고 있는, 훈련이 잘된 대형견들 같았다.

"세상에. 얘들 힘이 보통이 아닌데 어떻게 여덟 마리를 한 번에 산책시키고 훈련까지 시켰어?"

"목줄 적응시킬 겸 천천히 하고 있어. 그리고 얘네들도 집중하면 잘 따라와 주고, 좋아. 난 괜찮아. 얘들 다 착하고 귀여워."

어째 사람들을 대할 때보다 편해 보였다.

마물들 역시 티온의 말을 따르는 것에 조금의 불편함도 없는 듯했다.

그리고…… 물리적으로도 마물 여덟 마리를 끌고 다니며 제어할 인간은 우리 큰오빠밖에 없겠지.

티온이 목줄을 풀어 주며 '좋아.'라고 말하자 마물들은 꼬리를 흔들며 티온에게 안겼다가 내 품에도 달려들었다.

그리고 아무스가 은근슬쩍 마물들 옆에서 나를 끌어안았다가 티온에 의해서 떨어져 나갔다.

※ ※ ※

공장을 비운 지 몇 주나 지났기 때문에 걱정이 됐다. 직공들이 일을 그만뒀거나, 마리에가 동업을 파기하겠다고 할지도 몰랐다.

이안은 양모 사업에 아무런 문제도 없으니 안심하라고 했지만 그래도 당사자가 아닌 이상 그 마음은 모르는 법이니까.

내가 돌아갔을 때 직접 얘기하려고 기다리고 있을 수도 있다는 생각에 쉽게 마음이 놓이지 않았다.

양모 공장으로 가기 위해 아무스의 목에 올라탔다. 내가 뿔을 잡자 아무스가 날아올랐다.

도시 위를 지나고 있는데 아래에서 목소리가 들려왔다.

"아빠! 저기 봐! 용이야!"

"어이구, 깜짝이야! 용이 있다더니 진짜였구나."

퍼포먼스라도 보여 주고 싶었는지 아무스는 작은 목소리로 내게 '꽉 잡아.'라고 말하더니 공중에서 빙그르르 한 바퀴를 돌았다. 아래에서 탄성이 터져 나왔다.

"우와!"

"사람이 타고 있어! 사람!"

"공녀님 아니실까? 공녀님이 용의 주인이시라던데."

아무스는 작은 소리로 키득거리며 웃더니 내게만 들릴 정도로 소곤거렸다.

"처형이 만들어 준 광고판을 발톱에 계속 묶고 다닐 걸 그랬나 봐."

"그걸 왜 달고 다녀."

"재밌잖아. 그리고 내 위에 타고 있는 사람이 너라는 걸 다들 알았을 텐데."

"지금도 다 알고 있을걸."

이후로도 아무스는 일부러 사람들에게 자랑이라도 하듯 평소보다 낮게 날았다.

나와 아무스가 외곽에 위치한 양모 공장에 도착하자마자 공장 안에서 누군가 뛰어나왔다. 그레이와 마리에였다.

"마리에!"

"세상에, 공녀님! 이게 얼마 만이에요! 그간 많이 아프셨다면서요."

"앗, 네. 그렇, 그랬죠."

사람들에게 정확히 어떻게, 어디까지 알려져 있는지 몰라서 대충 얼버무려 대답했다. 마리에는 특유의 팔자 눈썹을 만들며 내 두 손을 부여잡았다.

"치료 과정에서 용을 깨우고 마법사가 되셨다고 들었어요. 그리고 이달론이 사람들을 죽여서 자기 수명을 늘리던, 아주 몹쓸 개새끼였다면서요!"

"네. 그랬죠."

"이달론이 공격할 때 그레이 도련님이 몸소 나서서 막아 주셨다면서요!"

"어, 네, 맞아요."

싸울 때 그랬던 것도 같기도 하다.

"그레이 도련님이 이달론과 맞서 싸우셨다고 들었어요."

마리에 옆에 서 있는 그레이가 허리에 손을 올리고 의기양양하게 웃어 보였다.

"아니, 그런데 공작님도 엄청 고생하셨어요. 아빠도 목숨 걸고 저를 지키셨는데."

"네, 그러니까요! 공작님도 이달론과 싸우다가 큰 상처를 입으셨다고요. 그레이 도련님은 강해서 티끌만큼도 다치지 않았다고 하시던데요."

"야! 그러는 너도 목숨이 왔다 갔다 했으면서 무슨 아빠만 연약한 한 떨기 꽃인 것처럼 소문을 퍼뜨렸어!"

결국 참지 못하고 그레이에게 버럭 소리를 지르고 말았다.

입을 가리고 킥킥거리며 웃던 그레이가 어깨를 으쓱 올렸다 내리고는 입꼬리를 얄밉게 옆으로 쭉 늘였다.

나랑 장난칠 때마다 보여 주던 그레이 특유의 '어쩌라고' 표정이었다.

"근데 아무스. 내가 발톱에 달아 준 광고 천은 어디다 갖다 버리고 맨몸으로 온 거야?"

"솔레아가 갖다 버리래서 마법사 협회 본부에 두고 왔다."

그레이가 나를 노려보자 나도 어깨를 올렸다 내리고는 입꼬리를 좌우로 쭉 늘었다. 어쩌라고요.

씩씩거리던 그레이가 일부러 불쌍한 척하며 마리에에게 말했다.

"마리에. 저건 은혜를 모릅니다. 그러니까 용은 때려치우고 용맹한 나를 위한 로고를 만들어 주세요."

"하하, 도련님. 물론 저도 옷을 디자인하는 예술쟁이지만, 장사꾼이랍니다. 킥이 먹히는 옷을 만들어야죠. 벌써 로고 디자인도 몇 개 뽑아 났다고요."

마리에는 언제나처럼 환한 미소를 띠고 있었지만, 말투는 단호했다.

역시 하늘이 내린 서비스직이었다.

"그런데 로고라니, 무슨 말이에요?"

마리에는 나를 공장 쪽으로 잡아끌며 자신만만한 얼굴로 말했다.

"용이 나타났다는 사실에 제국 전체가 들썩거리고 있잖아요. 공녀님이 용의 봉인을 어떻게 푸셨는지 자세히 듣고 싶어 하는 사람들도 많고요."

"……예, 그렇죠."

"이 좋은 홍보 기회를 그냥 지나칠 순 없죠. 직공들도 이젠 이름이 꽤 알려져서 다들 장인으로 불리고 있다고요! 그러니 이제 본격적으로 브랜드를 만들어야 하지 않겠어요?!"

"장인으로 불린다고요? 다들 아직 남아 있어요? 아무도 그만둔다고 말 안 했어요? 그동안 제가 자리도 못 지켰고……."

그레이와 마리에가 씩 웃으며 공장의 양쪽 문손잡이를 하나씩 잡고 동시에 문을 열었다.

공장의 뜨거운 열기가 내 얼굴을 스쳤고 소란스러운 소리들이 한꺼번에 들려왔다.

"린다! 디자인한 종이 좀 아무 데나 놓지 마!"

"아무 데나 놓은 거 아니야! 그 부분 마무리만 너한테 맡기려고 거기 둔 거라고!"

"제이미! 이거 가져가!"

"제닌, 제닌 어디 있어! 제닌! 주문한 검은색 양모 왔어!"

어느새 인간으로 변해 내 뒤에 서 있는 아무스의 나지막한 목소리가 귓가에서 울렸다.

"모두 네 곁에 남겠다고 했나 봐."

감격스러운 마음에 두 손으로 입을 가린 채 천천히 공장 안으로 들어갔다.

나를 발견한 직공, 아니 장인들이 모두 달려왔다.

"공녀님!"

"샬롯. 유치하게 공녀님이 뭐니, 사장님이라고 해야지!"

"공녀님이라 부르는 게 틀린 말도 아닌데 왜 그래. 안 그래요, 공녀님?"

다들 쾌활하고 명랑했다. 내가 떠나기 전과 조금도 다르지 않았다.

"사장, 사장인 제가 자리를 오래 비워서 죄송합니다. 다들 떠나지 않고 여길 지켜 주셔서 더 감사하고요."

다들 쑥스러운 듯 얼굴을 붉히며 빙그레 웃었다.

"사장님이 저희를 믿어 주셨잖아요. 저희도 사장님이 돌아오실 거라고 믿었어요."

"네. 게다가 월급도 밀리지 않았잖아요."

내가 없는 동안 누가 월급을 줬다는 거지? 당황한 얼굴로 그들을 보고 있는데 구석에서 종이 뭉치를 든 라트엘이 나타났다.

"월급은 제가 드렸습니다. 물론 공작님 돈에서요. 아, 헤이먼 도련님의 허가를 받았습니다."

내 직원들의 월급을 공작님 돈으로 줬다고? 근데 허가는 헤이먼한테서 받고? 뭔가 이상하게 꼬여 있긴 했지만 일단은 월급을 밀리지 않고 줬다는 사실이 고마웠다.

"고마워요, 라트엘. 믿고 기다려 줘서."

라트엘은 무덤덤한 얼굴로 얇은 검은 테 안경을 들어 올리며 말했다.

"원래 공장은 일할 때 사장이 없어야 잘 돌아가는 겁니다."

하여간 말하는 본새하고는.

나도 모르게 픽 웃음이 새어 나왔다. 라트엘은 내 얼굴을 보더니 입꼬리를 살짝 올리곤 능청스럽게 덧붙였다.

"시계를 바꿀 때가 된 것 같기도 하고, 슬슬 팔찌도 주렁주렁 차고 싶어서요."

"하하하. 벌써 팔찌까지 계획에 넣었어요?"

"베르고가 망하면 팔찌라도 팔아서 먹고살아야 하니까요. 경제가 불안정할 때는 금붙이가 최고입니다."

나는 두 팔을 걷어붙이며 라트엘과 장인들에게 말했다.

"팔찌 그거 대대손손 가보로 물려줄 수 있게 아주 고급으로 만들어 주죠. 마리에, 준비했다는 로고 좀 보여 줄래요?"

"그럼요!"

마리에뿐 아니라 다른 장인들도 제 작업 책상으로 달려가더니 종이와 천 같은 것들을 한 보따리씩 들고 내게 찾아왔다.

"사장님! 새 브랜드를 론칭할 때 시그니처 라인을 만들어 보려고 저희가 따로 디자인한 것도 있거든요. 사장님이 뽑아 주세요."

"저는 일단 용의 날개에 초점을 맞춰서 이런 디자인으로 옷을 가봉해 봤어요!"

"전 용을 타고 다니는 공, 사장님을 생각하면서 활동성이 좋은 옷을 만들었어요. 시착해 보시겠어요? 물론 용을 타는 분은 사장님뿐이시지만 활동성에 초점을 맞췄기 때문에 기존의 승마복을 대체하는 라인으로 자리 잡을 수도 있고, 평민들에게도……."

"공, 사장님! 저는 검은 원단을 이용했고, 자수는 이렇게 박아 봤는데요. 이런 식으로……."

아무스가 내 앞을 막아서며 말했다.

"일단 다들 진정하지. 산, 지윤, 아니, 솔레아는 눈이 두 개뿐이다. 한 명씩 가져오도록 해."

아무스의 말에 다들 조용해질 줄 알았는데 아니었다. 장인들은 아무스를 보더니 이번엔 그에게 요란하게 달려들기 시작했다.

"용 님! 생각보다 더 키가 크시네요! 가봉을 새로 해야겠어!"

"하! 내가 가봉할 때부터 알아봤지. 용 님! 저는 일단 디자인만 그려 봤습니다. 남성복의 새로운 유행을 이끌어 나갈······."

이러다간 끝이 나지 않을 것 같았다.

"한 명씩! 한 명씩 발표합시다! 그리고 회의해요!"

라트엘의 제비뽑기로 순서가 정해졌다. 넓은 공장에서 모두 자기가 준비한 의상들을 순서대로 발표했다.

다들 몇 달 전과 달리 자신감이 넘쳤다. 그동안 수많은 성취의 순간을 맛보고 주변의 인정을 받았기 때문인지 자기 재능에 대한 열의와 강한 믿음이 느껴졌다.

해가 질 때까지 회의를 하고, 또 했지만 그들의 열정은 식을 줄을 몰랐다.

저녁 시간이 되고 나서야 겨우 브랜드명과 로고를 정하고 공장을 빠져나올 수 있었다. 그럼에도 아직 시그니처 라인은 고르지도 못해서 내일 또 출근해야 했다.

게다가 옷뿐 아니라 신발과 가방까지 생산 라인을 늘리기로 결정했다.

일, 일, 일. 또 새로운 일.

······이상하다. 분명 나는 이세계로 차원 이동 했고, 잘나가는 집안의 공녀로 사업도 성공했는데 왜 출근의 굴레에서 벗어날 수가 없지?

아무스의 뿔을 잡은 채 하늘을 날아가고 있는데 나도 모르게 한숨이 나왔다.

이런 내 상황이 어처구니가 없어 웃음이 나왔다.

"산."

"응. 아무스."

"······왜 산으로 한다고 했어?"

밤하늘을 천천히 유영하듯 날고 있는 아무스의 목소리가 약간 떨려 왔다.

나와 마리에, 장인들이 새롭게 만들 브랜드의 이름은 '산'이었다.

다들 왜 갑자기 뜬금없이 '산'이냐고 했지만 내 고집을 꺾을 순 없었다.

나는 허리를 숙여 날고 있는 아무스의 목을 끌어안았다.

"마리에도 그렇고, 다른 장인들도 거의 다 용을 모티브로 해서 디자인을 뽑아냈잖아. 용은 산에 사니까."

"아, 그래서 그런 거야?"

차가운 밤바람이 볼을 스치고 지나갔지만 내가 안고 있는 아무스의 온도는 여전히 따뜻했다.

"그리고…… 산은 많은 사람들에게 사랑받고 싶었잖아. 우리 둘만 아는 비밀이지만 이렇게라도 이루고 싶어."

아무스는 아무런 말 없이 바람에 몸을 실으며 느리게 날아다녔다. 날개의 움직임이 크지 않아서 마치 바람이 흐르는 대로 공중에 떠다니는 것 같았다.

그러던 중 아무스가 갑자기 인적이 드문 나무 아래로 날아가더니 인간으로 변했다. 아무스는 내 허리를 꼭 안은 채 빛나는 노란 눈으로 나를 내려다보며 말했다.

"솔레아."

"응."

"지윤아."

"왜."

"……산."

"왜 자꾸 이름을 바꿔 가면서 불러. 왜 그래?"

아무스는 천천히 눈을 깜빡이며 나를 뚫어지게 보다가 입꼬리를 올려 웃었다.

오직 아무스에게서만 느껴지는 젖은 흙냄새와 나무의 시원한 향이 우리 사이를 가득 채웠다.

"무슨 생각 해?"

"너 체향 좋다고."

"이거 네 냄새야."

"어?"

"산. 이거 네 냄새야."

"······나한테서 이런 냄새가 났어?"

아무스는 나를 더 꼭 끌어안고서 시를 읊듯이 조곤조곤 말을 이어 갔다.

"손끝에선 비를 맞은 흙냄새가 났고, 손바닥에서는 풀뿌리의 독한 냄새가 났고, 몸에서는 낙엽과 나무줄기를 닮은 굵직한 가을의 냄새가 났어. ······네가 가고 나서, 네가 보고 싶어서 네 냄새를 따라 했어. 흙을 손에 쥐고, 풀뿌리를 캐 보고, 낙엽 위에 한참 누워 있었어. 이젠 나한테서도 너랑 같은 냄새가 나."

소중한 것을 보듬듯 아무스는 천천히 내 머리칼을 쓰다듬다가 나를 살짝 떼어 내곤 말했다.

"하늘 산책할까?"

입술이 금방이라도 닿을 것처럼 가까워졌다. 나는 아무스의 옷을 잡아당기며 발뒤꿈치를 들어 입술을 맞댔다.

서로의 달뜬 숨과 뜨거운 체온이 한참을 오갔다.

아무스는 커다란 손으로 달아오른 내 뺨을 어루만지고 흉터가 있었던 부분마다 입을 맞추며 천천히 아래로 내려갔다.

산.

나의 작은 산.

사랑하는 나의 산.

용은 소녀의 지나간 이름을 조용히 읊조렸다.

동이 터 올 때쯤이 되어서야 아무스는 나를 놓아주었다. 내가 춥지 않도록 온몸을 끌어안은 아무스가 작게 속삭였다.

"눈 감고 있어. 바로 방으로 가자."

"······응."

목소리가 잠겨서 '응.' 이라는 짧은 대답조차 쉽게 나오지 않았다.

몇 초 뒤 꼭 감고 있던 눈을 뜨자 내 방 안이었다. 아무스는 나를 침대에 내려놓고 화장실로 가 수건을 물에 적셔 왔다.

"미안. 내가 닦아 줄게."

"……응."

"자도 돼. 옷 갈아입혀 놓고 나갈게."

자꾸만 눈이 감겼다. 온몸이 무거워서 축축한 수건으로 내 몸을 구석구석 닦아 주는 아무스의 손길에도 까무룩 잠이 들고 말았다.

누군가 방문을 쿵쿵 두드리는 소리에 겨우 눈을 떴다. 이미 해가 중천에 떠 있었다.

"누구, 누구세요."

본능적으로 이불을 끌어 올려 몸에 덮으며 대답했다. 부은 눈을 떠서 몸을 살펴보니 다행히 잠옷이 입혀져 있었다.

언제 집에 돌아왔는지도 가물가물했다. 기억을 더듬어 아무스가 나를 옮겨 준 걸 겨우 상기해 냈다.

"야, 너 어제 집에 몇 시에 들어왔어? 아무스랑 둘이서 따로 갔잖아! 집에 몇 시에 왔어!"

"그레이! 솔레아 자는데 괴롭히지 마라!"

"아무스 그거 어제 공장에서 나갈 때부터 눈알이 번뜩거렸다고! 형은 알지도 못하면서 그래! 야! 솔레아! 언제까지 자는 거야! 어제 몇 시에 집 들어왔어!"

"……다, 다, 다 큰 어른이! 집에 좀 늦게 들어올 수도 있지! 그레이! 동생의 사생활을 지켜 줘야지!"

"아빠 목소리 떨리는 거 티 나요. 솔직해지세요."

잠깐 침묵이 흐르다가 다시 세차게 문이 흔들렸다.

"솔레아! 적어도 결혼은 하고! 결혼은 하고 외박을 해야지! 솔레아! 자니? 아직 자니? 어제 뭘 하면서 밤을 새웠길래 아직까지 자니? 아빠 아직 준비가 안

됐다! 솔레아!"

네, 아주 동네방네 소문을 내세요. 신문에도 기사를 싣지 그러세요.

[속보] 베르고의 공녀 솔레아, 용과 핑크빛 열애 중 뜨거운 밤 보낸 것으로 밝혀져…… 유교 보이 가족들 충격 금치 못해……

솔레아, "친한 오빠 동생 사이라 밖에서 만난 것뿐."

아무스, "뜨거운 관심에 감사할 따름, 좋은 비행으로 보답하겠다."

그때 마침 반가운 목소리가 방문 밖에서 들려왔다.

"인간들아. 들려줄 얘기가 있다."

"아무스. 물론 자네가 우리 딸을 살려 주고, 나도 구해 주고…… 고맙게 생각하네. 하지만 그래도, 그래도……."

"솔레아의 전생과 전 전생에서부터 내려오는 가슴 아픈 사랑 이야기. 지금이 아니면 들을 수 없는 용과 인간 소녀의 만남. 절찬리 구연동화 중."

아무스는 빠르게 말을 뱉은 후 발걸음을 옮겼다.

다행히 아무스의 말이 아빠와 오빠들에게 먹힌 것 같았다. '그게 무슨 소리야? 지윤이 말고도 또 있었다고?' 하며 소란스럽게 아무스를 따라가는 발소리가 들려왔다. 그제야 방 앞이 조용해졌다.

피리 부는 사나이도 아니고 구연동화 하는 용을 따라가다니. 다음에 가족들한테 다른 사람이 내 얘기 해 준다 해도 함부로 따라가지 말라고 따끔하게 교육을 시켜 둬야겠어.

찌뿌둥한 몸을 일으켜 욕실로 향했다. 온몸이 두들겨 맞은 것처럼 아팠다.

뜨거운 물이 담긴 욕조에 몸을 누이고 지지다가 깜빡 졸아 버렸다. 눈을 뜨니 또 아무스가 앞에 있었다.

"등 닦아 줄까?"

"됐어."

"……미안해. 나도 처음이라서 조절하는 방법을 몰랐어."

미안한데 네 다리 사이는 지금도 조절이 전혀 안 되는 것 같거든.

295

나는 인상을 살짝 찡그리고 흘러내린 머리카락에 비누 거품을 묻히며 말했다.

"용이었다가 인간으로 마음대로 변할 수 있잖아. 뱀으로도 변하고."

"응."

"그럼 그것도 크기를 조금 줄여 주면 안 될까? ……차근차근 커지는 방향으로 해 주면 나도 어떻게든 차근차근 노력을 해 볼 텐데…… 갑자기 막 짠! 그러면……."

욕조 테두리에 걸터앉아 있던 아무스의 시선이 흘긋 제 아래쪽을 향했다.

"이건 원래 차근차근 커지잖아."

"양심 없어? 지금도 존나 불쑥불쑥 커지고 있잖아."

"……미안."

아무스는 장난기 가득한 얼굴로 웃었다. 아주 옛날, 우리가 산에서 함께 뛰놀던 그때로 돌아간 것만 같은 미소였다. 세상에 오직 서로뿐이던 그 시절 말이다.

"아무스!"

밖에서 티온의 우렁찬 외침이 들려왔다. 큰오빠가 저렇게 큰 목소리로 아무스를 부른 건 처음이었다.

"아빠랑 오빠들은 어쩌고 왔어?"

"자료 화면을 띄우고 왔는데 끝났나 봐. 가 볼게."

아무스는 거품이 묻은 내 머리를 쓸어 넘기고 이마에 짧게 입을 맞춘 후 사라졌다.

목욕을 끝내고 나와서 앤을 불렀다. 앤의 눈에는 눈물이 그렁그렁했다.

"산……. 어흐흑. 흐윽. 산."

"……뭐야, 너도 들었어?"

"후원에서 용 님이 공작님과 도련님들께 뭔가를 얘기하고 계시길래 저택에 상주하는 최측근 사용인들도 다 같이 듣고, 자료 화면도 봤어요. 아, 나 원래 비극 엔딩 안 보는데. 어흑, 흑. 진짜 시발 놈들이야. 이달론 시발 새끼 백 번은 더 죽어라. 흑."

앤은 내 머리를 빗겨 주면서도 계속 욕을 하다가 울기를 반복했다.

그날 이후로 그레이가 저택 안에서 나를 이상하게 부르기 시작했다.

"야! 산윤솔! 야, 빨리 와 봐! 나 급해! 빨리, 빨리! 지금! 당장!"

"설마 그거 나 부르는 거야?"

복도를 지나다가 그레이의 방으로 들어갔다. 그레이는 한가로이 침대에 누워 있었다.

"어, 산, 윤, 솔. 한 글자씩 땄어. 입에 쫙쫙 붙고 좋지?"

"하…… 그래. 좋네. 왜 불렀어?"

"불 꺼 줘."

뭐지. 그레이 새끼 이놈 진짜 내 혈육 아닐까?

"빨리. 나 지금 딱 이불 기분 좋게 덮고 있어서 불만 끄면 바로 잘 수 있을 거 같단 말이야. 동생을 불러야지, 형을 부를 순 없잖아. 빨리 불 끄고 나가. 산 윤솔. 너도 잘 자고. 오빠 꿈은 꾸지 마라. 징그럽다. 뭐 해. 빨리 불 꺼. 안녕. 내일 보자."

그레이 방의 불을 끄고 나오며 생각했다.

그레이 저거는 분명 밝혀지지 않은 내 전생 어딘가에서 피로 묶인 내 혈육이 었던 게 분명했다. 최소한 대한민국 태생이겠지. 그렇지 않고서야 어떻게 저렇 게 자연스러울 수가 있어.

심지어 황녀님까지 나를 그렇게 부르기 시작했다.

"산윤솔. 왔어? 새 브랜드 론칭을 기획하고 있다며."

"……랏샤. 이쪽 세계관에선 그런 이름은 낯설어요."

"랏샤는 좋으니 됐어."

언제나처럼 장난기 가득한 얼굴이었다.

랏샤는 마치 일거리를 주듯 내게 작은 종이 하나를 내밀었다.

"가져가."

"뭔데요."

종이에는 이렇게 적혀 있었다.

「네 친구 즉위함. 다음 달 15일. 참석 바람. 가족 다 데리고 와도 됨. 마물 데리고 올 거면 목줄 하고 오고, 용도 목줄 해도 되는데 사회적 시선이 있으니 참길 바람.」

"전하! 아니, 랏샤! 즉위하세요? 아니, 하실 줄은 알았지만…… 즉위식을 한다는 거죠?"

랏샤는 아까 내가 집무실에 들어오자마자 건넨 마법 축제 기획서를 살펴보며 대답했다.

"나 말고 누가 하겠어. 당연히 즉위식 해야지. 성대하게."

"축하……드립니다. 그런데 이거 설마 초대장이에요?"

초대장이라기엔 너무 초라했다.

그냥 빈 종이에 글씨를 마구 휘갈겨 쓴 것 같았다. 물론 종이 구석에 황제 대리인인 랏샤의 인장이 찍혀 있긴 했지만 그래도 좀…… 초라했다.

"이렇게 줘도 돼요?"

랏샤의 입꼬리가 바르르 떨렸다. 장난을 쳐 놓고 웃음을 참고 있었다.

갑자기 랏샤가 손을 내밀었다.

"참. 그렇게 주면 안 되지. 이리 다시 줘 봐."

내게 도로 초대장을 가져간 랏샤가 글을 추가로 적고 다시 내밀었다.

「용은 옷 입혀서 와야 함.」

"랏샤! 당연한 얘길 해요! 우리 아무스 이제 옷 잘 입고 다닌다고요!"

"아, 그래? 그럼 그동안은 그대에게 매력 어필하느라 옷을 안 챙겨 입었나 봐?"

"아니, 너무 오래 잠들어 있는 바람에 사회생활을 잘 못해서, 그리고 저랑 오빠들이랑 아빠가 잔소리도 엄청 했고…… 내가 왜 이걸 설명하고 있어야 돼? 아무스 이제 옷 잘 입어요!"

"그럼 다행이지. 아무튼 와. 내 즉위식. 다른 사람은 못 와도 너는 와야지."

"……황궁에 들어갈 때 초대장 보여 줘야 하는데 이걸 내밀면……."

"무슨 소리야. 베르고에 주는 초대장은 당연히 정식으로 준비할 거야. 그건 그냥 너한테 먼저 주는 거야. 원래 친구끼리는 장난도 치고 그러잖아."

낄낄 웃는 랏샤의 머리를 쥐어박고 싶었다. 하지만 곧 황제가 될 사람의 머리를 갈길 용기는 없어서 일단 참았다.

"……폐하는 좀 어떠세요?"

"좋으시지. 내가 왕관 쓴 모습을 보고 싶으시대. 날 알아볼 때보다 못 알아보실 때가 더 많지만, 종종 옛날얘기도 해 주시고 그래. 아버지 같아서 난 좋아. 걱정하지 말고 니네 아빠나 챙겨."

"말을 하셔도 꼭……."

때마침 똑똑 노크 소리가 울렸다.

"폐, 전하. 부르셨습니까."

아빠 목소리였다.

공작님이 집무실로 들어오자마자 랏샤는 턱을 괴고 눈을 아래로 축 내리깔았다.

"아직 즉위도 안 했는데 폐전하라니, 벌써 나를 폐위시킬 생각부터 하고 있는 거야? 공, 실망이 크네요."

"……실언했습니다. 전하."

픽 웃은 랏샤는 공작님에게 손을 흔들었다.

"공. 오늘은 따님이랑 같이 일찍 돌아가세요. 난 정말 착한 상사야. 그렇죠?"

"즉위식 준비하라고 3일이나 집에 안 보내 주셨는데 오늘 드디어 퇴근을 할 수 있다니. 영광입니다. 폐, 전하."

"한 번은 그렇다 쳐도 두 번은 고의 같은데."

"그럴 리가요. 오해이십니다. 가자, 레아,"

"네!"

공작님은 내 손을 잡고 재빠르게 집무실을 빠져나왔다.

황궁이 너무 넓어서 궁내에서도 마차를 타고 이동하는 게 국룰이었지만 오늘은 아빠와 걷고 싶었다.

아무스는 축제 때 입어야 할 옷을 맞추기 위해 마리에의 살롱에 끌려가 있는 상태였다.

물론 보호자로 그레이가 함께 갔다. 혼자 갔다가는 또 무슨 사고를 칠지 모르니.

아빠와 함께 이렇게 평화롭게 걷고 있는 게 기분이 좋아서 나도 모르게 얼굴에 미소가 번졌다.

아빠 역시 같은 생각인지 잡고 있는 내 손을 놓을 생각이 없어 보였다.

"레아."

"네."

"아무스에게 네가 겪었던 일들에 대해 들었단다. 물론 들은 것만으로 그 당시 네가 어떤 마음이었을지 다 알 순 없겠지만 그래도……."

황궁 정원은 해가 져 어둑어둑했지만 마력으로 밝혀 놓은 곳곳의 가로등 덕분에 환했다.

그래서 올려다본 아빠의 꾹 다문 입술과 빛나는 보라색 눈이 잘 보였다.

약간의 물기가 맺혀 있는 아름다운 보라색 눈. 내 것과 꼭 닮은 아빠의 눈.

아빠는 어떤 말을 꺼내야 하는지 모르는 듯 한참 말을 잇지 못했다.

나는 아빠에게 잡힌 손을 빼내고 그를 꼭 끌어안았다.

"저 너무 힘들었어요, 아빠. 다독여 주세요."

"……그래. 우리 딸. 참 많이 돌고 돌아서 우리에게 왔구나."

아빠의 크고 두꺼운 손이 내 등을 오래도록 다독였다.

"앞으로는 힘든 일 있으면 아빠한테 말하고, 누가 괴롭혀도 아빠한테 말하고, 기쁜 일이 있어도 아빠한테 말해 주렴."

"당연하죠. 시시콜콜한 것까지 다 말씀드릴 거예요. 화도 내고, 삐지기도 할 거고, 가끔 아빠랑 싸우기도 할 거예요."

"좋지. 네 오빠들은 점잖기만 해서 심심했어…… 아니, 그레이는 조금."

"하하하!"

아빠의 너른 가슴에 안겨서 웃었다. 아빠도 나를 따라 웃었다.

랏샤의, 아. 새로운 폐하의 즉위식 날 아침이 밝았다.

"산윤슬! 야! 너 화장을 내일까지 할 거야?!"

"아, 다 했다고! 재촉하지 좀 마!"

"막내야. 괜찮아."

"오빠! 외투는 어디 갔어?"

"아. 까먹었다."

"산윤슬. 구두는 이게 더 나을 것 같은데."

"헤이먼까지 그렇게 부르기야?"

2층 복도가 시끌벅적했다.

1층 현관에서 공작님이 소리를 질렀다.

"아빠 먼저 간다!"

우리는 아빠에게 외쳤다.

"다 했어요! 아빠 잠깐만!"

우리 네 형제는 우당탕탕 소리를 내며 계단을 빠르게 내려갔다.

아무스와 함께 날아갈까, 마차를 타고 갈까 고민하던 차에 앤이 나를 뜯어말렸다.

"날아가시면 바람 때문에 머리랑 옷이랑 다 엉망이 되잖아요! 안 돼요! 마차 타고 가 주세요!"

랏샤의 즉위식엔 내가 새로 만든 브랜드인 '산'을 입고 갈 생각이었다. 그러니 당연히 간지가 철철 흘러넘쳐야 했다.

아무래도 앤의 말을 듣는 게 낫겠네.

아빠와 오빠들에게도 '산'에서 만든 코트를 입혔다. 물론 나도 입었고.

아무스는 불퉁한 얼굴로 마차 앞에 서서 발끝으로 잔디를 짓이기고 있었다.

"아무스. 왜 화났어?"

"너랑 날고 싶어. 인간들 많은 답답한 파티 가기 싫어. 너랑 하늘 산책하고 싶어."

"아니, 그건…… 그래도 오늘은 랏샤의 즉위식이고……."

'하늘 산책'은 몸에 무리가 많이 가니까 오늘은 좀 쉬었으면 하는데.

내 난처한 표정을 본 아무스는 부드럽게 웃으며 내 볼을 감싸고 이마에 입을 맞췄다.

"괜찮아. 참을게."

"크흠! 큼! 흠! 크흡!"

공작님이 금방이라도 피를 토해 낼 것처럼 헛기침을 해 댔다.

적당히 하라고 눈치를 주는 것 같았다.

티온은 죄수를 감방에 집어넣는 간수처럼 아무스를 다소 거칠게 마차에 태웠다.

"아가 불곰. 조금 감정적인 것 같은데."

"착각이다."

티온의 목소리가 내게 말을 걸 때와는 확연히 달랐다. 아무스 편을 들어 주고는 싶었지만 티온의 저런 모습을 보는 게 재밌어서 그저 웃기만 했다.

가족들에게 사랑을 받는 건 가만히 있어도 웃음이 나는 일이었다. 이제라도 알게 돼 다행이었다.

모두 마차에 올라타 출발하려고 할 때였다. 마부의 '이야압!' 하는 우렁찬 기합이 들렸다. 그런데 마차가 꼼짝도 하지 않았다.

"하압!"

다시 들렸다. 그래도 마차는 출발하지 않았다.

공작님은 마부와 통하는 쪽의 작은 창을 열고 그에게 물었다.

"무슨 문제라도 있나?"

"……공작님. 말들이 꼼짝도 하지 않습니다."

헤이먼이 수심에 가득 찬 목소리로 작게 중얼거렸다.

"얘들아……. 말들이 왜 그럴까."

순식간에 마차 안이 밝은 빛으로 가득 찼다.

"분홍아! 우리가 물어보고 올게!"

"힝구 하지 마! 알아보고 올게!"

"분홍이 조금만 있어!"

정령들이 잽싸게 마차 밖으로 날아갔다.

어째…… 헤이먼이 정령들을 다루는 솜씨가 나날이 발전하는 거 같은데.

정령들은 몇 초도 안 되어 금방 마차 안으로 다시 날아왔다.

"용의 기운이 느껴져서 발이 안 떨어진대!"

"응! 무섭대! 마구간 가서 쉬고 싶대!"

"여섯 명 무겁고, 용의 기운 무섭대!"

모두의 시선이 아무스에게 향했다.

아무스는 전혀 예상하지 못했다는 듯 눈을 동그랗게 뜨고 짧은 탄성만 뱉어냈다.

"아."

그러다 환한 미소를 지으며 외투를 찢듯이 벗었다.

"어쩔 수 없군. 마차는 내가 몰겠다!"

금방이라도 변신할 모양인지 아무스가 바지 버클에 손을 가져다 댔다.

아빠와 오빠들이 내 눈을 가리고 동시에 소리쳤다.

"나가서 벗어, 인마!"

나는 여러 개의 손에 시야가 막힌 채로 웃음을 꾹 참고 말했다.

"크흐흐, 큭. 아무스. 옷 안 찢고도 변신할 수 있잖아. 용으로 변했다가 황궁에서 옷 입은 채로 인간으로 돌아와. 이제 마력도 충분하잖아."

아무스는 장난기 가득한 능청스러운 목소리로 말했다.

"짝의 가족들은 나를 아무 데서나 옷을 벗고 다니는 변태로 보는 것 같아."

내 시야를 가리고 있던 손들이 그제야 내려갔다.

아무스가 마차 문을 열고 밖으로 나갔다.

순식간에 변신했는지 어디선가 정원사의 비명이 들려왔다.

"아이고, 장미 새로 심은 건데! 아이고, 내 장미! 공작니이이임! 예산 다 날아가요!"

아빠가 창을 열고 정원사에게 소리쳤다.

"솔레아가 대신 충당할 거니 걱정 마라! 괜찮다!"

"어?"

내가 놀란 눈으로 바라봤지만 공작님은 태연했다.

"우리 딸 이제 돈도 버는데 아빠 좀 도와주렴."

"아니, 아빠도 일하시잖아요."

"너는 상단이 있고 아빠는 없잖니."

"……아빠는 작위가 있지만 전 작위가 없잖아요."

"넌 돈 잘 벌잖아. 내가 받아 온 횡령 자금 중 일부분이 네 브랜드 투자금으로 들어갔다던데."

그레이가 깐죽거리며 우리 대화에 끼어들었다.

틀린 말은 아니었다.

랏샤는 용을 테마로 브랜드를 론칭한 내 사업을 국가사업으로 밀어줄 심산인지 꽤 많은 돈을 투자해 줬다.

나랏돈으로 이래도 되는 거냐고 묻자 랏샤는 눈을 동그랗게 뜨고 되물었다.

'그럼 세금도 안 낼 작정이었어? 너 돈 벌면 투자금에 이자 붙여서 회수할 건데?'

'……장사를 하시지 그러셨어요.'

'뭐 하러. 황제가 되면 친구가 하는 장사로 앉아서 돈 벌 수 있는데.'

'어우, 얄미워.'

이제 랏샤에게 눈을 흘기며 얄밉다고 말해도 그녀의 호위 기사들은 내게 검을 들이대지 않았다.

그만큼 막역한 사이라는 걸 이젠 모두가 알고 있었다. 나는 오늘 즉위할 새로운 황제의 최측근이었다.

마부가 마차 밖에서 고개를 숙이며 말했다.

"공작님. 고삐가 말 전용이라 용 님에게 맞지 않습니다."

그 말을 듣자마자 그레이가 쏜살같이 마차에서 내렸다.

"내가! 내가 좋은 거 갖고 있어! 내가 할게!"

그레이가 밖에서 요란스럽게 뛰어다니자 티온이 불안한 얼굴로 눈살을 찌푸렸다.

"……마차를 그레이가 모는 건 아니겠지."

"형은 무슨 그런 소리를 해. 그레이가 미친 것도 아니고."

다행히 그레이는 금방 다시 마차에 올랐다. 창문을 연 그레이가 마차 외벽을 탕탕 두드리며 아무스에게 외쳤다.

"출발!"

그레이의 외침과 함께 마차가 두둥실 허공으로 떠올랐다.

"윽!"

맞다. 안전벨트가 없지.

마차가 급경사를 이루며 위로 솟아오르듯 떠올랐다.

그 바람에 아빠와 티온이 의자에서 떨어져 그레이와 나, 헤이먼이 앉아 있는 쪽으로 굴러떨어졌다.

"아, 형! 징그러워!"

"미안."

티온의 양팔 사이에 갇힌 그레이가 질겁하며 소리를 질렀다. 티온은 마차가 수평을 찾자마자 얼른 원래 자리에 앉았다.

마차 천장에 머리를 쿵 박은 아빠 역시 자리에 다시 앉고는 두 눈을 질끈 감으며 분노를 삼켰다.

"……솔레아."

"네."

"아빠는 이 연애 반대다."

"아하하하!"

깔깔 웃고 있는데 헤이먼이 진지하게 끼어들었다.

"옛날부터 말을 험하게 모는 자는 성질이 더럽다고 했어."

"어? 우리나라에도 그런 말 있는데. 운전할 때 나오는 성질이 본래 성격이라고."

티온은 부드럽게 웃으며 흐트러진 내 머리카락을 쓰다듬어 주었다.

"예전에 네가 살던 나라 말이지? 이제 너는 여기 있으니까."

나는 빙긋이 웃으며 티온의 두껍고 큰 손을 잡아 내렸다.

"응. 내가 살았던, 우리나라. 다음에 더 많이 얘기해 줄게. 또 밤새워 놀자. 다 같이."

공작님이 창밖을 보며 작게 중얼거렸다.

"……이번엔 아빠도 끼워 줄 거니?"

"아, 아빠 눈치도 없이. 애들끼리 노는데."

그레이가 팔짱을 끼며 공작님을 놀리기 시작했다.

흉터가 있는 아빠의 오른쪽 눈이 움찔거렸다. 헤이먼도 공작님을 놀렸다.

"아무래도…… 형제끼리 노는데 아빠가 끼면 좀 그렇지 않을까요?"

공작님이 입술을 꾹 다물고 들릴 듯 말 듯 한 소리로 말했다.

"그냥 조용히 있을 건데 뭐 그렇게 대놓고 사람을 따돌리고 그러니, 너희는……."

결국 아빠만 빼고 우리 모두 웃음이 터지고 말았다.

나는 시무룩해진 공작님의 손을 잡으며 말했다.

"아빠. 텐트 사 주세요. 엄청 큰 거. 저 캠핑 한 번도 안 가 봤거든요. 정원에서 텐트 치고 놀아요. 아빠도 같이."

그제야 굳어 있던 공작님의 표정이 풀렸다.

"아빠가 그런 건 잘하지."

"뭘요? 텐트 치는 거요?"

"아니. 돈 쓰는 거. 아빠가 그거 하난 기가 차게 잘한단다."

티온이 곱게 눈을 접어 웃으며 나를 바라봤다.

"막내야. 앞으로도 하고 싶은 거 있으면 그때그때 바로 말해."

"……응."

어쩐지 쑥스러워서 고개를 푹 숙였다.

그때 다시 마차가 아래로 급강하하기 시작했다.

이번엔 나와 헤이먼, 그레이가 아빠와 티온 쪽으로 우당탕 소리를 내며 넘어졌다.

티온은 양팔을 벌려 그레이와 내 허리를 붙잡았고, 아빠도 헤이먼을 잡아 주려 했지만 정령들이 먼저 끼어드는 통에 그럴 틈조차 없었다.

정령들은 헤이먼의 몸이 공중에 뜨자마자 나타나 마력으로 헤이먼을 안정적으로 다시 앉혔다.

"우리 분홍이, 안 다쳤어?"

"분홍이 조심!"

헤이먼은 꽃같이 웃으며 정령들에게 답했다.

"응, 고마워."

이상하게 정령들은 헤이먼이 '고마워.' 라는 말만 하면 눈물을 흘리며 저들끼리 끌어안고 난리를 쳐 댔다.

'우리 애 다 컸네.'

'장가가도 되겠네.'

'정령은 이제 여한이 없네.'

같은 소리를 해 대며.

아빠는 허공에 뻗었던 두 손을 머쓱하게 내리고 바지춤에 스윽 문질러 닦았다.

"와! 용이다!"

"하늘에서 내려왔어!"

밖에서 사람들의 탄성이 들려오는 걸 보니 황궁에 도착한 모양이었다.

하긴, 그러니까 급강하했겠지.

이윽고 마차가 쿵 소리를 내며 착륙했다.

바닥에 부딪친 충격으로 마차가 꽤 흔들린 탓에 나나 가족들 꼴이 말이 아니었다.

이래서야 앤은 물론이고 랏샤에게까지 핀잔을 듣게 생겼네.

흘러내린 은발을 쓸어 올리던 아빠의 시선이 둘째 아들에게 향했다.

"……너는 멀쩡하구나. 그것도 평소보다 더."

헤이먼은 말 그대로 티 하나 없이 아름다웠다.

피부과에서 관리받는 연예인마냥 빛나는 얼굴과 방금 청담 숍에서 세팅받고 나온 것 같은 헤어스타일까지. 완벽 그 자체였다.

"집중의 박수."

"짝! 짝! 짝!"

"응! 왕주인 왜?"

"왕주인 왜 불렀어?"

바깥의 소란스러운 소리가 조금씩 가까워지고 있었다.

"용 님이야!"

"나 용 실제로 처음 봐!"

"시종장님을 모셔 와야 되는 거 아니야?!"

바깥의 시끌벅적한 소리와는 전혀 관련 없다는 듯 마차 안의 정령들은 순진무구한 표정이었다.

"얘들아. 헤이먼도 예쁘고 좋지만, 헤이먼의 가족인 우리한테도 가끔 좀 신경 써 주지 그러니?"

정령들은 이해가 안 된다는 듯 내 얼굴 앞으로 다가왔다.

"왕주인은 바보야?"

"뭐?"

"왕주인도 힘이 있으면서 왜 우리한테 일을 시키는 거야? 우리 아기 분홍이는 마력이 충분치 않잖아. 왕주인은 힘 넘치면서 왜 그래!"

정령들은 쌜쭉 혀를 내밀곤 휙 사라져 버렸다.

아니, 저것들이.

……하지만 틀린 말은 아니었다. 미처 생각조차 못 하고 있었다. 정령들이 하는데 내가 못 할 리 없지.

나는 마차 문을 엶과 동시에 온 가족들의 옷과 머리를 새롭게 세팅하고 피부도 살짝 광이 나도록 만들었다.

열린 문 앞에는 (진짜 졸라 다행히도) 멀쩡히 옷을 입은 아무스가 서 있었다.

'산'에서 만든 망토가 바람에 휘날렸다.

검은 천의 아랫단 부분에는 얇은 금사로 용의 비늘처럼 촘촘히 무늬를 박았다. 그리고 망토의 단추 역시 금색으로 가운데에 가늘고 긴 블랙 다이아몬드를 박아 넣어 용의 눈을 연상시켰다.

망토의 왼쪽 가슴 부분에는 '산'이라는 글씨가 필기체로 적혀 있었다.

아무스의 검은 긴 머리가 불어오는 바람을 따라 이리저리 흔들렸다.

그가 내민 손을 잡고 천천히 마차 밖으로 발을 내디뎠다.

"가자, 산."

……내디디려는데 뒤에서 그레이가 잡아당겼다.

"아빠 먼저 내리셔야지, 사유솔!"

"아! 세팅한 머리를 왜 잡아당겨!"

"넌 예의가 없어? 너네 나라에선 예의를 그렇게 가르쳤어?"

"이 그레이 새끼가 나라를 들먹거려? 내 애국심을?"

그레이와 내가 마차 안에서 치고받고 싸우기 시작하자 아빠와 티온, 헤이먼은 익숙한 일이라는 듯 우리를 두고 먼저 내려 버렸다.

넓은 홀 안은 사람들로 가득 차 있었다. 다행히 늦지 않게 도착한 것 같았다.

몇 개의 계단 가장 위에 자리한 황좌에 현 황제가 고개를 숙인 채 졸며 앉아 있었고, 그 바로 아래에 카라샤펠 황녀 전하가 서 있었다.

우리가 온 걸 확인한 랏샤는 인상을 살짝 찡그렸다. 본인이 생각한 것보다 늦어서 화를 내는 것 같았다.

아니, 근데 우리도 일찍 온다고 온 건데. 사람이 여섯, 아니 사람 다섯에 용이 하나잖아요. 시간 맞추기가 보통 힘든 게 아니라고요.

속으로 투덜거리며 입술을 삐죽거리자 랏샤가 피식 웃고는 고개를 끄덕였다.

그때 의자에 몸을 기댄 채 졸고 있던 황제가 슬그머니 눈을 뜨고는 주변을 둘러봤다. 그의 시선이 제 딸을 향했다.

"랏샤. 오늘은 사람들이 많구나."

"예, 폐하. 왜냐하면 오늘은 제 즉위식이거든요."

"오! 그렇구나, 새로운 황제가 즉위하는 날이구나. 황제께 축하드린다고 전해 드리렴."

"네, 그럴게요."

황제가 횡설수설하기 시작하자 귀족들의 소곤대는 소리도 커졌다.

'정말로 폐하의 정신이 온전치 않으시군.'

하지만 황제와 랏샤는 그런 얘기에 전혀 아랑곳하지 않았다.

"즉위식은 언제 시작하는 거니, 나도 보고 싶구나."

"지금요. 폐하가 원하시면 시작해요."

랏샤는 계단 아래쪽에 서 있는 시종에게 눈짓을 보냈다.

"즉위식을 시작하겠습니다!"

느린 발걸음으로 계단을 올라간 랏샤는 황제의 손을 잡아 일으켰다.

황제가 활짝 웃으며 일어서자 그녀는 곧장 한쪽 무릎을 꿇었다.

금황이 살아 있는 상태에서 황좌를 물려주게 되었으니 원래대로라면 즉위식에서 그가 긴 축사를 읽어야 했다.

원래의 절차는 그러했다.

물론 오늘 즉위식에선 하지 않겠지. 황제는 지금 여기가 어딘지도 정확히 모르는 것 같으니까.

하지만 내 예상은 빗나가고 말았다.

랏샤는 황제의 손을 잡은 상태로 그에게 낮고 조용한 목소리로 조곤조곤 말했다.

"아버지. 제가 황제가 된다면, 해 주고 싶으신 말씀이 있으세요?"

두 눈을 동그랗게 뜨고 주변을 둘러보던 황제는 몸을 웅크려 랏샤와 눈을 맞췄다.

"세상에. 우리 딸이 그런 큰 사람이 된단 말이오?"

"네, 열심히 해 보겠다네요. 해 주고 싶으신 말씀이 있으시면 해 주세요."

황제는 여전히 놀란 토끼처럼 눈을 끔뻑거리다가 이내 빙그레 웃고는 랏샤를 당겨 안으며 말했다.

"몸조심하렴."

"……예, 폐하."

짧지만 그 어떤 말보다 다정한 다섯 글자가 황제의 축사였다.

황제를 평생 보좌했던 보좌관이 계단을 한 칸씩 올라갔다. 아마 그가 황제를 대신해 황제의 왕관과 망토를 랏샤에게 전달할 모양이었다.

아무리 랏샤라도 제 아버지가 쓰고 있는 관을 벗겨서 직접 머리에 쓸 순 없으니까.

보좌관이 황제의 망토를 벗겨 내 랏샤에게 둘러 주었다. 그리고 황제가 머리 위에 쓰고 있던 금빛 왕관도 벗겨 냈다.

황제의 시선이 보좌관의 손에 들린 왕관을 따라 움직였다. 그것이 제 딸의 머리에 씌워지자 황제의 입이 서서히 벌어졌다.

한쪽 무릎을 꿇고 있던 랏샤가 몸을 일으켜 꼿꼿이 허리를 펴고 섰다.

넓은 홀에 모인 귀족들을 하나하나 눈에 새기던 새로운 황제가 황좌에 앉자마자 우레와 같은 박수와 함께 함성이 터졌다.

제르노아에 새로운 황제가 즉위하는 순간이었다.

즉위식이 끝나고 큰 홀에서 무도회가 시작되기 전 랏샤 황녀, 아니, 폐하와 우리 가족들은 응접실에서 독대를 가졌다.

왕관을 쓴 랏샤는 평소처럼 득의양양한 표정이라 사실 황녀일 때와 썩 달라 보이지 않았다.

마치 태어날 때부터 황제인 사람 같았다.

"폐하. 즉위를 경하드립니다."

"오늘은 내가 주인공인데 용이 그렇게 휘황찬란하게 등장하면 어떡해."

"말이 안 움직여서 어쩔 수 없었어요. 폐하가 늦지 말라고 하셨잖아요."

"광고판이 너무 화려하잖아. 어쨌든 베르고에서부터 그걸 달고 왔다니 고맙다는 인사는 해야겠지."

뜬금없는 랏샤의 말에 아빠와 우리는 서로의 눈을 쳐다보며 어리둥절해했다.

미소를 지은 랏샤가 고개를 까딱 기울이며 물었다.

"설마 몰랐어? ……메리."

랏샤의 시녀가 황제의 응접실 밖으로 나갔다. 잠시 후 그녀가 커다란 붉은 천을 들고 들어왔다.

……설마.

메리는 다른 시녀의 도움을 받아 응접실의 큰 테이블 위에 천을 펼쳤다.
천에는 이렇게 적혀 있었다.

▽▼▽▼▽▼▽▼▽▼▽▼▽▼

★경축★

《카라샤펠 로즈 폰 사파테아도 드 제르노아 황제 즉위》

(역대 최고 긴 이름! 기록 경신!)

28년 전통 정치 전문 황제 폐하

☞ 새로운 황제 폐하가 인정하신 용의 존재! 설마 아직도 못 믿으십니까?

☞ 새로운 황제 폐하가 인정하신 마법사 슐레아의 마력! 설마 아직도 못 믿으십니까?

베르고 공작저로 문의 바람.

확인 못 할 시 명예 100% 환불.

▲△▲△▲△▲△▲△▲△▲△

"악! 저게 뭐야!"

설마 사람을 또 잡네.

온 가족이 고개를 휙 돌려 그레이를 바라봤다.

어쩐지 직접 고삐를 묶겠다고 밖으로 튀어 나가더니.

그레이는 입을 막은 채 킥킥거리며 웃음을 참고 있었다.

"아니, 웃기잖아."

"폐하가 언짢아하셨으면 우리 다 죽은 목숨이야!"

"넌 어떻게 생사고락을 함께한 폐하를 그렇게 옹졸하신 분으로 판단할 수가 있니."

그레이가 오히려 나를 나무라듯 눈썹을 찡그리고 바라봤다.

랏샤 역시 비슷한 표정이었다. 둘 다 나를 놀릴 생각밖에 없는 것 같았다.

"그러게 말이야, 날 뭘로 보고"

헤이먼이 얼른 끼어들었다.

"저는 재치 있다고 생각하고 있었습니다."

"공자는 처세술에 능하군. 마음에 들었어."

갑자기 아빠가 목소리를 높였다.

"우리 헤이먼이 왜 마음에 드십니까!"

"깜짝이야. 공, 아직 감이 안 오나 본데 나 이제 황제입니다?"

"황, 황제이셔도! 황제이셔도······!"

"아들들을 언제까지 끼고 살 겁니까. 이제 슬슬 하나씩 보낼 준비도 하셔야
지."

"안 됩니다!"

"그럼 딸은 괜찮고?"

"폐하!"

"세상에 내 마음대로 되는 게 아무것도 없네."

랏샤가 고개를 푹 숙인 채 좌우로 도리도리 저었다.

아빠를 놀리려는 의도가 다분했지만 말리지 않았다.

······내가 놀림당하는 것보다 아빠를 내어 주는 게······.

아니야. 효녀가 돼 보기로 결심했잖아.

나는 빠르게 마음을 고쳐먹고, 억울한 듯 주먹을 움켜쥔 아빠의 팔을 붙잡았
다.

"아빠. 우리 이제 그만 게스트 룸으로 가서 쉬어요. 조금 있다 무도회에도
참석해야 하잖아요."

"공녀. 춤은 좀 늘었어?"

"······예. 나름 늘었습니다."

오늘 무도회에 참석하기 위해 속성으로 아빠와 오빠들에게 돌아가며 배우긴
했다.

심지어 아빠와 오빠들이 바쁠 땐 라트엘이 내 파트너가 되어 줬다.

'아가씨는 확실히 재능이 있으십니다.'

'정말요?'

'예. 배운 걸 정확히 반대로 하시는 재능이요. 뛰어나십니다.'

'……라트엘. 내가 마법사가 된 걸 잊었나요?'

'유능한 제가 없을 공작가를 생각하니 벌써 가슴이 미어지네요.'

'……앞으로는 좀 덜 유능한 사람을 뽑아야지, 안 되겠어.'

쉴 새 없이 놀림을 당하긴 했지만 어쨌든 라트엘에게서도 열심히 배웠다.

"그런데 왜요? 저랑 춤을 추시게요? 참. 제일 먼저 같이 춤을 출 사람은 정하셨어요?"

"안 그래도 고민 중이야. 일등 공신인 용과 출까……."

"으. 싫어."

아무스가 대놓고 인상을 찌푸리며 뒤로 물러났다.

"인간. 나는 너와 춤을 추기 싫다."

호위 기사들이 검을 뽑아 들었지만 아무스는 여전히 냉정한 얼굴이었다.

"폐하. 아무스가 사람을 좀 가려요. 한 번만 봐주세요."

"그럼 그대의 아버지와 춤을 취야겠어. 이쯤 되면 내 취향에 연상도 추가해야 하나……."

"아무스도 사교계에 발을 들여야죠. 아무스, 폐하랑 춤을 추는 건 큰 영광이야."

"……짝."

아무스가 울상이 되어 내 손을 잡았다. 하지만…… 아빠는, 아빠는 조금 그렇잖아.

그 이후로도 한참을 옥신각신 서로를 놀려 먹다가 겨우 응접실에서 나왔다.

무도회는 아직 시작하지도 않았는데 벌써 진이 빠지는 것 같았다.

아까 즉위시에서 입었던 옷보다 조금 더 화려한 디자인으로 갈아입고, 아빠와 오빠들의 옷에도 장신구를 더했다.

아무스에게도 철저히 말해 뒀다.

"절대, 절대로. 아무리 답답해도 변신하면 안 돼. 황궁을 부수면 안 되니까. 알았지?"

"응. 그럼 옷은 벗어도 돼?"

"외투만! 외투만 벗는 거야. 정 답답하면 외투만 벗어!"

"당연하지. 누굴 기본 상식도 없는 용으로 보는 거야?"

"……."

말없이 아무스를 노려보고 있는데 티온이 빙긋이 미소를 지으며 다가왔다.

그러곤 내 어깨에 손을 올렸다.

"막내야, 걱정 마. 기사 몇 명을 데려왔어. 아무스가 단추만 풀어도 양모에 둘둘 말아서 밖에 내다 버릴게."

"아니, 그건……."

"아가 불곰 처형은 말이 심해."

"주먹이 더 심하니 괜찮아."

어? 우리 오빠가 언제부터 이렇게 험악해졌지.

생각해 보니 아무스가 내 옆에 붙어 다닌 뒤부터였던 것 같다.

막냇동생의 연애. 순둥한 큰오빠를 진짜 짐승으로 만듭니다.

무도회가 열리는 홀로 다 함께 걸어갔다.

공작님이 시종에게 초대장을 내밀자 그는 종이를 확인한 뒤 문을 열며 큰 소리로 외쳤다.

"베르고 공작가분들과 용 아무스님이 입장하십니다!"

시종의 큰 목소리와 함께 우리가 홀 안으로 들어서자 사람들의 이목이 집중됐다.

이게 대체 몇 달 만의 파티인지.

체감상으로는 수백 년 만이었다.

그런데 사람들의 눈빛이 전과는 확연히 달랐다.

이전의 파티에선 신기한 걸 바라보듯 힐끔힐끔 관찰했었는데, 이번엔 대놓고 쳐다보고 있었다.

그것도 눈을 동그랗게 뜨고.

용이 있어서 그런가 보다고 생각했지만 내 예상은 빗나가고 말았다.

"공녀님!"

"네!"

갑작스러운 부름에 깜짝 놀라 대답하며 뒤돌았다.

나이와 성별을 불문하고 많은 사람들이 내게 몰려들어 와 질문을 퍼부었다.

"용의 마력을 받으셨다는 게 사실인가요?"

"이달론이 그렇게 나쁜 놈이었다면서요? 전 정말 꿈에도 몰랐어요!"

"세상에. 이게 공녀님이 이번에 새로 만드셨다는 브랜드의 옷인가요? 너무 멋져요! 어디서 살 수 있나요?"

"마법사 협회장이 되신 걸 축하드립니다!"

"예술 지원 사업도 하신다면서요? 이번에 저, 그롤릭 린체르타가 음악회를 여는데 참석해 주시겠어요?"

"복지 재단도 운영하신다고 들었어요! 정말 대단하십니다. 제가 후원하는 극단에서 자선 공연을 여는데 혹시……."

갑자기 몰려든 사람들에 당황해 가족들을 돌아봤지만 다들 비슷한 상황이었다.

"티온 공자님! 어쩜 그렇게 큰 마물들을 잘 길들이세요?"

"어릴 때 우유를 많이 드셔서 키가 크셨나요?!"

"공자님은 검술 훈련을 하루에 얼마나 하세요?"

"공자님 여자 친구 있으세요?!"

잠깐, 마지막 질문 누구야. 나 아직 우리 큰오빠를 보내 줄 마음의 준비가 안

됐는데.

다급히 시선을 돌려 봤지만 몰려든 사람들 때문에 누가 방금 그 질문을 던졌는지 알 수가 없었다.

"헤이먼 공자님이 만드신 메트로놈 너무 잘 쓰고 있어요!"

"헤이먼 공자님 어쩜 그렇게 명석하세요?"

"공자님은…… 정말, 제가 본 사람 중 가장 아름다우세요."

안 돼. 난 아직 둘째 오빠도 보낼 마음의 준비가 안 됐다고!

"그레이 공자님의 가장 친한 친구가 되고 싶습니다."

"그럼 저는 공자님의 애인이 되고 싶어요."

"그레이는 나랑 제일 친하지!"

……빌 목소리가 들린다. 저긴 빌이 막아 주겠군.

"베르고 공작님. 얼굴에 이리 큰 흉터가 생기셔서 어떡해요……."

"그래도 공작님 특유의 냉기 어린 차가운 시선과 다정한 미소는 그대로시네요. 저는 사실 예전부터 공작님을……."

마침 랏샤가 등장했다. 나는 사람들을 미친 듯이 헤치며 랏샤에게 다가가 인사했다.

"폐하아아아! 오셨습니까! 춤을! 춤을 춰 주세요!"

"……그대와? 지금?"

뭐든 좋으니까 이 상황을 좀 끊어 가 주세요. 제발. 난 아직 우리 가족들 중 그 누구도 보내고 싶지 않아.

……가족이라는 게 좋은 건 줄 처음 알았으니까요.

※ ※ ※

파티의 주인은 참석한 초대객들 중 가장 지위가 높은 사람과 먼저 춤을 추는 게 보편적인 규칙이었다.

그렇게 따지면 랏샤는 당연히 우리 아빠와 춤을 추는 게 맞지만 아직 미혼이니, 또래의 남성과 춤을 출 수도 있었다.

또는 정치적 의미를 담아 황권 강화에 도움이 될 가문의 영식을 골라 춤을 출 수도 있다.

물론 그 어떤 예시에도 공녀는 없었다.

하지만 나는 지금 그 어느 때보다, 그 누구보다 간절했다.

"예! 저랑 추셔도 괜찮지 않을까요?!"

사람들의 관심이 우리 아빠와 오빠들에게 너무 몰려 있었다.

아직은 우리 가족끼리 시간을 더 보내고 싶은데.

나보고 돌도 안 지났다고 할 땐 언제고 다들 장가갈 각을 재고 있는 거냐고! 물론 본인들 생각은 아직 안 들어 봤지만 이렇게 관심이 쏟아지면 그렇게 되는 건 시간문제 아니겠냐고.

급기야 머릿속에서 스스로를 돌도 안 지난 아기로 합리화하기 시작했다.

랏샤는 웃음기를 머금은 얼굴로 답했다.

"말을 하지 그랬어. 공녀와 나, 둘 다 화려한 드레스를 입고 있어서 춤추기엔 영 불편할 텐데."

"그, 그래도……."

당황한 내가 얼버무리는 사이에 아빠와 오빠들이 인파를 헤치고 다가와 랏샤와 내 대화에 끼어들었다.

"네가 왜 전, 폐하랑 춤을 춰!"

"전 폐하라니. 현 폐하인데. 그레이 공자 말이 심하네."

랏샤의 농담을 또 가볍게 넘겨 버린 가족들이 랏샤와 내 사이를 가로막고 나를 다그치기 시작했다.

"아가, 왜 갑자기 폐하와 춤을 추겠다는 거니."

"막내야. ……국법상 아직은 안 돼. 그리고 국법이 통과돼도 내 생각에 그건…… 좋은 결정이 아닌 것 같아."

"레아. 혹시 이것도 누가 시킨 일이야? 누가 널 조종하고 있어? 내가 출게. 내가 폐하와 춤을 출 테니까 너는 그러지 마."

"헤이먼 공자. 그대는 나와 춤을 추는 게 무슨 큰 희생이라도 되는 양 말하는군. 그대의 처세술이 마음에 들었는데 이렇게 본심을 드러내다니."

그 와중에 아무스는 멀찍이 선 채 생전 본 적 없는 차갑게 굳은 얼굴로 나를 쳐다보고 있었다.

'나랑 춤추는 게 아니었어?'

딱 그런 표정이었다.

서운함과 약간의 배신감이 뒤죽박죽 섞여 있는 잘난 이목구비.

어쨌든 내 폭탄 발언에 가족들이 모조리 달려온 걸 보니 오빠들이 아직은 연애할 생각이 없는 것 같았다.

그레이가 내 두 어깨를 붙잡고 조용히 물었다.

"산윤솔. 왜 폐하랑 춤을 추겠다고 한 거야?"

"아니, ……물론 결혼한다고 가족이 아니게 되는 건 아니지만 그래도……. 나랑 조금 더 많은 추억을 만들고 가면 좋잖아."

"누가 결혼을 한다는 거야?"

"……아니, 방금 사람들이 아빠랑 오빠들한테 말 걸었잖아."

내 얘기를 들은 헤이먼이 애써 세팅한 내 머리를 아프지 않게 콩 때렸다.

"아!"

"네가 우리 평판 올려 주겠다고 할 땐 언제고, 사람들이 우리한테 관심 가지니까 자기한테 관심 가져 달라고 하네. 으이구, 누구네 집 막내가 이렇게 제멋대로야."

"알아, 아는데. 그래도 이제…… 우리 가족은 이제 시작이잖아."

헤이먼이 입꼬리를 올려 환하게 웃었다.

근처에 있는 사람들이 입을 틀어막으며 '헙!' 하고 탄성을 삼키는 게 보였다.

그도 그럴 것이, 마음의 짐을 완전히 덜어 버린 헤이먼은 나날이 미모를 갱

신하고 있었다.

밝은 분홍색 머리카락은 햇빛을 받은 듯 반짝거렸고 투명한 분홍 꽃잎 색 눈은 곱게 반달 모양으로 접혔다.

"그래. 우리 가족은 이제 시작이지."

장난기 넘치는 표정으로 우웩, 헛구역질을 한 랏샤가 티온에게 손을 내밀었다.

"지난번 자네의 귀환 파티에서 날 깠으니 이번엔 까지 않았으면 좋겠네."

"영광입니다, 폐하."

티온은 전처럼 심하게 낯을 가리지 않았다.

저번에 하루 날 잡아 내 방에서 수련회 컨셉으로 왁자지껄하게 논 뒤로 적어도 랏샤에게만큼은 경계심을 많이 푼 것 같았다.

티온과 랏샤가 음악에 맞추어 왈츠를 추고 난 뒤 많은 사람들이 각자의 파트너와 함께 춤을 췄다.

나는 아빠와 제일 먼저 춤을 췄고, 그레이는 사라와, 티온과 헤이먼은 각각 다른 영애와 춤을 췄다.

마음이 이상했다.

내가 처음 이 세상으로 왔을 때는 오빠들이 파티엔 참석해도 춤을 추진 못했다고 했는데.

이젠 다들 우리 베르고에 관심을 가지고, 오빠들과 춤을 출 때 저렇게 밝게 웃고 있다니.

이 모든 상황이 나로 인해 바뀐 결과라는 게 쉽게 믿기지 않았다.

그때, 연주가 끝났고 공작님이 내 등을 다독이며 말했다.

"네 짝에게 가 보렴. 좀 있으면 용으로 변해서 궁을 때려 부수겠구나."

남들보다 머리 하나는 더 큰 아무스가 무도회장 구석에서 팔짱을 낀 채 입술을 삐죽 내밀고 있었다.

심지어 옆에서 다른 사람들이 말을 걸고 있는데도 대답을 하지 않는 듯했다.

아무스의 샛노란 눈은 오직 나만을 향하고 있었다.

"아무스!"

그 모습이 귀여워서 환하게 웃으며 빠르게 아무스에게로 걸어갔다.

아무스는 언제 삐져 있었냐는 듯 내 웃는 얼굴을 보자마자 피식 입꼬리를 올리며 두 팔을 벌려 왔다.

사람들의 눈을 의식하지 않고 아무스에게 안겼다.

"이제 나랑 춤출까, 산윤솔?"

"그래."

춤을 추자던 아무스는 나를 데리고 정원으로 나갔다.

"······짝. 혹시 그거 기억나? 산에서 추던 거, 호수 옆에서······."

"응? ······아!"

그와 나에게 서로밖에 없던 그 시절, 마을 축제 현장에서 들려오는 노랫소리에 맞춰 손을 맞잡고 춤을 춘 적이 있었다.

춤을 제대로 배운 적이 없어 손만 잡았을 뿐 마구잡이로 발을 움직이는 막춤이었다.

그래도 즐거웠다.

우리는 1,000년도 더 전의 그때처럼 서로 손을 맞잡고 큰 원을 그리듯 빙그르르 돌았다.

"하하!"

아무스는 그 어느 때보다 큰 소리로 웃으며 내 허리를 붙잡고 번쩍 들어 올렸다. 그러곤 한 바퀴 돌더니 나를 다시 내려놓았다.

우리는 두 다리를 번갈아 움직이며 두서없이 돌고, 또 돌며 깔깔 웃었다.

서로에 대한 애정으로 충만하던 그때로 돌아간 것 같았다.

"아, 내가 오른쪽으로 가면 네가 왼쪽으로 가야지!"

"아니지! 내가 팔을 올렸으니까 네가 제자리에서 돌았어야지!"

눈가에 주름이 질 정도로 밝게 웃으며 아무스와 나는 달빛 아래에서 오래도록 춤을 췄다.

❄ ❄ ❄

이달론이 그간 저질렀던 악행이 실린 신문이 발행되어 제르노아 전체에 널리 퍼졌다.

내가 새로운 마법사 협회장이 된 지도 벌써 석 달이 지났다.

그동안 정말 안팎으로 눈코 뜰 새 없이 바빴다.

나는 협회장이 됐기 때문에 전국 각지의 여러 마법사들을 하나하나 만나야 했다.

각자의 일정상 만나지 못하는 마법사들과는 편지, 또는 마력석으로 교류하며 인사를 나누고 축제를 준비했다.

대부분 내게 우호적인 반응이었다.

도무지 속을 알 수 없었던 이달론과 달리 나는 베르고의 공녀이기에 신원이 확실했고, 언제나 사무적인 태도로 일관해 믿음직하다는 평가가 줄을 이었다.

그러나 너무 어리고 세상 물정을 모르며, 마력의 양도 확실치 않다는 비판적인 의견도 있긴 했다.

하지만 이달론이 조져 놨던 지방의 마법지부 예산 문제 재정비나 마법사들 보조금 및 인원 관리, 인구수가 적은 마을의 축제 홍보 등에 대한 일들 때문에 연락을 계속 주고받다 보니 그들도 곧 납득하게 됐다.

과중 업무에 미쳐 버린 K-직장인의 힘을.

'확실히 솔레아 님이 협회장이 되시고 나서는 일처리가 빠르죠.'

'……빨리해라, 아직 안 됐냐, 지난주에 준 건데 왜 아직 검토 중이냐, 시장조사는 나가 봤냐. 다 같이 즐기는 축제인데 마법사들만 좋으면 그게 무슨 축제냐, 하면서 달달 볶아 대니 그렇지요.'

'그래도 이달론이 협회장이었을 때보다는 더 사람 사는 맛이 나지 않습니까?'

'……거야 그렇지요.'

탱자탱자 놀던 지방 마법사들이 나를 싫어하지 않을까 생각했는데, 다행히 그들은 드디어 일 좀 하는 것 같다며 축제를 준비하는 내내 꽤 신나 했다.

아무스 역시 그레이와 헤이먼에게 끌려다니며 곳곳의 지워진 벽화를 재건하고, 돌에 새겨진 알 수 없는 문자를 해석해야 했다.

물론 그다지 성실하진 않다고 들었다.

'음, 꽤 옛날 안료 같아.'

'흠, 읽어 보니 썩 중요한 내용은 아닌데 굳이 해석해야 하나.'

결국 아무스의 그런 태도에 빡이 친 그레이가 중요 유적지에서 이 건방진 뱀 새끼의 눈을 파 버리겠다고 소리를 질렀고, 아무스도 참지 않고 용으로 변해 그레이와 대판 싸웠다고 들었다.

물론 지금 아무스는 성실하게 변했다.

아니, 내가 성실해지게 했다.

'하……. 오빠. 아무스. 지금 온 가족이 이렇게 바쁜데 왜 싸우고 그래.'

'아니, 이 새끼가 뺀질거리면서 처놀잖아! 일하는 놈 따로 있고 노는 놈 따로 있나.'

'솔레아. 나는 그냥 좀 더 자고 싶을 뿐이다. 매일 새벽같이 나가서 지방까지 날아가는 게.'

나는 주먹으로 책상을 쿵 소리가 나도록 내리쳤다.

'그레이! 그래도 뱀 새끼 눈깔을 파 버린다고 하면 안 되지! 얘가 이래 보여도 나이가 천 살이 훌쩍 넘는데! 어르신 데리고 다니면서 그런 건 좀 배려해야지!'

'……산. 이럴 때 노인 우대는 필요 없다.'

'아무스! 너도 인마! 어? 평생 잘래? 앞으로 영원히 처자게 해 줄까?!'

'……미안.'

'둘이 손잡고 화해해. 다음에 또 유적지에서 싸웠다는 소리 들리면 둘 다 황궁으로 보내 버릴 거야. 아빠는 퇴근할 수 있어서 좋아하시겠다.'

황궁으로 보낸다는 소리에 두 사람은 조용히 손을 잡고 서로 미안하다고 사과한 뒤 방을 나갔다.

……아빠는 황궁에서 퇴근을 못 하고 있었다.

'폐하! 우리 아빠 퇴근 좀 시켜 주세요!'

'아이고, 불쌍한 우리 아버지 나를 낳으시고 용의 시험 받다가 치매 오셨네.'

'……이 씨발.'

마법 협회 일 때문에 황궁에 찾아갈 때마다 랏샤는 매번 그런 식으로 빠져나갔다.

가끔 옷을 갈아입으러 집에 들른 공작님은 나와 오빠들에게 인사를 하고 애잔한 얼굴로 애써 웃어 보였다.

'그래도 침대는 아주 좋단다. 잠도 매일 꾸준히 자고 있어. 왔다 갔다 할 시간이 부족할 뿐이지. 아빠는 괜찮으니 걱정하지 마렴, 얘들아.'

……하지만 아빠. 원래 휴게실에 라꾸라꾸 있는 직장은 가는 게 아니라고 했단 말이에요.

헤이먼과 그레이가 문화 부흥 및 재건 사업 때문에 바쁘고, 나는 나대로 '산' 사업과 솔리안 상단, 마법사 협회 때문에 공작저에 신경 쓸 겨를이 없으니, 티온이 자연스럽게 베르고의 대외 활동에 전면으로 나서게 됐다.

티온은 사나운 인상을 조금이라도 부드럽게 만들어 보려는 노력으로 파티나 오찬에 참석할 때마다 안경을 쓰고 갔다고 들었다.

'가족들이 모두 바빠 장남인 제가 대표로 왔습니다. 베르고 공작가의 티온입니다.'

라는 말을 거울 앞에서 밤새 연습하는 걸 정령들이 엿보고 귀여워 죽으려 하는 통에 나도 알게 되었다.

'잠 좀 자자. 얘들아!'

'하지만 아가 불곰 너무 귀여운걸!'

'누가 우리 아가 불곰 훔쳐 가면 어떡하지!'

나는 베개에 머리를 파묻고 겨우 잠이 들었다.

이제 티온에게도 화려한 색의 초대장이 날아오기 시작했다.

제 이름이 찍힌 예쁜 초대장을 손에 든 티온은 티 나지 않게 입꼬리를 살짝 올린 채, 볼을 발그레 붉히며 웃었다.

그리고 헤이먼의 문화 부흥 과중 업무 어벤져스 군단이 만든 노래들 중에는 동요도 있었는데 아직 듣지 못했다.

축제 날 음악회에서 들려준다고 해서 기다린 지가 벌써 한 달이 넘었다.

매일 지휘봉을 들고 연습을 하러 가길래 '너 음악회 지휘도 해?' 하고 물었더니 헤이먼은 씨익 웃으며 어깨를 으쓱 올렸다 내렸다.

"난 체력만 있으면 다 잘해, 솔레아."

어우, 재수 없고 너무 잘생겼네. 우리 오빠.

나는 헤이먼을 툭 치곤 그와 함께 실실 웃었다.

며칠 뒤, 드디어 축제 날 아침이 밝았다.

"내가 마법사 협회장으로서 간지를 뽐낼 날이 드디어 왔군."

"으이구. 명색이 공녀가 간지가 뭐니, 간지가. 진면목이라고 해야지."

"……뭐야, 그레이 너 한국인이야? 간지 뜻 어떻게 알아?"

"내가 어떻게 알아, 그냥 느낌상 거기에 '진면목'이 들어가야 할 것 같았고, '간지'는 여기선 안 쓰는 말이니까 나쁜 말 같아서 놀린 거지."

말을 마친 그레이는 얼빠진 내 얼굴 표정을 따라 하더니 내 이마에 꿀밤을 먹이곤 재빠르게 방 밖으로 튀어 나갔다.

나를 놀리는 데에만 머리가 저렇게 잘 돌아간다고? 한국인도 아니면서?

정말 존재 자체가 혼란스럽다. 그레이는 가끔 천재 같은데 머리를 왜 나 놀리는 데에만 쓰지.

오빠 때문에 약간 짜증이 나긴 했지만 어쨌든 오늘은 좋은 날이었다.

모든 걸 빠짐없이 완벽하게 준비한 축제 날이었으니까.

첫 번째 순서는 황제 폐하의 인사였다.

그리고 그 광경을 마력석을 이용해 전국에 퍼뜨려야 했다.

이달론이 축제를 진행했을 때는 수도 광장에서만 들을 수 있을 정도로 황제의 목소리를 확장시켜 황제의 연설을 전달했다고 했다.

이달론이 하던 걸 그대로 답습하긴 싫었다. 꺼져라, 미역 머리.

나는 수도뿐 아니라 지방에까지 실시간으로 랏샤의 얼굴과 목소리를 전달하겠다고 했다.

'녹화된 걸 보여 주는 것도 아니고 실시간으로 상황을 중계하겠다고? 전국으로?'

'네.'

'……그게 가능해? 어떻게 그런 발상을 했어?'

'우리나라에선 해요.'

중세 시대가 못 한 거지.

그런데! 중세 시대에서 제가 그걸 한번 해 보겠다, 그 말씀이지.

'……참, 탐나는 재능이야. 공녀. 내가 사람 하나는 잘 보지. 그래, 해 봐.'

황제의 응원까지 받으며 마력을 운용하는 방법을 연습했다.

보이지 않는 곳의 석상도 부술 수 있는데 마력석을 움직이는 것 정도야 그리 힘들지도 않았다.

실시간으로 마력을 끊이지 않고 모든 곳에 고르게 퍼뜨려야 하기에 세밀한 조정이 필요하긴 했지만 자신 있었다.

아무스의 목에 올라탄 채 날아가 황궁에 도착했다.

랏샤는 이미 연설 준비를 끝내고 중앙 광장으로 갈 채비 또한 마친 상태였다.

나는 랏샤가 준비해 놓은 마력석과 3일간의 축제 일정을 마지막으로 체크하며 그녀와 함께 마차를 타고 중앙 광장의 건물로 이동했다.

광장에는 축제의 시작을 기다리는 많은 사람들이 모여 있었다.

랏샤가 연설을 시작하기 전 광장 양 측면에 마력석을 띄우고 크게 숨을 들이

마셨다가 천천히 내뱉었다.

화려한 정복 차림에 왕관을 쓴 랏샤가 특유의 여유로운 얼굴로 내게 말을 걸어왔다.

"공녀. 준비됐어?"

"네. 폐하 편하실 때 시작하시면 됩니다."

내 결연한 표정을 본 랏샤는 고개를 까딱이며 씩 웃었다.

"믿음직해. 난 역시 네가 좋아."

내 옆에 서 있는 아무스가 '내 호적수가 드디어 이빨을 드러내는군.' 하며 주먹을 움켜쥐었다.

"아무스. 좀!"

내가 말리자 움켜쥔 주먹을 펴긴 했지만 아무스는 여전히 경계심이 가득한 눈으로 랏샤를 바라봤다.

랏샤는 전혀 신경 쓰지 않고 태연한 표정으로 넓은 테라스를 향해 걸어 나갔다.

사람들의 우레와 같은 박수 소리가 터져 나옴과 동시에 마력석을 작동시켰다.

전국으로.

이제 이 광장에 있는 사람들은 물론이고, 지방에 있는 사람들까지 정해진 장소에서 콘서트 전광판 보듯 황제의 얼굴을 크게 보고, 목소리도 들을 수 있을 것이다.

내 손끝에서 전국으로 퍼져 나간 마력의 힘들이 팽팽하게 느껴졌다.

랏샤가 연설을 시작했다.

"이렇게 많은 분들을 뵙는 자리는 처음이군요. 반갑습니다. 제르노아의 새로운 황제 카라샤펠…… 이하 생략입니다."

아, 제발. 이럴 때는 농담하지 마시라고요.

내가 웃다가 마력 흐트러지면 어떡하려고 저래.

다행히 옆에 있는 다른 시녀가 눈치를 줬는지 랏샤가 다시 소개를 이었다.

"카라샤펠 로즈 폰 사파테아도 드 제르노아입니다. 여러분은 제 이름을 외우기 힘드실 테니 편하게 황제 폐하라 부르시면 됩니다."

사람들의 웃음소리가 들려왔다.

나는 마력을 이용해 다른 지역의 사람들을 살펴봤다. 그들도 환하게 웃으며 전광판 마력석에 나오는 랏샤의 연설을 지켜보고 있었다.

다들 행복한 듯 연설 내내 깔깔 웃어 댔다.

"……그래서 여러분과 이 자리에서, 이렇게 뛰어난 능력을 지닌 마법사와 축제를 열 수 있게 되어 정말 기쁩니다. 앞으로도 우리 제르노아는 더 많은 일들을 해낼 것입니다. 여러분과 저는 새로운 역사의 시작점에 서 있습니다! 지금부터 새로운 황제, 새로운 마법사, 좀 오래된 용과 함께하는 축제가 시작됩니다!"

아니, 마지막 멘트가 왜 저래.

잠깐 당황하긴 했지만 황제의 멘트에 맞춰서 축포를 터뜨려야 했다.

얼른 정신을 차리고 손가락을 움직였다.

펑! 소리와 함께 축포가 터지자 전국 곳곳에서 음악이 울려 퍼지며 축제가 시작됐다.

황궁 음악대가 힘찬 발걸음으로 행진하고 있었다.

사라진 용들의 모습을 재현한 석상을 선보일 타이밍이었다.

몇 달 전, 이달론이 세워 놓은 석상과 비석들을 내가 부수는 바람에 그곳들은 빈 자리가 되어 있었다.

그때부터 내가 후원하는 조각가들은 내 명령에 따라 아무스에게 용의 모습에 대한 설명을 들은 뒤 조각을 시작했다.

몇 달에 걸친 조각품의 세공 과정을 영상석으로 촬영한 뒤, 그걸 전국 각지에 가져다 두었다.

흰 천으로 덮어 놓은 석상 위로 20배속을 한 조각 작업 과정 영상을 띄웠다.

커다란 바위였던 돌덩이가 조금씩 깎여 나가며 용의 모습이 되는 과정은 본 사람들은 모두 감탄을 금치 못했다.

"우와!"

축제의 시작을 알리는 행진 음악과 어우러지며 한 편의 단편 영화를 보는 것 같았다.

게다가 중앙 광장에 설치된 전광판 마력석을 통해 사람들은 다른 지역에 있는 석상들도 볼 수 있었다.

"저기 봐! 저기 있는 용은 우리 광장 거랑 다르게 생겼어!"

몇 분 후 석상들이 모두 완성되자 재생되던 영상이 끝나 버렸다.

나는 마법을 이용해 순식간에 흰 천을 모두 치워 버렸다.

용들의 모습을 생생하게 재현한 석상이 사람들 앞에 모습을 드러냈다.

"우와!"

동시에 드러난 용들의 자태에 사람들은 입을 벌리며 감동했다.

나는 공중으로 폭죽을 쏘아 올리며 본격적인 축제의 시작을 알렸다.

헤이먼의 미친 과중 업무 문화 재건 어벤져스들이 심폐 소생술을 때려 부어서 복구했다는 그림들도 보고, 훼손되긴 했지만 아직 조금 남아 있는 벽화들도 구경했다.

다행히 오늘만큼은 아빠와 오빠들도 자유였다.

물론 나는 축제를 관리하는 입장이라 마지막 날까지 그리 자유롭진 않겠지만 그래도 적어도 첫째 날의 큰 이벤트는 끝낸 셈이었다.

거리마다 맛있는 냄새가 폴폴 풍겼다.

"산윤솔! 이리 와! 여기 너 닮은 거 판다!"

"그레이! 죽고 싶어?!"

"오빠한테 죽고 싶어가 뭐니, 솔레아."

"아빠는 왜 나한테만 그래! 그레이가 저보고 팥빵 닮았대잖아요!"

"공녀님. 저희 팥빵 정말 맛있어요……. 잡숴 보고 가세요."

"아이고, 죄송합니다. 그게 아니라……. 아이고, 너무 맛있네요. 사, 사겠습니다. 전부 주세요."

"산윤솔. 통롤러 저거 네가 만든 거 아니야?"

"응, 헤이먼. 맞아. 내가 많이 팔라고 상점에 뿌렸어. 나랑 계약된 상점들이야."

"아."

"막내야. 배고프지? 이거, 사 왔어."

"오빠! 옷에 다 묻히면서 왔네. 아이고, 세상에. 이게 뭔데?"

"……젤라또."

"고마워. 잘 먹을게. 너무 맛있어!"

"그레이! 자네 여기 있었나!"

"아! 빌이네. 야, 산윤솔! 이따 저녁에 보자! 나 간다! 아빠, 나중에 봐요! ……빌! 너 검술 대회 나간다며! 발리는 거 아니냐?"

"난 너 말고 다른 사람에겐 져 본 적 없다!"

"그럼 내가 나가면 지겠네."

"……나는 가끔 네가 싫어."

빌과 만난 그레이는 낄낄 웃으며 서서히 멀어졌다.

몇 달간 바빠도 괜찮은 것 같더니 그래도 친구를 만나 기분이 좋아 보였다.

티온과 헤이먼도 꽤 많은 지인들과 인사를 나누느라 바빴다.

몇 달 동안 수도와 베르고 영지를 오가며 본의 아니게 안면을 튼 사람이 많은 것 같았다.

"공자님! 공자님!"

"공자님! 여기서 뵙는군요!"

"공자님! 마차로 이동하시지 않고 걸어 다니십니까? 제 마차가 마침 저기 있어요!"

낯선 사람 앞에서도 티온은 최대한 미소를 띤 채 거절했다.

"오늘은 가족들과 함께 추억을 만들려고 합니다. 사르딘 후작님도 축제 재밌게 즐기시길 바랍니다."

다 컸다, 우리 아가 불곰도 다 컸어.

헤이먼이 검지로 먼 곳을 가리켰다.

"나 저거 먹고 싶어."

그러자 정령들이 내 지갑에서 돈을 꺼내더니 가게에 던져두고는 음식을 가져왔다.

"자! 분홍아!"

"고마워."

아니, 잠깐만. 왜 내 지갑에서?

거리의 먹거리를 맛보고 점포 구경을 하며 첫째 날이 정신없이 지나갔다.

둘째 날은 헤이먼의 미친 과중 업무 문화 재건 어벤져스 중 음악 팀의 음악회가 있어 참여했다.

첫 곡은 의외로 동요였고, 오페라 몇 곡도 들었다. 2부는 오케스트라 공연이었는데 실수로 깜빡 졸았다가 헤이먼에게 눈총을 받았다.

둘째 날은 그렇게 지나갈 줄 알았는데 그날 밤 오빠들이 나와 아무스를 깨우고 밖으로 데리고 나갔다.

"원래 축제 둘째 날 밤에는 자는 거 아니야."

"뭐?"

거리로 나가 보니 사람들이 싸구려 음악석에 녹음해 둔 음악을 틀어 놓고 춤을 추고 있었다.

구린 음질이었지만 사람들은 흥에 겨워 그것만으로도 충분해 보였다.

마법으로 훨씬 멋진 음악으로 만들어 주려다가 그냥, 있는 그대로를 즐기고 싶어졌다.

우리는 그 아름다운 풍경으로 들어갔다.

한창 즐겁게 놀고 있는데 누군가에게 뒷덜미를 붙잡혔다.

아빠였다.

"이놈 자식들이 시간이 몇 신데 아빠한테 말도 안 하고 밖으로 나가! 사고 나면 어쩌려고!"

"티온도 있고, 아무스도 있잖아요. 아빠."

"아빠. 우리 네 형제 중에서 솔레아가 제일 세니까 무슨 일 터지면 우린 솔레아 뒤로 숨을게요."

"그레이! ……하, 얘들아. 그래도 아빠한테 말은 하고 나갔어야지!"

평범하게, 정말 평범하게 아빠한테 혼도 났다.

담벼락 앞에 오빠들, 그리고 아무스까지 줄줄이 서서 다섯 명이 다 같이 손을 드는 벌도 받았다.

결국은 웃음이 터진 나 때문에 모두 춤을 추며 새벽을 맞이했지만.

축제는 정말 듣던 대로 즐거웠다.

셋째 날도 바쁘게 지나가고 저녁이 되었다.

모든 마법사들이 힘을 모아 하늘에 마법 폭죽을 터뜨렸다.

규모만큼 소리가 너무 크면 야생 동물들에게 위험이 될 수가 있어 올해는 소리를 키우지 않고, 하늘에 환한 불빛들이 커튼처럼 일렁이도록 하자고 제안했었다.

그 결과 제르노아의 하늘에 빨갛고, 노랗고, 파란 오로라 같은 마력이 아름답게 일렁였다.

"……예쁘다."

누군가의 목소리가 들려왔다.

사람들은 하늘을 올려다보다가 이내 사랑하는 이의 어깨에 기대기도 하고, 품에 안기기도 했다.

나도 반짝이는 별과 함께 빛나는 마력 오로라를 물끄러미 보다가 가족들을 향해 팔을 벌렸다 아빠와 오빠들은 나를 꼭 안고 자랑스럽다는 듯 한마디씩 건넸다.

"우리 딸. 이제 겨우 한 살 돼 가는데 어쩜 이렇게 뭐든 잘할까."

"막내, 너무 잘해. 너무 똑똑하고 너무 예뻐."

"진짜 예쁘다, 레아. 이런 건 처음 봐. 산윤솔."

"솔레지윤. 잘했어. 자랑스럽다."

"아, 이상하게 부르지 마."

괜히 쑥스러워서 몸을 배배 꼬자 아빠와 오빠들은 킬킬거리며 내 머리를 엉망으로 쓰다듬었다.

아무스는 한 발짝 떨어져서 그런 나를 물끄러미 바라보며 싱긋 미소 지었다.

그가 손가락을 딱, 하고 튕기자 하늘에서 별들이 움직이기 시작했다. 물론 진짜 별은 아니고 마력을 이용한 눈속임이었다.

"용이다!"

어떤 아이의 외침에 모두들 하늘을 올려다봤다.

반짝이는 불빛들이 모여 용의 모양처럼 보였다. 용 모양 별빛들은 마력 오로라 사이를 이리저리 날아다니다 새빨간 오로라 뒤에 숨어 있는 인영을 발견하곤 그의 곁으로 날아갔다.

용과 인간이 함께 하늘을 날아다니며 춤을 추는 것 같은 은하수가 눈앞에 펼쳐졌다.

모두가 하늘을 보고 있을 때, 고개를 내려 아무스를 바라봤다.

그가 내게 손짓했다.

둘이서만 이 인파를 빠져나가자는 것 같았다.

나는 아빠와 오빠들을 꼭 안아 준 뒤 아무스에게 천천히 다가갔다.

그는 내 손을 잡고 인적이 드문 곳으로 가 용으로 변신했다.(진짜 졸라 다행히도 내 눈앞에서 옷을 찢어발기지 않고 자연스럽게 변했다.)

아무스와 함께 밤하늘을 날아다니며 반짝반짝 빛을 뿜어내자(물론 마법으로 만든 환각이었지만) 사람들이 박수를 쳐 댔다.

다들 동화 속에 들어와 있는 것 같은 표정이었다.

밤하늘을 날던 아무스는 조용한 언덕 아래로 내려갔다.

"산."

"응, 왜?"

우리는 언덕에 앉아 서로에게 머리를 기댄 채 마법 오로라를 가만히 보고 있었다.

나를 불러 놓고도 쉽사리 입을 떼지 못하던 아무스가 몇 분 후에야 조용히 물었다.

"……지금 행복해?"

"응, 너무."

"……그럼 나 사랑해?"

"……응, 너무."

"너무 행복한데도 내 생각이 날 만큼 사랑해?"

나는 아무스의 마지막 질문엔 답하지 않고 고개를 돌려 그의 입술에 입을 맞췄다.

아무스는 다행이라는 듯 나와 입을 맞춘 채로 입꼬리를 올려 웃었다.

찬 바람을 잔뜩 맞고 집으로 돌아와 침대에 누웠다.

지난 시간 동안 정말 많은 일들이 있었지만 그 어떤 날도 쓸모없는 날은 없었다.

쓰레기 같다고 생각됐던 내 인생조차도. 그런 날들을 모두 견뎌 왔기에 지금의 내가 있는 거니까.

단 하루라도 없었다면 지금의 내가 될 수 없었을 거란 확신이 들었다.

그게 지금의 내 행복에 나 스스로 당당할 수 있는 이유였다.

까무룩 잠이 들려던 와중 문득 일기장 생각이 났다. 서랍을 열어 일기장을 꺼내 펼쳤다.

모든 페이지가 빽빽한 가운데 마지막 한 장만이 백지로 남아 있었다.

당연하게도 펜을 종이에 가져다 대도 더 이상 가로막는 힘이 느껴지지 않았다.

밝아 오는 아침 햇살이 방 안을 환히 비추었다.

나는 빙긋이 웃으며 마지막 문장을 적어 넣은 뒤 책을 덮었다.

『모두 행복하게, 오래오래 잘 살았습니다.』

'동요를 만들었다고?'

'어, 만들 거라고 했잖아. 들어 봐. 다음 순서가 어린이 합창단이야. 내가 가르쳤어.'

'헤이먼! 너 합창도 가르칠 수 있어?'

'작사는 아무스가 도와줬지만, 노래는 나도 잘해. 애들한테 내가 못 가르칠 건 없지. 쉿. 이제 한다, 한다.'

옛날 옛적에 용들이 살았대요.

빨간 용, 노란 용, 파란 용, 하얀 용, 회색 용, 색색깔의 많은 용!

그중에 친구 없는 검은 용은 매일을 울었대요.

아무도 찾는 이 없어 홀로 외로이 매일을 울었대요.

어느 날 빨간 머리 소녀를 만난 용은 너무 좋아서 웃었대요.

가엾은 빨간 머리 소녀도 검은 용이 너무 좋아서 웃었대요.

검은 용과 빨간 머리 소녀는 친구가 됐대요.

검은 용과 빨간 머리 소녀.

둘은 행복하게 살았대요.

행복하게 오래오래 살았대요.

외전.1

　수많은 비리 상단들이 무너졌다.
　그 빈자리는 당연하게도 솔리안 상단이 빠르게 채워 나갔다.
　처음엔 솔리안도 여타 상단들처럼 뒷돈을 받아먹은 비리 상단일 거라 의심하는 업주들이 있었다.
　그도 그럴 것이 신생 상단이 순식간에 제르노아 제국 전체를 장악했기 때문이었다.
　양모 사업뿐 아니라 린넨, 레이스, 단추와 장신구까지.
　솔리안은 재빠르게 옷감과 옷에 대한 사업권을 따내며 업계 1위로 자리 잡았다.
　게다가 통롤러, 메트로놈 같은 이제껏 한 번도 본 적 없는 특이한 발명품들까지 줄줄이 대박을 쳤다.
　그러나 상단이지만 제 몸집 불리는 사업에만 혈안이 돼 있지는 않은 듯했다.
　솔리안 상단은 수많은 예술가들과 학자들을 후원했고, 빈민층을 향한 복지와 교육에 대한 투자를 아끼지 않았다.

'뇌물을 받아먹은 게 틀림없어.'

라고 말하던 이들은 얼마 가지 않아

'솔리안만 한 곳이 없지.'

라고 입을 모으게 됐다.

처음에 솔리안 상단을 의심하던 업주들도 빠르고 정확한 일처리, 낮은 계약 수수료, 직원들에 대한 복지에 마음을 돌렸다.

그리고 용의 주인인 베르고의 공녀가 솔리안 상단의 후원자이며 공동 대표라는 게 밝혀진 것도 영향이 컸다.

위험을 무릅쓰고 사특한 마법사를 죽인 용감한 베르고의 공녀님이 그럴 리 없다는 반응이 주를 이뤘다.

제르노아의 국민들은 다들 한마음이었다.

'우리 공녀님은 나쁜 짓 안 하셔!'

그리고 솔레아는 공동 대표 자리에서 물러나기로 했다.

"……공녀님. 그럼 아예 일선에서 손을 떼시는 거예요? 공녀님 없이 저 혼자서 어떻게……."

이안이 하얗게 질린 얼굴로 중얼거렸다.

정작 은퇴 선언을 한 솔레아는 태연했다.

"이안. 사람 인생이 얼마나 짧아. 이제 삶을 즐겨야지."

이안은 어이가 없었다.

솔레아가 용의 주인이 되어 장수하게 되었다는 사실은 제르노아의 온 국민이 다 알고 있었다.

최근 솔리안에서 인수한 켈르그 출판사에서 출간한 동화책에도 나오는 내용이다.

공작저 정원에서 고양이마냥 널브러져 자고 있는 저 용에게도 직접 들은 얘기니 거짓일 리 없었다.

"……길어야 70년 정도 살게 될 평범한 인간인 저한테 상단을 넘기시겠다니."

"이안. 상단은 원래 인간이 관리하잖아."

"그래도 공녀님이 계신데 제가 어떻게……."

"그럼 너 죽고 나면 그 뒤로 70년 동안은 내가 관리할게."

솔레아의 맑은 보라색 눈이 초롱초롱 반짝였다.

누가 봐도 일에서 도망가고 싶은 눈치였다.

헛웃음이 절로 나왔다.

'아무리 그래도 같이 일한 시간이 있는데 제가 세상을 뜨고 나면 70년 동안은 책임지겠다는 소리를 어쩜 그렇게 해맑게 하세요.'

이안은 속엣말을 삼키고 짧게 한숨을 내쉬었다.

그리고 차분한 목소리로 공녀에게 물었다.

"……그렇다고 이제 막 사업이 커지기 시작했는데 그만두시겠다뇨."

"아예 손을 떼겠다는 뜻이 아니야. 고문으로 있을 거고, 상단에서 내 도움을 필요로 하면 언제든지 도울 거야. 다만, 이제 솔리안 상단의 대표로 나가는 자리엔 내가 아니라 이안, 네가 나가게 될 거야. 단주로서."

'단주.'

이안이 평생 그려 왔으나 결코 얻을 수 없던 직함이었다.

아버지가 이끄는 클레버 백화점에서 자라며 얼마나 꿈꿨던가.

언젠가 그 백화점의 주인이 되어 손님들을 맞이하고, 물건들을 직접 관리하는 일을.

그러나 어른이 된 후 아버지의 반대에 부딪쳐 막연히 불가능할 거라 생각한 꿈이었다.

하지만 눈앞의 공녀님을 만나고 모든 것이 변했다.

공녀의 입에서 달콤한 제안이 또 흘러나왔다.

"그리고 베르고 영지 내의 부지를 샀어."

"네?"

"솔리안 백화점, 이세 세워야지. 서기서 우리 상단에서 직접 제작한 물품들을 팔 거야.”

“……네? ……백화점. 아, 네. 있어야죠. 그럼요.”

공녀의 말에 대답하면서도 이안은 조금씩 정신이 멍해졌다.

백화점.

백화점을 세운다고?

“응. 사무실도 필요할 테니까. 매번 공작저로 와서 보고할 순 없잖아. 공장장들이랑 직원들도 그동안 말은 안 했지만 불편했을 거야.”

“아, 네…….”

“거기 주인은 너야, 이안.”

이안은 문득 공녀가 제 정체를 밝힌 날, 사방이 막힌 방에서 제게 건넸던 제안이 떠올랐다.

'네 스스로 네 자리를 만들 수 있도록 돕겠다. 나를 이용해.'

귀에서 이명까지 들려왔다.

이안은 가까스로 정신을 차리고 솔레아에게 말했다.

“하지만, 하지만 공녀님. 저는 아직 혼자서 백화점을 이끌 만한 재목이 아니고…….”

“이안. 내가 긴 여행을 하는 동안 솔리안을 이끈 건 너야. 너 아니면 없어.”

“그럼 제가, 제가 솔리안 백화점의…….”

“예, 우리 이안이 이제부터 사장님이세요.”

이안은 두 눈을 질끈 감았다. 어떤 대답을 해야 할지, 무슨 말을 꺼내야 할지 감이 오지 않았다.

솔레아는 느긋한 목소리로 말하며 여러 장의 종이를 내밀었다.

건축가들과 조각가들의 이력서와 건축 설계 도면, 완공 시의 예상 도안들이었다.

“감격은 백화점 완공되고 나서 해. 건축가는 몇 명 추려 봤는데 이 중에서 네가 마음에 드는 사람으로 고르고. 비용은 신경 쓰지 말고 골라. 건물까지 내

은퇴 선물이야."

"누가, 누가…… 은퇴하면서 선물을 주고 가요……."

"날 이용하라고 했잖아, 이안."

씩 웃는 공녀님의 얼굴은 여유롭기 그지없었다.

하지만 이안의 마음속에는 여전히 스스로를 향한 의심이 가득했다.

이안은 간신히 목소리를 가다듬었다.

'이성적으로' 판단했을 때 상단을 받을 순 없다.

베르고의 자본과 공녀님의 인맥, 아이디어와 추진력이 없었으면 결코 이 자리까지 오지 못했을 것이다.

"제가 공녀님의 빈자리를 몇 주 채웠다고 해서 상단을 물려받을 순 없습니다. 아직은 공녀님이 필요해요."

생글생글 웃고 있던 솔레아의 입꼬리가 차분하게 내려갔다.

"이안. 네 꿈이 큰 백화점의 주인이 돼서 호의호식하는 거라면 내가 한 10년 더 일할게. 솔리안이 완전히 자리 잡을 수 있도록. 그런데 그게 정말 네 꿈이 맞아?"

이안은 아무런 말도 하지 못했다.

"네 능력을 마음껏 펼치고, 그에 합당한 결과를 돌려받는 것. 그게 네가 바라는 거 아니었어?"

"……."

솔레아의 맑은 보라색 눈을 보며 이안은 천천히 고개를 끄덕였다.

"난 날 도와준 널 위해 판을 깔아 줄 뿐이야. 이제 판을 키우는 건 네 몫이야."

"……네."

더 이상 반박할 말이 없었다.

이안은 하릴없이 솔레아가 내민 각종 문서들을 품 안 가득 안고 집무실을 빙 돌아 나왔다 이상한 기분이었다.

벅차기도 하고, 얼떨떨하기도 하고, 부담스럽기도 했다.

손이 떨려 오고, 심장이 밖으로 튀어나올 것 같았다.

함부로 입을 열었다간 소리를 지를 것 같아서 이안은 이를 악물어야만 했다.

때마침 계단 아래에 서 있던 라트엘이 이안을 발견했다.

"마차를 준비해 뒀습니다."

"마차요?"

라트엘은 당연한 걸 뭘 묻냐는 듯 미간을 살짝 찌푸렸다.

"백화점을 세울 부지로 가 봐야 될 거 아닙니까. 사장님."

"……네. 알았어요."

이안은 벌렁대는 심장을 겨우 가라앉히고 라트엘을 따라 걸었다.

그런데 대기 중인 마차 앞에 익숙한 이가 서 있었다.

무난한 검은 정장을 입고 남색 머리카락을 깔끔하게 옆으로 넘긴, 서대륙의 마법사였다.

통롤러를 신나게 팔아 치우는 동안 안 보여서 그만뒀나 했는데.

이름도 모르는 저 남자가 왜 여기 있는 거지? 또 저이와 같이 일하게 되는 건가?

이안은 의아한 표정으로 그를 바라봤다.

그는 전과 달리 유순한 눈으로 이안을 보다가 고개를 숙였다.

그리고 그와 동시에 옆에 서 있던 라트엘이 입을 열었다.

"이안 사장님의 비서로 일할 사람입니다."

"네? 하지만 저분은 서대륙의 마법사라고 들었는데요."

게다가 함께 일을 하는 동안 미심쩍은 부분들도 많았다.

마법사라곤 하나 눈앞에서 마법을 부리는 걸 직접 본 적이 없었고, 마법사치고는 손이 너무 거칠었다.

마치 일평생 험한 일을 한 것처럼.

눈썰미 좋은 이안이 그걸 모를 리는 없었지만 공녀님이 따로 언질을 주지 않았기 때문에 이제껏 모른 척했었다.

어느 순간부터 모습이 보이지 않길래 공녀님이 저 '마법사'에게 부여한 역할이 끝난 줄 알았다.

그런데 제 비서라니.

"안녕하십니까. 돈입니다. 부족하지만 최선을 다해 모시겠습니다."

"말을 할 줄 알았어요?!"

돈은 쑥스럽다는 듯 빙긋이 웃으며 마차 문을 열었다.

이안과 라트엘을 마차에 태운 후 돈 역시 마차에 올라탔다.

어지간해선 놀라지 않는 이안은 빠르게 평정심을 찾으려 했지만 이 상황이 이해가 가지 않았다.

서대륙 마법사라는 것도 거짓말인 것 같았다.

이안은 머릿속으로 재빨리 상황을 정리하고 물었다.

"……서대륙 마법사라고 하고 다닐 때는 그래야 했으니 그랬겠죠. 공녀님이 지금 그쪽을 제게 붙이신 것도 이유가 있으실 거고요. 또 뭔가 그쪽을 이용하는 계획이 있는 건가요?"

판을 바꾸려는 공녀님의 큰 그림이라면 자신도 알고 함께 대비하는 게 맞았다.

하지만 돈은 두 손을 앞으로 모아 짤짤 흔들었다.

몇 달 전과는 달리 순박하기 그지없는 모습이었다. 그때보다 지금이 더 자연스러운 걸 보니 이게 본모습인 듯했다.

"그, 그런 게 아닙니다. 저는 원래는 마법사가 아니라 노예였습니다. 아, 지금은 자유인이지만……."

이안은 빠르게 상황을 파악했다.

공녀님은 이달론과 대적하기 위해 용과 계약을 했다고 하셨다. 적당한 시기에 밝히기 위해 그간 마력을 쓸 수 있다는 사실을 숨겨야 하셨겠지.

그래서 저자를 대리인으로 세운 거고.

제국어를 할 줄 모르는 서대륙 마법사라고 하면 아무도 의심하지 않을 테니까.

……하지만 모든 일이 끝난 지금, 굳이 저자를 곁에 두시는 이유가 뭐지?

이안의 심각한 표정을 본 라트엘이 늘 들고 다니는 수첩을 펼쳤다.

"짜잔. 이게 뭘까요."

짜잔이라고 말한 것치곤 지나치게 무미건조한 말투로 라트엘은 말을 이었다.

"베르고의 유능한 보좌관인 제 일정표입니다."

빽빽했다.

과하게 빽빽해 글씨가 아니라 점처럼 보일 지경이었다.

그러고 보니 디에르고 공작님의 보좌관이 왜 저를 따라 백화점 부지까지 함께 가는지?

그제야 이상한 걸 알아챈 이안이 라트엘에게 물으려고 했다.

하지만 라트엘은 수첩과 함께 들고 있던 여러 장의 종이를 돈에게 넘김과 동시에 먼저 입을 열었다.

"베르고의 유일한 단점은 라트엘이 한 명뿐이라는 것이죠. 참 가슴이 아픈 일입니다. 물론 돈이 저만큼 완벽하진 않지만 노력하는 인재니까 잘 써먹어 보십시오."

"열, 열심히 하겠습니다!"

라트엘은 무신경하게 말을 이었다.

"공녀님의 전언입니다. '이안. 널 못 믿어서 내 사람을 심어 놓는 게 아니야. 꼼꼼하고 의심 많은 네가 혼자 무리할까 봐 걱정이 돼 내 사람을 네 곁에 붙이는 거야. 넌 내가 검증한 사람에겐 날을 세우지 않으니까.' 라고 하셨습니다."

"아……."

확실히 그랬다.

공녀님이 믿는 사람이라면 괜찮은 자겠지, 라는 막연하고도 강한 신뢰가 있었다.

그런 의미에서 완성된 인재를 찾아 고용하는 것보다 돈이 훨씬 나았다.

일이야 가르치면 되지만 타고난 성품은 고칠 수 없고, 낯선 사람과 신뢰 관계를 쌓는 데는 꽤 오랜 시간이 필요하다.

이안은 고개를 끄덕인 후 돈에게 악수를 건넸다.

"자유인이 되고도 베르고를 떠나지 않는 걸 보니, 그쪽도 어지간히 베르고를 사랑하나 봐요."

"……!"

눈을 동그랗게 뜬 돈은 이내 배시시 웃으며 이안의 손을 맞잡았다.

"예. 사랑하는 사람들 곁에서 열심히 일해 보고 싶습니다."

라트엘은 티벳 여우 같은 무심한 눈으로 악수를 나누는 두 사람을 바라봤다.

"사랑이 무슨 소용입니까. 월급만 밀리지 않고 잘 받으면 되지."

디에르고가 곁에 있었다면 '그 쪼그맣던 너를, 어? 내가 키우다시피 했는데 너 나 안 사랑하니? 라트엘!' 하고 서운한 티를 팍팍 냈겠지만, 아쉽게도 마차 안에 디에르고는 없었다.

세 사람이 미래를 얘기하는 동안 마차는 솔리안 백화점 부지에 도착했다.

솔리안 상단이 백화점을 세운다는 소문은 빠르게 수도를 돌아 그에게까지 흘러 들어갔다.

이안의 약혼자가 될 뻔했던 남자.

골드먼트 남작.

※ ※ ※

백화점 공사는 착착 진행됐다.

어벙해 보였던 마차 안에서의 인상과는 달리 돈은 제 역할을 해내기 위해 발로 뛰며 일을 배웠다.

라트엘에게서 상단 관련 일을 인수인계받은 뒤 모르는 부분은 홀로 공부하며 깨친 듯했다.

노예 출신이라기에 걱정했는데 다행히 글은 읽을 줄 아는 모양이었다.

게다가 서대륙어도 할 줄 알았다! 차후에 대륙을 건너 물건을 수출할 일이 생긴다면 그를 써먹을 수 있었다.

'서대륙어를 배웠으면서 그간 왜 말을 안 했던 건가요?'

'……아가씨가 하지 말라고 하셔서요.'

그리고 외국어를 배우는 속도까지 빨랐다.

게르투만어는 모국어처럼 자연스럽게 사용했고, 크렘린어는 글로 쓸 줄은 몰랐으나 일상적인 대화를 하는 데에는 아무런 문제도 없었다.

물건을 사고팔기 위한 상업적 대화는 거의 현지인 수준이었다.

크렘린과의 통롤러 수출 거래를 성사시키고 사무실로 돌아온 이안은 놀란 기색을 감추지 못하고 돈에게 물었다.

'크렘린어를 어쩜, 아니 크렘린어뿐 아니라 외국어를 어떻게 그렇게 잘하는 건가요?'

학교도 다니지 않았을 텐데.

라는 뒷말은 조용히 삼켰다.

이안의 책상 옆 작은 책상에 앉아 일을 하던 돈은 유순한 검은 눈을 빠르게 깜빡였다.

'게르투만에서 나고 자랐고, 크렘린에서 꽤 오래…… 생활하다가 제르노아로…… 넘어왔습니다.'

아, 참.

물건을 사고팔 때 능숙하게 대화한다 했더니 그가 '물건'이었군.

이안은 불필요한 질문을 더 이상 하지 않고 입을 다물었다.

갑자기 찾아온 침묵에도 그다지 불편하지 않았다. 종이 넘어가는 소리와 이안이 돈에게 체크해야 할 것들을 지시하는 짧은 대화만 간간이 오갔다.

애초에 둘 다 그다지 말을 많이 하는 편은 아니었다.

돈이 요령 부리지 않고 빠릿빠릿하게 일을 배우니 서너 달쯤 지났을 때는 이 안과 손발이 잘 맞아 들어갔다.

"일을 정말 빨리 배우는군요."

이안의 말에 돈은 쑥스럽다는 듯 고개를 숙이고 답했다.

"아직 부족한 점이 많습니다."

물론 그렇기야 하지만, 어쨌든 돈은 일을 잘했다.

그리고 사람과 많이 부대끼는 생활을 해 와서 그런지 사람 보는 눈도 있었다.

여러모로 쓸모가 많은 인재였다.

"사장님. 백화점 세부 인테리어 말씀하신 부분 수정됐습니다. 계단 난간 디자인은 말씀하신 대로 디테일을 추가해서 뱀이 타고 오르는 것 같은 조각을 넣는 시안으로 작업 들어갔습니다. 벽화는 글론 웸베트 씨가 마무리 중입니다. 완공 예정일은 이달 말쯤인데, 지금 확인하러 가시겠습니까?"

"좋아요."

이안은 꽤나 만족스러운 얼굴로 자리에서 일어났다.

공사가 거의 끝나 가는 백화점에 도착해 찬찬히 살펴보다가 문득 깨달았다.

'비서…… 편하다!'

대부분의 단주들은 시동을 몸종처럼 달고 다녔고, 그 외엔 업무별로 일을 맡긴 사람들이 있을 뿐이다.

그래서 이안은 라트엘에게 '비서'라는 직종에 대해 처음 들었을 때 거부감이 들었다.

너무 귀족적으로 느껴졌던 것이다.

골드먼트 남작과의 결혼을 거절했으니 평생 '귀족'이라는 글자와는 인연이 없을 줄 알았다.

심지어 반항하는 마음으로 클레버 백화점에 출근 도장을 찍었던 거였다. 그러니 이런 식으로 제힘으로 돈을 벌게 될 줄은 상상도 못 했다.

'물론 공녀님의 힘이 컸지만.'

그래도, 그래도.

이안은 완공을 앞두고 있는 백화점을 다시 천천히 둘러봤다.

'여긴 진짜 내 힘으로 꾸려 갈 수 있는, 내 공간이야.'

가슴 안에서 작은 파도가 소용돌이치며 천천히 목구멍까지 올라왔다.

물결처럼 밀려든 감정에 두 눈에 눈물이 차오른 순간, 돈의 목소리가 들려왔다.

"사장님!"

이안은 돈의 목소리가 들린 방향으로 고개를 돌렸다.

짧은 순간이었지만 눈이 튀어나올 것처럼 커진 돈이 제게로 손을 뻗는 게 보였다.

무슨 일이지, 라고 생각한 찰나 누군가가 제 몸을 밀쳤다.

커다란 굉음이 울리고 뿌연 먼지가 시야를 가렸다.

바닥에 쓰러진 이안은 자신을 밀친 사람의 얼굴을 확인했다.

골드먼트 남작이었다.

"……남작님?"

아직 미처 치우지 못한 공사 부자재가 이안 쪽으로 쓰러진 모양이었다.

"사장님! 괜찮으십니까?"

"다치신 분은 누구……!"

골드먼트 남작은 바닥에 쓰러진 채로 미동도 없이 가만히 누워 있었다.

차갑게 식은 이안의 머리가 빠르게 움직였다.

백화점의 내부 공사가 아직 완전히 마무리되지 않은 상태니 자재가 쓰러지는 사고는 충분히 일어날 수 있었다.

하지만 골드먼트 남작이 이곳에 찾아온 이유는 아무리 생각해도 알 수 없었다.

공사가 완료되지도 않은 백화점에 대체 뭐 때문에 왔단 말인가.

멍하니 주저앉아 있는 이안의 옆으로 돈이 다가왔다.

"사장님. 괜찮으세요? 이, 이분은 누구십니까?"

돈의 목소리에 가까스로 정신을 차린 이안은 빠르게 이성을 찾았다.

남작님이 왜 여기를 찾아왔는지보다 중요한 건 '귀족'인 그가 다쳤다는 것이었다.

"……골드먼트 남작님이십니다. 부상을 당하신 듯하니 어서 병원으로 옮겨 주세요. 골드먼트 남작가에도 연락해 보호자를 부르고요."

"예, 알겠습니다."

빠르게 대답한 돈은 주변 상황을 정리한 후 근처의 인부에게 마차를 부르라고 명령했다.

소란스럽게 돌아가는 상황 속에서 이안은 저를 밀친 골드먼트 남작을 물끄러미 바라봤다.

골드먼트 남작가의 유일한 후계자인 이이의 보호자가 될 만한 사람이 있었던가?

……그사이에 혹 그가 결혼을 했을지도 모른다.

그러면 그의 부인이 오겠지.

놀라서 펄떡이는 가슴을 애써 가라앉힌 이안은 마차가 도착하자마자 골드먼트 남작과 함께 병원으로 향했다.

다행히 그는 한 시간도 채 지나지 않아 눈을 떴다.

머리가 찢어져 피를 조금 흘리긴 했지만 상처가 크진 않은 모양이었다.

"……클레버 영애?"

'영애?'

윗사람의 딸을 부르는 호칭이다.

'생각보다 상처가 심각한 모양이다. 사람을 제대로 구별하지 못하시는군.'

침대 옆 작은 의자에 앉아 있던 이안은 벌떡 일어나 치마 양쪽을 붙잡고 고개를 숙였다.

"이안 클레버입니다. 영애라 불러 주실 만한 사람은 아니니 그리 존칭을 붙이지 않으셔도 됩니다. 의사는 남작님 머리의 상처가 크지 않다고 했지만 그래도 혹시 모르니……."

"다치지 않았어요?"

"예?"

이안은 숙였던 머리를 들어 올렸다.

지금 머리에 붕대를 감고 누워 있는 게 누군데.

누가 누구 걱정을 하는 건지.

하지만 골드먼트는 진심인 듯했다.

그의 연한 녹색 눈이 느리게 깜빡였다.

"클레버……. 다친 곳은 없습니까?"

그와 눈을 맞춘 채 가만히 서 있던 이안은 얼른 다시 고개를 숙이고 공손히 두 손을 모았다.

"예, 불행 중 다행으로 저는 괜찮습니다만 남작님께 큰 은혜를 입었습니다. 정말 죄송합니다. 아직 공사를 끝마치지 않아 주의했어야 하는데 제가 미흡해 남작님께 폐를 끼쳤습니다. 넓은 아량으로 용서를……."

"안 다쳤군요. 그럼 됐습니다."

몸을 일으켜 앉은 골드먼트 남작은 침대 옆에 적혀 있는 제 이름을 확인했다.

그의 얼굴에 잔잔한 미소가 감돌았다.

"……내 이름을 알고 있었군요."

해리 골드먼트.

모를 리가 없었다.

클레버 백화점의 중요한 고객님이었다.

그리고 이안의 아버지가 결혼을 추진했을 때, 아니, 남작이 청혼했을 때 이름이 적힌 종이와 초상화를 보내지 않았던가.

평민에게 청혼을 한 걸로도 모자라 제 초상화까지 보내오는, 귀족치고는 흔치 않은 다정한 성정이었다.

이름을 잊는 게 더 어려운 일일 텐데.

이안이 여태 이름을 기억하고 있다는 걸 그가 왜 이리 감격스러워하는지, 이안으로서는 전혀 모를 일이었다.

"네, 당연히 기억하고 있습니다. 클레버 백화점의 중요한 고객님이시니까요. 비록 지금은 제가 베르고 공녀님 밑에서 일하지만 원래는 아버지의 백화점에서 오래 일을 했으니까요."

"……그렇군요."

이안은 청혼 이야기는 빼놓고 대답했다.

평민 따위에게 거절당한 그의 자존심을 배려한 행동이었으나 남작의 표정은 썩 좋지 않았다.

아무래도 상처가 보기보다 더 아픈 것 같았다.

"남작님. 불편하신 부분이 있으시면 당장 의사를 불러오겠습니다. 치료비는 당연히 저희 상단에서 해결하겠습니다. 그리고 추가로 요구하실 사항이 있으시면 말씀해 주십시오. 제가 할 수 있는 선에서 최선을 다해 배상하겠습니다."

"……나는 괜찮……아, 그러면."

남작은 말을 끝맺지 않은 채 천천히 제 두 손을 맞잡고 만지작거렸다.

백화점에서 오래 장사를 해 온 이안은 눈치가 빨랐다.

섣불리 말을 꺼내지 못하는 걸 보니, 꽤 까다로운 걸 요구하려는 듯했다.

귀한 몸을 다치게 했으니 어느 정도는 각오한 부분이었다.

하지만 만약 이안에게 법적인 책임을 묻는다면 조심스럽게 항의할 생각이었다.

가만히 계셨으면 제가 다쳤을 텐데 남작님의 의사로 저를 밀치셨다고. 그건 저의 선택이 아니니 다소 부당하다고.

하지만 한참 손가락을 만지작대던 남작의 입에서 나온 건 전혀 상상도 못 한 헛소리였다.

"……시로 이름을 부를까요?"

"예?"

원래 이안은 말귀를 못 알아먹는 사람이 아니었다.

오히려 한 마디만 말해도 백 마디의 설명을 들은 것처럼 찰떡같이 알아듣는 약삭빠른 타입이었다.

그런데 골드먼트 남작의 입에서 나온 말은 쉽사리 이해가 가지 않았다.

"클레버, 라고 부르면 그대의 아버지를 부르는 것 같으니까……, 나는 그대의 이름을 부르고, 당신도 내 이름을 부르고……. 내 이름을 모르는 것도 아니고 마침 알고 있으니 하는 말입니다."

남작은 말을 마친 후 눈짓으로 침대 옆 제 이름표를 슬쩍 가리켰다.

'……그러니까 지금 해리라고 부르라는 건가?'

장사를 하다 보면 귀족들의 이해 못 할 취미 생활을 질리도록 보게 된다.

하지만, 귀족이 장사를 하는 평민한테 서로 이름을 부르자고 하다니.

당혹스러운 요구였다.

남작은 계속해서 말했다.

"……그리고 그렇게 딱딱하게 대하지 말고, 조금만 더…… 아. 아닙니다. 이건 너무 갔네요. 그냥 이름만 불러 주십시오."

"남작님께서는 저를 원하시는 대로 부르셔도 됩니다."

어린 소년처럼 남작의 얼굴에 화색이 돌았다.

"하지만 제가 감히 남작님을 존함으로 부를 순 없는 일입니다."

"……아. 그렇, 그렇군요. ……그렇죠."

남작의 목덜미가 벌겋게 달아올랐다.

"미안합니다. 내가, 또…… 실례를 했군요. 영애, 아니, 클레……. 미안합니다. ……단주."

어쩐 거리감이 확 느껴졌다.

남작은 허둥거리며 침대에서 일어섰다.

"남작님. 갑자기 움직이시면 위험합니다."

"괜찮아요. 괜찮습니다."

남작은 이안과는 눈도 마주치지 않고 시선을 아래로 내리깔았다.

그 덕에 더 시뻘게진 목덜미가 더 눈에 들어왔다.

'낯을 많이 가리시는구나.'

클레버 백화점에선 간략한 인사만 주고받아서 몰랐던 점이었다.

혹 앞으로 솔리안 백화점에서 뵙게 된다면 응대에 참고해야겠다고 생각하던 찰나, 병실 문이 벌컥 열렸다.

"남작님!"

꽤나…… 연세가 있어 보이는 중년의 여성이 병실로 들어왔다.

남작이 다쳤다는 소식을 듣자마자 허겁지겁 달려온 건지 옷매무새가 엉망이었다.

약혼녀인가. 연상이 취향이신가 보군.

이안은 빠르게 여인의 옷차림을 훑었다.

혹시 나중에 남작님께서 약혼녀의 선물을 사러 오실지도 모르니 취향을 파악해 둬야 했다.

……수수하게 입으시는구나. 튀는 걸 그다지 좋아하지 않는 영애이신 듯했다.

이안이 뒤로 물러나는데 남작이 그녀를 불러 세웠다.

"저기, 클…… 단주. 그러면 제가 나중에…… 찾아가는 건 괜찮을까요?"

"물론입니다. 남작님."

피해 보상은 남작님께서 원하시는 대로 해 드릴 생각이었다.

이안은 필요하면 무릎까지 꿇을 각오가 돼 있었다. 제 무릎 정도야 값이 싸니까.

"세상에, 남작님. 어쩌다가…… 아니, 그러게 제가 뭐라고 했어요."

중년의 여성이 걱정이 뚝뚝 묻어나는 말투로 남작에게 말을 거는 것을 마지막으로 보고 이안은 병실을 빠져나왔다.

"그럼 이만 가보겠습니다."

약혼녀에게 남작님은 크게 다치지 않으셨다고 말을 해 드릴 걸 그랬나. 아니지, 남작님이 말씀하실 텐데 내가 무슨 자격으로.

저는 남작님과 결혼을 할 뻔했던 사이가 아닌가.

곧바로 병실을 나온 건 옳은 선택이었다고 생각하며 이안은 빠르게 솔리안 백화점으로 다시 향했다.

인부들에게 건설 부자재들을 똑바로 정리하라고 말을 해 둘 필요가 있었다.

골드먼트 남작님의 성정으로 봐선 인부들에게 책임을 물으실 것 같진 않지만 그래도 이안은 책임자로서 경고를 해 둬야 했다.

까다로운 성미의 귀족들에게 언제 다시 책잡힐지 모르니까.

예상대로 백화점의 분위기는 어수선했다.

"사장님. 그, 그분은……."

공사장 책임자인 척이 하얗게 질린 얼굴로 이안에게 다가왔다.

"골드먼트 남작님은 크게 다치진 않으셨다고 합니다. 화나신 것 같지도 않았고요."

그제야 척이 크게 한숨을 내쉬었다.

"하지만 공사장에선 어떤 사고가 일어날지 모르니 조심하셨어야죠. 앞으로는 주의하셔야 합니다. 이후 보상 문제에 관해서는 제가 남작님과 얘기하겠습니다."

"예. 시정하겠습니다. 정말 죄송합니다. 저, 그리고 사장님. 공녀님께는……."

"공녀님께도 당연히 말씀드릴 겁니다. 안전사고에 유의하라고 주의를 주셨는데도 불구하고 오늘 같은 일이 일어났으니 책임을 물으셔도 감수해야 합니다."

"아……. 정말, 정말 죄송합니다."

공녀님이 솔리안 백화점을 세우는 걸 마지막으로 상단 일에서 물러나겠다고 했지만 이곳의 인부들은 모두 공녀님을 최고 책임자로 생각하고 있었다.

그건 저 자신도 마찬가지였다.

공녀님이 없었으면 여기까지 오지도 못했을 테니까.

백화점에서 체크해야 할 부분들을 확인하고 나니 어느새 저녁이었다. 이안은 공작저로 향했다.

"공녀님은 후원에 계십니다."

"네, 알겠습니다."

후원과 연결된 문을 열자마자 웃음소리가 들려왔다.

"하하. 아무스. 다른 걸로도 변신할 수 있어?"

"네가 원하는 걸로는 뭐든지 변신할 수 있어."

"정말? 예전엔 인간으로 변하는 것도 잘 못했잖아."

"……그게 언제 적 일인데 그래."

"하하하. 귀여워."

"……나 귀여워?"

"야! 너 일 안 하냐!"

"아, 깜짝이야! 놀랐잖아. 그레이!"

"너어는 오빠한테 그레이가 뭐니, 그레이가. 듣는 그레이 오빠 섭섭하게."

"그레이. 지금은 보다시피 데이트 중이다."

"남의 집에서 데이트 같은 소리하고 있네. 넌 집 없어? 안 가냐."

"그레이. 전에 보여 줬다시피 내 동굴은 사라졌다."

아무스의 긴 꼬리에 누워 있던 솔레아가 벌떡 일어나 앉았다.

"진짜? 그거 없어졌어? 그럼 우리가 숨바꼭질하던 그 작은 동산은?"

그레이에게 무거운 목소리로 답하던 아무스는 언제 그랬냐는 듯 따스한 목소리로 솔레아에게 답했다.

"그건 남아 있어, 산. 비록 어느 귀족의 개인 사냥터가 됐지만."

목소리에 쓰정이 뚝뚝 흘러넘쳤다.

"오랜만에 너랑 가 보고 싶다."

"오빠 말 안 들리니? 얘들아. 오빠 아직 여기 있다. 아. 아. 연애는 나가서. 연애는 나가서."

밖으로 나가라며 그레이가 손가락으로 문을 가리켰다.

그러다 이안과 눈이 마주쳤다.

"이안! 꽤 오랜만에 보는 것 같네. 이제 막바지 공사에 들어갔지?"

"예……."

이안은 얼떨떨한 표정으로 대답하며 후원으로 들어섰다.

'화목'이라는 글자가 형상화된 한 폭의 그림 속으로 들어가는 기분이었다.

괜스레 눈치가 보였다.

이안은 스스로가 저들과 어울리지 않는다는 생각을 하며 공녀의 앞에 다가가 섰다.

"공녀님. 오늘 백화점에서 사고가 있었습니다."

"사고? 누가 다쳤어?"

이안은 간략하게 보고를 마쳤다.

부자재가 제 쪽으로 쓰러져 골드먼트 남작님이 다치셨다고.

"남작이 이안과 같이 있었어?"

"……마침 백화점에 오셨던 모양입니다."

"이안 쪽으로 쓰러졌다면서."

"예, 그런데 남작님이 저를 밀치셔서 그분이 대신 다치셨습니다. 하지만 의사 말로는 일상생활에 무리가 있을 정도로 다친 건 아니라고 합니다. 환부에 물만 닿지 않도록 조심하면 된다고 하더군요."

최대한 덤덤하게 말했는데도 공녀님의 표정은 좋지 않았다.

은퇴 선물로 세워 주신 백화점에서 개업도 전에 사고가 났으니 당연히 마음이 불편할 것이다.

"이안도 놀랐겠네. 괜찮아?"

"저는 아무렇지도 않습니다."

"그래서 돈이 여태 집에 안 들어왔구나."

돈에게는 여기가 집이구나.

이안은 떠오르는 생각의 편린을 구석으로 밀어 넣고 대답했다.

"예. 제가 공사장의 마무리를 부탁하기도 했고, 골드먼트 남작가에서 요구하는 보상 조건을 알아 오라고 했습니다."

"일단 베르고의 의술사를 골드먼트 남작가로 보낼게. 내가 마법사이긴 한데 의술 쪽은 잘 몰라서 혹시라도 잘못 건드리면 어떻게 될지 모르니까. 갑자기 남작님 머리에서 뿔이 솟으면 안 되잖아."

딱딱하게 군은 이안의 표정을 본 솔레아가 농담을 건넸다.

'어느 날 남작님 머리에서 뿔이 자랐다.'

그럴 리가.

공녀님은 농담도 잘하시지.

이안은 살짝 미소를 짓고는 고개를 저었다.

"그렇게 해 주신다면 의술사 고용 비용은 제 선에서 처리하겠습니다."

"우리 사이에 딱딱하게 왜 그래, 이안."

인간으로 변한(옷을 입은) 아무스가 대화에 끼어들었다.

"이안. 나도 뿔이 있다. 뿔은 나쁘지 않아. 오히려 좋지."

웃음기라고는 하나도 없는 진지한 말투였다.

이안은 웃음을 참으려 이를 악물었다.

다행히 그레이가 아무스의 손목을 잡아끌고 반대편으로 데려갔다.

"용. 내 동생 사업 얘기 하잖아."

"사업 얘기였나? 나는 여자와 남자 간의 애정 얘기인 줄 알았어."

"뭐? 저게 무슨 애정 얘기야."

"이안이 다칠 뻔했는데 골드만두가 대신 다쳤다며. 그건 사랑이 아닌가?"

"골드만두 아니고 골드먼트. 넌 사람 말을 귓등으로 듣나? 그리고 단순한 초의일 수도 있지. 넌 눈앞에서 사람이 다쳐도 구경만 할 거야?"

"솔레아가 아끼는 사람인가?"

"솔레아는 대체적으로 사람을 다 아끼지."

"그래도 내가 다치면 솔레아는 다른 사람이 다쳤을 때보다 더 마음 아파할 거다."

"이 용 새끼 희생 안 한다는 말을 로맨틱하게 포장하네."

"처남은 입이 험하다."

"너는 눈치가 험하다."

두 사람이 아웅다웅 다투며 멀어지자 솔레아가 머쓱하게 웃으며 이안에게 다시 말을 걸었다.

"······골드먼트 남작이라면, 그분 맞지? 전에 이안에게 청혼을 했던······."

"예, 맞습니다."

"혹시 백화점에 찾아온 것도 그런 이유인가?"

"아닐 겁니다. 청혼을 거절한 이후로는 제대로 이야기해 본 적도 없으니까요. 게다가 그 청혼도 수년 전 일입니다. 벌써 기억에서 잊으셨을 겁니다."

"흠······."

의미심장한 얼굴로 솔레아가 턱을 매만졌다.

무슨 생각을 하고 계시는 거냐고 물으려던 찰나 건너편에서 그레이가 다시 뛰어왔다.

"산윤솔! 산윤솔! 이 미친 용대가리가 내 이마에 뿔 달았어!"

"처남이 먼저 내 뿔 욕했다!"

"아, 좀 싸우지 마! 나 지금 이안이랑 얘기하잖. 악! 아무스! 진짜 우리 오빠 머리에 뿔을 달아 버리면 어떡해!"

이마에 적갈색 뿔이 솟아오른 그레이의 모습에 이안은 두 눈을 동그랗게 떴다.

아무스의 등짝을 퍽퍽 내리친 솔레아가 마법으로 그레이의 뿔을 없앴다.

"오빠! 머리 아프진 않아? 괜찮아? 바보 되는 거 아니야?"

"쟤가 먼저 내 뿔 이상하다고 했어, 산."

"쟤? 쟤에에에? 야, 용! 평소엔 처남, 처남 잘만 부르더니 좀 싸웠다고 쟤?"

"그레이! 아무스! 싸우지 말라고 했잖아!"

난장판 속에서 이안은 솔레아에게 짧게 인사했다.

"그럼, 의술사 부탁드리겠습니다. 공녀님."

"그래. 내일 바로 보낼게. 이안. 너무 걱정하지 마. 잘 해결될 거야. 그리고 골드먼트 남작님도……."

"산윤솔! 이 미친 새끼가 내 엉덩이에 뿔을 단대!"

"골드만두는 사랑 맞다고!"

"호의라고! 호의!"

"호이?"

"호이 같은 소리 하네! 이 용대가리가 진짜!"

"처남 몇 살이야?! 처남이 사랑을 알아?"

"이, 이게 나이를 들먹거려? 야, 나도 너 같은 늙다리한테 내 동생 못 보내!"

"아, 좀! 싸우지 말랬지! 아빠 부른다! 아빠아아악! 그레이랑 아무스 또 싸워요! 그만! 떨어져! 둘 다 떨어져! 이안! 가, 잘 가! 연락할게!"

"……네. 알겠습니다."

소란스럽지만, 여전히 행복해 보였다.

도련님과 용 님이 얼굴을 벌겋게 붉힌 채 싸우는데도 공녀님의 얼굴엔 미소가 감돌고 있었으니까.

이안은 백화점이 완공되고 저 자신만의 사무실을 가지게 되면 공녀님처럼 행복해질 수 있지 않을까, 하고 막연하게 생각했다.

오랜 꿈이었으니까.

집으로 가려고 저택을 나서는데 음흉한 미소를 짓고 있는 히녀가 따라붙었다.

아는 얼굴이었다.

공녀님 담당 하녀인 '앤'이었다.

"무슨 볼일이라도?"

"이안 님. 제가 공녀님의 최측근이라 초반에 이안 님을 섭외하면서 여러 소문을 들었었거든요."

"……그런데요?"

"골드먼트 남작님이 혹시 아직 이안 님을 좋아하시는 게 아닐까요?! 마음에 두고 있으니까 그런 위급한 상황에서! 이안 님을 팍! 밀치고! 본인이 팍! 다치시고!"

아직 앳된 하녀의 얼굴에 맑은 장밋빛 생기가 발갛게 돌았다.

어이없는 추리였지만 귀여웠다.

로맨스 소설을 좋아하는 모양이었다.

"그럴 일은 없어요."

"아니 그래도! 이안 님! 제가 이쪽 방면으로는 천재인데!"

"걱정해 줘서 고마워요, 앤. 하지만 그런 소문이 나면 남작님께 실례가 될 수 있으니 앞으로 조심하도록 해요. 귀족이시니 그런 염문에 휩싸이는 걸 싫어하실 겁니다."

"……네."

강아지라면 귀와 꼬리가 축 처졌을 것이다.

앤은 시무룩한 표정으로 이안을 배웅했다.

집으로 돌아가는 마차 안에서 이안은 조용히 헛웃음을 지었다.

남작님이 대체 뭐가 아쉬워서 나를. 그럴 리가 없지.

'진짜 사랑이면 어쩔 건데! 나 사랑 알아!'라고 소리치던 용 님의 목소리가 귓가에 웅웅 울렸다.

다음 날, 백화점으로 출근한 이안은 임시 사무실 책상 위에 놓인 시든 꽃을 발견했다.

"돈? 이게 뭐예요?"

"아. 어제 골드먼트 남작님이 쓰러져 계셨던 자리에 저 꽃이 있었습니다. 아마 사장님께 그걸 전해 주러 오신 듯해서 거기 뒀습니다. 치울까요?"

"네."

"네?"

"네?"

"……잘 못 들었습니까?"

진짜 치우라고 할 줄은 몰랐던 건지 돈의 눈이 당황으로 물들었다.

제 딴에는 나름 신경 써서 거기 둔 것 같았다.

"……남작님은 귀족이세요. 우리 같은 평민과 불미스러운 소문이 나면 안 됩니다. 그분의 명예가 실추되니까요. 얼마나 불편하시겠어요. 남작님의 친절을 섣불리 오해했다가는……."

"골드먼트 남작님 오셨습니다!"

밖에서 인부의 목소리가 들려왔다.

열린 문 너머에는 이마에 약간 큰 반창고를 붙인 골드먼트 남작이 서 있었다.

"안, 안녕하십니까. 단주. 찾아와도 된다고 해서……."

남작의 손에는 작지만 고운 들꽃이 한 아름 들려 있었다.

당황스러운 것도 잠시, 이안은 손님을 사무실 안으로 들이기 위해 자리에서 일어났다.

그런데 이상한 것이 보였다.

……남작의 머리 위에 밀가루 반죽같이 말랑해 보이는 큰 귀가 달려 있었다. 그리고 조금 전엔 꽃다발에 정신이 팔려 보지 못했는데 엉덩이 뒤에서는 커다란 꼬리도 흔들리고 있었다.

그것두 무지하게 세차게. 아주 빠른 속도로.

……내가 미쳤나?

이안은 하얗게 질린 얼굴로 마른세수를 했다.

"……단주?"

"사장님?"

두 사람의 걱정스러운 목소리에 이안은 겨우 정신을 차렸다.

나도 참. 어지간히 피곤했나 봐.

아무래도 어제 남작님이 저 대신 다친 게 심적으로 많이 부담이 된 게 분명했다.

그렇지 않고서야 이런…….

"단주, 혹시 내가 너무 이른 시간에 찾아왔나요? ……불편하면 약속을 잡고 다른 때에 다시 방문하겠습니다."

남작의 커다란 귀가 아래로 축 처졌다. 붕붕 흔들리던 꼬리도 시든 풀때기처럼 축 늘어졌다.

이안은 두 눈을 질끈 감았다 떴다.

제 정신 이상은 나중에 의사에게 찾아가면 된다.

하지만 기껏 찾아온 고객을, 아니, 어제 사고의 피해자를 이대로 돌려보낼 수는 없었다.

"아닙니다, 남작님. 편하신 자리에 앉으세요. 돈, 차 좀 준비해 줘요."

"예, 알겠습니다."

돈이 임시 사무실을 나가자 어색한 공기가 이안과 남작 사이에 감돌았다.

골드먼트 남작은 잠깐 이안의 눈치를 살폈지만 얼른 평소의 냉정을 되찾았다.

그는 작은 소파에 앉고는 꽃다발을 탁자 위에 올려 뒀다.

그러나 곧 다시 꽃다발을 매만지더니 또 금세 손을 떼고 무릎 위에 가지런히 올려 뒀다가, 다시 꽃다발에 손을 대길 반복했다.

가만히 앉아 있질 못했다.

"남작님."

"네. 아. 오늘 찾아온 이유는, 그, 내가, 머리는 괜찮습니다. 꽃은, 멀쩡히 퇴원했고……."

'꽃은 멀쩡히 퇴원했다?'

하나도 멀쩡해 보이지 않았다.

남작은 애써 차분한 표정으로 고쳐 말했다.

"크흠. 저는 멀쩡히 퇴원했고, ……곧 백화점 공사가 끝난다고 들어서 꽃을 가져왔습니다."

"신경 써 주셔서 감사합니다. 다치신 곳은 괜찮으신가요?"

"네. 다행히도."

"인부들에겐 각별히 주의하라 말해 뒀습니다. 다시 한번 사과드립니다. 정말 죄송합니다."

"저는 정말 괜찮습니다."

"공녀님께서 오늘 남작저에 의술사를 보내겠다고 하셨습니다."

"그렇습니까? 감사하다고 꼭 전해 주세요. 걱정을 끼쳐 송구하네요. 제가 조금만 더 재빨랐으면 좋았을 텐데요."

남작의 녹색 눈이 반으로 곱게 휘어졌다.

꼬리가 붕방방 흔들렸다.

이안은 최대한 그쪽에 시선을 두지 않으려 노력했다. 그러다 보니 자연히 남작의 두 눈을 뚫어져라 보게 되었다.

그와 이렇게 가까이서, 이렇게 오랫동안 눈을 맞춘 것은 처음이었다.

클레버 백화점의 손님으로 왔을 때는 대부분 멀찍이서 잠깐 보기만 했고, 응대를 하더라도 시간이 아주 짧았다.

청혼을 할 때 보내온 초상화 속 다정한 낯은 일부러 오래 보지 않았다.

오랜 시간 소망하던 꿈을 포기해야 하는 것이 억울했기 때문이었다.

물론 골드먼트 남작은 그때 당시에 이안의 꿈을 전혀 몰랐겠지만.

어쨌든 이안은 그게 달갑지 않았다.

제 아버지는 골드먼트 남작이 아니라 다른 누구였더라도 이안을 결혼시키려고 했겠지만.

'이안. 남작 부인이 되면 여태까지와는 완전히 다른 인생을 살 수 있어.'

'이안. 좋은 분이시다. 다정하시고, 들려오는 소문에 나쁜 말이라곤 하나도 없었어. 너도 알잖니.'

'이안! 골드먼트 남작을 거절할 순 없어!'

아버지의 목소리가 기억 깊숙한 곳에서 되살아났다.

하지만 아버지는 결국 이안의 의사를 존중해 남작의 청혼을 거절했다.

다행히도 남작은 그에 앙심을 품지 않았다.

선한 사람이었다.

별난 제게는 아까울 정도로.

지금도, 일에 치여 스트레스를 받은 탓인지 멀쩡한 사람의 엉덩이에서 꼬리를 보고 있지 않은가.

"……주!"

"예, 에?"

"단주. 많이 피곤하면 난 이만 가 보겠습니다."

"아닙니다. 남작님. 죄송합니다. 무슨 말씀을 하셨죠?"

아래로 살짝 처진 남작의 유순한 눈이 좌우로 짧게 흔들렸다.

"왜, 단주의 시선이, 내, 다리 사이를…… 향해 있는지……. 혹시 거기 뭐가 묻었는지……. 내가 보기엔 아무것도 없는데……."

"아……. 그렇, 죠……. 아무것도 없죠……. 있을 리가. 없죠……. 아무것도 없어……."

이안은 여전히 좌우로 팔랑팔랑 움직이는 탐스럽고 풍성한 긴 꼬리를 물끄러미 바라보고 있었다.

그때 남작이 작은 목소리로 중얼거렸다.

"……그, 나, 나도 남자니까 아무것도 없진 않습니다."

"네?"

멍하니 남작의 다리 사이를 뚫어지게 보던 이안이 고개를 쳐들었다.

골드먼트 남작은 입술을 꾹 다물었다가 떼며 심지 굳은 표정으로 말했다.

"그곳에 아무것도 없진 않습니다. ……이안."

"그럼, 있나요?!"

"예?"

"진짜 있어요?"

이안이 금방이라도 손을 뻗을 것처럼 몸을 앞으로 숙였다.

남작은 저도 모르게 소파에 등을 바짝 붙이며 몸을 물렸다.

"당연히 있습니다!"

"거짓말!"

이안이 거짓말이라고 소리치자 남작은 어쩐지 조금 흥분됐다.

"있습니다! 있고말고요! 당연히 있죠!"

"당연히 있다니요! 난 한 번도 본 적이 없어요!"

"그, 그렇군요! 몰, 몰랐습니다. 그럴 거라고 막연히 생각은 했지만…… 아니, 그런 걸 정말로 상상했다는 건 아닙니다! 아니에요! 그게 아니라……."

"정말 있어요? 있는 거예요?"

이안은 저 꼬리를 잡을 수 있을까 하는 생각으로 탁자에 바짝 붙어 앉았다.

남작은 자리에서 벌떡 일어섰다.

"아직은, 아직은 안 됩니다! 있기야 당연히 있고요! 꽤나, 있습니다!"

"그럼 이게 진짜란 말이에요?"

아까부터 계속 시선을 강탈하고 있는 화려한 무빙의 꼬리에 홀린 이안은 저도 모르게 손을 들어 올렸다.

바지춤에 손을 가까이 가져다 대자 남작은 휘청거리며 도망가듯 멀어졌다.

"이안, 아니, 단주! 한 번도 본 적 없다니 호기심이 일 수 있다고 생각합니다. 이해합니다! 그래도 이건 아닙니다!"

"저, 저는 정말로 처음 봐요!"

"아직 안 봤잖습니까!"

"보여요!"

"보, 보인다고요?"

남작이 새파랗게 질린 얼굴로 제 아래를 힐긋 내려다보더니 탁자 위의 꽃다발을 다시 들어 올렸다.

그러곤 제 다리 사이를 가렸다.

"……이만 가 보겠습니다! 다, 다음엔 약속을 잡고 오도록 하겠습니다! 그럼 이만."

골드먼트 남작은 꽃다발로 아래를 가린 채 빠르게 임시 사무실을 빠져나갔다.

쟁반 위에 차를 올린 채 안으로 들어오려던 돈과 부딪혔지만 남작은 허둥지둥 도망치기 바빴다.

돈은 어리둥절한 표정으로 멀어지는 남작과 사무실 안의 이안을 번갈아 바라봤다.

"싸우셨습니까?"

"아니요."

"그럼 대체 무슨 일이……."

"돈. 나 오늘, 쉬어야겠어요."

"어디 아프세요?"

"그건 아닌데…… 무리한 것 같아요. 병원에, 병원에 다녀오겠습니다."

이안 역시 휘청거리며 자리에서 일어나 사무실을 나섰다.

쟁반을 든 채 가만히 서 있던 돈은 제가 준비한 차를 호록 마셨다.

"……좀 쓰네. 더 연습해야겠다."

완벽한 비서가 돼서 솔레아 아가씨에게 부끄럽지 않은 사람이 되고 싶었다.

돈은 단정한 걸음걸이로 백화점 내부 통로를 지나 안쪽에 마련된 작은 식당으로 돌아갔다.

그러고 보니, 골드먼트 남작님이 꽃다발로 다리 사이를 가리고 계셨지.

어제 넘어지실 때 거길 다치셨나? 아니면 사장님이 대화하시다가 거기를 가격하셨나?

아가씨도 급할 땐 손이 먼저 나가시니, 아가씨와 친한 사장님도 그런 버릇이 있을지도 모른다고 막연히 생각했다.

❉　❉　❉

"저 이상한 게 보여요."

"어떤 거 말씀이세요?"

"사람한테 꼬리가 달려 있어요."

무덤덤한 표정으로 진료 차트를 확인하던 의사의 눈이 요동쳤다.

"아. 귀도요."

의사가 고개를 휙 돌려 이안을 바라봤다.

"잘, 잘못 찾아오신 것 같은데요. 저는 눈, 눈 전문이라……."

"그러니까요. 제 눈에 보이는 거잖아요."

이안은 결국 안과 의사에게서 '정신과' 쪽으로 가 보라는 얘기를 듣고 진료실을 나와야만 했다.

정신과도 가 봤지만 최근에 스트레스를 심하게 받은 적이 있는지 물을 뿐이었다.

그래도 약간의 소득은 있었다.

"지금 제 엉덩이에서도 꼬리가 보이십니까?"

주름이 자글자글한 백발의 늙은 남자 의사 엉덩이에 꼬리가 달려 있는 모습을 상상했다.

어쩐지 징그러워서 이안은 약간 굳은 얼굴로 대답했다.

"……아니요."

"그럼 어떤 분한테서 꼬리를 보셨습니까?"

"말씀드릴 수 없습니다."

그분의 명예가 달린 문제였다.

"……혹시 마법사에게서 저주를 받은 게 아닐까요? 마력이 강한 마법사들은 어렵지 않게 상대방의 정신을 와해시키는 저주를 건다고 합니다."

저주?

그 정도로 남에게 원한을 살 만한 일이 있었던가?

이안은 머릿속으로 빠르게 과거를 훑었다.

딱히 생각나지 않았다.

게다가 저주라기엔…….

"귀여웠어요."

"예?"

"……깜짝 놀라긴 했지만 굉장히 귀여웠습니다."

"그나마 다행이군요. 하지만 환자분이 병원에 찾아오신 건 일상생활에 문제가 있다고 판단하셨기 때문이겠죠."

"네."

그건 그렇다.

남작님에게 제대로 된 피해 보상을 해 드리지도 못했는데 귀와 꼬리가 보여서 대화에 집중을 못 하다니.

아래위로 팔랑대는 말랑말랑하고 도톰한 갈색 귀라니.

풍성한 꼬리털이라니.

……만지고 싶었는데.

가만히 생각하던 이안은 제 손등을 꼬집었다.

미친년.

"원한을 살 만한 사람이 정말 없나요?"

"원한이라고 해 봐야……."

횡령 때문에 잡혀 간 단주들?

아니면…….

수도에서 크게 백화점을 하고 있는 클레버 백화점의 사장이라든지.

아버지가 나를 원망하고 계실까?

시키는 대로 결혼도 하지 않고, 집을 나와 공녀님이 마련해 주신 거처에서 살며, 그분의 사람이 되어 상단에서 일하다가 결국 커다란 백화점의 사장이 되었으니.

건방지다고 생각하실까?

어쩌면 클레버 백화점을 물려받게 될 남동생, 셀먼이 이를 갈고 있을지도 모른다.

가만히 있다 시집이나 갔어야 할 누나가 업계 1위가 되어, 꺾어야 할 라이벌이 돼 버렸으니.

"예상 가는 사람이 몇 있어요."

"그러시군요. 저주에 걸렸다면 그 저주를 건 마법사를 찾아가 풀어 달라 하는 수밖에 없습니다. 아니면 더 강한 마법사를 찾거나요. 성함이…… 아, 이안 클레버 님. 솔리안 상단의 단주님이시군요. 바로 공녀님께 찾아가 부탁해 보시는 건 어떠십니까?"

"이런 사소한 일로 공녀님께 폐를 끼칠 순 없습니다. 선생님께서도 비밀 지켜 주시길 바랍니다."

이안은 입막음을 위해 치료비를 두둑하게 얹어 주고 병원을 나왔다.

아버지를 찾아가 봐야 했다.

❊　❊　❊

해리 골드민트는 전신 시사도 거르고 방에 틀어박혀 있었다.

"남작님. 식사는 하셔야죠."

"아니, 괜찮아."

"대체 왜 그러세요. 어제 다치신 머리가 갑자기 아프신 거예요? 아유, 그러게 제가 뭐라고 했어요. 공사도 안 끝난 백화점에 찾아가지 마시라고 했잖아요. 내가 딱 보니까 그 클레버 아가씨는 남작님한테 관심이 쥐뿔도 없더만요."

남작가에서 오래 일한 해리의 보모 겸 하녀장인 쟌이 너스레를 떨며 말했다. 그녀의 남편인 말콤이 버럭 소리를 질렀다.

"당신은 식사도 거르고 방에만 계시는 남작님께 대체 무슨 소릴 하는 거야!"

"내 말이 틀렸나. 도련님, 어머. 내 정신 좀 봐. 또 도련님이라고 했네. 남작님! 그 아가씨한테는 천천히 다가가시라니까는!"

"남작님. 저는 제 아내와 생각이 다릅니다! 저돌적으로! 이제 화끈하게! 가 보시는 게 어떠십니까!"

"요즘 아가씨들은 그런 거 싫어해!"

두 사람이 잠긴 방문 앞에서 옥신각신 싸우며 목소리를 높이고 있는데 끼익 소리와 함께 문이 열렸다.

해리가 방문 너머에서 온갖 시름은 다 끌어안은 얼굴로 침울하게 말했다.

"말콤, 쟌."

"네, 남작님. 말씀하세요."

"⋯⋯나, 그, 다 보이나?"

"뭐가요?"

"실루엣이⋯⋯."

말콤과 쟌은 한참 후에야, 쭈뼛대는 남작님에게서 설명을 듣고서야 말뜻을 이해했다.

쟌은 티 나지 않는다고 말했지만 말콤은 달랐다.

"크기를 가늠할 수 있을 정도로, 실루엣이 살짝 보이는 편이 좀 더 매력을 어필할 수 있는, 악!"

쟌이 들고 있던 쟁반으로 말콤의 머리를 내려쳤다.

해리는 그날 방에서 나오지 않았고 쟌은 새 바지를 여러 장 주문했다.

✦ ✦ ✦

해리는 새 바지가 올 때까지 솔리안 백화점에 가지 않았다.

그 덕에 이안은 멀쩡히 일할 수 있었다.

며칠 전의 그 소동이 '스트레스' 때문이었을 거라고 생각하면서 말이다.

아버지를 뵈러 집에 몇 번이나 찾아갔지만 바쁘다는 핑계로 만나 주지 않았다.

정말로 아버지나 셸먼이…… 이안을 라이벌로 판단해 웃기지도 않은 저주를 걸었을 수도 있었다.

그렇게 생각하고 싶지는 않았지만.

"돈. 골드먼트 남작가에서 온 소식은 없었나요?"

"예. 그때 남작님께서 도망치시고 난 뒤엔 따로 연락이 없으십니다."

"……도망?"

"싸우고 도망치신 거 아닌가요?"

이안은 공사가 거의 마무리되어 가는 백화점 앞에 서서 생각에 잠겼다.

'……하긴, 왜인지 질색하셨지.'

인부들은 공사 부자재를 짐마차에 소란스럽게 옮겨 실었다.

이제 간판만 달면 끝이었다.

개업식은 다음 주지만 간판은 오늘 도착하는 대로 달아 놓을 예정이었다.

그런데 문제는 아직까지 간판이 도착하지 않았다는 것이다.

원래는 아침에 도착했어야 하는데…….

이안은 초조한 눈으로 거리를 살폈다.

"간판이 왜 안 오는 거죠?"

"어제 확인했을 때는 오늘 아침까지 무사히 보낼 수 있다고 했는데 이상하네요. 가서 확인해 볼까요?"

이안은 시계를 확인한 후 짧게 고개를 끄덕였다.

벌써 도착하고도 남았어야 할 시간이었다. 뭔가 사고가 생긴 게 분명했다.

개업 기념 할인 행사 때문에 물건들이 하나둘 도착하고 있었다.

내부 청소를 꼼꼼하게 마친 뒤 상품들을 매대에 전시해야 했다.

물품이 모두 도착했는지 확인하던 이안은 두 시간이 지난 후 파리하게 굳은 얼굴로 돌아온 돈을 보고 사태를 예감했다.

"완성이 안 됐다고 하나요?"

"……예. 백화점 개업 전까지는 반드시 작업을 마치겠다고는 합니다."

"어디까지 완성됐는지는 보고 왔나요?"

"베넷 남매가…… 미완의 작품은 보여 주고 싶지 않다고 했습니다."

이안은 짧게 한숨을 쉬었다.

예술가란 놈들은 왜 이럴까.

정해진 마감을 제때 지키는 게 힘든가.

아니다. 애초에 경력이 별로 없는 어린애에게 맡긴 제 잘못이다.

에티 베넷과 플럼 베넷.

후원하는 조각가들 중 나이가 어리지만 천재성을 보이는 남매였다.

한미한 집안에서 태어난 탓에 제게 어떤 재주가 있는지도 모르고 클 뻔했지만 헤이먼 공자님의 눈에 띄어 조각을 본격적으로 배우게 됐다고 들었다.

누나인 에티는 버려진 날붙이로 나무를 깎아 다람쥐, 늑대, 강아지, 고양이 등의 다양한 동물 조각을 만들었고 남동생 플럼은 그 조각에 색칠을 해 팔았다고 한다.

아버지는 일찍이 돌아가셨고, 병든 어머니만 남아 계시다고 했지.

나이 차이가 별로 나지 않는 누나와 남동생, 하나만 남은 부모.

이안과 가족 구성원이 비슷했다.

부모가 자식을 대하는 태도는 달랐지만.

솔리안에서 후원을 하겠다고 했을 때 남매의 어머니는 '둘 다 재능이 있으니 둘 모두를 데려가 주십시오. 학비는 제가 구걸을 해서라도 대겠습니다.' 라고 했었다.

이안은 괜히 마음이 싱숭생숭해져 베넷 부인의 손을 잡고 말했다.

'물론입니다. 아드님도, 따님도 모두 훌륭한 예술가로 키워 내겠습니다.' 라고 했었지.

백화점을 꾸밀 큰 조각을 주문하기엔 둘 다 경력이 없어 간단한 것부터 시작해 보라고 간판 제작을 맡겼는데.

마감 일자를 못 맞추면 다 무슨 소용인가.

그냥 숙련된 전문가한테 맡길 걸 그랬군.

누나인 에터 베넷의 열망을 보고서 그 아이와 저를 동일시하는 바람에 일어난 일이었다.

이안은 스스로의 아둔함을 욕하며 복잡한 속을 다스렸다.

백화점 개업까지 며칠 남지 않았으니 지금 할 수 있는 건 그들을 잘 다독여서 어떻게든 간판을 받아 내는 수밖에 없었다.

"수고했어요. 내가 직접 가 볼게요."

돈의 동그랗고 큰 눈동자가 힘없이 아래로 향했다.

"……죄송합니다, 사장님. 제가 갔을 때 확인을 똑바로 하고 왔어야 하는데. 제가 아직 많이 부족합니다."

이안에게 혼난 거라고 생각했는지 돈의 얼굴에 초조한 기색이 비쳤다.

"제가 누군가를 독촉하는…… 그런 걸 아직 잘 못해서 그렇습니다. 다음엔 더 잘하겠습니다. 고치겠습니다."

이안은 누군가를 달래는 것에는 재주가 없었다.

하지만 눈썹을 늘어뜨린 채 식은땀까지 흘리는 돈을 이대로 두고 가자니 마음에 걸렸다.

몇 달 같이 일해 본 결과 돈은 질책을 받으면 주눅이 들었으면 들었지, 독기를 품고 아득바득 일하는 타입은 아니었다.

　이안은 어렵사리 입을 열었다.

　"돈 잘못이 아니에요. 흔한 일입니다. ……잘하고 있어요."

　"……!"

　"앞으로 더 나아질 거예요. 돈은, 잘하고 있……어요."

　어색했다. 누군가를 다독이며 위로하는 건.

　부자연스럽게 굳어 있는 이안을 물끄러미 보던 돈은 얼른 길가로 달려 나가 마차를 잡아 왔다.

　"감사합니다. 열심히 하겠습니다! 그럼 저는 사장님이 작업실에 다녀오실 동안 물품을 확인하고 있겠습니다."

　이안은 짧게 고개를 끄덕이고 마차에 올랐다.

　그리고 이안은 지난 며칠 내내 만나지 못했던 아버지를 베넷 남매의 작업실 앞에서 발견했다.

　이안은 본능적으로 몸을 숨겼다.

　"……말한 대로 하고 있는 거죠?"

　"네, 네. 물론입니다."

　"위약금은 물론이고, 받기로 한 보수까지 우리 쪽에서 얼마든지 추가로 줄 테니까 내가 말한 그대로만 해요."

　"네, 알겠습니다. 클레버 님."

　잘못 본 게 아닐까 생각했지만 에티의 입에서 나온 '클레버 님'이라는 이름을 듣고 나서는 믿지 않을 수가 없었다.

　진작 왔어야 할 간판이 아직 오지 않은 것에는 제 아버지, 토니 클레버의 공작이 있었던 것이다.

　'……그래도 좋은 아버지였잖아.'

돈을 밝히는 장사꾼이었어도, 원치 않은 결혼을 시키려고 했어도.

이안의 머릿속에 아버지와 어머니, 동생과 함께 보냈던 어린 시절이 스쳐 지나갔다.

편한 삶을 살라 하며 남작 부인이 되라 했던 건 이해할 수 있었다.

아버지로서 딸이 다른 사람들 입맛을 맞춰 가며 장사치로 사는 게 싫었을 거라고 애써 스스로를 이해시켜 왔다.

그런데, 이건.

이 상황은 정말 이안을 '딸'이 아니라 동종 업계의 라이벌로 인식했다고밖에는 볼 수 없었다.

왜지?

아버지가 정해 준 인생을 따라가지 않아서?

이안은 토니 클레버가 떠나고 몇 분이 지난 뒤에야 베넷 남매의 작업실 문을 두드렸다.

"클레버 님?"

무심코 문을 연 에티의 두 눈이 잠깐 커졌다.

"내가 올 줄 알았나 보죠? 얼굴을 보기도 전에 클레버 님이라고 부르다니."

그녀는 일순 당황하는가 싶더니 어색하게 입꼬리를 올려 웃었다.

"아, 아하하. 원래 오늘까지 간판을 보내 드리기로 했으니까……."

"알고 있군요. 이제 와서 다른 사람에게 맡기기엔 늦었다는 것도 알고 있겠죠."

"예……."

에티는 말끝을 흐리며 반쯤 열린 문의 손잡이를 놓지 않은 채 꼿꼿이 서 있었다.

"어디까지 완성됐습니까? 확인을 해 봐야겠어요."

"안, 안 됩니다!"

"에니 베넷."

문손잡이를 잡고 놓지 않는 베넷의 뒤쪽에서 우당탕탕 소란스러운 소리가 들려왔다.

무언가를 숨기고 있는 게 분명했다.

"계약서 내용 기억합니까? 날짜를 넘기면 위약금을 청구한다고 분명히 명시돼 있을 텐데요."

"네, 네. 하지만 무통보로 그런 게 아니라, 아까 아침에 비서분이 왔을 때…… 며칠 더 시간을 달라고 양해를 구했습니다……."

"그렇게 시간을 끌다가 당일에 펑크 내려는 속셈 아닌가요? 가령 위약금을 내 줄 사람이 있다든지."

간판이 도착하지 않아도 백화점을 개업할 수는 있다. 하지만 제 혼자 힘으로 내딛는 첫걸음을 미숙하게 시작하고 싶지 않았다.

심지어 아버지가 손수 망친 개업식이라니.

끔찍하기 그지없었다.

이안은 이를 악물고 문을 열기 위해 안간힘을 썼다.

"문 좀 열어 보세요!"

"안 됩니다! 정말 안 돼요! 단주님. 사장님! 안 돼요! 제발 일주일만 시간을 주세요!"

"일주일? 당장 다음 주가 개업인데 개업식 날 간판을 들고 와서 인부들과 함께 달겠다는 겁니까?! 손님들 머리에 먼지랑 간판을 나란히 떨어뜨릴 계획이에요?"

"아닙니다! 절대 아니에요!"

힘이 부치는지 에타는 목이 터져라 남동생을 부르기 시작했다.

"플럼! 플럼!"

곧이어 안쪽에서 묵직한 발소리와 함께 누군가가 달려 나왔다.

문이 안쪽으로 힘 있게 열렸다.

그 탓에 문을 밀고 있던 이안 역시 안으로 끌려 들어갔다가 플럼의 몸에 부딪쳐서 튕겨져 나왔다.

"사장님. 부탁드립니다. 시간을 좀 더 주세요."

플럼의 눈빛에는 절대 굽히지 않겠다는 강한 의지가 담겨 있었다. 위압적으로 보일 정도였다.

그때 이안의 뒤에 그림자가 졌다.

"지금 누굴 위협하는 겁니까."

골드먼트 남작이었다.

부드럽지만 단단한 목소리로 말하며 남작은 이안의 옆으로 와 섰다.

그는 이안에게 짧은 눈인사를 건넨 뒤 플럼에게 말했다.

"솔리안의 단주가 주문한 제품을 받기로 한 날짜는 오늘이라 들었는데."

"예, 그렇지만 아직 완성이 안 돼서……. 미완성인 작품은 보여 드릴 만한 것이 아니라……."

형편없는 핑계였다.

이안은 플럼의 눈을 똑바로 바라보며 싸늘하게 말했다.

"지금까지 한 부분만 보여 줘도 상관없으니 당장 보여 줘요."

그럼에도 남매가 여전히 망설이는 태도를 보이자 골드먼트 남작은 플럼을 지나쳐 문손잡이를 잡고 반쯤 열린 문을 활짝 열었다.

언제나 순한 얼굴로 사람들 사이에 얌전히 서 있는 것만 봐 왔던 터라, 이안은 그의 추진력에 내심 놀랐다.

플럼은 감히 남작의 손을 뿌리치지 못하고 문이 열리는 걸 가만히 보고만 있었다.

작업실은 엉망이었다.

색색의 물감의 독한 냄새와 먼지, 바닥에 굴러다니는 나무 조각과 구석에 세워진 석상까지.

제가 주문하지 않은 여러 조각들만 즐비했다.

여기에 솔리안 백화섬의 산난은 없었다.

이안의 이맛살이 찌푸려졌다.

"내 백화점의 간판은 어디 있습니까."

"그, 그게……."

망설이며 답하지 못하는 에티와 플럼 남매의 꼴을 보자니 부아가 치밀어 올랐다.

아버지는 날 딸로 생각하긴 한 건가.

배신감에 치가 떨려 마치 설산에 홀로 서 있는 듯 이가 딱딱 맞부딪치기 시작했다.

"단주?"

옆에서 저를 부르는 골드먼트 남작의 목소리가 들렸지만 귀에 들어오지 않았다.

주먹을 꽉 쥐고 있는데도 손끝에서 감각이 느껴지지 않았다.

그때 익숙한 목소리가 열린 문 너머에서 들렸다.

"이안?"

아버지와 셸먼이었다.

뭘 재차 확인까지 하고 싶어서 다시 찾아온 건지.

이안은 그만 참지 못하고 분노를 터뜨렸다.

"아버지는 정말, 정말로 내 첫걸음을 망치게 하고 싶으신 거예요? 내가 아버지가 말한 대로 살지 않아서? 내가 남작님과 결혼하지 않아서?!"

악에 받친 이안의 목소리가 작업실을 가득 메웠다.

아버지는 이 와중에도 상황을 파악하려 빠르게 눈동자를 움직였다. 이안은 그런 아버지가 가증스럽게 느껴졌다.

토니가 무언가 말하려 입을 열었지만 이안의 싸늘한 목소리에 가로막혔다.

"결혼 안 할 거예요. 아버지가 정한 사람과는 절대 결혼 안 할 거라고요."

"이안. 그건……."

"안 해요! 전 성공할 거예요! 아버지보다 더! 셸먼이 물려받은 아버지의 백화점보다 더! 남작 부인이라는 칭호 없이! 저 혼자! 제힘으로 노력해서 해낼 거라고요! 골드먼트 남작은 물론이고 그 누구와도 결혼 안 해요!"

말을 뱉고 나서야 골드먼트 남작이 옆에서 듣고 있다는 걸 깨달았지만 이미 뱉은 말을 주워 담을 순 없었다.

이안은 뒤로 돌아 베넷 남매에게 말했다.

"3일 안에 제대로 된 간판을 만들어 오세요. 만약 그러지 못하면 계약 불이행으로 위약금 청구는 물론이고, 후원도 모두 끊을 겁니다. 다시는 조각칼도, 붓도 잡지 못하게 해 드리죠."

빠르게 말을 쏟아 낸 뒤 이안은 문 앞에 서 있는 남동생 셸먼의 어깨를 퍽 소리가 나도록 치고 밖으로 나왔다.

차가운 공기를 힘껏 들이마셔서 폐 안에 집어넣고 난 후에야 정신이 깨어나는 기분이 들었다.

하지만 여전히 명치 속에서 뜨거운 불이 타오르는 것 같았다.

골드먼트 남작이 이안의 뒤를 쫓아왔다.

"단주. 괜찮습니까?"

"……죄송합니다, 남작님. 면목이 없습니다."

"아니에요. 내가 묻고 싶은 건, 그대가 괜찮은지…… 그것뿐입니다."

이안은 묻는 말엔 답하지 않고 평온한 목소리로 골드먼트 남작에게 물었다.

"남작님, 오늘 여긴 어떻게 알고 오셨어요?"

"……백화점에 갔는데 단주가 여기로 갔다고 해서, 잠깐 얼굴을 볼까 싶어서……."

그제야 남작의 손에 들려 있는 작은 꽃다발이 눈에 들어왔다.

이안은 꽃다발을 물끄러미 보며 말했다.

"남작님, 며칠 전에 저를 구해 주신 건 정말 감사해요. 하지만 저는 결혼할 생각도, 남작님의 애인이 될 생각도 없어요. 혹시 제가 착각했다면…… 죄송합니다."

골드먼트 남작은 아무런 말이 없었다.

또 꼬리가 보였다.

좌우로 흔들리던 남작의 꼬리는 서서히 움직임이 느려지다가 이내 아래로 축 처지며 멈추고 말았다.

지금은 꼬리 따위에 신경 쓸 여력이 없었다.

아버지가 걸어 놓은 웃기지도 않은 저주인가 보지. 게다가 그에겐 약혼녀도 있지 않은가.

이안은 그에게 꾸벅 고개를 숙여 보이고는 몸을 돌렸다.

약속한 3일이 지났다.

이안은 새벽부터 백화점에 출근해 사무실에 앉아 있었다.

공사는 이미 마무리됐고, 매대를 채울 물품들도 거의 도착했다.

만약 오늘 베넷 남매의 간판이 도착하지 않는다면 그들의 간판을 포기할 것이다.

공녀님께 부탁해서 영상석을 이용해 '솔리안 백화점'이라는 글자를 공중에 띄울 예정이었다.

혼자 힘으로 성공하겠다고 수선을 떨어 놓고 공녀님의 마력을 이용한다는 게 송구스러웠지만 당장은 방법이 없었다.

잠을 못 자 뻑뻑한 눈가를 매만지며 이안이 수심에 잠겨 있는데 바깥이 소란스러워졌다.

잠깐 멍하니 굳어 있던 이안은 총이라도 맞은 듯 화들짝 놀라며 자리에서 일어섰다.

아직 동도 트지 않았다.

돈에게도 말하지 않고 일찍 출근한 탓에 이 큰 건물 안엔 저 혼자뿐이었고.

이안은 무기가 될 만한 게 있나 주변을 둘러봤지만 각목은커녕, 그 비슷한 것도 없었다.

인기척을 들어 보니 한두 명이 아닌 것 같았다.

이안은 이를 악물고 문 앞으로 다가갔다.

"이야, 잘 꾸며 놨네. 멋진데."

셸먼의 목소리였다.

'누나 진짜 똑똑하다아!'

'너도 내 나이 되면 할 수 있어.'

'누나처럼은 못 해.'

'셸먼, 침 닦아.'

'우우⋯⋯.'

'침을 닦으랬더니 왜 줄줄 흘리고 있어.'

'침 닦으면 옷이 더러워지잖아.'

'아니, 그래도⋯⋯! 으유, 못 살아. 이리 대 봐.'

'히히, 누나 좋아.'

'⋯⋯말도 안 듣는 게. 웃긴.'

'히히히.'

더 이상 가족의 밑바닥을 보고 싶지 않았다.

이안은 혹시라도 울음소리가 새어 나갈까 봐 입을 틀어막은 채 문 앞에 주저앉았다.

가족이잖아.

가족이면 어떤 길을 가든 응원해 줬어야지.

서운함이 물밀듯 밀려왔다.

남작과 결혼하라고 말하던 아버지에게 실망하긴 했지만 이렇게 대놓고 자신의 앞길에 훼방을 놓을 줄은 몰랐다.

"하⋯⋯."

어쨌든 백화점을 뭉개는 걸 가만히 두고만 보고 있을 순 없었다.

이안은 눈을 무릅쓰고 봄을 일으켰다. 혹시 몰리 닌고 부지깽이를 손에 꽉 쥔 상태였다.

조심스럽게 문손잡이를 잡았다가 이런 상황에선 기선 제압이 중요하다는 생각에 벌컥 문을 열어젖혔다.

"당장 안 꺼져!"

"으억!"

이안의 괴성에 백화점 안에 있던 무리들이 깜짝 놀라 그녀를 바라봤다.

모두 양손에 뭔가를 든 채 벙찐 표정으로 이안을 올려다보고 있었다.

2층 난간에 서서 부지깽이를 높이 쳐들고 있던 이안은 현관에서 저를 올려다보는 셸먼과 눈이 마주쳤다.

"누나! 이 시간에 거기서 뭐 해! 설마 퇴근 못 한 거야?! 공녀님이 퇴근도 안 시켜 주셔?"

"공녀님 욕하지 마! 그리고 너, 너야말로 남의 백화점에 이 시간에 왜 왔어!"

"우리가 왜 남이야! 가족이지!"

"뭐?"

"저번부터 대체 무슨 오해를 하고 있는 거야, 누나!"

그제야 괴도인 줄 알았던 이들이 손에 들고 있는 것들이 눈에 들어왔다.

크고 작은 조각상들이었다.

"누, 누구 마음대로……."

활짝 열린 백화점 정문 밖으로 사다리가 보이고 익숙한 목소리도 들려왔다.

"간판 수평이 안 맞습니다. 왼쪽 조금 더 내리세요. 주문한 사이즈보다 더 크군요. 에티 베넷."

"그, 그게 추가금을 받아서요!"

"더 화려하고요. 플럼 베넷."

"그, 그것도 추가금을 받아서 그렇습니다!"

라트엘과 베넷 남매였다.

이안은 부지깽이를 내던지고 계단을 빠르게 뛰어 내려갔다.

"누나. 놀라지 마."

너스레를 떠는 동생을 지나쳐 이안은 밖으로 향했다.

푸르스름하게 밝아 오는 여명 사이로 아버지의 얼굴이 보였다.

그리고 돈과 공녀님도.

"사장님! 여기서 주무셨습니까? 혼자 계시는 건 위, 위험합니다. 다음엔 제게 연락 주세요……!"

"이안! 감기 걸리면 어쩌려고 이 새벽에 여기 있는 거야?"

"이안 사장님. 직원일 때는 추가 수당이 나오지만 본인이 사장이면 이런 식으로 일해도 돈이 더 나오지 않습니다. 다음엔 잘 생각하고 출근 시간을 조정하세요."

"이보시오, 라트엘! 내 딸이 과로를 하고 있는데 잘 생각하고 출근하라니!"

"아이고, 아버님. 저쪽 가서 저랑 얘기하실까요. 우리 라트엘이 말은 험하게 해도 속이 깊습니다. 내심 걱정돼서 한 말일 겁니다. ……아마도요."

"공녀님? 아, 아버님이라니."

"아이고, 아버님. 따님이 어찌나 사리에 밝고 총명한지 함께 일하며 도움을 많이 받았습니다."

"예? 공녀님 혹시 장사를 해 보셨습니까? 말솜씨가 아무리 봐도."

"하하. 무슨 그런 말씀을."

공녀님이 제 아버지의 어깨를 붙잡고 구석으로 데리고 가는 뒷모습을 이안은 멍청한 눈으로 보고만 있었다.

"사장님. 우리 백화점 간판 좀 보세요."

"어? 네?"

완전히 길가로 나온 이안은 뒤돌아 백화점의 정면을 올려다봤다.

아까 라트엘이 말한 것처럼 주문한 사이즈보다 훨씬 큰 간판이, 아니, 간판이라기보다는 하나의 커다란 조각 같은 것이 걸려 있었다.

올리안 백화점

이라는 글자가 필기체로 조각되어 있었다.

양각으로 뚜렷하고 섬세하게 깎고, 암녹색으로 칠한 글자는 어찌나 입체적인지 멀리서 보면 길게 이어진 커다란 산맥처럼 보이기도 했다.

해가 천천히 떠올라 주변이 밝아지자 간판이 더욱 선명하게 보이기 시작했다.

배경은 한 폭의 풍경화처럼 펼쳐져 있었다.

튀어나와 있는 글자가 산맥처럼 보이는 덕에 커다란 그림 같았다.

강줄기가 흐르고, 곳곳에 솟아오른 바위와 나무들이 실제처럼 생생했다. 그리고 그 주변엔 자그마하게 표현된 집들도 있었다.

구석구석 신경 쓰지 않은 곳이 없어서 한참을 보고 있어도 질리지 않았다.

그러다 이안은 간판 구석에 조각된 익숙한 파란 지붕의 집을 발견했다.

이안을 따라 길가로 나온 셸먼이 그녀의 놀란 표정을 보고 씩 웃었다.

"저거 누나는 알아보겠어? 난 지붕 색깔까진 기억 안 나는데. 누나가 지붕 위에서 나 밀었다며."

"……내가 언제."

"아빠가 그랬는데? 그래서 누나가 나보다 똑똑한 거래. 내가 저 때 지붕에서 머리부터 떨어지지만 않았어도 지금보다 훨씬 명석했을 텐데."

그때 공녀에게 잡혀 있던 토니가 돌아왔다.

토니는 머쓱하다는 듯 웃었다.

"이안. 노, 놀랐니? 네가 자립하는 첫 시작인데, 아빠가 뭐라도 하나 해 줘야 되지 않나 싶어서……."

"……그럼 위약금 얘긴 뭐예요? 베넷 남매의 작업실에서 위약금 얘길 하셨잖아요."

이안의 질문에 에티가 두 사람의 대화에 끼어들었다.

"이미 받아 놓은 일들이 있었는데 클레버 님이 그쪽 위약금 다 해결해 줄 테니 솔리안 일을 가장 우선해서 해 달라 하셨어요. 그 과정에서 클레버 님이…… 계속 더 화려하게 하라고 하셔서, 간판이 커졌습니다. 그리고 또, 백화점 내부를 꾸밀 조각이랑 그림도 추가로 주문하셨고요. 아! 추가금은 클레버 님이 이미 지불하셨어요!"

이안은 토니 쪽으로 고개를 돌렸다.

"왜 저한테 비밀로 하신 거예요? 제가…… 웃기지도 않은 오해를 하게 됐잖아요."

토니는 민망한 듯 머리카락이 얼마 남아 있지 않은 머리를 문질렀다.

"공녀님께 미리 허락을 받기도 했고, 너를 깜짝 놀라게 해 주려고 그랬지. 그리고……."

그는 관자놀이를 긁적이다가 굳이 먼 산을 보며 말했다.

"네게 아직 사과를 못 했잖니. 아빠가 네 꿈을 응원해 주지 못해서…… 미안하다. 네게 꿈이 뭐냐고 한 번도 물어본 적이 없었지."

토니는 손을 들어 제 눈가를 꾹 눌렀다가 문질렀다.

그의 눈가가 시뻘겋게 변했다.

"앞으론 네가 원하는 걸 하렴. 이안."

손에서 땀이 나는지 토니는 연신 제 바지춤에 손을 문질렀다.

처음부터 끝까지 다 오해였다니.

이안은 민망함에 빨개진 얼굴을 숨기기 위해 고개를 숙이고 작게 중얼거렸다.

"……고마워요. 아버지."

"이안. 그래도 아빠가 장사 선배니까 모르는 거 있으면 물어보렴. 물론 이제 우리 딸이 가족 중에서 돈을 제일 잘 버는 것 같긴 하지만 말이야. 하하!"

이안의 뒤에서 셸먼의 우악스러운 목소리가 들렸다.

"누나! 백화점 후원에 있는 나무에 그네 달아도 돼? 공녀님이 그거는 누나한테 물어보고 달라고 하셔서!"

"누구 마음대로 그네를 단다는 거야!"

"누나는 왜 내가 뭔 말만 하면 성질부터 내나?"

"어울리질 않잖아! 백화점 분위기를 봐!"

"그런 걸 달아 놔야 가족 손님들이 오지!"

"클레버에는 분수대가 있는데 우리 백화점엔 그네를 달겠다고? 너 지금 일부러 그래?!"

"왜 사사건건 비료를 해?"

"비료 아니고, 비교 인마! 아빠! 무슨 저런 놈한테 백화점을 물려준다는 거예요?!"

"이안, 네가 어릴 때 그네 타다가 셀먼 머리를 발로 차서 그렇다. 그리고 셀먼도 가끔은 괜찮아."

"가끔 괜찮은 걸로는 부족, ⋯⋯제가요? 아니, 아까는 지붕에서 밀어서 바닥에 떨어뜨렸다면서요."

"둘 다 했단다. 남매가 다 그렇지. 하하하!"

그 와중에 빨리 안으로 들어와 보라고 셀먼이 재촉하는 바람에 이안은 어쩔 수 없이 발걸음을 옮겼다.

백화점 안은 여러 점의 조각과 그림들로 꾸며져 있었다. 웬만한 전시장을 방불케 할 정도였다.

그게 끝이 아니었다.

빙긋이 웃고만 있던 공녀님이 박수를 짝 하고 치자 그저 희기만 했던 벽이 장막을 걷어 내듯 사라졌다.

그리고 화려한 벽화가 드러났다.

"짜잔! 아빠가 빚을 내서 고용한 벽화 장인, 가비에르 화가의 천장화!"

돔 형태로 된 높은 천장에는 여러 마리의 용들이 그려져 있었다.

"용을 테마로 써먹을 수 있는 백화점이 전국에 솔리안 말고 또 어디 있겠니. 하하하! 내 딸이 솔리안의 사장이 된다니!"

마법이 걸려 있는지 천장화 속 구름은 천천히 떠다녔고, 용들 역시 느린 속도로 그림 속을 유영했다.

벽에 걸린 작은 그림들 속에는 이안이 어릴 때 어머니와 놀았던 작은 동산도 있었고, 아버지와 함께 걸었던 오솔길도 있었다.

일정이 급하니 개업 전까지 일단 깔끔하게 마무리한 후 차차 꾸며 나가야겠다고 생각했던 이안의 계획은 완전히 틀어졌다.

아빠와 동생의 물밑 작업과 공녀님의 철통 보안 때문에.

완공된 솔리안 백화점은 이미 화려함에 눈이 돌아갈 지경이었다.

"누나! 후원에 그네 달아도 되냐고! 봐 봐! 여기! 이 나무! 여기! 누나!"

"네 백화점에나 달아!"

모두 오해였다니.

그럼 골드먼트 남작님이 내게 관심이 있다고 생각한 것도 내 착각이었나.

이안은 눈앞이 캄캄해지는 감각에 두 눈을 질끈 감았다.

'……근데 그 괴상한 저주는 누가 건 거지? 남작님에게 진짜 꼬리가 있는 건가? 설마 괴상한 취미를 가진 약혼녀를 만나셨나?'

그네를 달면 다시 네 머리를 발로 차 주겠다고 셸먼에게 엄포를 늘어놓은 뒤, 이안은 조심스럽게 공녀님에게 다가갔다.

"공녀님. 여쭤볼 게 있어요."

"아. 미안해! 이안! 일부러 거짓말을 한 게 아니라, 아버님이 제발 비밀 지켜 달라고 사정을 하셨거든. 속여서 너무 미안해."

"그건 이제 괜찮아요."

"그래? 그럼 뭐가 궁금해?"

"혹시 제게 저주가 걸려 있나요?"

"저주?"

공녀님은 보라색 눈을 빛내며 이안을 찬찬히 살펴봤다.

눈꼬리가 올라간 큰 눈이 저를 꿰뚫을 듯 바라봤다.

"없는데."

"네? 그럴 리가요."

"저주 없어."

"있었는데?"

"없어."

"그러니까 있었다가?"

"그냥 없어."

"원래는 있었고?"

"없다고."

솔레아의 말을 믿지 못하겠다는 듯 이안은 눈살을 찌푸리며 고개를 갸웃거렸다.

"진짜 없어. 그냥 없어. 그런 사특하고 요상한 기운 아무것도 없어."

"하지만⋯⋯."

그럼 진짜로 사람한테 꼬리가 달려 있다는 건가요?

이안은 머릿속에 떠오르는 질문을 꾹 참았다.

스트레스 때문일 것이다.

이런 걸 지금 물었다가는 친절한 공녀님이 '당장 쉬어야 한다.' 며 백화점 개업을 미룰지도 몰랐다.

"왜? 무슨 일 있어?"

"아니에요. 요새 꿈자리가 안 좋아서⋯⋯ 여쭤봤어요."

이안은 말을 돌리며 후원으로 들어섰다.

온갖 색의 꽃을 심어 놓고, 여기저기 벤치를 놓아두어서 산책하기에 좋았다. 공녀님이 사 놓은 백화점 부지가 굉장히 넓은 덕이었다.

역시 그네를 달기에는 아까운 아름다운 정원이지.

이안은 한동안 말없이 후원을 거닐었다.

제 바로 뒤에서 아버지와 셸먼이 어색하게 따라오는 게 느껴졌다.

침묵을 견디기 어려웠는지 아버지가 셸먼에게 말을 걸었다.

"······셸먼. 후원에 그늘막을 설치할 걸 그랬나?"

"공녀님이 사람은 자연광을 맞아야 비트가 생긴다고 하시던데요. 그리고 후원엔 나무도 많으니까 괜찮다고 하셨어요."

"공녀님이 정말 비트라고 그러셨니?"

"······아니었나?"

이안은 공녀님이 앉아 계신 벤치 쪽을 슬쩍 바라봤다.

후원의 한가운데에 있는 넓은 벤치에 라트엘, 돈과 나란히 앉아 있던 공녀님은 셸먼의 말을 듣고는 픽 웃었다.

그러곤,

"드랍 더 비트. 뿌이뿌이뿌이."

라는 이상한 주문을 외우며 한 번도 들어 보지 못한 음악을 마법으로 연주하시기 시작했다.

라트엘이 눈살을 찌푸리며 공녀님을 노려봤다.

"으. 공녀님. 교양 떨어집니다. 이런 요란한 음악은 백화점에 어울리지도 않고요."

"그래도 아가씨의 마법은 멋있어요. 괜찮아요. 아가씨. 멋져요."

이안은 제 동생의 말실수를 놀리는 공녀님 때문에 이를 악물고 웃음을 참아야 했다.

아버지 역시 상황을 눈치챘는지 헛기침을 한 후 셸먼에게 말했다.

"······셸먼. 아빠가 너한테 최대한 늦게 백화점을 물려주도록 오래오래 해 먹어 보마. 건강하게 오래 살게."

"아빠. 저 그래도 계산 잘하고, 처세술도 좋아요."

"어쩜 그것만 좋니. 장사를 하려면 다 잘해야지."

"그럼 누나한테 백화점 물려주지 그러셨어요?"

셸먼의 말에 앞서 걷던 이안의 어깨가 움찔 떨렸다.

"······아빠가 백화점을 키울 당시에는, 장사를 하는 사람이 여자면 대부분

무시하곤 했어. 물론 지금도 약간은 그렇긴 하지만⋯⋯."

"누나가 잘하겠지, 뭐. 괜찮을걸요."

늘 낙천적인 셸먼의 말에 이안은 픽 웃으며 뒤돌아봤다.

"셸먼. 넌 그게 문제야."

"내가 뭘! 또 시비 거네."

"장사를 하려면 언제나 최악의 수를 내다볼 줄 알아야지. 언제 무슨 일이 생
길지 모르는 게 인생인데."

"나도 그 정도는 내다볼 수 있어. 누나가 어련히 잘할까!"

결국 웃음을 터뜨린 이안은 어느새 저보다 훌쩍 커 버린 셸먼의 머리를 헝클
어뜨리며 쓰다듬었다.

"고맙다. 셸먼."

"뭐야. 왜 이래."

"아빠도요. 감사해요."

커다란 나무 그늘 아래에서 이안은 토니를 천천히 끌어안았다.

늘 크고 넓다고 생각했던 아버지의 등은 어느새 꽤 굽어 있었다.

"근데 누나. 그늘 아래 있으면 몸을 건강하게 하는 비트가 안 나온대."

공녀님이 또다시 '헤이. 디제이. 드랍 더 비트.' 라는 알아들을 수 없는 주문
을 외웠다. 괴상한 음악이 다시 후원을 가득 채웠다.

라트엘이 격 떨어지는 음악이라며 공녀님을 나무라는 소리가 들려왔다.

토니는 둥둥 울리는 커다란 음악 소리가 약간 줄어들고 난 후에야 이안에게
말했다.

"집에 한번 오렴, 이안. 네가 갑자기 나가 버려서 집이 횅하구나."

"바쁜 거 좀 해결되고 나면요. 선물 사 들고 갈게요."

"그래. 네가 오고 싶을 때 언제든 와 주렴."

토니는 제힘으로 더 넓은 세상으로 나아가고 있는 자랑스러운 딸을 힘 있게
다독였다.

어느새 아침 해가 환하게 떠 있었다.

이안은 공녀님이 공작저로 돌아가기 전 슬쩍 다가가 물었다.

"공녀님."

"응?"

"꼬, 꼬리가 있는 남자를…… 어떻게 해야 할까요?"

아버지와 셸먼이 훼방 놓는 줄 알고 괜히 죄 없는 골드먼트 남작에게 불같이 화를 내 버렸다.

제가 저주에 걸린 게 아니라면, 골드먼트 남작님이 저주에 걸린 게 분명했다.

꼬리가 나타나는 저주라니.

공녀님은 위대'했던' 후레자식 마법사 이달론을 처치한 대마법사니까 분명 꼬리와 관련된 저주에 대해 알고 있을 것이다.

공녀님은 제 질문에 눈을 동그랗게 뜨더니 이내 머리를 긁적였다.

"꼬리 달린 남자는…… 매력적이지."

"네?"

공녀님의 얼굴이 머리카락 색과 비슷해지기 시작했다.

"귀…… 귀엽고, 감정도 눈에 훤히 보이고, 사랑스럽고, 멋있잖아."

"……에이, 그래도 꼬리가 달리면 안 되죠. 멀쩡한데 꼬리가 획획 움직이면 조금 그렇잖아요."

"꼬리가 뭐가 어때서! 꼬리 흔들리는 게 얼마나 귀여운데. 네, 네가 뭘 모르네!"

잘 익은 토마토처럼 얼굴이 빨개진 공녀님은 조금씩 뒷걸음질 치며 소리쳤다.

"왜, 왜 나한테 그걸 묻는 거야? 앤이 시켰어? 감정 표현을 더 하래? 나도 네, 네 나름대로 하고 있어. 꼬리도 예쁘고 다 예쁘다고 자주 말한단 말이야……! 됐어!"

영문 모를 소리를 뱉던 빨강 공녀님은 마법을 이용해 순식간에 사라지고 말았다.

잠시 후, 백화점에서 나온 라트엘이 이안에게 물었다.

"우리 아가씨 어디 갔습니까?"

"……그냥 가셨어요."

"하. 이왕 갈 거면 같이 가지. 알겠습니다."

라트엘은 마차를 불러 홀로 터덜터덜 공작저로 돌아갔다.

가족들도 돌아가고 사무실에 혼자 남은 이안은 머릿속으로 조용히 정리를 시작했다.

Q. 나는 저주에 걸렸나?

— 아니다. 공녀님이 아니라고 하셨음.

Q. 골드먼트 남작님이 저주에 걸렸나?

— 확신할 수 없다. 그리고 며칠 전 공녀님이 남작저로 보낸 의술사에게서 아무런 이야기도 듣지 못했다. 타박상 말고는 큰 이상이 없다는 뜻이겠지.

Q. 그럼 내가 미친 건가?

— 그럴 수도 있음. 하지만 남작님에게 꼬리가 보인다는 것 말고는 일상생활에서 아무런 이상도 느끼지 못했다.

혹시나 싶어서 이안은 사무실 문을 열었다.

돈은 마침 1층에서 매대에 올라가는 물품을 체크하는 중이었다.

"돈!"

"네!"

"혹시 내가 미친 것처럼 보이나요? 요 며칠 그런 기미를 느낀 적이 있나요?!"

"아니, 아닌데. 무슨, 왜, 아닙니다! 사장님은 지극히 정상이십니다! 그리고 일 처리에 능하시고! 눈치도 빠르시고! 맺고 끊는 게 칼같고! 그, 그리고! 배우고 싶은 점이 많고……!"

"됐어요! 아부는 하지 말아요! 그런 사회생활은 안 해도 돼요! 아무튼 알았어요!"

이안은 다시 사무실로 들어와 앉았다.

Q. 내가 무의식적으로 골드먼트 남작님을 사랑스러운 강아지로 보고 있었던 건가?

— 그런 취미는 없다. 사람에게 강아지 꼬리가 달려 있다니. 나는 변태가 아니야.

이안은 눈을 감고 조금 더 깊은 내면의 자기 자신에게 물었다.

Q. 그럼 골드먼트 남작님을 사랑스럽다고 여겼나?

— 아니다. 손님으로 대했다.

Q. 맹세코, 단 한 번도 없었나?

— …….

이안은 감고 있던 눈을 서서히 떴다.

있었다.

이안은 제게 청혼을 거절당한 직후, 백화점에 찾아온 골드먼트 남작에게 해코지를 당할 거라 생각했다.

감히 귀족의 자존심을 건드렸으니까.

하지만 골드먼트 남작은 멀찍이서 이안을 기민히 ~~머리보다가~~ 빌길음을 옮겼다.

그 이후로도 늘 그랬다.

이안이 부담스럽지 않을 거리에서, 다른 사람들이 눈치채지 못할 정도의 시간 동안만 이안을 지그시 바라보다가 가곤 했다.

그리고 그는 그때마다 진한 남색 스카프를 매만지기도 하고, 작은 구두를 살펴보기도 했다.

처음엔 새로운 애인이라도 생겼나 보다고 생각했다.

하지만 이안이 머리 자르는 걸 잊어 검은 단발머리가 어깨를 넘기도록 자라나 있던 어느 날, 미미하게 달아오른 발간 얼굴로 머리를 묶는 끈을 구경하는 걸 보고서야 알았다.

해리 골드먼트는 매번 제게 어울릴 만한 것들을 살펴본 것이었다.

스카프, 굽이 낮은 구두, 머리끈, 얇은 팔찌, 새로 나온 만년필과 향이 독하지 않은 향수 등.

그때, 처음으로 그를 사랑스럽다고 느꼈다.

그리고 그 감정을 마음 깊은 곳의 서랍에 담아 놓고 잠가 버렸다.

제 선택을 후회하고 싶지 않았다. 귀족 부인으로 사는 것이 제 삶의 목표는 아니었으니까.

그때 무심코 열어 버린 서랍 속에 들어 있던 감정이 제게 물음을 던졌다.

Q. 그럼 골드먼트 남작이 귀족이 아니었다면 사랑할 수 있었을까?

— ⋯⋯*무의미한 전제다.*

이안은 눈가를 매만지며 자리에서 일어났다.

상상력이 과했다. 평소엔 이렇게까지 쓸데없는 생각을 깊이 하지 않는데.

갑자기 골드먼트 남작에게서 꼬리가 보이는 바람에 당황해 버렸다.

차라리 돈에게서 귀나 꼬리가 보였다면 '어이없는 장난에 당했나 보네.' 하면서 넘겼을 텐데.

남작님은 그런 장난에 당할 분이 아니니까. 그렇게 선한 사람을 누가 욕한단 말인가. 그저 조금 걱정되는 것뿐이다.

이안은 어느새 '골드먼트 남작님'을 특별하게 여기고 있었다.

물론 본인은 아직 전혀 눈치채지 못했지만.

이안은 혹시 저주에 걸렸을지도 모르는 골드먼트 남작을 도와야겠다고 생각했다.

솔레아 아가씨가 모르신다면 용 님에게 물어보는 수밖에 없었다.

다행히 아무스는 인간 상태로 공작저 정원의 커다란 나무 그늘 아래 앉아 있었다.

아무스는 이안을 보자마자 작게 한숨을 내쉬었다.

"……왜 그러세요?"

"미안하지만 나는 인간에게 관심이 없어. 산 말고는."

산이라면 솔레아 아가씨의 전 전생에서의 이름이라고 했지.

역대급 인외존재와 인간 소녀의 사랑 이야기 좀 들어 보라며 앤이 사람을 오가지도 못하게 붙잡은 채 눈물 콧물을 질질 흘려 가며 말해 준 적이 있어 기억하고 있었다.

"……예, 그러시겠죠."

이안은 시큰둥하게 대답했다.

그때 아무스가 갑자기 꼬리를 꺼냈다.

"내 멋진 꼬리를 좋아해 주는 건 고마워. 하지만 나는 임자가 있다. 어린 인간."

그제야 무슨 오해를 했는지 알 수 있었다.

이안은 자기도 모르게 눈살을 찌푸리며 꽥 소리를 질렀다.

"저도 그런 시기면 꼬리엔 관심 없습니다! 이왕이면 길색 딜이 풍싱힌! 봉눙 흔들리는 강아지 같은 꼬리가 좋다고요!"

아무스가 고개를 갸웃 꺾었다가 아! 하며 탄성을 내뱉었다.

"지금 꼬리가 보이는 사람이 있나, 인간?"

"네! 혹시 아세요?"

"당연하지. 내가 축복을 걸었으니까."

"……축복이요?"

"응. 처형이 골드만두와 자네는 사랑이 아니라고 우겨 대기에."

설마 저를 좋아하는 사람에게서 꼬리가 보이는 축복인가.

무슨 그런 해괴망측한 축복이 있어.

하지만 용의 입에서 나온 말은 이안의 예상과 전혀 달랐다.

"그대가 좋아하는 사람이 그대를 좋아하면, 그러니까 서로 마음이 통하면 표시가 나도록 했지. 보니까 이안 그대는 자기 마음도 잘 모르는 것 같아서. 누구한테 꼬리가 보였나? 골드만두 맞지?"

용의 꼬리가 이리저리 휙휙 흔들리며 꽃밭을 뭉개고 있었다.

그 와중에 이안의 머릿속에서는 용의 말이 느리게 되풀이되고 있었다.

'그대가 좋아하는 사람이 그대를 좋아하면, 그러니까 서로 마음이 통하면 표시가 나도록 했지.'

……세상에.

이안은 두 손으로 타오를 듯 붉어진 제 얼굴을 감싸 쥐었다.

하지만 그 사람에겐 이미 약혼자가 있었다.

이게 무슨.

이제 겨우 마음을 깨달았는데 이미 늦었다니.

상상도 못 했다.

설마 제게 그런 괴상한 축복이 걸려 있을 줄이야. 좋아하는 상대와 마음이 통하면 꼬리가 보이는 축복?

듣도 보도 못했다.

"왜, 왜 꼬리인 거예요?"

당황한 이안이 버벅거리며 묻자 아무스는 자랑스럽게 꼬리를 움직였다.

"눈에 잘 띄니까. 그 정도는 보여야 네가 놀라서 내게 올 것 같았거든. 내 말이 맞았지? 사랑이 맞지?"

아무스는 금방이라도 그레이에게 뛰어가 제 말이 맞지 않았냐고 떠들 것처럼 보였다.

"사람 감정이 장난이에요? 왜 그런 일을 벌여요?! 알, 알지도 못하면서!"

스스로도 몰랐던 제 마음을 아무스가 알아차렸기 때문인지 이안의 목소리가 다소 높아졌다.

하지만 아무스의 표정은 태연하기 그지없었다.

"그럼 장난도 아닌 마음을 왜 모른 척하고 살았지? 인간의 생은 턱없이 짧은데. 아깝지 않나?"

말문이 막혀 버렸다.

아무스의 크고 강한 꼬리는 여전히 바람을 따라 부드럽게 흔들리고 있었다. 이안은 저도 모르게 한숨을 푹 내쉬었다.

"인간의 생은 턱없이 짧아서, 자기 꿈을 이루기에도 부족해요."

"그래? 네 꿈은 뭔데?"

"제 가게를 여는 거요."

"그럼 이미 이룬 거 아닌가?"

"성공하고 싶어요. 아버지랑 셀먼에게 보란 듯이 크게요."

"누군가에게 보여 주기 위한 성공이 정말 너의 꿈이라고 할 수 있나? 난 잘 모르겠군. 인간. 허영은 쓸데없는 감정이야."

"그래도 저는…… 너무 억울했어요. 그간 열심히 노력해 왔는데 그걸 무시하는 아버지의 처사가, 아무렇지 않게 동생이 그 자리를 차지하는 게…… 좋은 의도였다고 해도 저한텐 상처가 될 수 있잖아요. 힘들었다고요."

앞에 있는 이가 사람이 아닌 초월적 존재이기 때문인지, 이안은 그 어느 내

보다 솔직하게 제 속내를 털어놓았다.

아무스의 덤덤한 표정은 여전히 변화가 없었다. 아무스는 제 꼬리로 바닥을 툭툭 치며 말했다.

"이리 앉아 봐라. 인간."

"저 이안이요."

"그래. 이안."

이안이 앉고 난 뒤에도 아무스는 별말이 없었다.

"저, 왜 앉으라고 하셨는지……."

"보통은 이렇게 앉으면 자기 얘길 하더군. 남한테 못 할 얘기도 털어놓고 말이야."

"대체 누가요?"

아무스는 무언가를 회상하듯 아무것도 없는 정원의 먼 저편을 바라보며 작게 읊조렸다.

"……내가 언덕에서 산을 기다리던 때."

용의 시선을 따라 정원의 먼 곳을 보고 있던 이안의 눈동자가 다시 그를 향했다.

"이렇게 가만히 석상처럼 앉아 있으니 인간들이 와서 말을 걸었다가, 내게 나쁜 뜻이 없어 보인다 싶으니 속내를 털어놓더라고. 인간들의 이야기를 한참 들었어. 아주 오랜 시간 동안."

바람이 살랑거리며 불어와 아무스의 긴 머리카락을 천천히 스치고 갔다.

제게로 불어오는 바람에 이안이 눈을 살짝 감았다 뜨자 아무스의 세로로 긴 동공이 반으로 접혀 있었다.

"작은 인간들은 어쩜 그리 고민이 많은지. 나는 고민을 들어 주는 것엔 이골이 나 있으니 말해도 된다. 인간."

"……이안이라고요."

"이안."

이안은 왠지 모를 쑥스러움에 잔디를 손가락으로 툭툭 잡아 뜯으며 제 이야기를 시작했다.

어렸을 적부터 아주 열심히 일했다고. 처음엔 아빠의 관심을 받고 싶어서 그랬지만 나중엔 그게 제 천직이라 느꼈다고.

당연히 백화점을 물려받는 건 첫째인 자신일 거라 믿어 의심치 않았는데.

골드먼트 남작과 결혼하라는 아버지가 미웠으며, 남작이 청혼하지 않았다면…… 어쩌면 아버지는 후계로 자신을 선택했을지도 모른다는 생각도 가끔 했었다고.

괜히 제 딸이 귀족이 될지도 모른다는 헛바람이 든 게 분명하다고.

모든 이야기를 들은 아무스는 고개를 주억거리며 답했다.

"그랬을 수도 있고, 아닐 수도 있지."

"고민 잘 들어 준다면서요."

"듣기만 해 봤단다. 내가 언덕에서 가만히 앉아 있던 시절에는 단 하나의 목표 빼고는 삶에 흥미가 없어서."

"그러니까요. 저도 지금 하나의 목표 빼고는……."

"이안."

샛노란 눈동자가 저를 꿰뚫을 듯 바라봤다.

"지나간 일 때문에 오늘을 낭비해선 안 돼."

"네?"

아무스가 꼬리를 이용해 땅에 가로로 긴 작대기를 그었다.

정원사가 봤다면 '아이고, 용 님이 또 정원을 조지네!' 하고 울었을 정도로 긴 작대기였다.

아무스는 왼쪽부터 세로로 하나씩 획을 그으며 말했다.

"자, 인간. 태어났고."

"네."

"아버지한테 칭찬을 들으시 기분이 좋았고."

"네."

"아버지가 백화점을 더 작은 인간에게 준다고 했고."

"……네."

"산을 만나서 너는 솔리안의 단주가 되었지."

"네."

"그 상단은 지금 제국에서 가장 유명한 상단이 되었고. 곧 모든 분야에서 제일 크게 사업을 하는 상단이 될 거야."

"네, 하지만 더 크게……. 누구의 도움도 받지 않고."

"이미 베르고의 공녀가, 이 세계의 마지막 용이 함께하는 상단이라는 꼬리표가 있다. 사실 네가 골드만두와 결혼을 하든, 이혼을 하든 사람들은 신경 안 쓸 거야. 축하는 하겠지."

"아."

저 자신의 문제에만 신경 쓰느라 새카맣게 잊고 있었다.

훨씬 더 대단한 사람들이 있었는데.

아무스가 세로로 그은 작대기는 이제 가로선의 반의반 정도 온 상태였다.

그때 갑자기 아무스가 남은 선을 빗자루 쓸 듯 꼬리로 휙휙 쓸어서 지워 버렸다.

"아앗……!"

"과거로 돌아갈 힘도 없는 나약한 인간이면서 왜 자꾸 과거를 붙잡으려 하지? 오늘 죽는다면 남은 오후 동안엔 뭘 하고 싶어?"

이안은 미래는 거칠게 지워진 채 지금까지의 제 삶이 축약되어 있는 선을 물끄러미 내려다봤다.

오늘 밤에 죽는다면, 제 인생의 마지막 저녁에는…….

"좋아하는 사람과 함께 있고 싶어요."

"지금 해. 인……안."

"이안이요, 이안. 공녀님 이름은 제대로 외우신 거예요?"

"그럼. 산, 지윤, 솔레아."

이안은 픽 웃고는 자리에서 천천히 일어서서 엉덩이에 묻은 잔디를 탈탈 털어 냈다.

속이 개운했다.

"아무스 님."

"왜."

아무스는 정원사의 눈치를 살피는지 엎어 놓은 잔디를 다시 깐 뒤 꼬리로 툭툭 다지고 있었다.

"오래 사신 분이라 그런지 확실히 뭔가 다르시네요."

"……솔레아도 꽤 오랜 시간을 어둠 속에서 보냈어. 그렇게 따지면 우리는 동년배인 셈이지. 비록 나는 죽지 않고 살아와서 나이가 많지만, 그래도 과거를 공유하는 사이고……, 나이 차이가 많이 난다고 해서 사랑해선…… 안 될 수도 있지. 그래도 산이랑 나는……."

"저 별말 안 했어요. 그냥, 감사하다고요."

"아. 그런 뜻이었나. 그럼 감사한 김에 조금 더 감사해 해 봐."

"예?"

영문 모를 소리를 하는 아무스에게 무슨 뜻이냐고 물으려는 찰나 갑자기 시야가 뒤틀렸다.

"악!"

이안은 괴성을 지르며 어딘가로 떨어졌다.

새하얀 침대보 위였다.

"악?! 무, 무슨! 여기 어디지?"

주변을 둘러보니 한 번도 본 적 없는 낯선 방이었다.

그때, 이안이 깔고 앉은 이불 덩어리가 꿈틀거렸다.

"헙!"

이안은 숨을 들이켜며 재빨리 몸을 피했다. 이불 속에서 얼굴을 드러낸 사람은 골드먼트 남작이었다.

"……남작님?"

두 눈이 퉁퉁 부어 있었지만.

어쨌든 골드먼트 남작이었다.

"얼굴이……."

저도 모르게 손을 뻗었다가 이안은 움찔 멈추고 말았다.

며칠 전에 남작을 매몰차게 걷어찼으니까. '거절'이라는 말로 포장하기도 민망할 정도의 매정함이었다. 지금 생각해 보면 화풀이였던 것 같지만.

아무래도 아무스가 남작에게 사과를 하고 마음을 고백하라고 여기로 보낸 게 분명했다.

어떤 말부터 꺼내야 할지 몰라 이안이 당황해하고 있는데, 남작의 눈꼬리가 아래로 축 처졌다.

"또 꿈입니까."

"……네?"

"그렇게 아무것도 모른다는 얼굴로, 또 나를 거절할 거죠. 내가 너무 눈치가 없어서, 내가 타이밍을 못 맞춰서, 내가…… 당신과 어울리지 않는 사람이라서. 갖은 이유를 대며 또 나를 밀어낼 거죠."

"그게 무슨 말…… 아니, 그리고 남작님은 약혼녀가 있으시잖아요."

"네? 약혼녀라니요? 대체 누굴 말하는 겁니까. 내 평생 동안 당신만을 좋아했다고 말해도 과언이 아닌데."

갑작스러운 고백에 이안의 두 볼이 새빨갛게 물들었다.

"그래도 청혼을 거절한 지 몇 년이나 지났잖아요……. 그동안 아무도 만나지 않으셨어요?"

해리 골드먼트는 남작가를 이어야 할 유일한 후계자였다.

그러니 약혼녀가 있다고 한들 전혀 이상한 일이 아니었다. 하지만 해리의 대답은 한결같았다.

"난 당신 말고는 없단 말이에요, 이안. 당신밖에 없어요. 아무도 없다고요……. 당신 말고는 싫어요."

남작이 말을 잇는 내내 그의 에메랄드빛 녹색 눈동자에서 물방울이 맺혔다가 떨어지길 반복했다.

눈물이 작은 보석처럼 동그랗게 떨어져 이안은 홀린 듯 남작을 바라봤다.

약혼녀는 아무래도 착각이었던 모양이다.

게다가 가까이에서, 자세히 보니 초상화보다 더 잘생겼잖아?

또 나타난 귀와 꼬리는 은은하게 빛나는 미모에 가려 눈에 뵈지도 않았다.

이안이 골드먼트 남작의 얼굴을 관찰하느라 아무 말도 하지 않자 그가 고개를 들었다.

지난 며칠간 계속 울었는지 얼굴에 핏기가 없고 낯빛이 파리했다.

물론 그 덕에 평소보다 더 처연해 보여 어딘지 모르게 심금을 울리는 구석이 있었지만.

"병실에 찾아온 사람은……."

"그녀는 내 보모였고, 지금은 하녀장인 사람이에요. 이안, 제발…… 꿈에서만은 날 밀어내지 말아요."

남작은 이불보를 쥐고 있는 이안의 손 근처로 제 손을 뻗었다.

놀란 그녀가 저도 모르게 움찔하자 남작은 이안의 손 옆에 있는 이불을 꼭 움켜쥐었다.

꿈에서조차 그녀의 손을 차마 잡지 못해 이불이라도 그러쥐고 있는 듯했다.

"한 번만, 딱 한 번만 나를 해리라고 불러 주면 안 될까요? 늘 그랬듯 냉정한 얼굴이어도 좋아요. 그냥…… 서로 이름을 부르고 싶어요."

남작의 눈물이 그 자신과 이안의 손등 위로 떨어졌다.

"……해리."

해리는 눈물 때문에 벌게진 눈가를 고이 접으며 빙긋 웃었다.

"……이안."

아직도 꿈인 줄 아는 듯했다.

왜 이렇게 현실 분간을 못 하나 했더니 침대 옆 협탁 위에 술병이 놓여 있었다.

"해리. 이 말 명심해요. 난 술 마시는 남자가 싫어요."

"그래요?"

"네. 장사를 하다 보면 술주정하는 손님들을 자주 보거든요. 그래서 술 냄새 나는 남자는 딱 질색이에요. 지금 해리에게선 술 냄새가 안 나지만…… 왜지? 요정인가? 아무튼, 앞으로는 속상한 일이 있어도 되도록 술은 마시지 않았으면 좋겠어요. ……당신이 나랑 연애할 거면 말이에요."

해리가 방글방글 웃으며 답했다.

"당신이랑 사귈 수만 있다면 술이야 얼마든지 끊을 수 있습니다."

"……해리, 내가 못 한 말이 있는데 나중에, 그, 저기, 당신 술 깨면…… 할 게요."

막상 말을 하려고 하니 입이 잘 떨어지지 않았다.

이안은 목덜미를 긁적이다가 괜히 더운 기분에 셔츠 깃을 잡고 팔랑팔랑 흔들었다.

해리는 다시 술기운이 올라오는지 꾸벅꾸벅 졸기 시작했다.

머리를 이안 쪽으로 돌리고 몸을 웅크려 누운 해리는 눈을 감고 시를 읊듯 중얼거렸다.

"이안. 처음 봤을 때부터, 어릴 때 백화점에서 길을 잃었을 때요. 내가 귀족인 걸 알아보고 당신이 나를 어머니한테 데려다줬을 때. 기억 안 나겠지만……. 그때부터 당신 좋아했어요. 똑똑하고, 착하고, 예쁘고, 차갑고……. 힝, 너무 차가워요. 좋아해요, 이안. 좋아해요. 어머니도, 아버지도 살아 계셨을 때 당신 좋아하셨는데……. 똑똑한 아가씨라고 하셨는데……. 내가 못나서 고백도 해 보기 전에, 흑. 차가워. 아이, 차. 손이 시려워. 꽁. 마음도 시려워, 꽁."

해리는 훌쩍거리며 이불을 끌어안고 잠에 빠져들었다.

이안은 당장에라도 해리를 깨워서 키스를 갈기고 싶은 걸 꾹 참아야 했다.

이렇게 귀여울 거면 진작 귀여웠어야지. 제 앞에선 그렇게 점잖을 떨어 놓고 혼자 있을 땐 이랬단 말인가.

지나가 버린 세월이 아까워서 이안은 속이 쓰릴 지경이었다.

아니다. 어차피 오늘이 되기 전까진 무슨 수를 썼어도 해리를 좋아하는 걸 알아채지 못했을 것이다.

"안 되지, 안 돼. 지나간 일 때문에 오늘을 낭비하지 말자."

이안은 제 눈에만 보이는 밀가루 반죽 같은 해리의 귀를 매만지며 속삭였다.

"푹 자고 일어나요, 해리."

몇 시간 뒤, 해리 골드먼트 남작의 방에서 괴성이 터져 나왔다.

"정말, 정말입니까?"

"네. 부끄럽지만……."

"아! 아아, 내가 또 꿈을!"

"꿈 아니에요! 또 자기만 해 봐요. 내가 몇 시간을 기다렸는데."

"이, 이안. 이안."

해리가 어쩔 줄 몰라 하며 방 안에서 종종거리자 소리를 들은 사용인들이 방문 앞으로 달려왔다.

"남작님, 괜찮으세요?"

"괜찮아, 다들 물러가!"

아무리 연애를 한다고 해도 결혼도 하지 않은 미혼의 남녀가 한방에 있을 순 없는 노릇이었다.

결국 이안은 해리의 방에서 몰래 저녁을 함께 보내고 새벽녘에 귀가했다.

그와 함께한 저녁 식사는 생각했던 것보다 훨씬 더 달콤했다.

　고문서 해독 때문에 황궁으로 출근한 마법사 협회장 솔레아는 두 시간째 야근 중이었다.

　그것도 황제 앞에서.

　서류를 확인하는 두 사람의 만년필 소리만이 집무실 안을 가득 채웠다.

　꽤나 긴 적막이 흐른 후 솔레아가 먼저 입을 열었다.

　"……집에 가고 싶어요, 폐하."

　"협회장은 집에 못 가."

　"그럼 공녀가 집에 갈래요."

　"공녀고 나발이고 집에 못 가."

　"……아빠 눈 한쪽이 안 보이셔서 집에 얼른 가 봐야 돼요."

　"나머지 한쪽은 멀쩡하잖아."

　"그러니까요. 하나밖에 안 남은 귀한 눈인데. 누가 과로시켜서 지금 몸져누워 계세요."

　간만의 이른 퇴근에 기뻐하며 연무장에서 셋째 아들과 목검으로 겨루기를 하고 있는 디에르고 공작이 들었다면 코웃음을 칠 얘기였다.

하지만 솔레아는 아빠의 진짜 거취야 어찌 됐든 집에 가고 싶었다.

물론 랏샤는 흔들리지 않았다.

"안 돼."

"아이고, 우리 아빠 눈도 안 보이시는데 어떤 직장 상사는 퇴근도 안 시켜 주네."

"우리 아빠 치매."

"……우리 아빠는 자식 중에 친자식 아무도 없음."

"우리 아빠는 친자식도 못 알아봄."

"……."

"원래 황제였는데 어떤 용 때문에 이제 그냥 치매 걸린 늙은이임."

"……아니, 저기요. 누가 선황을 그렇게 불러요."

"그럼 누가 금황을 저기요, 라고 부르지?"

"……이씨."

"일해, 산윤솔."

솔레아는 눈물을 머금고 다시 서류를 들여다봤다.

용의 얘기가 담긴 고문서 중엔 사어(死語)가 많았다.

이달론이 용의 존재를 인간들의 기억에서 지웠던 탓에 많은 문화들이 사라 졌다.

하지만 헤이먼과 그레이, 솔레아가 노력한 덕분에 고문서들과 벽화, 파괴된 조각의 일부와 용을 숭배했던 신전의 터를 찾아낼 수 있었다.

고문서는 중요한 문화적 사료라 반드시 해석해야 했고, 전 전생의 기억을 가 지고 있는 솔레아는 이 일에서 빠질 수 없는 귀한 인재였다.

물론 그 시절의 기억이 있다고 해서 솔레아가 모든 언어를 해독할 수 있는 건 아니었다.

그 시절에노 쓸 줄 아는 난어가 몇 개 없는 반까막눈이있는네.

지금 온 나라에서 가져온 문서를 해독하라니. 그게 될 리가 있냐고.

작게 투덜거린 솔레아는 다시 책상에 머리를 박고 골머리를 썩였다.

정령들이 태어나기 이전의 언어라 정령들에게 도움을 받을 수도 없었고, 아무스도 그 시절에는 인간의 글을 배우지 않았었다.

결국 문서를 해독하는 것은 오롯이 솔레아의 몫이었다.

솔레아는 세계에서 가장 오래된 사전들을 이것저것 뒤지고, 해석본과 비교하며 고문서를 한 단어, 한 단어씩 풀어서 해석하는 수밖에는 없었다.

문자를 해석하는 방법은 다른 언어학자들과 비슷했지만, 솔레아는 그 시대에서 쓰던 언어를 잘 알고 있었기에 문어체와 구어체를 구별해 내는 능력이 탁월했다.

다행히 전 전생의 언어 체계는 한글과도 닮아 있어 더욱 수월하기도 했다.

그래도…….

"……그냥 살아 있는 용을 한 놈 더 찾는 게 더 빠르겠다."

"찾을 수 있으면 찾아보세요~ 나도 그러면 너무 좋겠다~"

"폐하, 왜 말투가 점점 우리 오빠 같아지세요?"

"어느 오빠?"

"어느 오빠인지 아시잖아요."

"재밌잖아, 그레이 말하는 게."

솔레아의 호위 기사가 될 거라며 기사단 입단을 미루고 미루던 그레이는 최근, 결국 황궁 소속의 기사가 되었다.

비리 상단을 잡아들인 공적을 높게 평가받았기 때문이다.

하지만 특이하게도 그레이는 황궁 기사단 소속임에도 독립된 체제 아래 있었다.

바로 도망친 죄수들을 잡아들이거나, 비리 귀족들의 행적을 캐내 황제에게 보고하는, 일종의 암행어사였다.

……말이 좋아 정보원이지.

대체적으로 정의롭고 간혹 비열하고 무정한 그레이에게 어울리는 직업이었다.

그리고 황제와 접점이 늘어날 수밖에 없는 직업이기도 했고.

솔레아는 아주 잠깐, 폐하와 그레이가 결혼하는 걸 상상했다.

……으.

싫었다.

두 사람이 잘 맞는 건 일을 처리하는 방식이 비슷하기 때문이었다.

같이 세워 두면…… 그야말로 용호상박이 따로 없었다.

그림체가 비슷한데, 포지션도 비슷할 거 같다고.

그러니 랏샤가 제 새언니가 되는 건 절대 반대였다.

솔레아는 랏샤와 가족으로 엮이는 것보다는 지금처럼 친구 관계인 게 더 좋았다.

"……그레이 코 골아요."

"너도 코 골아. 엎드려서 쪽잠 잘 때."

"……저요? 정말? 그, 아닌데. 아무스가 저 잠버릇 없댔는데."

"아무스랑 잠을 같이 자나 봐. 공작은 알고 있나?"

솔레아는 입을 다물었다.

잠깐의 적막 후 솔레아가 짓씹듯 말을 내뱉었다.

"랏샤는 결혼하지 마세요. 누굴 고생시키려고."

"너네 오빠."

"악! 진짜!"

"하하하하!"

랏샤의 유쾌한 웃음소리가 멎어 들고 난 뒤 솔레아가 조심스럽게 운을 뗐다.

"설마 진짜로 그레이를 좋아하시는 건 아니죠……?"

"그럼. 난 그런 고분고분한 남자는 별로야."

"다행. 어니, 우리 그레이가 어디가 어때서 별로라는 거예요?"

"그래? 그럼 마음에 들어 해 볼까?"

"……됐어요. 저 그냥 일할게요. 말하지 마세요."

"네가 먼저 말 걸었어."

왜 자꾸 말리는 것 같지.

솔레아는 씩씩거리며 다시 일에 집중했다.

한 단어, 한 단어씩 겨우 해독하던 중 알 수 없는 글자에 막혀 버렸다.

'……를 찾으면, 일어난다? 깨어난다? 울음을 운다? 울음을 운다가 무슨 뜻이야. 작은……, 큰…… 만남이 생기면 새로운 것이 오래된 모양으로…….'

솔레아는 머리를 벅벅 긁으며 자리에서 일어났다.

"폐하. 고어 해석 조금은 할 줄 아시죠?"

"너랑 비슷할걸."

"이것 좀 봐 주세요."

랏샤는 솔레아가 내민 종이를 받아 들고 한참 바라보다가 고개를 갸웃 꺾었다.

"이게 무슨 말이야?"

"그러니까요."

"너도 모르는 말이야?"

"……네. 처음 봐요."

그동안은 느리긴 했어도 문서를 꾸준히 해석해 왔는데, 이렇게 무슨 뜻인지 짐작도 가지 않는 글자들은 처음이었다.

가만히 종이를 내려다보던 랏샤는 목을 꺾으며 스트레칭을 하다 시계를 확인했다.

"이만 퇴근할까? 이건 내일하고."

"와! 예!"

솔레아는 냉큼 문서를 내던지고 책상에서 멀어졌다.

겉옷을 챙긴 후 재빠르게 랏샤에게 걸어가 짧은 포옹을 나눴다.

"갈게요!"

"마차 불러 줄게. 차 한잔하고 가."

"아니요. 아무스가 데리러 올 거예요. 아무스!"

천재 마법사 협회장은 마법진도 그리지 않고, 주문을 외우지도 않고서 시공간을 열었다.

모두 함께 있는지 시공간 너머의 공작저는 시끌벅적했다.

"짝! 지금 갈까?"

"산윤솔! 나도 갈까?"

"막내야! 나도 갈까?"

"아빠도 갈까?"

"레아, 옷 따듯하게 입었어?"

솔레아는 밝게 미소 지으며 단호하게 대답했다.

"다 같이 오면 오래 걸리니까 아무스만 와. 나 바로 퇴근하고 싶으니까."

몇 초 뒤 황궁 정원에서 비명 소리가 들려왔다.

"꺄악!"

"네 자가용 왔네."

"저 가 볼게요! 전, 폐, 아니, 랏샤!"

"그래, 잘 가."

솔레아가 떠나고 난 뒤에도 랏샤는 한참을 더 앉아 일했다.

어차피 기다리는 가족도 없었다.

선황의 황비들은 모두 궁을 나갔고, 배다른 형제들은 어릴 때 죽거나 최근에 죽었다.

아까 솔레아에게 건넨 농담처럼 하나 남은 가족인 아비는 제 딸을 알아보지도 못하는 상태고.

봐야 할 서류를 다 보고 난 이후에도 꽤 오랫동안 자리를 지킨 랏샤는 늦은 밤이 되어서야 몸을 일으켰다.

황제는 작은 램프를 들고 선황의 방으로 향했다.

그는 창가에 가만히 서 있다가 그녀가 들어오니 놀란 눈으로 바라봤다.

"실례지만 누구십니까?"

"주무실 시간이라 옛날이야기를 해 드리려고 왔어요."

"내가 그런 걸 좋아하나?"

"그럼요. 아주 좋아하실걸요. 욕심 많은 남자가 가족을 갖게 되는 이야기입니다."

"이상하네. 썩 좋아하는 주제는 아닌데……."

"이리 오세요. 침대에 누워서 들으시면 잠이 잘 오실 겁니다."

경계하는 눈빛을 보내던 선황은 이내 얌전히 침대로 가 누웠다.

늙어 버린 그는 사람을 제대로 못 알아보는 주제에 잠이 들 때만큼은 랏샤가 곁에 있지 않으면 잠들기를 거부했다.

이걸 알아본다고 해야 할지, 단순히 사람 애먹이는 아집이라고 해야 할지.

랏샤는 침대 옆 작은 스툴에 앉아 이야기를 시작했다.

"아주 먼 옛날, 욕심 많은 남자가 살았습니다. 그는 전국에서 가장 아름다운 여자를 데려와 아내로 삼았어요."

"오, 그 여자도 그걸 원했습니까?"

"글쎄요……. 그다지 즐거워하진 않았던 것 같네요. 제 기억상으론."

"낭패군요. 남자가 힘이 셌나 봅니다."

"그럼요. 전국에서 가장 강한 남자였어요. 그에게 거역할 수 있는 사람은 아무도 없었죠. 시골에서 살던 여자는 높은 지위를 갖게 되었지만 늘 자기가 살던 푸른 산과 맑은 시냇가를 그리워했어요."

"……저기."

"네, 말씀하세요."

"모든 이야기에는 결말이 있잖습니까. 그 여자는…… 고향으로 돌아갔나요?"

선황의 눈에는 동정이 가득했다.

랏샤는 다소 무정한 눈빛으로 그와 눈을 맞추다가 싱긋 웃었다.

"물론입니다."

어머니는 젊은 나이에 세상을 떠나 고향에 묻혔다.

그 당시 선황에게는 입 안의 혀처럼 구는 다른 황비들도 많았으니 고향으로 돌아가는 건 그리 어려운 일도 아니었다.

선황은 랏샤의 웃음을 보고서야 안심한 듯 마주 웃었다.

"그것참 다행입니다. 이제 안심하고 이야기를 들을 수 있겠군요!"

아니. 당신은 늘 그랬듯 이 이야기의 결말을 듣지 못하고 잠들 것이다.

아직도 이어지고 있는 이 이야기의 결말을 어찌 알겠는가.

당신의 뒤를 이은 나도 모르는데.

랏샤는 책장을 넘기며 제 아비의 젊은 시절 이야기를 계속 이어 나갔다.

역시나 선황은 이야기가 무르익기도 전에 잠에 빠져들었다.

랏샤는 그가 잠든 것을 확인하고서 방에서 빠져나왔다.

그리고 다시 집무실로 걸어갔다.

시녀가 다가와 '폐하, 이미 늦은 시각입니다. 주무셔야죠.' 라며 걱정 어린 소리를 해 댔다.

"안 죽어."

괜찮다는 뜻이었다.

정말로 괜찮았다. 과로로 죽을 것 같지는 않았다.

죽기 전에 누군가는 저를 살려 놓을 테니.

이젠 적도 없고, 후손도 없는데 황제를 죽게 내버려 둘 리가 있나.

제 목숨이 제 것이 아니라는 씁쓸함을 뒤로하고 외로운 황제는 집무실의 문을 닫았다.

아까 솔레아가 풀지 못한 문장이 기록돼 있는 고문서에 손이 갔다.

그것을 한참 훑어보던 랏샤는 구석에 그려진 특이한 문양을 발견했다.

분명 본 적 있는 문양이었다.

"⋯⋯내가 이걸 어디서 봤더라."

제자리에 서서 골똘히 고민하던 랏샤는 느릿하게 걸음을 옮겨 지하의 황궁 보물 창고로 향했다.

어릴 적, 고문서들을 모아 놓은 이곳에서 혼자 숨바꼭질을 하다가 본 것 같았다.

아닌가. 암살자들을 피해 숨어 있었던 때였나.

언제든 무슨 상관인가.

어둠 속에서 빛나던 글자를 본 건 사실인데.

랏샤는 각종 보물들이 쌓인 먼지 가득한 창고를 살폈다.

그때, 구석에서 작은 빛이 어른거렸다.

"누구냐."

빛은 자기를 봐 달라는 듯 빠르게 깜빡거렸다.

그곳으로 걸어간 랏샤는 오래되어 찢어지기 직전으로 보이는 종이를 발견했다.

솔레아가 해석하지 못한 문서에 그려진 것과 같은 문양이 그 종이 구석에도 그려져 있었다.

랏샤가 문양이 겹쳐지도록 두 종이를 갖다 붙이자 빛이 커졌다. 그녀는 무언가에 홀린 듯 문장을 읽어 내려갔다.

"눈물 어린 자가 표식을 찾을 때 깨어날 것이다. 큰 인간. 작은 엘루. 새롭게 다시 만나자. 오래된 인연으로 다시 만나자."

그 순간 종이 너머에서 그르릉 하는 울음소리가 들려왔다.

랏샤는 뒷걸음질 치지 않고 가만히 귀를 기울였다.

몇 번 들어 본 울음소리였다.

마수의 울음소리와 닮아 있었지만 그보다 울림통이 더욱 깊었다. 훨씬 크고, 웅장한⋯⋯.

"……용?"

"사피?"

"뭐?"

저도 모르게 대답한 랏샤는 주변을 둘러봤지만 소리의 진원지로 추정되는 곳은 보이지 않았다.

겹쳐진 종이 두 장 사이에서 들려오는 게 분명했다.

몇 초가 더 흐르자 이젠 빛뿐만 아니라 바람까지 느껴졌다.

종이 속에 다른 세상이 있는 것 같았다.

"……사피."

목 깊은 곳을 긁어 내는 듯한 소리가 먼 저편에서부터 들려왔다.

"누군데 나를 그리 부르지."

짧게 혀를 찬 카라샤펠은 턱을 당긴 후 종이를 한껏 노려보며 물었다.

불쾌하기 그지없었다.

"사피. 거기 있었구나."

"묻는 말에 대답해라."

"겨우 만날 수 있게 됐어……!"

"사파테아도!"

카라샤펠은 겹쳐져 있던 종이를 떼어 냈다.

빛은 사라지고 더 이상 바람도 불지 않았으며 이름을 부르던 남자의 말소리도 들리지 않았다.

카라샤펠은 길게 한숨을 내쉬며 이맛살을 찌푸렸다.

새로운 것을 알아내는 것은 재밌지만, 이렇게 피곤할 때는 영 구미가 당기지 않았다.

게다가 그다지 쓸모 있어 보이지도 않는데.

'카라샤펠 로즈 폰 사파테아도 드 제르노아.'

귓사의 이름에는 여러 시림의 이름이 딤겨 있있다.

카라샤펠은 랏샤라고 불리던 외할머니의 애칭을 변형해 지은 것이고, 로즈는 어머니의 이름에서 따왔다.

마지막으로 사파테아도는 이 나라를 세운 첫 번째 황제의 이름이었다.

그러니까 이 종이 속 남자가 찾는 것은 아마도 첫 번째 황제일 것이다.

종이에서 느껴지는 세월의 흔적으로 보나, 그르렁대는 울음소리로 보나 분명히 사라진 용들 중 한 마리겠고.

이달론이 모든 용을 죽인 건 아닌가 보군.

아무스가 반쪽짜리 용 주제에 다른 용들보다 힘이 훨씬 강해 따돌림을 당했다는 얘기는 저번에 언뜻 들었었다.

그래서 이달론이 기를 쓰고 다른 용들의 힘을 흡수해 가며 아무스에게 복수하려고 했었다지.

그래도, 사라진 역사 속에서 찾아낸 용들이 몇 마리인데.

그놈들을 다 죽였다는 게 말이 안 되지.

한 놈 정도는 처자다가 이제야 기어 나왔을 수도 있겠다는 생각이 들었다.

뭐 하다가 이제서.

아무리 좋게 생각을 하려 해도 짜증이 나는 건 어쩔 수 없었다.

종이 속에 갇혀 있었든 자고 있었든 누굴 기다리고 있었든, 솔직히 제 알 바는 아니었다.

해독하지 못했던 문장도 방금 종이 두 장을 겹치면서 읽을 수 있게 됐고.

몰랐던 단어들은 사전에 추가하면 될 일이다.

랏샤는 몸을 돌려 창고에서 나가려다가 문득 깨달았다.

……저 용한테 고어 해독을 시킬 수 있지 않나?

그러면 솔레아도 일찍 퇴근할 수 있고.

일찍 퇴근한 솔레아를 따라 공작저에 놀러 갈 수도 있겠지.

일찍 퇴근한 솔레아는 평소보다 여유롭고 다정할지도 모른다.

어쩌면 '갈게요!' 라는 말과 동시에 사라지는 무례를 멈출지도 모르지.

랏샤는 긴 고민을 끝내고 다시 발길을 돌렸다.

다시 종이 두 장을 겹치자 건너편에서 다급하게 말을 뱉어 냈다.

"사파테아도! 사파테아도! 끊지 마! 사피! 끊지 마! 할 말 있어! 제발!"

"닥치고 네가 누군지부터 밝혀라. 감히 누구 앞이라고 목소리를 높여."

"사피, 나야."

종이를 뗐다.

시간을 질질 끄는 것은 질색이었다. 다음번에 종이를 붙였을 때 또 '나야.' 따위의 로맨스 소설 속 남주 대사 같은 헛소리나 지껄이면 종이를 불에 태울 작정이었다.

랏샤는 종이 두 장을 양손에 한 장씩 나눠 들고 보물 창고 안을 천천히 거닐 었다.

제국의 온갖 귀한 보물들이 이곳에 가득 넘쳐흘렀다.

역시 돈이 아주 많아.

귀중한 역사의 보고의 가운데 서 있는 기분은 아주 짜릿하군.

황제만이 느낄 수 있는 기분을 양껏 즐긴 랏샤는 다시 종이를 겹쳤다.

이번엔 말도 걸지 않았다.

다행히 상대방은 아까 전보다는 눈치가 늘어난 듯했다.

"저는 엘루입니다. 용이고요. 사파테아도와 친구였습니다. 사파테아도처럼 보이는데 사파테아도가 아니신가요?"

랏샤는 1대 황제 사파테아도의 초상화 앞으로 걸어가 섰다.

환한 은발에 녹색 눈동자를 가진 남자였다.

"내가 남자로 보이나?"

"아닙니다."

종이를 몇 번 붙였다 뗐다 했더니 건너편의 남자는 굉장히 공손해졌다.

"사파테아도는 여자입니다."

그럴 리가 있나.

황제 사파테아도는 남자였다.

아홉 개의 왕국을 모두 통일하고 제르노아 제국을 세운 위대한 황제인데.

"……네가 말하는 사파테아도가 누군지 설명해라."

"……여기 제르노아 아닌가요? 사파테아도는 제르노아, 라리온, 카슬란, 안디라노, 지그티카, 가르크, 날리반, 푸스케이만, 알테이몬을 통일한 황제입니다. 정말로 긴 금발에 푸른 눈을 가진 여자였습니다. 제 친구였고요. ……사피, 아니야?"

랏샤의 동공이 흔들렸다.

저도 모르게 손에 힘이 풀려 종이들을 떨어뜨리고 말았다.

만약 건너편 남자의 말이 사실이라면 역사는 잘못 기록된 채로 계승되고 있었다.

잠시 동안 멍하니 서 있던 랏샤는 허리를 숙여 종이 두 장을 주워 들었다.

그러곤 고개를 들어 초상화를 바라봤다.

"……사파테아도."

낮은 목소리로 초대 황제의 이름을 불렀지만 초상화 속 남자는 답을 들려주지 않았다.

카라샤펠은 문양이 겹치지 않도록 종이 두 장을 포개고 돌돌 말아 품에 넣었다.

곧장 황실 도서관으로 빠르게 걸어간 랏샤는 허공을 향해 명령했다.

"초대 황제에 대한 자료를 모조리 찾아와. 역사서, 초상화 사본, 업적, 그의 이야기가 조금이라도 들어간 건 뭐든지 좋다."

"예."

허공에서 대답이 들려왔다.

황제를 지키는 어둠이 조용히 움직였다. 몇 분 후 그는 온갖 문건들을 들고 모습을 드러냈다.

"이리 내."

진지한 얼굴로 앉아 있는 황제 앞에 자료들이 켜켜이 쌓여 갔다.

랏샤는 날이 밝을 때까지 모든 자료들을 살피고, 또 살폈다.

어둠의 기사가 가져온 초대 황제에 대한 자료들은 방대한 양이었지만 랏샤의 눈꺼풀은 감길 줄을 몰랐다.

이른 아침 도서관에 출근한 사서는 깜짝 놀라 황제에게 인사를 올렸다.

"미천한 자가 제국의 위대한 빛을 뵙습니다!"

"자네 미천하지 않으려면 날 좀 도와줘야겠어."

"예, 예? 어떤 것을 도와드릴까요, 폐하?"

"초대 황제부터 역대 황제들에 관한 자료들을 모두 들고 와."

"네!"

사서는 책장과 황제가 앉아 있는 책상 사이를 몇 번이나 왔다 갔다 하며 자료들을 옮겼다.

그녀는 폐하께서 갑자기 왜 역대 황제들에 대해 알아보시는지 이해가 가지 않았다.

'어렸을 때부터 역사 교육을 받아 오셨으니 그분들에 대해 모르실 리는 없을 텐데.'

얼마 지나지 않아 10인용 책상이 자료들로 가득 찼다.

"폐하. 도서관에 있는 것은 이게 다입니다. 황실 자료 보관실에도 다녀올까요? 근데 거긴 보안이 되어 있어서 폐하의 승인이 있어야……."

"아니. 거긴 다녀왔어. 내 어둠이 책 꽂힌 자리는 잘 몰라서 약간 헤매더라고. 다들 육체파라 그런가. 아무튼 고마워. 이제 됐으니 자리로 돌아가."

"……예."

'내 어둠?'

사서는 폐하께서 어디가 아프신 게 아닐까 생각했다.

알아들을 수 없는 말을 하며 역대 황제들을 조사하시다니.

사서는 구석에서 도서관의 일을 처리하며 황제 폐하를 조심히 살폈다.

고개 한 번 들지 않은 채 이쪽저쪽 손을 옮겨 가며 계속해서 문서들을 읽어 내려가고 계셨다.

몇 시간 뒤 베르고 공작님과 그레이 공자님, 솔레아 공녀님이 나란히 도서관에 등장하셨다.

아마 집무실로 출근하셨다가 폐하께서 여기 계시다는 소리를 듣고 함께 이리로 오신 거겠지.

꽤 반가우셨는지 폐하는 반색을 표하며 그들에게 작은 목소리로 짧게 말씀하셨다.

베르고 공작님은 뒤로 두어 발자국 물러나다가 이마를 짚으셨고, 그레이 공자님은 입을 쩍 벌리셨다.

"보여 주십시오. 보여 줘요!"

'도서관에선 정숙해야 하는데⋯⋯. 아니 근데 뭘 보여 달라고 하시는 거예요?'

라고 생각하던 찰나, 그레이 공자님이 황제 폐하의 가슴팍을 풀어 헤치기라도 할 것처럼 손을 뻗으셨다.

'헉!'

물론 공작님이 뜯어말리곤 혼내셨지만.

"이놈아! 폐하가 나중에 보여 주겠다고 하셨잖니! 지금은 이것부터 살펴보면서 진실을 밝혀야지!"

'폐, 폐하께서 대체 뭘 나중에 보여 주겠다고 하셨는데요! 옷을 풀어 헤치면 그 안엔 속살뿐인데⋯⋯!'

사서는 입을 틀어막았다.

그때, 솔레아 공녀가 한숨을 푹 내쉬며 질린 표정으로 걸어왔다. 사서는 빨개진 얼굴로 물었다.

"무, 무엇을 도와드릴까요?"

"야사⋯⋯."

"야한…… 사료?"

"예?"

"예?"

아차. 내가 지금 무슨 소리를.

사서는 고개를 휘휘 저으며 정신을 차리려 애썼다.

그레이 공자의 때아닌 박력 있는 미친 모습에 정신을 놓아 버렸다.

"야사(野史)는 황실 도서관에는 없습니다."

"그럼 뭐, 민간 설화나 전해 내려오는 전설 모음집이나 동화책은요?"

"동화책은 엄선된 작품들만이 이곳에 보존되어 있습니다."

"대충 엄선한, 백성들이 휘뚜루마뚜루 보는 그런 건 없다 이거죠? 알겠습니다."

말을 마친 솔레아 공녀님은 '어우, 일하기 싫어. 쇼킹하다. 근데 일하기는 싫어.' 라고 중얼중얼하셨다.

솔레아 공녀님은 황제 폐하 앞으로 가더니 '저 좋은 책방 알아요. 온갖 것들이 다 모여 있는 곳인데 이렇게 된 김에 쇼핑 좀 하고 올게요.' 라는 말을 남기고 금세 사라지셨다.

일하기 싫으시다더니 그대로 집으로 가신 건 아닐까, 하는 생각이 들었다.

그레이 공자님도 비슷하게 생각하셨는지 공녀님이 사라진 곳을 향해 나도 데려가라며 소리치셨다.

하지만 그는 공작님과 폐하와 함께 책상 위에 산처럼 쌓인 자료들을 하나하나 살피고 분류할 뿐이었다.

대체 다들 뭘 찾으시는 걸까?

❊ ❊ ❊

솔레아는 곧장 리시의 그랜트 서점으로 향했다.

건물주가 된 리치 그랜트는 옆 건물까지 사들여 서점을 확장하고 바닥에서 먼지만 쌓여 가던 책들을 책장에 곱게 꽂아 두었다.

이젠 그랜트 서점이 제르노아 제국에서 가장 잘나가는 서점이 된 것이다.

"안녕하세요, 사장님."

"예, 어서오, 악! 공녀님! 여긴 어쩐 일이십니까!"

솔레아는 리치에게 반갑게 인사하며 책장들 사이로 들어섰다.

리치는 귀한 손님을 대접하기 위해 솔레아 뒤를 졸졸 쫓았다.

"찾으시는 책이 있으십니까? 제가 바로 찾아 드릴 수 있는데."

"그럼…… 어느 나라 것이어도 좋으니까 백성들이 쓴 야사랑 전설, 민담, 설화 같은 거 종류별로 다 주세요."

"다요?"

"네. 오래된 거면 오래된 것일수록 좋아요. 아. 동화 전집도요."

"전집을요."

"예, 전집을요."

간만에 온 대박 손님에 신이 난 리치 그랜트는 아내와 함께 책들을 이고 지며 서점 밖의 수레에 가져다 날랐다.

"그런데 공녀님, 이걸 어찌 들고 가시려고요?"

공녀는 싱긋 웃었다.

"저 마법사잖아요."

아차.

리치가 바보 같은 얼굴로 멍때리는 순간 공녀는 빠르게 인사를 건넸다.

"가 볼게요, 사장님. 그리고 우리 앤한테 야한 책 너무 많이 추천하지 마시고요."

"예? 아! 예! 명심하겠습니다!"

리치가 대답을 채 끝마치기도 전에 공녀는 사라졌다.

황실 도서관에 공녀가 거대한 짐수레와 함께 번쩍 나타났다.

"어디에 흔적이 남아 있을지 몰라서 다 끌어모았어요. 역사엔 기록돼 있지 않아도 전설이나 민담, 설화 같은 것에는 흔적이 남아 있겠죠, 여자 영웅이 있었다는 이야기가. 아니면 야사에 '~였을지도 모른다.'라고 남아 있을 수도 있어요."

"그래. 네 말이 맞아. 찾아보자고."

베르고의 세 사람과 사파테아도의 이름을 물려받은 황제는 열심히 책을 파기 시작했다.

종이 속에 갇힌 용이 누구인지도 모르는 상태에서 그의 말을 완전히 신임할 순 없다는 이유였다.

카라샤펠에게 그 용은 아직 그냥 종이 보이스 피싱일 뿐이었으니.

❈ ❈ ❈

"……눈치 게임 할까. 1."

"2."

"얘들아. 폐하께서 열심히 일하고 계시잖니. 그런데 너희가 놀면 안 되지. 조용히 집중해서."

"3. 공이 졌어."

"와! 아빠가 졌다. 그럼 아빠가 마무리하고 오세요."

"폐하. 우리는 잠깐 쉬러 가요."

아침부터 해가 질 때까지 온종일 책만 들입다 파고 있던 세 사람이 자리에서 일어났다.

"아이고, 허리야."

"허리가 아프다고? 너 운동 더 해야 되는 거 아니냐?"

"그레이 공사는 솔레아를 운동선수로 키울 건가 보지?"

"얘가 보기와 다르게 연약해서 그래요. 너 진짜 괜찮아? 아프면 내가 업어 주고."

"……애들아. 아빠도 조금쯤은 걱정해 주렴. 아빠는 이제 눈이 하나밖에 안 보이잖니."

효자, 효녀긴 한데 불 속성을 띠고 있는 불효자, 불효녀는 잠깐 양심의 가책을 느꼈다.

하지만…….

아직 남아 있는 책이 너무 많았고, 해는 졌고, 허리도 아팠다.

"그럼 다 같이 쉬고 올까?"

"좋아요!"

황제의 제안에 불효자와 불효녀는 반색을 하며 고개를 끄덕거렸다.

넷은 휴게실로 걸어가며 평소처럼 수다를 떨었다.

"아빠. 왜 책을 들고 가세요?"

"아직 정확히 밝혀진 게 아무것도 없잖니. 혹시 몰라서 책을 한 권 챙겨 봤단다. 쉬면서 읽으려고."

"그럴 거면 도서관에서 계속 읽지 그래."

"……폐하."

"랏샤 말은 쉴 때는 맘 편히 쉬라는 뜻 같아요. 욕처럼 들리지만 폐하의 속내는 어쩌면 아마도, 진짜 착하실 수도 있어요."

"야. 방금은 네가 폐하 욕한 거 아니냐."

"들켰어?"

"키히히."

"크큭."

"감히 황제를 놀리다니. 너희 둘 다 처형이다."

"농담이 과하십니다. 폐하."

네 사람이 낄낄대며 걸어가던 중 정원에서 익숙한 비명 소리가 들려왔다.

"꺄아아악!"

솔레아가 환하게 웃는 얼굴로 창가로 향했다.

"아무스 왔나 봐!"

그레이는 시큰둥한 표정으로 황제를 힐긋 쳐다봤다.

"아무스가 우리 산윤솔 데리러 온 게 몇 번인데 전, 폐하의 궁인들은 아무스만 보면 괴물이라도 본 듯 소리를 지릅니까?"

"글쎄. 워낙 거대해야 말이지. 너는 꼭 내가 마음에 안 들 때만 전 폐하라고 하더군. 나를 폐위시키고픈 너의 마음이 잘 드러나는구나."

"무슨 복도에서 반역 얘기를 하십니까. 자, 다들 밖으로 나가…… 레아? ……벌써 나갔구나."

또 순간 이동 마법을 썼는지 솔레아는 정원에 서 있었다.

아무스를 향해 두 팔을 활짝 벌려 뻗은 채였고, 용무스는 커다란 머리를 숙여 솔레아에게 안겼다.

"아무스. 이 밤에 어쩐 일이야."

"네가 집에 안 오길래 왔어. 네가 안 오면 내가 와야지. 내가 네 집이 돼 주기로 했잖아."

"헤헤."

용에 비하면 한없이 작은 솔레아가 용무스의 머리를 안고 비비적거렸다.

"커흠! 흠! 흠!"

정원으로 나온 공작이 과하게 헛기침을 하며 대화에 끼어들었다.

이어 랏샤의 시큰둥한 목소리가 들려왔다.

"마침 잘 왔어. 물어보고 싶은 게 있었으니."

인간으로 변한 아무스와 네 사람은 함께 휴게실로 향했다.

랏샤는 아무스에게 대충 상황 설명을 하고 종이 두 장을 꺼내 보여 줬다.

"이 문양을 알고 있나?"

"이건…… 왕을 수호하는 사병을 빈 용의 분상이나."

"왕을 수호한다고?"

"내가 태어나기 전의 일이라 정확히는 모른다. 그저 예전에는 나라를 지키는 용이 있었다는 것만 알고 있지. 물론 모든 나라에 용이 있었던 건 아니지만."

"어쨌든 제르노아를 수호하는 용이 있었다는 거군."

"아. 다르다."

"뭐가?"

"'나라'를 지키는 게 아니야. 본인이 선택한 '왕'을 지키는 거야. 내가 솔레아의 곁을 지키는 것처럼."

"너네처럼 뽀뽀라도 대차게 해야 한다는 건가?"

"폐하! 아빠 앞에서 무슨 그런 말씀을 하세요!"

얼굴이 빨개진 솔레아가 버럭 소리를 질렀다.

"괜찮단다, 레아. 아무스는 네 목숨을 구했잖니."

"그래. 아무스 말고 네 짝은 없어. 우리 가족은 아무스를 인정하고 있어."

라고 말하긴 했지만 디에르고와 그레이의 주먹은 펴질 줄을 몰랐다. 심지어 바들바들 떨리기까지 했다.

"비록 네가 이제 겨우 한 살이지만……."

"좀! 아빠!"

"그래……."

겨우 디에르고의 주접이 멈췄다.

아무스는 다시 본론으로 돌아왔다.

"사랑을 할 필요는 없어. 그 용은 그저 다른 용과는 달리 자기 인생에서 인간을 선택하고 지켜야 할 의무가 있을 뿐이야. 용이 선택한 인간이 왕이 된다는 말이 있었다는군."

"아! 그 전설은 이번에 해석한 고서에 있었어. 제르노아가 아홉 개의 분리된 나라였던 시절에 있었던 말이지?"

"응. 산, 맞아."

어쨌든 그 종이 용이 한 말이 아주 틀린 말은 아닐 가능성이 높아졌다.

"엇."

책을 빠르게 훑어보던 공작이 짧은 탄성을 내뱉었다.

"……여기 제르노아 건국 전설이 기록돼 있는데 그때 당시에 성녀가 있었다는구나. 금발에 푸른 눈을 가진 성녀가."

"어디 봐요."

디에르고 공작은 책을 테이블 위에 내려놓았다.

그가 펼쳐 놓은 페이지에는 삽화가 실려 있었다. 비록 흑백이지만 옆에 적힌 글귀에는 분명히 '금발에 푸른 눈을 가진 선구자가 나타났다. 백성들은 그녀를 성녀라 불렀다.' 라고 적혀 있었다.

"하지만 용에 대한 이야기는 없네."

"그래도 이 성녀가 용의 선택을 받은 건 분명해. 이 종이 속 용이 초대 황제 사파테아도를 친구라고 말했으니까."

"슬슬…… 저희한테 종이 용을 보여 주시죠. 폐하."

그레이가 랏샤가 쥐고 있는 종이와 그녀를 번갈아 쳐다보며 말했다.

몇 시간 동안 직접 보고 싶어 입이 근질근질하던 차였다.

"그래, 이젠 내가 미친 것도 아니고, 이게 누군가가 마법으로 농간을 부린 게 아니라는 확신이 생기는군."

그레이와 솔레아가 휴게실의 커튼을 친 후, 아무스가 공간 차단 마법을 걸었다.

랏샤는 조용히 종이 두 장을 겹쳤다.

하지만 아무 일도 일어나지 않았다.

"……왜지?"

"혹시 공간의 특수성 같은 게 있는 게 아닐까요? 지하의 황궁 보물 창고에서는 제대로 발동이 됐다면서요."

"거기에 있는 초대 황제의 물건과 함께 작용해서 시동이 걸린 걸 수도 있겠군."

나머지 사람들이 산윤솔의 말에 동의했다. 다섯은 곧장 황궁 지하 보물 창고로 향했다.

다행히 전과 같은 장소에서 종이를 겹치니 종이 용의 목소리를 들을 수 있었다.

"사피! 사파테아도! ……를 닮은 사람! 내가 뭘 잘못했는지 말해 줘! 주세요……. 얼마 만에 말을 해 보는 건지 모르겠어요. 사피, 제발……."

디에르고, 그레이, 아무스, 솔레아는 사파테아도, 라는 이름을 가진 황제를 다소 냉정한 눈으로 쳐다봤다.

"무슨 짓을 했길래 용이 저렇게 싹싹 빌어요?!"

솔레아가 랏샤의 옆구리를 쿡 찌르며 조용히 물었다. 랏샤는 굳이 목소리를 낮추지 않고 평소처럼 시큰둥하게 답했다.

"그저 내가 내게 필요한 정보를 빠르게 듣고 싶었을 뿐인데. 용은 생각보다 심약하군."

"아니다, 황제. 네가 생각보다 악랄한 것이다."

랏샤의 목소리뿐 아니라 이쪽의 소리도 종이 너머에 전부 들리는 듯했다.

종이 너머의 용은 애처로울 정도로 다급하게 제 신변을 밝혔다.

"제 이름은 엘루입니다. 엘루요. 엘! 루!"

랏샤가 종이를 떼어 냈다.

"폐하! 뭐 하시는 겁니까!"

"귀 잘 들리는데 소리를 빽빽 지르잖아."

"얼굴도 안 보이는데 얼마나 답답하겠어요! 그렇다고 다짜고짜 전화를 끊으면 어떡해요! 전화 예절이 엉망이에요!"

"전화가 뭔지는 모르겠지만 예절은 주로 상대방 쪽에서 내게 지키는 편이야."

그렇게 말은 했지만 솔레아의 잔소리를 더 이상은 듣기 싫었는지 랏샤는 다시 종이를 겹쳤다.

엘루와 연결된 순간 솔레아가 그레이의 등을 쿡 찌르며 작게 속닥거렸다.

"오빠. 내가 진짜 동생으로서 하는 말인데 폐하는 절대로 안 돼. 청혼받겠다 싶으면 바로 도망을 치란 말이야, 알았어?"

"갑자기 뭔 말도 안 되는 소리야. 너 돌았냐?"

그레이가 검지를 제 관자놀이 옆에 대고 빙빙 돌리고 있는데 종이에서 찢어질 듯 큰 소리가 흘러 나왔다.

"청혼이라니! 사파테아도! 그게 무슨 소리야!"

어찌나 큰 목소리였는지 보물 창고에서 엘루의 목소리가 메아리치듯 웅웅 울려 퍼졌다.

당황한 솔레아의 눈동자가 팝콘처럼 튀었다.

정작 당사자인 카라샤펠 로즈 폰 사파테아도 드 제르노아 황제 폐하는 눈살을 찌푸렸다.

"소리 지르지 마라. 감히 어느 안전이라고."

하지만 엘루의 목소리에는 여전히 억울함이 가득했다.

"사파테아도, 나한테 기다리라고 했잖아. 계속 기다렸단 말이야. 네가 다시 오겠다며."

"나도 계속 기다렸었는데. 인간들은 왜 자꾸 기다리라고 하는지 모르겠어. 나는 아무스다."

"용의 기운이 느껴지는군. 너도 용인가?"

"그렇다. 나도 짝이 기다리라고 해서 수백 년을 기다렸어."

"난 천 년도 훌쩍 넘어."

"내가 갖다 버린 수명도 천 년이 넘어."

"수명을 갖다 버렸다고 표현하다니. 네 짝의 가치를 낮추는 말이다, 아 무슨 용. 말을 조심하도록 해."

"갖다 버린 건 나고, 내 짝은 잘못 없어. 그리고 잊혀서 종이 속에 갇혀 있는 주제에 말이 많군. 엘 무슨 용."

솔레아가 아무스의 어깨를 다독였다.

"싸우지 마. 아무스. 뭐 하는 짓이야. 엘루의 말을 들어 봐야지."

솔레아의 뒤에 서 있던 아무스는 입술을 삐죽이며 그녀의 허리를 감아 안고 어깨에 얼굴을 묻었다.

억울하다는 나름의 표현이었다.

"커흠! 흠! 으흠! 헛! 흠!"

또 디에르고의 헛기침 소리가 커졌지만.

결국 그레이가 상황을 정리했다.

"그러니까 엘루 네 말은, 초대 황제는 여자였다는 거지? 근데 우리가 찾은 전설에선 그때 성녀가 있다고 했어. 황제가 아니라 성녀였다고."

엘루는 다소 성질이 난 말투로 이죽거렸다.

"인간들은 위대한 여성을 지도자가 아니라 도우미로 포장하는 병이라도 있는지. 쫏. 아직도 원래의 역사대로 바뀌질 않았단 말이야?"

"조금씩 변하고 있어. 지금 황제는 나다."

"사피. 네 역사가 얼룩지지 않으려면 내가 필요해, 날 꺼내줘."

"얼룩지게 될 거라는 근거가 어디 있지?"

"사피, ……역사는 반복돼. 인간들은 우매하게도 실수를 반복하잖아. 내가 곁에 있을게. 널 지킬게. 너의 업적에 내가 있게 해 줘."

"그건 내가 알아서 결정할 일이고, 이제 너와 사파테아도의 관계를 알고 싶은데."

랏사는 종이를 들고 있는 게 슬슬 귀찮은 듯했다.

종이를 든 오른손이 아래로 처져 내려가기 시작했다.

그레이가 대신 들어 주려 손을 뻗으려는 순간, 디에르고 공작이 막았다.

디에르고가 대신 들어 주려는 순간, 솔레아가 막았다.

솔레아가 대신 들려는 순간, 아무스가 가로막고 제가 얼른 종이를 받쳐 들었다.

그러자 목소리가 사라졌다.

"……용에게 그다지 우호적이지 않군."

머쓱하게 말하는 아무스를 힐긋 바라본 랏샤가 그에게서 종이를 건네받고 다시 저 스스로의 힘으로 겹쳐 들었다.

"사피! 왜 자꾸 사라지는 거야!"

"나야말로 묻고 싶어. 왜 내게만 반응하는지."

"네가 위대한 빛, 사파테아도의 환생이잖아."

"아, 뭐. 그래. 예상했다. 다음 질문은……."

"폐하! 왜 대수롭지 않게 넘어가시는 거예요!"

"다들 예상했잖아. 아무튼 이봐. 네 목소리를 여기서밖에 들을 수 없던데 혹시 특정 장소에서만 반응하는 건가?"

"아니야. 장소는 중요치 않아. 나를 부르는 다른 물건이 필요해. 그게 뭔지는 모르지만 사피가 표시를 해 뒀다고 했어. 그걸 찾아 줘. 그리고 거기에 종이를 겹쳐 놓고 내 이름을 불러 줘. 그러면 내가 네 곁으로 갈게. 사파테아도."

또…… 보물찾기를 해야 하는 건가.

솔레아는 이마를 짚었다.

하지만 또 시작된 보물찾기 놀이에 묘하게 들뜬 그레이와 아무스, 디에르고 공작이었다.

엘루와의 통신을 통해 알게 된 건, 그를 불러내기 위해선 어떤 물건이 필요하다는 것이었다.

다만 그 물건이 무엇인지는 정확하게 알 수 없었다.

"그게 뭔지는 나도 몰라, 사피. 네가 내게도 숨겼잖아. 그 누구도 알아선 안 된다며. 문양을 새겨 놓긴 했지만 남들에게 보이지 않도록 해 놓았다고 했어."

"문양도 안 보이면 어떻게 찾으란 거야!"

"사파테아도의 손이 닿으면 알 수 있어. 네가 만지면 반응이 올 거야. 그렇게 만들어진 물건이니까."

"마력으로는 찾을 수 있는 게……."

엘루가 솔레아의 말을 끊고 답했다.

"보통 마법으론 안 돼. 초대 황제가 세상에 태어난 첫 번째 마법사였으니까."

"그래서 책에 선구자라고 적혀 있던 거구나."

엘루는 그 이후로도 사피가 얼마나 대단한 마법사였으며, 천재적이었는지 설명했다.

'쟤가 얼마나 오랜만에 말을 해 본 거겠어요. 참으세요, 폐하.'

주변인들의 만류에 5분 정도 참을성 있게 엘루의 이야기를 들어 준 랏샤는 결국 입을 열었다.

"그래서, 그렇게 너를 아끼던 사피는 왜 사후에 남자로 기록되었고 너는 왜 거기 갇힌 거야?"

"인간들이 여황제의 업적이 너무 잔혹하다고 말했어. 얼마나 많은 업적을 세웠는데……."

"대충 알겠으니까 이제 뒤의 질문에 대답해."

랏샤는 상황을 빨리 정리하고 싶은 듯했다. 원래가 요점 정리를 좋아하는 빨리빨리 인간이었다.

"나는…… 사파테아도의 종이니까. 오직 그녀만 모시기로 맹약을 맺었으니까."

"왕을 수호하는 용이라서?"

"응."

"그럼 다른 왕을 수호했던 용들도 모두 너처럼 어딘가에 갇혀 있나?"

"……아니야. 내가…… 다 죽였어. 아니, 죽이는 데 동조했어. 아홉 개의 나라를 통일하던 때."

"동족을 죽였다고? 왜?!"

아무스가 대화에 끼어들었다.

"……사파테아도가 그러길 원했으니까. 그녀는 강력하고 완전한 통일을 원했어. 독립은…… 절대 꿈꿀 수 없는 완전한, 9 왕국의 통일을……. 그래서 내가 용들과 싸워서 그들을 붙잡았고, 인간들이 역린을 찔렀어."

다들 말을 잃었다.

"황권 강화를 위해선 그럴 수밖에 없었어. 다른 왕국의 왕들과 용을 죽여야 통일을 할 수 있었으니까."

통일을 하고 황권을 강화하기 위해선 엘루의 말대로 하는 것이 맞았다.

다만 동족인 용들을 죽여야 했다고 말하는 엘루의 목소리는 괴롭기 그지없었다.

"……사파테아도와 서로 사랑을 한 건 맞나?"

"……난 그랬는데, 사피는, 아니었을 거야……."

대화를 이어 갈수록 엘루의 목소리에서 자신감이 사라졌다.

랏샤가 엘루의 말을 끊으며 제안했다.

"일단 너를 부를 수 있는 물건이 뭔지 찾아보겠다. 그 이후에 다시 얘기해 보도록 하지. 일단 난 사파테아도가 아니야. 환생이건 뭐건, 난 카라샤펠이다."

"그래, 네가 사피가 아니라면…… 난 괜찮아. 더 이상 찾아 주지 않아도, 난 정말 괜찮아, 사피."

그 말을 끝으로 엘루의 목소리는 더 이상 들리지 않았다.

빛 또한 사라졌다.

처음으로 엘루 쪽에서 통신을 끊은 것이다.

적막이 찾아온 가운데, 그레이가 먼저 말을 꺼냈다.

"일단 엘루를 불러낼 수 있는 물건부터 찾아볼까요?"

"……그래."

다소 무거운 랏샤의 대답과 함께 수색이 시작됐다.

솔레아의 마법으로도, '이전의 마법'이긴 했지만 첫 마법사의 마법을 풀 수는 없었다.

결국 다섯 명은 황궁 지하 창고에 산처럼 쌓인 보물들 중에서 추정되는 것을 골라 확인해야 했다.

지도, 두루마리로 둘둘 말린 문서, 각종 보석과 목걸이, 반지, 왕관, 화병 등등.

그리고 셀 수 없이 넘치는 양의 금화들까지. 사람 키만큼 쌓인 금화는 하나씩 살펴보기도 힘들었다.

주저앉은 채로 금화들을 살피던 그레이는 이내 머리를 아래로 처박았다.

"아! 졸려! 아무스! 지금 몇 시야!"

"밤 11시 27분이다."

"우리 아무스가 무슨 헤이 카카오도 아니고 그렇게 부르지 마!"

"그게 뭐야, 솔레아. 설명해 봐. 나 힘들거나 심심해서 그런 거 아니고 진짜 궁금해서 그래."

"그레이 공자. 놀지 말고 일하지 그래."

그렇게 말한 랏샤는 허리 한 번 펴지 않고 묵묵히 보물을 찾고 있는 중이었다.

이젠 아예 금화 위에 드러누운 그레이가 랏샤를 향해 물었다.

"폐하. 다른 사람들도 불러서 같이 찾으면 안 될까요?"

"아직 확실한 것도 없는데 알릴 순 없어."

"사람들이 안 믿을까 봐 그러십니까?"

"……아니. 내가 사람들을 믿지 못해 그러지."

반지를 비롯한 보석 종류를 모아 랏샤에게 가져다 대 보고 있던 솔레아가 조심스럽게 입을 뗐다.

"폐하를 측근에서 모시는 기사들이나 시녀들은 폐하의 말을 믿지 않을까요?

그들은 랏샤에게 충성하니까. 폐하가 아니라, 랏샤에게 말이에요."

"……그건 모를 일이지."

랏샤는 허리를 숙인 상태로 빙긋이 웃으며 답했다.

"난 그렇게 살아왔어. 이게 내 방식이야."

그 누구도 믿지 않고, 살아온 내내 모두를 의심했기에 황제가 된 랏샤였다.

제 곁을 스치는 모두를 불신하는 것이 그녀에겐 당연한 삶이었다.

"피곤하다면 돌아가도 좋아. 지금은 9 왕국이 통일되던 시절처럼 황권이 약한 것도 아니니 용의 힘이 급하게 필요하지도 않잖아. 여차하면 아무스가 산윤솔을 지키기 위해 나서 줄 테고. 여긴 산윤솔이 사는 나라니까 말이야."

랏샤는 모두에게 돌아가라고 명령을 내리고 난 후에도 보물들에 눈을 떼지 않았다.

"다들 돌아가. 내일 아침에 출근만 하면 돼. 내 작은아버지뻘인 공작과 그나마 있는 친구들을 고생시키는 게 미안하군."

"……아니, 뭐, 언제부터 그렇게 아끼셨다고."

그레이가 작게 투덜거리며 다시 보물을 찾기 시작했다.

그때 디에르고가 묵묵히 일하는 랏샤의 팔뚝을 잡아 몸을 일으켜 세웠다.

"폐하께선 이 나라의 주인이십니다. 밤을 새워 일하지 마시고 폐하께서도 주무시러 가시지요. 내일 아침에 다시 찾으면 됩니다."

다정한 말을 들은 랏샤는 본능처럼 그의 진심을 의심하며 비꼬았다.

"내가 용을 찾아 꺼내면 자네 딸과 그 곁의 용을 죽일까 봐 겁이라도 나는 건가? 초대 황제가 그랬던 것처럼?"

디에르고의 표정이 굳었다.

그는 잠깐 고민하다가 랏샤의 손등을 찰싹 때렸다.

짝, 하는 소리가 창고에 울려 퍼지고 모두가 깜짝 놀란 눈으로 디에르고를 바라봤다.

황제 또한 누군가 세 곰에 손댄 게 처음인지 꽤 놀란 눈치였다.

"폐하가 그러실 분이 아니란 건 압니다. 저희를 믿으시니 여기까지 데려오신 게 아닙니까. 지금은…… 작은아버지뻘 되는 연장자로서 말하겠습니다. 가서 자라, 랏샤. 밤이 늦었잖니."

"……"

잠깐 굳어 있던 카라샤펠은 크게 소리 내어 웃기 시작했다.

"하하하! 공에게서 농담하는 법을 배워야겠어. 이렇게 사람을 웃게 만들다니. 알았어. 다들 올라가자고."

그제야 랏샤는 모두와 함께 지하 창고를 벗어났다.

이미 밤이 깊어 황궁 사람들 대부분이 잠들어 있었다.

랏샤는 제 아버지를 재우러 가야 한다며 빠르게 걸음을 옮겼다.

"그는 내가 재워 주지 않으면 잠드는 것도 까먹어서 말이야. 다들 잘 가고, 내일 보자고."

솔레아는 모두에게 정원에서 기다리라고 말한 뒤 조용히 랏샤의 뒤를 밟았다.

"랏샤."

"왜."

황궁 복도에 구름에 반쯤 가려진 달빛이 은은하게 비춰 들었다.

"사실은 엘루를 풀어 주고 싶은 거죠?"

"……뭐?"

"엘루는 동족을 죽이는 데 일조했다는 사실을 힘들어하고 있었잖아요. 그 맹약을 깨고 싶어 하시는 거죠?"

"네가 보기엔 내가 그런 거 같아?"

"네."

솔레아의 대답엔 한 치의 망설임도 없었다. 맑은 보라색 눈을 반짝이며 그녀가 이어 말했다.

"폐하는 따뜻한 분이시잖아요. 랏샤는 그래, 내가 알아."

"……디에르고와 피도 안 섞였으면서 말투가 비슷하군."

"그럼요, 아빠잖아요."

"하!"

헛웃음을 지은 랏샤는 선황의 방문 앞에 멈춰 선 채 솔레아에게 말했다.

"자유를 찾은 용이 어찌 되는지는 아무도 모르는 거지?"

"……그렇겠죠. 말 그대로 '자유'를 찾은 거잖아요."

"나는 그가…… 내가 가지 못하는 곳을 날아다녔으면 좋겠어."

처음으로 남에게 제 속내를 털어놓은 랏샤는 솔레아에게 짧은 눈인사를 건네고 선황의 방으로 들어갔다.

솔레아는 닫힌 방문 앞에서 허리를 숙여 황제에게 인사를 한 후 정원으로 나갔다.

친구와 헤어지고 집으로 돌아갈 시간이었다.

※ ※ ※

선황은 늘 그랬듯 창가 앞에 서 있다가 방문을 열고 들어오는 랏샤를 보고 깜짝 놀랐다.

"제가 보이십니까?"

"네, 물론입니다."

랏샤는 '오늘도 제정신이 아니시군.' 하고 생각하며 그에게 걸어갔다.

"시간이 늦었어요. 주무셔야죠."

"거참 이상하네요. 분명히 조금 전까진 낮이었는데……."

"시간이 참 빨리 가죠. 오늘은 좀 다른 이야기를 해 드릴까 해요."

선황의 팔을 끌고 가 침대에 눕힌 랏샤는 성녀의 이야기를 했다.

위대한 힘을 가졌으나 후대의 사람들에 의해 역사에 남겨지지 못한 어느 여자의 이야기를.

보통 때 같았으면 벌써 잠늘고노 남았을 시간임에노 선황은 눈을 빛내며 뎟샤의 이야기를 들었다.

"……그래서, 성녀는 제힘을 이용해 용을 자신의 종으로 삼았답니다. 용을 마구 부릴 수 있는 마법이 걸린 물건을 이용해서요."

"오오!"

"그 물건이 바로 이 황궁 지하 보물 창고에 있다고 하네요."

선황은 어차피 랏샤가 아닌 다른 이와는 제대로 된 대화를 하지 않았다.

그렇게 생각하니 마음이 편해 랏샤는 다소 누그러진 얼굴로 미소를 지었다.

"그 보물은 대체 무엇일까요? 아버지."

"나는 모르오. 용이 너무 불쌍해."

"저도 그래요."

"알려 주지 않을 거야. 용이 너무 불쌍해."

"네, 저도 그가 불쌍하답……. 알고 계시는 거예요?"

랏샤가 목소리를 높이자 선황은 단박에 눈을 동그랗게 뜨고 이불을 덮어썼다.

"저리 가! 저리 가! 살려 주시오! 누가 좀 도와줘! 살려 줘!"

몇 초 지나지 않아 밖에서 우당탕탕 소리와 함께 기사들의 노크 소리가 들려왔다.

"선황 전하! 무슨 일이십니까!"

"도와주시오! 도와줘요!"

랏샤는 한숨을 내쉬곤 방문을 열었다.

"아무 일도 아니다. 아버지를 재우는 도중에 환각을 보셨어."

"아, 폐하와 함께 계셨군요."

기사들은 안심하고 돌아갔다.

랏샤는 다시 선황의 곁으로 가 침대 옆 작은 스툴에 앉았다.

"늘 하던 이야기를 해 드리겠습니다. 오늘 제 변덕 때문에 괜히 고생하시네요."

그때였다.

선황의 두 눈에 이채가 어렸다.

"랏샤. 누가 네 손을 때린 거냐."

"네?"

깜짝 놀란 랏샤가 선황을 바라봤다.

그는 정신을 잃기 전처럼 맑아진 두 눈으로 약간 발갛게 달아오른 랏샤의 오른손을 바라보더니, 이내 제 두 손으로 맞잡았다.

그러곤 노기 띤 음성으로 중후하게 말했다.

"감히 누가 짐의 딸의 몸에 손을 댔느냐. 당장 말해라. 가만두지 않을 테니."

"아, 그게……."

"아프진 않니?"

"저……."

답지 않게 당황한 랏샤는 잠깐 말을 잇지 못하다가 늘 그랬듯 아무 일 없다는 것처럼 빙긋 웃어 보였다.

"전 괜찮아요. 친구가 저를 걱정해서 그랬어요. ……작은아버지뻘인 나이 많은 친구였지만요."

"……휴, 또 몸 생각하지 않고 무리한 거니."

선황은 랏샤의 손을 꼬옥 잡으며 길게 한숨을 내쉬었다.

"이렇게 말라서 어떡하니. 네게 물려주려고 준비해 놓은 팔찌가 헐렁하겠구나."

"그런 것도 미리 주문해 두셨어요?"

"그럼. 역대 황제들은 모두 그 팔찌를 찼단다. 나는…… 그걸, 그걸, 이렇게 되기 전에…… 창고에 보관해 두고, 때가 되면 너에게 주려고……."

중얼거리던 선황은 눈을 감더니 이내 잠에 빠져들었다.

팔찌.

팔찌였구나.

랏샤는 조용히 중얼거렸다.

"감사합니다, 아버지. 안녕히 주무세요. 좋은 꿈 꾸시고요."

그녀는 아버지의 주름진 이마에 짧게 입을 맞추고 자리에서 일어섰다.

늦은 밤, 랏샤는 다시 보물 창고로 걸어갔다.

용을 불러내는 보물이 팔찌라는 걸 알아낸 이상 시간을 지체할 이유가 없었다.

보물창고에 있는 팔찌의 종류는 차고 넘치게 많았지만 엘루의 말대로 그중 딱 하나만 팔에 찼을 때 다른 느낌을 받았다.

정확히는, 팔을 중심으로 온몸이 다른 것으로 변하는 듯한 감각이 느껴졌다.

그리고 누군가의 기억 같은 환상을 봤다.

용의 등을 타고 전장을 누비는 짧은 환상을.

선대 황제들은 몰랐을 것이다. 이게 용을 부를 수 있는 보물이라는 걸 알았으면 창고에 처박아 둘 리 없었을 테니.

아마도 초대 황제가 귀중하게 여기던 물건이라 대대로 황제의 물건이라 여겨지며 전해져 내려온 듯했다.

요요하게 빛을 뿜어내던 커다란 은색 팔찌는 시간이 지나자 서서히 랏샤의 팔에 맞게 크기가 줄어들며 스스로 빛을 감췄다.

자세히 보니 팔찌에 박힌 빛이 나는 초록색 보석 안에 문양이 새겨져 있었다.

틀림없이 왕을 수호하는 용을 불러낼 수 있는 매개체라는 증거였다.

랏샤는 팔찌를 소매로 가린 후 제 방으로 올라왔다.

물건을 찾았으니 용을 불러내야 하는데 장소가 마땅치 않았다.

황궁 정원은 보는 이가 너무 많았다.

랏샤는 작게 한숨을 쉬며 창밖을 내려다봤다.

솔레아가 말한 것처럼 대단한 감정은 아니라고 생각했다.

그저 속박되어 있는 이 용이 딱하다고 생각했을 뿐. 그에게 자유에 대한 갈망을 투영하며 스스로와 동일시하는 그런 건 아니었다.

……고 생각한다.

더 미룰 수 없겠군.

이 용에 대한 생각이 길어지면 쓸데없는 감상에 빠질 것 같았다.

랏샤는 얼른 이 말 많은 용을 풀어 주고 각자 갈 길 가는 게 낫겠다는 판단을 내렸다.

황제는 창가 앞 의자에 미동도 없이 앉은 채 가만히 정원을 바라보며 말했다.

"모두 물러가."

그러자 어둠 속에서 대답이 들려왔다.

"하지만 폐하, 어디에서 위험이 닥칠지 모릅니다."

"괜찮으니 물러가."

"처음 저희를 불러 모으셨을 때 절대로 곁을 비우지 말라는 명을 내리신 것은 폐하이십니다."

"……내가 같은 말을 세 번이나 반복해야 될 정도로 힘이 없는 황제라니."

그제야 '어둠'들이 물러나는 게 느껴졌다.

비밀은 누구에게도 말하지 않아야 비밀이었다.

눈치 빠른 솔레아가 제 마음의 빈틈을 알아채고 물음을 던진 것은 의외였지만, 그런 약삭빠른 점 때문에 그녀를 마음에 들어 했던 거니 탓할 생각은 없었다.

다만 용을 풀어 주는 순간 해이해질 게 분명한, 자유롭게 하늘을 가르며 멀어질 용을 멍하니 바라볼 자신의 얼빠진 표정은 누구에게도 보일 생각이 없었다.

스스로 황제가 된 어린 여자는 팔찌와 종이 두 장을 겹쳐 용의 이름을 불렀다.

"엘루."

몰긴도 찾이고, 용의 이름도 불렸으니, 설령 황궁을 부시뜨리며 그가 나타난다 한들 놀라지 않으리라고 랏샤는 각오를 마쳤다.

그런데 엘루는 이전처럼 목소리만 들려주었다.

"사피! 가 아니라 사피의 후손. 찾아냈어?"

혹시 맹약에 다른 주문이라도 걸려 있는 건가?

"······그래."

"다시 맹약을 맺자. 그럼 내가 널 지킬게. 너의 용이 되고, 네가 원할 때 어디든지 갈 수 있도록 내가 너의 자유가 되어 줄게."

랏샤는 아무도 없는 틈을 타 어제부터 궁금했던 것을 물었다.

"너는 왜 황제와 맹약을 맺는 거지? 황제의 말에 거역할 수 없게 되니, 족쇄를 차는 거나 다름없잖아. 그걸 하지 않으면 죽기라도 하는 건가?"

"아니야."

"이득이라곤 쥐뿔도 없는 약속을 여태 지키며 다 찢어져 가는 이 종이 쪼가리에 남아 있었던 이유가 있을 거 아니야. 말해 봐. 괜찮으니."

"나는······."

종이 건너편의 용은 말이 없었다.

그는 조용히 침묵을 지켰다. 랏샤가 피곤한 두 눈을 손으로 꾹 눌렀다 떼어냈다. 그녀의 참을성이 바닥나기 직전, 용이 입을 열었다.

"한 번만 다시 불러 줄래?"

"뭐?"

"내 이름. 한 번만 다시 불러 줘."

"이름에 힘이 있나? 그러고 보니 솔레아도 아무스의 이름을 세 번 부르는 약속을 했다고 했지. 너도 그런 약속을 한 건가? 혹시 나를 속이려는 거면······."

"아니야, 사피. 그런 게 아니야. 네 이름은 뭐야?"

"······카라샤펠 로즈 폰 사파테아도 드 제르노아."

"엄청 기네!"

"그렇긴 하지. 선조들의 이름을 갖다 붙였으니까."

"멋진 선조들처럼 너도 멋지게 살았으면 하는 염원이 담긴 이름인가 봐. 적어도 내가 아는 사파테아도는 엄청 강하고 멋있었어, 로즈."

"아니, 내 친구들은 나를 랏샤라고 부르는데."

"그럼 난 로즈라고 부를게."

다정한 목소리에 랏샤는 저도 모르게 그러라고 대답할 뻔했다.

그래서 허하지 않았다.

약해지면 안 된다. 그런 것을 허락할 순 없었다.

"엘루. 자, 이름을 불렀어. 네가 궁금해한 내 이름도 말해 줬고. 이제 뭐 때문에 네가 그렇게 맹약에 목숨을 거는지 말해 봐."

자꾸 조바심이 일었다.

이 용이 뒤도 돌아보지 않고 얼른 날아가 버리면 좋을 듯싶었다.

그냥 잠이나 자고 싶었다.

동정은 해악이다.

적어도 랏샤는 그렇게 배우며 자랐다.

"이유 같은 건 없어."

"한 번만 더 내게 거짓을 고하면 종이를 찢어 버리겠다."

"아니야! 로즈, 거짓말 아니야. 정말이란 말이야. 나는 그냥 네가 그 목소리로 내 이름을 한 번 더 불러 주기를, 아니, 수백, 수천 번 더 불러 주기를 바랐어. 네가 위험할 때 찾는 이가 나이길 바랐어. 그래서…… 기다린 거야."

의외였다.

사람이, 아니, 용은 그런 사소한 이유로 천 년이 넘는 시간을 허비하는 우매한 존재였나.

"쓸모없는 짓을 하는군."

"로즈는 그런 적 없어?"

앉아 있는 것이 묘하게 버거운 듯해 랏샤는 자리에서 일어나 침대로 향했다. 잠옷으로 갈아입지도 않고 침대에 모로 누웠다.

"어떤 거? 너처럼 이름만 불려도 좋다고 목소리를 높이는 그런 짓? 당연히 없지. 내가 그럴 사람으로 보여?"

"아니."

"그래, 그 말대로 없어."

"……그래서 외로워 보여, 로즈."

일순간 말을 잊었다.

그 누구도 이렇게 대놓고 말한 적이 없었다.

아니, 자신이 누군가의 눈에 외로워 보일 거라는 생각을 한 적조차 없었다.

코웃음을 치며 비웃었어야 했는데. 타이밍을 놓쳐 버렸다. 이래서야 마치 허를 찔린 사람 같지 않은가.

랏샤의 복잡한 속도 모르고 용은 말을 이었다.

"난 네 목소리의 힘을 읽을 수 있어. 아주 강해. 흔들리지 않고, 고요한 듯하면서도 묵직해. 너는 강한 사람이야. 어쩌면 사파테아도보다 더."

"그런데?"

랏샤는 팔을 벤 채 겹쳐진 종이 두 장 사이로 빛을 뿜고 있는 문양을 멍하니 바라보며 물었다.

"그런데 왜인지 그 무거운 목소리가 너무 외롭게 느껴져. 왜일까. 난 그냥 네 목소리를 들으면 네 옆에 있고 싶어져."

"하! 감상적이군. 계획도 없이. 지금 솔레아의 용이 나타난 것만으로도 주변국의 경계가 강화됐다. 그런데 제르노아에 용이 두 마리가 있다고 하면? 당장은 황권이 강화되겠지만 주변국과의 외교에 큰 변화가 일 것이 분명하다. 어쩌면 우리를 둘러싼 나라들이 연합을 맺어서 공격할 수도 있지. 넌 용이 두 마리면 든든할 거라고 생각할지도 모르지만, 내 생각은 좀 다르다. 지금은 네가 초대 황제를 지켰을 때와 많이 달라. 새로운 무기들도 생겨났고, 인구수도 훨씬 많아졌지. 아무리 네가 하늘을 날아다녀도, 결국 인간의 발전에 지게 돼 있다고. 쓸모없는 죽음이 될 뿐이야. 나도 전쟁에 패한 쓸모없는 황제로 남게 되겠지."

"아니야, 그렇지 않을 거야. 그리고…… 꼭 쓸모가 있어야 하는 걸까, 로즈?"

"왜 자꾸 아까부터 멍청한 소리를……!"

침대에서 벌떡 일어나 앉은 랏샤가 종이를 내려다봤다.

또 헛소리를 하면 종이를 떼어 낼 작정이었다.

"나는 로즈가 외롭지 않았으면 좋겠어. 로즈는 이미 잘하고 있어. 스스로를 닦달하며 너무 힘들어하지 않았으면……."

랏샤는 종이를 떼 버렸다.

더 이상 용의 말을 듣고 싶지 않았다.

스스로 황제가 된 여자는 팔찌를 뺀 후 두 눈을 꾹 감고 잠을 청했다.

며칠 뒤 사냥을 나갈 예정이니, 그때 텅 빈 벌판에서 다시 불러내어 설득을 하든 협박을 하든 해서 쫓아낼 작정이었다.

다음 날 아침, 랏샤는 늘 정해진 시간에 눈을 떴다.

그런데 자기 전에 협탁 위에 올려뒀던 팔찌가 사라져 있었다.

그리고 종이도.

랏샤는 빠르게 어둠들을 불러냈다.

"……시타, 세스, 란, 아토."

근처에 있었는지 그들이 기다렸다는 듯 대답했다.

"예."

"협탁 위에 둔 물건들이 사라졌다. 만약 누가 들어왔다면 내가 잠에서 깨지 않았을 리가 없어. 목격한 바가 있나?"

"저희는…… 어제 폐하께서 물러나라고 하신 후에 추가 명령이 없으셔서 다시 부르실 때까지 계속 침실 밖에서 대기하고 있었습니다."

"그럼 방 안에서 무슨 일이 일어났는지 모른다는 거군."

"……죄송합니다! 폐하."

"됐어, 내가 이둔했던 탓이니."

랏샤는 이를 악문 채 자리에서 일어났다.

누구의 손에 들어가든 상관없다.

어차피 그 용은 '사파테아도'의 부름에만 응답할 테니.

이대로 그 종이들과 팔찌가 세상을 돌아다니도록 두거나, 설령 파괴된다 해도 랏샤에겐 피해가 없을 것이다.

완전하지도 않은 용 따위 알 게 뭔가.

……하지만.

그럼 그 용의 자유는 누가 되찾아 주지.

그 용은 어떻게 다시 하늘을 날지.

하필 날씨가 맑았다.

하필 하늘이 너무 푸르고 청명해 눈이 시릴 정도였다.

그래서 랏샤는 방문을 박차고 '뛰어' 나갔다.

"……폐하?"

뒤에서 쫓아오는 어둠들의 우려 섞인 목소리를 듣고도 대답하지 않고 일단 달렸다.

하늘이 맑고 청명해서. 그 하늘을 가르고 날아갈 어느 날개의 모습이 궁금했기 때문이었다.

단지 그뿐이었다.

❋ ❋ ❋

범인은 시녀 메리였다.

고급 마법을 운용할 줄 아는 메리는 황제가 요 며칠 두문불출하는 이유가 무언가에 몰두해 있기 때문이라는 것을 알고서는 마법을 이용해 그녀의 뒤를 몰래 밟았다.

랏샤는 어둠들을 이용해 황궁 사람들 가운데 거동이 수상한 자들을 찾아냈고 그중 랏샤의 최측근인 메리가 있었다.

"솔레아와 그녀의 용이 있는데 어떻게 몰래 마법을 쓴 거지?"

메리는 고문 때문에 이미 넝마가 된 몸뚱이를 하고서도 특유의 여유를 잃지 않았다.

그래, 저런 인간이라 곁에 뒀던 거지.

적진에 붙잡혀 가도 이를 보이며 웃을 것 같아서.

"제가 원래 늘 폐하의 몸에 보호 마법을 걸지 않습니까. 그러면서 도청 마법도 같이 걸었을 뿐입니다."

"그래서, 이것들을 훔쳐 가서 뭘 하려고 했나?"

"당연히 용을 불러내려고 했습니다."

"도청을 했다면 그가 사파테아도의 부름에만 답하는 걸 알았을 텐데."

"글쎄요, 원래 맹약을 걸었던 이는 죽었으니 자기 의지로 나올 수도 있을 텐데요. 저는…… 그 종이 안에 든 용이 나오기 싫어서 나오지 않는 거라 여겼습니다."

"그래서, 용을 불러내서 나를 황위에서 밀어내려고 한 건가?"

"하하! 그럴 리가 있습니까."

두 팔이 천장을 향하도록 결박된 채 감옥 안에 갇혀 있는데도 메리는 보란 듯이 큰 소리로 웃어 보였다.

메리의 갈색 눈이 광기로 번들거렸다.

"제가 모시는 황제는 카라샤펠 폐하, ……당신 하나뿐입니다. 나를 이 자리까지 올라오게 해 준 당신께 충성하는 것. 그것이 제 쓸모이자 삶의 이유입니다."

"그런데 왜 내 의지를 반하고 이딴 도둑질을 저질렀지?"

묶여 있는 메리가 앞으로 튀어나올 것처럼 온몸을 튕기며 소리쳤다.

"폐하께서! 그 용을 풀어 줄 거라고 하셨잖습니까! 어떻게 그런 나약한 소리를 하십니까! 종으로 삼아 대륙을 집어삼키고 발치에 둘 수도 있습니다! 검은 용보다 오래 살았다고 했으니 훨씬 강하겠지요! 이달론의 간계에도 잡히지 않았으니 우리가 예상하는 것보다 똑똑할 수도 있고요! 그런 용을 풀어 주려 하셨잖아요! 폐하께서는, 폐하께서는……."

메리는 마치 어여쁜 인형을 쓰다듬듯 간드러지는 목소리로 말하며 랏샤를 향해 무릎걸음으로 기어 왔다.

"왜냐하면 폐하께서는 더 대단한 분이시잖아요. 용의 자유보다, 그 쓰임을 깊게 생각하셔야죠."

수년간 봐 온 충신의 충언인데.

처음으로 지친다는 감각이 랏샤의 온몸을 휘감았다.

메리의 충언은 결코 틀린 말이 아니었다.

더 강건한 황제가 되는 것.

언젠가 솔레아에게 제안했듯 누구도 무시 못 할 자리에 올라가는 것은 랏샤에게 중요한 일이었다.

일찍 죽은 황비 때문에 장녀임에도 후계자로 인정받지 못했다.

그래서 결국 모든 황자들이 죽고 나서, 심지어 선황마저 정신을 놓은 후에야 황제가 되지 않았던가.

대놓고는 말하지 못하지만 지금도 랏샤의 자질에 대해 의심하고 있는 자들이 있을 것이다.

솔레아가 이 세계에서 유일하게 밝혀진 용의, 단 하나뿐인 주인이기 때문에 그녀가 반란을 일으킬까 봐 불안해하는 귀족들도 분명 있을 것이다.

엘루와 맹약을 맺는 것은 카라샤펠이 황제로서 제 황권을 다지는 가장 쉽고 확실한 길이었다.

대륙 전체에 전쟁이 일어날 위험은 있지만 용이 두 마리나 있으니 군사력이 강해지는 것은 사실이다.

솔레아는 저를 배신할 만한 인사가 아니며 아무스는 솔레아를 버리지 않을 것이다.

이미 답이 나와 있는 명제를 두고도 랏샤는 메리에게 선뜻 말을 꺼내지 못했다.

강한 황제여야 했다. 신하 앞에서는 더더욱.

이렇게 감정에 휩쓸리는 멍청한 황제가 될 거라면 차라리 어린 시절 납치당했을 때 죽었어야……

그만하자.

망설임을 거둔 황제는 메리를 향해 명령했다.

"주인을 앞서 나간 충직함은 불충과 다름없다. 그게 너의 죄다."

"……폐하."

"내 최측근인 베르고 공녀가 마법사 협회장이 되고, 마법진을 그리지도, 주문을 외우지도 않은 채 고급 마법을 운용하니 그에 조바심이 일어서 성급하게 행동한 게 아닌가? 넌 내가 부리는 유일한 마법사 시녀였잖아, 메리. 그 자리가 위태로워져서 미친 짓을 한 거지?"

정곡을 찔렸는지 메리의 얼굴이 벌겋게 달아올랐다.

카라샤펠은 꼿꼿이 선 채로 시선을 아래로 내리깔고 메리를 한껏 깔보며 말했다.

"그래도 친구와 신하는 구분할 줄 알았어야지. 네 주제를 알았어야 한다는 뜻이란다."

못 알아들을까 봐 친절히 뜻풀이까지 해 준 랏샤는 몸을 돌려 지하 감옥을 지키는 다른 이들에게 말했다.

"처분은 생각해 보겠다. 당분간은 여기 있도록. 다들 올라가지."

카라샤펠은 무명천에 곱게 싸인 종이 두 장과 팔찌를 물끄러미 내려다보곤 뒤에 있는 시녀에게 그것을 챙기라 명했다.

지금 엘루를 만나고 싶진 않았다.

엽부를 모노 있는 노숭에노 세속 사빠네아노와 엘투의 이야기, 메리가 꺼낸 말들이 머릿속을 맴돌았다.

서로가 서로의 유일한 존재인 것처럼 굴지만 결코 유일하지 않으며 완벽을
위한 서로의 한 조각인 솔레아와 아무스의 관계도 떠올랐다.

"하……."

자신답지 않게 고민이 길다.

결국 카라샤펠은 팔찌와 종이 두 장을 챙겨 자리에서 일어섰다.

"아무도 따라오지 마."

집무실 내의 검은 어둠을 향해 말하자 곧장 대답이 들려왔다.

"하지만 폐하. 바로 어젯밤에 저희를 물리셨다가 중요한 물건을 도둑맞지
않으셨습니까."

어둠들은 랏샤의 성격을 훤히 아는 자들이라 굳이 '용'을 언급하지는 않았
다.

랏샤는 그들의 언행에 내심 흡족해하며 답했다.

"그래서 이번엔 믿을 만한 자들과 가려고. 자네들은 늘 걱정이 과해."

마침 베르고 일가가 출근했다.

랏샤는 집무실 문을 열고 들어오는 그들을 향해 말했다.

"눈치 게임 1."

"2!"

"3!"

"……혹시 제가 또 졌습니까?"

디에르고는 업무를 위해 남기로 했다.

사실 랏샤는 일부러 그를 겨냥해 눈치 게임을 한 것이었다.

꽉 막힌 황궁 놈들 입장에선 나이 많고 박식한 디에르고 공작이 가장 믿음직
스러울 테니.

랏샤는 용과 끝장을 보고 올 생각이었다.

눈치 게임은 그냥, 산윤솔이 하는 걸 보니 재밌어 보여 한 거고.

매번 당하는 디에르고 공작의 떨떠름한 얼굴을 보는 것 역시 웃겼지만.

"자, 승자들은 가자고."

"어디요? 또 지하 창고로 가요?"

"아니. 하룻밤 사이에 많은 일이 있었어. 오늘은 그 용과 끝장을 볼 거야. 작은아버지뻘인 공작에게는 다녀와서 말해 드리지."

랏샤는 솔레아에게 용이 튀어나와도 될 만큼 널찍하고, 그 누구도 훔쳐보지 않는 곳으로 데려가 달라 부탁했다.

어둠들은 대화에 끼어들지 않았으며, 굳이 몸을 움직여 따라오는 것 같지도 않았다.

하긴, 제국 최고의 마법사와 정치범 사냥꾼 황궁 기사가 있는데 누가 감히 공격을 하겠는가.

솔레아는 마법으로 적당한 장소를 찾다가 다 함께 소풍을 갔던 북부 국경 근처로 모두를 이동시켰다.

눈을 감았다 뜨니 끝없이 펼쳐진 들판이 보였다.

랏샤는 곧장 손목에 팔찌를 끼웠다.

은은한 빛이 주변을 감싸며 또다시 '사파테아도'의 기억을 보여 주기 시작했다.

맹약을 맺던 때의 기억 같았다.

'엘 벨다르. 내 명령에 복종할 수 있겠어?'

'……응, 사파테아도.'

'내가 널 엘루라는 이상한 이름을 불러도?'

사파테아도는 두 눈을 휘며 웃었고, 엘 벨다르라 불린 자 역시 소리 내어 웃었다.

'네가 부르는 게 내 이름이 될 거야. 내가 그렇게 살게.'

'그러도록 해. 넌 이제부터 내 거니까.'

그 기억 속에서 사파테아도라고 불린 이는 놀랍도록 서와 닮아 있었다.

랏샤는 입술을 꾹 다물었다.

주변에서 솔레아와 그레이가 가만히 서 있는 저를 걱정하며 부르는 것이 느껴졌지만 대답하지 않았다.

오직 눈앞에 펼쳐진 광경에만 집중했다.

'나, 엘 벨다르는 사파테아도를 수호하는 용이 되어 그를 위대한 빛으로 이끌 것을 약속합니다.'

사파테아도의 푸른 눈에 비친 은색 용의 화려한 비늘이 번쩍거리며 빛을 뿜어냈다.

이건 엘루의 시선에서 재현된 기억이었다.

왜지? 저번엔 분명히 사파테아도의 기억이었는데.

의문을 가지자마자 화면이 바뀌었다.

또 전쟁터였다.

엘루는 하늘 위를 날아다니며 입 속에서 차가운 얼음을 내뿜었다.

그의 숨결에 맞은 인간들은 순식간에 얼어붙었다가 산산조각 나며 깨지고 말았다.

시체조차 찾기 힘든 전투가 몇 날 며칠 계속해서 이어졌다.

그 과정에서 엘 벨다르는 고통에 힘겨워했다.

다친 상처 때문이 아니라 많은 인간들을 죽이고, 제 동족인 용을 죽이는 데 동조했다는 죄책감 때문이었다.

그럴 때마다 사파테아도 역시 가슴 아파했다.

감정이 동요한 모양인지 그녀 역시 흔들렸다.

하지만 그녀는 9 왕국을 통일해야 할 '위대한 빛'이었다.

'엘루. 내 어머니는 안디라노 사람이고, 할아버지는 알테이몬에서 오셨어. 그리고 나는 제르노아인 아버지와 함께 이 제르노아에서 사람들과 부대끼며 컸어. 그리고 끝없는 전쟁 때문에 모두 잃었지. 그들의 삶과 고통을 모두 아는 내가 아니면 누가 9 왕국을 통일해 제국으로 세우겠어. 이 의미 없는 전쟁을 내가

끝낼 거야. 그러니 엘루⋯⋯. 약해지지 마. 제발.'

엘루의 시야가 위아래로 움직였다. 고개를 끄덕인 모양이었다.

엘루의 기억 속에서 얼음 계곡 사이로 떨어져 온몸이 바스러진 사파테아도가 보였다.

얼음 용과 인간의 첫 만남이었다.

사파테아도는 전설 속 잠든 용을 깨우기 위해 홀로 얼음 산을 오르다가 얼음 계곡 사이로 떨어지며 엘루를 얻은, 용기 있는 자였다.

역사 속 선구자는 모든 것을 깨달은 성녀가 아니라 모든 이가 피한 길을 끝까지 파헤친 용사였다.

사파테아도의 용기에 반한 엘 벨다르는 제 이름을 가르쳐 준 뒤, 그녀의 바스러진 몸을 고쳐 줬다.

얼음 아래에서 맹약을 맺고 다시 제르노아로 돌아간 사파테아도는 빠르게 9 왕국 통일 전쟁을 끝냈다.

은색 용이 뱉어 내는 얼음으로 얼리지 못하는 것은 없었다.

사파테아도는 세상이 제 발아래에 있는 듯했다.

그렇게 9 왕국을 통일한 뒤 세워진 제국은 평화로웠다.

신하들이 떠들어 대기 전까진.

'폐하의 업적을 그대로 실록에 실으려 하니, 마치 악인과도 다름이 없습니다.'

'⋯⋯자네들은 내가 남황제였어도 그리 말했을까? 호방한 성정으로 전국을 통일한 위대한 왕이라 칭송했을 것 같은데.'

'억측이십니다. 전쟁 도중 다소 과한 부분이 있으셨기 때문에 말씀드린 것입니다. 그러니 폐하의 용이 피에 미쳐 날뛰었다고 기록하는 것은 어떠십니까?'

'그는 내 명령에 충실히 따른 것뿐이다. 역사에 그를 욕되게 남기지 마라. 피에 미쳤다고 할 만한 이는 오히려 내가 아닌가?'

'그러면 후대 백성들에게 폐하께서 잔혹하고 무정한 인물로 그려질 수도 있어⋯⋯.'

'내가 잔혹하고 무정한들 그게 무슨 상관이지?'

'⋯⋯그래도.'

'무슨 상관이냐 물었다. 정확히 답해야 할 것이다.'

역사가들은 말을 잇지 못했다.

그럼에도 의견은 절대 굽히지 않았다.

결국 사파테아도가 혼자 한 일이 아니라, 사파테아도가 부리는 용이 제르노아를 제외한 8 왕국의 멸망에 앞장섰으며 인자하고 성스러운 사파테아도는 미친 용을 잠재우고 황제가 되었다는 내용이 소문처럼 돌기 시작했다.

'아니야! 아니라고! 네가 그런 게 아니야!'

'괜찮아, 사피. 나는 괜찮아.'

'엘루 네가 얼마나 힘들어했는데! 전쟁을 끝내기 위해 한 전쟁으로 인한 희생이 컸다는 건 나도 알아! 하지만 전쟁이란 건 그럴 수밖에 없잖아. 그 모든 일들이 왜 네 잘못으로 남아서⋯⋯.'

'난 그저 짐승일 뿐이고, 넌 인간들의 황제잖아. 사피, 난 괜찮아. 내가 짊어지고 갈게.'

'⋯⋯어딜 간다는 거야?'

'잠깐 떠나 있으려고.'

그 순간 엘 벨다르의 속마음이 랏샤의 머릿속으로 들려왔다.

'사피 네 결혼식을 볼 자신이 없어.'

사파테아도는 황권을 강화하고 제국을 안정시키기 위해 제르노아를 제외한 8 왕국의 왕자들과 결혼을 진행했다.

이미 사파테아도에게 사랑을 느낀 엘루에게 그녀의 결혼식을 지켜보는 건 고문과도 다름없었다.

사파테아도의 결혼식 날 엘루는 제 마음 한 번 고백해 보지 못하고 조용히 시들듯, 종이 속으로 들어가 스스로를 가두었다.

그리고 수천 년 뒤 이달론 때문에 역사 속에서 용이 사라졌다.

전쟁광으로 묘사되었던 남성은 그대로 첫 황제가 되었고, 9 왕국의 통일은 그의 훌륭한 업적으로 남았다.

인자하고 성스러운 사파테아도는 이름을 뺏긴 채 그저 성녀로만 기억되었다.

엘루의 회상이 끝났다.

랏샤는 서서히 감았던 눈을 떴다.

어느새 눈앞에 성채만큼 커다란 은색 용이 서 있었다.

그의 은빛 비늘은 햇빛을 받아 단단한 철제 갑옷처럼 번쩍거렸다.

그런 주제에 순해 보이기 그지없는 녹색 눈동자를 가지고 있었다.

엘 벨다르는 머리를 아래로 숙여 카라샤펠과 눈을 맞추고 말했다.

"초대 황제 사파테아도의 후손이여 나와 맹약을 맺자."

"……뭐 때문에?"

"방금 봤잖아. 나는 네게 통일된 제국을 안겨 줄 수 있어."

"웃기지 마. 나를 네 짝사랑 대타로 삼으려는 거 아닌가? 미안하지만 난 누굴 대신하는 그런 인물이 아니거든."

얼음 속에서 태어나 그곳이 세상의 전부인 줄 알고 자랐던 엘 벨다르를 통째로 바꿔 놓았던 사파테아도.

그녀의 인생을 똑같이 따라 할 생각은 없었다.

"그리고 네가 날 도왔다가 또 멍청한 놈들이 네가 저지른 전쟁이니 네 이름으로 기록을 남기자고 하면 어떡해. 진짜 잔악무도한 사람은 나인데 말이야. 역사는 반복되잖아? 안 그래?"

"……이번엔 그러지 않도록 할게. 그냥, 내가……."

엘 벨다르, 엘루는 힘겨운 듯 두 눈을 질끈 감으며 바닥에 완전히 엎드렸다.

그리고 랏샤가 아닌 다른 이에게 고백히기 시작했다.

"더 이상 네가 없는 공간에서 견딜 자신이 없어. 수천 년을…… 네가 어떻게 결혼했을지 상상하고, 괴로워하고, 후회했어. 미안해, 사피. 도망쳐서 미안해. 너를 대신할 수 있는 사람은 아무도 없는데 또 이렇게 다른 사람에게 너를 겹쳐 보면서 도망쳐서 미안해……."

엘루의 녹색 눈동자에서 눈물이 떨어졌다.

"그런데 정말로, 더는, 네가 없는 세상을 견딜 자신이 없어."

용의 죽음은 너무 멀었다. 처음 품은 감정은 죽음보다 더 지독했고.

엘 벨다르는 사파테아도가 죽던 날을 회상했다.

'엘 벨다르, 나의 엘루. 기다려 줘. 내가 그놈들에게 복수하기 위해서라도…… 반드시 다시 태어날 테니까.'

지금이 그때라면, 반드시 로즈와 맹약을 맺어야 했다.

엘 벨다르는 랏샤에게 모든 과거를 보여 주지 않았다.

사파테아도가 앙심을 품은 8 왕국 왕자들의 손에 죽었다는 것을.

복수심에 불타던 그녀는 저주 같은 약속을 내뱉으며 죽어 갔다.

'절대로 이대로 사라지지 않을 거야. 반드시 다시 태어나서, 그놈들을 찾아서 모조리…… 죽여 버릴 거야. 그놈들의 후손도……. 엘루, 도와줘. 도와줘.'

차라리 살려 달라고 했으면 좋았을 텐데.

사피는 알고 있었던 거다. 자신이 틀림없이 죽을 거란 것을.

온몸에 독이 퍼진 이후였다. 왕자들의 조력자 중 마법사가 있었던 모양인지 해독 마법이 전혀 듣지 않았다.

사피도 마법사니까 저 스스로 치료 마법을 써 봤겠지.

나를 불러내기 전에 이미 본인이 할 수 있는 건 다 해 봤을 거야.

이젠 꼼짝없이 사피가 죽는다는 것을 실감하자 눈물이 흘렀다.

사피는 피를 토하면서도 엘루의 두 눈을 꿰뚫을 듯 응시했다.

'엘 벨다르, 나의 엘루. 기다려 줘. 내가 그놈들에게 복수하기 위해서라

도…… 반드시 다시 태어날 테니까.'

'알았어, 알았어. 사피, 이제 그만 말해. 제발, 그만…….'

그게 끝이었다.

얼음 속에서 태어난 용이 좋아한다는 고백을 할 틈도 없이 위대한 빛은 꺼져 버렸다.

그 뒤로 오랜 시간을 기다렸다.

위대한 빛이 다시 나타나길, 다시 얼음 속에 빛을 비춰 주기를.

"이젠 내 이름을 알잖아, ……날 다시 불러 줘. 사피."

엘루의 떨려 오는 목소리가 랏샤에게 그대로 전해졌다.

랏샤의 푸른 눈동자는 가만히, 아주 오랫동안 엘 벨다르를 바라봤다.

솔레아와 그레이는 그런 랏샤와 엘루를 지켜보기만 했다.

실은 끼어들 수가 없었다.

아무스와 사랑을 약속할 때는 저런 '맹약'을 맺은 게 아니기 때문에 이렇게 강력한 에너지는 처음 느껴 보는 것이었다.

솔레아는 두 귀를 꼭 막고 저도 모르게 휘청거렸다.

용의 처절한 울음소리가 고막 안에서 징징거리며 울리는 것 같았다.

용과 인연을 맺은 솔레아에게만 강하게 느껴지는 건지, 그레이는 그런 솔레아의 어깨를 묵묵히 감싸 안아 줄 뿐이었다.

"오빠. 이상한 소리 안 들려?"

"……소리는 안 들리지만…… 누군가 몸을 짓누르고 있는 것같이 느껴져. 아마 저 용이 맺고자 하는 맹약 때문이겠지."

솔레아는 작게 고개를 끄덕인 후 랏샤를 바라봤다.

그녀는 여전히 미동도 없이 서서 엘루를 보고 있었다.

얼마 지나지 않아 그녀의 입이 열렸다.

"엘 벨다르. 너와 맹약을 맺겠다."

엘루의 녹색 눈이 반짝 빛났다.

"나, 엘 벨다르는 카라샤펠 로즈 폰 사파테아도……."

"아니."

랏샤는 그의 말을 끊었다.

"맹약 조건은 내가 제시하지."

"하지만……."

"내가 주인이라며."

황제는 낮은 목소리로 말을 이어 갔다.

"카라샤펠 로즈 폰 사파테아도 드 제르노아, 엘 벨다르의 주인은 맹약 조건으로 그에게 '자유'를 주겠다."

"뭐?"

"엘 벨다르는 이제부터 왕을 수호할 운명을 지닌 용이 아니다. 어디든 갈 수 있고, 무엇이든 할 수 있으며, 혹은 아무것도 안 할 수도 있다."

"잠, 잠깐만……. 사피, 아니, 로즈. 나는 그런 게 아니야."

"아니. 이게 내 명령이다. 엘 벨다르."

내내 건조한 표정으로 그를 보던 랏샤의 눈에 순간 살기가 스쳐 지나갔다. 물론 이내 잠잠해졌지만.

"방금은 내 호의고, 지금은 경고야. 잘 들어. 다시는 날 누군가의 대신으로 여기지 마. 물론 다시 볼 일은 없겠지만."

랏샤는 엘루를 등지고 솔레아와 그레이에게로 걸어갔다.

"이제 돌아가자. 할 일은 끝났어. 아, 참."

잊고 있는 게 생각났다는 듯 랏샤는 짧은 탄성을 내뱉더니 제 팔을 바라봤다.

팔찌가 채워진 자리였다.

그녀는 미련 없이 팔찌를 빼내고 뒤로 던졌다.

엘루는 얼떨결에 그것을 받아 들었다.

"왜, 왜 이러는 거야! 로즈!"

그걸로도 모자라 랏샤는 종이 두 장도 머리 위로 높이 던져 버렸다.

"속이 시원하네. 겨우 며칠이었지만 얼마나 골머리를 앓았는지."

"로즈! 아니, 랏샤!"

랏샤는 그제야 뒤돌았다.

"그래. 내 친구는 나를 랏샤라고 불러. 로즈도, 사피도 아니라. 네 마음대로 질척대지 말라고. 자, 이제 가. 가서 네 남은 평생을 즐겨. 환생이든 뭐든 간에 난 사피가 아니니까. 나는 나야. 그리고 난 네게 자유를 주고 싶었고. 이제 꺼져."

정말로 개운하다는 듯 랏샤는 활짝 웃으며 솔레아의 어깨를 둘러 안았다.

"용이란 것들은 왜 이리 집착이 심한지, 니네 아무스도 네가 받아 줘서 망정이지."

"랏샤. 우리 아무스는 기다린 거라니까요. 내가 기다리라고 말해서?"

"그래, 알았으니까 빨리 집에나 가자고."

"저희 집이요? 폐하 집이요?"

"……"

글쎄.

황궁이 집이라고 불릴 만한 공간이었나.

하지만 누군가에게 납치될 때마다 차라리 황궁으로 돌아가고 싶다고 생각하긴 했었다. 그러니 그런 것도 집이라면 집이지.

이렇게 태어난 걸 어쩌겠어. 난 황제가 될 몸이었고, 이젠 됐는데 뭐 어쩌겠어. 될 대로 되라지.

황제는 씩 웃으며 답했다.

"내 집."

뒤에서 엘루가 소리쳤다.

"사피를 죽인 8 왕국의 왕자들의 후손들이 아직 살아 있어! 살아 있단 말이야!"

"초대 황제의 하나뿐인 아들이 2대가 되었다더군. 그건 그럼 친자식이 아니었나?"

"……맞아. 카슬란 왕자와의 사이에서 태어난, 당시에는 어렸지만……."

"그럼 내 몸에도 8 왕국 왕자 중 한 명의 피가 흐른다는 거네. 어떡하지? 죽을까?"

랏샤는 순식간에 그레이의 품에서 단도를 꺼내 제 목에 가져다 댔다.

근처에 어둠도, 시녀들도 없었기에 망정이지 누가 보고 있었다면 발칵 뒤집어질 게 분명했다.

"어우, 폐하. 제가 왕년에 소매치기랑 앵벌이 좀 해 봐서 아는데 재능 있으시네."

"오빠, 좀!"

이 와중에 그레이가 농담을 던지다가 솔레아에게 팔뚝을 맞았다.

랏샤는 제 목에 칼을 들이댄 채 엘루를 꿰뚫어 버릴 것처럼 똑바로 바라봤다.

"죽은 사람 붙잡고, 의미 없는 원망이나 수천 년 해 대는 게 사랑인가? 내가 기꺼이 죽어 줄 테니 답해 봐. 이젠 자유를 찾았잖아? 죽기 전에 그녀가 남긴 기다리라는 명령 때문이었으면 이젠 자유를 찾았으니까 말해 보라고."

엘루는 아무런 말도 하지 못했다. 어떤 말도 꺼낼 수가 없었다.

제 안을 가득 채우던 열망과 그리움, 분노가 서서히, 아주 느리지만 확실하게 사라지고 있었기 때문이었다.

랏샤가 건 맹약의 조건이 효과가 있었다.

하지만 랏샤의 목 바로 옆에서 번쩍이는 칼날은 여전히 끔찍하게 느껴졌다.

이게 주인을 향한 열망이 아니라면 뭐지?

동정인가? 내가 감히 누구를 동정한다는 말인가. 그리고 이건 동정이라기보다는…….

엘루가 아무 대답도 하지 않고 있자 카라샤펠이 대신 답했다.

"내가 볼 땐 그냥 징그러운 집착 같아, 엘 벨다르."

그게 끝이었다.

랏샤는 칼을 다시 그레이에게 돌려주고 그들과 함께 돌아갔다.

"아 참, 여기 사유지니까 너도 빨리 다른 곳으로 가."

라는 말을 남기고.

얼음 속에서 태어난 용이 제 감정에 대해 알아보기도 전에 위대한 빛은 집으로 돌아갔다.

그 뒤로 오랜 시간을 기다렸다.

물론 사유지가 아닌 곳에서.

인간의 모습으로, 인간들과 함께 섞여 살았다.

인간의 삶을 살며 엘루는 서서히 그들에게 녹아 갔다.

"계란 얼마예요?"

"10제르."

"왜 이렇게 비싸요? 지난주에는 7제르였는데."

"우리 닭이 아파."

"어…… 알겠어요."

아프면 어쩔 수 없지.

동네에선 잘생겼지만 조금 모자라고 순수한 총각이라 소문도 나 보고.

"엘, 좋아해요."

"……미안. 너랑 나는 나이 차이가 너무 많이 나."

"대체 몇 살인데요?!"

"2천, 아니 3천……."

"뭐?! 차라리 싫다고 해! 이 개자식아!"

"……용인데."

고백받았다가 주먹에도 맞아 보며.

인간의 삶을 살았다.

그들은 사랑이 넘치고, 순수했다.

가끔 악한 인간들도 만났다.

누군가에게 원망도 받아 보고, 넘치는 친절에 감동하기도 했다.

자유로운 인간의 삶은 풍부했다.

바다도 넓었고, 땅도 넓었다.

가 보지 않은 곳이 없을 정도로 전 세계를 돌아본 후 엘루는 다시 '랏샤의 집'으로 돌아갔다.

그 사이에 랏샤는 꽤나 성숙해져 있었다.

"뭐야. 왜 왔어. 보초병들 다 목을 잘라야 하나."

그리고 여전히 시큰둥했다.

"……결혼은 했어?"

"아니."

"결혼을 하고 애도 키워 보고 해야 어른이 되지."

"이 늙은 용이 오랜만에 보자마자 무슨 소릴 하는 거지. 우리 아버지도 안 하는 말을 하고 있네."

"미안. 인간들이랑 섞여 살아서."

"날아다니라고 했더니 걸어 다니고 있네."

"……아버지 아직 살아 있어?"

"건강하시지. 요즘도 매일 아버지 재우러 간다."

서른을 넘긴 카라샤펠은 아름다웠다.

처음 봤을 때처럼.

사피를 처음 봤을 때가 아니고, 종이 너머로 흐리게 봤던 그때처럼.

"사피랑 네가 다른 점이 뭔 줄 알아?"

"그 여자는 멍청하게 제가 이룬 업적을 빼앗겼지. 하지만 나는 아니야. 역사가들이 역사를 기록할 때 바로 옆에 있었거든. 검수도 직접 했어."

어, 그렇게까지 차이점을 간단히 말할 줄은 몰랐는데.

"여기 찾아온 이유는…… 네가 사피의 역사를 되돌려 줘서, 그게 고마워서……."

신문에서 봤다.

초대 황제는 사실 남자가 아니라 여자였으며 초대 황제의 초상화로 알려진 그림 속 인물은 9 왕국의 통일을 도왔던 황제의 용이었다고.

그걸 보고도 엘의 동네 사람들은 엘의 등짝을 두들기며 '총각! 미남이라고 생각은 했는데 용이랑 똑 닮았네, 그려!' 하고 허허 웃을 뿐이었다.

차마 거기다 대고 '제가 걔예요.' 라고 말은 못 하고 엘은 하하, 하고 어색하게 웃기만 했다.

"오래 걸렸지. 사료를 찾아내기 힘들었거든. 하루 이틀 걸리는 일도 아니고, 내가 바빠서 말이야. 그래도 너한테 고맙다는 인사 들을 이유는 없는데? 여긴 내 나라야. 내 나라의 잘못된 역사를 고치는 건 내 일이지."

여전히 당당하고.

"할 말 끝났으면 꺼져. 바빠."

여전히 못됐다.

"뭘 봐. 나 사피 아니야."

그런데 왜 자꾸 생각이 났을까?

당신은 기다리라는 말을 하지도 않았는데. 자유롭게 살라며 등을 떠밀었기에 그대로 살았는데.

왜 자꾸 당신 생각이 났을까.

"랏샤."

"네가 내 친구야? 어딜 감히."

"……폐하."

"옳지."

"……고마워."

" '뭐가' 라는 질문은 너무 뻔하지? 그래. 알고 있나. 할 말 끝났으면 가. 성실로 바쁘니까."

농담이 아닌지 책상 위엔 서류들이 한가득이었다.

엘은 책상에 놓인 서류들 위에 손을 올리고 잠깐 눈을 감았다가 떴다.

"공립학교 건설 기획안, 지방 공공 마차 증대 제안, 내년도 예산 심의안, 역사서 재편찬 부서 설립 제안, 축제 예산 및 기획."

랏샤의 한쪽 눈썹이 비스듬히 올라갔다.

사피보다 훨씬 악랄해 보이면서도 꿍꿍이가 있어 보이는 표정이었다.

엘은 저도 모르게 새어 나오는 웃음을 감추지 못했다.

동경이었나 보다.

본인이 태어난 자리를 원망하지 않고, 그곳에서 최선을 다하고, 자신만만한 당신의 모습을 동경했나 보다.

엘은 이제 알 것 같았다.

사랑과 밀접하게 닿아 있어, 선을 조금만 넘으면 그렇게도 될 것 같았다.

엘은 이제야 남을 사랑할 수 있을 것 같았다.

그리고 가능하면 그게 눈앞의 이 사람이었으면 한다.

"저는 시골에서 올라온 엘이라고 합니다. 유능한 자만 곁에 두신다는 이야기는 익히 들었습니다, 폐하. 보시다시피 능력을 넘치도록 갖추었는데 저를 곁에 두실 생각이 있으신가요?"

"흠음……."

엘은 품에서 뭔가를 꺼내 랏샤에게 내밀었다.

"용의 비늘입니다. 지니고 있으면 행운을 불러 온다는 전설이 있죠. 미신이긴 하지만 적어도 칼에 뚫리진 않습니다."

"좋군."

또 꺼냈다.

"용의 손톱입니다. 갈아서 검으로 만드시면 그 어떤 철도 뚫을 수 있는 명검이 됩니다."

"그것도 좋군."

이번엔 팔에 차고 있던 무언가를 덜걱거리며 풀어서 내밀었다.

"용의 팔찌입니다. 단순한 팔찌처럼 보이지만 수천 년은 된 물건이죠. 어디에서나 용을 불러낼 수 있습니다."

"좋지만, 난 그 용을 풀어 준 걸로 기억하는데?"

"그 용이 자유를 찾아 당신 곁으로 왔습니다. 스스로의 선택으로요."

"난 내 인재를 맘껏 굴리는 편이야."

"저도, 인간의 삶을 맘껏 즐기는 편입니다."

"시골 평민 주제에 내 신하가 되겠다니, 꿈도 크군. 신하들의 반발이 있겠어."

랏샤는 씨익 웃으며 서류 위에 놓인 엘의 손등을 두어 번 다독였다.

그녀 나름대로의 위로였다.

잘 지내는 걸 보니 좋다는, 따스한 마음이었다.

그렇게 얼음 속에서 태어난 용은 인간의 온기 속으로 돌아갔다.

그게 시작이었다.

황궁 파티에 참석한 어느 타국 왕자가 사건의 발단이었다.

"공녀님, 저와 춤 한 곡 추시겠습니까."

"네, 그러죠."

모두가 즐거운 파티니 춤이야 얼마든 출 수 있지.

라고 그때의 솔레아는 생각했다.

사건이 이렇게 커질 줄 모르고.

이틀 뒤, 공작저로 꽃이 배달되었다.

셀 수 없이 많은 붉은 꽃과 보랏빛 꽃이 공작저 앞을 가득 채웠다.

"몬도시완 왕국의 아사라 파울 왕자님께서 보내신 꽃입니다!"

"와……."

솔레아는 말을 잇지 못했다.

대신 꽃을 전부 불태우려는 아무스를 뜯어말렸다.

"참아! 가만히! 아무스! 친절이야! 이건 친절이야!"

"타국의 왕자가 꽃을 보냈잖아!"

"그래, 맞아! 누가 봐도 꽃이지! 그리고 네 말대로 타국의 왕자님이야! 불태우면 안 되지! 그리고 꽃만 보냈을 뿐 아무 말씀도 안 전하셨잖아."

솔레아는 저택 안에서 길길이 날뛰는 아무스를 겨우 다독이고 다시 밖으로 나왔다.

아사라 파울의 시종은 저택 앞 계단 아래에서 두 손을 맞잡은 채 싱글싱글 웃고 있었다.

"꽃은 마음에 드십니까, 공녀님?"

"네. 감사하다고 전해 주세요. 하지만 부담스러우니 앞으론 이런 건 주지 않으셔도 된다고도 전해 주시고요."

"아! 부담스러우셨군요. 예, 알겠습니다. 주인님께 말씀 전하겠습니다!"

시종은 허리를 깊이 숙여 공녀에게 인사하고 냉큼 돌아갔다.

그리고 제 주인에게 전했다.

"공녀님께서 보라색 눈을 커다랗게 뜨시면서 '와!' 라고 말씀하셨습니다! 감사하다고도 하셨고요!"

"그리고, 그리고?"

"꽃은 부담스럽다고 하시더군요! 화려한 생김새와 달리 검소하신 분 같았습니다."

"그래? 하긴……. 공작저에도 꽃은 많을 테니까. 내가 생각이 짧았어."

아사라 파울은 작전을 바꿨다.

베르고의 공녀가 주최한 자선 행사에 빠짐없이 참여했다.

"정말 감동적인 오페라였습니다! 기부금을 내고 싶습니다!"

"학생들의 실력이라고는 믿기 힘든 연극이었습니다! 기부금을 내고 싶습니다!"

"버려진 강아지와 고양이를 위해 보호소를 설립하시다니! 대단하십니다! 기부금을 내고 싶습니다!"

"가난한 아이들을 위한 학교라니! 정말 뜻이 깊으십니다. 기부금을 내고 싶습니다!"

그때마다 솔레아는 한결같이 서비스적 미소로 응대했다.

"네, 그러세요. 맘껏 내세요."

돈은 죄가 없으니까.

몬도시완 왕국에서 제국으로 유학을 왔다는 이 어린 왕자는 아무래도 제게 관심이 있는 것 같았다.

물론 용의 주인이라는 명성 때문에 생긴 호기심이 크겠지만.

이런 적이 처음인 것도 아니고.

솔레아는 무덤덤했다.

공신가 집안이며 황제의 최측근인 베르고의 공녀가 미혼이니, 당연히 들이대는 사람도 많았다.

용의 주인이라고만 알고 있지, 용과 연애한다는 사실은 다들 몰랐으니까.

그들의 러브 스토리를 속속들이 알고 있는 베르고 공작저 사람들은 당연히 그럴 수밖에 없다고 생각하고 있었지만 바깥사람들의 생각은 달랐다.

처음에야 혹 연인 사이가 아닐까 하고 추측했지만, 정말로 둘이 연애 감정이 있다면 여태 결혼을 안 할 이유가 없었으니까.

둘은 결혼하지 않았다.

솔레아가 성년을 훌쩍 넘긴 스물한 살이 되었음에도.

물론 디에르고 공작과 티온, 헤이먼, 그레이의 격렬한 반대에(가족이 된 지 이제 겨우 1년인데, 혹은 2년인데!, 조금 지나자 3년인데! 결혼이라니! 등등) 부딪친 거지만, 바깥사람들이 알 리가 없었다.

그러니 아무스와 솔레아의 관계가 연인에서 점차 친구 관계로 비쳐지기 시작한 것이다.

아사라 파울 왕자 역시 당연히 그렇게 생각했기에 들이댄 것이고.

그전에 들이댔던 놈들이 공작가의 불꽃 디펜스에 대시를 포기했던 건 아직 모르고 있었다.

아무스도 씩씩거리기야 했지만 그가 이내 포기할 거라 생각했다.

여태 솔레아에게 호감을 표시했던 모든 이들을 멋진 처형들이 처리했으니까.

물론 죽이진 않았고, 경고만 했다.

베르고가 절대로 호락호락하지 않다는 것만 보여 줬을 뿐인데도 다들 포기했으니까.

아무스는 아사라인지, 아가리인지 모를 놈도 곧 그럴 거라 여겼다.

솔레아도 에둘러 거절했으니까 눈치가 있는 놈이면 알아듣겠지.

'내 짝은 매력적인 인간이니까.'

모두가 잠든 깊은 밤, 아무스는 별일이 아닐 거라 여기며 솔레아의 동그란 이마에 짧게 키스하곤 방을 나섰다.

그리고 다음 날 공작저에 찾아온 아사라 파울은 솔레아에게 다음 선상 파티에서 제 파트너가 되어 달라고 청했다.

선상 파티는 디자이너 마리에가 주최하고, 솔리안 상단이 후원한 파티로, 솔레아가 빠질 수 없는 자리였다.

마리에 살롱이 솔리안 상단의 산하 기업으로 완전히 들어온 뒤 처음으로 준비한 아동 옷 컬렉션을 론칭하는, 나름의 패션쇼였다.

"아뇨, 난 파트너가 있어요."

"그 용 말입니까? 아니면 공작님이나 공자님들이십니까?"

이 호쌍새가 내 용은 높여 부르지를 않네?

솔레아는 잠깐 떠오른 생각을 얼른 머릿속에서 치워 버렸다.

거칠게 나가지 말아야지.

진짜 '솔레아'라면 이러지 않았을 것이다.

물론 이젠 저가 솔레아의 이름으로 살고 있고, 그 이름 또한 제 것이라 여기고 있긴 하지만 적어도 처음처럼 막 나가진 않을 거라고 결심한 지 오래였다.

'공녀'라는 이름에 맞게 살겠다고, 그게 이삐와 오빠, 그리고 늘레아를 위한 일이라고 생각하니까.

그래서 솔레아는 한 번 참았다.

"네, 아무스와 함께 갈 거예요. 아무스와 가지 못한대도 아빠와 오빠들과 가면 됩니다."

그녀의 싱그러운 거절을 들은 아사라 파울은 순식간에 기분이 가라앉았다.

기대에 가득 차 반짝이던 눈동자가 침울한 빛으로 뒤덮였다.

"아…… 그러시군요."

"네, 그렇습니다."

아사라 파울은 짧게 고개를 끄덕인 후 솔레아에게 눈인사를 건네고 돌아갔다.

솔레아는 그것으로 되었다고 생각했다.

적어도 눈치란 게 존재하는 놈이라면, 저를 꺼린다는 걸 알아챘을 거라고 확신했다.

그리고 대망의 선상 파티 날, 솔레아는 가족들과 함께 배 안으로 입장했다.

당연히 마리에가 디자인한 옷으로 단장한 채, 아무스의 팔짱을 끼고서(디에르고 공작은 한쪽 눈으로도 분노를 표현할 줄 알았다.) 천천히 걸음을 옮겼다.

"빌! 오랜만이에요. 세상에, 사라. 갑자기 키가 훌쩍 컸네요! 성장기는 다르구나."

간만에 만난 사라는 애티를 훌쩍 벗고 아가씨가 된 것 같았다.

"그럼요! 공녀님, 저 곧 공녀님만큼 커질 거라고요!"

"이제 슬슬 사라의 짝도 찾아야 하니 제가 걱정이 많습니다! 아직 어린앤데!"

"내가 무슨 어린애야! 내 친구 중엔 결혼한 애도 있어!"

"공녀님은 아직 결혼 안 하셨잖아, 사라. 실례다."

"아이고. 죄송합니다."

"아니, 난……."

이대로 아무스랑 아빠랑 오빠들이랑 사는 게 좋아서 이러고 있는 건데.

솔레아가 머쓱한 표정으로 손을 휘휘 내젓고 있자 빌이 사라에게 따끔하게 말했다.

"공녀님은 너보다 나이도 많고, 연애하는 용도 있으신데 아직 결혼을 안 하셨잖니! 그리고 결혼 안 한 당사자 앞에서 결혼을 빨리 해야 한다는 티를 내는 건 실례야. 우리는 좀 더 천천히 생각해도 괜찮다, 사라."

"……그걸 내 앞에서 말하는 빌도 실례를 저지르고 있다는 거 알죠."

"하하하하!"

빌은 웃으며 넘어갔다.

솔레아 역시 능청을 떠는 빌 때문에 웃음이 터져 그만 웃고 말았다.

공작님과 춤을 추는 것을 시작으로 티온, 헤이먼, 그레이와 연달아 춤을 췄다.

"딸. ……박자는 좀 빠르지만 전보다 훨씬 잘 추는구나."

아빠 왜 우세요.

공작은 눈물을 훔쳤다.

"이제 춤 잘 추네, 우리 막내."

티온은 흔들리는 선상 위에서 갑자기 고개를 쳐들고 하늘을 보다가 울컥한 듯 벌게진 눈으로 솔레아를 내려다봤다.

그리고 하늘로 솔레아를 들어 올렸다.

"우리 막내!"

"좀!"

티온은 여전히 솔레아를 인형 잡듯 들어 올렸다.

"레아, 발이 좀 가볍지 않아? 정령들에게 도와 달라고 했어."

생긋 웃는 헤이먼의 얼굴에선 여전히 정령들의 사랑이 흘러넘치고 있었다.

"긴요솔. 넌 이렇게 된 게 춤을 배워도, 배워도 늘질 않나."

471

"전문 선생한테 배운 게 아니잖아! 지가 가르쳐 놓고 그래."

"이게 어디 오빠한테 지라고 그래."

"아, 짜증 나. 진짜."

"크크큭."

그레이는 늘 그랬듯 솔레아를 놀려 먹었다.

가족들과 춤을 추고 난 후, 뒤늦게 파티에 등장한 황제 폐하에게 모두의 관심이 쏠렸다.

랏샤의 뒤에는 늘 함께하던 시녀 메리가 아니라 낯선 남자가 서 있었다.

은색 머리칼에 부드러운 녹색 눈을 가진 미남이었다.

"이렇게는 처음 보는군요. 반갑습니다. 엘 벨다르입니다."

"엘 벨다르? 엘루 아니고 엘 벨다르?!"

그레이는 엘의 두 팔을 잡고 늘렸다가 위로 올렸다가 내리길 반복했다.

"아무스. 이놈 요으억!"

랏샤가 그레이의 정강이를 걷어찼다.

"비밀이야. 그렇게 살아 보기로 했거든."

"황제 폐하가 사람을 걷어차요? 나라 꼴 잘 돌아간다."

"이 자식이?"

그레이와 랏샤는 씩 웃으며 서로에게 농담을 건넸다.

뭇 여성들과 엘 벨다르가 따가운 시선으로 바라보고 있다는 것도 모른 채.

랏샤와의 인사가 끝난 후 오빠들은 각자 자신을 찾는 무리로 섞여 들어갔다.

오빠들은 최근 인기가 좋아져 전처럼 파티에서 솔레아의 곁을 그림자처럼 지키기 힘들어진 상황이었다.

그제야 아무스가 춤 신청을 해 왔다.

"산, 나랑 춤출까?"

"좋…… 같네."

"어?"

커다란 꽃다발을 든 아사라 파울이 과하게 부담스러운 미소를 띤 채, 오직 솔레아만을 보며 빠르게 걸어오고 있었다.

"공녀님, 오셨군요. 달빛이 쏟아지는 찬란한 바다 위에서 뵈니 더욱 아름다우십니다. 신경 써서 준비한 이 꽃들조차 공녀님 앞에선 부끄러워지네요."

욱.

솔레아는 저절로 인상이 찌푸려지는 걸 꾹 참아야 했다.

아사라 파울은 위아래 강냉이 여덟 개를 선보이며 환하게 웃었다.

"꽃다발은 부담스러우실 수도 있으니 일단 꽃 한 송이만 받으시겠습니까?"

"아니, 전……."

그때 평범한 파티 참여자인 줄 알았던 이들이 은근하게 입꼬리를 올린 채 다가왔다.

그들은 차례차례 꽃이 그려진 머리끈, 꽃이 그려진 귀걸이, 꽃이 그려진 레이스 손수건 등을 내밀었다.

선물들을 내팽개치고 싶었지만 무슨 수를 썼는지 하필 그 순간 로맨틱하게 흐르는 음악과 이쪽으로 쏠린 시선 때문에 그러지도 못했다.

솔레아의 얼굴이 쪽팔림과 분노로 시뻘게졌다.

마지막으로 아사라 파울이 제가 들고 있던 꽃다발 중에 가장 큰 꽃 한 송이를 솔레아에게 내밀었다.

"그 어떤 꽃도 당신에게 비할 순 없지만, 받아 주시겠어요?"

솔레아의 입꼬리가 바들바들 떨려 왔다.

자세히 보니 건네받은 선물들에 몬도시완 왕국의 국기 문양이 새겨져 있었다.

자기 나라 물건들을 들고 와서 선물한 것이다. 시발 지금 바닷물에다 던질 수도 없게.

그랬다간 국가적 분쟁 이슈가 되겠지.

"와!"

뭣도 모르는 멍청이들이 박수를 치기 시작하자 더 이상 가만히 두고 볼 수가 없었다.

아무스에게 미리 '파티에서 무슨 일이 있어도 끼어들지 말고 가만히 있어. 사람들이 아직 용을 무서운 존재로 생각하니까.' 라고 말해 둔 것까지 후회되기 시작했다.

이번 파티를 통해 귀족들에게 용의 이미지를 공포나 선망의 대상이 아니라 좀 친숙하게 만들어 주려고 했는데.

아무스의 그르릉대는 하울링 소리가 솔레아의 귓가에 선명히 들려왔다.

솔레아는 앞으로 걸어가 제 손에 들려 있던 선물들을 모두 아사라 파울에게 안겨 줬다.

"이러지 마세요. 왕자님."

"……혹시 쑥스러우신 거라면."

"아닙니다. 그냥 싫은 겁니다."

얄미운 면상을 휘갈기고 싶은 걸 꾹 참은 솔레아는 선상 파티 내내 굳은 얼굴로 사람들의 호기심 어린 시선을 견뎌 냈다.

두 번 참았다.

하지만 사람들은 간만의 이슈에 환장하며 달려들었다.

한 주 내내 신문은 아사라 파울과 솔레아의 스캔들에 대해 떠들었다.

그리고 어느 날, 신문에 아사라 파울의 인터뷰가 실렸다.

[처음으로 내 온 마음을 주고 싶은 사람 —아사라 파울 왕자]

이라는 개같은 제목으로.

솔레아는 신문을 구기며 자리에서 일어섰다.

시발 새끼, 세 번은 없어.

아사라 파울의 인터뷰 내용은 가관이었다. 온통 솔레아에 대한 환상이 적혀 있었고, 저 혼자 핑크빛 미래를 상상하는 중이었다.

「……그녀는 내가 상상해 왔던 완벽한 이상형, 그 자체다. 흰 피부와 타오를 듯 붉은 머리칼과 입술, 신비한 보라색 눈동자. 신이 있다면 마치 그녀와 같은 모습일 것이다. 아름답고 자애로우며 강하면서도 여린 모든 모습을 갖춘 그녀를 보고 반하지 않을 사람은 없을 것이다.」

「— 솔레아 공녀님이 용의 짝이라는 이야기가 있는데, 그것에 대해선 어찌 생각하나.」

「글쎄, 내 사랑을 막을 수 있는 건 아무것도 없다. 두 사람이 아직 맺어지지 않은 데에는 이유가 있지 않겠나. 장애물이 있어도 뛰어넘는 게 진정한 사랑이 아닌가. 하하하!」

.

.

.

그 밑으로도 아사라 파울의 (지한테만) 숭고한 짝사랑 이야기가 줄줄이 이어졌다.

솔레아가 방을 박차고 나가기 전, 오빠 셋이 방문을 뜯을 듯 열고 들어왔다.

아니, 뜯었다.

티온은 제 손에 들린 방문을 보며 잠깐 당황했지만 이내 문을 한쪽에 내려놓았다.

"막내야! 미안! 고치라고 할게! 미안! 근데 이 새끼 뭐야!"

티온은 제 손에 들린 신문이 아사라 파울의 멱살이라도 되는 듯 짤짤 흔들었다.

순하디순한 티온의 입에서 '이 새끼'라는 말이 나온 역사적 순간이었다.

어찌나 놀랐는지 솔레아뿐 아니라 그레이와 헤이먼도 동그랗게 커진 눈으로 티온을 올려다봤다.

모두 당황한 모습으로 바라보고 있는데도 티온은 신경조차 쓰이지 않는지 이를 악물고 긴 다리도 싱금싱금 걸어와 책상 위에 신문을 쾅 소리가 나노록 올려 뒀다.

"이 자식은 뭔데 너한테 허락도 안 받고 너에 대해서 맘대로 떠드는 거야?!"

"형, 화난 건 알겠는데 일단 레아는 큰 소리 치는 걸 싫어하니까……."

성난 티온을 막으려 하던 헤이먼이 입을 다물었다.

허공에서 정령들이 폭포처럼 튀어나와 시야를 가로막았기 때문이었다.

"왕주인은 우리 용주인이랑 결혼할 건데!"

"왕주인은 하나도 자애롭지 않은데!"

"왕주인은 이렇게 맥락 없이 들이대는 놈 싫어하는데!"

"왕주인! 이놈이랑 결혼하지 마! 우리 용주인 좋아하잖아, 흐어엉!"

"불곰 처형이 막아 줘. 불곰 처형이 혼내 줘어어. 으앙! 싫어! 우리는 싫단 말이야!"

"아가 호랑이 처형도 목 베어 버려! 죽여 줘! 왕주인 못 줘! 으아앙!"

"분홍아! 내가 이 꼴을 보면서 살아야겠니. 아이고, 오래 살아 봤자 좋은 꼴 못 보는구나! 내가 이 꼴 보자고 주인들 밑에서 천 년을 살았을까."

허공을 치며 포르르 날개를 펄럭대는 정령들 때문에 정신이 없었다.

그 와중에 티온의 악문 턱에서 아드득 소리가 들려왔다.

"막내야. 나는 네가 너를 아껴 주는, 너를 '제대로' 아는 사람이랑 행복했으면 좋겠어."

"그래, 형. 우리도 그렇게 생각하는데, 주먹 펴고 말해. 이왕이면 인상도 펴고. 지금 산윤솔 죽이러 온 거 아니잖아."

그레이가 어깨를 잡아당기며 말리자 티온은 그제야 두 눈을 질끈 감으며 몸을 돌렸다.

제 화난 얼굴을 막내에게 보이기 싫었는지 그는 창문을 향해 섰다.

새삼 전장에서 마수와 인간들의 목을 베고 다녀 전장의 귀신이라고 불린다는 그의 별명이 실감이 났다.

팔짱을 끼고 있는 그의 어깨와 등의 성난 근육들이 터져 나갈 것 같았다.

빨랫감을 들고 창밖을 지나가던 하녀들이 티온의 얼굴을 보고는 괴성을 지르며 빨래들을 내던지고 도망쳤다.

평소 같으면 주눅이 들었을 티온은 그 모습을 보고도 씩씩거리며 창가에 가만히 서 있기만 했다.

평소와 다른 티온 때문에 얼떨결에 화가 싹 가라앉은 솔레아는 마른침을 삼키고는 천천히 입을 열었다.

"나도 이놈 싫어. 사실은 누군지도 몰라. 얜 그냥 내가 마법사라서 신기하기도 하고, 용의 주인이라니까 호기심이 동한 것 같아."

"아냐, 왕주인 예뻐서 그래!"

정령의 말에 헤이먼이 동의했다.

"그래. 우리가 괜히 너 어디 가서든 꿀리지 말라고 매번 꾸며 줬나 보다. 이제 좀 꿀리게 하고 다니자."

헤이먼은 들고 온 분홍색 빗으로 솔레아의 머리를 적당히 헝클어뜨리며 빗어 올렸다.

"자, 이렇게. 좀 미친 사람처럼 하고 다니자. 네가 예뻐서 그래. 아니지, 그 새끼 잘못이지. 넌 잘못 없어. 아니 시발 근데 내 동생이 왜 이런 꼴을. 아니 그래도 조금만 덜 꾸미면……."

귀여운 헤이먼의 모습에 헛웃음이 나왔다.

"지금 무슨 소리를 하는 거야, 헤이먼 오빠."

솔레아는 제 머리를 헝클어뜨리며 횡설수설 떠드는 헤이먼의 손을 잡아 내렸다.

그레이는 허리춤에 달고 있는 검 위에 묵묵히 손을 올렸다.

"죽일까?"

"전쟁 일으킬 일 있어?!"

스캔들 당사자는 솔레아인데도 다들 솔레아보다 크게 분노했다.

미치 제기 고욕을 당힌 짓처럼.

아니지, 멀지 않은 예전에 정말로 본인들이 모욕을 당했을 땐 그저 무시하며 넘겼던 이들이었다.

어느새 그들은 이런 조롱에 분노하며 당당히 맞설 수 있게 변했다.

밀려드는 감동을 남몰래 슬쩍 누른 솔레아는 차분히 말했다.

"아무스가 내 짝이라고 발표하면 돼. 그렇게 하면 해결될 일이야. 이 멍청이는 조용히 밟자고. 대놓고 하면 국제적으로 분쟁이 일어나. 이 멍청이가 이래 봬도 왕자잖아."

딱히 끌리는 방법은 아닌지 그레이와 헤이먼의 표정이 좋지 않았다.

"……아직도 내가 아무스와 연인인 게 마음에 안 들어?"

내내 창밖을 보며 서 있던 티온이 다시 몸을 돌렸다.

"우리도 물론 네가 만약 누군가와 연인이 된다면 그 상대는 아무스 말고는 없다고 생각해. 하지만 이딴 일 때문에 둘의 관계를 공표하는 게 싫어."

"불곰 처형이 맞는 말을 하는군."

부서진 문 너머에서 아무스가 걸어 들어왔다.

그 역시 신문을 봤는지 차분하게 가라앉은 얼굴이었다.

아무스는 곧장 솔레아에게 걸어가 따스한 노란 눈으로 그녀를 내려다봤다.

"네가 준비됐을 때 발표해도 난 괜찮아."

"하지만 아무스, 난 특별한 이유가 있어서 미룬 게 아니고 그냥…… 이대로가 좋아서 조금 더 이렇게 지내고 싶었던 거라…… 만약 네가 불편하다면."

"알아. 나도 지금이 좋아. 그리고 이 사람 네 스타일 아니잖아."

아무스는 안심하라는 듯 장난스럽게 킬킬 웃으며 솔레아를 부드럽게 안았다.

"네가 하고 싶을 때 하면 돼, 뭐든. 난 그러기 위해 네 옆에 있는 거잖아. 이 놈을 세상에서 없애고 싶으면 그렇게 해 줄게. 사람들의 기억에서도 지울 수 있어. 하지만 그렇게 하는 건 싫지?"

"……어, 그건 좀."

"그래. 그럼 그냥 있을게. 넌 언제나 이 자리에 있었고, 나도 여기 있어. 변하는 건 없어. 화내지 마, 산. 우린 계속 함께일 테니까."

방금 전까지만 해도 부글부글 끓던 짜증이 순식간에 가라앉았다.

솔레아는 고개를 끄덕이며 아무스의 품에서 빠져나왔다.

"그래도, 난 그놈한테 빅 엿을 먹여야겠어."

"그러자, 그럼."

솔레아의 머리가 팽팽 돌아가기 시작했다. 선상 파티에서 황제에게 전해 들은 이야기도 있으니 그걸 써먹으면 될 것 같았다.

작전을 수행하기 위해선 오빠들의 도움도 필요했다.

그런데 오빠들은 모두 등을 돌린 채 먼 산이나 텅 빈 벽을 보고 있었다.

아마도 솔레아와 아무스의 갑작스러운 스킨십 때문에 당황한 모양이었다.

그래도 다행히 아빠처럼 헛기침을 하지는 않았다.

"다, 다 끝났냐?"

어색하게 말은 더듬긴 했지만.

솔레아는 애써 웃음을 참으며 그놈을 처리할 방법에 대해 얘기했다.

솔레아는 공간을 열어 랏샤의 집무실과 연결했다.

"폐, 랏샤!"

"응, 그래. 폐위시켜라, 그래. 다 해라."

서류에 얼굴을 박고 일을 하던 랏샤는 갑자기 공간이 연결됐음에도 당황하지 않고 능청스럽게 대답했다.

"전에 선상 파티에서 저한테 아시라 파울의 얘기를 해 주셨잖아요. 기억하시죠?"

"그게 필요해?"

"네."

"흠, 그래. 대충 알아들었어. 나 바빠."

"예."

솔레아는 랏샤가 엘 벨다르에게 무어라 명령하는 것을 보고서 얼른 연결을 끊었다.

그리고 작전 순서를 오빠들에게도 얘기했다.

퇴근 후에 불같이 성을 내며 귀가한 디에르고 공작은 화를 가라앉히는 데 조금 오랜 시간이 걸렸지만, 작전을 실행하는 걸 납득했다.

비록 납득을 하긴 했지만 여전히 씩씩거리며 잠을 이루지 못해 정령들이 마법의 힘으로 꿈속으로 데려가 주긴 했지만, 어쨌든 납득을 하긴 했다.

❆ ❆ ❆

솔리안 백화점에서 구두 장사를 하는 그롬은 공녀님과 웬 듣도 보도 못한 왕자 놈의 스캔들에 웃을 수가 없었다. '……여기가 용이랑 공녀님의 사연을 테마로 굴러가는 곳인데 다른 놈이랑 결혼하면 어떡하냐고. 아이고, 내 팔자야.'

그롬의 콧수염이 아래로 축 처졌다.

안 그러려고 해도 자꾸만 한숨이 나왔다.

"사장님. 한숨 좀 그만 쉬세요. 오던 손님도 돌아가겠어요."

매대를 정돈하던 직원 파블 리가 약간은 짜증스러운 목소리로 말했다.

실제로 손님이 떨어진 건 아니었다.

하지만 어제 오늘 계속 이 백화점에 들어오는 손님들마다 입구에서 '용이랑 공녀님은 그럼 아무 사이도 아닌 거였나.', '전엔 사랑이었는데 이젠 식은 거지!' 라든지, '어쩐지. 뭔가 쎄하더라고. 난 이미 알고 있었어.' 라고 떠들어 대는 걸 보고 있자니 속이 뒤집혔다.

진짜 아사라 파울이랑 결혼이라도 하게 되면, 이 백화점은 아사리 판이었다.

그건 안 되는데…….

물론 이안 사장님이 어련히 잘 운영하시겠냐마는, 솔레아 공녀님이 이 백화점을 지을 때만 하더라도 그 유명한 용과 결혼하실 줄 알았는데.

용 백화점으로 유명한 이곳에 구경하러 왔다가 물건을 사 가는 손님들이 꽤 많았다.

그 손님들을 놓치게 될지도 모른다고 생각하니 그룹은 입 안이 썼다.

"그 왕자가 공녀님을 협박이라도 하고 있는 거 아냐!"

"무슨 그런 얘길 하세요!"

"그런 게 아니고서야 공녀님이 용 님을 사랑하시는데 스캔들이 날 리가 없어!"

"작게 얘기하세요! 사장님! 그래도 타국의 왕자님이시잖아요!"

그때 백화점 안으로 귀공자 무리들이 우르르 들어왔다.

"여기가 바로 그 티온 공자가 자랑하는 막내가 만들었다는 백화점이군."

"용을 테마로 만들었다더니 엄청 화려해."

"그나저나 티온 공자가 우리 모임에 자주 나오다니. 신기한 일이야. 그동안은 낯을 많이 가렸잖아?"

"이따 저녁에도 만나기로 했으니까 어색하지 않게 분위기 잘 풀자고. 나 그분이랑 진짜 친해지고 싶단 말이야."

"너희 그거 들었어?"

"뭐. 그 왕자 얘기? 야, 됐다. 티온 공자 성격에 동생을 그 먼 데까지 시집보내겠어?"

"그게 아니라 어제 티온 공자가 우리 소모임 나와서 하는 말이……."

중요한 고객들을 따로 모시는 룸이 있는 3층으로 올라가며 한참 떠들던 그들은 하필 중요한 부분에서 목소리를 낮췄다.

"뭐?! 야. 그게 정말이야? 그러면 그 왕자가 노리는 게……!"

"쉿! 쉿. 아직 모르는 거야. 근데 뭔가 이상하지 않냐는 거지."

"그, 그렇긴 하네."

그룹은 몸을 점점 계단 쪽으로 기울여 봤지만 하나도 들리지 않았다.

그래서 그 왕자가 노리는 게 뭔데! 뭘 노리는데!

나 장사 접어야 돼, 계속해야 돼?! 그것만 말해 주고 가세요!

※ ※ ※

헤이먼은 눈물을 자유자재로 조절할 수 있게 됐다.

물론 정령들 덕이었다.

'얘들아. 내가 오른손으로 눈꼬리를 만지면 눈물을 흘리게 해 줘.'

'아이고, 웬 잡놈 때문에 내 새끼 눈에서 눈물 나네. 가만 안 둬! 알았어! 타이밍 꼭 맞출게!'

정령들과 작당도 미리 해 뒀다.

헤이먼은 새로운 제품을 설명하는 개발 설명회를 열었다.

왜인지는 모르겠지만 솔레아가 꼭 짙은 푸른 바지에 목까지 올라오는 검은 셔츠를 입으라고 해서 그렇게 입었다.

그게 잘 먹힌다나 뭐라나.

아무튼 헤이먼은 기자를 비롯한 많은 사람들을 모아 놓고 제품을 설명하기 시작했다.

겉보기엔 평범한 시계처럼 생긴 물건이었다.

"이건 연결석을 이용해 멀리 떨어진 사람과 목소리로 상호 간 대화를 할 수 있는 기계입니다. 그것만으로도 혁신적이죠. 거기에 한 가지 기능을 더했습니다. 바로 사람의 심장 박동을 재는 기능이죠. 마법의 힘이 반영구적으로 깃들어 있기 때문에 필요한 일일 운동량도 실시간으로 계산해 줍니다. 예를 들어 하루에 만 보를 걷기로 설정해 두면……."

한참 동안 제품에 대해 설명하던 헤이먼은 굳은 표정으로 말했다.

"그리고…… 어쩌면 달콤한 말로 거짓을 말하는 이를 가려낼 수 있을지도 모릅니다. 순진한 이가 속아 넘어가지 않도록……."

헤이먼은 마치 눈꼬리가 가려운 사람처럼 손가락을 슬쩍 가져다 댔다.

보석처럼 아름다운 눈물이 또르륵 흘렀다.

"……아, 죄송합니다. 제가 이런 실수를."

그때 헤이먼이 차고 있던 시계에서 맑은 목소리가 흘러나왔다.

"심장 박동이 올라갔어요! 헤이먼 님은 슬퍼요!"

"체온이 올라갔어요! 헤이먼 님은 화가 났어요!"

마력석을 심어 미리 설정해 둔 정령들의 맑은 음성이었다.

"아, 왜 눈물이 멈추질 않지……. 정말, 죄송합니다. 집안일 때문에 이런 공적인 자리에서……."

꽃처럼 고운 헤이먼의 얼굴에서 눈물이 흐르는 모습은 마치 조각 같았다.

제품 설명회에 모여 앉아 있던 사람들은 홀린 듯 헤이먼을 올려다보다가 뒤늦게 정신을 차렸다.

"아름답…… 아니, 공작저에 무슨 슬픈 일이 있다고 우시는 거지?"

"잠깐만, 저 시계가 말을 한 거야?"

"대단한걸!"

"제품도 제품이지만 공자님이 우신 이유가 있을 거 아니야?!"

"지금 그래서 기사를 뭘 써야 되는데! 아름답게 눈물을 흘리신 걸 써야 돼, 아니면 저 놀라운 제품을 써야 돼?"

몇몇 기자들은 정답을 알고 있었다.

솔레아가 일찍이 포섭해 놓은 신문사 기자들이었다.

'베르고에 뼈를 묻기로 함. 당연함. 땅 매우 따듯.'

마틸다는 제 신념을 다시 한번 가슴에 새기며 기사를 써 내려갔다.

「발명가로서 한 걸음 내딛는 순간 터진 눈물, 원인은 최근 논란 때문인가.」

샹, 내가 울면 안 되는데.

공녀님 절대 지켜. 아무한테도 안 넘겨.

마틸다는 일부러 '스캔들'이 아니라 '논란'이라고 일축했다.

그리고 씩씩거리며 기사를 마무리했다.

「눈물의 원인은 정확히 알 수 없다. 그러나 '달콤한 말로 거짓을 말하는 이를 가려낼 수 있을지도 모른다.' 는 발언에 그 답이 있을지도 모른다. 최근, 베르고 공작저에 달콤한 말을 건넨 이는 누구일까. 우리는 모두 답을 알고 있다.」

마틸다만 이런 식으로 기사를 쓴 게 아니었다.

여러 신문사에서 누군가를 의심하는 듯한 내용의 기사를 내보냈다.

당연히 국민들의 관심이 쏠렸다.

티온은 헤이먼의 제품 설명회가 끝나고도 부지런히 소문을 부풀리러 다녔다.

"아무래도 이상한 질문을 받아서, 여러분께 고민을 나누려 합니다."

낯을 많이 가리는 티온 공자가 모임에 먼저 찾아온 것만 해도 감지덕지인데, 고민까지 나누다니!

귀공자들은 반색하며 티온의 곁에 바짝 모여들었다.

"공자! 뭐든지 말씀해 주세요!"

"공자의 고민이 뭡니까!"

티온은 진지한 표정으로 제가 데리고 온 커다란 마수의 턱을 긁어 주며 말했다.

"아사라 파울 왕자가…… 선상 파티에서 제게 '마수를 길들이는 방법이 뭐냐.' 라고 묻더군요."

"그, 그건 평범한 질문이 아닙니까."

"'세상에서 가장 사나운 마수라 할지라도 길들이는 방법이 있냐.' 고 물었습니다. 표정이 어찌나 섬뜩하던지 뒷골에 소름이 쫙 돋더군요. 이젠 제 가족이나 다름없는 이를 노리는 게 아닌지……."

티온은 눈을 아래로 내리깔고 한숨을 푹 내쉬었다.

헤이먼이 한숨을 쉬면 공기조차 아름답게 변했지만, 티온이 한숨을 쉬자 주변인들이 숨조차 쉬지 못하고 얼어붙었다.

너무 다른 이목구비 때문이었다.

그 자리에 있던 귀공자들이 냉큼 맞장구를 치기 시작했다.

"그, 그것참! 오만한 왕자가 아닙니까! 감히 신성한 용을 마수에 비하다니! 그리고 그걸 공자께 질문하는 건 너무한 거 아닙니까!"

"그, 그러니까 말입니다!"

"그래 놓고 공녀님이 마음에 드는 시늉을 하다니! 그건 조롱이 아닙니까!"

마지막 말을 뱉은 자는 문장을 마치자마자 입을 다물고 눈을 아래로 내리깔 았다.

티온의 눈에 살기가 어린 탓이었다.

"……그러게 말입니다. 감히 누굴 입에 담는지…… 속상하네요."

두 번 속상했다간 전쟁 일으키시겠어요, 티온 공자…….

모임에 있는 다른 귀공자들은 결국 티온과 친해지지 못했다. 너무 무서웠다.

랏샤도 바빴다.

랏샤는 선상 파티에서 솔레아에게 '저놈 소문이 안 좋아. 권력 있는 여자에 겐 껄떡거리고, 권력 없는 여자는 강제로 안는다더군. 피해, 난 상대도 안 하는 자야.'라고 말했던 걸 떠올렸다.

솔레아는 그걸 토대로 아사라 파울에 대해 지독히 파고들며 조사했다.

아사라 파울과의 스캔들이 터지고 만 하루도 지나지 않은 시간, 솔레아는 만 족스럽게 미소 지었다.

'역시 구린내 나는 놈치고 털어서 안 나오는 새끼 없지.'

간만에 험악한 말투였다.

솔레아가 시공간을 뒤져서 찾아낸 그놈의 과거는 지저분하다 못해 너덜거릴 정도였다.

어지간한 인간 군상에는 놀라지 않는 황제 카라샤펠 역시 전해 듣고 내심 놀 랄 정도였다.

주로 그의 더러운 여성 편력과 책임지지 않은 아이들의 이야기였다.

아이가 아니라 '아이들'.

아사라 파울은 여러 아이들의 아빠였다.

그는 강제로 안은 여성들에게서 아이들이 태어나면 모른 척했다. 한두 명이 아니었다.

이튿날, 어떻게 알았는지 몬도시완 왕국에서 딱 맞는 타이밍에 아사라 파울 왕자를 호출했다.

실은 호출이라기보다는 제르노아 제국의 황제에게 죄인 아사라 파울을 잡아 호송시켜 달라는 것에 가까운, 절절한 부탁이 적힌 문서였다.

카라샤펠은 이유도 모른 채 내 제국에 머무는 손님을 함부로 내칠 수 없다고 답했다.

일부러 솔레아의 말대로 아사라 파울을 바로 잡아들이지 않고 시간을 끌었다.

결국 몬도시완 왕국의 왕은 아사라 파울 왕자의 방탕했던 유년 시절에 대한 얘기를 제 스스로 꺼낼 수밖에 없었다.

솔레아에게 이미 들어 알고 있는 사실이었지만 아사라의 형에게 직접 들으니 새삼 쓰레기였다.

아사라의 큰형인 몬도시완의 현왕이 제 손으로 동생의 잘못들을 낱낱이 적어 보낼 줄은 몰랐는데.

'폐하가 살짝 찔러 보기만 해도 줄줄 알려 줄 거예요. 그동안은 죽일 만한 이유가 딱히 없어서 살려 둔 거예요. 그런데 도망친 제국에서, 군사력을 쥐고 있는 용의 주인을 거론하며 희롱했다? 건드리면 안 될 사람을 건드렸다는 걸 그쪽도 알아야죠.'

랏샤는 솔레아의 말을 떠올리며 고개를 끄덕였다.

왕의 편지는 구구절절 아사라 파울을 잡아 보내 주십사, 하고 부탁하고 있었다.

두 나라의 지도자 간에 오간 문서라고는 해도 범죄자가 제 제국에서 멀쩡히 돌아다니며 활개를 치고 다닌다는 것이 놀라울 따름이다. 이런 일을 비밀리에 처리할 순 없다. 국민들도 알 권리가 있다.

······고 말하며 랏샤는 몬도시완 왕의 편지를 공개했다.

몬도시완 왕국은 문서가 공개되고도 별다른 제재를 취하지 않았다.

오히려 성명서를 발표했다.

「자국에서 부도덕한 행위를 일삼은 것으로도 모자라, 제르노아 제국으로 넘어가 용의 주인을 회유해 용을 제 수족으로 부리려 했던 아사라 파울을 이 나라의 왕제(王弟)로 인정할 수 없습니다.」

아사라 파울이 잡히기만 하면 죽일 모양이었다.

잘된 일이었다.

감히 누굴 건드려.

랏샤는 깔깔 웃었다.

그녀의 곁에는 제르노아 제국과 몬도시완 왕국을 빠르게 오가며 편지를 전달해 준 엘 벨다르가 서 있었다.

용은 전서구가 아니지만 뭐 아무튼 그렇게 됐다.

몬도시완 왕국에선 이렇게 먼 거리를 이동 마법을 쓴 거냐고 신기해했지만 실은 그냥 날아간 거였다.

솔레아는 다른 일로 바빴다.

그런 상황에서 엘 벨다르는 유용했고, 랏샤는 유용한 인재를 아낄 줄 알았다.

뭐, 엘은 그걸로도 만족했다.

그리고 이제부턴 그레이의 시간이었다.

"나 도망간 새끼 잡는 거 잘해."

"오빠만 믿는다."

"근데 넌 며칠 전부터 왜 집에 안 붙어 있고 여기저기 다니는 거야."

"다 그럴 만한 사정이 있어서 그래. 얼른 아사리 판이나 잡아 와 줘."

이젠 이름도 멋대로 부르기 시작했다.

아사라 파울은 거처를 버리고 도망쳤다. 잡히면 죽는다는 걸 아는 모양이었다.

"오빠. 아사라 파울 어디 있는지 마법으로 알아볼까?"

"아니. 나 추적하는 거 좋아해. 딱 이틀만 줘."

"……어, 그래."

그레이는 범죄자 사냥이 천직인 듯했다.

"산윤솔, 근데 어떻게 몬도시완의 왕이 딱 맞춰서 공문을 보내온 거야?"

"그러게. 원래 정령들을 보내서 꿈에서 협박할 생각이었는데. 아니, 그런데 이 아사리 판 새끼는 또 왜 도망을. 아무튼 오빠. 빨리 잡아 와야 돼. 알았지? 나 나갔다 올게!"

솔레아는 급한 일이 있는 듯 말을 마치자마자 빠르게 방을 나섰다.

솔레아의 방에서 조용히 홍차를 마시던 아무스가 그레이에게 나지막하게 답했다.

"산이 내 짝이라는 걸 '공표' 하는 게 싫다고 했잖아."

"어? 응. 그랬지. 그게 왜?"

"공표가 아닌 다른 거면 괜찮을 거라 생각했어."

"……너 몬도시완 왕한테 무슨 짓 했냐?"

"별짓 안 했어. 대화만 나누고 왔지."

아무스는 찻잔을 기울이며 느릿하게 다리를 꼬았다.

※　❆　※

우애가 좋진 않아도 하림은 제 이복동생 아사라 파울을 선뜻 죽일 생각은 없었다.

어릴 때부터 덜떨어진 쓰레기다 보니 제 왕좌에 위협도 되지 않았기 때문이었다.

그래서 제가 왕위에 오른 뒤 아사라 파울이 도망치듯 제르노아 제국으로 유학을 떠났을 때도 굳이 잡지 않았다.

죽었다 깨나도 왕이 되진 못할 놈인데 뭐 하러 그런 수고를 들이겠는가.

그날도 하림은 편안한 마음으로 침실에 들었다.

그런데 아리따운 왕비가…… 없었다.

"부, 부인?"

"네 부인은 침실에서 잘 자고 있다. 여긴 다른 공간이고. 이리 친절히 설명해 준 내게 고마워해야겠지?"

긴 흑발의 남자가 은은한 미소를 띤 채 신문을 읽고 있었다.

"누구냐!"

그 순간 온몸이 무언가에 짓눌리듯 아래로 무너져 내렸다.

하림은 몸속의 모든 장기가 곤두박질치는 감각을 느끼며 쓰러졌다.

커다란 발이 위에서 저를 누르고 있는 것 같았다.

그때, 신문이 제 머리 옆으로 떨어졌다. 제국어가 적힌 제르노아의 신문이었다.

[처음으로 내 온 마음을 주고 싶은 사람 ―아사라 파울 왕자]

낮고 조곤조곤한 목소리가 다시 들려왔다.

"대화를 해야겠어. 보호자끼리 말이야."

용의 샛노란 눈동자가 어둠 속에서 번뜩였다.

아무스의 손 부분이 용일 때의 모양으로 변했다. 검은 비늘과 단단한 발톱이 하림의 시야 가득 들어왔다.

"너한테 이 새낀 소중하지 않을지도 모르지만 내겐 이 사람이 그 무엇보다 귀하거든."

아무스의 손톱이 신문에 적힌 한 이름을 가리켰다.

'솔레아.'

아무스가 천천히 쪼그려 앉았다. 긴 머리카락이 사라락 흘러내렸다.

달빛을 받아 반짝반짝 빛이 나는 흑단 같은 머릿결인데도 하림에게는 공포스럽기 그지없었다.

아무스는 앞발을 천천히 움직여 하림의 머리통을 그러쥐었다.

"네 동생이 무슨 짓을 하고 돌아다니는지 이제 알겠나?"

하림은 얼굴이 찌그러진 상태로 숨도 제대로 못 쉬고 씩씩거렸다.

말을 꺼내려 해도 찌그러진 입 안에서 혀가 제대로 움직일 리 없었다.

"으그억! 어으억!"

고통 섞인 비명을 목이 터져라 외쳤다.

하지만 아무도 방 안으로 들어오지 않았다. 평소 같으면 누구라도 문을 박차고 들어왔어야 하는데.

확실히 정상이 아니었다.

몬도시완의 왕, 하림의 눈동자가 바삐 움직였다.

이자의 말이 맞았다.

여기는 마법으로 만들어진 공간인 게 분명했다.

아무스의 샛노란 눈동자가 하림을 죽일 듯 노려보았다.

번들거리는 눈동자에서 선명한 살기가 비쳤다.

……이 사람, 아니, 이 용도 정상이 아니다.

하림은 빠르게 제가 살 궁리를 찾기 시작했다.

"어억캐! 어억캐 하언 댈까요!"

한 나라의 왕인 제가 목숨을 구걸하는 게 비참했다.

하지만 살아남지 못한다면 다 무슨 소용인가.

하림을 필사적으로 다시 소리쳤다.

"어억캐 학까요!"

"네가 잘 생각해 봐야지. 다만 하나만 알아 둬."

아무스는 하림의 머리에서 손을 떼 냈다.

달콤한 공기가 폐부로 들어오는 감각에 하림은 얼른 숨을 들이마셨다.

허업, 하고 숨을 내쉬는 순간 다시 뒤통수가 잡혔다.

사과를 박살 내듯 사람 머리를 잡아 쥔 아무스가 하림을 들어 올렸다.

뒤통수가 뜯어져 나갈 것 같았다.

하지만 비명을 지를 순 없었다. 바로 눈앞에 아무스의 빛나는 노란 두 눈이 서슬 퍼렇게 번뜩이고 있었기 때문이다.

"으, 으으……."

하림은 발버둥조차 치지 못했다.

아무스는 하림을 똑바로 보며 말했다.

"솔레아는 내 짝이다. 나의 사람이야."

"으, 그, 그럼…… 아사라에게 찾아가시지……."

"이런. 우린 대화가 잘 통하지 않는구나."

아무스는 하림을 던지듯 바닥으로 내려놓았다.

그러곤 싱긋 웃으며 그의 이마를 툭 쳤다.

"아무래도 우리는 공통 주제가 필요할 것 같아."

하림은 아래로 떨어졌다.

정확히는 바닥이 무너지는 감각을 느꼈다.

방처럼 꾸며져 있던 공간이 완전히 암흑으로 변했다.

마치 누군가가 저를 잡고 하늘 높이 치솟았다가 갑자기 놓아 버린 것 같았다.

두려움에 눈을 꾹 감았다.

그런데 아무리 떨어져도 끝이 나질 않았다. 하림은 겨우 눈을 떠 옆을 바라봤다.

제 동생이 여자들을 장난감 취급 하며 막살 때 저는 그것을 방관했다.

잘됐다고 생각했다. 저놈이 저리 쓰레기처럼 살면 제 입장에선 오히려 도움이 되는 거니.

정말로 그랬다.

하림은 아사라의 부도덕한 소문들 덕에 손쉽게 왕이 됐다.

아사라 파울의 더러운 여성 편력을 비웃었다. 그에게 넘어간 여자들도 한심하다 여겼다.

제 잘못이 뭔지 알 수 있었다.

그 모든 과거들이 아래로 떨어지는 와중에 옆을 스쳐 지나갔다.

낙하는 끝나지 않았다.

"죄송합니다! 진작! 진작 말렸어야 했는데! 죄송합니다!"

장면이 바뀌었다.

아사라 파울이 특유의 능글거리는 표정으로 붉은 머리의 여자에게 껄떡거리고 있었다.

아마 저이가 용이 말한 '솔레아 공녀'인 듯했다.

"말리겠습니다! 제가 말리겠습니다!"

그래도 낙하는 끝나지 않았다.

하림은 허공에서 구토를 했다. 팔다리도 제대로 가누지 못했다.

아사라 파울의 자식들 중 죽은 아이들과 가난에 허덕이며 살아가는 여자와 아이들이 보였다.

"저, 저건 제가 잘못한 게 아닌데!"

그딴 말에 이 긴 낙하가 끝날 리 없었다.

"제가! 제가 잡아 오겠습니다! 합당한 처벌을 받도록! 제 나라에서 일어난 일이! 니까아아악!"

그제야 추락이 끝났다.

하림은 아까처럼 방바닥에 누워 있었다.

그는 온몸에서 식은땀을 흘리며 주변을 미친 듯 두리번거렸다.

그리고 용을 향해 무릎을 꿇고 말했다.

"당장 제국에 도망가 있는 동생을 잡아 와 처벌하겠습니다!"

"좋아."

"예, 예! 예!"

몇 번이나 거듭 인사를 하고 고개를 들었다.

아니, 고개를 든 줄 알았는데 눈을 떴다.

침대였다.

"……전하, 무슨 꿈을 꾸셨길래 이렇게 식은땀을 흘리세요?"

옆에서는 제 왕비가 걱정스러운 눈으로 저를 바라보고 있었다.

하림은 이마에 송골송골 맺힌 땀을 닦아 내며 자리에서 일어섰다.

"이, 이, 망할 아사라 개새끼. 대체 무슨 짓을 하고 돌아다니는 거야."

그때, 그의 눈에 카펫에 선명하게 찍힌 용의 발자국이 보였다.

"……허읍."

하림은 마른침을 꿀꺽 삼켰다.

당장 아사라 파울을 잡아 와야 했다.

방금 그 환상이 악몽 따위가 아닌 것만은 확실했다.

※ ※ ※

아무스는 어깨를 으쓱하며 말했다.

"정말이야. 그쪽 왕과 그냥 대화를 나눴어."

그레이는 미심쩍은 눈으로 아무스를 보다가 대충 고개를 주억거렸다.

"그래, 뭐. 너 알아서 해라. 난 간다."

"처형. 이거 가져가."

아무스가 주먹만 한 보석을 던졌다.

검은 보석 안에서 노란빛이 반짝이며 빛나고 있었다.

"네가 지금 가장 원하는 걸 가리키고 있어. 그 정도는 괜찮잖아."

"……뭐, 고맙다."

그대로 방을 나서려던 그레이는 문 앞에서 우뚝 멈춰 섰다.

망설이듯 입을 달싹이던 그레이가 겨우 말을 꺼냈다.

"그……, 우리한테는 너밖에 없는 거 알지."

"처형. 말을 덜 배웠나."

"우, 우리를 처형이라고 부를 만한 놈은 너밖에 없다고! 이 용대가리는 알아들었으면서 모른 척하고 있네! 야, 됐어! 됐어!"

그레이는 씩씩거리며 이미 부서진 방문을 발로 차고 나갔다.

아무스는 부드럽게 미소 지으며 찻잔을 기울여 차를 마셨다.

"맞아, 나밖에 없어. 솔레아에게 아무리 많은 사람이 있어도, 그 자리에 맞는 이는 나밖에 없어."

아무스는 앞으로 다가올 솔레아의 모든 순간을 함께하고 싶다는, 달콤한 꿈을 꿨다.

❄ ❄ ❄

아사라 파울이 잡히는 데에는 이틀도 채 걸리지 않았다.

32시간 만에 잡힌 아사라 파울은 새벽녘에 항구에서 밀항을 하려던 중이었다.

정확히는 이미 밀항하던 중이었다.

그레이는 코앞에서 놓쳐 버린 배를 보고 땅을 치다가 순식간에 웃옷을 벗어 던지고 허리춤에 맨 검을 빼낸 뒤 바닷물에 뛰어들었다.

"공자님!"

뒤에서 사람들이 말리건 말건 그레이는 미친 듯이 수영했다.

배는 이제 막 출발한 터라 아직 속도가 붙지 않은 상태였다.

그래도, 작지만 이것도 배다.

뛰어든 자는 그래 봐야 인간이고.

아사라 파울은 서서히 멀어지는 항구를 보며 미소를 감출 수 없었다.

'이대로 다른 나라로 가서 숨어들면 돼. 돈만 있으면 못 살 곳은 없어! 형이 왜 갑자기 지랄인지는 모르겠지만 괜찮아!'

저 하나 잡겠다고 바다에 뛰어드는 멍청한 공자라니.

자꾸 웃음이 터져 나와 결국 박장대소를 하고 말았다.

"하하하! 크하하하!"

그때였다.

배 앞머리가 천천히 돌더니, 다시 항구로 향하기 시작했다.

"뭐야! 선장! 지금 뭐 하는 짓이야! 내가 돈을 얼마나 줬는데!"

아사라 파울은 비틀거리며 황급히 선장실을 향해 돌아섰다.

선장은 어디 가고 물에 쫄딱 젖은 적갈색 머리의 사나이가 타륜을 잡고 있었다.

이제 보니 선장실 바깥으로 선장의 상체가 보였다.

기절한 거다.

배에 올라타서 선장부터 잡은 저 괴물 같은 그레이 공자 때문에!

"마, 말도 안 돼! 안 돼!"

그레이는 물에 젖어 흘러내린 앞머리를 쓸어 올리며 타륜을 신나게 휘리릭 돌렸다.

"가자. 범죄자 새끼야."

"안 돼! 안 돼에엑!"

아사라 파울은 바다로 뛰어들려고 몸을 틀었다.

그레이는 타륜을 고정시킨 뒤 선장실 밖으로 나가 아사라를 향해 그물을 집어 던졌다.

고기잡이배라 곳곳에 그물이 있어 다행이었다. 물론 그물이 없었더라도 그레이는 무슨 수를 써서든 놈을 잡았겠지만.

그물 안에서 아사라는 발버둥 치느라 생선 비늘을 온몸에 묻히며 악을 질러 댔다.

그는 결국 항구에서 대기하던 호송대에 붙잡힐 수밖에 없었다.

그레이는 아무스가 건네준 검은 보석에서 노란빛이 번쩍 빛났다가 이내 사라지는 걸 보며 씩 웃었다.

보석을 하늘 높이 던졌다가 잡으니 쾌감이 배가됐다.

그레이는 환한 얼굴로 뒤돌아서서 제가 데려온 기사들에게 외쳤다.

"이제 집으로 가자!"

'집'

단 한 글자임에도 포근하며 안정감을 주는 단어라고, 그레이는 달리는 말 위에서 생각했다.

몬도시완 본국으로 호송된 아사라 파울은 제 혐의를 부인했다.

용을 길들여서 반역을 일으키려는 의도는 전혀 없었다고 재판장에서 말했지만 아무도 믿지 않았다.

그는 이미 국민들에게 상종 못 할 쓰레기로 낙인찍혀 있었다.

몬도시완의 재판장에 증인으로 출석한 티온이 영상석을 제출했다.

"존경하는 재판장님. 긴 말씀 드리지 않겠습니다. 이걸 보시죠."

선상 파티에서의 모습을 보여 주는 영상석에서 아사라 파울은 내내 솔레아 공녀의 곁을 맴돌며 걸리적거렸다.

그러다가 갑자기 티온의 곁으로 다가갔다.

'마수를 잘 길들이신다면서요?'

'……그렇소.'

'그럼 아주 포악한, 세상에서 가장 사나운 마수라 할지라도 길들일 수 있습니까? 방법이 있나요?'

'길들인다기보다는…… 마수도 생명과 이지를 가진 존재니 시간이 지나 차차 익숙해지면 마음을 열겠지.'

'완전히 복종시킬 수도 있습니까? 예를 들어 내 명령에 무조건 반응하도록……'

'질문의 의도가 뭐지?'

'하하! 그냥 뭐, 공자님과 친해지고 싶어서 관심 있어 하실 만한 주제를 꺼내 본 거죠. 아무것도 아닙니다. 남자라면 누구나 큰 짐승을 길들이고 싶은 로망이 있잖아요?'

영상석에서 나오던 영상이 끝났다.

해석의 여지에 따라 혐의를 완전히 입증할 순 없으나 용의 주인인 솔레아에게 끊임없이 관심을 표한 것이나 제국 아카데미에서 굳이 '제왕론' 수업을 들은 것, 아사라의 사병 숫자가 몬도시완의 국법 기준을 넘은 것 등, 앞뒤 정황을 살펴봤을 때, 용을 이용해 반역을 꾀했다는 추론이 가능하다는 결론이 나왔다.

"다음은 죄인 아사라 파울의 부도덕한 행동이 왕국의 국격을 떨어뜨렸다는 안건에 대한 건데…… 이건…… 입증할 수가 없으니……."

그때 재판장의 문이 열렸다.

"반갑습니다. 이번 사건의 피해자가 될 뻔한 솔레아 폰 베르고입니다. 제가 다른 증인들까지 다 모으느라 조금 늦었습니다!"

그녀의 뒤로 수많은 여성들과 어린아이들이 줄줄이 따라 들어왔다.

모두 아사라 파울이 가운뎃다리를 함부로 놀리고 다닌 결과였다.

양육비 한 번을 주지 않았고, 연락을 의도적으로 피했고, 저택에 찾아갔을 땐 오히려 몰매를 맞고 쫓겨나기도 했다는 증언들이 줄줄이 이어졌다.

재판부 결과는 곧장 왕에게 전해졌다.

왕의 최종 판결은 다음과 같았다.

'아사라 파울은 더 이상 몬도시완의 왕자가 아니다. 그를 거세하고, 북부 노역장에서의 124년 노역을 명한다.'

아사라는 괴성을 질렀다.

"124년? 그만큼 살지도 못해! 어쩌라는 거야! 나보고 거기서 죽으라는 거야?! 내가 누군 줄 알아?"

그때 재판장에 앉아 있던 이 중 하나가 목소리를 냈다.

분명 평범한 외모의 인물이었는데 입 밖으로 음성을 내뱉는 순간 반짝이는 빛을 뿜어내며 모습이 변했다.

긴 흑발에 빛나는 노란 눈동자, 아무스였다.

"수명 정도야 내가 딱 맞게 늘려 주지. 124년 동안 노동을 하고, 모든 죄를 갚는 날 숨이 멎을 수 있도록. 그 전엔 죽고 싶어도 죽지 못할 테니 걱정하지 마."

아사라 파울은 눈만 끔뻑거리며 멍하니 서 있다가 간수들에게 끌려 재판장 밖으로 사라졌다.

검은 용이 빙긋이 웃었다.

감히 누굴 탐내.

아무스는 본래 쉽사리 질투를 하지 않았다.

그런 너절한 감정을 가질 시간조차 아깝다고 여겼기에.

그리고 솔레아에게 조금이라도 애틋한 감정을 지녔던 이들은 금방 마음을 접곤 했다.

아무스와 솔레아가 함께 있는 모습을 몇 번 보여 주고, 정령들이 꿈속으로 들어가 짧은 악몽을 몇 번 보여 주면 충분했다.

하지만 아사라 파울은 아니었다.

타고나길 긍정적으로 태어난 놈인 건지, 아니면 멍청한 건지.

아무스와 솔레아가 그 흔한 '약혼 서약'도 하지 않았다는 핑계를 대며 솔레아에게 껄떡거렸다.

솔레아가 대놓고 거절하지 못하게 일부러 사람 많은 장소만 골라 가며.

게다가 공식적으로 꽃을 보내오기까지 했다.

앞으로 이런 놈이 또 없으리란 법은 없다.

비늘 끄트머리를 툭툭 잡아 뜯던 아무스는 저도 모르게 눈살을 찌푸렸다.

제가 어린 시절에나 하던 짓을 다시 하고 있다는 걸 깨달았기 때문이다.

그만큼이나 초조한 모양이었다.

산을 처음 만나던 때에 가지고 있던 습관이 되살아나다니.

더 이상 기다릴 수 없었다.

물론 솔레아는 보통 인간보다 오래 살 것이고, 저 역시 용치고는 일찍 죽겠지만 꽤나 길게 살 것이다.

하지만 그걸로 충분할까.

지금도 매일 해가 뜨고 지는 걸 볼 때마다 시간이 흐르는 게 아까워 죽을 것 같은데.

달 옆으로 흘러가는 구름을 볼 때마다 솔레아와 함께할 내일을 꿈꾸는데.

아무스는 벌떡 일어나 인간으로 변했다.

그리고 평소보다 훨씬 깔끔하고 정숙한 옷차림을 갖추고 디에르고 공작의 집무실로 향했다.

인간들의 결혼에는 반드시 아버지의 허락이 필요했으니까.

불행인지 다행인지 디에르고는 공작저 집무실에 없었다.

"공작은 어디 갔어?"

"공작님이요? 당연히 출근하셨죠. 아, 황궁으로요."

집무실에서 서류들을 정리하던 라트엘이 대수롭지 않게 대답했다.

라트엘의 답을 들은 후 곧장 몸을 돌려 나가려던 아무스는 생각을 바꿨다.

"라트엘. 나 어때 보이지?"

"아무스 님이 제 이름을 제대로 부르신 게 처음 같지만 뭐, 그건 차치하고. 음……. 멀쩡해 보이시네요. 꽤나 인간적인 모습이시고."

"장인에게 결혼 허락 받으러 가는 인간 같아 보여?"

"결혼 허락을 받으러 갈 거면 선물을 들고 가셔야, 악! 뭐라고요?!"

라트엘이 너무 박진감 있게 일어서는 바람에 의자가 밀려나다 못해 거의 날아갔다.

"이, 이거 누가 알아요?"

"아직은 보좌 인간밖에 몰라."

"공, 공작님이 아시면…… 아니, 그 전에 도련님들이 아시면…… 아니, 그 전에 솔레아 아가씨는 허락하신 건가요? 지금 엄청 바쁘실 텐데."

"산이 바쁘니까 결혼 준비는 내가 알아서 해야겠군."

"와, 추진력 봐."

보좌 인간 라트엘이 순수하게 감탄할 때, 아무스는 다시 용으로 변해 황궁으로 날아갔다.

중요한 일이니 순서를 정해 차근차근 진행해야 했다.

1. 공작에게 먼저 언질 해 놓기.

2. 솔레아에게 청혼하기.

3. 가족들에게 정식으로 결혼 허락 받기.

4. 약혼식은 생략하고 결혼식 성대하게 올리기.

5. 신혼여행 가기.

6. 끝내주는 첫날밤 보내기.

마지막 계획을 생각하면 벌써부터 온몸이 긴장돼 얼어붙을 것 같았다.

6번까지의 계획을 완벽하게 이루려면 일단 오늘 공작에게 슬쩍 말을 던져 놓는 것부터 성공해야 했다.

그러나 빠르게 실패했다.

"……조금 이르지 않나."

"공작. 솔레아와 나는 천 년이 넘는 시간 동안 서로를 기다려 오며……."

"알지, 알아. 그런데 이제 음……. 지금이 많이 바쁜 때이기도 하고, 우리 베르고가 영주민들의 신임을 얻고, 귀족들 사이에서 평판도 좋아지는 시기니까 조금 더 자리를 잡을 때까지는……."

핑계였다.

아무스는 공작의 두 눈에서 망설임을 읽었다.

친구인 줄 알았던 은발은 사실 친구가 아니었던 모양이다.

정령들 말대로 은발 놈이었다.

"자네가 진짜 내 친구라면 그렇게 모질게 말 못 해."

"네가 내 친구면 내 딸이랑 결혼하면 안 되지! 나이 차이가 몇인데!"

"그렇게 따지면 솔레아가 검은 공간 안에서 몇 년이나 있었는지 알아?! 따지고 보면 산이랑 나랑 나이 차이 별로 안 나!"

"우리 윤솔이는 지금이 세 번째 삶이다! 너랑은 다르지, 이 용대가리 놈아!"

"산만 빼놓고 말하지 마! 이 은발 놈! 말이 심하군! 자네가 그러니까 정령들이 자네만 보면 이를 가는 거야!"

"하! 그래! 정령들도, 용도 싫어하는 나는 반댈세! 이 결혼 반대야!"

"솔레아는 아닐 테니 자네는 결혼식에 입을 연미복이나 준비하고 있지 그래!"

아무스는 자신만만하게 말하고는 황궁의 집무실 벽을 부수고 나갔다.

"이거 고치고 가!"

"싫다! 넌 장인 취급 안 할 테니 그런 줄 알아라!"

"아버지가 허락하지 않은 결혼은 불법이다, 아무스!"

"흥! 윤지윤 아빠는 다른 세계에 있는데 알 게 뭐냐!"

"뭐, 뭐야?! 지윤이도 솔레아도 다 내 딸이야!"

"욕심쟁이! 넌 이제 친구 아니다!"

아무스는 황궁 지붕을 뚫어 버릴 것처럼 위협적으로 날갯짓을 하다가 저 멀리로 날아가 버렸다.

황제는 황궁이 부서지는 소리를 듣고도 느긋하게 찾아와 디에르고에게 전말을 전해 들었다.

디에르고는 황제가 놀랄 거라 생각했지만 그녀는 째나 덤덤한 얼굴이었다.

"그렇군. 엘, 고쳐."

"예, 폐하."

엘이라는 마법사 신하 역시 무감한 얼굴로 벽을 고쳤다.

엘은 빠르게 벽을 고친 후에도 자리를 비켜 주지 않고 황제 옆에 가만히 서 있었다.

그는 디에르고 공작이 잠깐 자리를 비켜 달라는 말을 한 후에야 황제를 바라봤다.

"내 작은아버지뻘이자 내 친구와 다름없는 분이니 어지간하면 말했을 때 한 번에 따르도록 해. 지금으로선 내게 손댈 수 있는 유일한 연장자니."

엘의 두 눈이 움찔 떨렸다.

어쩐지 익숙한 눈빛이었다.

서늘하고, 냉기 어린, 적을 대하는 눈빛.

이상하게 아무스가 생각이 났다.

용인가?

아니, 그럴 리 없지.

엘루라는 용은 폐하가 풀어 줬다고 했으니.

저도 모르게 검에 손을 가져다 대려던 디에르고는 깊은 한숨을 내쉬며 긴장을 풀었다.

폐하의 사람과 싸워서 뭐 하겠나 싶었다.

"폐하. 다른 이들 앞에서선 말씀을 조심하십시오. 누가 들으면 제가 진짜 폐하를 때리는 줄 알겠습니다."

"틀린 말도 아닌데 뭘 그래."

"주무시라는데도 하도 말을 안 들으시기에 손등 한 번 찰싹한 걸로……."

"공작 부인이 들었으면 바로 이혼 감이야. 전엔 헤이먼 공자 엉덩이도 때렸다지."

디에르고는 입을 다물었다.

그는 여전히 말싸움에 약했다.

"내게 할 얘기가 뭐야. 설마 시시콜콜하게 딸이 결혼을 앞두고 있으니 섭섭하다는 말을 하려는 건 아닐 테고."

"맞습니다."

"예상한 일 아니었나. 그럼 솔레아가 달리 누구와 결혼을 해."

"……폐하는 서른이 넘도록 결혼을 안 하셨으니까 우리 애도 그 정도까진 시간이 있지 않을까 생각했습니다. 그때까진 가족들과 함께 있지 않을까 하고……. 제가 너무 느긋하게 생각했던 겁니까?"

일하기 싫어서 붙잡았나, 라고 생각했던 랏샤의 예상과는 달리 디에르고는 정말로 고민을 나눌 상대가 필요했던 모양이다.

랏샤는 곰곰이 생각하다가 입을 열었다.

"공은 친구가 없군."

이런 고민을 동년배도 아니고 내게 털어놓다니.

라는 뒷말은 조용히 삼켰지만 의미는 잘 전달된 듯했다.

디에르고는 잠깐 황망한 눈으로 랏샤를 보다가 헛웃음을 터뜨렸다.

"그렇군요. 그간 영지만 돌보다 보니 애들이 커 가는 모습도 제대로 눈에 담지 못하고, 이럴 때 말을 나눌 만한 친구도 사귀지 못하고……."

"그러니까 말이야."

랏샤는 위로에는 재능이 없었다.

디에르고는 자리에서 일어서려다 이내 그녀가 고민을 나누기에 나쁘지 않은 상대라는 걸 새삼 깨달았다.

집안 사정뿐 아니라 솔레아의 이야기도 알고 있었으며 무엇보다 입이 무거웠다.

디에르고는 마른세수를 하며 고민을 두서없이 쏟아 냈다.

"지윤이는 제겐 새로운 딸이잖습니까. 고생도 많이 했고, 의젓하게 제 할 일을 하면서도 제게 응석도 잘 부리지 않는 딸이고, 가족들을 아끼며 수아하고……."

"칭찬 말고 자네 고민을 말해 봐. 뭐가 그렇게 마음에 걸리는 거야?"

"웃으실 수도 있지만, 그냥 좀…… 우리 딸이 아깝다는 생각이 듭니다. 세상 누굴 갖다 붙여도 우리 아가가 아깝고……."

랏샤는 팔짱을 낀 채로 몸을 소파에 깊숙이 기댔다.

"난 자식이 없어서 모르겠군. 우리 아버지라도 데려다 봐 줄까? 비록 치매지만 그래도 그쪽은 애가 있으니 공이랑 대화가 통할 수도 있지."

"……됐습니다."

이제 보니 황제는 위로뿐 아니라 수다에도 재능이 없었다.

"아니면 괜찮은 남자들을 다 데려다가 결혼시켜. 사위가 많으면 그래도 균형이 맞지 않겠어?"

"우리 레아가 황제도 아니고 첩들을 맞으란 말씀입니까?"

농담 역시 여전히 별로였다.

그래도 이젠 황제가 하는 농담을 알아들을 수 있었다.

그녀 나름대로 축 처진 디에르고의 기분을 풀어 주고자 건넨 말인 듯했다.

디에르고는 픽 웃으며 자리에서 일어났다.

"말씀하신 대로 선황 전하를 뵙고 오늘은 이만 퇴근하겠습니다."

"핑계 대고 일찍 퇴근하는 것 같은데."

"들켰군요."

디에르고는 아까보단 조금 가벼워진 마음으로 집무실을 나섰다.

문 앞에는 형형한 눈빛의 엘이라는 신하가 서 있었다.

"……자네, 혹시 용은 아니지?"

"무슨 그런 말씀을 하십니까."

"……실언했네. 그럼 이만."

어쩐지 목소리도 익숙했지만 본인이 아니라는데 재차 물을 필요는 없었다.

디에르고는 뚜벅뚜벅 걸어가다가 다시 몸을 돌려 엘에게 돌아갔다.

"그래도 용이라 치고."

"예?"

"자네가 용이라 치고, 천 년 넘게 사랑한 여자가 있다고 치고, 그 여자에게 각별한 가족들이 있다고 쳐 보자고. 일단 자네도 남자니까 말이야. 이제 자넨 용이야."

"……예."

엘은 '이 인간은 눈치가 있는 듯 없는 듯 있는 것 같으면서도 없네.' 라고 생각했다.

"그 여자와 결혼하고 싶은가?"

"시간을 함께 보낼 수 있다면 결혼 서약을 하지 않아도 상관없습니다. 인간의 시간은 유한하니 그런 허례허식은 필요 없습니다."

"그래?"

디에르고의 얼굴이 금세 환하게 변했다.

엘은 어쩐지 그를 골리고 싶어졌다. 랏샤가 디에르고를 자주 놀리는 이유를 알 것 같았다.

엘은 일부러 말을 바꿨다.

"하지만 역시, 인간은 삶이 언제 끝날지 모르니 그렇게라도 묶여 있고 싶네요. 결혼하고 싶습니다, 꼭."

"아……. 그래, 나도 그랬으니까 뭐…… 이해하지. 그래."

디에르고는 눈에 띄게 어깨를 축 늘어뜨리며 고개를 끄덕였다.

디에르고는 선황의 방으로 찾아가 그에게도 물었다.

선황의 대답도 비슷했다.

"그대의 딸이 결혼을 앞두고 있는가! 축하할 일이군."

"허락 안 했습니다."

"누군진 모르겠지만 결혼은 축하할 일이지. 어떤 용감한 사내를 사위로 맞게 되는 거요? 참 대단하군! 그런데 여긴 어디오. 나두 딸이 있어서 돌아가야 하는데."

"선황 전하. 만약 따님이 결혼하겠다고 하시면 허락하시겠습니까?"

"무슨 소리! 우리 딸은 이제 막 걸음마를 시작했는데!"

선황은 정색하며 디에르고를 노려봤다.

하지만 그것도 잠시, 선황은 고민하다가 천천히 입을 열었다.

"우리 딸이 커서 결혼하겠다고 하면, 일단 조사를 해 봐야겠지. 내 딸에게 어울릴 만한 놈인지. 어중간한 놈에겐 절대 못 줘!"

"예! 제 말이 그겁니다!"

드디어 대화가 통하는 이를 만났다는 생각에 디에르고의 얼굴에 화색이 돌았다.

"사위 될 사람을 어떻게 검증할 생각이십니까, 선황 전하?"

"나는 일단 우리 딸을 행복하게 해 줄 수 있는지가 제일 중요하니까……."

디에르고가 치매 노인 선황과 대담을 나누고 있는 그 시각, 아무스는 솔레아에게 차였다.

"결혼? 별로."

아무스의 세상이 무너졌다.

솔레아는 뭘 그런 걸 묻느냐는, 정말 이해가 가지 않는다는 표정이었다.

"굳이 결혼을 왜 하려고 해? 지금도 충분히 행복하잖아."

"그, 그건……."

"아사라 파울 때문에 그래? 해결됐잖아."

그는 몬도시완 왕국으로 추방당했고, 자국에서 거세를 당한 뒤 지금 노역 중이다.

아무스가 힘을 썼으니 아마 124년을 채울 때까지 끊임없이 일을 해야 할 것이다.

눈꼬리가 올라간 동그란 눈을 치켜뜬 제 짝에게는 아무런 악의도 없어 보였다.

그저 정말로, 결혼이 무의미하다고 생각하는 것 같았다.

아무스는 다소 시무룩한 표정으로 책상에 가까이 다가갔다.

"산은, 왜 결혼이 싫어?"

"지금도 같이 살고 있는데 군이 그렇게 떠들썩한 허례허식을 할 필요가 없는 것 같아서. ……무엇보다 결혼식을 올리려면 비용이 많이 들어가잖아."

이 장사꾼.

아무스는 속으로만 조용히 투덜거리며 냉큼 반박했다.

"은발, 아니, 디에르고에게는 돈이 많잖아. 그리고 솔리안 상단을 운영하며 벌어들인 돈도 많고. 산이 마법사 협회장 하면서 받는 돈도 있고……."

"그렇지. 근데 난 남들보다 더 오래 살잖아. 노후 자금을 지금부터 차근히 모아 둬야지. 그리고 오빠들도 결혼해야 하니까."

"이 큰 공작가에 오빠 셋 결혼시킬 돈도 없겠어?!"

"너 아직도 성질나면 소리 질러? 천 살 넘었는데 좀 의젓해져야지."

산은 늘 이랬다.

좋은 말로 타이르고, 달랬다. 정신을 차려 보면 지는 쪽은 항상 저였다.

하지만 이번 싸움은 정말 지기 싫었다.

아무스는 솔레아와 제가 서로의 짝이라는 걸 세상에 공표하고 싶었다.

다시는 누구도 솔레아를 넘보지 못하도록.

"난 널…… 부인이라고 부르고 싶어."

그제야 솔레아가 쥐고 있던 펜을 내려놓고 아무스를 바라봤다.

그녀는 빙긋이 웃는 얼굴이었다.

"그리고 또?"

"응?"

"나랑 결혼하고 싶은 이유. 꼭 결혼해야 하는 이유가 또 뭐가 있어?"

이상했다.

오랜 세월을 사는 동안 많은 인간들을 보며 그들의 삶에 무감해졌다고 생각했는데 참 괴상하게도 그녀 앞에만 서면 헤츨링 시절로 돌아간 기분이 들었다.

말도 안 되는 떼를 쓰고 싶기도 하고, 아무것도 하지 않아도 좋으니 곁에 있어 달라고 매달리고 싶기도 했다.

하지만 그러면 산은 또 떠나겠지.

좁은 동굴을 떠나 더 넓은 세상을 향해 나아갔던 것처럼.

그리고 그땐……

과거를 회상하던 아무스가 두 눈을 질끈 감았다.

저도 모르게 두 주먹에 힘이 들어가 힘껏 움켜쥐고 말았다.

"아무스, 왜 그래? 어디 아파?"

솔레아가 걱정스러운 목소리로 물으며 제게 다가왔다.

아무스는 때를 놓치지 않고 순식간에 그녀를 안아 제 품에 가뒀다.

"장난친 거였어? 그런 장난은 치지 마. 놀랐잖아."

"……아니야, 진짜 끔찍한 기억이 생각나서 그랬어. 네가 옆에 있다는 걸 확인하고 싶어서 안았어."

아무스는 솔레아의 동그란 이마에 입을 맞췄다.

그리고 흉터가 있었던 자리를 따라 그녀의 얼굴 위에서 천천히 입술을 움직였다.

아무스가 입을 맞추는 자리마다 열꽃이 피어나는 것처럼 솔레아의 얼굴이 천천히 붉어졌다.

"잠깐. 그만해. 낮이잖아."

"부부가 되면 낮에도 입을 맞출 수 있고, 밤에도 너랑 같이 잘 수 있잖아."

"가족들 다 있는데 어떻게 동침을 해."

"그럼 분가해도 돼. 물론 네가 싫다면 안 할 거지만."

절대 과거와 같은 실수는 하지 않을 거라고 아무스는 결심했다.

솔레아가 하고픈 대로 하게 두되, 가고 싶은 곳으로 갈 때 그녀의 날개가 되어 줄 것이다.

절대 혼자 있지 않도록.

아무스는 그녀가 사라질까 봐 두려워 두 팔로 얇은 허리를 힘주어 안았다.

산일 때보다 더 크고, 단단해진 몸이 저항 없이 아무스에게 안겨 왔다.

아무스는 건강해져서 다행이라 생각하며 솔레아의 목덜미에 얼굴을 파묻었다.

"함께 있자, 산. 지윤아. 솔레아. 나랑 함께 있어 줘."

아무스가 말을 할 때마다 더운 숨이 솔레아의 하얀 살갗을 간질였다.

"알았어. 좀, 조금만 떨어져서 말해."

"왜 결혼이 싫어? 왜……? 나랑은 싫은 거야? 그러면 포기할게. 지금 이 상태로 만족할게. 내가 싫어?"

"아냐, 그게 아니라……."

망설이는 솔레아의 미운 입술을 물끄러미 보던 아무스는 고개를 숙였다.

그리고 도톰한 붉은 입술을 천천히 물었다.

몇 번이나 입을 맞췄는데도 여전히 떨리는지 솔레아는 두 눈을 질끈 감은 채였다.

저에 비하면 작은 두 손으로 옷깃을 꼭 말아 쥐고 있는 것도 여전했다.

아무스는 그런 솔레아가 사랑스러워 설핏 웃고 말았다.

긴 눈이 곱게 접히며 입꼬리가 올라갔다.

본인을 놀리고 있는 걸 알았는지 솔레아가 살짝 입술을 떼 내며 아까보단 날카로워진 말투로 말을 하려던 찰나였다.

"왜 웃는 거, 읍."

위로 올라간 솔레아의 눈꼬리를 엄지로 살살 쓸던 아무스는 제 안에 들끓는 정염을 잠재우지 못하고 솔레아에게 달려들었다.

아까처럼 부드러운 입맞춤이 아니었다.

불이라도 붙은 것처럼, 불을 꺼뜨릴 수 있는 방법이 그녀의 입 속에만 있기라도 한 것처럼 아무스는 그녀의 입 안을 훑었다.

솔레아의 작고 말랑한 혀는 그런 아무스를 몇 번 받아 주다가 지쳤는지 도망치려 했다.

하지만 아무스는 그녀를 쉽게 놓아주지 않았다.

한 손으론 허리를 감싸 안고, 다른 한 손으론 뒤통수를 단단하게 잡고서 애원했다.

"조금만, 조금만 더."

아무스가 말할 때마다 뜨거운 숨이 솔레아의 촉촉한 입술에 닿았다.

애처롭게까지 들리는 목소리에 솔레아는 결국 백기를 들고 말았다.

두 팔로 아무스의 목을 둘러 안았다.

아무스는 신에게 숭배라도 하듯 신성한 손길로 솔레아의 머리카락에 입 맞췄다.

그의 입술이 밖으로 드러난 하얀 어깨부터 팔뚝, 손가락 끝까지 천천히 입 맞추며 내려갔다.

솔레아의 오른손 약지에는 디에르고가 선물한 베르고 가문의 문장이 찍힌 반지가 끼워져 있었다.

아무스는 솔레아 약지 전체를 입 안에 넣고 천천히 혀를 굴려 반지를 빼냈다.

반지가 손가락에서 빠져나가는 기묘한 감각에 솔레아는 저도 모르게 입술을 꾹 다물며 눈을 질끈 감았다.

아무스는 입을 벌려 제 혀 위에 놓인 동그란 반지를 보여 주고는 말했다.

"못된 짓 하려면 반지는 빼고 해야지. 결혼도 안 한 연인들이 할 만한 일은 아니니까."

"……너, 너 갈수록 진짜……."

잘 익은 체리처럼 붉어진 솔레아의 볼에 짧게 키스한 아무스는 반지를 책상 위에 올려 두고 그녀를 안아 들었다.

두 팔로 솔레아를 안아 올린 아무스는 제 눈앞에 있는 그녀의 가슴팍에 얼굴을 묻었다.

옷 위였지만 선명한 고동이 느껴졌다.

아무스는 솔레아가 살아 있다는 걸 느끼는 매 순간마다 황홀에 젖었다.

소파로 가 앉은 아무스는 제 다리 위에 앉아 있는 솔레아의 종아리를 천천히 매만지며 길게 키스했다.

짝의 몸이 점점 뜨거워지는 게 느껴졌다.

그 순간 아무스의 머릿속에 번뜩이는 아이디어가 스쳤다.

아무스는 이를 악물고 차오르는 욕망을 내리누르며 말했다.

"결혼도 안 했는데 이런 걸 할 순 없어."

농담으로 한 말이 아닌지 아무스는 솔레아를 어루만지던 두 손을 냉큼 떼 버렸다.

열감에 휩싸여 헐떡거리던 솔레아의 들뜬 눈동자가 빠르게 깜빡였다.

"뭐, 뭐라고?"

아무스는 솔레아의 허리를 붙잡아 안아 들고는 제 옆에 고이 내려 주었다.

"끝!"

"뭐, 이 자식아?! 사, 사람을 이렇게 만들어 놓고, 뭐?"

최근 마법사 협회장으로 일하며 고상하고 우아해졌던 솔레아가 다시 원래 성격으로 돌아왔다.

저 역시도 괴로웠지만 이거 말고는 솔레아를 설득할 방법이 없었다.

천만다행으로, 천 년이 넘게 머릿속에서 시뮬레이션을 돌려 본 덕에 아무스는 그쪽 방면으로 꽤나 능통했다.

지금 솔레아의 온몸이 붉게 변한 것만 봐도 알 수 있었다.

지금 손을 떼고 모른 척하는 게 죽기보다 더 힘들었지만, 죽었으면 죽었지 솔레아가 남의 것이 되는 건 절대 볼 수 없었다.

아무스는 미련 없는 척 소파에서 벌떡 일어났다.

"결혼하면 할 거야."

"그걸 지금 협박이라고 해?"

"부부가 할 일을 결혼도 안 한 미혼의 남녀가 할 순 없지."

"네가 언제부터 그렇게 보수적이었어?"

"나 원래 보수적이야. 천 살이 넘었는데 좀 의젓해져야지."

솔레아가 한 말을 그대로 되돌려주며 아무스는 노란 눈을 예쁘게 접어 웃었다.

그리고 그는 책상 위에 올려 뒀던 가문의 문장 반지를 가져와 솔레아에게 직접 끼워 주기까지 했다.

솔레아는 눈살을 찌푸리며 얄미운 제 용을 바라보다 머리를 마구 헝클어뜨렸다.

"……아무스. 난 지금 가족이 좋아. ……변하고 싶지 않아."

아무스는 한쪽 무릎을 꿇고 그녀의 손등에 키스했다.

"네가 언제부터 변화를 두려워하는 사람이었어? 내 산은 그렇지 않아. 그리고…… 아무것도 변하지 않을 거야."

아무스의 세로로 길게 갈라진 동공이 솔레아를 올곧게 바라봤다.

"그저 내가 너의 가족이 될 뿐이야."

검은 용이 솔레아의 무릎 사이에 얼굴을 파묻었다.

잘 길들여진 맹수 같은 몸짓이었다. 딱히 틀린 말은 아니었지만.

"네 가족이 되게 해 줘. 너와 같이 미래를 그리고 싶어."

"……생각해 볼게."

아쉬운 답이었지만 아무스는 일단 자리에서 일어섰다.

그는 솔레아의 이마에 짧게 입 맞추고 말했다.

"그래. 그럼 그 전까진 부부가 하는 이런 스킨십은 하지 말자!"

"아, 진짜!"

아무스는 키득거리며 웃다가 이내 사라졌다.

후끈한 열감만 남기고 사라진 아무스 때문에 솔레아는 소파에 앉아 홀로 상기된 볼을 가라앉혀야 했다.

※ ※ ※

아무스는 정원 구석에 있는 나무 위로 올라가 팔을 베고 누웠다.

그러곤 밤늦도록 어떻게 하면 공작과 처형들을 설득할 수 있을까 고민했다.

기다리는 거라면 이골이 나 있지만 이왕이면 처형들도 젊고 생생할 때 솔레아가 결혼하는 걸 보고 싶어 하지 않을까 하는 생각도 들었다.

애처럼 조바심을 느끼는 스스로가 우스웠지만 어쩔 수 없었다.

늘 산 앞에 서면 애가 되는 것 같았는걸.

바라는 거라곤 솔레아의 '가족'에 저도 속하는 것뿐이었다.

그래, 결혼을 공표해서 솔레아를 독차지하고 싶다는 유치한 마음도 있었지만 그것보다는 좀 더 근본적인 소망이었다.

나도 산의 가족이 되고 싶어.

그녀의 용이 아니라, 그녀의 하나뿐인 남편이 되고 싶었다.

근데 나랑 가족이 되는 걸 원하지 않으면 어쩌지.

'결혼? 별로.'

'난 지금 가족이 좋아. 변하고 싶지 않아.'

새삼 솔레아의 말이 야속하게 느껴졌다.

매 순간 그녀를 향한 열망이 심장 안에서 통통 튀어 다니는 것 같았다.

익숙해질 것 같으면서도 절대 익숙해지지 않는 감정이었다.

그때 갑자기 온몸에 열이 돌기 시작했다. 어쩌면 아까부터 열이 나고 있었는데 알아채지 못했던 것일 수도 있었다.

심장이 갈기갈기 찢겨 나가 온몸 곳곳에서 뛰고 있는 것 같았다.

성장통과 비슷한 감각이었지만 뭔가 달랐다.

순식간에 손끝 발끝까지 퍼진 열감으로 인해 아무스는 나무에서 떨어지고 말았다.

순식간에 용으로 변했다가 다시 인간으로 돌아오길 반복했다.

변신을 주체할 수가 없었다.

"왜 이러지……."

머리가 핑핑 돌았다.

멀리서 디에르고 공작의 목소리가 들려왔다.

"아무스! 우리 아들들이랑 솔레아까지 대결을 겨룬 다음에 모두 자네가 이기면 결혼을 승낙. 아무스?"

"……친구. 나 아파."

"왜, 왜?!"

"그냥, 솔레아랑 결혼하고 싶다고…… 생각했는데……. 산이 원하지 않을지도 모른다고 생각하다 보니까, 아파……."

누군가가 제게 독을 썼을지도 모른다는 생각이 드는 순간, 멀어지는 의식 사이로 디에르고의 작은 목소리가 들렸다.

"상사병인가?"

그게 뭐야, 친구.

묻지도 못하고 까무룩 정신을 잃었다.

도무지 정신을 차릴 수가 없었다.

아무스는 제 몸이 어딘가로 옮겨지는 것을 느끼면서도 손 하나 깜짝할 수 없어 당혹스러울 따름이었다.

폭신한 침구가 부드럽게 몸을 감쌌다.

편하다, 라고 생각한 다음 순간 순식간에 온몸이 비닐로 뒤덮이기 시작했다.

어, 용으로 변하는 건가.

우드드득 소리가 들리며 시원한 바람이 느껴졌다.

아무래도 집 안에서 용으로 변해 벽을 부순 모양이었다. 스스로 변신을 제어할 수 없었다.

"아무스!"

솔레아가 소리를 지르며 저를 불렀다.

눈을 떠야 하는데.

이름을 부르면 눈을 뜨고, 찾아가기로, 안아 주기로 약속했는데.

하지만 몸에 힘이 들어가지 않아 두 눈을 뜨는 것조차 버거웠다.

성장통을 겪을 때도 이 정도는 아니었다.

잠깐 정신을 잃었다.

얼마나 시간이 흘렀는지 가물가물한 의식 사이로 디에르고와 처형들의 목소리가 들려왔다.

"막내랑 결혼 못 할지도 모른다는 생각에 이렇게 됐다고? 그게 말이 돼?"

"몸에서 독은 발견 안 됐다며. 그럼 진짜 상사병인 거잖아."

"캬. 우리 동생 멋지네. 이 큰 용을 손 하나 까딱 안 하고 쓰러뜨렸네."

"그레이. 그래도 사람이 쓰러졌는데 흥미롭다는 듯이 말하면 안 되지."

"용이잖아요."

"지금은 사람이잖니."

"어, 다시 용 됐다."

"……용의 상사병은 원래 이 정도인가."

바람 소리에 나뭇잎이 흔들리는 걸 보아 하니 밖인 것 같았다.

힝. 야속하다. 친구.

자네는 역시 은발 놈이야.

목소리가 나오지 않아 아무스는 속으로만 중얼거렸다.

"아빠! 아픈 사람을 왜 밖에 두자고 하신 거예요!"

"하지만 아무스가 용으로 변신할 때마다 집을 부수잖니. 네가 몇 초에 한 번씩 수리하는 것보단 발작이 멎을 때까진 후원에 있는 게 나을 것 같아서 그랬단다."

"그래도, 추울 텐데……"

515

뜨거운 불꽃이 제 몸을 감쌌다.

따듯하긴 한데 뭔가……

그레이가 말했다.

"산윤솔. 너 지금 죽은 용으로 통구이 바비큐 하는 미친 마법사 같아. 왜 불을 붙이고 그래?"

"이거 진짜 불 아니란 말이야! 왜, 왜 그런 말을 해! 불안하게! 우리 아무스 익는 거 아니야?!"

갑자기 몸이 차가워졌다.

"막내야! 그렇다고 아무스를 얼릴 필요는 없잖아!"

다급하게 솔레아를 말리는 티온의 목소리가 들려왔다.

아, 난 지금 얼음 속에 있구나.

제 짝은 생각보다 마법을 잘 쓰는 사람이었다.

아무스가 살짝 웃어 보이자 헤이먼이 버럭 소리를 질렀다.

"웃었어! 애 지금 웃었다고!"

"정신 드는 거 아니야?"

"얼음이 효과 있는 것 같아!"

"아가! 아무스를 다시 얼려 보렴! 열이 나니까 차가운 게 효과가 있었나 보구나!"

아니야, 그건 아니야.

아무스는 눈을 뜨고 고개라도 젓고 싶었지만 도무지 몸에 힘이 들어가지 않았다.

어쩌면 산을 잃었을 때 수명을 많이 깎아 써 버려 남아 있는 수명이 다했는지도 모른다.

반쪽 용이니 다른 용들보다 수명이 짧을 수도 있다는 걸 왜 생각 못 했을까.

그리 생각하니 솔레아와 결혼 안 하길 잘했다는 판단이 들었다.

과부보다는 미혼이 낫지.

이번엔 내가 먼저 죽고 솔레아 혼자 남겠구나.

그럼 솔레아도 나만큼 아플까. 그러면 안 되는데. 안 그랬으면 좋겠는데.

다시 가슴이 아파 왔다.

"운다! 아무스 울어!"

디에르고가 버럭 소리를 질렀다.

"아빠! 소리 좀 지르지 마세요! 어떡, 어떡하지!"

또 몸이 얼었다 녹았다를 반복했다.

정령들이 귓가에서 '아이고, 우리 주인 죽네!' 하고 소리를 쳐 대 정신이 없었다.

"레아. 아가! 그만! 아무스가 상사병이 아니라 진짜 큰 병에 걸린 거면 어쩌니!"

"아버지가 결혼 반대했으면서."

"결혼 좀 천천히 생각해 보자는 말에 이렇게 앓아누울 줄 알았나!"

"대놓고 말하면 누구라도 상처받아요."

"맞아. 아빠가 심했네."

"아버지……가 심하셨습니다."

"너희는 진짜……."

베르고 가족들이 아웅다웅하는 건 듣기만 해도 재미있었다.

사이좋은 가족이구나, 싶었다.

제 아버지가 인간인 어머니를 떠나지 않았다면 자신도 가족들과 저렇게 살았을까, 하는 의미 없는 상상을 하다 잠이 들었다.

아무스는 짧은 꿈을 꿨다.

어릴 적 함께 놀았던 작은 동산 위에서 산의 무릎을 베고 누워 있었다.

소소한 잡담을 나누던 산의 얼굴이 지윤으로 변했고, 또 금세 솔레아로 바뀌었다.

아무스는 그런 그녀를 물끄러미 보다가 손을 들어 솔레아의 머리카락을 긴

드리며 장난쳤다.

붉은 머리카락이 손가락에 부드럽게 감겨들었다.

두 사람만의 세상에 젖어 들어가고 있는 그때 멀리서 끔찍한 고성이 들려왔다.

"제물이 필요해!"

"그래! 그 망할 흉물 년이 원흉인 게 분명하니 그걸 바치자고!"

단 한 번도 잊어 본 적 없는 자들의 목소리였다.

산이 살던 '로 마하탐' 마을의 주민들이었다.

아무스가 몸을 일으켜 용으로 변했다.

비늘을 바짝 세우고 날개를 활짝 펼치려던 찰나, 익숙한 자들이 모습을 드러냈다.

베르고 가족들이었다.

디에르고와 티온은 검을 꺼내 들고 주민들을 막아섰다.

"우리 딸이 뭘 잘못했다고 그러는가! 이 멍청한 것들!"

"막내한테 손끝 하나라도 대면 죽일 거다. 모조리."

헤이먼과 그레이도 동산을 빠르게 뛰어 올라왔다.

"레아, 안 다쳤어? 놀랐지?"

"산윤솔! 야! 이런 일이 있었으면 우리한테 말을 했어야지! 가만있어 봐, 저것들을 확 그냥!"

다행이었다.

이젠 솔레아의 곁에 저 말고도 그녀를 지켜 줄 사람들이 있었다.

아무스는 잔잔하게 웃으며 천천히 뒤로 물러났다.

이젠 솔레아 곁에서 신경을 곤두세우고 있지 않아도 됐다.

가족이 생겨서 정말 다행이야, 산. 네가 그렇게 바라던 미래가 드디어 온 거야.

더없이 충만한 행복이 아무스를 감싸 안았다.

그대로 꿈이 끝나려는데 디에르고가 아무스를 불렀다.

"아무스! 어디 가나!"

"뭐?"

"우리 딸만 두고 어딜 가냔 말이야!"

"난…… 그냥, 이젠 산에게 가족이 생겼으니까……."

티온이 성난 얼굴로 척척 걸어오더니 용이 된 아무스의 거대한 뿔을 한 손으로 잡고 끌어당기기 시작했다.

불곰 처형 이렇게 힘이 좋았단 말이야?

마수들을 사랑으로 길들인 게 아닐지도 모른다.

당황한 아무스의 마음을 아는지 모르는지 티온은 아무스의 노란 눈을 똑바로 쳐다보며 평소의 무뚝뚝한 음성으로 말했다.

"우리 막내에게 가족이 생겼는데 넌 어디 가냐고."

"난……."

솔레아가 환하게 웃으면서 아무스에게 손을 내밀었다.

"나한텐 네가 필요해, 아무스. 너도 잘 알잖아."

인간으로 변한 아무스가 무어라 말을 잇지 못하고 있는 사이, 솔레아가 아무스의 품으로 천천히 안겨 들었다.

그리고 그의 귓가에 속삭였다.

"내가 널 사랑하는 걸, 알고 있잖아."

눈이 번쩍 뜨였다.

갈기갈기 찢겨져 있던 심장이 다시 한 군데로 모이는 것 같은 기묘한 감각이 느껴졌다.

"아무스!"

"아빠! 나와보세요! 아무스 눈 떴어요!"

"야, 너 괜찮아?!"

후원 한가운데에서 눈을 뜬 아무스는 저를 둘러싼 베르고 가족들은 바라봤다.

다들 두 눈을 커다랗게 뜬 채 저를 내려다보고 있었다.

잠을 제대로 못 잤는지 솔레아의 눈 밑이 시커멓게 변해 있었고, 다른 처형들도 평소보다는 초췌한 낯이었다.

저택에서 달려 나오는 공작 역시 늘 보던 깔끔히 넘긴 머리 스타일이 아니었다. 머리를 제대로 정돈하지 못하고 대충 넘긴 부스스한 꼴이었다.

"왜, 왜 다들……."

목소리가 제대로 나오지 않았다.

아무스는 몸을 일으키며 제 몸을 덮고 있는 커다란 이불을 발견했다.

적어도 이불 아홉 개는 합친 것 같은, 거대한 이불이었다.

"이, 이게…… 뭐야?"

"네가 일주일 내내 용이었다가, 인간이었다 하면서 마구잡이로 변했거든. 옷을 자꾸 찢어 먹어서 그냥 이불로 덮어 뒀어."

"아……."

헤이먼의 말에 대답하는 것조차 쉽지 않았다.

목소리가 듣기 싫게 갈라지자 정령들이 공중에서 물방울을 만들어 내 아무스의 입 안으로 처넣었다.

"흐앙! 주인님! 죽는 줄 알았어요! 물 드세요!"

"읍!"

커다란 물방울들이 목구멍 안으로 마구 들어왔다.

일단 그것들을 삼키고 있는데 헐레벌떡 달려온 공작이 커다란 손을 휘둘러 아무스의 등짝을 휘갈겼다.

짝, 소리가 후원을 울렸다.

"이놈 자식!"

"아야……."

"아빠! 아무스를 왜 때려요!"

솔레아가 펄쩍 뛰며 말렸지만 디에르고의 표정은 여전히 매서웠다.

"결혼 안 시켜 준다고 했다고 단식 투쟁도 아니고! 자리보전하면서 드러누워?! 사람 걱정시키는 방법도 가지가지지! 이놈 자식! 이 불효자 놈! 못 일어나는 줄 알았네! 에라이, 이 자식!"

"아빠! 아무스 머리를 왜 쥐어박아요!"

"몇 년을 부대끼면서 살았는데 아주 그냥, 어?! 지 걱정은 안 한다고 생각하는 건지!"

"아빠아악! 그만 때려! 얘가 일부러 아팠어?"

"네 남편 될 사람이라고 벌써부터 감싸기는! 아무스가 결혼 안 시켜 준다고 앓아누운 거잖니!"

아무스가 멍하니 노란 눈을 깜빡이며 공작을 바라봤다.

"……디에르고. 솔레아랑 결혼해도 돼?"

"너 아니면 누구랑 해! 생각할 시간 좀 달라고 했다고 끙끙대다 앓아누워선!"

"공작이 왜 이렇게 화를 내지?"

이불을 잡고 있는 손에 저도 모르게 힘이 들어갔다.

솔레아와 처형들은 그게 무슨 소리냐는 듯 인상을 찌푸리고는 입을 모아 아무스에게 대답했다.

"네가 아빠 걱정시켰잖아."

"아……."

인간은 정말 알다가도 모르겠다.

걱정시켰다는 이유만으로 화가 나기도 하는 건가.

공작은 거칠게 머리를 쓸어 넘기며 말했다.

"의술사도, 의사도, 심지어 수의사들도 불렀다. 다들 아픈 이유를 모르겠다고 하니 어찌나 속이 타던지……. 다른 용까지 불렀다! 이놈아!"

솔레아는 아무스에게 작은 목소리로 속삭였다.

"아, 이젠 엘 벨다르가 용인 거, 우리 가족들도 다 안가."

"······비밀 아니었어?"

"아빠가 집 안에 환자가 있는데 어떻게 멀쩡히 출근을 하냐고 길길이 날뛰어서 폐하가 엘 벨다르에 대해 얘기해 주시고 그를 여기로 보내셨거든."

"엘이 뭐라고 했길래······?"

"용족 중에는 가끔 마음의 병이 몸으로 나타나는 경우가 있대. 용들이 심약해서 그렇다고 하더라고. 너 내가 결혼에 대해 생각해 본다고 한 게 그렇게 싫었어?"

"싫었다기보다는······."

아무스는 솔레아의 눈치를 살피며 눈을 아래로 내리깔았다.

"말해 봐."

헤이먼의 재촉에 아무스는 조금은 부끄러운 이유를 제 입으로 말해야 했다.

"네가 이미 완벽한 가족 속에 있어서, 나는 필요 없는 게 아닐까 하고······."

솔레아는 깊은 한숨을 내쉬며 그를 끌어안았다.

"무슨 소리야. 네가 그랬잖아. 부족함 없이 행복할 때 널 선택해 달라고. 좀 더 자리 잡은 다음에 결혼하려고 했지. 일에 조금 더 여유가 생기······."

이번엔 그레이가 솔레아의 머리를 쥐어박았다.

"웃기시네! 아무스 아프다고 일도 못 한 게 무슨 여유가 생기면 결혼을 해. 물 떠 놓고 지금 해라, 그냥!"

"아! 지도 일 하나도 못 해 놓고 나한테만 그러네! 이 오빠 새끼!"

"솔레아! 아빠 앞에서 오빠 새끼가 뭐니!"

이 와중에 티온이 흘러내린 아무스의 이불을 다시 꼼꼼하게 덮어 알몸을 가려 주며 말했다.

"나도 그렇고 다들 일주일 동안 일 못 했다, 아무스."

베르고가 명예를 되찾은 이후로는 다들 눈코 뜰 새 없이 바쁜 일상을 보냈다.

그런데 일주일이나 일을 못 했다니.

"……불곰 처형은 반대 안 해? 내가 가족이 돼도 돼?"

안 그래도 험악하게 생긴 불곰 처형이 인상을 찌푸렸다.

"네가 아니면 누가 우리 가족이 된다는 거야?"

"그래. 사실 이미 가족이잖아."

아무스의 귓가가 발갛게 물들었다.

그의 시선이 제 옆에 주저앉아 있는 솔레아에게 향했다.

"산. 그럼 나랑 결."

"안 돼!"

헤이먼이 달려들어 아무스의 입을 틀어막았다.

"내 동생한테 알몸으로 프러포즈를 하겠다고? 너 미쳤어?!"

"아."

그런고로, 결혼 승낙은 받았지만 프러포즈는 뒤로 밀렸다.

아무스는 입이 막힌 채 한껏 미소 지었다.

※ ※ ※

프러포즈에 앞서, 아무스는 엘 벨다르를 찾아갔다.

황제를 보좌하느라 바쁜 건지 엘은 영 성가신 눈치였다.

하지만 엘 말고는 물어볼 사람이 없었다.

"질문이 있다. 엘."

"바빠. 빨리 말해라."

같이 있으면서 닮아 간 건지, 엘의 말투는 랏샤와 비슷했다.

"내 수명이 얼마나 남았는지 알 수 있나?"

"없다."

"좀…… 생각을 하고 말을……."

곤란한 걸 눈치챘는지 문서를 보고 있던 엘이 고개를 들어 올렸다.

엘과 눈이 마주친 아무스는 나름대로 간절한 신호를 보냈다.

솔레아에게는 언제나 먹히는 초롱초롱 눈빛이었다.

엘이 미간을 찡그렸다.

아무래도 같은 용에게는 먹히지 않는 모양이었다.

엘의 시선이 다시 문서로 향했다.

하지만 다행히 아예 통하지 않은 건 아닌 것 같았다. 엘의 입이 열렸다.

"……메롱 해 봐."

"……메롱."

"소리 내지 말고 혀를 내밀어 보란 뜻이다. 인간들 곁에서 살았다면서 그것도 모르는가."

그제야 아무스가 혀를 내밀었다.

"용으로 변해 봐라."

"가지가지 시키는군."

투덜거리면서도 아무스는 일단 엘이 시키는 대로 했다.

저보다 훨씬 오래 산 용이니 아는 게 더 많을 거란 판단 때문이었다.

"황제와 함께 일한 뒤론 말투도, 성격도 변한 것 같은데."

"주인을 닮아 가는 거지."

"자유를 찾은 거 아니었나?"

"내가 모시는 사람을 정하는 것도 내게 주어진 자유다."

엘은 용이 된 아무스를 이리저리 살피곤 말했다.

"혀도 선분홍색으로 맑고, 비늘도 윤이 난다. 발톱도 빠진 것 없이 성하다. 당장 100년 안에 병사할 일은 없을 거다."

만족스러운 대답을 들었다는 듯, 아무스는 빠르게 인간의 모습으로 돌아왔다.

"고맙다, 엘!"

"……그 인간한테 청혼할 건가 보지? 인간의 아비가 걱정하던데."

"맞아. 매번 내 등을 내려치지만 그래도 나를 걱정하는 친절하고 착한."

"아니. 딸의 결혼을 걱정하던데."

"아……."

아무스의 낯빛이 어두워졌다.

두 눈이 시무룩하게 처진 게 꼭 비 맞은 강아지 꼴이었다.

엘은 검은 용이 어리긴 어리군, 하고 생각하며 어색하게 말을 붙였다.

"인간들은 자손의 번영을 늘 걱정해. 그럴 수밖에 없다. 그이는 용을 사위로 맞게 될 거라곤 예상도 못 했을 테니 더욱 그렇겠지. 이해해야 하는 부분이다."

"엘, 만약 네가 결혼을 한다면 말이야. 그러니까 네가 모시는 주인에게 청혼을 하게 된다면."

부질없는 가정을 하는 게 제 장인과 닮았다.

"……이미 가족 같은데."

"뭐라고?"

"아니다. 계속 말해라."

엘이 손을 내젓자 아무스는 머리를 쓸어 넘기며 이어 말했다.

계속 종종거리는 게 꽤나 초조해 보였다.

"너도 장인에게 허락을 받아야 하지 않겠어? 장인이 호락호락하게 허락을 해 줄 리가 없잖아."

엘의 눈썹이 꿈틀 움직였다.

"무슨 소리. 나는 단번에 허락받을 수 있다."

"……나이 많다고 유세 떠네."

"너도 네 주인과 똑 닮았군. 특히 그 교만한 말투가."

"이렇게 말해도 사랑해 주는 가족이 있으니까 그런 거지. 너완 달리 말이야."

"결혼 허락도 못 받은 주제에."

"거이 받았어, 거이. 아지 전시으로 청혼하지 않아서 그렇지. 너야말로 결혼은 꿈도 못 꾸지 않나? 황제와 용이라니."

"내가 마음만 먹으면 랏샤와 얼마든지 결혼할 수 있다."

"용과 인간 사이에선 애를 가지기도 힘들 텐데, 선황은 물론이고 국민들이 가만히 두고 볼 것 같나?"

"아, 너는 애를 가지고 싶어서 결혼하나 보지?"

"아니야. 황제니까 후손이 중요하잖나. 내가 너보단 낫지."

"글쎄. 나은 구석이 없으니 결혼 반대당하고 낑낑 앓은 거 아닌가?"

두 용 사이의 기류가 묘하게 공격적으로 변했다.

한참 말없이 서로를 꼬나보던 둘은 동시에 반대편으로 날아갔다.

엘은 선황이 있는 방으로 들이닥쳤고, 아무스는 디에르고가 있는 집무실 벽을 부수고 들어갔다.

"디에르고 장인! 결혼을 허락해 줘!"

"선황 전하. 결혼을 허락받으러 왔다."

천둥 같은 두 용의 우렁찬 외침이 온 황궁을 뒤흔들었다.

두 개의 목소리가 뒤섞인 탓에 시끌벅적한 빨래터에서 이불을 빨고 있던 하인은 엉뚱한 소리를 해 댔다.

"디에르고의 장인이 선황 전하랑 결혼을 한다고 했어요, 방금?"

다른 하인들은 그의 머리를 빨랫방망이로 마구 치며 빨래나 똑바로 하라고 화를 냈다.

"억! 아야! 악!"

하인 핌은 얼이 빠진 채로 빨랫방망이에 얻어맞았다.

비록 맞고 있진 않지만 디에르고의 반응 역시 핌과 비슷했다.

"아니, 뭐, 뭐? 아니, 어, 허락한다고는 했지. 했는데 벽을 부숴? 이게 다 국세인데 이 자식이."

"디에르고. 지금 허락해라!"

"지금?"

"지금 허락해라! 빨리! 솔레아랑 결혼하러 가야겠다! 내가 놈보다 빨리 결혼 할 거니까!"

"아무스. 누구와 싸웠는지는 모르겠지만, 인간을 상대로 자존심을 세우는 게 썩 보기 좋진 않구나. 그리고 결혼이 얼마나 큰일인데 이렇게 다짜고짜 들이닥쳐서……."

"엘, 그 나보다 나이 많은 용이 나보고 결혼 못 할 거라고 비웃었다!"

"……폐하의 용이? 지는…… 결혼할 수 있다니?"

"그래서 나도 비웃어 줬지. 그런데 자신하더군. 황제 인간과 얼마든지 결혼 할 수 있다고 말이야."

지기 싫어하는 디에르고의 눈이 파르르 떨렸다.

딸의 인생이 걸려 있는데 고작 이런 자존심 싸움에 끼면 안 되지만, 안 되지 만…….

우리 아무스 놀리는 건 우리 가족만 하고 싶은, 그런 묘한 심리가 스멀스멀 수면 위로 떠올랐다.

디에르고는 자리를 박차고 일어섰다.

"가자! 아무스! 예식장부터 고르자고!"

"좋아! 친구! 아니, 장인!"

"장인에겐 존댓말을 써야지!"

"갑시다! 장인!"

"대륙에서 제일 큰 예식장을 잡아야지!"

아무스가 용으로 변해 장인을 등에 태웠다.

그리고 부서진 벽에 발을 올리고 힘차게 날아올랐다.

"가자! 용 사위!"

"그래! 인간 장인!"

한편, 선황은 겁에 질려 이불 밖으로 나오지도 않았다.

"나가, 나가 주시오. 나가시오. 제발."

"선황. 나는 사위로 나쁘지 않은 상대입니다. 잘 생각해 보십시오."

아예 인간들 틈에 섞여 살았던 터라 엘 벨다르는 아무스보단 존댓말에 능했다.

"랏샤를 누구보다 잘 보위할 수 있으며 나와의 국혼은 국력에도 지대한 영향을 미칩니다. 강대한 제르노아를 원하지 않습니까?"

"나는 모릅니다. 모르는 일이야."

"그대의 딸에 대한 이야기입니다."

오들오들 떠는 선황의 모습은 그가 한때 나라를 통치했던 황제라고 믿기 힘들 정도였다.

그때 열려 있던 방문 너머에서 냉소적인 목소리가 들려왔다.

"감히 누구와 결혼을 꿈꾸는 거지?"

엘은 예상했다는 듯 전혀 놀라지 않고 부드럽게 몸을 돌렸다.

랏샤가 서 있었다.

"만약 폐하께서 누군가와 결혼을 하신다면 그 상대가 저였으면 합니다."

"가정부터가 틀렸잖아. '내가 결혼을 한다면.' 그거 말이야."

"폐하께서는 황제시니, 언젠가는 결혼을 하시게 될 겁니다. 그때 옆자리에 설 이가 누가 있습니까?"

"너는 내 옆자리에 설 자격이 있는 인재다?"

"옆자리에 설 만한 인물인지는 폐하가 판단하셔야죠. 다만 제가 인재라는 건 잘 알고 계실 겁니다."

"그것 때문에 남의 아버지에게 추태를 부리는 건가?"

"인간들은 결혼할 때 아버지에게 허락을 구하지 않습니까? 그래서 지금 선황 전하에게……."

"성치도 않은 내 아비를 괴롭히면서 결혼 허락을 구하려 했다?"

"……죄송합니다."

서슬 퍼런, 진짜로 퍼런 눈동자에 엘은 조용히 물러났다.

엘은 고개를 숙이고 선황에게 송구하다는 말을 올린 뒤 방을 나왔다.

방문을 닫으려 했지만 아까 들이닥칠 때 문고리가 고장 난 건지 제대로 닫히지 않았다.

눈치를 살피던 엘은 순식간에 마법을 써 방문을 원래대로 고쳤다.

세상에 무서울 게 하나도 없는데도, 이상하게 주인의 눈치를 살피게 되는 건 아무스나 저나 똑같았다.

앞서 복도를 걸어가던 랏샤가 나직하게 말했다.

"결혼이라……."

"하실 생각이 있으십니까?"

"글쎄. 나를 이길 만한 자라면."

"……어떤 종목을 원하십니까. 저는 어지간해선 모든 내기에 능합니다."

"술도?"

"예?"

"아무리 날고 기어 봐야 짐승의 간인데. 하물며 수천 년을 산 늙은 간이 젊고 싱싱한 내 간보다 앞설까. 난 다행히 술 내기라면 누구에게도 져 본 적이 없고."

"……술을 많이 안 드셔 보신 건 아닙니까?"

"자신 있나 보지? 헛소리를 하는 걸 보니."

"티 안 나게 질 자신은 없습니다."

"좋아. 술 내기로 하지."

랏샤는 곧장 시녀들에게 지하 술 창고에서 술들을 있는 대로 가져오라 명했다.

"괜히 객기 부리시는 거 아닙니까? 저는 살아온 세월만큼 술이 셉니다."

"그럼 내가 너 같은 늙은 금수랑 순순히 결혼할 줄 알았나?"

"제가 이기면 정말 결혼하는 겁니까?"

아무스가 하도 건방을 떨며 약을 올려 대 얼떨결에 선황의 방을 찾긴 했다.

하지만 랏샤와의 결혼을 이렇게 얼렁뚱땅 결정하고픈 마음은 없었다.

적어도 제가 아는 애정은, 이렇게 엉킨 실타래를 싹둑싹둑 잘라 독에 퍼붓듯 내보이는 게 아니었다.

소중히 여기며 매듭 하나하나 눈에 담고 싶은, 그런 게 애정이고 사랑이었다.

그런 제 속마음을 알아챘는지 랏샤가 픽 웃으며 말했다.

"그건 승자가 결정하는 거지. 물론 내가 이길 테고 말이야."

작은 티 파티를 열어도 될 정도로 커다란 테라스로 향한 랏샤는 여유롭게 의자에 앉으며 시녀에게 말했다.

"여기서 마시겠다."

결코 선해 보이진 않았지만 누구보다 강인하게 느껴졌다.

그 모습이 익숙하면서도 제 기억 속 누군가와는 확연히 달라서 엘은 웃으며 그녀의 맞은편에 자리 잡았다.

몇 시간 후, 커다란 오크 통 열한 개가 바닥을 보였다.

"너. 지금. 꼬리가 밖으로 나왔잖아."

"하하."

말을 뚝뚝 끊어서 하는 걸 보니 랏샤는 이미 취한 것 같았다.

엘은 그녀를 내심 비웃으며 의자에서 벌떡 일어나 뒤돌았다. 제 눈에는 꼬리가 보이지 않았다.

역시 폐하가 취하신 게 분명했다.

"악!"

뒤돌아보니 랏샤가 옆통수를 감싸 쥐고 테이블 위에 엎드려 있었다.

"누가 폐하를 쳤습니까?!"

분노한 용의 음성이 테라스를 울렸다.

뒤쪽에서 쾅광 하는 굉음이 들렸다. 엘은 빠르게 다시 뒤쪽을 돌아봤다. 이번엔 테라스 옆에 세워 둔 조각상이 부서져 있었다.

덩치가 어마어마한 이가 몰래 들어온 게 분명했다.

"폐하! 몸을 피하십시오. 아무래도 침입자가 들어온 것 같습니다! 보통 배포가 아닙니다! 폐하가 이곳에 계신데 정면으로 들이닥치다니!"

시녀와 시종들은 해가 질 때까지 술을 마시는 두 사람의 객기에 질려 멀찍이 자리를 비킨 참이었다.

다시 말해, 랏샤를 지킬 사람이 아무도 없다는 뜻이었다.

엘의 얼굴이 하얗게 질렸다.

"폐하! 얼른 안전한 곳으로 대피하셔야 합니다!"

랏샤가 주먹으로 테이블을 쿵 소리가 나도록 쳤다.

언제나 예법을 벗어나진 않았던 랏샤치곤 퍽 과격한 행동이었다.

"네가! 꼬리를! 흔들잖아!"

"제가 꼬리를 쳤습니까? 폐하께?"

"그래! 뿔도. 나왔다고! 뿔이! 네 머리에! 뿔! 하, 시종들을 물리길 잘했지! 네 꼴을 좀 봐라!"

하지만 엘은 평소보다 더 위압적인 랏샤 때문에 제 꼴을 살필 겨를조차 없었다.

자세 때문인가?

랏샤는 두 다리를 테이블 위에 올려 발목을 꼬았다.

등받이에 완전히 몸을 기댄 랏샤는 소리를 지른 후 평온을 찾고 여유롭게 술잔을 기울여 독주를 한 모금 또 들이켰다.

"황궁 부수지 말고. 너. 얌전히 있어라."

"⋯⋯예, 폐하."

명령이니 따르자.

다른 누구도 아닌, 주인의 명령이니 따르자.

자유를 주고, 새 삶을 준 이의 말이니 따라야 한다.

엘 벨다르는 테라스 바닥에 얌전히 무릎을 꿇고 앉아 순한 사냥개처럼 랏샤를 올려다봤다.

"마셔. 아직. 안 끝났으니까."

랏샤가 술잔을 내밀었다.

"예, 폐하."

엘의 머리에 뿔이 돋고, 거대한 꼬리가 테라스를 가득 채웠다. 심지어 엘의 얼굴에도 비늘이 돋아나기 시작했다.

그래도 둘은 대작을 멈추지 않았다.

다음 날 아침, 술상을 치우러 들어온 시녀들은 기함하고 말았다.

테라스가 거대한 무언가에 짓눌린 것처럼 박살이 나 있었다.

게다가 황제 폐하는 최근부터 데리고 다니기 시작한 비서의 찢어진 옷으로 추정되는 거적때기를 머리에 베고 일자로 곧게 누워 주무시고 계셨다.

그리고 폐하의 비서는 벌을 서듯 구석에서 무릎을 꿇고 두 손을 올린 채 꾸벅꾸벅 졸고 있었다.

실 한 오라기도 없이.

그 모든 일은 아침 일찍, 해장 수프를 먹는 폐하의 명령에 의해 비밀에 부쳐졌다.

❄ ❄ ❄

수도에서 멀리 떨어진 조용한 시골 마을.

광활한 평야 옆에는 플라타너스 나무들이 기다랗게 줄지어 선 명소가 있었다.

칼 피안노는 농사를 잘 짓지 못해 수익이 영 좋지 않은 농부였지만 그 멋진 길 하나만큼은 자랑스럽게 여겼다.

실은 그것만이 제 남루한 인생에서의 유일한 자긍심이었다.

간혹 근처에 사는 부르주아 놈들이 돈을 싸 들고 찾아와 가로수 길을 팔라고 했지만, 고작 돈 몇 푼에 궁지를 팔고 싶지 않았다.

이곳은 조상 대대로 전해져 내려오는 가보와도 다름없는,

"음?"

길 한가운데 서 있던 칼 피안노의 시야에 시커먼 점이 보였다.

점은 점점 더 커지다가 순식간에 제 머리 위를 지나갔다.

"으악!"

점이 아니라 용이었다.

집채만 한, 아니, 웬만한 성채만큼 큰 용이 길 끝까지 날아갔다가 다시 돌아오기 시작했다.

"악! 으아악! 악! 사람 살려!"

칼 피안노는 필사적으로 도망쳤다.

외진 곳이라 이웃들도 마차를 타고 30분 이상을 달려야 만날 수 있었다.

'가끔은 고독을 즐기는…… 내가 좋다…….' 고 써 놓은 일기장의 문장들이 뼈저리게 후회됐다.

"인간. 서라."

"흐으어어억!"

커다란 발톱이 갑자기 제 앞을 막아섰다. 돌기둥 같은 다리에 온몸을 부딪친 칼은 그대로 코를 감싸 쥐며 뒤로 넘어졌다.

코뼈가 부러졌는지 피가 쏟아졌다.

"살, 살려 주십시오. 살려 주십쇼!"

칼은 오른손으로 코를 붙잡고 웅크린 채 덜덜 떨었다.

"나는 디에르고 폰 베르고 공작이다. 자네가 칼 피안노가 맞는가?"

"흐어으어읍. 네, 맞습니다!"

베르고라는 공작가에 용이 있다는 얘기는 익히 들어 알고 있었다.

검은 용이 공녀님의 짝이라는 내용의 소설이 몇 년 전에 유행했다는 것도 알

고 있다.

근데 용의 이름이 디에르고 폰 베르고라니? ……설마 용이 남의 이름을 훔쳤나?

혼란스러운 와중에 타닥, 하는 발소리가 들려 칼은 조심스럽게 머리를 들어 올렸다.

땅으로 내려선 사람 다리가 눈에 들어왔다.

칼 피아노는 필사적으로 무릎으로 기어가 낯선 이의 두 다리를 끌어안았다.

뭔지는 몰라도 용 앞에 나타난 사람이니 저를 구해 주길 간절히 바랐다.

"아이고야, 살려 주십시오. 제발. 용이 사람 죽입니다. 살려 주십시오!"

"이보게. 우리 아무스는 사람을 죽이지 않는다네."

친절한 음성에 칼이 희망찬 얼굴로 고개를 들려고 했다.

"죽인 적이 없는 건 아니다."

더 높은 곳에서 들리는 동굴 같은 목소리는 용의 것이 분명했다.

그보다 죽인 적이 없는 건 아니라니. 그럼 사람을 죽여 봤다는 거잖아.

칼은 눈물을 쏟으며 인생을 되돌아봤다.

그때 등으로 따스한 손길이 느껴졌다.

"이 아름다운 길의 주인이 자네라고 들어서 찾아왔네. 칼 피아노. 내게 이 길과 농지, 저 작은 저택까지 팔지 않겠나?"

이 근방에서 가장 큰 저택을 작은 저택이라고 부르다니.

어마어마한 부자임에 틀림없, ……베르고 공작가?

"공작님?"

"나를 아는가. 그럼 대화가 빠르겠군. 나는 디에르고 폰 베르고. 그대의 땅을 사고 싶소."

"하, 하지만…… 여기는 우리 조상 대대로 물려받은 땅이고……."

디에르고는 품 안에서 막대한 양의 돈다발을 꺼냈다.

거절하기엔 너무 큰 돈이었다.

"팔겠습니다."

긍지는 다른 곳에서 더 큰 저택과 더 큰 땅으로 다시 만들면 될 일이었다.

저 정도의 금액이라면 조상님들도 납득할 것이다.

성공적으로 거래를 마친 후 칼 피안노는 환한 얼굴로 용과 공작님을 보며 말했다.

"여기서 결혼을 하신다니 축하드립니다! 공녀님께서도 아주 좋아하실 겁니다! 간혹 거센 바람 때문에 야외 결혼식을 꺼리는 신부도 있는데 공녀님은 찬성하셨나 봅니다!"

갑자기 공작님과 용의 얼굴이 새파랗게 질렸다.

두 사람은 칼 피안노에게 땅문서를 받자마자 다시 허겁지겁 날아갔다.

일단 칼 피안노는 오늘부로 갑부였고, 나중에 신문을 통해 결혼 소식을 보게 되면 박수갈채나 보낼 예정이었다.

공녀님과 검은 용이 언제 결혼하게 될진 모르겠지만.

❆ ❆ ❆

"땅을 사아아아? 그것도 한 번도 가 본 적 없는 땅을? 농사도 제대로 안 지어 본 땅을? 길이 예뻐서 사아아?"

어쩐지 디에르고는 솔레아의 눈치를 살피며 머리를 긁적였다.

"아니, 뭐, 그냥, 별장이야 많으면 많을수록 좋고……."

"아무스 너도 우리 아빠 뒤에 숨지 말고 나와!"

디에르고 뒤에 숨겨지지도 않으면서 열심히 몸을 가리고 있던 아무스가 어색하게 옆으로 비켜 나왔다.

"장이익!"

장인, 이라고 부르려다가 디에르고에게 발을 밟힌 아무스는 황급히 말을 바꿨다.

"……그, 그러니까 내 짱친이 틀린 말 한 것도 아니잖아. 별장으로 삼아서 다 같이 놀러 가면 되고…… 거대한 화원으로 만들어서 계절마다 피는 꽃을 심고……."

가뜩이나 집도 많고 별장도 많고 땅도 많은데 거길 산 이유가 무엇이냐, 관리인들 뽑고, 화원에 들일 꽃 고르는 것도 내 일이 될 텐데 지금 내가 얼마나 바쁜지 알면서 왜 그런 일을 벌인 거냐, 두 사람 다 충동적인 부분이 있다는 건 알고 있었지만 왜 이렇게 대책이 없냐, 아무스가 설레발을 쳤어도 아버지가 막으셨어야죠, 등등.

솔레아의 잔소리가 길어질수록 디에르고와 아무스의 입술도 점점 더 삐죽 튀어나왔다.

"……난 그냥 너 행복하게 해 주려고 그랬지."

"뭐라고?"

디에르고가 또 아무스의 발을 밟으며 험악하게 인상을 구겼다.

프러포즈를 이런 삭막한 집무실 안에서 해선 안 된다는 표시였다.

하지만 예식장도 구한 마당에 프러포즈를 더 이상 미룰 순 없었다.

아무스는 성큼성큼 솔레아 앞으로 걸어가 단도직입적으로 물었다.

"솔레아."

"갑자기 왜 그래?"

"우린 무슨 일이 있어도 바뀌지 않을 거야. 내가 널 만나기 위해 수백 년을 기다리고, 네가 우리의 결말을 바꾸기 위해 혼자 수백 년을 또 살아 낸 것처럼."

"……아빠도 계신데 무슨 소릴 하는 거야, 너 지금."

"나도, 너의 가족들도, 모두 함께일 거야. 언제나 늘 완벽하게 행복하진 않겠지만 우린 늘 적당히 행복할 거고, 가끔 힘들어도 서로에게서 희망을 찾을 거야."

디에르고가 슬그머니 뒷걸음질 치며 집무실을 빠져나갔다.

저 망할 예비 사위 놈이 기어코 집무실에서 청혼을 할 모양이었다.

디에르고는 이마를 짚으며 사위 복이 왜 이리 없나, 한탄했지만 조금 사회성이 떨어지는 것 말고는 사실 완벽한 사위라는 걸 알고 있었다.

세상 그 무엇보다 딸을 사랑하니까. 그걸로도 족했다.

……아니, 그래도 이왕이면 청혼은 더 멋진 곳에서 하지.

디에르고는 아무스를 만류하기 위해 집무실의 문을 살짜쿵 열어 보았다.

그들의 모습은 보이지 않았다.

"아, 이제 시작인 거로군."

대충 눈치챈 디에르고는 빠르게 계획을 이행했다. 시간이 없었다.

아무스와 솔레아는 익숙한 동굴 속으로 들어갔다.

"……여긴……."

"응. 내가 살던 동굴이야."

"여, 여기 없어졌다며."

"백 년쯤 전에 산사태가 나서 무너져 있었는데 다시 세웠어."

"……동굴을 다시 세웠다고?"

"내가 밤마다 와서 무너진 바위를 다시 올리고, 단장했어."

그의 말대로 동굴 안은 그때 그들이 살던 모양 그대로였다.

다만 동굴 입구를 햇빛이 잘 들어오도록 탁 터 놓은 덕인지 입구 쪽에 온갖 들꽃이 가득했다.

"남의 사유지를…… 이렇게 마음대로 바꿔도 괜찮아? 다른 사람 땅이라고 했잖아."

"아. 그 귀족은 자식을 못 남기고 죽었어. 그래서 내가 이 땅을 샀어."

"땅을 샀다고? 우리 집 돈으로?"

"아니. 내 돈으로."

"네가 무슨 돈이 있어서?"

"……비, 비늘 몇 개를 뽑았어."

"야!"

"괜찮아! 비늘은 다시 나잖아. 하지만 여긴 하나밖에 없는 우리의 공간이고, 봐 봐, 그때 네가 내 몸에서 떨어진 비늘을 긁어 바위 벽에 그린 그림도 남아 있어. 내가 찾아서 주워 왔어."

아무스가 마법으로 동굴 안을 환하게 밝혔다.

산의 조잡한 그림 실력으로 채워진 동굴 벽화가 드러났다.

솔레아의 허리 높이에 도마뱀인지 뭔지 알아볼 수 없는 생물체와 사람……으로 추정되는 무언가가 그려져 있었다.

겨우 솔레아의 명치 언저리에 오는 높이였다.

"내가 이렇게 작았구나."

"그땐 너도 나도 어렸으니까."

어렸던 산과 아무스의 추억이 고스란히 남아 있었다.

아무스는 솔레아의 손을 잡고 동굴 바깥으로 걸어 나갔다.

기억 한구석에 자리하고 있는 빽빽한 숲속을 나란히 걸으며 둘은 소소한 이야기를 나눴다.

이미 다 알고 있는 서로의 이야기와 말하지 않은 조금 더 깊은 이야기들.

자주 웃었고, 가끔 서로의 위안이 필요해 따듯하게 안아 주기도 했다.

시간이 어찌 흘러갔는지 모를 정도였다.

"우리 너무 많이 걸은 거 아니야?"

솔레아가 뒤돌아본 그곳은 숲이 아니었다.

늘 혼자 걸었던, 공장에서 집으로 돌아가는 길인 스산한 차도였다.

가로등이 드문드문 켜져 있어 어둑어둑한 그곳에선 아무스의 밝은 두 눈이 등불이 되어 주었다.

아무스가 만들어 낸 환상인지 차가 한 대도 지나가지 않아 고요하기 짝이 없었다.

가공된 고요 속에서 솔레아는 오히려 안정을 느꼈다.

어깨 옆에서 느껴지는 온기로 기억이 덧씌워졌다.

"여긴 환상으로 만들어 낸 거지?"

"아니, 지나가는 차만 안 보이게 했을 뿐, 거기 맞아. 네 기억 속 이 거리를 꼭 같이 걸어 보고 싶었어. 이렇게 네 손도 잡고 말이야. 나도 가끔은 분위기를 잡아야지."

"하하."

항상 혼자 걷던 길을 둘이서 걸었다. 코끝을 빨갛게 만들었던 겨울의 냉기도 느껴지지 않았다.

봄이 오려나 보다.

이리 늦게, 봄이 올 모양이었다.

깨진 아스팔트 사이로 샛노란 민들레가 꽃봉오리를 피워 냈다.

느긋하게 걷던 솔레아는 익숙한 지하철역을 보고 입을 틀어막았다.

"뭐야, 저거! 나 출근해야 되는 거야?!"

"그럴 리가 있어? 아니야!"

솔레아가 되기 전 마지막으로 다녔던, 얼렁뚱땅으로 굴러가는 도산 직전의 회사가 위치한 지하철역이었다.

"저기 가 보자."

"아, 싫어!"

"한 번만. 산, 레아, 응? 지윤아."

"……진짜 싫은데."

입술을 삐죽 내민 솔레아를 사랑스럽게 내려다보던 아무스는 튀어나온 그녀의 입술에 쪽 하고 입 맞췄다.

"나랑 같이 걸어가자."

솔레아는 결국 아무스의 고집을 이기지 못하고 그의 손을 잡고 지하철 계단을 내려갔다.

"하……. 너 이거 장난이면 진짜 크게 화낼 거야. 결혼이고 뭐고 없는 거야."

"글쎄. 손님들 초대해 놓고 그러면 안 될 것 같은데."

"응?"

계단을 내려가자 동그란 공터가 나타났다.

아무스는 한쪽 무릎을 꿇고 솔레아에게 작은 보석함을 내밀었다.

"나랑 가족이 되어 줘, 산. 나의 작은 산. 나의 지윤이, 솔레아. 내가 너의 것이 될게."

보석함 안에는 반지가 아니라 팔찌가 들어 있었다.

그런데 팔찌의 모양이 꼭 풀 잎사귀 같았다.

"어, 이거 우리 그 약초……."

"그래, 내가 첫 번째 성장통을 겪을 때 네가 먹였던 그 약초야. 모양 살려서 팔찌를 만들어 달라고 했더니 어찌나 투덜거리던지. 그래도 알아보겠지?"

"……당연하지."

잎사귀 모양으로 엮여 있는 팔찌 가운데에는 다이아몬드가 박혀 있었다.

"……처형들이 다이아몬드도 없이 너를 데려갈 거냐고 해서."

"하하하! 내가 가긴 어딜 가. 같이 살 텐데."

"응, 나도 너랑 같이 살 거야. ……내 청혼, 받아 주는 거지?"

"그럼."

솔레아는 아무스를 일으키고 그의 입술에 짧게 입을 맞췄다.

그 순간 폭죽이라도 터진 것처럼 시야가 확 밝아졌다.

눈을 질끈 감았다 뜬 솔레아는 이곳이 아버지와 아무스가 살았다는 그 플라타너스 길이라는 걸 알아챘다.

마법을 걸었는지 나무마다 환한 조명들이 색색깔로 빛나고 있었고, 넓은 평야에도 온갖 꽃들이 환하게 피어 있었다.

가로수 사이로 사람들이 모습을 드러내며 박수를 쳐 댔다.

"우리 아흐아아갓씨. 사랑해요으어어."

"아이고오! 우리 아가씨. 흐어엉. 어쩜 저리 고우실까. 흐업!"

"아무스 님! 이제, 흑! 꽃밭에 발 도장 그만 찍으시고요! 흐윽!"

앤을 비롯한 사용인들부터,

"고흐어어엉녀님. 앞으로도오오, 쿵! 진짜! 쿵! 자주 놀러 갈게요. 파티도 자주, 흑! 열어 주세요!"

"사라. 울, 큽! 울지 마라. 공녀님이 결혼하시는 건, 흑! 좋은 일이잖아!"

사라와 빌도 있었다.

그리고 왜인지는 모르지만 술을 오크 통째로 가져다 놓고 마시는 랏샤와 엘도 함께였다.

"레아, 축하한다. 검토할 서류가 몇 개 있는데 신혼여행지에서 볼 수 있도록 이따가 챙겨 주지."

"폐하, 술을 그만 드셔야 할 것 같습니다."

"너나 술잔에서 손 떼. 늙은 간 주제에."

도무지 상황이 이해 가지 않았다.

솔레아가 앞으로 발을 떼는 순간, 새하얀 빛이 발끝에서부터 온몸을 휘감았다.

진한 녹색이었던 옷이 아름다운 레이스 자수가 박힌 웨딩드레스로 변했다.

"사장님! 그 옷! 저희가 만들었어요! 너무 예쁘죠! 네! 저희가 보기에도 그래요! 누가 만들었는지, 나 원, 참! 하하하!"

유쾌한 솔리안 공장의 직원들이 다 함께 손을 흔들어 댔다.

함께 왔는지 이안과 해리 골드먼트 남작도 보였다.

솔레아는 그제야 옆을 돌아봤다.

턱시도를 입은 아무스가 솔레아의 손을 잡아 제 팔에 팔짱을 끼웠다.

"결혼한다며, 나랑."

"……그게 지금 당장이었어?"

"빨리빨리. 네가 한국에서 자주 하던 말이던데."

"아니, 그래도 이게 어떻게 가능한 건지……."

한 발씩 내디딜 때마다 하늘에서 꽃잎이 떨어지고, 흙길이었던 가로수 길은 하얀 비단이 깔린 웨딩 로드로 변했다.

"아가씨가 출근 안 하셨던 2주 동안 업무는 저와 공작님이 대신 했습니다. 마법사 협회 일은 신혼여행 가셔서 하시면 됩니다. 그와 관련된 자료는 저쪽 짐마차에 실어 뒀고요."

"라트엘, 이게 지금 무슨 일이에요?"

"아무스 님이 아가씨를 휙 데리고 가서 멋진 환상을 2주나 보여 주는 동안 저희는 결혼식을 준비했죠. 이 땅을 사자마자 화원으로 바꾸느라 고생했지만 제가 누굽니까. 바로 베르고의 명석한 인재, 라트."

"막내야."

"오빠."

라트엘의 말을 끊은 티온이 천천히 걸어와 솔레아의 손에 부케를 쥐여 주고 이마에 짧게 입을 맞췄다.

평소보다 더 아름답게 빛나는 헤이먼은 아무스의 턱시도에 부토니아를 끼워 주고, 그와 똑같은 꽃 코르사주 팔찌를 솔레아의 손목에 채워 줬다.

헤이먼이 왼쪽 볼에 입을 맞춘 후 물러나자 이번엔 그레이가 다가왔다.

새하얀 구두를 들고 온 그레이는 잔뜩 뿔이 난 표정이었지만 솔레아는 알고 있었다.

저건 눈물을 참는 얼굴이었다.

그레이는 바닥에 무릎을 꿇고 직접 솔레아의 구두를 갈아 신겨 주었다.

"우리 동생 산윤솔, 이렇게 꾸며도 세상에서 제일 못났네."

"웃기지 마."

이런 대화를 나누면서도 둘의 눈가는 어느새 촉촉해져 있었다.

그레이가 오른쪽 볼에 입을 맞추고 뒤로 물러났다.

길의 끝에는 디에르고 공작이 서 있었다.

결혼 서약서와 작은 반지를 든 채로.

예상외로 디에르고는 울지 않았다. 그는 환하게 웃는 얼굴로 둘을 맞았다.

긴 축사가 이어진 후, 디에르고는 아무스와 솔레아를 한 번씩 번갈아 본 뒤 물었다.

"두 사람은 삶의 끝까지 오직 서로만을 사랑하겠습니까?"

이 어이없는 휘뚜루마뚜루 초스피드 결혼에 솔레아는 기가 막혔지만, 저 질문에 대한 답은 하나뿐이었다.

제일 처음부터, 하나뿐이었다.

그녀와 아무스가 동시에 답했다.

"네."

"네."

부부가 된 두 사람이 키스를 나누자 정령들의 노래가 울려 퍼졌다.

나뭇잎 사이로 비치는 햇살을 받으며 활짝 웃는 솔레아와 아무스의 모습은 그림으로 남아 베르고 대저택에 걸렸다.

마법의 힘이 쇠하고, 정령들의 노래가 멈추고, 작은 씨앗이 거목이 되는 날까지 둘은 서로의 완벽을 위한 한 조각으로 살았다.

"이럴 거면 이혼해!"

"이혼 소리가 그렇게 쉽게 나와? 너 비늘 17억 원어치 뜯고 나가!"

가끔 싸우긴 했지만, 그래도 한 치의 거짓도 없이 아주 오래도록 행복했다.

동화처럼, 노래처럼 오래오래.

〈공녀고 나발이고 집에 간다고, 完〉

공녀고 나발이고 집에간다고

1판 1쇄 찍음 2022년 12월 12일
1판 1쇄 펴냄 2022년 12월 22일

지은이 | 단 디
펴낸이 | 정 필
펴낸곳 | (주)뿔미디어

기획·편집 | 김소혜 박경희 권자영 전유정 오유정
표지 디자인 | 소 정

출판등록 | 2002년 9월 11일 (제1081-1-132호)
주소 | 경기도 부천시 소향로 17, 303(두성프라자)
전화 | 032)651-6513 팩스 | 032)651-6094
E-mail | scarlets2012@hanmail.net
블로그 | http://blog.naver.com/dahyangs

값 13,000원

ISBN 979-11-6973-101-0 04810
ISBN 979-11-6973-098-3 04810 (세트)